Heroes of Internet
Gravitational Field

网络英雄传 II

引力场

郭羽　刘波　著

江苏凤凰文艺出版社
JIANGSU PHOENIX LITERATURE AND ART PUBLISHING, LTD

图书在版编目(CIP)数据

网络英雄传. 2, 引力场 / 郭羽, 刘波著. —南京: 江苏凤凰文艺出版社, 2018.6

ISBN 978-7-5594-2128-9

Ⅰ. ①网… Ⅱ. ①郭… ②刘… Ⅲ. ①长篇小说 - 中国 - 当代 Ⅳ. ①I247.5

中国版本图书馆 CIP 数据核字(2018)第 094603 号

书　　名	网络英雄传 2　引力场
著　　者	郭　羽　刘　波
责任编辑	汪　旭
出版发行	江苏凤凰文艺出版社
出版社地址	南京市中央路 165 号,邮编:210009
出版社网址	http://www.jswenyi.com
印　　刷	浙江全能工艺美术印刷有限公司
开　　本	710 × 1000 毫米　1/16
印　　张	28.5
字　　数	528 千字
版　　次	2018 年 6 月第 1 版　2018 年 6 月第 1 次印刷
标准书号	ISBN 978-7-5594-2128-9
定　　价	59.80 元

目 录

楔 子

夜凉如水，月隐星沉。

低垂着双手，郭天宇茫然地站在荒野上，遥望着远方黑魆魆的艾尔斯巨岩。

这块静默亿万年的孤岩笼罩在神秘的黑色之中，散发着一种奇异的魔力——郭天宇不由自主地一步一步向它走近，脊背泛着一股无法形容的凉意。

忽然无数道雷电从天而降，像来自未知世界的光鞭，猛烈抽打着巨岩。在那赭红色的身躯上，烙下一道道惨白的伤痕。

大地剧烈震颤！

这时，艾尔斯巨岩轰然炸裂！火红的流星肆无忌惮地飞舞，拖着白亮的尾巴，纷纷坠落在这片荒凉的土地上！

郭天宇不敢相信自己的眼睛——巨岩竟然不见了！取而代之的是一团熊熊燃烧的地狱之火，烈焰之下陡然冒出一个深不见底的巨坑！暗黑世界一点一点蔓延，蚕食着周围的一切。

死亡的寒意像万千条绳索捆住了他的全身！

郭天宇在惊惧中疯狂奔跑，然而遮天蔽日的阴影漫过他的头顶，就像不可知的命运，将他笼罩，吞噬，避无可避。

在他面前，天地间仿若开启了一扇深不见底的暗黑之门——而门的背后，则是一个充满着恐惧力量的“引力场”，仿佛要把一切吞噬！

……

“啊——”郭天宇从床上猛地坐起，拼命地喘息着，目光中满是惊恐，冷汗浸透了衣衫，原来刚才那真实而冰冷的场景，只是自己在艾尔斯巨岩边的一场梦境。

第一章
惊天赌约

“曾经有朋友问我，如果真的可以穿越，中国上下五千年，你最想回到哪个朝代？”万众瞩目的讲台上，一位身穿深黑中式立领装的年轻人正慷慨激昂地演讲着。

这是在乌镇枕水大酒店，世界互联网大会创新论坛的焦点时刻。台下两侧和后侧满是摄影机、照相机这些长枪短炮，观众席上的手机更是此起彼伏地被高举过头顶——拍下这一刻！现场的盛况通过互联网就这样同步分享到了全世界各个角落。

这位风度翩翩的演讲者身旁，是一个身型更为高大挺拔，着一身白色西服的男子，两个年轻人的气度是如此不凡，以至于在人群之中永远都不可能被忽视。此时，全场的目光都聚焦到了他们身上。

双星闪耀！这两位就是一起缔造了著名移动互联网旅游公司万全天盛的传奇创业者——郭天宇和刘帅。30 岁不到，他们就把公司带到了创业圈人人向往的纳斯达克，并且市值超过了 300 亿美元！这两个名字，可以说代表着中国互联网的未来，因此，他们毫无争议地成为世界互联网大会有史以来最年轻的论坛演讲者，甚至吸引了

BAT 三巨头来到现场。

郭天宇充满激情的声音回响在可以容纳 1200 人的宫音厅里，全场都安静了下来，期待着他的答案。

这是最激动人心的时刻！

郭天宇把目光投向台下，他新婚不久的妻子卓伊坐在第五排偏左的地方，正兴奋又含情脉脉地看着他。两人目光触碰的瞬间，郭天宇读懂了妻子眼中为他鼓劲和骄傲的神色，他对着卓伊会心一笑，没有再让嘉宾们多等，继续说道："当时我还没有想好，所以无法回答。今天站在这儿，我发现自己找到答案了。虽然唐朝很强盛，宋朝很安逸，但在非常成熟稳定的社会，一个年轻人反而会缺乏机会。我更愿意去的是春秋战国，因为那是一个急剧变化的时代，各种新思潮层出不穷。也许马云先生生活在那个时代，就没孔子什么事了，今天我们学习的都是'马子'了。甚至像我，都可能因为自己独特的思想，而成为'郭子'！"

说到这儿，坐在第一排的马云和全场嘉宾都发出了会心的笑声，郭天宇微笑着停顿了一下，等会场安静下来后，接着说道：

"虽然很遗憾，春秋和战国我们都没能赶上，但我觉得自己非常幸运，因为我所处的'现在'是一个更伟大的时代——这是一个工业文明向信息文明突变的时代，身处其中的每一个年轻人，都有机会通过自己的想法和努力去改变世界和未来。

"我们希望通过公司的产品'游乐宝'与'差旅宝'，让每一个人的旅游、商务和玩乐变得无比简单美好。现在我们每天服务的订单超过 1300 万笔，我和刘帅的梦想，是在尽可能短的时间内，达到现在淘宝的规模，也就是每天 3000 万笔交易。"

说到这儿，郭天宇又谦逊地看了马云一眼，调皮地说道："当然希望马云先生不会因为我拿未来的万全天盛和现在的淘宝来做对比而有意见。"郭天宇的幽默又引来全场善意的笑声。

上台之前，郭天宇和刘帅早就为在论坛上如何唱好双簧做了预演。这时的刘帅心领神会，立刻接上话茬："天宇说的这个目标，我们是很有信心的。因为从某种意义上来说，吃喝玩乐是更高频的需求，在淘宝上一周买一次的人已经叫'剁手党'了，而每天都通过‘游乐宝’的服务出去吃喝玩乐的则叫‘剁脚党’，根据我们后台监测的数据，‘剁脚党’几乎占我们总用户的百分之五，这确实是一个令人吃惊的数字。”

刘帅停顿了一下，突然胸中充满豪情，提升语调斩钉截铁地承诺道：“正因为如此，我们的愿景已经不是做中国最大的在线旅游服务企业，而是全球最大！希望在不远的将来，大家能见证我们今天所说的话！”

语音刚落，郭天宇率先拼命鼓掌，他们两人的情绪感染了所有人，现场顿时响起了一阵掌声！

不过，现场却有一个戴着眼镜、微微发福的中年男人，他冷冷地把双手插在衣兜里，脸色阴沉得让人觉得害怕。他就是万全天盛最大的竞争对手、老牌在线旅游企业“51 旅游网”的董事长兼 CEO 李建波。

来自中央电视台财经频道的名嘴主持段永纯经验丰富，就是他曾成功挑动了马云与王健林、雷军与董明珠的两次赌约，创造了这两大极具热度的话题，至今仍为人津津乐道。

这一次的世界互联网大会，段永纯也一直在寻找着观众所感兴趣的热点，而 51 旅游网与万全天盛的针锋相对，恰好是他这段时间非常关注的事情。所以，郭天宇和刘帅发言后，段永纯下意识地看了一眼李建波，敏锐地发现他表面上虽然波澜不惊，但看郭天宇和刘帅的目光，却像鹰隼般锋锐。

有戏！

段永纯心中一转，已经打定了主意，便道：“刚才两位年轻嘉宾的精彩发言，都拿淘宝来做了对比，马云先生不会生气吧。”

全场的目光都转向了坐在前排最中央的马云。马云站起来向全场观众示意，竖起两个大拇指，然后耸了耸肩，说道：“梦想总是要有的，万一实现了呢？”顿时全场响起了雷鸣般的掌声。

主持人示意全场安静，然后转向同样在嘉宾席上的李建波：“马云先生表示不生气，但是我不知道另外一位论坛嘉宾，也是一位在线旅游行业的前辈和大佬，他会不会同样不生气呢？有请‘51 旅游网’的董事长李建波先生！”

只见李建波不慌不忙地拿起话筒，干咳了几声。

观众席上发出了零零星星的笑声。

“谢谢段大主持，终于让我说话了。我们两家公司的员工已经在市场上拼得你死我活，没想到一起为世界互联网大会捧个场，你还要让我们两家公司的老板拔刀相向，不是很厚道哦！”

果然是个老江湖，这一调侃让满场的嘉宾都哑然失笑。

但谁都没想到，李建波突然脸色一沉，话锋一转：“梦想当然是要有的，但是我们不止要像马云先生那样有梦想，更要学习他的高瞻远瞩和脚踏实地。我年轻的时候也很想成为‘李子’，但是在做了十几年企业之后，终于明白罗马不是一天建成的，甚至你可能十几年都建不成。要想成为世界第一，光靠嘴上功夫、喊喊口号恐怕是不灵的。二位初生牛犊不怕虎啊！今天我们是两强相争，不要忘了我们这个行业最大的巨无霸正在一旁虎视眈眈。”

李建波暗示刘帅、郭天宇不要狂妄，因为业内都在盛传，世界旅游行业的巨鳄——美国通远公司即将杀入中国市场，这才是最大的挑战。随后，他又一口气把中国在线旅游行业发展的前景和忧虑分析得头头是道，但话里话外都透出一个意思，万全天盛要想成为世界第一可没那么容易，首先得过他这一关。

真是火药味十足！这时，经验丰富的段永纯顺势“挑拨”道：“郭总、刘总，看来李总对你们的梦想打了一个很大的问号。既然你们都对自己公司充满自信，那么你们两家要不要趁这个机会，打个赌呢？”

此言一出，仿佛往油锅里泼了一瓢水，全场沸腾了，尤其是在场的记者，简直就像是狼嗅到了血腥味，兴奋万分。

难道继马云与王健林、雷军与董明珠的赌约之后，今天在中国又要诞生一个全民关注的赌约？

“没问题，51 旅游网乐于接受一切挑战，至于赌约的标准，就让郭总和刘总来定好了！”李建波毫不犹豫，满口答应道。

郭天宇与刘帅默契地相视一笑，两个人都从对方的眼神中读出了坚定和自信。

刘帅示意由郭天宇做出回应。

郭天宇定了定神，毅然说道："没有压力就没有动力，如果能有一个目标，万全天盛一定可以做得更好！既然李总愿意打赌，我们作为互联网创业的晚辈，更加没有拒绝的理由！我们就以千亿美元作为赌约，看万全天盛和51旅游网，哪一家能够先做到千亿美元的年销售额。先达到者胜！"

"一言为定！"李建波想都没想就答应了赌约，好像自己已经胜券在握一般。

短短四个字，就像是扔进炸药桶里的一根火柴，整个会场都要爆炸了！

无论是在场的嘉宾还是记者，都兴奋地掏出手机、相机，用力地按下快门记录下这一历史性的时刻！

段永纯也激动起来，用一种昂扬的语气继续"火上浇油"："好，我们绝对相信，51旅游网和万全天盛的这个赌约，必将成为今天、也是本次世界互联网大会的焦点，而且会在未来很长一段时间里受到人们的广泛关注。我想，此时此刻在场的每一个人最想知道的，一定是双方的赌注会是什么呢？请问你们哪一方先来提？"

李建波沉稳地坐在椅子上，大度地朝郭天宇和刘帅伸了伸手，做了一个请的姿势。

郭天宇与刘帅耳语了一番，然后站起来："马云先生和王健林先生的赌注是一个亿人民币，我们就仿效一下。不过作为晚辈，如果到时候万全天盛先做到了一千亿美元的销售额，我们不敢让李总输一个亿，届时给我们一块钱就行了；但如果51旅游网赢了，我们愿意赔李总一个亿！"

这个1块赌1亿的赌注太出人意料了，场下一片哗然。

李建波这时却摇了摇头，直接拒绝了这一提议，挑衅地说："两位年轻人，你们是看不起我这个老人家吗？你们那一个亿我也不要了。我看这样吧，到时候谁失败了，谁就只穿内裤绕乌镇跑一圈。时间就定在谁先完成赌约的那一年世界互联网大会之时，而且要全程航拍、全球网络直播，怎么样？"

话音刚落，整个会场彻底沸腾了！嘉宾们有的兴奋地鼓掌，有的拼命地跺脚，喧哗声快把大厅屋顶都掀翻了。记者们简直不敢相信自己的耳朵，在世界互联网大会这样高端的会议上，李建波竟然提出了如此匪夷所思的赌约失败惩罚。

“太不可思议了！”见多识广的段永纯第一次遇到了这么有创意的赌注，他拉起嗓门：“大家静一下，静一下！我们现在就等两位年轻的霸道总裁郭天宇和刘帅表态了！”

“没问题！”刘帅与郭天宇对视了一下，几乎是异口同声地说。

郭天宇没有忘记紧跟着狠狠地补了一句：“我有信心，最快在明年就可以请大家围观李总在乌镇的裸奔！”

顾不上观众席传来的欢呼和鼓噪，段永纯邀请双方嘉宾站到舞台中央，左手举起了李建波的拳头，右手举起了郭天宇的拳头，并示意刘帅把手放在郭天宇的拳头上。

这个极具仪式感的、像拳王争霸赛一样的画面，迅速定格并传遍了世界。本届世界互联网大会最具娱乐性的新闻产生了！

短短几分钟，相关的话题就在微信、微博和各种直播网站上飞速传播，仅新浪微博的点击量就达到了五千多万，话题热度更是直接上了热搜头条！自媒体也发疯一般地转载，发表自己的评论，比现场的气氛还要热烈！

谁都没有想到，竟然在创新论坛上出现这么戏剧性的意外事件！无论如何，这次赌约都会成为本年度互联网行业的最大话题！

万全天盛与51旅游网之间狭路相逢的竞争已经揭开了序幕！这是一场70后与85后创业英雄的对决，是一场互联网与移动互联网的时代之战，更是一场失败者要只穿内裤的“裸奔”之战！

谁都清楚，这个赌约已经把这个行业的竞争提前推向了血雨腥风。但刘帅和郭天宇并不知晓的是，在万众瞩目的对赌之外，一扇黑暗之门悄然开启，一个针对万全天盛的、充满阴谋和欲望的“引力场”已然成形！

第二章 如影随形

长深高速上，两辆跑车正风驰电掣地展开追逐。

一马当先的红色兰博基尼，犹如一道流光，灵动，迅捷，挥洒自如，令人无从捉摸；又似一团火焰，张扬，热烈，释放自己，燃尽一切。

紧随其后的黑色兰博基尼，好似一道暗影，低调，内敛，看似平实，实则沉稳有力；又像一场飓风，霸道，肆意，带着无与伦比的破坏力，以及势在必得的决心！

“一场 85 后挑战 70 后的创业英雄对决——来自乌镇世界互联网大会的最新报道。”

“这一场互联网时代的“裸奔”之战究竟是巅峰对决还是迭代之战？”

……

电台中热议着刚刚发生的“对赌”，显然，这场“惊天赌约”不只霸屏手机，而且占据几乎所有财经节目的头条，这本该是让他倍感兴奋的消息，但此刻的刘帅却眉头紧锁，显得忧心忡忡。

就在互联网创新论坛即将结束的时候，台上的他突然收到了一条彩信：

“追上我，就告诉你一个关于你们家族的大秘密。停车场，红色兰博基尼。”

紧随这段文字的还有两张照片：一张照片看起来年代久远，相纸已经泛黄，但仍能清晰辨认出照片上的男人是他父亲刘怀远年轻的时候。一个面目娟秀的女子亲昵地揽着父亲的胳膊，极温柔地将头倚在他肩上；另一张照片很新，看得出是最近照的，青春不复的那个女子牵着一个少年的手，而少年的眉宇间依稀能看出刘怀远的影子！

恰逢一个大弧度的转弯，红色兰博基尼跑车一记漂亮的漂移，几乎只一转瞬，那道倩影就巧妙地越过了前方笨重的大卡车，从黑色兰博基尼跑车的面前消失了！

与转弯角越来越近，全速行进中的刘帅紧踩刹车，快速扭转方向盘，同样是一个完美的漂移，让车子像一束黑色闪电一般，硬生生从两辆车的“缝隙”中穿了过去！

“各位听众，这里是《谈股论金》节目，万全天盛能否借着与51旅游网的赌约摆脱连日低迷的走势？本节目将持续关注……”

美艳女郎唇角微微上扬。

郭天宇和李建波不就是心里有那么点小九九么？不都想借着世界互联网大会这个风口炒热在线旅游行业，提升各自公司的股价吗？

可是我们的计划已经开始了，只怕就不会那么简单让你们如愿以偿。特别是郭天宇，和风头正渐的万全天盛。

女子心中冷笑着，顺手拨通了一个电话。

一位男子的声音从跑车的蓝牙音箱中传来：“BOSS，有什么吩咐？”

“新闻看了？”

“看了。”男子的声音有些诚惶诚恐，“BOSS，这次赌约已经上了各大网站的头条了，对我们的做空有些不利。”

“没问题，一切按计划进行。一个星期之内税务部门就会进驻万全天盛，通知‘清水’那边加大做空力度。”

“是！”

“还有，把这些事放风给通远中国的CEO Jason林，刺激他们加快进入中国市场的步伐。”

“明白！明白！”

男子口中连连答应，最后又小心翼翼地问道：“BOSS，我搞来的大牛您还满意吧？”

“动力不错，开起来很顺手。”女郎笑得意味深长，“一号猎物已经上钩了。”

说罢，她挂断电话，放任车子如脱缰的野马般向前奔去！

120、140、160、180……

车速越来越快。刘帅全神贯注，额头满是汗珠，忍不住打开了敞篷。夜风吹拂，带走了他的汗珠，也令他更加清醒。

进入杭州后，车辆越来越多，红色跑车仍是那样的灵动和敏捷，在保持速度的同时，巧妙地在车流之中穿行。

不知多少次，她几乎是擦着旁车车身掠过去，又或是灵巧地往两辆车中间一钻，完成近乎“不可能”的壮举。

也不知过了多久，前方的车顶缓缓张开，火红的围巾宛若一面旗帜，迎风飞扬。

为了探究这两张照片背后的秘密，刘帅使出浑身解数，再次加速追上。

两道雪白的灯光穿透黑夜，在川流不息的车流中煞是醒目，一前一后如影随形，引来围观者阵阵惊呼。

表的指针渐渐指向8，刘帅紧跟红色跑车一个提速，在仁和路往右一拐，深入到一条小巷，跟着红车停在了一个名叫“L-ounge”的酒吧会所门口。

女郎一身杜嘉班纳的高订，当季黑色限量“牡丹版”连衣裙上绣着的金色牡丹完全传递了杜嘉班纳浪漫不羁的品牌精髓，伴着女郎的转身，裙摆摇动，牡丹花瓣层层绽开，花瓣与花瓣间似乎还沾着晨间晶莹剔透的露珠！在女郎曼妙的行进间，她脚上那双经典顶级鹿皮鞋上的宝石光芒时闪时掩，女郎的风姿与高端品牌的风情融为一体，真可谓花露相随，美轮美奂。

神秘女郎回头看了一眼正在下车的刘帅，好似完全不知道自己美得如此耀眼，略为挑逗地粲然一笑，径直走向酒吧门口。

但此时刘帅完全没有欣赏的心情，他急匆匆地赶上去，却被服务生一把拦住："先生，对不起，我们这里是私人会所，只能凭 VIP 卡出入，请您出示一下。"

刘帅顿时呆住了，杭州那些高档酒吧会所的 VIP 卡他基本都有。就算没有，别人一看他的着装和车辆，心中也会有数，就从没有被挡在门外的时候。

这家会所是什么来路，非但从未听过，保密性还做得这么强？

刘帅正琢磨着是否要报出自己的身份时，从前方传来一个悦耳的声音："没关系，这位是我朋友，请他进来。"

终于，神秘女郎在刘帅对面坐下。她雪白细腻的肌肤、白天鹅般的颈线和眸光之中流转着谜一般的魅惑，让刘帅这种视美色如草芥的男人都不由自主地有些晕眩了。

似乎不太喜欢自己这短暂的失神，刘帅皱着眉，紧盯着对方单刀直入："你是谁？究竟知道些什么？"

神秘女郎避而不答："开了这么久的车，刘大公子你不渴吗？我们先喝一杯！慢慢聊。"

两杯曼哈顿鸡尾酒适时地摆在了桌上，刘帅径直端起酒杯，一饮而尽："酒已经喝完了，现在你可以说了吧？"

"刘大公子，有没有人对你说过，你是个不解风情的男人。"神秘女郎耸了耸肩，嘴角扬起谜一般的微笑。

见刘帅眉宇间皱了起来，她随即把话题拉回来，正色道："前段时间爆出的永安理财公司非法集资案，你知道吧？"

刘帅点了点头："百亿级的 P2P 平台轰然坍塌，这么大的事情，谁都听说过。"

"香港有个叫颜晓凯的人，在里面投了整整五千万，血本无归。"女郎慢条斯理地说，"这五千万里面，还有三千万是他借来的钱。借贷公司上门逼债，他说要宽限几个月，马上就能弄到钱。借贷公司早查过他们的社会关系，怎么会相信？为了取信于他们，他就爆出了自己妹妹颜筱诗与刘怀远先生的一段情，并领着借贷公司的人去看了他那个外甥，与刘怀远先生长得很像，对吧？”

刘帅心里震动，但依然将信将疑："你又是怎么知道这件事的？"

"自我介绍一下，Jane，天路投资的董事长。"Jane 含笑道，"怎么，有印象了吗？"

一听"天路投资"，刘帅立刻了然："前段时间，有三支基金突然一起在二级市场大量买入我父亲公司腾龙电气的股票，它们似乎都隶属于天路投资名下？"

"正是。"Jane 嫣然一笑，"腾龙电气正积极投入新能源项目，这也是我们极为看好的发展方向。正因如此，我们评估之后，决定重仓持有腾龙电气。那家借贷公司的老板，一直争取想和天路投资合作，知道这桩丑闻一旦爆出来，腾龙电气的股价一定大受影响，我们天路投资也会损失惨重，就向我们卖个好。"

说罢，她递了一张纸条给刘帅，上面写着那对母子的信息：

颜筱诗，女，39 岁，在香港油麻地开了一家咖啡厅；

霍家俊，男，16 岁，就读于皇仁书院。

除此之外，还有咖啡厅的地址，电话，以及他们的住处。

薄薄一张纸，对刘帅来说，却重逾千斤。

"姓霍？"

"根据颜晓凯的说法，他妹妹未婚先孕后，就嫁给了一个姓霍的男人。那个男人性取向为男，所以两人只是假夫妻。"

刘帅将这两个地址深深记在心里，对 Jane 说："谢谢，请留个联系方式给我，下次有机会请你吃饭。"

Jane 目光流转，煞是美丽："吃饭就不用了，今天超速的罚单，杭州你熟，就靠刘大公子你搞定了！"

刘帅无可奈何地耸了耸肩："OK，没问题。"心却早已飞到香港的那对母子身上了。

他必须调查清楚这件事，并想好如何处理。

万一这件事是真的，千万不能让母亲得知。要是母亲发现心中的幸福家庭竟然在十七年前就蒙上了阴影，她一定无法接受这个现实。

望着刘帅匆匆离去的背影，Jane 露出一丝自得，只见她拿出手机，回拨之前在追车途中，曾经打给她的那个电话："万全天盛三大股东，刘帅已经入套，下一个轮到孙秋萍了。立刻给我定最快的、前往米兰的机票！"

第三章
狭路相逢

上午十点,上海徐家汇。

天空飘着细雨,雨不算大,但被风一刮,就好像穿透了厚厚的衣服,带着透骨的凉意,直接刺到肌肤上。

徐家汇广场,太平洋百货门口,气氛却是异常紧张。

只见一红一蓝两个百人“方阵”在隔着半米不到的距离对峙,空气中是浓浓的火药味,叫骂声也此起彼伏:

“这是我们的地盘,谁允许你们万全天盛来抢?”

“这明明是我们向商场申请的活动区域,你们‘51 旅游网’凭什么想来占?”

围观群众纷纷驻足,好奇地打听这是什么情况。就听见知情人议论纷纷:“穿红衣服的是万全天盛,蓝衣服的是‘51 旅游网’,这两家公司的地推员工又要打起来了。”

“又要打?烦不烦啊!这个月都打了五回吧?”

“但之前几次,顶多也就十几二十个人对峙,不像今天这么多啊!万一真出事可怎么办?报警了没?”

“警察来了!警察来了!”

警察的到来就像迎面而来的一盆凉水，浇灭了双方内心躁动的火焰，大家都纷纷散去。

万全天盛在徐家汇地推点的负责人王则见状，立刻拿着几瓶饮料凑了上去："真不好意思，大冬天的，劳烦各位警官跑一趟。"

为首的警官摇了摇头，不肯接饮料，只是说："王则啊，你们两家公司的人少打几次架，不就行了吗？"

王则身材高大健壮、阳刚正气，给人十分可靠的感觉，就听他保证道："一定！一定！我们绝不主动挑事！"

他一边说着，一边却用眼神示意，他的好搭档板哥与胖哥心领神会，立刻支起桌子，搭好摊子，这是他们好不容易拿到的，正对着太平洋百货大门的黄金位置。

"51 旅游网"的人慢了一步，只能恶狠狠地瞪着王则，却碍于警察在旁边，不敢做什么，不得不退而求其次，占据稍差的地推位置。

王则团队中，除了他们三个大男人之外，还有两个勤工俭学的女大学生，一个叫小爱，一个叫倩倩。其中倩倩比较机灵，也会看人眼色，见状连忙趁热吆喝："您好，扫码送洗衣液！我们万全天盛正在搞活动，只要扫码下载我们的 APP'游乐宝'，就能领一袋洗衣液。"

小爱有些害羞，却也跟着好友，一同喊了起来，没过多久，她们的摊位渐渐被更多人给包围了。

就算知道这些中年妇女们多半是为了礼物来的，压根不耐烦什么下 APP，有些甚至要她帮忙操作，两个女孩心里还是乐开了花——因为完成了小组每天的 KPI 考核就有奖金和各种表扬，对目前的她们来说，可是一笔不小的收入！

手忙脚乱的一天结束后，王则团队收了摊，往地铁口走。

倩倩兴奋地计算着今天的收入，眉飞色舞："王哥，我们今天又超额完成任务，指不定又是小组第一！"

王则笑了笑，对此习以为常，一旁的胖哥凑趣道："倩倩，你和小爱也大四了吧？毕业后有没有继续来万全天盛工作的打算啊？"

胖哥，名副其实有着一张圆滚滚的脸和圆滚滚的身材，笑起来眼睛就是眯着的，一看就让人心生好感。板哥则与一旁胖乎乎的伙伴相反，瘦得像根竹竿，瘪得像一块木板，海拔却是三人里头最高的，往那里一站就是根活生生的电线杆。

倩倩与他们合作了几个月，已经很熟悉了，闻言就笑眯眯地说："当然！我们早就想当万全天盛的正式员工了！"

"倩倩。"小爱拉了拉好友的衣角，有些难为情，"你怎么答应得那么快啊！我还没想好呢——"

"笨蛋。"倩倩气得直点她的脑门，王则、胖哥和板哥却露出了善意的微笑。

几人一边说笑，一边为了赶时间，准备抄一条近路。谁知一踏进小巷，背后就涌上十几个穿着"51 旅游网"工作服，人高马大的男人，将他们团团围住。

"你们几个，今天很高兴？"为首的男人满面横肉，冷笑道，"小组第一？业绩第一？你知不知道？你害得我们连饭都吃不饱了！"

王则听了，心里"咯噔"一下，知道今天这事怕是没法善了了。

自从"51 旅游网"在竞争过程中突然强行推出"商家二选一政策"之后，"51 旅游网"和万全天盛的日子都不怎么好过。

对在线旅游行业来说，机票和酒店无疑是重中之重，也是双方不惜一切要保下来的根基。所谓"二选一"，就是航空公司和酒店只能在"51 旅游网"和万全天盛两家之中选择一家合作，非此即彼，是非常凶狠、不留后路的一招。为此航空公司和酒店都提出，哪家的 APP下载量大、订单多，就会选哪家。这就给直接面对终端客户的地推人员带来了巨大压力，因为只有他们拉来的客户越多，公司的订单才可能越多。

于是，两家公司针对拉客的任务指标层层加码，地推人员倍感压力。再说，两家公司的所有员工都知道双方的大 BOSS在乌镇世界互联网大会上的豪言和"对赌"，谁希望自己公司赌输？谁愿意看到自己的大 BOSS 去当众裸奔、出丑呢？

由于被万全天盛的地推人员抢去不少客户，"51 旅游网"在徐家汇这个点的地推人员已经连续好几个月没有达到绩效考核目标了。一个月灰头土脸，也只能拿到两千多的底薪，他们心里早就窝着一团火。今天顶着雨水，被寒风吹了一天，业绩又没达标,他们不由怒了,于是聚集十几个人,暗中跟着王则等人,在这里把他们堵了。

王则不动声色,冷静地问:“你想怎么样?”

“告诉你们!明天不许来徐家汇!以后也不许来!”对方恶狠狠地威胁道,“你们要是敢来,我们就给你们一些颜色瞧瞧。”

“凭什么!”倩倩性子急,胆子也大,忍不住反驳,“徐家汇是你们家开的?说不让我们来,我们就不能来?”

对方粗声粗气地说:“你别仗着自己是个女的就来事,我告诉你,你们再这样不识好歹,是女的我也照打不误!”

倩倩本有些害怕,转念一想,这里虽是巷子,离大路也不远,随便一喊就是人,旁边还一个水果摊呢!他们难道还真敢打人?

她不信这个邪,又尖牙利齿,讥讽道:“有本事打女人,就没本事地推争第一?活该天天拿底薪!”

这句话戳中了“51 旅游网”地推人员的痛处,便有人忍不住:“看来今天非得给你们一点教训了!让你们长长记性!”

看见对方的拳头朝自己落来,王则毫不犹豫地架住,板哥和胖哥也顶了上去,与对方扭打在一起。

王则一边拖住五六个人,与他们打,一边对两个女孩子吼:“你们先跑,快点!”

小爱还有些惊魂未定,倩倩连忙拉着她,踉踉跄跄往外跑。

刚跑到巷口,两人忍不住回望,就看见“51 旅游网”的人随手从一旁的水果摊上抄起了刀子,捅向板哥,不由尖叫:“杀人了——”

派出所里,小爱茫然地做完了笔录,和倩倩缩到一起,声音也是空茫茫的:“倩倩,我们该怎么办啊?”

小爱毕竟只是个大学生,想想刚才的事就心惊肉跳,后怕不已。

谁能想到,“51 旅游网”居然会情绪失控到动了刀子!如果不是王则身手好,拦了一下,那一刀就该直接捅到板哥的肚子上了。

七寸长的刀啊,要是真捅进去,能不能救回来都不知道。

但这样一来,王则也红了眼——他本来就接受过特种兵训练,有一身格斗的功夫,转业后也有不错的工作,只是他自己比较看好互联网,这才放弃丰厚的待遇到万全天盛,从基层扎扎实实干起的。他离开部队两年还不到,平时从没忽视锻炼,真要放开来打,三五个壮汉不是他的对手。结果对方拿刀子的没弄出人命,反倒是王则狂躁之下的一阵猛揍,有人被打伤送进了医院。

"这不是王哥的错?对吧?"

倩倩心里也很害怕,握着小爱的手,反复说:"对,这不是王哥的错,是对方先动刀子的!"

"可,可我们进了派出所——"小爱的声音都带哭腔了,"要是被学校知道了,我们该怎么办啊!"

倩倩也怕极了,不知说什么,两个女孩子抱在一起瑟瑟发抖。就在这时,警察来了:"走吧,有人来接你们了。"

公司……来人了?

倩倩和小爱心怀忐忑,不安地走了出去。就见一行人站在外面,为首的那个相貌英俊,戴着一副金边眼镜,斯文中带着干练,脸上似笑非笑,动作不紧不慢,举手投足间透着浓浓的精英感。

小爱不认识这个人,倩倩却在新闻报道上见过,不由吓了一跳——这件事情,居然惊动了万全天盛的副总裁之一,专门处理公共关系的老大郑峰亲自出面处理!

看来事情相当严重!想到这里,她开始担心起来了。

王则、胖哥、板哥等人也陆续被带了出来。

郑峰拿出一支万宝龙的笔,让大家在一个文件上一一签字。等相关手续办完,郑峰客气地向负责警官致谢,然后阴沉着脸,带着一伙人走出了派出所。

应该是没事了!小爱和倩倩重新见到街上的人流,呼吸到自由的空气,心里终于松了口气。

谁知郑峰突然转过来盯着大家,指了指王则、胖哥、板哥三人,语调严肃:"你们给我听着，以后绝对不允许这么动粗！少给公司惹事！别让你们张总跟着你们挨批，听见没有？”

王则感到有些委屈，憋了半天没忍住：“郑总，如果‘51’的人还拿刀子出来，难道我们就让他们捅吗？他们先动手，我们是自卫！”

“你们都很能打？不服气是不是？”

郑峰的厉声质问，让一伙人都不知道怎么回应了。

“两个老板在乌镇与‘51’的李老板对赌后，我知道全公司所有员工为了万全天盛的胜出比以前更拼了，你们这么努力公司怎么会不赞赏？当然是自卫，不然把你们接出来有那么容易？但你们想想，如果打架这个事被媒体大肆渲染后，会给公司带来多么恶劣的影响？”郑峰威严地扫了一眼，不疾不徐地说，“尤其在上海，全国的窗口城市啊，媒体云集，更容易爆发舆论危机！”

郑峰看见所有人都把头低了下去，这才放缓口吻：“这次事件，郭总通过各种关系已经摆平了，公司清楚上海的业务拓展特别艰难，知道大家都很努力。但越是这样，你们越要慎重。以后尽量不要与对方有身体接触，避免类似的打斗事件再次发生。明白了吗？”

感觉他的语气越来越柔和，在场的人悬着的心落下了一点点，胖哥给板哥使了个眼色，板哥于是壮着胆子问：“郑总，那就是说，公司不处罚我们了？”

“罚当然还是要罚的……”郑峰故意拖了语音。

众人的心又提到了嗓子眼儿。

郑峰故意卖了个关子，停顿了一下，才突然咳了咳：“郭总交代我亲自接你们出来并传话，责令荣膺‘拼搏奖’的王则团队即刻公派前往马尔代夫，反省七天。相信印度洋海岛的风光那么好，你们一定能想清楚，到底怎样才能做到在地推中不吃亏，既抢到我们要的市场，又能够不和对方发生身体冲突。”

看着郑峰一脸严肃的样子，众人都怀疑自己的耳朵听错了，就连最有主见的王则也有些晕了。

“那……想好了会怎样？不想好呢？”

“想好了，就赶紧回来！做全公司的样板团队，升级、重用！用业绩打败‘51’，送李老板去裸奔！想不好——”郑峰坏笑地看着这帮家伙，直到大家又露出忐忑不安的神色，才哈哈一笑，说：“想不好就继续待在那里，但七天之后就拜托你们自己买单，什么时候想通了，什么时候回来！”

妈的！这哪里是惩罚，分明是放大假啊！王则这溜人明白公司的良苦用心了。

“耶！公司万岁！郭总万岁！用业绩打败‘51’，送李老板去裸奔！”众人尖叫，兴奋不已。

胖哥当场就咧开了嘴，不苟言笑的板哥呵呵乐着，王则更是十分感动，庆幸自己当初选择了万全天盛。郑峰看了一眼小爱、倩倩，特别交代说：“放心，公司已经对学校和媒体方面都打过招呼了，不会曝光你们的名字，不会影响到你们的学业。所有在场的临时工作人员，今天受惊了！公司给你们每人发500元的额外补贴。希望你们以后还继续愿意为万全天盛工作！”

此刻，众人眼里满是激动的泪花。

“五百块，五百块——”回去的路上，倩倩哼着歌，神采飞扬，“今天得了五百块，我的五百块！”

小爱见她哼得不成调子，奇道：“这是什么歌呀？”

“不是什么歌，随便哼哼而已。”倩倩捂着脸，满是期待和憧憬，“王哥他们居然可以去马尔代夫玩！我的天呐，伟大的万全天盛！我真希望自己快点毕业，赶快进万全天盛！”

经过今天的事情，小爱也有些心动：“万全天盛……真的了不起，很人性化！”

“不光是这个哦！”倩倩陷入了幸福的畅想之中，“你知道吗，万全天盛的单身汉很多，那些程序员就不用说了，钱多话少……咳咳咳。还有那些黄金单身汉就更不用提了！比如郑总，今天的郑总真是太帅了！不光是郑总，还有好多万全天盛的高管都单身，副总就有三四个未婚呢！而且你知道吗，董事长刘帅不光单身、没有绯闻，还是个超级，超级，超级大帅哥！”

小爱没想到倩倩已经考虑得那么远了，不由愕然，还没来得及问“咳咳咳”是什么意思，就见倩倩一把拉住她，急匆匆地小跑了起来：“快，我们努力去！”

“唉？去哪里？”

“图书馆啊！亲爱的，不保持好成绩，怎么进万全天盛这种大公司？”

“哦，好的……你不要跑太快，我，我，我快喘不过气来了！”

两个憧憬着未来的女孩子并不知道，她们今天所经历的事情，不过是在线旅游业残酷市场竞争的冰山一角。同样的场景从一年前到现在，再到不远的将来，会在全国各地陆陆续续地上演。

第四章
山雨欲来

早上8点30分，腾龙双子星B座楼下，万全天盛财务总监卢俊杰早早地在大门口等候。早在一周前，他就接到了税务部门的通知，将在今天来到万全天盛进行税务稽查。

万全天盛上市伊始，就在杭州未来科技城竞拍了一块商服用地，规划建造自有产权的总部大楼，但这至少需要三年的建设周期才能交付使用。然而随着公司员工的急剧增加，原有的办公场地完全不够用了；再加上万全天盛是由万全信息和天盛科技两家公司合并而成，而万全信息在城北，天盛科技则在城西，一城两地分开办公内部沟通极为不便。于是郭天宇和刘帅便把总部搬迁到位于钱塘江边、由腾龙集团开发的杭城新地标建筑——“腾龙双子星”的B座。

卢俊杰时不时向大楼外张望，指针缓缓指向9，一辆大巴车稳稳驶来，一大群身穿税务局制服的稽查人员有条不紊地下了车。

怎么这次稽查来了这么多人？

卢俊杰心中有些吃惊，以他过往的经验来看，这个阵容起码可以分成两个稽查小组了！

带着疑惑，卢俊杰刚要迎上前去，没想到有人比他更快一步。

"欢迎税务部门来到我们腾龙集团指导工作！"

一个四十来岁，穿着一身笔挺正装的干练女性从腾龙双子星的A座走了出来，先卢俊杰一步，迎上了稽查小组。

这不是腾龙集团的财务总监吗？

对方也愣了一下，显然她也没想到会在这里遇到卢俊杰。

税务部门竟然同时对万全天盛和腾龙集团这两家公司展开了稽查？

这样的事情似乎从来没有发生过。

难道只是单纯的巧合吗？卢俊杰心里掠过一丝不安。

为了应付这次税务稽查，卢俊杰早就做了万全准备，提前做了清查，确保在税务上不会有任何的疏漏。

一位看起来应该是稽查小组领导的人没有多说什么，只是和两人打了个招呼，随后对身边的人吩咐了几句。整个稽查小组迅速地分成两支，一队跟着腾龙集团的财务总监，一队跟着卢俊杰，分别走进了腾龙双子星的A座和B座。

让卢俊杰没有想到的是，第二天，万全天盛就因此上了报纸的头条。

税务稽查第二天，万全天盛CEO办公室。

"怎么？还在担心腾龙集团资金的事啊？"

几个月前，腾龙地产以110亿的价格独立拍下杭州凤凰山地块，又一次刷新了地王纪录的同时，腾龙地产资金链绷紧的传闻也在社会上广为流传。

郭天宇正在和刘帅面对面聊着这件事，却发现对方有些意兴阑珊，忍不住开口安慰："你就放心吧，伯父可是老江湖了，出不了岔子的。"

刘帅皱了皱眉，低声道："你知道吧，当初腾龙地产是和一家国企共同拿下的凤凰山地王，对方出了60亿，我们出50亿。结果这家国企因为政策原因选择退出，我爸把国企那部分的盘子接了下来，导致现在腾龙地产的负债率有点高……"

郭天宇关切地问道："到底有多高？"

"132%左右，我都觉得过高了。"刘帅虽然清楚房地产的运作和靠融资的互联网行业不同,主要是靠贷款,但这么高的负债率还是让他有些担心”

郭天宇看出了刘帅的不安，特意宽慰道:“应该还好吧，我记得地产行业的负债率平均都在 80%左右。现在楼市虽然暂时遇冷,地产生意难做,但是凤凰山地块这样的好地段,市中心豪宅这样的好项目还是很赚钱的！”

刘帅叹了口气,语气中颇有些担忧:“我听说凤凰山地块附近就是南宋都城的遗址所在,若是地里有文物怎么办？红海集团之前在旁边拍的那块地就是前车之鉴,卡了好几年到现在都没能恢复动工,这件事你也知道吧？”

红海集团是浙江本土最大的地产商，就是因为在凤凰山一带的开发中过程中挖出了文物,导致一直没法继续动工,这点郭天宇虽然不在地产行业也有所为耳闻。郭天宇明白,刘帅是担心万一腾龙地产在开发过程中在遇到一些意外,那高达 132%的负债率很有可能将公司拖垮。

郭天宇转念一想,立刻笑着说道:“可是,就连我们都知道红海集团的事,伯父又怎么可能不知道呢？既然腾龙地产敢拍,那自然是做了万全的准备吧？”

刘帅轻轻点了点头，看来他早已和父亲确认过:“那是自然，我爸和我小叔做了这么多年地产,自然不会打无准备的仗,前期的调研也做得十分详尽。不过我还是觉得风险太大了些……或许我们一直在做轻资产公司,不怎么能理解他们做重资产公司的思维吧？”

正在此时,一阵急促的敲门声打断了两人的交谈。

郑峰和卢俊杰一起冲进办公室，郑峰将一叠报纸放在郭天宇的面前说道:“郭总,出事了。”

首先映入两人眼帘的,就是硕大的几行标题:

“税务部门入驻万全天盛,在线旅游泡沫即将破裂”

“千亿赌约,将毁于税务稽查？”

“蒙眼狂奔的万全天盛将掉入税务黑洞”

……

郭天宇和刘帅看着手上的报道,脸色铁青。

谁都没有想到,税务部门仅仅入驻万全天盛一天,国内外媒体就像是吃了兴奋剂一样,进行了大量的报道。

在报道中,几乎所有的媒体都引用了国外一家名为清水研究(Limpid Waters Research)的市场调研公司发布的数据!他们对万全天盛上市以来的财务报表进行了详尽细致的分析,认为存在着数据造假的风险。

郭天宇和刘帅两人对视一眼,发现这件事并不简单。

税务稽查前一天,清水研究发布了名为《万全天盛:美好数字背后的风险》的分析报告;

第二天,税务部门入驻万全天盛;

第三天,国内外媒体纷纷跟进,大量援引清水的研究成果,同时将此事与税务稽查联系起来,得出了万全天盛税务存在重大问题,或将遭到国家税务部门严厉处罚的推论。

“哪有这么巧的事?”刘帅苦笑了一声。没想到自己一直担心的腾龙集团没出问题,首先出问题的反而是万全天盛。

“郭总、刘总,这次清水公司来势汹汹,怕是有备而来,我们可得做好准备。”郑峰打破沉默,分析道,“清水公司明面上是曝光在美上市的中国公司的虚假财报和欺诈行为,靠研究报告盈利。实际上业内人士都知道,他们与媒体、律师事务所甚至投资人都有说不清的密切关系。”

郭天宇眉头紧锁:“你的意思是,这些媒体的背后都是清水在捣鬼?”

“恐怕大部分是的。”郑峰的语气也有些沉重,“由‘清水’这样的第三方研究机构出具看空报告,配合媒体的新闻轰炸,让目标公司的股票下跌,从而使基金和机构投资者先赚到做空的钱,这是他们的惯用伎俩。我们必须立刻召开新闻发布会,同时召集媒体进行反击。”

郭天宇和刘帅同时点了点头,赞同郑峰的分析。

一直没有说话的卢俊杰突然开口:“郭总,我们的人偶然听到稽查小组的人聊天,说要‘仔细地、慢慢地查’,我想,这不会有什么问题吧?”

郭天宇的心中也浮起了一丝疑云。

这次税务稽查本身就有些蹊跷,而且还同时查了腾龙集团,难道是有人在针对我们?

可是要说一家美国的清水公司有能力影响到中国的税务部门，这简直是天方夜谭!

“或许是清水公司有自己的消息渠道,知道税务部门会展开调查,所以就借题发挥?”刘帅想到了一种可能性。

郭天宇将报道狠狠往桌上一扔,对刘帅说道:“无论如何,我们都要尽快行动,将这篇报道引起的损失降到最低! 要知道,我们好不容易才借着与‘51 旅游网’的赌约把股价拉升了上去,现在和‘51 旅游网’的竞争正在关键时刻,绝对不能在资本市场出岔子!”

刘帅正想说些什么,办公室的电话突然响了起来,是传奇投资人蒂姆·霍顿的助理克莱尔打来的。

“Mr.Guo,我与蒂姆·霍顿先生正在前往中国的途中。”

凌晨一点,迎着江南第一场纷纷扬扬的大雪,一辆黑色的奔驰商务车在沪杭高速上,向浦东国际机场疾行。来自华尔街的传奇投资人蒂姆·霍顿,万全天盛的股东和特别顾问,正在飞往中国的航班上。在那次澳洲的难忘邂逅后,他就成为了郭天宇创业的贵人,多次在关键时刻帮助万全天盛。因此,郭天宇十分期待与他再次见面。

车里的郭天宇忙里偷闲,拿出手机查看纳斯达克股市行情。果然不出他的所料,因为清水做空和负面报道的原因,万全天盛的股价一开盘就开始下跌,已经从 36.63 美元掉到了 32 美元左右。

六个月前,公司股价曾一度冲到了 IPO 以来的最高点 42 美元,然而不知什么原因,就在这半个月里,股票不断下跌,甚至一路跌回半年前的水平。虽然前几天爆出的“裸奔”赌约消息,让股票短暂地反弹了两天,但现在清水的报告和媒体关于税务稽查的报道,只怕又会让股价不断下行了。

更让郭天宇不安的，是蒂姆·霍顿这么急着赶来中国。蒂姆·霍顿一向对郭天宇和刘帅非常信任，在公司上市后，还从来没到过杭州，难道这次深夜赶来，也与清水公司的所作所为有关？

在浦东国际机场T1航站楼的到达出口，这位犹太血统的美国投资界男神一如郭天宇在澳洲达尔文市初见他时那样，热情又幽默，一见面就给郭天宇和刘帅两人各来了个大大的熊抱："亲爱的郭、刘，好久不见。"

郭天宇和刘帅也笑着回应了蒂姆·霍顿的熊抱："是啊，蒂姆先生，想见你这个'外星人'一面可真不容易！"

"今天除了我们，迎接你的还有漫天大雪。中国有句古话叫'瑞雪兆丰年'，相信这是个好兆头！"

听到刘帅的吉语，蒂姆·霍顿会心一笑，眨了眨眼睛，戏谑道："热情好客的中国人，热情好客的中国天气。就像你们两人一样。"

郭天宇爽朗一笑，躬身站在车门前，请蒂姆·霍顿和克莱尔上车。随后一行四人没有回杭州，而是直接开往刘帅在上海的私人别墅。

少顷，商务车悄然泊在畲山高尔夫俱乐部旁的欧式别墅前。

作为主人的刘帅首先下车，手机却不合时宜地响了起来。等众人都进了门，刘帅才抱歉地说："对不起，我有个电话。先失礼了！"

蒂姆·霍顿耸了耸肩，打趣地说："中国有句俗话叫'人有三急'。看出来了，你有一急。"

刘帅忍俊不禁，心想这真是个可爱的美国老头。

五分钟后，接完电话的刘帅回到客厅坐下，亲手给大家泡了一壶珍藏的大红袍。

蒂姆·霍顿品了一口就直入主题："作为伟大的万全天盛现在的小小股东，和你们聘请的首席投资顾问，我给你们带来了好消息和坏消息，你们要先听哪一个呢？我提醒你们，坏消息可比好消息要多哦！"

郭天宇和刘帅对视了一眼，笑着先开口道："相信只要是您来了，坏消息都会变成好消息。"

“是啊，你们来，对我们就是好消息。”刘帅笑着跟了一句。

蒂姆点了点头，笑眯眯地说：“好消息是，在即将出炉的最新一期《福布斯》‘全球30岁以下白手起家富翁排行榜’上，你们两位兄弟都排名前十，而且刘帅排名第一，天宇排名第九。你们在乌镇与李建波的对赌大大提升了万全天盛的影响力、企业形象和在媒体认可度，相信对股价也会有一个提振。”

郭天宇和刘帅在创业的时候，从来没想到自己有一天能登上“福布斯排行榜”。这个消息让他们不禁兴奋地跳起来极受鼓舞，和蒂姆一起击掌庆祝。不过，很快他们又冷静了下来，郭天宇关切地问道：“蒂姆先生，到底有什么坏消息？”

“第一个坏消息，你们已经知道了。我收到可靠的消息，清水公司已经将目标对准了万全天盛，这一次的报道只是开胃菜而已。”

蒂姆示意克莱尔将两份文件分别交给郭天宇和刘帅：“清水公司战绩彪炳，绝对不容小觑，你们一定要做有心理准备。这是我的团队对清水公司接下来的一系列行动做的预测和相关的对策参考，或许能对你们有些帮助。”

这可真是太及时了！

蒂姆的团队很贴心，这份文件不是用英文，而是用中文写的。里面不仅有清水公司的详细信息，包括创始人、内部架构，以及与清水公司利益相关的媒体公司，最后还有清水公司对于中概股做空的一系列案例及相关应对策略。

郭天宇和刘帅连忙道谢：“蒂姆你真是帮了我们大忙了！有了这个，我们就更有把握应对清水的做空了！”

蒂姆点了点头，小口啜着茶，耐心等两人说完之后，才慢悠悠地说：“现在是第二个坏消息。”

整个客厅安静了下来，郭天宇和刘帅不自觉地咽了下口水，只听蒂姆一字一句地说道：“通远中国公司将会在下个月开张！”

两人极度震惊，刘帅问道：“下个月？不是说至少要六七个月之后吗？这比原来预计的时间提前太多了！”

美国通远拿下欧盟市场只用了十个月；澳大利亚和加拿大‘沦陷’得更快，仅花了八个月时间;俄罗斯的抵抗稍微久一点,却也只坚持了十二个月,本土的在线旅游公司就全部被通远打垮。可见通远的商业模式极富竞争力,再加上他们雄厚的资本,说是摧枯拉朽也不为过。

一个月前,蒂姆已经将通远在北京注册公司的消息告诉了他们,于是万全天盛立即把通远在中国的一切动作列入实时监测的范围,但所收集到的信息无不显示出通远中国最快也要半年后才能开业,怎么可能是下个月呢?

跨国公司的进驻,不是挂个招牌就可以简简单单启动业务的,方方面面总要做好充分的准备吧?

蒂姆摇了摇头,无情地打碎了他们的幻想:“据我所知,通远为了进入中国市场,做了非常充足的准备。你们中国人有句古话叫‘明修栈道,暗度陈仓’。我和克莱尔也是来中国之前才了解到,通远在进行中国公司注册之前已经完成核心团队的组建。据说,通远中国的 CEO 是为通远打下日韩和东南亚市场的美国通远全球副总裁,香港人 Jason。此人足智多谋,非常了解中国市场。”

这个出人意料的消息,让刘帅和郭天宇措手不及。这意味着万全天盛和“51 旅游网”的两强争斗,将提前演变成三国大战。

郭天宇琢磨了一会,抬起头说:“通远进入中国的时间,比我们原来预计的整整提前了半年!”

这一刻,刘帅和郭天宇都深刻意识到,在线旅游行业的竞争将变得更加残酷。

山雨欲来风满楼!

蒂姆反倒有些诧异:“我的坏消息看来真的很坏。可是,郭、刘,通远都已经准备得很充分了,不可能没有动静,你们一点风声都没收到吗?”

刘帅不由苦笑道:“蒂姆先生,消息是探到一些,只是没想到通远动作这么猛、这么快。事实上,刚才我接听的那个电话,就和这件事有关。”

见大家都盯着自己等待下文,刘帅接着解释道:“业内早有传言,说有神秘机构一直在与多家顶尖旅行社接触,寻求并购。我还以为是国内哪家互联网巨头想进军在线旅游业呢,但总觉得这件事不大对劲,于是考察完腾龙地产在江苏的项目后,顺道去了南京一家与通远传出‘绯闻’的大型旅行社。”

“这家旅行社的老板和我父亲有交情，一开始含糊其辞，后来在我的再三追问下，终于透露是通远开出了很高的价码，他们已经基本同意被收购了！”

蒂姆点了点头：“这正是通远的作风！估计你们很快就会受到三轮冲击。第一是人才争夺，他们肯定会高薪挖业内精英；第二是线下渠道争夺，中国那些经营最好的旅行社，将是他们重点收购的对象，这一点你刚才已经证实了；第三就是用户争夺，据说为开拓中国市场，他们做了五十亿美元的庞大预算。郭、刘，通远的实力可比你们的老对手‘51 旅游网’强多了，马上就会有一场可怕的补贴大战，烧钱的时候到了。”

“明白了，明白了。蒂姆先生，克莱尔小姐，你们先喝茶，给我们十分钟时间，先处理一个事。”意识到事态的严重性，郭天宇立即拿出手机，雷厉风行，“刘帅，你打电话给彭欣，我和洪韧韬说一下。我们要干的第一件事情，就是防止团队中有人被挖。”

彭欣是万全天盛人力资源部的负责人，洪韧韬则是技术部门的负责人。这是即将爆发的人才争夺战中两个关键部门的负责人。

蒂姆·霍顿端起了茶，知道他们心急，体谅地点了点头。

互联网公司的流动性本来就是很大的，万全天盛合并还不到一年，虽然以高薪、优厚的福利吸引了一大批互联网精英前来任职，但通远现在一定会开出更高的价码来挖人，万全天盛的人才向心力和凝聚力究竟有多大，能不能将最主要的骨干人员留住呢？

对这些问题，郭天宇和刘帅在这一刻真还是不那么有底了。

郭天宇拨通了 CTO 洪韧韬的电话，交代他摸底技术部门被猎头公司接触过的员工，务必要稳定好技术部门的核心团队。

刘帅则叮嘱 HR总监彭欣密切关注通远公司和它委托的猎头公司的动向，掌握他们挖人的政策和进展，以便及时应对；同时密切关注公司内部员工的动态和反应，高度警惕，务必严防死守，不能轻易让通远挖走人。

这两通半夜的电话结束后，郭天宇和刘帅才稍稍松了口气。

“谢谢您带来的消息，不然我们真要被打个措手不及了。”郭天宇由衷地感谢蒂姆。

“其实通远的战略并不是什么秘密，也就是试水高端旅游定制，高额补贴，高额广告，高薪挖人这‘四高’战略而已。我相信你们很快就会适应，并能创造性地应对他们。”蒂姆眼中闪动着智慧的光芒，他对郭天宇和刘帅充满信心。

“郭、刘，明枪易躲，暗箭难防。”蒂姆·霍顿话锋一转，“但是接下来这个消息，其实才是让我第一时间赶到中国来的原因。”

还有更头疼的消息？

刚刚缓了一口气的刘帅和郭天宇，一颗心又被提到了嗓子眼上。

究竟还有什么比清水公司做空，通远要在中国发力这两件事更难对付的事情？

蒂姆的神情变得有点凝重：“我在华尔街听到了一些风声，有一股神秘的资本势力正在布局，专门狙击那些优质的上市公司，现在可能已经将目标瞄准了万全天盛。”

郭天宇和刘帅一时间没能反应过来，愣了片刻之后，郭天宇问道：“蒂姆先生，我真的听不懂您在说什么。他们是什么人？为什么要瞄准我们？难道还是清水公司吗？”

“清水公司和他们比起来，可是小巫见大巫了。我甚至怀疑清水公司就在替他们做事，不过我没有找到任何的证据。这股资本势力做事非常隐秘，像是一个谜团。不过我还是通过一些关系了解到，恐怕他们与中国有着千丝万缕的联系。当然，我相信你们明白，既然让万全天盛成为一家在纳斯达克上市的公司，那么你们就应该接受它随时可能被狙击的命运。”

说罢，蒂姆耸了耸肩：“我就知道这么多，已经全部告诉你们了。郭、刘，资本市场的凶险远远超越了你们的经验，你们在那里还将会有一次成长，祝福你们，我的网络英雄们！”

他的神色恢复了轻松风趣，一时找不到北的郭天宇和刘帅，倒是怎么笑都笑不出来。

凌晨三点，铺天盖地的大雪终于停了。

此刻，城市已被厚厚的白雪完全覆盖，那么，在线旅游市场这个江湖，会被通远这场大雪覆盖吗？

第五章
乌云压城

“真的没想到啊，‘51 旅游网’的副总裁兼 CTO 杨明竟然带着他的整个核心团队加入了通远！”

凭借蒂姆·霍顿的提前预警，刘帅和郭天宇及时布局，有效进行了防范，因此万全天盛除了客服部被挖走一个副总监和几个中层干部之外，没有遭遇严重的人才出走危机。

当猎头公司进一步接触万全天盛的骨干团队时，不只是很快碰了一鼻子灰，而且彭欣对其老板的亲自致电起到了敲山震虎的作用，以多年的合作和交情动之以情，以终止合作的威慑晓之以利。作为要害部门的技术部在洪韧韬的领导下，每晚都闭门加班，甚至没给猎头公司的说客在电话里说完话的机会，更不用说见面、吃饭了。

“这次‘51 旅游网’确实元气大伤，全公司十三个总监走了五个，整个技术部更是遭受重创，项目负责人都没剩下几个。”万全天盛 CEO 办公室内，彭欣正在向郭天宇和刘帅做报告。

“出了这么严重的事，恐怕李建波已经气疯了。”听到李建波倒霉，刘帅嘴角露出了一丝微笑，但是心里却没有丝毫的轻松感。

其实自从担任万全天盛董事长后，刘帅就基本从具体事务中脱离出来，将工作重心放到了董事会和公司战略上，不是每天都到公司，来了也未必准时。可近来日益严峻的市场竞争局面，让他也坐不住了，今天一早就来到了公司。

通远这一招釜底抽薪真的太狠了！要不是蒂姆·霍顿消息灵通，同样的情况就可能发生在万全天盛身上，这让郭天宇不禁心有余悸！

似乎是为了宽慰两位老板，彭欣连忙补充说道："郭总、刘总，这次杨明事件其实也不全是因为通远发力。杨、李二人素来不和，杨明对CEO的位子有所觊觎，身后也有董事会的支持。而李建波则一直大权独揽，想把杨明排挤出核心管理层，动过好几次手都没能成功。杨明虽然给李建波制造了很多麻烦，却也没能赶走李建波自己上位。在两人过往的争斗中，杨明始终是处于下风的。如果通远开出非常丰厚的条件，杨明当然乐意在自己获利的同时，让李建波焦头烂额一次。"

彭欣的解释让郭天宇稍微松了一口气："我也知道'51旅游网'的内部派系众多，这一点我们公司要好得多。现在来看，通远不过是因势利导罢了。"

一旁的刘帅忽然想起了什么："既然李建波早就知道杨明有异心，他难道就没有料到会发生这种状况吗？"

彭欣听了大吃一惊："刘总，您的意思是……李建波故意让杨明团队离开公司？可是这样对公司有什么好处？技术团队分裂是实实在在的，现在的'51旅游网'的新平台开发已经处于半停工状态了。"

郭天宇的面色有些沉重，摇了摇头说道："那你就错了。那是杨明的技术团队，不是李建波的技术团队。杨明出走虽然削弱了'51旅游网'的实力，但是也给老狐狸李建波重新洗牌的机会。这都几天了，还没有公布新任CTO的人选。这绝不意味着'51旅游网'人才已经匮乏到一个CTO都选不出来了，我更愿意相信是董事会和李建波的意见有分歧。"

"我赞同你的看法。但'51旅游网'内部有矛盾，自减战斗力，不正是我们的机会吗？"看到郭天宇面色凝重，刘帅笑着说道，"你看通远能挖走了杨明的团队，却挖不动我们洪韧韬的团队，这说明什么？说明我们腾龙双子星的风水就是好！"

刘帅故作轻松地站起来伸了个懒腰，拍拍自己这个亲密搭档的肩膀："兄弟，也别太担心。目前和'51 旅游网'的赌约之战，还是我们略占上风。通远进入中国，对我们有冲击，对'51 旅游网'的影响更大。我们两兄弟并肩作战，没有过不去的坎。"

正在这时，门外传来了敲门的声音。张晓冬苦着一张脸走了进来，硬着头皮为两位老总带来了一个震惊的消息。

"刘总、郭总，通远以市场部副总经理的位子挖走了我们华北地区的大区经理……"

郭天宇神色大变，立刻问道："他带走了多少人？"

张晓冬随后的话让郭天宇的心中不好的预感成了现实。

"他直接带走了整个团队。我尽全力说服，可除了两个区域经理愿意留下来之外，其他人都向我递交了辞呈。"

张晓冬话音未落，只见郭天宇一拳狠狠地砸在桌上，从牙缝里憋出五个字："可恶的通远！"

"51 旅游网"的技术团队，再加上万全天盛华北地区的大区经理，通远一套组合拳下来，同时重创了两家公司，还一下子打破了之前一直是双雄争霸的中国市场格局。

接下来的几天，郭天宇更是感受到了通远的威力。

"张总，我这边又收到一份解约通知！"

郭天宇走进市场部的时候，只听到一位市场部的员工高喊道。

整个市场部里忙作一团，到处是此起彼伏的电话铃声，传真机的滴滴声还有戴着耳麦的员工业务洽谈声。

此时郭天宇的手机也震了一下——是全天 OA 发来的一条紧急信息："郭总，除昨天已经汇报的情况外，截止到现在，公司总共已经收到 99 份有关差旅业务合同到期后将不再续约的传真。其中 35 家表示将在一个月内与万全天盛解约。市场部张晓冬。"

全天 OA 是万全天盛新开发的一套公司内部及时沟通的全新办公管理系统，功能非常齐全，在万全天盛向流程化、制度化、移动化办公方向推进过程中发挥了重要作用。

那么，刚才那一声喊叫一定就是第 100 份解约通知了？郭天宇的心里不禁一颤，这才多少时间？短短十几个小时、100 份解约通知，难道是……

“啪”郭天宇还来不及细想，身体就受到了一股猛烈的冲击——从市场部急匆匆跑出来赶着去见客户的员工小王，与站在门口的郭天宇撞了个满怀！

“郭总，没事吧？对不起！对不起！”见自己撞上的竟然是公司总裁，身体异常壮实的小王赶紧扶了郭天宇一把，吓得拼命点头哈腰，涨红了脸一个劲跟郭天宇道歉。

“没事，赶紧去吧！我都知道了，客户能留住一个是一个！”郭天宇拍了拍小王的肩膀，反过来安慰对方，“这个时候，公司看你们的了！”

郭天宇对这一撞根本没有放在心上。看着这些如临大敌、行色匆匆的员工，郭天宇心里十分沉重：显然，通远已经在加快行动了——一场史无前例的恶战正等待着他们。

忽然握在手里的手机响起了熟悉的铃声，是万全天盛大股东孙秋萍的电话：

“天宇啊，最近公司的股票除了有两天是涨的，怎么一直在跌？算下来我都快损失五个亿了，这到底怎么回事啊？我现在在欧洲，玩得心思都没了，急着想赶回来呢！”

郭天宇的思绪还在刚才的担忧里，这下热闹了，孙秋萍又来提醒了一个新的烦恼。郭天宇定了定神，调整出平和的语气，耐着性子安慰道：“秋萍姐，是这样的——你知道我们和‘51 旅游网’有一个谁先做到一千亿美元的赌约，因此大家在市场上都拼得很凶，应该是资本市场认为我们的烧钱补贴会影响业绩和利润吧！但是你放心，公司基本状况良好，等我们财报公布之后，大家会发现实际上利润影响不大，股价立刻就会涨回来，甚至涨很高。”

他虽然嘴上这样说，其实心里的隐忧却是越来越强烈了。

或者说，他内心也希望股价下跌真的像他自己所解释的一样，而不是蒂姆所说的神秘力量在攻击他们。

孙秋萍过去一直过着贫苦的日子，只是凭借曾作为万全天盛创始人之一的弟弟孙秋飞意外身故后留下的股权，才一夜暴富。她对股市本来就懵懵懂懂的，听郭天宇说得像模像样，也就信了："哎呀，那我就放心了。否则我这颗心老悬着，就是现在跟团买东西也不来劲。虽然这个'通远公司'的团，是我目前跟过最好的一个……"

"你跟了通远的团去欧洲？他们不是还没开业吗？"郭天宇感觉自己的大脑好像突然遭到了重重一击，嗡嗡作响。

孙秋萍压根不清楚这里面的情况，在电话那头一片茫然："我不知道，我只是听朋友说，搞这个团的是美国通远公司，世界五百强，顶尖的企业，非常厉害。据说他们开展个性化高端定制旅游服务，国外非常流行，于是就报名了。我们这次要逛遍伦敦巴黎米兰，去世界上最顶尖的秀场看看。我说，天宇啊，咱们万全天盛什么时候也能搞这种水准的团……"

郭天宇一言不发地听着孙秋萍的絮絮叨叨，这个意外的消息让他有些傻眼，深受刺激，站在那里拿着电话却一副失神的模样：这通远怎么回事？怎么可能会这么快就在中国做起生意了？

这时孙秋萍的咋咋呼呼打断了他的沉思："等等，建军打电话来了！天宇，我先不跟你说了！"

话音刚落，听筒已只剩下嘟嘟声，孙秋萍那头已挂断了电话。

"喂……"郭天宇的"喂"已然来不及，心里顿时添堵。这个秋萍姐！

"建军？"难道是山盟投资的朱建军？这世界真小！

郭天宇想到孙秋萍套现部分股票后，除耗费巨资在老家修了一个富丽堂皇的庄园外，又不知在谁的怂恿下，还开了一家投资公司，专门做上市公司的定增业务和拟上市公司的股权跟投，当时孙秋萍还曾让郭天宇帮忙介绍专业人士。

孙秋萍并不知道郭天宇曾与朱建军有过节，不过山盟投资在这两块业务上也算有些口碑。孙秋萍如果选择的是山盟投资，倒也是可以放心。

挂断电话，郭天宇不再犹豫，直接走进了市场部的办公室——现在最重要的，还是和刘帅、张晓冬一起应付眼前的困境。

“和预想的一样，但还是太突然，通远公司一发力，我们在差旅管理这块重点业务上就会损失大量的世界五百强客户——这恰恰是‘差旅宝’业务中最优质的一块啊。”刘帅有些无奈。

郭天宇捧着手中那一叠厚厚的解约传真纸，每翻一页，就感觉自己的胸口像是被什么东西猛扎一下。这里面的不少客户，当初都是万全天盛的弟兄们花了九牛二虎之力才从“51 旅游网”手中抢过来的。没想到啊，才服务了短短一年，转眼他们又要被新的竞争对手抢走了。

“真是难以想象通远这么大体量的公司行动竟如此迅速！”第一次深刻体会到行业巨鳄战斗力的郭天宇露出了一个有些勉强的笑容。

“不过，情况未必有我们想象的那么糟。”刘帅突然话锋一转，“昨晚我想了一宿，脑子里有了盘算。今天一早赶来公司进一步做了梳理，跟晓冬仔细研究了客户名单，心里这块石头总算才落了地！”

“啊？”郭天宇有些吃惊，也有些欣慰，抬起头直视坐在对面的刘帅和张晓冬：“你们的意思是？”

“100 家要求解约的客户中，真正铁定要跟我们解约的应该不到四成！”刘帅从郭天宇手中的传真纸里抽出一叠，逐一摊放在郭天宇面前，“你看，这是要求在一个月内与我们解约的公司，一共 35 家，无一例外都是世界五百强的中国区总部。我们跟他们沟通后，得到的统一解释是接到全球总部的指示，中国区的差旅业务将归口给一家全球性公司管理。”

毫无疑问，“一家全球性公司” 正是将于一个月后正式宣布进入中国的通远，目前也只可能是通远。这些世界五百强企业在全球范围内均与通远有广泛的合作，在通远进入中国市场前，他们在中国分支机构的相关业务只能交给本土差旅企业来做，所以万全天盛和“51 旅游网”才有机会。如今通远一来，这些业务自然都会失去。何况，当初为了急于获得这些优质的外企客户，万全天盛和“51 公司”都做了让步，与他们签的是非限制性合同，虽然约定了相应的服务年限，但按照预留的条款，甲方保留了随时变更差旅管理服务方的权利。

“一个月！”郭天宇托着下巴沉吟片刻，又翻了翻留在手上的传真，半晌才一字一句地说，“一个月，正好也和蒂姆给我们的消息一致。那这65家呢？里面有不少中国五百强和中国民营五百强的客户，如果他们再被抢走，中小企业的客户很可能会跟风投向通远，对公司的差旅管理业务非常不利。”

“市场部已经逐一和这100家公司电话沟通，这35家外企表示遗憾，说已接到上面指示，差旅业务将另做安排，且没有谈判余地。剩下的65家均表示，如果我们可以给出更加优惠的条件还是有机会继续合作的。现在市场部的销售人员都已经在赶往这些公司的路上，我要求他们先把客户稳住，具体的优惠条件等信息收集上来，我们再逐一研究，拿出对策，上报公司决定。”张晓冬顶着一双浓浓的黑眼圈，眼睛里布满了血丝，“需要高度重视的是，这65家公司都无一例外收到通远的传真，说是通远将全面进入中国市场，如果能够提前与他们签订差旅管理的意向协定，可以享受特殊优惠。”

“不愧是世界排名第一的公司！通远果然老辣！好，我们只能提前迎战了！无论如何这65家企业一定要留住！优惠的幅度都可以谈。市场部要抓紧时间，必须在三天后召开的战略会议上，拿出对症下药的方案，我们一起来讨论，时间紧迫啊！”

郭天宇顿了一顿，眼角的余光瞥见了站在门口等候的人力资源总监彭欣，示意让她进来，然后转头继续对张晓冬说，“另外，通远已经在中国开始试水海外高端定制旅游了，这个情况大家也必须足够重视。虽然中国人赴海外旅游这块市场还不是我们的主打业务，但通远行动的速度已经远远超出了我们的预期。”

“我们必须立刻做好和通远竞争的准备，恐怕已经没有多少时间留给我们了。”刘帅说得斩钉截铁。

第六章
战略会议

钱塘江边，腾龙双子星 B 座，上午八点五十分。

位于万全天盛总部 28 楼的会议室，一场全体高层出席的重要战略会议即将举行。

硕大的长方形会议桌上，每个座位前都竖着一块电脑显示屏，每块显示屏和会议室一头的超大投影屏幕上都呈现了这次会议的主题："三国大战"策略研讨会。

会议室的气氛紧张而肃穆，明明坐满了人，却无人窃窃私语，更没有一个人在看手机。

九点一到，郭天宇从主持的位子上站了起来，神色冷峻，威严地扫视了一下都已落座的参会人员，单刀直入地说道：

"相信大家都看了会议通知，知道美国通远已经开始对中国市场'动刀'。最迟三周，通远就能在北上广等一线城市，尤其是华北地区铺开市场，与我们正式交锋！我们和'51 旅游网'的两强对决马上就要演变为'三国大战'了！"

会议室顿时异常寂静，每个人自己的呼吸声都清晰可闻。而窗外，钱塘江水仿佛也停止了流动。

郭天宇略略停顿了一下,继续说道:“我们的新对手通远,比‘51 旅游网’更厉害!公司精心策划的国际化战略还未开始实施,他们就先把中国市场直接变成了一个国际竞争市场。”

“如果不能赢得这场‘三国大战’,我们也很难参与未来全球市场的竞争。只有在中国扛住通远的进攻,并且不让‘51 旅游网’抄我们的后路,我们才有底气走出去!”

刘帅也是少有的一脸严肃:“我们现在一方面在与‘51 旅游网’打消耗战、持久战,一方面又要面对通远的步步紧逼;国内的税务稽查尚未结束,国外清水公司却接连发布三篇数据报告,借此做空我们,可谓腹背受敌啊!所以,今天的会议非常重要!”

“这次会议,或许将决定万全天盛的未来!如何赢得‘三国大战’?我们必须群策群力,全力以赴!”郭天宇语调严峻地补充了一句。

霎时间,会议室里的空气像被抽走了一般,凝重到让人窒息,高层们都倍感压力。

“哐当!”

一声茶杯倒下的声音,打破了死寂的气氛,原来是万全天盛的副总裁之一,分管市场部的张晓冬!

也许是觉得有些热得喘不过气来,张晓冬把脖子上的围巾取下来时,一不小心碰倒了茶杯。茶水一半泼在了笔记本上,一半打湿了衣服。看到大家都在盯着自己,张晓冬尴尬至极。

“晓冬,你不是摔杯为号吧?”

看到现场气氛有些僵硬,郭天宇适时地打趣了一下,他的玩笑仿佛让沉重的石头落了地,一下就使得整个气氛活跃了不少,压力最大的张晓冬也不由得暂时松了一口气,就听见郭天宇又道:“看来你求战心切了,要不晓冬你就先系统汇报一下竞争策略,大家一起来提提意见。”

张晓冬赶紧用餐巾纸擦了擦桌子、笔记本和衣服上的水,打开电脑屏幕上准备好的 PPT,然后站起来,深呼吸,用遥控笔对准超大投影屏幕,开始陈述:

“大家先看这张中国地图，我们用不同的颜色来显示市场份额，其中红色代表万全天盛，蓝色代表‘51 旅游网’，绿色代表通远，其他颜色的点则代表了飞龙等业内对手。”

红蓝两色小点密密麻麻地占满了地图，挤得诸如黄色、紫色、黑色等小点几乎没了生存空间，但在北京、天津、河北、山西等地，绿点却异军突起，占据了大半江山。

那些绿点所代表的市场份额，曾经都属于万全天盛，却因为公司华北大区负责人及其团队的跳槽，全都便宜了通远。

这让众位高管的脸色都变得很难看，也感受到了来自世界在线旅游业巨鳄带来的巨大压力。

张晓冬面沉似水，向高管们逐一介绍如今的战略格局，先从他们的老对手“51 旅游网”开始：“今年九月，‘51 旅游网’推出‘我要玩乐’。这款 APP从功能、定位乃至界面，与我们万全天盛的主打产品‘游乐宝’相似度高达 98%。可以说，‘我要玩乐’就是冲着抢占‘游乐宝’的吃喝玩乐市场来的！”

早在万全天盛上市之前，“51 旅游网”就做了一项人事调动，把只是 IOS 开发部总监的赵成斌提到了项目负责人的位置，主管最新立项的“我要玩乐”APP。

不仅如此，李建波还给赵成斌下了非常强硬的指示——不必有任何创新，直接将“游乐宝”那一套搬过来就行。

他的理由也很简单，创新就意味着风险，“51 旅游网”已经比万全天盛晚一步踩上移动互联时代的步伐，那么就更要求稳。

万全天盛的成功已经证明了“游乐宝”从产品到模式，都是可行的，既然有成功的例子在，他们为什么不去效仿呢？

正因为如此，一听到“我要玩乐”，郭天宇就咬牙切齿。他深知在中国搞创新不易，特别反感李建波赤裸裸的山寨行为。

曾经与郭天宇一路打拼下来的洪韧韬、黄皓薇等高管更是唏嘘不已。因为“我要玩乐”的负责人赵成斌，是他们曾经的同事，与他们一起度过了最艰苦的创业岁月。却因为当时郭天宇创办的天盛科技发不出工资，他家中又急需用钱，才恋恋不舍地离开天盛科技，去了“51 旅游网”工作。

谁能想到，从前的同事、好友，如今却成为“敌人”的一分子，将“游乐宝”全盘复制，狠狠捅了他们一刀？

张晓冬也十分厌恶李建波的这种行为，却还是尽职尽责地说：“自两位老总和‘51 旅游网’的李建波在世界互联网大会上订下赌约后，‘51 旅游网’更是凶猛地把‘我要玩乐’的补贴提升到了每个用户 40 元，目的当然是想提高他们的用户数。”

“虽然我们及时进行了反击，同样将补贴额度调到 40 元，守住阵地。但‘我要玩乐’的市场占有率已经上升为 12.1%，哪怕我们‘游乐宝’的市场占有率已达到了 51.3%，仍然占绝对优势，情况却不容乐观。”

他这样说，众人还有些不解，刘帅已经清楚了：“‘我要玩乐’的市场占有率是 12.1%，‘游乐宝’是 51.3%，也就是‘我要玩乐’的 4.3 倍，对吧？那不就意味着‘51 旅游网’每对一个用户开出 40 元的补贴，我们就要对 4.3 个用户开出同等价格的补贴，才能保住自己的领先地位？”

刘帅的这道简单算术题，让所有人都明白了这个数据的残酷性。

用户是最不“忠诚”的，哪个 APP给的利益多，他们就使用哪个。这也让互联网企业陷入了“烧钱大战”的恶性循环，万全天盛如今也深陷其中。

“51 旅游网”付出 40 元，万全天盛就要付出将近 172 元，才能将双方的局势拉平。这种差距本身就很可怕，如果“51 旅游网”将补贴提高到 50 元呢？100 元呢？“51 旅游网”根基雄厚，不是能够轻易打败的对手，时间拖得越长，万全天盛所要付出的现金就越多，局面也会越不利。

一时间，会议室响起一片议论之声，每个人都试着开始计算“51 旅游网”的利润、成本和盈亏点，揣摩着对手把补贴提高到恶性程度的可能性。

张晓冬见刘帅示意他继续发言，于是整理了一下思路，把目前双方的竞争数据一一抛出：

今年一到十一月，“51 旅游网”在线酒店交易市场份额占 35.22%，在机票预订市场总交易规模的占比是 37.18%，万全天盛分别占 33.47%和 35.65%。

只要万全天盛在这两块的补贴高于“51旅游网”10%，就有机会提高各5%的市场份额。目前，“51旅游网”在酒店和机票上的补贴分别是30元和20元。

经过测算，如果万全天盛相应各提高10%，那么就将要增加1亿现金的补贴额度。

“机票和酒店是在线旅游的关键业务，皮之不存，毛将焉附？万全天盛必须在机票和酒店上占据绝对优势。如果只需要这点钱，当然值得花！”CFO卢俊杰应和道。

“那就索性提高20%，将‘51旅游网’在酒店和机票上的优势一举击溃。”CTO洪韧韬大胆提议。

“原来我也曾这样想过，但遗憾的是，昨晚郭总告诉我，三个星期后通远进入中国的第一招，就是将把‘补贴大战’的额度提高到180元！”张晓冬表情凝重地说。

“180元！”犹如一枚重磅炸弹扔进了会议室，炸得每一个在会议室的人员都懵了，然后是一阵嘈杂：

“180元的补贴？怎么可能？”

“应该已经构成不正当竞争了吧！”

“这根本就没法玩了……”

“是的，这是海外第一时间传来的准确信息！”郭天宇面无表情地予以确认。

“其实，这是通远一贯的做法，作为全球市值最高的在线旅游公司，他们财力雄厚，凭借高额补贴这个绝招，在国际市场上战无不胜。但是，在中国市场，我们必须让通远知道，这一招并不那么好用！”刘帅紧锁眉头，一边说一边用食指敲击着桌面，说罢示意张晓冬继续。

“通远选择在一月份进入中国，对万全天盛来说也算是个‘利好’。”

“在座各位一定记得去年冬天我们推出的三条1111元线路，正是那三个旅游产品为合并后的万全天盛在春节这个旅游旺季跟‘51旅游网’打了场漂亮仗。”

“根据去年春节旅游市场的大数据分析，今年我们在原有的基础上，已经谈下了五条999元的北京、哈尔滨、海南、香港、台北自由行线路和六条1999元的曼谷、东京、新加坡、普吉岛、首尔、大阪自由行线路，这十一个爆款产品我有信心比180元的高额补贴更吸引游客。”

说到这里，张晓冬原本高亢的声音变得无可奈何起来：“当然通远这 180 元的高额补贴我们也不得不跟。”

“不仅如此，由于公司的华北大区负责人及团队被挖走，导致我们华北大区损失惨重，迫切需要重组，这也是极为紧急的事！

随着自己的陈述，张晓冬心里的压力越来越大。目前市场部的 KPI 已经非常高，要是再加上通远这个巨头的全面进攻，员工们可能连休息的时间都没有了！

“小结一下，在与通远全线开打前，我们必须有针对性地加快抢夺‘51 旅游网’在机票、酒店这两块的市场份额，重组我们的华北市场；与通远全线开打后，一定是一场空前的高额补贴大战，我们除了必须开发更多的爆款产品吸引流量外，更重要的是得有充裕的资金作为支撑。”

讲到“得有充裕的资金”时，张晓冬的眼睛不由自主地瞅向财务部总监卢俊杰，对方也正好迎着他的目光看过来。

对卢俊杰来说，这场烧钱的‘三国大战’的担子，有一大半将沉重地压到他的肩上。

“至于差旅业务，还是有好消息的——我们刚刚应对了一轮通远提前发动的偷袭！”看见现场所有人都竖起耳朵在听，张晓冬终于开始宣布好消息，以提振士气：“根据对一百多家三天前发出解约通知的公司所进行的回访，我们认为通远的进入，对差旅市场的冲击远没有旅游市场大。虽然世界五百强中国公司的业务都会被集中到通远手中，但中国本土公司的差旅业务在经过反复几轮谈判后，我们以平均让利 2%的诚意终于完成了与他们的续约，并且还签下了他们明年员工旅行的合约。”

“不错！”现场有赞扬声，也响起了掌声。

张晓冬受到鼓舞，情绪高昂起来，大声地继续汇报道：“还有一个好消息！最新一次的数据统计显示，‘51 旅游网’差旅业务的市场占有率已跌破 25%，从两年前 41% 的市场占有率一路狂跌，如今只占 24.5%，而我们的‘差旅宝’上升到了 24.3%，几乎已经并驾齐驱。最为重要的是，中国五百强企业——差旅业务中相当优质的部分，除了一部分与‘51 旅游网’一直有长期合作的国企外，越来越多的大客户被我们万全天盛的‘差旅宝’所分流。我们已经签署了超过 270 家中国五百强企业的差旅业务，数量上第一次胜过了‘51 旅游网’。

“太好了！”

高管们不禁欢呼，会议室的氛围已没有之前那么糟糕了。

“在差旅业务上，我们有信心在一个月内超过‘51 旅游网’。为了挽救差旅业务不断下滑的趋势，‘51 旅游网’将他们的差旅业务分拆，推出了专属的 APP‘51 差旅’，全面提升了用户体验、便捷性和性价比，企图保住他们在差旅管理业务的领先优势。但是，让‘51 旅游网’失望的是，我们的地推非常出色，中小企业用户数的增长不仅已经赶上，而且这个月开始还将全面超越他们。”

“很给力，晓冬！至少在应对‘三国大战’上，我们万全天盛有了清晰的思路和对策。我们一起为给市场部的兄弟们鼓个掌吧！谢谢你们的付出！再次谢谢晓冬！”

郭天宇站起来做总结并带头鼓起了掌：“这里还有个重要话题，就是万全天盛的平台化发展。要赢得与李建波的对赌，尽快达到一千亿美元的销售额，我们是否需要在现有 OTA（注解：Online Travel Agent 的缩写，指在线旅行社，是旅游电子商务行业的专用称谓）的模式上，同时往平台化转向？大家可以发表下看法。”

“我赞成！”分管投资部的副总裁黄皓薇直截了当，“平台化发展在其他互联网企业中已经成为趋势，但在线旅游业却对这一商业模式无动于衷。一旦将平台开放，那些优质的旅行社将会为‘游乐宝’带来更丰富的旅游产品，同时也可以把这些旅行社的线下交易转化到‘游乐宝’上，无疑可以为‘游乐宝’带来更多的流量和成交量！”

“我觉得还是要慎重！三思而后行。”董事会秘书兼公关部总监郑峰显然看到了这里面蕴藏的风险，“平台化可能会让我们对旅游产品和用户资源的把控度降低，和商家打价格战的风险增大，除非万全天盛现有的人力和技术完全能控制这两方面的风险。”

……

对于这一战略，万全天盛的高管们分成旗帜鲜明的两派，开始了争执与辩论。

与此同时，河北某射击队训练靶场。

Jane 一身劲装，霸气、自信地瞄准远处的靶子。

“砰——”

干脆利落的一声枪响过后，身边立刻响起阵阵恭维：

“BOSS，您的枪法真是出神入化！”

“这水准，绝对能参加世界级的射击比赛了！”

一大群西装革履的人恭敬地围着 Jane，毫不吝惜口中的溢美之词，有中国人，也有外国人。

Jane 放下手中的步枪，嘴角勾起一丝漫不经心的笑：“光我一个人打靶，没什么意思。大家刚刚开了那么久的会，也辛苦了，这里没有外人，我们就一起放松放松吧！”

她这句“建议”，语调中是不容置疑的“吩咐”。

簇拥在她身边的人听了之后，立刻会意地散开，选好自己的靶位开始练习射击。只有一个国字脸，身材高大的中年人站还站在原地，有些迟疑。

他不开口，Jane 也无视他的存在，只是从容地再度端起步枪，准备射击。

中年人踯躅了好一会儿，才鼓足勇气说出了自己心中酝酿已久的想法：“BOSS，前几天我与刘怀远见了一面，发现他似乎还有什么后手，腾龙集团还没有到山穷水尽的时候。”

“哦？”Jane 连头都没有抬一下，似乎对此不感兴趣。

中年人有些急了，连忙说道：“以我对刘怀远的了解，他一定会在手上留一笔流动资金，就算我们能卡住银行的贷款，让凤凰山地王因为文物而停工。但只要刘怀远有钱周转，就还有喘息的机会，未必能逼迫刘帅去质押万全天盛的股份救腾龙集团！BOSS，请您相信我！”

Jane 没有说什么，自顾自地打枪，一旁的朱建军笑着走了过来，拍了拍中年人的肩膀：“崔扬啊，你不要紧张嘛！我们当然相信你说的是真的。你可是他场面上最好的兄弟，否则也不会知道刘怀远十八年前泡妞的私事，对吧？”

听到朱建军这样说，崔扬脸上有些挂不住，就看见朱建军笑着对简丽丽说：“BOSS，崔杨兄可是为了我们的大业，割袍断义啊！”

Jane一口气打空枪里的子弹，摘下护目镜，似笑非笑地望着崔扬：“你这么热心，究竟是为了‘二爷’的计划，还是为了拿下腾龙集团？”

说到最后，她的语气变得有些冰冷。

听到“二爷”的名字，崔扬噤若寒蝉，额头上蒙上了一层冷汗，一句辩解的话都不敢说。

“帮‘二爷’办事，少不了你的好处，但你若要为了一点私心，破坏‘二爷’的计划。”Jane冷冷地盯着崔扬，见他吓到都快站不住了，才话锋一转，“腾龙电气的股份处理得怎么样了？

“按照许翔的操作，在连续上涨后已经都抛出去了。BOSS神机妙算，我们这次借地王这件事猛拉股价，天路投资收益颇丰。”

“干得不错！”Jane轻笑了一声，“对了，孙秋萍那边怎么样了？”

“孙秋萍明天到米兰，计划可以立即启动。”

“孙秋萍这样的女人，居然掌握着万全天盛10%的股份。为保万无一失，这次我亲自出马！通知安娜，让她马上飞米兰配合我演场戏。”

“BOSS，我这就去安排!”听到Jane要亲自参加对孙秋萍的计划，朱建军感到意外，之前为了接近刘帅，Jane还特意临时要求他时调了一辆红色兰博基尼。看来“二爷”这次对万全天盛的行动势在必得，自己办事须更加小心才行。

等到朱建军离开之后，Jane才像是想起崔扬一样：“腾龙这边，你过于担心了，刘怀远再狡猾，能逃得出‘二爷’的手掌心吗？不过你透露的信息很好，我立即向‘二爷’汇报。好好替‘二爷’办事，‘二爷’不会亏待你。

崔扬如蒙大赦地松了口气。

在听到最后一句话的时候，他的心剧烈地跳动了起来，一阵抑制不住的狂喜充满了他的胸膛。

可以肯定，跟着“二爷”是自己做出的最正确的选择！

Jane 这句话等于给了他保证，只要好好干，腾龙集团的资产就会按照原先的承诺由他崔扬接手！

崔扬压根没考虑过计划失败的可能性，因为他从来没有见到过有“二爷”办不成的事！

刘怀远，你做了一辈子的企业，以后就是我崔扬的了！

拿着枪正准备再次射击的 Jane 似乎看穿了崔扬的心思，意味深长地盯着他，颇带警告地说道：“这次计划，是我们最盛大、最华丽的一次狩猎，我不允许在这个过程中，有任何超出掌控的事情发生！”

说罢，就见她举起步枪，看也不看崔扬一眼，转身直接对着枪靶就扣动了扳机。

“砰！”

正中靶心。

第七章
另辟蹊径

万全天盛公司，会议室。

中国在线旅游业的市场格局分析完毕之后，高管们开始探讨应对策略，洪韧韬则代表技术部率先给出了一个解决方案，就是他们正在筹备的免费 Wi-Fi项目。

所谓免费 Wi-Fi，即游客进入有万全天盛免费 Wi-Fi 布点的景区后，手机就能自动连上网络。

这款免费 Wi-Fi与目前备受吐槽的公共免费 Wi-Fi最大的不同是，在使用上更为便捷、流畅，其性能将高于手机 4G。而对万全天盛来说，他们可以通过免费 Wi-Fi获取用户的手机号码、旅游频率、旅游偏好、消费习惯等大数据，这些大数据又可以为万全天盛在今后的产品推广中带来巨大帮助，从而在市场竞争中占据主动。

“根据计划，免费 Wi-Fi 还需要两个月时间才能推出，最新的游乐宝 4.1 版本，我们争取在一个月内完成测试上线。”技术男的发言，总是特别简短。

郭天宇对于洪韧韬的这个汇报似乎并不满意，虽然他知道技术部的员工已经在超负荷运转。但商场如战场，没有人会跟你讲感情，通远不会因为你的员工加班加点而放慢前进的脚步。

他希望能在通远大展拳脚之前，多使出几个杀手锏，抢占先机，所以他毫不犹豫地下达了指令："游乐宝 4.1 版本必须在通远进来之前完成更新，免费 Wi-Fi 项目争取在两个月内完成，总之越快越好。"

停顿了一下之后，郭天宇又挥了一下手，斩钉截铁地说道："一旦我们在三亚海滨浴场的试点成功，就要尽快把免费 Wi-Fi 推向全国，这对我们未来抢占市场至关重要！"

洪韧韬听了有些犹豫："郭总，三个月的时间，已经是我按照大家一天工作十二个小时来计算的，如果是两个月……"

他倒是无所谓加不加班，反正他在杭州孑然一身，回不回家都一样，十天有八天是住在公司的。但底下的员工不一样啊！人家有父母、有妻子，或许正在谈恋爱，一天十二小时工作时间已经很夸张了，再多，且不说没有私人时间，估计身体也会受不了！

郭天宇摇了摇头，非常严肃地说："对现在的我们来说，每一分每一秒都很重要，不能耽误。我之所以在公司推行'铁军文化'，就是希望大家都有钢铁一般的精神和意志，不怕苦，不怕累，克服每一个难关！放心，我会让彭欣配合你，技术部要什么样的人才，你直接列清单，HR 必须以最快的速度挖到！"

听见郭天宇这样说，同为公司副总裁的人力资源部总监彭欣微微皱了皱眉头，下意识地看了刘帅一眼。

哪怕两家公司合并了一年，她还是不大习惯郭天宇这种强势的行事作风。

万全信息与天盛科技合并之前，彭欣一直是万全信息的二把手。这位三十岁出头的女强人深得刘帅信任，刘帅凡事与她商量，业内因此觉得万全信息的管理特点是 HR 压过了技术；但到了万全天盛，虽然彭欣带领的 HR 团队高效高质地挖人才，填补了公司快速发展导致的大片岗位空缺，但她却在郭天宇面前没有丝毫可以置喙的余地。

所以不管怎样，郭天宇拍板的事，还从来没人敢反对过，于是洪韧韬只能点头，彭欣也应了下来。

黄皓薇看气氛有点不大好,连忙转移话题:"刘董、郭总,我觉得,我们对'飞龙旅游网'的收购可以缓一缓。"

黄皓薇是一路跟着郭天宇打天下的老员工之一,与洪韧韬以及已经成为郭天宇夫人的卓伊等人并称为"十一金刚"。她有计算机和金融两个学位,天盛科技刚创业的时候,她跟着大家一起做程序,后来公司不断发展,郭天宇很欣赏她的能力,就将她调去了新组建的投资部,担任主管。

这个年轻的姑娘并没有让郭天宇失望——万全天盛合并之后,大规模扩张,多方并购,投资部都做得非常出色,这也让她成为公司年纪最轻的副总裁。

"飞龙旅游网"本来是在线旅游业第三大公司,掌握着非常多的旅行社资源,但在万全天盛异军突起之后,沦为了"51 旅游网"和万全天盛两大巨头争斗之下的炮灰,业绩每况愈下,却不像第四五名的公司那样濒临倒闭,而是顽强地支撑着。

正因为如此,不管"51 旅游网"还是万全天盛都希望能够收购"飞龙旅游网",整合资源,扩大自家的市场占有率。"飞龙旅游网"则待价而沽,价格开得一次比一次高。

这一点,黄皓薇看得很清楚,只是缺乏一个合适的时机讲出来,此时抓紧说道:"我认为,'51 旅游网'收购'飞龙旅游网'的诚意不是很足。他们只是做出这样的姿态,哄抬价格,消耗我们的时间、精力与资金。"

"眼下我们正与'51 旅游网'展开补贴大战,现金非常重要,如果动用两亿美元、甚至更多钱去收购'飞龙旅游网',或许就落入了'51 旅游网'的计策之中。所以,我建议,对'飞龙旅游网'的收购可先缓一缓,观察观察。我们投资部反倒认为可以将另一桩收购案提上议程……"

郭天宇意识到黄皓薇要说什么,于是立即用眼神制止。黄皓薇心里领会,打住了话头。

恰好已经到了午餐时间,郭天宇宣布休会半小时,大家吃了午饭再继续讨论。

刚才开会过程中,郭天宇发现刘帅的状态有点不对,注意力不算特别集中,于是趁着吃饭特意走过去关切地问道:“怎么了,有心事?”

刘帅苦笑了一声。自从在 Jane 处得知颜筱诗和私生子的事之后,他就立刻找了私人侦探前往香港调查。每当他和父亲刘怀远独处的时候,他的心中就升腾起一股莫名的荒谬感,完全无法想象举止优雅、风度翩翩的父亲,竟然瞒着母亲在外面出轨,还在外面有了私生子!

然而刚才私人侦探发来的消息,打破了刘帅心中尚存的最后一丝幻想,完全证实了 Jane 所说的一切都是真的!

还有一点更让刘帅担忧不已,那就是颜筱诗的哥哥颜晓凯!

刘怀远和腾龙集团都在明处,颜晓凯却处在暗处,不知道他什么时候会出现,又会对自己家人做出什么事情!

这些念头在刘帅的脑海里一闪而过,面对郭天宇的关心,他只能找个借口搪塞道:“家里有点事,没什么,已经处理好了。”

看出刘帅不愿意多说,郭天宇只能在心中叹了口气。

他经过洪韧韬身边的时候,发现别的高管都在聊天,只有洪韧韬一个人默默地吃着饭,似乎不大高兴。郭天宇立刻想到刚才的命令有些过于苛刻了,便走到他的身边,拍了拍他的肩膀:“韧韬,我刚才的话说得重了一些,你不要在意!你的能力和对公司的付出,大家都是有目共睹的!听说前段时间你又在公司住了半个月?还是要多注意身体,不要太拼了!人力这边,我会和彭欣协调,让你没有后顾之忧。”

洪韧韬点了点头:“郭总,我明白的,现在是关键时刻!您放心!”

正在这时,彭欣的手机忽然响起提示音,她低头看了一眼,颇为诧异:“刘董、郭总,我刚收到一条信息,‘51 旅游网’新的 CTO 任命了,是赵成斌。”

这个消息让洪韧韬脸上露出一丝不屑,黄皓薇叹了口气,郭天宇则吓了一跳:“赵成斌?怎么会是他?”

“杨明在‘51’技术部的威望很高,通远出手挖人,着重挖的也是技术人才,而且喜欢一个团队一个团队地挖。他一出走,许多资历老的技术骨干都跟着走了。现在他们技术部剩下的几位中层中,赵成斌是‘我要玩乐’的项目负责人,地位不低,能力最出色。”

说到这里，彭欣想了想，还是把另一部分她不是很确定的消息说了出来：“据我所知，李建波好像是不大高兴的，他之前就一直想提拔自己的心腹，杨明走了，刚好是个机会。但‘51 旅游网’的很多董事都觉得，正因为李建波与杨明的私人矛盾，才导致这次‘51 旅游网’伤筋动骨。除了李建波的铁杆之外，董事会的其他人都坚决不同意李建波的人选，才选了折中的方案，把赵成斌推了上去。”

郭天宇听了，想起当年赵成斌离开天盛科技时的种种往事，心情有些复杂，却只是点了点头：“我知道了。”

“天宇，‘我要玩乐’的事情，你也别放到心里去。赵成斌是为别人打工的，李建波要他做什么，他就只能做什么，我相信他心里也肯定不好受。”

刘帅知道郭天宇的心结，安慰道：“就像彭欣说的，恰恰是因为赵成斌不是李建波的人，他才会被推上去，而不是卖了‘游乐宝’去讨好李建波上位的。我想啊，李建波之所以同意赵成斌当 CTO，一是对董事会的妥协，二就是为了针对你，正好将赵成斌彻底拉到他那一边。”

郭天宇虽然心里明白，但还是有点难以释怀，不是对赵成斌，而是对他自己。

天盛科技最艰难的时候，整个公司只有十一个人，除了他和卓伊是来自“天下趣游网”，其余九人都来自孙秋飞的“恒达搜索”。这不免让郭天宇有些沮丧，不明白为什么团队凝聚力的差距会这么大，原先跟着自己的干的员工几乎就没有剩下的。

赵成斌也曾经是“天下趣游网”的一员，不过他是因为家境困难，才没有跟随郭天宇继续创业。这些郭天宇都能接受，但……他宁愿相信刘帅的说法，否则曾经和他关系不错的人，转身就靠卖了他上位，那自己该有多失败，多可怜啊！

即便如此，郭天宇还是很快收拾好心情，继续主持接下来的会议。

这个战略会议一直开到了皓月东升，最终郭天宇以解放战争做比喻，称万全天盛接下来要打补贴、平台和免费 Wi-Fi“三大战役”，力争在中国在线旅游市场赢得主动。

钱塘江开始起浪，从大海那边过来的钱江潮正排山倒海地咆哮着经过“腾龙双子星”大楼。

CEO 办公室内，郭天宇笑着说：“皓薇，请继续！”

黄皓薇知道郭天宇指的是会议中没让她说出口的那个收购提案。的确，刚才是自己莽撞了，这个提案在那样的场合下说，不太合适。

“郭总，关于收购趣好公司，我认为现在是机不可失。”她十分认真地望着郭天宇：“通远公司一旦进驻中国市场，竞争势必更为激烈，我们的盈利很可能受到影响。财报也会不好看，甚至可能动摇投资人的信心，所以我觉得必须做两手准备。”

见郭天宇默不作声，黄皓薇咬了咬牙，说出了自己深思熟虑后的想法：“只要收购了一家刷单公司，在必要时我们就能够维持足够漂亮的业绩！之前我让业内最顶尖的 FA 对各大刷单公司做了一个评估，详细数据五天前已发到您的全天 OA 上了。”

所谓“刷单”，并非简单地在后台修改几个数据就行了，而是需要实打实地资金一进一出，显示进行了交易。

这些“交易”之所以是虚假的，在于它并没有真正实现。比如一个刷单业务员订购了某度假产品，还付了钱，但他并没有去完成这次旅行。最后他支出的费用，商家以约定的比例通过尽量隐蔽的方式返还给他。这样一来，平台拥有了业务量，合作商家不需要付出人力物力就得到了一定的收入，刷单公司也赚到了足够的服务费，可谓皆大欢喜。

对于刷单这样的行为，如果是三年前的郭天宇，一定会毫不犹豫地拒绝。但在需要靠交易量、用户数据来提高公司估值并完成融资的互联网行业浸淫久了，他变得不像以前那么抵触了。

黄皓薇说的有道理，把业务规模做得越大，就越有机会提振万全天盛的股价、融到更多的钱，这是一个良性循环。尤其在如今通远大军压境的情况下，更需要一张漂亮的业绩报表，以稳定股东、投资人与客户的信心。

但万全天盛已经到必须走这一步的时候了吗？

看着黄皓薇坚决的眼神，郭天宇沉默片刻，问：“五天时间，足够你做出判断了吧？你看好哪一家？”

“我最看好趣好公司。”黄皓薇毫不犹豫地说，“虽然FA提供了四家刷单公司供我们选择，但趣好占据了在线旅游刷单市场36%的份额，拥有非常完善且流畅的生产线。不仅如此，这家公司的控股方是三个富二代组建的投资公司。”

郭天宇惊讶地重复了一遍：“富二代？”

黄皓薇笑道：“您可不要对富二代有偏见，现在热门的电竞、直播这些行业，身后不也都是富二代们的身影吗？事实上，很多富二代因为耳濡目染的缘故，都拥有足够优秀的商业眼光；加上年纪轻，赶上了时代的浪潮，他们对‘互联网’的敏锐程度也超乎一般人的想象。”

“就好比趣好公司的大股东Jacky，年纪比我还小一点，看上去就是一个普通的小胖子，但对行业发展的趋势很有见地，与我们公司内部的判断相差无几。而他坐地起价的本事也不小，自信在目前的局势下，趣好公司不愁卖不掉，问题只在于能卖到多少价格。”

郭天宇想想也是，刘帅就是一个富二代创业的典型。在互联网行业，创业的富二代还真不少，其中有些富二代们凑在一起投资项目，只是为了个兴趣，玩玩而已。这样的公司，如果能谈妥价格，收购的难度相对不大。

不过不到万不得已，郭天宇还是不愿接受刷单的行为。

当然，他清楚刷单已是整个互联网行业的普遍做法，但个别商家的刷单行为和万全天盛这样的大平台主动去刷单，性质是完全不同的。所以思虑再三，他还是拒绝了整个提议。

黄皓薇有些不死心：“郭总，现在收购趣好的话，我有信心不到一千万美元就能拿下！”

见郭天宇脸上露出探究的神情，她继续解释：“现在只有我们知道通远公司会在三周后正式宣布进驻中国，所以还有机会低价收购。一旦‘51旅游网’获知这个消息，‘趣好’的价格一定会像‘飞龙旅游网’一样节节飙升的。”

郭天宇知道她说得在理，但还是决定先观望观望再说，于是说道：“这件事让我再仔细考虑一下。哦,对了,另外我们公司申请支付牌照的事情,怎么还没下文?”

万全天盛上市之后,开始多线出击,不光收购了不少上下游和平行的公司,还试探性地进入关联行业,支付就是其中之一,想力争把公司的核心产品“游乐宝”打造成像“支付宝”那样集各项功能于一体的综合型平台。

按理说,以万全天盛的情况,申请互联网支付牌照应该很快获得批准才是啊!

“有关部门还在审核我们的资质。”黄皓薇也觉得这个进度有些慢了,但政府部门对这块的审批一向就严,拖点时间也是正常的。

第八章
米兰奇遇

意大利，米兰。

这座享有“世界时尚与设计之都”美誉的古老城市，每天吸引着成千上万的游客慕名而来。孙秋萍走在蒙特拿破仑大街上，顺着熙熙攘攘的人群，和旅行团的同伴们兴奋地交谈着。

孙秋萍完全没有意识到，身为万全天盛的第三大股东，不仅没有使用自己公司的服务，反倒还稀里糊涂地支持了万全天盛最强劲的竞争对手——美国通远公司的业务。

通远公司所推出的个性化高端定制旅游，按照客户的需求来量身设计，主打定位的人群便是豪门阔太，走的是高消费、个性化和特色化路线。孙秋萍现在的旅行团里十几位团员全是亿万富婆，堪称豪华版“中国大妈团”。

久负盛名的米兰黄金四角区，是购物者和土豪们的天堂，整条街卖的都是奢侈品。豪客们在这里一掷千金，满载而归。这天，孙秋萍和她的“中国大妈团”来扫货了！

从阿玛尼专卖店出来，转身又进了香奈儿旗舰店。这些闻名遐迩的品牌，是所有女人都无法抵抗的诱惑。

孙秋萍以前甚至会羡慕村里那些去深圳打工的姐妹，春节时她们从南方花几百块钱带回的A货都曾让她觉得遥不可及，何况眼下亲眼看到的都是货真价实的正品。她一辈子没有想过，有一天会在意大利、在米兰的店里亲手抚摸那些品牌，像抚摸自己领养的小猫小狗。

孙秋萍和一群富婆站在世界奢侈品的老巢，仿佛身后是一整船的黄金等着她们挥霍，好像脚下踩着一支舰队让她们来扫荡欧洲。盯着那些琳琅满目、流光溢彩的心爱之物，她们两眼放着贪婪的光，不像是来抢购，而像是来打劫的。

“包包，三只限量版，五只经典款！”

“女鞋，今年新款各来一双！”

“腰带，这些统统都要了！”

买买买！包上包上包上！接下来是春装、手表、钱包、钥匙扣……只要是店里有的都带走！

整整一个小时，十几个店员已经被排队进来的这支“中国大妈”抢购团折腾得大汗淋漓。带她们来的导游戴着香奈儿棒球帽，美目盼兮，喜悦地靠站在柜台边，悠闲地喝着杯里的矿泉水，一边环视着勤奋的大妈们，一边不时大声地中英文喊话。

这个场景也点燃了孙秋萍的购物欲望，她决定先为闺蜜和乡下的亲戚们买些小礼品，然后再为自己好好选购。

于是她拉上导游帮她翻译：“香奈儿No.5，标准装的，十瓶。”

不想，旁边不知哪里冒出来一个刚买好香水的中年华人美妇，讥笑道：“哟，什么人啦？世界上那么多香水，只知道香奈儿No.5就是不懂香水！既然不懂还买什么香水？”

孙秋萍一听，火一下就上来了！这不是针对自己么？她现在口袋里有的是钱，钱大脾气也大，立刻以牙还牙：“关你屁事啊！”

“好吧，那就跟你科普一下！”嘲笑孙秋萍的妇人没有理会那句粗话。

孙秋萍气得瞪大了眼睛，眼前是一个妆容精致、打扮优雅、蜂腰长腿的美丽女人。

对方见她发脾气，非但没有害怕，反倒妩媚一笑，话语却如刀锋一般："香水呢，有很多种，性格不一样，芬芳也不一样，适合的人群更不一样。香水还分前调、中调和后调，每一调的香气也是不一样的，不亲自试试，根本就不知道自己适合什么。"

说到这里，她给了孙秋萍一个不屑的眼神："我看你啊，也就是挖煤起家的暴发户，只怕以前就是去超市买几块钱一瓶的花露水喷喷，完全不懂这些吧？香奈儿 No.5强调的是女性的性感、精致与婉约，就你……"她的目光落到孙秋萍臃肿的身材，以及手上堆满的镯子、戒指上，表情何止是不屑，简直是轻蔑了，"有那些东西么？"

孙秋萍气得满脸通红，只觉得这一刻，周围所有的人都在指指点点、嘲笑自己，她双手握拳，克制住自己想扇这个可恶女人一巴掌的想法，心中一腔火无从发泄，身子却渐渐发冷，如坠冰窟。

"这位小姐，言辞过于尖锐的女人，只怕魅力都要削减三分呢！"一个柔美清冽的声音传来，孙秋萍惊讶地转过身，就见一位清艳脱俗的美女拎着当季最难买到的爱马仕限量版手包款款走来："大家都是中国人，在异乡就不能互相照应点？"

这话说得恰到好处，十分服众！

店里所有人都往这边看过来。那位瞬间被全场目光所包围的女子似乎自小就习惯万众瞩目般，嘴角依然挂着优雅的浅笑。她的身体极为纤细骨感，但又十分有料，及膝的驼色大衣恰到好处地露出小腿完美的线条。她浑身上下除了假领式的项链和一对珍珠耳环外再无其他任何饰物，配饰简洁却给人一种难以形容的雅致和低调奢华之感。她不过极为素淡地往那里一站，就将全场人给比了下去，恍若一颗暗夜深海里的夜明珠，将所有的光辉璀璨汇聚在她一人身上。

先前口出恶言的女子想反唇相讥，但一时之间被眼前这个美女的气场完全镇住了，周身勇气仿佛消失殆尽，话语在喉咙里转了半天，还是咽了下去，只得甩下一句"要你管"，悻悻地走了。

天降救星！孙秋萍心里一暖。只见那女子已转过身，含笑道："总有这样的人，自以为是熟客，有点见识，便觉得自己是个人物了，一点口德不留。别跟她一般见识。"

她是如此和颜悦色，轻声细语。

孙秋萍倒有些局促："嗯，不跟她一般见识。这个，那个，我叫孙秋萍，刚才谢谢你了！要不我请你吃饭算是道谢吧！"

"孙、秋、萍？"女子似是吃了一惊，细细打量她，片刻后才有些迟疑地问，"你叫孙秋萍？不知您与孙秋飞孙总……什么关系？"

孙秋萍没想到竟能在异国他乡听见弟弟的名字，顿时激动起来："你认识秋飞？他是我的亲弟弟！我是他的姐姐！"

女子显然有些惊喜："这么巧？我一直非常欣赏孙总，没想到竟能在米兰遇到孙总的姐姐——我叫简丽丽，您就叫我丽丽吧，以后我就叫你秋萍姐了……"

原来这个美女是国内一家大型私募机构的CEO。两人一见如故，交换了联系方式，约好傍晚五点到孙秋萍住的宾馆碰面吃饭，这才分开。

不知为何，孙秋萍在回到酒店后，竟然有些期待能尽快再见到那位丽丽小姐，这个迷人的女人浑身上下散发着一种说不出的高贵和优雅。对待旁人，她清亮的黑眸像口古泉，看似无波无纹，却有种莫名的气势，只有对孙秋萍才流露出完全不同别人的那种亲切劲儿。也许多与丽丽接触，自己有天也会变得那么高雅迷人？没过多久，丽丽的微信就来了："已到宾馆门口，带你去个好地方！"

孙秋萍早就穿戴清楚了，遂急急下楼，就看见门外停着一辆火焰一样燃烧的红色法拉利，驾驶位上正坐着丽丽。她戴着墨镜，遮住了大半张脸，身着黑白相间的格子风衣，仿佛"瑞典公主"奥丽黛·赫本再世，更显神秘优雅。

香车美女，不知羡煞了多少路人，甚至有路人还停下了脚步在猜测这位大美女是哪位明星。

孙秋萍不自觉地挺胸抬头，这一刻因着丽丽的存在，她在旁人羡慕的眼光中也变得骄傲、轻飘飘起来，她像一朵肥云落在副驾驶的位置上："丽丽，我来了！"

"走，我带你去感受真正的米兰！"丽丽摘下墨镜嫣然一笑，引来一片啧啧的赞叹之声，不知多少路人流连于她完美的面庞，以至于无法挪开视线了。

伴随着引擎的轰鸣声，法拉利犹如一道红色的闪电，在古色古香的欧洲街道上飞驰。简丽丽带着孙秋萍来到了米兰著名的精品街维托伊曼纽拱廊，不出所料，孙秋萍很快重新陷入了深深的震撼中。

“天啊，还有好多这样的街、这样的店，我居然就预留了一天的时间来逛？怎么够嘛！”孙秋萍不无遗憾地嚷起来！

看着那些欧式哥特建筑里琳琅满目的世界著名品牌，以及整条街上富丽堂皇的巨大拱廊，孙秋萍觉得自己的眼睛快看不过来了！可惜，旅行团只预留了一天的时间给米兰，真是后悔得肠子都青了。

丽丽似乎早就知道会是这个情形，笑道：“姐，你不要急，旅行团那边我已经搞定，机票帮你往后改签了三天。我住的酒店就在这里，我一个朋友临时有事来不了，你正好可以住她的房间。我这次来米兰也是来度假的，一定好好陪你逛逛！”

“缘分！缘分！都听你的！”孙秋萍的内心满是感动，丽丽的话有一种不容拒绝的魅力，只是环顾四周后她一脸纳闷，“我看这里全是买东西的店，哪有你说的酒店啊？”

“你看，就在那里。”丽丽看她这副表情，忍住没笑出来，指着前方不远处说。

孙秋萍顺着她的方向，只看到了一个普拉达的标志，满脸疑惑。经丽丽再三提示，她终于弄明白那是普拉达旗下的 Town House Galleria 酒店，欧洲首家七星级酒店，只有 30 间套房，也是继阿联酋迪拜的帆船酒店之后的全球第二家七星级酒店。孙秋萍不禁为自己的无知尴尬地自嘲了一番，逗得丽丽掩嘴而笑。

孙秋萍回过神来后想到的第一件事就是表明自己来付房费，丽丽扑哧一下笑出声来：“房费就不争来争去了吧？你是孙秋飞先生的亲姐姐，我能在米兰做东是天大的荣幸！”

听到对方再次郑重提到弟弟孙秋飞的名字，孙秋萍从丽丽不容拒绝的口吻中感受到一种前所未有的尊重，特别的亲切和温暖。自孙秋飞去世，这么些年来，还没有任何人，包括郭天宇他们，让她觉得自己这么受尊重，让自己这么感动。于是她对丽丽满含感激，不再客套。

夕阳在巴洛克风格的大楼那侧渐渐落下，夜色阑珊，米兰的街景更加迷人。丽丽盛赞这家店的菜品不错,早已点好餐并让酒店直接送到房间来。

露台上摆好了餐桌,铺好了考究的桌布,还有叠成花朵的餐巾、两套白银餐具、一支正在醒着的葡萄酒。

丽丽举起酒杯:“姐,为我们的相逢和将来的相知! 干!”

“好,干!”孙秋萍抓起杯子,与丽丽碰完杯,就一口灌下。非常干脆!

这也太土了吧? 丽丽再次忍住心里的笑,不动声色地学着孙秋萍来个一仰脖,将杯中的红酒一饮而尽,嫣然道:“果然,还是咱们中国的喝法来得过瘾!。”

孙秋萍明白这是在给她解围,心里有些小小的感动。

几杯酒后,丽丽既感慨又有些惋惜地说:“姐啊,你知道吗? 其实我们投资界都非常欣赏孙秋飞先生,他的才华和人品在国内资本界颇有口碑。可惜天妒英才,如果他还在世的话——唉!”

听见丽丽第三次提起自己的弟弟,孙秋萍眼眶一红,语气已经有些哽咽:“我这个弟弟,从小就很乖,不惹事,对父母又孝顺,对我也很好,偏偏遇到这种事……”

“唉,秋萍姐,你不要太难过了! 现在万全天盛做得风生水起,孙秋飞先生绝对要居头功! 若泉下有知,必定十分欣慰!”丽丽怕她难过,赶紧出言相劝。

一听到万全天盛,孙秋萍的脑神经又开始为股价痛起来。“哎呀,这段时间不知道怎么回事,万全天盛的股价一直跌,好不容易涨了两天,结果又跌了! 我的钱少了很多!”

“现在全球经济都不怎么好,股价涨跌也是正常的,你就别那么纠结了。”丽丽微笑着应道:“不过,我听圈里的朋友说,万全天盛的股价可能还要跌一段时间……”

“啊,那怎么办?”孙秋萍一听,犯起愁来,心里直埋怨,这个郭天宇在电话里还跟我说会涨回去呢。

丽丽在一旁轻晃着手中的酒杯,似乎漫不经心地问道:“秋萍姐,您这身家,难道就没找家公司帮你运作资产?”

“有倒是有,很多事都交给山盟投资的朱建军在打理。朱总这人能量大,很热心,还周全,连我老公升官这样的事情也是他主动帮忙解决的。就是太烦了,一看到有什么好项目,总要来问我好几遍。”孙秋萍一股脑儿地向丽丽解释起来。

“姐,这是你命好,得贵人相助。朱总没有仗着自己内行而你外行唬弄你,反倒每次都要来征求你的意见,很地道啊!”丽丽微微一笑道,“不过,有这么专业的人帮你,怎么还整天为万全天盛的股价头疼呢?

“哎,股票的事情一直是郭天宇在帮我打理,这个郭天宇一点都不上心,好几次我要卖他都没帮我卖,还总说万全天盛的价值远不止这个价格,结果倒好现在又跌了这么多……”说起请郭天宇帮忙处理股票这件事,孙秋萍就来气。

“姐啊,你这就错怪郭总了,他这么忙,估计连自己的股票都没时间管。别怪丽丽多嘴,山盟投资在股票投资这一块口碑和业绩都非常不错,他们朱总又这么帮你,我要是你,就把股票的事也交给他打理,也给郭总减轻点压力!”丽丽冷不丁为孙秋萍做了一个重要建议。

“我怎么就没想到?丽丽,还是你提醒了我!”孙秋萍二话不说,当场一个跨洋电话,让一头雾水的郭天宇立即把她的股票管理权转到了山盟投资。

“妥了!”挂下电话,孙秋萍带着一副凯旋归来的得意神情向丽丽宣布,“以后我就可以直接让朱建军帮我买卖股票了。只是郭天宇要求,原来我委托他的投票权不能收回,而且不能够随意抛售股票,我想这不是大问题就答应他了。”

“没想到姐做事这么雷厉风行,丽丽佩服!”

这个表扬让孙秋萍心生得意!其实她不知道,自己正中了别人的下怀。

有本事的人,孙秋萍见过,但像丽丽这样,既有本事又漂亮,还没一点傲气,对人真挚、热情的,孙秋萍还是第一次见到。与丽丽相处,让她如沐春风,笑个不停。

“丽丽,你要答应姐一件事。以后我多向你学习,多听你的指点,不要嫌姐烦哈!”孙秋萍似乎已经被丽丽折服了。

“怎么会呢?都依你!姐,今天就不再说股价了吧?为了我们今天的相遇,我们要大吃一顿,好好庆祝!”看到孙秋萍已经入瓮,丽丽嘴角滑过一丝不易察觉的狡黠微笑。

果然名不虚传,这家酒店的东西确实很好吃。

左叉右刀，乒乒乓乓，孙秋萍动作很大，忍不住大快朵颐。但同样左叉右刀，丽丽却和风细雨，轻巧优雅。

这是完全不搭调的吃相。孙秋萍似乎意识到了，放下刀叉，低着头，像做错事的小学生。

"姐，怎么了？"丽丽柔声问道。

孙秋萍突然伤感起来："丽丽，做同样的事，吃同样的东西，用同样的牌子，我怎么就那么土气？你怎么就那么洋气？为什么你怎么吃都不会发胖？哪像我，喝口水都会发胖。老天爷为什么就是那么偏爱你？"

虽然餐桌上对方消灭的东西丝毫不比自己少，可人家却是该瘦的地方瘦，不该瘦的地方不瘦，保持着完美的身材，孙秋萍不觉难过起来。

丽丽心里暗自发笑，其实从见到孙秋萍开始，她就一直想笑，但克制着没有笑出来。听孙秋萍这么一说，她知道自己接下来将彻底将两个人的关系定型。

"别难过，姐，女人呢，确实需要掌握一些管理自己的方法。只要找到了正确的饮食、健身方法，自然能拥有好的身材！"丽丽非常耐心地开导起孙秋萍，认真地反复打量着对方，"再说了，姐姐哪里胖了？只是没找对你自己的风格，穿搭上有些问题，才无法将魅力淋漓尽致地发挥。"

孙秋萍眼睛一亮："真的吗？不瞒你说，我不管买多贵的衣服，都穿不出你那样的味道。唉！你说我该怎么办？"

丽丽微笑着示意孙秋萍站起来转一圈，然后做沉思状，缓缓地说："其实，姐姐的条件不错，只要搭配得当，扬长避短，一定可以光彩照人！姐姐你仔细看我的样子，猜猜看我多大年纪？"

孙秋萍睁大了眼睛，打量着光彩照人的丽丽，那精致完美的脸庞竟然没有一丝细纹的，有些不确定地说："看起来像是25岁的样子，但是感觉还要更成熟一点？总之，最多不超过28岁！"

丽丽听了煞是开心，笑吟吟地说："姐，你可真会哄人开心！其实我和你同龄！"

"你35岁？"孙秋萍难以置信。

“登记酒店时我不小心看见了你的出生年月，你 1 月 19 日，我 1 月 20 日，只比你小一天。”丽丽微笑着，十分肯定地说。

万万没想到两个人的生日竟然如此接近，孙秋萍被盯得浑身不自在，简直是天上地下嘛！有一个词叫崩溃，有一种痛叫撕心裂肺。

“姐，想不想看到一个完全不同的自己？如果信得过丽丽，明天开始就把你交给我吧！”

……

这顿露台晚餐的第二天傍晚，那辆火红色的法拉利再次停在了 Town House Galleria 酒店门口，车上走下两位美丽的女子。后座上堆满了大大小小的香奈儿、普拉达等世界名牌的购物袋。

服务生一眼就认出了熟悉的丽丽，却完全不认不出她身边那位妆容得体、雍容华贵的美丽妇人就是昨天那个土气的黄脸婆。

孙秋萍心里一阵狂喜，学着丽丽的身姿和步调一路风光前行；不想在上台阶时，不那么配合的高跟鞋还是崴了一下脚，只好忍着哆嗦，紧跟丽丽走进了电梯。

重新做了头发，狂购了一整天，试了几十套衣服和高跟鞋，精心挑选了首饰和胸花……和丽丽在一起，难忘的米兰之行啊！此刻，“得胜归来”的孙秋萍站在房间的镜子前端详着自己许久。

那个土气的中国大妈完全不见了，一个自信的贵妇在镜子里对着她微笑。

“怎么样？我的孙姐姐！”丽丽坐在一旁满意地看着自己的杰作。

“丽丽，你不是魔法师，你简直就是我的救命恩人！”孙秋萍内心的感激达到了顶点，仿佛重获新生，“不知道怎么感谢你。以后啊，我们就是亲姐妹了。不管什么事情，只要丽丽你一句话……”

孙秋萍的内心完全被旁边这位仿佛从天而降的女神彻底征服。这恰恰是丽丽要的，显然已是心满意足，她一声不吭地站到了镜子前，一边用赞赏的眼光看着镜子里的孙秋萍，一边把一条爱马仕丝巾披在了她的肩上。

第九章
讨薪风波

走进腾龙双子星 B 座大厅的时候，即便已经是冬天了，郭天宇依然闻到了一股刺鼻的气味。

原本的垃圾桶早已被饭盒和其他的生活垃圾所掩埋，整洁明亮的大厅里一片狼藉，几十人裹着被子、垫着报纸，横七竖八地躺在大厅靠内比较温暖的一角。他们的身旁还放着已经有点变脏的横幅，依稀可以看到上面写着“腾龙公司恶意拖欠工资！”“奸商刘怀远，还我血汗钱！”等字样。

这群前来腾龙集团讨薪的民工已经在这里住了三天了。

三天前，大约两百人的民工气势汹汹地来到腾龙双子星，原因是腾龙集团拖欠了他们五家承建商总计三亿的工程款，导致他们没法拿到工资回家过年。

因为人数较多，当天还发生了一些肢体冲突，警察到来之后双方也已经协商好，腾龙集团会在三天后打款。

原本事情已经算结束了，可是这群民工却没有离开，反而在腾龙双子星里面住了下来。

“谁知道你们是不是忽悠我们？反正一天不拿到钱，我们就一天不走！”

开始讨薪者们还只在腾龙双子星 A 座住着，但是人数太多又太拥挤，后来就连 B 座的大厅也被占领了，万全天盛也算是殃及池鱼。

幸好，除了上下楼有些不太方便以外，万全天盛的日常工作并没有被打乱。

自从“万全天盛‘三国大战’策略研讨会”开完后，各个部门铆足了劲。而王则团队前往马尔代夫“受罚”的事情，更犹如一剂强心针，狠狠地刺激了万全天盛员工的神经，让大家都变得亢奋起来。

在随后的年会上，刘帅和郭天宇两人一起身披战袍，擂鼓高唱了一曲，将整个公司的气氛推向了顶峰！

有“51 旅游网”和即将进入的通远作为万全天盛的竞争对手，又有千亿美元的赌约作为公司业绩的目标，还有严格的 KPI 考核制度以及王则的事例激励着大家，每个人能感觉到整个公司里向上的气氛。

为了尽快推出“游乐宝 4.1”，技术部几乎 24 小时都在公司；市场部一直都在各地拓展业务；就连客服部和人力资源部也一直人手不足，可是依然超额完成了各项任务，代价则是常态化的加班。

现在的万全天盛，从高管到普通员工，人人都憋着一股劲儿，要和“51 旅游网”和通远好好较量较量！

根据人力资源部门的计算，万全天盛的每个员工，每周工作时间至少在 80 小时以上！这个工作时间已经远远超出了互联网公司“996”的范畴了！

郭天宇刚来到办公室没多久，刘帅就走了进来，还递给他了一本书。

郭天宇瞄了一眼封面，一块气势雄峻的巨岩，突兀地矗立于茫茫荒原之上，在夕阳的照耀下，散发出迷人的光辉，不正是艾尔斯巨岩吗？

更让郭天宇吃惊的是作者的名字，江南忆。

江南忆，这不是赵敏最喜欢用的笔名吗？

好在刘帅及时解答了郭天宇心中的疑惑：“赵敏前几天寄来她的小说，你搬了新家，赵敏不知道你的新地址，只好都寄到了我家。她还特地嘱咐我，一定要把这本书亲手交到你手上。”

听到刘帅的话，郭天宇愣了一下，不由自主地翻开了封面，想要看看书中的内容简介。小说的剧情十分简单，主要讲述的是几个年轻人为了梦想和爱情在杭州拼搏创业的故事。

一时间，往日的种种回忆涌上郭天宇的心头。一段段简洁明快的文字，将他的心带回了大学时代，他仿佛又回到了和刘帅、赵敏、陈冠平四个好朋友一起念书，创立社团，创业的日子。

刘帅也坐在一旁，他明白郭天宇需要时间调整他的情绪。曾经的杭大 F4 一个远走加拿大，一个进了监狱。想到陈冠平，刘帅心里有一团疑云，上次去监狱看陈冠平，监狱长说上面来人把陈冠平转移走了。他托监狱长帮忙打听，结果没有下文，谁都不知道他去了哪里。

郭天宇看了有十五分钟，才长吁了一口气，发出了一声叹息。

刘帅看他的情绪有些低沉，打趣道：“怎么又叹气了？莫非又想起了华尔道夫酒店那时候？特蕾莎拒绝的又不止你一个人！”

当年万全天盛上市后，在华尔道夫酒店的那次见面，当特蕾莎面临“daddy 刘和 daddy 郭谁可以当你爸爸”这个问题，最后口中念给赵敏听的竟然是“钢铁侠”这个名字。童言无忌啊，在加拿大陪伴她成长、给她最多关爱的恰恰就是“钢铁侠”——可爱的罗伯特，而郭天宇和刘帅那时一直在中国疯狂创业，并没有在孩子心目中留下多少印象，因此两个网络英雄都没能赢得特蕾莎的心。

郭天宇苦笑了一声：“小孩子的心思是最单纯的，谁陪她玩，谁对她好，她都记得。我倒真有些想念特蕾莎了，要不是现在万全天盛这么忙，我真的想飞到加拿大去见见她们。”

郭天宇的话让刘帅有些吃惊，他有些不确定地问道：“你是真的这么想吗？”

郭天宇没有多想回答道：“是啊，有什么问题吗？”

“我劝你还是不要这么做。过去的事就让它在停留在回忆中吧，现实的日子还是得继续前进。更何况，你都已经和卓伊结婚了，如果再去加拿大见赵敏，就算卓伊嘴上不说，心里肯定还是会有些介意的。"刘帅拍了拍郭天宇的肩膀，善意地提醒道。

刘帅的话点醒了郭天宇。因为卓伊一直以来似乎表现得对赵敏没有任何的意见，而自己似乎也想当然地以为她对赵敏毫无介怀。但是扪心自问一下，真的有人能够做得到吗？卓伊真的可能对赵敏的事情一点都不介意？

"多亏你了，兄弟。"郭天宇对刘帅点了点头，旋即又想起了一个好消息，笑着说道，"对了，三亚海滨浴场免费 Wi-Fi项目的测算结果已经出来了。整个海滨浴场只需要 20 个，6000 元左右的信号接收器就足够满足需求，每个接收器的光纤布点费用大约是 2000 元，因此整个景区免费 Wi-Fi试点的预算不超过 12 万元。"

关键项目有了进展，刘帅也很开心："那么现在的任务只剩下我们什么时候把免费 Wi-Fi的配套系统研发出来了。技术部那边怎么说？"

"我已经给韧韬下了死命令，技术部正在加班加点赶进度，必须在两个月内完成任务。"郭天宇的语气充满信心。

刘帅看着郭天宇的黑眼圈，善意地提醒道："天宇，公司经营的事，你定了就行。但目前加班的情况比较严重，要注意一张一弛。你也是一样，人都不是铁打的，每天都这么加班，迟早会撑不住的。"

郭天宇对刘帅笑了笑点点头，但是想到楼下住着的讨薪者又有些发愁："兄弟，我私下里问你一句，腾龙集团的资金到底什么时候能到位啊？楼下一直这样子可不是办法啊，影响太不好了。"

一说起讨薪者的事情，刘帅的脸也垮了下来，语气充满了无奈："临近年底，大家的资金链都很紧张。我爸一直在想办法，但是哪怕转让项目顺利，款项哪有这么快能到账呢？这事还真不好办啊！"

正在这时，门外忽然传来了一阵喧哗声，郭天宇和刘帅赶紧冲了出来。

"出了什么事情？"

"出大事了，刘总！据说刚才讨薪的人已经冲到腾龙集团办公室那边去了！"

"什么？"刘帅听到这句话脸色大变，来不及和郭天宇打招呼就离开了万全天盛。

“刘怀远不是人！以为我们没文化好骗，拖了三天还是没有给我们工钱！”

一个讨薪者站在腾龙集团办公室的门外，梗着脖子大声地喊着！

“兄弟们，我们不等了！我们今天就要钱！”

其他的讨薪者们也情绪激动地大喊着，不断地撞向腾龙集团办公室的大门。

“奸商刘怀远，还我血汗钱！”

“今天不给钱，我也不想活了，我和你们同归于尽！”

“刘怀远你生儿子没屁眼，将来不得好死！”

腾龙双子星专门配备了高管专用的电梯，只有凭指定的磁卡才可以使用。刘帅看到门口被讨薪者们堵住，灵机一动就走到上层然后坐专用电梯进入了腾龙集团内部。

电梯门刚打开他就听到了自己小叔，腾龙地产的总经理刘怀恩扯着嗓子的喊叫声：“妈的，给我把吃奶的力气都用出来，把门堵住！”

四个五大三粗的汉子使劲堵着办公室的大门，一时间僵持不下。

“小叔，我爸在哪？”听着门外的污言秽语，刘帅的脸色铁青。

“大哥在董事长办公室，我和你一起去！”刘怀恩对着大门“呸”了一声，“幸好老子早有准备，找了保安公司帮忙，不然让这群孙子进来，可就真的大事不好了。”

“年底没有额度？国家对于房地产行业的调控？这我当然知道的。徐行长你有难处，我老刘清楚得很。可是我的难处你知道吗？我现在门外可是两百多个人在讨薪！徐行长，你就再想想办法，我老刘是什么人，你还不知道吗？喂？喂！”

两人走进董事长办公室，徐行长那边就挂断了电话。

不用刘怀远多说什么，刘怀恩也知道肯定又是银行那边不肯放款。这样的事最近已经不是一次两次了，他脸色通红，咬牙切齿地说道：“关键时刻，这些银行的人一个都靠不住！”

刘怀远也脸色铁青：“老徐和我们可是十几年的老交情了，真是没想到！”

一旁的刘帅忍不住问道：“爸，怎么了？难道项目转让不顺利吗？”

“我他娘的……”刘怀恩爆了句粗口，正想接着说下去，被刘怀远瞪了一眼，只能把剩下的话憋在了心里。只见刘怀远摆了摆手，缓缓说道：“其他公司和企业不知道是不是吃错了药，竟然连两折的质押都不愿意接。”

听到刘怀远的话，刘帅的心一下子沉到了谷底。

原本刘帅以为质押项目的事肯定是没有问题的，唯一的问题只是走流程的时间可能比较长，然而现在刘怀远的话却无疑证明了腾龙集团的资金链真的出了严重的问题。

“爸，要不我这边想想办法？”

刘怀远笑了笑，拒绝道：“你有这份心就好了。公归公，私归私。腾龙集团的事，我会处理。哎，看来真的没办法了，只能去找崔扬兄弟帮忙了。”

刘怀恩瞪大了眼睛，有些不可置信地说：“大哥，这……”

刘怀远望着窗外，似乎有些感慨：“我知道你想说什么。其实昨天崔扬就已经打电话给我说，愿意接受腾龙双子星的抵押。只是他现在的资金链压力也不小，东拼西凑最多也只能凑出 10 亿。”

刘怀恩破口大骂：“姓崔的这是落井下石啊！腾龙双子星哪怕按照两折的价格，也起码可以质押 20 亿以上吧？”

见刘帅似乎有些不太明白，刘怀远解释道：“崔扬集团虽然主业是钢材，但同时还从事金融担保和融资租赁的业务。崔扬集团的盘子我也了解，实际上他能凑出 10 亿我觉得都很勉强。退一万步说，别人都嫌烫手，只有崔扬愿意接受，已经算仗义了，腾龙双子星放在兄弟手上，总比在别人手上放心。再说现在都火烧眉毛了，先渡过眼前的难关再说吧。”

刘怀远有些意兴阑珊地拨通了崔扬的电话。

才响了一声，崔扬就接通了电话：“怎么了，刘兄？”

“上次质押的事情我考虑好了，10 亿就 10 亿吧。”

崔扬的语气有些掩饰不住的欣喜：“刘兄，没问题！兄弟我就是砸锅卖铁也得帮你啊！”

“那就这么说定了，合同我们晚点就签。不过我这边还有人在讨薪……”

刘怀远话没说完，崔扬就拍着胸部保证说：“没事！刘兄我还信不过吗？我这就先打五千万过去给你。”

两人又寒暄了几句就挂断了电话。

刘怀恩有些酸溜溜地说:“真是便宜了这小子了!”

刘怀远露出了一个疲惫的笑容:“崔扬这兄弟还算仗义,五千万一会就能到账。等这几天签了质押的合同,剩下的9.5亿来了就能还上那5亿工程款了。”

刘怀恩又忿忿不平地说了几句,就转身出门去应付那些讨薪者了。

等小叔一离开之后,刘帅终于找到机会,恳切地对父亲说:“爸,其实我一直对腾龙地产的负债率有所担心,独立拿下地王当然是机遇,但也蕴藏着很大的风险。你可以告诉我吗?公司的资金链是不是出问题了?”

刘怀远望着刘帅,眼光里满是慈爱:“的确是遇到一些困难,不过这并不全是因为地王的原因。到了年底,哪家开发商资金不紧张?这是正常的,不止是我们。主要是这两年地产行业受宏观调控影响很大,之前那笔35亿的转贷就一直卡着,说是没有额度。只要我们这笔35亿的转贷批下来,资金链的问题就基本解决了。所以就算质押腾龙双子星,也只是走个过场,马上就会补上的。你不用太担心了。”

“爸,你别怪我多嘴。你刚才的电话我也听到了,是不是那35亿的转贷不太顺利?”刘帅硬着头皮追问道。

刘怀远把徐行长事情讲了一遍:“这事真的有些莫名!徐行长是我们的老交情,这笔新的贷款又完全合规合矩,听说早就批了,但就是死活拿不到钱。于公于私,都不应该是这个样子。可能真的有难处,国家出台的政策对房地产有很多限制,银行这边贷款收得很紧也是正常,只能希望过段时间能松一松吧。”

当刘帅离开腾龙集团的时候,在门口的讨薪者已经离开了。刘怀恩用最快的速度打款到三家承建商,对方也不想把事情闹大,拿了钱就先给他们发了工资。

讨薪风波终于有惊无险地平息了。

但是刘帅的心底始终压着一个疑问。

35亿的转贷无法放款,质押项目又找不到接手的下家。

这两件事碰到了一起,仅仅只是巧合吗?

第十章
爱心联盟

“老公，快起床啦，太阳都要晒屁股了！今天早上可有例会哦，不能迟到！”

妻子卓伊清脆的声音将郭天宇从梦中喊醒，他猛地从被窝里坐起来，拼命地摇了摇头，想把缠绕在脑袋里的噩梦甩出去。窗外，钱塘江面上的雾气已渐渐散去，新的一天又开始了。

他所住的“蓝色钱江”是杭州的顶级豪宅，尤其是毗邻钱塘江的，可观江景的第一排顶楼“城市别墅”，更是被称为这个城市的“楼王”。这套房子是郭天宇和卓伊在杭州千挑万选后，最终敲定的婚房——由赫赫有名的地产商绿城集团开发，距离“腾龙双子星”不远。

从梦境中回过神来的郭天宇喘了几口气，一边穿衣服一边下楼。一锅粤式生滚鱼片粥在餐桌上冒着热气，卓伊今早的“爱心粥”已然熬好啦。

婚后，卓伊退出了万全天盛管理层，开玩笑说自己的目标是上得国宴、下得厨房的“全能太太”，还拒绝了郭天宇请保姆的要求。拗不过卓伊的坚持，郭天宇也就同意了。没想到卓伊很有烹饪天赋，没多久就烧出了一手好菜。

“老婆，粥很香，好吃！”鱼片鲜嫩入味，粥则绵滑有劲，郭天宇在卓伊的凝视下没忘记及时赞美老婆的厨艺，却有些魂不守舍，满脑子里想的都是梦里的内容。

卓伊见郭天宇一副心神不宁的样子，便关切地问道：“天宇，怎么了？又梦到那个暗黑之门背后恐怖的引力场了？”

“嗯……”

虽然梦境荒谬无比，但不知道为什么，郭天宇总觉得种那恐惧与震撼无比真实，仿佛还在眼前。郭天宇皱了皱眉，心里犯着嘀咕，为什么自己最近老做类似的梦？难道是因为蒂姆说过，有神秘势力要对付他们，所以他才日有所思，夜有所梦？

可是不对呀！第一次做类似的梦时，蒂姆带还没把这个消息告诉他呢！

果然，卓伊提到了他的第一个梦境：“是不是又和你上次在澳洲艾尔斯巨岩景区乌鲁鲁度假村时做过的梦很像？当时我们专门去那儿度蜜月，还因为这个梦临时改变了行程，去土耳其的希拉波利斯看了著名的‘暗黑之门’景点呢！结果怎样？所谓的‘暗黑之门’徒有其名——一道窄门，几根零零落落的破柱子，哪有什么传说中的渊深和地狱之火，更没有可以吞噬一切的引力场，一切只是传说和想象而已。”

卓伊的安慰让郭天宇紧张的情绪舒缓了下来，笑着说：“静水流深，闻喧享静。也许看上去越普通的地方，才是最危险的呐！”

卓伊假装嫌弃地摆了摆手说：“郭老板又要讲大道理啦！那我倒要考考你，古代人最看重的美德是什么呀？”

郭天宇不假思索，立刻回答道：“不孝有三，无后为大。”

“流氓！”卓伊一听，嘴里的粥都差点喷出来，红着脸娇嗔道，“郭—天—宇！我说的是其他的！我们已经两个月没有去看父母了……”

还没等卓伊说完，郭天宇一把将她搂住，让她坐在自己腿上：“放心，老婆大人的要求，我怎么会忘了呢？我早就已经安排好了，你就放心吧！”

卓伊心里美滋滋的，但顾虑到老家亲戚的情况，还是有些担忧：“天宇，只怕我的亲戚朋友们又要让你帮忙安排工作……”

郭天宇明白卓伊内心的纠结。

创业成功后，郭天宇拒绝了所有想来万全天盛“蹭饭吃”的“亲朋好友”，不仅自己这边的亲友颇有闲言，也让卓伊承受了不少压力。好在卓伊深明大义，选择在上市前离开公司，这让她的亲戚朋友大失所望，觉得她有点傻！另一方面，小两口回卓伊老家探亲，也自然多了一份顾忌。

“你就放心吧，咱们又不是第一次回去。要不这次再劝劝爸妈，让他们过来一起住吧。”

万全天盛的成功，也有卓伊的一份心血。要说对公司的感情，卓伊不会比郭天宇少，但她却选择在万全天盛辉煌的时候退出，这种不舍，旁人根本想象不到，也无法体会。

“亲爱的，要不你还是回公司上班吧！”凝望着妻子，郭天宇忽然感动地脱口而出。

“停停停，你这话，对我说说就算了，千万别在外人面前讲啊！”不等郭天宇说完，卓伊转过身，伸出右手的食指按在郭天宇嘴上，“我留在公司的话，别人怎么做事？指不定以为我是你的耳报神，本来私下能说说领导的八卦，结果来了个老板娘，每天工作都没劲了！

“你可千万别觉得我有什么委屈的！我现在每天吃吃喝喝玩玩，想要购物就能世界各地飞，想要旅游，说走就走。跟孙秋萍姐姐一样逍遥自由！对吧？平常与‘浙商才智女人会’的姐妹们一起做美容，想要做事了就支持公益事业。这种日子，多少人羡慕都羡慕不来呢？对了，下午爱心联盟的成立仪式可千万别忘了，一定要到哦！”

听到夫人这番话，郭天宇的心中更添温暖。卓伊这样一个事业型的女性，年纪轻轻就闲了下来，只能做家庭主妇，这种感觉不可能好到哪里去。但她毫无怨言地选择了在身边默默地支持自己的事业。甚至包括爱心联盟，他的心里也很清楚，公益事业一直是万全天盛所欠缺的，卓伊这是在帮着补上这一环。

忙了一上午之后，牢记老婆叮嘱的郭天宇在百忙中抽身，十二点半就赶到了位于杭州城西转塘的西湖国际高尔夫俱乐部，虽然满脑子都是“51 旅游网”和通远的事。

球场的出发台前，竖着一个大大的背景板，上面是“‘博爱高尔夫爱心联盟’成立仪式暨首届爱心联盟高尔夫慈善比赛”这一行大字，落款是“浙商高尔夫球队”和“浙商财智女人会”。

郭天宇知道，这是卓伊的大日子。自从她顾全大局地主动从万全天盛辞职，不让员工感觉“老板娘”会插手公司事务之后，就一直在寻找适合自己做的事。先是与郭天宇一起开始学高尔夫这项在企业家和投资圈中非常流行的运动，接着又成为由成功女性浙商组成的“浙商财智女人会”的一员，经常参加各种商会组织的论坛和慈善活动。有一次“浙商高尔夫球队”和“浙商财智女人会”搞联谊，卓伊不知怎么地灵光一闪，提议成立一个高尔夫爱心联盟，通过举办爱心募捐比赛来支持慈善事业。这个想法得到了两个浙商组织的一致支持，当场决定成立“博爱高尔夫爱心联盟”，并推举卓伊为首任秘书长。

从此，卓伊把大部分的精力都放在联盟的工作中了。经过前期考察和商讨，爱心联盟决定把主要任务聚焦到帮助乡村教师上。今天的首次高尔夫慈善赛，就是为了募集一个慈善基金，专门用来支持乡村教师生存状态的提升和职业技能的培训。

为这个活动，卓伊整整忙了三个多月。看着井井有条的现场和大咖云集的宾客，郭天宇不由自主会心地笑了。是的，心爱的妻子不仅重新找到了事业的方向，还充分展现了能力，当然让他欣慰。

“天宇，你来了啊！提前了半小时，表现不错哦！”正遐想着，卓伊挽着两位风姿绰约的女士迎面走来。这两位都是赫赫有名的成功女企业家，左边那位鹅蛋脸，留着短发，气场不凡的，是浙商财智女人会的会长、美景集团董事长金月华，右边那位身材高挑，气质优雅的，则是“浙商财智女人会”的执行会长、万里红丝绸集团董事长李红艳。卓伊与两人谈笑风生，落落大方，语气中是洋溢不住的甜蜜和开心。

她们今天与卓伊一样都穿着由郭天宇赞助的印有“博爱高尔夫爱心联盟”字样的

黄色长袖高尔夫球衣和天蓝色球裤。卓伊精心化了素雅的淡妆，为了方便打球，还特地把披肩秀发利索地扎成了马尾，更平添了一份飒爽。

看到老公早早赶来，卓伊心里乐开了花。她知道最近市场竞争残酷，郭天宇每天时间都不够用，今天还能提前到达，顾及的当然是她这个老婆大人的面子。

没等郭天宇回话，金月华就笑着说道："这是我们卓伊亲手张罗的活动，就是给郭总一百个胆，也不敢迟到呀！"

郭天宇连忙顺杆往上爬地应道："是啊，是啊！要不回去就得跪搓衣板了！"

三个女人听了哈哈大笑，还想继续调侃郭天宇时，刘帅陪着父母出现了，正好为郭天宇解了围。高尔夫算是刘家的"第一运动"，他的小叔刘怀恩带着妻女组成的亲友团也来到了现场。其中最亮眼的莫过于刘帅的妹妹唐婉仪，她眉眼漆黑，肤色雪白，稚嫩的脸颊还带着微微的，可爱婴儿肥，一身朴素无华的运动服，不仅没有掩盖她的清丽脱俗，相反更衬托出少女才有的纯真气质。熟悉刘家的人知道，这位刘家的掌上明珠其实是刘怀远好友的女儿，幼时父母遭遇车祸，双双离开人世，被好心的刘家夫妇接了回来，悉心抚养，视如己出。

一看到唐婉仪出现，崔扬集团董事长崔扬的大公子崔超贤立刻粘了上去，大献殷勤。

唐婉仪却只是不咸不淡地敷衍着。崔超贤对她的心思路人皆知，每天微信上都要给她发很多的消息，唐婉仪早就不胜其扰。

刘帅察觉到唐婉仪的异常，当即往前一步，神色自若地站在了两人中间。崔超贤恨恨地看了一眼横插进来的刘帅，有些愤愤不平。一旁的崔扬有意识地拍了拍儿子的后脑勺，看到父亲严厉的眼神，崔超贤把后面想说的几句牢骚话都咽了回去。

"哥！哥！"

望着和崔扬谈笑自如的刘怀远，刘帅心乱如麻，就连一旁的唐婉仪在叫自己都没有听到。

自从知道了父亲私生子的事情，刘帅的心中就压上了一块大石。他小心翼翼地隐藏着这个信息，尤其是在母亲面前。他一直避免自己去想象，一旦母亲蒋明慧知道了这件事，家里会发生多大的震动。

但纸包不住火，瞒得了一时，绝不可能隐瞒一辈子啊！

私生子的事就像是一颗定时炸弹，随时都可能爆发！要彻底解决，首先就得找到颜筱诗的哥哥——颜晓凯。

可这成了现在最大的问题！刘帅所雇用的私家侦探一直在努力寻找，而颜晓凯却像是化作了空气，根本查不到一丝踪迹。

刘帅的失态，全都落在了不远处郭天宇的眼里。但一想到刘帅上一次在回答自己相关问题时的支支吾吾，似乎涉及家里的隐私，于是就按捺住了想再次询问的冲动。

随着更多嘉宾的陆续到来，这场爱心高尔夫慈善比赛也即将正式开始。

本来刘怀远父子和郭天宇夫妻四人自然而然地被安排在同一组，不过由于卓伊觉得应该陪陪这次捐赠最多的金月华、李红艳和浙商高尔夫球队队长俞仁华，因此这一组就变成了三缺一。

根据分组次序，刘怀远、刘帅和郭天宇开着球车来到第 10 号洞开球。刘怀远率先开完球，刘帅刚架好梯，做了一次试挥，就见巡场开着电瓶车急匆匆赶来："三位先生不好意思，这位小姐晚到了，正好你们三缺一，赛务组就把她插到了这一组，没问题吧？"

不待三人回答，电瓶车上已走下一位女子，笑意盈盈地说道："我叫 Jane，很高兴与三位同组，我打得不好，希望你们不要见笑啊！"她声线娇媚，人未至音先到，眼神掠过刘帅时漾出特别不一样的风情，这让刘帅心里一荡。

其实 Jane 还在车上的时候，刘帅就一眼认出她了。

今天 Jane 穿着一身合体的浅紫色长袖球衣配短裙，她腰身纤细，看起来盈盈一握，由于天气比较冷，她修长的腿上套了双及膝的浅紫色运动长袜，在长袜和短裙之间，露出一截雪白的大腿，白晃晃的，晃得人眼晕。

见三人都盯着她看，Jane 很不好意思："实在抱歉，我是穿着自己的球衣来的，到球场才知道大家是统一服装的，可是我来不及换了，就只能让自己'与众不同'一下了！”

她说话的声线独特，仿佛每一个字都能打到听者心里似的。刘帅找的侦探在调查筱诗母子的时候,顺便也将 Jane 与天路投资的相关资料交给了刘帅。刘帅也因此知道 Jane 的中文名字叫作简丽丽,确实如她所说的是天路投资的创始合伙人,主要做投资和并购业务,不过资料里可没有提到她也喜欢打高尔夫。

“没事,有美女穿得这么好看跟我们一起打球,估计要羡慕死其他组了！”郭天宇笑着说,然后又调侃刘帅:“哎,兄弟,快开球呀,不会是见了美女连打球都没心思了吧？”

明白郭天宇这是看出自己有心事才故意开个玩笑,刘帅心里有些感动,嘴上却反击道:“一个新手菜鸟,还敢来嘲笑我这个十多年球龄的高手？”

说完,刘帅从容地挥杆,把小白球击得又远又直,引来其他三位和球童们的一片掌声。

等郭天宇在男选手的蓝梯台开完球,Jane 让球童把她的球包绑在刘帅球包边的空位上。由于学球不久,郭天宇一开始就主动要求与球技老辣的刘怀远同车,希望能多得到指点,因此刘帅正好是一个人用一辆车。

一切都天衣无缝的凑巧。

Jane 冲着刘帅微微一笑,抽出一号木,走到女选手开球的红梯台。就这么一下,识货的刘怀远父子已经发现 Jane 用的是五星的 Honma 女士套杆,价格昂贵,市场价在 30 万人民币以上。

只见她在地上从容地插好梯,从裙子口袋里掏出一颗鲜红艳丽的高尔夫球,架在梯上;潇洒地试挥了几下之后,就收摄心神地把杆头对准红球,用身体带动上杆,在上杆到顶点后,微微一停顿,就用身体带动着下杆,“啪”的一声,只听五星 Honma 一号木的杆头与球发出了击中甜点后动人的声音。

球童惊呼道:“哇,球道正中,而且至少打了 210 码,女选手能打这么远,太厉害了！”

真不简单！刘帅心里暗自佩服。郭天宇脸上也满是惊讶,恐怕刚刚上手的郭天宇还没见过这么厉害的女选手。

只见 Jane 谦虚地笑了笑，客气道："哪里哪里，Driver is show，putting is money!一号木打得好有什么用，关键是短杆，尤其是推杆好才行啊！"在英语中，一号木叫 Driver，推杆叫 Putting，她说的是一句很有名的球谚，意思是一号木打得好是用来作秀的，推杆推得好才是赚钱的。

刘怀远微笑道："过分谦虚就是骄傲了！光看你的挥杆动作，就知道有名师指点，而且你还在高尔夫上用了不少工夫的！我看今天的比赛 Jane 小姐很有机会拿奖啊！"

他们四人边说边走，在球场上开始享受高尔夫带来的乐趣。而球童们则开着车跟在后面，随时为他们送球杆、报码数。

一路打了 13 个洞，郭天宇已经加了 12 杆，刘帅也已加了 8 杆，成绩上都已掉队。因为这时的刘怀远和 Jane，竟然都还保持标准杆！

第 14 洞是西湖高尔夫球场的第 5 号洞，这是一个颇有特色的球洞。

西湖高尔夫球场由美国传奇球员尼克劳斯设计，他曾获得过 18 个大满贯冠军，新一代传奇老虎伍兹一直想超越尼克劳斯，可是在拿到第 14 个大满贯后就失去了追赶的能力，因此尼克劳斯迄今还是高尔夫史上的第一巨星。

这种顶尖高手设计的球场，当然是极棒的。郭天宇早就是西湖高尔夫的会员，这儿也是他目前打得最多的一个球场。他的感受是新手在尼克劳斯设计的球场很容易打出信心，只要不冒险，一般不会打出太差的成绩。但要想在这个球场打出好成绩，则又非常不容易，因为尼克劳斯设计了许多精妙的陷阱。

比如这个第 5 号洞，从蓝梯到果岭中央只有 292 码，不少球友都会觉得自己发力击球很有机会攻上果岭，这样就有低于标准杆 2 杆抓老鹰的机会。但这个洞果岭特别狭长，关键是果岭的左右后三面都布置了沙坑，发力之下，球很容易打歪，进入沙坑是大概率事件。而由于果岭狭窄，从沙坑救出的球很容易再次落入对面沙坑，郭天宇自己就曾在两个沙坑之间打过多次"乒乓球"，差点打崩溃了！

相反，在这个洞如果先老老实实地过渡一杆，第二杆用短杆就很容易攻上果岭，反倒有机会抓鸟。也就是说,在西湖第5洞冒险成功虽然会有奖赏,但冒险失败的惩罚是巨大的;保守打法虽然不可能有大收获,但保帕或抓鸟的机会反倒更多。所以郭天宇觉得尼克劳斯的设计确实让人回味无穷,百打不厌。

刘怀远在蓝梯先开球,他虽然球打得好又稳,但由于年龄关系,开球却不远,一般也就在230码左右,因此根本不可能有能力一杆攻上果岭,所以就老老实实地过渡了一杆。

等轮到Jane了,红梯距果岭中央只有217码,她的一号木距离是完全有机会一杆打上去的。但稍做思考,Jane就让球童拿来3号铁木杆,稳稳地打出185码,距旗杆只剩下约30码。

刘怀远看了之后,赞叹道:"打高尔夫是最能看出一个人的行事风格的,从这一杆的策略选择,就不难知道Jane小姐在商场上一定做事稳重,深谋远虑啊!"

话虽这么说,但刘怀远在这一洞也并不是没有机会,他利用精湛的短杆技术潇洒地一切,直接把球放到了与球洞只有3码的地方,惹得Jane连连感慨:"姜还是老的辣啊"。

随后,Jane稳定住情绪,顶住压力,把球切到了过洞4码处,由于接下来是一个下坡推杆,因此位置不如刘怀远的球,这一洞的形势一下又逆转了。

走上果岭,Jane反复仔细观测推杆线路,又听取了球童的经验,屏息凝神,稳稳地把球推出,只见小红球在光滑的草坪上像长了眼睛似的,划出一道漂亮的弧线直接进洞,抓到了小鸟!

"好!"所有围观的人都大声喝彩和鼓掌,Jane则微笑着挥手致意。

在喝彩声中,郭天宇感慨道:"终于明白自己为什么会迷上这项运动了,一场球,真的就像一段人生,会有那么多令人意想不到的跌宕起伏!"

刘怀远无疑感受到了压力,认真判断了果岭走势后,准备推杆。突然,裤袋里的手机振动起来,他掏出手机一看,皱了下眉,对大家说声对不起,就跑到一边去接电话。

在刘怀远通话过程中,刘帅特别关心这个电话的内容,还特意走到父亲的身边。

有意思的是，不知为何，郭天宇觉得 Jane 似乎也很关注刘怀远的电话，只是故作不在意而已。

通完电话，刘怀远悄悄与刘帅耳语了几句，然后像什么事都没发生过一样，笑着走回果岭。但郭天宇太熟悉自己的搭档了，刘帅眼神中掠过一丝抹不去的忧虑。

之前一起打过好多场高尔夫，刘怀远的规矩是打球时从来不随身带手机的，以免影响打球的心境。今天确实反常，今天的刘怀远，总感觉和以往有些不太一样，在额头上的皱纹深处，似乎同样隐藏着一份深深的忧虑。

刘帅没提，他也不好主动去问。但想到以刘家的地位和能力，再大的事应该也是可以摆平的，于是也就没再继续深究。

不过，球场上还是发生了意外，刘怀远这一推竟然失误了，球滑洞而出，只保了个帕。推完后，刘怀远苦笑着摇摇头自我解嘲："真不该把手机带在身边，现在已经丢了一杆，后面希望别再受影响了！"

话虽这么说，但在接下去 6 号洞的发球台上，再次发生了意外。

轮到刘怀远开球，他稳稳地试挥了两下，正准备聚力击打，手机却又一次不合时宜地响了起来。

刘怀远硬生生把已经完成一半的挥杆动作停下来，迅速接听了电话，但只是听了没几句，脸色就猛地一变，然后阴沉着脸把电话挂断了。

难道是颜晓凯找上门来了？刘帅看见父亲的表情，心一下子拎了起来。

刘怀远苦笑着对大家说了声抱歉，深吸了几口调整了一下情绪，然后又摆好姿势，开始击球。这次他没再试挥，对准小白球直接猛地打了下去。"啪"地一下，听声音就知道杆头没有击中甜点，而球也毫不听话地划出一条大右曲线，竟然离谱地越过了行车道。

郭天宇大吃一惊，刘怀远的状态就连他都能看出来，和先前判若两人。刚才那个电话里究竟是什么消息，竟让一直气定神闲的刘怀远也失去了那份从容和淡定？

刘帅脸上的忧虑之色又浓了一层。他心里清楚得很，对刘怀远这样的高手来说，球的走向，最能看出一个人的心境了。现在他的球东飞西飞的，说明心已经乱了。能让刘怀远这样级别的大企业家心乱,可见第二个电话对父亲的影响有多大。

刘怀远叹息着摇了摇头,有些勉强地笑道:"'接电话分心少五杆'的球谚不可不信啊!我接了两个电话,这一杆没有打 OB 已经算不错了!"

接下去,刘怀远越打越糟,简直就像是新手一样,接连打出超级臭球。

虽然他竭力掩饰,说今天状态不好,但只要是打高尔夫的都清楚,所谓状态好不好,主要还是源于心绪稳不稳。

心乱了,所以球也乱了。

刘帅脑子里不断猜测着父亲电话的内容,挥之不去,已无心打球,在难度不大的情况下失误了好几杆,成绩甚至落后于郭天宇了。

反观 Jane 却是越战越勇,在后面的第 8 号洞又一次抓到小鸟,最终以 70 杆即低于标准杆两杆的好成绩荣获冠军。

在比赛结束之后的互相致敬环节,刘帅很想与 Jane 谈谈颜晓凯的事,但觉得时机和场合都不对,所以只是握了握手表示祝贺。Jane 则落落大方地对他微微一笑,看他的眼神中似乎暗含深意。

随后的慈善颁奖晚宴高潮迭起,先是 Jane 宣布捐出冠军奖品,同时再捐 10 万元人民币给博爱慈善基金。在她的带动下,大家纷纷捐款,共募了 277 万元。卓伊在郭天宇的支持下,最后压轴出场,宣布捐赠 23 万元,把博爱慈善基金的第一次捐赠额定格在了 300 万元人民币,活动大获成功!

第十一章
往事如烟

晚宴结束之后，刘怀远忧心忡忡地让司机把自己送回了位于青山湖玫瑰园的别墅。

他前脚刚到书房坐下，刘怀恩就心事重重地后脚跟了进来："大哥，文物局那边搞定了吗？"

刘怀远精神恍惚地望着窗外，此刻天色早就把一切涂黑。

无疑，窗外没什么好看的，他只是心不在焉。

突然，他极深地叹了口气："下午我在打球的时候，终于等到了文物局的电话，说是还要研究研究，所以我们必须先停工，等待处理结果！"

听到"研究研究"这种暧昧不清的回复，刘怀恩有些焦虑："大哥，这可怎么办?！一旦停工，每天得白扔多少钱啊！更麻烦的是，一旦这件事爆出来，我们正在谈的几笔融资估计就会黄了。现在从银行贷不到款，如果民间融资的路也断了，那我们的资金链就危险了！"

刘怀恩越想越气，骂骂咧咧地说："这林市长真他娘的不靠谱！之前说得比唱得还好听，什么这个地王地块不是文物核心保护区域，就算发现有文物也只是抢救性挖掘，不会耽误太久！现在真挖出了文物，立刻就变了脸！鬼知道他们要研究多久，要是停工个一年半载，我们的损失谁来赔？”

“怀恩，你自己先要稳住，不要乱了阵脚。”刘怀远此时的心思并不在凤凰山文物事件上，球场上的第二个电话让他的心中有一种十分不祥的预感。

于是他沉吟了一会，说道：“挖出了文物，先研究走个流程，这是正常的事情。再说，当时凤凰山的美丽园项目不也停工了一个星期吗？等文物部门抢救性挖掘之后，不就又拿到了继续开工的通知吗？”

话虽这么讲，但刘怀恩还是有些担心：“大哥，我之前已经打电话给林市长问过了，他说没什么问题。但是我总觉得他语气怪怪的，好像有什么事欲言又止似的……”

“林市长分管这一摊，既然他说没问题就是没问题吧！你不要急，只是暂时停工而已，其他按照之前的预案去做。”

无疑，刘怀远想终止关于凤凰山地王文物事件的讨论了。

其实这次凤凰山的地王项目对腾龙地产极为重要，刘怀远在拿项目之前做了充足的调研，尤其是地下文物的挖掘保护方面，专门请来专家论证，又得到了政府关键人物的明确承诺，才放心地花重金拿下了“地王”。

然而一直对自己的判断深信不疑的刘怀远，此时却有了浓重的不安感，希望林市长能够摆平这件事吧！

刘怀恩摇了摇头，显然并不同意这个意见，却又不好反驳自己的兄长。这时，正好刘帅敲门进来，他就转移了话题：“小帅啊！万全天盛的税务稽查小组走了没？”

“前天走的。”

刘帅的回答让刘怀恩更加郁闷：“为什么腾龙集团的税务稽查小组还不走？天天当祖宗似的供着，却连句准话都不给，真是烦人。”

等刘怀恩离开之后，刘帅终于等到了机会。他咬了咬嘴唇，艰难地把盘旋在脑海中很久的疑问讲了出来：“爸，你认不认识一个叫作颜筱诗的女人？”

颜筱诗！

这个一直都尘封在记忆中的名字，此刻从刘帅的口中说出，就像是一把重锤击中了刘怀远的心！

刘怀远沉默许久，右手在烟盒摸索了好几次，才颤抖地夹了一支烟出来。

他又拿起打火机，想把烟点着，但手哆嗦着竟然几次都没能成功。

刘帅见状，心情复杂，探过身去从父亲手中拿过打火机，然后帮他点上。

一时间，房间陷入了死一般的寂静，唯有香烟上的一点火星在一明一暗地闪烁。

刘怀远狠狠地抽了几口烟，被呛得猛咳了几声，内心却平静了一些，这才说："十六年前，我在绍兴办的工厂住了一年多，你还记得么？"

"似乎有一点印象，我问妈妈，爸爸为什么没回来。妈妈说，你必须留在工厂，暂时回不了家。"

"那时候，我在工厂办了一份报纸，就是现在腾龙的期刊。有一个女孩子经常投稿，诗词娟丽清秀，我慢慢地就注意到了她。她叫颜筱诗，是个勤工俭学的大学生，在我的工厂做文员，我们偶尔会说上几句话。"

刘帅心里是明白的，在外地办厂，身边没有亲人，只有无尽的压力，又不能对谁诉说，这种感觉确实不好受。但这并不意味着他能理解父亲对母亲的背叛，所以冷冷地追问道："然后呢？"

刘怀远轻轻摇头，有些惆怅："然后，我虽然几次拒绝，最后却还是默认了她的接近，但绝没有逾越雷池一步。"

"后来，厂子遇到困难，处理不好，随时可能倒闭。我压力太大，意乱情迷之下，与她做出了最不该做的事情。"

"等到清醒过来，我非常后悔，告诉她我们这种关系是错误的，应该终止，我不能继续背叛我的夫人。"

"筱诗什么也没说，第二天就默默地走了。我往她的卡里打了五十万，她却原封不动地退了回来。"

"我以为这件事到此为止，谁知道三个月后，有一个自称是她哥哥的人上门找我，告诉我她怀孕了，说只要我拿出三百万，她就拿掉孩子。"

刘帅听到这里，不无讥讽：“一次就怀孕？这伎俩也太老套了。”

刘怀远摇了摇头，无奈道：“筱诗确实……是清白的……我确定那个孩子是我的之后，先给她哥哥颜晓凯付了一百万的定金，拿到医院开的证明之后，又给了他两百万，以为事情就这样结束了。”

说到这里，刘怀远已经有些哽咽：“我此生唯一愧对你妈的，就是这件事情。但我知道一旦你妈知道了真相，一定会给她带来极大的痛苦，甚至影响到我们这个家。既然如此，还不如让我一个人来承担痛苦和悔恨。没想到，经过了这么多年，这件事就像挥之不去的幽灵一样，又冒了出来！”

刘怀远用力地吸了一口烟，将烟蒂狠狠地按在烟灰缸里，凝视着自己引以为傲的儿子，问出了盘旋在心中的问题：“小帅，你是怎么知道这件事的？”

“那个女人——”刘帅顿了一顿，才说，“颜筱诗她并没有打掉孩子，是个男孩，已经十六岁了，正在香港读高中。学习很好，体育也很棒，还有出众的音乐天分。问题在于颜筱诗的哥哥前段时间破产了，还欠下一笔高利贷。他狗急跳墙，就将这件事捅了出来，刚好被我的朋友知道，告诉了我。”

刘怀远如遭雷击，颓然瘫坐在老板椅上，长叹了一口气：“没想到啊，这是真的！”看到刘帅疑惑的眼神，刘怀远解释道：“今天在球场上，我接了两个电话，其中第二个电话就是自称颜筱诗的哥哥颜晓凯打来的，告诉我说当年那个孩子并没有打掉，如果不想这件事曝光的话，就让我出三千万。我还以为他只是编了个故事敲诈我，所以直接把电话挂了！”

“果然，这个颜晓凯终于露面了，有了电话号码，我就有办法找到他！”说罢，他直直地凝视着自己的父亲，一字一句地问：“爸，你说，我该怎么做？”

刘怀远深皱双眉，满脸都是痛苦，有些不知所措地道：“小帅，你看着办吧！不过千万记住，必须彻底了结，而且绝对不能让你妈知道！”

这件事本就是他的错，他怕自己再亲自去处理，会伤害父子、夫妻之情。交给刘帅去做，无疑是最合适的，刘怀远相信刘帅做事的分寸。

“当然，我不会让妈妈再受到任何伤害！”

刘帅意味深长地看了父亲一眼，转身径直离开，然后重重地把书房的门关上。

然后，他拨通了一个电话："Jane，我是刘帅。"

"三千万已经帮你打给贷款公司替你还债了，这是打款的凭证和你当时写的欠条。"

刘帅将几张纸摆在桌上，对颜晓凯说。

颜晓凯伸手就想去拿，却发现凭证被刘帅死死按住。

刘帅盯着他的眼睛，呵斥道："说好的东西呢？"

"带来了，带来了！"颜晓凯望了一眼四周，确认安全之后才打开自己的背包，从里面拿出了几张照片和一个 U 盘，"需要先确认一下吗？"

Jane 抢着接过 U 盘，插入了早就打开的笔记本电脑。

"这些就是全部了？你不会还偷偷留下备份吧？"刘帅厉声质问。

"绝对没有！我可以向天发誓，我颜晓凯如果私藏了，就天打雷劈，不得好死！"这个猥琐的男子竖起右手，发下了毒誓。

看到 Jane 对自己微微颔首，表示材料没问题之后，刘帅把手一松，颜晓凯立刻将凭证抽了过去，一张张仔细确认，生怕是假的。

Jane 有些不屑地说："如果你不放心的话，可以打电话核实。"

颜晓凯嘿嘿一笑，丝毫不介意 Jane 鄙视的目光，真的当场打了一个电话，在确认自己的三千万欠款的确已经还清之后，喜笑颜开：

"两清，两清！"

然后就想起身离开。

"等等，我说让你走了吗？"

看到 Jane 强硬的样子，颜晓凯额头有些冒汗，讨好道："您还有什么吩咐，简总？"

"第一，从今天开始，永远不准再回大陆骚扰刘家的人！第二，"Jane 的语气前所未有的强硬，"永远保守这个秘密，不准对任何人提起！"

颜晓凯被Jane严肃的表情和严厉的语言震慑到了,战战兢兢地点点头。

“是不是觉得逼你债的人很厉害?如果你不小心忘了这两条,那以后来找你的人会比这些人更狠!。”

Jane说完之后,直接起身和刘帅一起离开。

只留下了颜晓凯一个人,坐在原地,呆若木鸡。

“谢谢你了,Jane。除了及时把这件事告诉我,还帮我找到了这家伙,遇见你真是我的幸运!”

望着副驾驶座上的美丽女子,刘帅真诚地道谢。

“这么客气干嘛?还不把我当朋友吗?”Jane调皮地对刘帅眨眨眼。

“这件事对我的家族很重要。Jane,我欠你一个人情。”

面对绝美而又霸气的Jane,他不由自主地想起了互联网大会的邂逅,一种前所未有的奇妙感情在刘帅心中弥漫。

“对了,你还记得我们第一次见面吗?”Jane突然问道。

“你是指L-ounge那次吧?”

Jane点点头,露出了一个灿烂的笑容:“其实我才是那个应该觉得抱歉的人,第一次见面竟然是谈那种煞风景的事,所以一直想找个机会弥补。我知道在南山路新开了一家很棒的名叫‘动静’的酒吧,找时间你约我去泡吧,就算是谢我了,如何?”

“好啊,如果不是父亲正在家里等我回去聊颜晓凯的事,我这就请你去‘动静酒吧’!可现在——只能遗憾地先送你回酒店了。”

解决了家族的大麻烦,刘帅兴致很高,猛地一踩油门,他的黑色兰博基尼咆哮着冲了出去……

第十二章
抢占先机

刘帅忙于处理颜晓凯的麻烦时，郭天宇正在亲自督阵公司即将召开的新闻发布会。

“51 旅游网”第一时间就收到了竞争对手的最新动态，层层上报，最后递到了李建波的桌面。

李建波环抱着双臂在办公室里来回踱步。这是一场生死较量，一旦有时间，他就会琢磨万全天盛动态背后的战略，分析和预测刘帅、郭天宇他们下一步的举措。

世界互联网大会上两家公司出尽风头，赚足眼球，正是趁热打铁，进一步炒热行业概念的时候。但大会结束离现在才多久？万全天盛这么快就有了大动作？对方葫芦里究竟卖的什么药？李建波甚为好奇。

作为互联网行业最早一批白手起家的传奇大咖，很多人觉得他手段毒辣，口蜜腹剑，但能把“51 旅游网”做到今天这种行业领先的地位，没人可以否认李建波的能力，尤其是在中国互联网野蛮生长的环境之下。

按照李建波的估计，万全天盛即便要出新招也会在三个月以后。这是他根据万全天盛的商业模式、技术水平、移动互联推陈出新的周期，乃至郭天宇、刘帅的思维模式推断出来的。

所以在得知这个最新消息后，李建波左思右想，硬是想不明白自己究竟漏算了哪一步，才会出现这样大的困惑。但李建波就是李建波，直觉告诉他，对手一定获知了什么他还不知道的状况，并且提前亮剑了！

当然，在没摸清对手的下一步棋前，自己绝不盲动，那就先坐观其变吧！

出于这种心态，他从从容容地等到了万全天盛召开新闻发布会的时间，才不疾不徐地点开网络直播，只见万全天盛公关部总监郑峰在开场后不久，就向媒体宣布公司即将推出景点免费 Wi-Fi，并在海南三亚海滨浴场试点，不日就会全面铺开。

霎时间，会场的气氛就变得无比火热，记者们争先恐后地发问："请问郑总，免费 Wi-Fi项目是对'51 旅游网'提出'二选一'的一次反击吗？"

"郑总，听闻互联网大会之后，万全天盛和'51 旅游网'对客户的补贴额度一直在提高，现在贵公司的新用户直接可以领取 50 元的现金抵价券。这么大力度的补贴，会对贵公司的利润产生负面影响吗？"

"郑总，现在市面上同质化的 APP数不胜数，在线旅游业也不可免俗，万全天盛的'游乐宝'与'51 旅游网'的"我要玩乐"相似度高达 98%。关于贵公司免费 Wi-Fi的项目，你们会有什么样的防范与反制措施吗？"

无数问题，就像突突突的机关枪一样，袭向了郑峰。

记者们不光关注免费 Wi-Fi项目，更关注万全天盛与"51 旅游网"如火如荼的战局，大家兴奋地猜想，免费 Wi-Fi项目会是万全天盛拿出来的杀手锏么？获知这个消息的李建波，究竟会是什么反应呢？

谁也不曾想到，这一刻的李建波，居然噗嗤一声笑了出来。

免费 Wi-Fi？

"51 旅游网"也有人提过这个方向，比如新上任的 CTO 赵成斌，就曾在公司高层会议上苦口婆心地游说过相同的计划。但李建波是什么人？其实他想得比谁都多，比谁都深，所以他非常明白，这个计划只是看上去很美而已。

免费 Wi-Fi项目的缺陷,万全天盛居然没发现! 刘帅、郭天宇毕竟年轻,竟如此冒进,到时输了赌约在乌镇裸奔、出丑的,不是他俩还能是谁?

正当李建波心绪激荡,准备看对手过段时间怎么收场时,万全天盛宣布了第二个合作项目——与国内饮业巨头甘泉集团战略合作,双方以"R&V 非竞争性联盟"的方式互相推广对方的产品,其中万全天盛指定甘泉旗下新推出的"沸腾"饮品作为"首选旅游饮料",郭天宇亲自担任品牌代言人。而甘泉集团则在每罐沸腾饮料的外包装上,印上"游乐宝"的 APP和下载二维码。

这让李建波频频点头:"郭天宇还真有想法,这种创新的模式,我们倒也是可以学习的。"

但是李建波还没赞许完,新闻发布会上宣布的第三项内容,就让他惊地跳了起来。

"'游乐宝 4.1'中,将会有更多的折扣与优惠。我们公司已经决定,将机票与酒店的补贴,提高到每人 199 元!"

无疑,这才是本次新闻发布会的最重头内容。

199 元!

李建波心如擂鼓,只觉得呼吸都有些急促。

万全天盛和"51 旅游网"的补贴大战虽然打得如火如荼,却也没到如此夸张的程度。

事实上,到目前为止,两家在机票和酒店上的补贴,哪怕是节假日推出特殊活动,也就是最烧钱的时候,顶多也不过是 120 块罢了。那还是极少数的情况,一年最多不会超过二十天。

万全天盛现在居然直接将补贴提高到 199,还要一直持续下去,他们疯了么?

等等!

短暂的晕眩过后,李建波冷静了下来。

匆匆忙忙推出还没有试点的项目,一口气将补贴提高如此之多,这一切,都指向了一个可能……

通远!

对，没错，肯定是美国通远！

如果不是为了应付即将到来的强敌，万全天盛也不至于赶得这么急！

难道通远有什么要命的进展刺激了万全天盛？

怎么一开始没想到？李建波用力地握住了椅子扶手，过了许久，才长长地吁了一口气。

看样子，是万全天盛掌握了先机！“51”的消息怎么突然变得不够灵通了？不过，也没啥，必须迎头一击！就这么电光火石的瞬间，他已做出决断。

李建波喊来秘书，命令道：“紧急传令公关部，立刻通知各大媒体，我们两个小时后召开临时线上新闻发布会，有重大事情宣布！”

北京东方广场，通远临时办公点，气氛一片凝重。

这个位于东长安街 1 号，雄踞北京市中心的商业建筑群，素来有“城中之城”的称号，其中的“东方经贸城”更是许多世界五百强企业中国总部的驻地。

早在两个月前，东方经贸城中就有一层楼被租下，正在紧锣密鼓地装修。消息灵通的人从业主透出的消息中，证实了租下这层楼的是美国通远，这也是业界为什么有风声传出通远公司接下来即将正式进驻中国的原因。

只是谁都没想到，在办公室装修的同时，通远已经在附近的五星级酒店——东方君悦大酒店租了一整层作为临时办公地点，悄悄开始收购上下游资源公司和挖人。在装修的同时，主打业务就开始试水市场了。

通远的行事作风一贯诡秘，不动则已，一动就直指要害，打对方一个措手不及。

但这会儿，东方君悦大酒店顶楼的总统套房客厅里，通远公司中国区总部的高管们，一个个铁青着脸，都是愁眉苦脸的样子。

“Why？It’s impossible！我们的对手似乎知道我们两周后的动作，居然抢跑了？”

正在咆哮的是一个站着的中年男人，平头，一张明星脸，看上去约有四十五六岁。

此人正是通远公司中国大区的CEO，香港人，中文姓林，英文名叫Jason，斯坦福大学毕业的高才生，在硅谷混得风生水起，也在华尔街掀起过风云。履历金光闪闪，足以亮瞎旁人的双眼。

他的领带从来一丝不苟，西装永远整整齐齐，清瘦的面庞上始终驾着一副金丝眼镜。无论穿着打扮，还是言谈举止，完全就是照着人们心目中的“精英”模子刻出来的。

Jason林的能力和魄力十分惊人，早在将近两年前，在他的主导下，美国通远公司就开始收集中国在线旅游业的相关资料，为进军中国做精心准备。

大数据之下，一切都是那么的清晰，包括中国在线旅游业的补贴额度，也被通远公司统计了出来：

机票和酒店，平常维持在60元左右，打得厉害的时候，大概是70元到90元，峰值的时候，最多120元；吃喝玩乐，平常维持在10元到20元左右，现在是因为万全天盛和“51旅游网”死磕，才让这个价格节节攀高。迄今为止，就算峰值到过60元，平均值也没超过40元。

得到这个数据后，被总公司充分授权、有50亿美元的雄厚资金本作为后盾的Jason林，大手一挥，毫不犹豫将这个数字大幅提升！

你们的机票和酒店，平均不是60元吗？那我就出180元！是你们平均值的三倍，峰值的1.5倍！

同理，吃喝玩乐市场，我每个人给80元补贴，翻了一番！

可想而知，这样的消息要是宣布了，将会引发怎样的轰动效应，刺激到多少人的神经。无数人将会抛弃“游乐宝”和“我要玩乐”，投奔他们通远即将推出的“人民能行”APP！

Jason林本打算过了中国人传统的春节后，再让通远正式入驻中国，但听说郭天宇和李建波在乌镇互联网大会上对赌，把移动在线旅游业的概念炒热后，他敏感地意识到，这是一个绝佳的机会，便决定提前突袭，打对手一个措手不及。

正因为如此，Jason林把原定的年后进入中国，果断改成年前，并使尽一切手段，瞒住计划变更的消息。就连新闻发布会,他都只打算提早几天通知,反正国外的权威媒体肯定会来捧场,至于国内的媒体,这么大的事情怎么可能不来?

他接近成功了,明明只差半个月,谁料这个时候万全天盛反而打了他一个措手不及!

万全天盛的高昂补贴,成功地激起了收看直播的观众们的兴趣,大家在网上议论纷纷,以至于很多人都忽略了接下来公布的一条消息:万全天盛宣布推出平台化战略。

之前,万全天盛一直采用的是天猫商城模式,即与入驻商家都是签署加盟协议的,对商家的资质、产品等都卡得比较紧,但这也影响了平台的规模。而现在实施的平台化战略,则有点像淘宝,允许商家可以不签约直接在万全天盛新推出的“网络商城”开店,完全免费,只收取广告推广等增值服务费用。

对 Jason 林来说,补贴大战他并不害怕,而万全天盛的平台化战略却让他感到不安,因为这些势必会让更多的商家投向万全天盛的怀抱,从而影响到通远的下一步扩张和战略方向。

但现在的当务之急,还是要快点搞清楚到底为什么万全天盛会知道自己的内部消息?

“Jason,我们已经统计出来了!”市场部的负责人一收到消息,立刻汇报,“万全天盛在‘吃喝玩乐’上的补贴额度,一下子提升到了平均 100 元 / 人。他们的公关部已经开始雇佣水军吹嘘,最迟明天早上七点,这个话题的热度就应该能飚到热搜榜。”

Jason 林脸色铁青。

他们打算机票酒店补贴 180 元,万全天盛就开到了 199 元;他们打算吃喝玩乐补贴 80 元,万全天盛就开到 100 元。

这么有针对性的开价,不光对付了他们通远,还把“51 旅游网”狠狠地坑了一把!这绝对不可能是巧合,难道万全天盛拿到了他们公司的内部计划?

他必须立即向总部汇报这一情况,撇清自己的关系。否则总部的那些官老爷们,又会借题发挥，对他指手画脚了！

这时，他的助理急急忙忙地赶进来，语调焦虑地汇报道："'51 旅游网'刚刚召开临时线上发布会，宣布'51 旅游网'的机票与酒店补贴将提升到每人 200 块！"

Jason 林再也忍不住，一拳狠狠锤到了桌子上！

此时的万全天盛会议室，巨大的电子屏幕上正直播着"51 旅游网"的线上发布会。

当看到"51 旅游网"宣布提高补贴到 200 元的那一刻，在场的所有人都松了一口气，露出发自内心的笑容。

也不知是谁大喊了一声"Oh，yeah"，整个会议室霎时间变成了欢乐的海洋，平时矜持万分的高管们纷纷蹦了起来，就连一向沉稳的洪韧韬、郑峰和卢俊杰都忍不住喜上眉梢，庆祝着他们这一次胜利的反击！

刘帅也兴奋地捶了郭天宇一下，并竖起了大拇指："你可真是神了，坚持一定要把价格定在 199 元，就是算准了李建波会加上这个'1'！"

郭天宇眉飞色舞，朗声笑道："他这么争强好胜的人，怎么会甘心到时候输了赌约去乌镇裸奔？只是我也没想到李建波会这么配合！"

刘帅拍拍郭天宇的肩膀："那是！兄弟，那次'三国大战'策略研讨会上，我们学解放战争中的三大战役，一次性把补贴大战、平台大战和免费 Wi-Fi大战推出，看来很有成效啊！"

不过，在确定补贴额度该提升到什么程度的时候，万全天盛的高管们曾各执一词。

刘帅觉得，既然通远是 180 元，那他们也就用 180 元好了；张晓冬和黄皓薇却认为把这个数字定在 200 元比较好，更有震撼力；洪韧韬、郑峰和彭欣觉得每种定价各有利有弊，一时半会还真拿不定主意；卢俊杰则默默地在一旁计算补贴提升到这种程度，公司现金流的承压能力；只有郭天宇非常强硬，一定要选 199 元。

大家对此非常不解，毕竟你出 199 元，对手只需多出一块钱，首位数就变成了

“2”,可直接压倒我们,与其这样,不如自己先提升到 200 元。

郭天宇冷静地解释道:“除了拼补贴,我们这次的首要目的是在舆论热点上抢占先机,其次是尽可能地打击通远的气势。我们如果定了 200 元,就给李建波出了难题,除非他把补贴提高到 300 元,否则不够引发关注。现在我们补贴 199 元,让他宣布补贴 200 元,都会成为热点新闻,就能给通远造成连续两次的新闻打击。等 Jason 林反应过来时,除非发了疯地把补贴提升到‘3’字头,否则就算补贴 250 元也已经引不起轰动了。”

见高管们脸上都露出了恍然大悟的表情,郭天宇又笑着说:“至于实际的补贴额度,我们可以通过业务员告诉客户,对手补多少,我们一样补多少!通远一定以为我们会为了乌镇的赌约在全力死磕‘51’,从而忽略了他们暗中的排兵布阵,万万想不到我们先发制人,同时打了他们和‘51’一个措手不及!”

这一步棋实在高明,事实也证明郭天宇的策略成功了。还没正式宣布进入中国市场,全球行业老大通远公司,就先吃了一个天大的哑巴亏。

正在这时,克莱尔打来电话对他们表示祝贺:“真是一场漂亮的新闻发布会,Mr.Guo。不过,蒂姆先生托我转告你们,你们的做法,无疑会激怒通远中国大区的 CEO,Jason 林。”

“听起来似乎不错。”郭天宇笑道,“一个愤怒中的对手,未必就是最强大的对手。”

“这句话对别人适用,对 Jason 林来说,恰恰相反,愤怒不会让他失去理智,反而会让他更加清醒。”克莱尔一字一句地说道,“愤怒中的 Jason 林,是他所有状态中,最冷静、最敏锐,也最狠辣的一种。”

“Mr.Guo,你们惹到的不是什么小绵羊,而是一头愤怒的狮子。我想,你们接下来需要考虑的,是如何应付他疯狂的战术。”

第十三章
无事生非

春节的最后一周，通远扔下了一枚重磅炸弹——红包雨！

只要下载他们的综合旅游服务 APP“人民能行”，就可以参加抢红包的游戏，不限定时间、不限定次数、更不限定抢到的红包总值！只要有时间，你可以一整天都泡在“人民能行”上尝试“摇一摇”的手气。

不仅如此，通远还在红包雨中做了点“手脚”，大部分人抢一次就只有几分钱、几毛钱，但有一些重量级的红包，却有 88 元、888 元甚至 8888 元，所有的红包均可用于通远旗下旅游产品的消费！

抢到“大红包”的人欣喜若狂，纷纷发微博和微信朋友圈炫耀，瞬间引爆了人们的热情。

一连三天，通远“红包雨”撒的红包一天比一天更大，最高潮时一个小时就撒了一亿，却也带来了一千多万的下载用户！

不仅如此，这些红包的使用期限还长达三个月！

原本在为春节放假做准备的万全天盛和“51 旅游网”立刻被打了一个措手不及，郭天宇和刘帅第一次真正领教了通远这头全球大鳄的能量——虽然春节期间的国外游因为准备周期较长，大部分游客已经确定了行程。但通远此举，不仅抢夺了大量的春节期间的国内游订单，还锁定了未来三个月的海外游订单！

可以说万全天盛凭借之前的突袭在市场宣传上抢占了先机，但通远铺天盖地的、超乎寻常到几乎“愤怒”的金钱与广告攻势，还是给万全天盛带来了极大的压力，首当其冲的承压对象就是市场部和技术部。

市场部不必说，眼看着用户“见异思迁”，纷纷跑去“人民能行”尝个新鲜，市场份额逐步下降，上上下下急得都快跳楼了——万全天盛的“铁军”文化就是这样，有非常明确的任务目标，一旦完不成就只能拿基本工资。

大家都是要养家糊口的，基本工资哪够生活啊？于是就只能拼命加班，不停地给客户打电话，上门拜访。整个市场部，晚上和白天几乎没有区别，都是灯火通明，人声鼎沸，来来往往的人络绎不绝。

与市场部的热闹相比，技术部仿佛又是另一重天地。

公司高层一致认为，免费 Wi-Fi项目由于需要较长时间的铺点过程，短期内并不足以对市场形成震动，所以决定同时推出创新的“旅游圈”功能。

试想一下，如果游客前往景点，不仅可以连上万全天盛的免费 Wi-Fi，还可以加入一个临时的“旅游圈”，与同一时刻、同在此地的游客们一起分享照片和心得，一旦离开“旅游圈”的覆盖范围，这个群又会自动解散，不给用户带来任何麻烦。当然，如果临时“旅游圈”中有特别想交往的朋友，用户也可自己去主动联系，添加为永久好友，这是多么好的一种体验啊！

这个创意虽然不错，但是无形中又为技术部增加了大量工作，程序员们憔悴的面庞被泛着幽光的显示屏映衬着，带了几分“面无人色”的味道。

更加雪上加霜的是，技术部的顶梁柱 CTO 洪韧韬在这个关键时刻，生病住院了。

洪韧韬在天盛科技时，也曾因为胆结石住过院。这次得的是急性肠胃炎，本来想开了药就走，但医生说情况不是很好，需要先住院观察。郭天宇在问清楚洪韧韬所住的医院和安排好去探望的时间后，立即一个电话打给了彭欣：

“你联系过赵成斌了吗？”

此前，郭天宇从偶与赵成斌有联系的卓伊处得知，原来赵成斌过去也曾醉心过免费 Wi-Fi项目。只是因为李建波忽然抽调他去负责‘我要玩乐’项目，工作太忙，才不得不中断了自己的研发。

这让郭天宇下了邀请赵成斌加盟万全天盛的决定——赵成斌本来就是搭建“游乐宝”最初构架的一员，对“游乐宝”的内核非常熟悉，与公司同事们的相处也是非常愉快的。只要他能回归万全天盛，不仅有助于免费 Wi-Fi项目的攻关，也能帮身体已经透支的洪韧韬分担一部分压力。

“我和赵成斌通过电话，但他婉拒了。不过，卓总说她来想想办法。”彭欣的回答让郭天宇倍感失望，但想到卓伊愿为他来分担忧虑，心里不禁一暖。卓伊当年在公司的贡献有目共睹，因此至今高管们还是亲切地称卓伊为“卓总”。

“嗯，我夫人和赵成斌是老同事，我也与她交流过招募赵成斌的可能性，由她出面再好不过了。”

郭天宇不知道的是，其实就在他与彭欣通电话的时候，卓伊已经和赵成斌一起，正坐在未来科技城西溪金座一楼的“无边咖啡馆”里叙旧呢！这是她精心考虑的，那里承载着大家同甘共苦的一段岁月，不仅有助于拉近彼此的距离，也容易打开话题。而为了这次聚会，卓伊打了很多个电话，软磨硬泡地才约到赵成斌。

时隔几年再回天盛科技初创时办公的西溪金座，赵成斌感慨万千：“工作这么多年，我最难忘的，还是在这儿辛苦加班的日子。虽然郭总当时甚至发不出工资了，但自己在天盛科技有一种创业的拼劲，后来去了‘51 旅游网’，这种感觉就再也找不到了！”

他的语气充满了伤感、惆怅与落寞，完全不像旁人想象的那样，有了被提拔为一家知名互联网大公司 CTO 的意气风发。

察觉到赵成斌可能过得不大开心，卓伊笑道：“大家其实都很想你的，韧韬还几次念叨过，说要是成斌在，他的压力也不会那么大。”

“韧韬会念叨我？”赵成斌愣了一下，才说，“我还以为他只会念叨孙总。”

提起孙秋飞，卓伊不由唏嘘："孙总……大家都很怀念他，我有时候都觉得，如果孙总还在的话，不管是天宇，还是刘帅，都不会像现在这样，忙得焦头烂额。"

"是啊，我听说刘总特别忙，除了万全天盛，腾龙集团的事也得操心。"赵成斌由于在天盛科技与万全信息合并前就已离开，所以并不认识刘帅，但提到这个年轻有为的创业英雄，心中还是充满了崇敬。

"是啊，我听天宇说，腾龙地产最近好像出了些问题。现在国家都在调控房价，地产行业不太好做吧。"卓伊随后应道。

"调控、调控，调了那么久，房价反而越来越高了！"提到房价，赵成斌也犯愁，"就因为这个，我每次回家都觉得没脸面对爸妈。亲朋好友都说，成斌啊，你好歹也是个老总了，怎么还没买套房子？我都不知道该怎么说才好。"

卓伊颇感疑惑——赵成斌已经是"51 旅游网"的 CTO 了，居然连套房子都买不起吗？

短短一瞬间，她脑海里转过无数念头，嘴上却道："房子可是一辈子的大事，当然要慎重。你现在事业有成，也不差钱了，房子还是要买地段好一点的。不管是把老人家接来享福，还是将来结婚……对了，你有女朋友没？"

赵成斌尴尬地挠了挠头，像个做错了事的孩子："这不是……还没顾得上谈么？"

"你们这些做技术的，怎么一个两个都这样？"卓伊想到洪韧韬，不住摇头，却福至心灵，明白了赵成斌的顾虑。

如果她没记错的话，赵成斌的母亲身体不好，隔三岔五就要去医院。所以赵成斌才会离开草创期的天盛科技，因为他需要钱给母亲看病。

算一下时间，赵成斌去"51 旅游网"其实也没几年，一开始他只是普通程序员，工资仅够糊口，还得省下母亲的药钱；等他做了中层，又成为项目负责人之后，收入高了，肯定会开始考虑买房的事情了。不过为了母亲看病方便，他得优先挑选好医院附近的房子。但只要是"院区房"，都是天价，即便拿的是公司高管的工资，也无法企及。

卓伊心里大概有底了，继续和赵成斌回忆西溪金座时期那些苦中有乐的时光，也聊到当下新技术对互联网产业的推动。两人相谈甚欢，却没注意到，有一个人已经将他们的举动尽收眼底。

这天，技术部的兄弟们相约到医院看望洪韧韬。

万全天盛是由刘帅所创立的“万全信息”和郭天宇、孙秋飞所创立的“天盛科技”合并而成。

天盛科技创业最艰难的时候，一度只有十一个人，号称“十一金刚”。

这“十一金刚”中，孙秋飞斯人已逝；郭天宇成为万全天盛的CEO；卓伊与郭天宇结婚，退隐江湖；洪韧韬做了万全天盛的CTO；黄皓薇则是万全天盛的投资部总监；剩下的六个人，全都在技术部担任中层。

由于这段同甘共苦的经历，“十一金刚”，尤其是技术部的几位男同胞，关系都相当不错，也没有什么很明显的上下级之分。

其他人离开之后，前端开发部总监于天奇却找了个借口留下来，看四下无人，小声说：“韧韬，有件事情，我得给你提个醒。”

于天奇吨位不小，心眼却不大，平常很会来事。对下属员工不怎么厚道，可对曾经的“老兄弟们”，那叫一个长袖善舞，大家都觉得他特别好相处。

听于天奇这么讲，洪韧韬奇道：“什么情况？”

“我今天出门，看见卓伊和赵成斌跑去西溪金座了！”于天奇压低声音，神秘兮兮地说，“你知道的，我房子就买在那附近，刚好撞见这两个人。好在我闪得快，躲到一旁，他们没看见我。”

由于万全天盛的总部大楼在西溪金座所在的未来科技城兴建，于天奇买房的时候就选在了未来科技城，图以后上班方便。对此洪韧韬是清楚的，因此当然不会怀疑于天奇话语的真假，只是有些诧异：“他们两个跑去那儿干什么？”

“他们下午在喝咖啡！”于天奇有些八卦地说，“我觉得，卓伊肯定是帮郭天宇挖赵成斌！否则，他们一个是万全天盛CEO的夫人，一个是‘51旅游网’的高管，两家公司为了赢得乌镇的赌约，现在打得这么激烈，避嫌都来不及，怎么可能坐在一起？哪怕是老朋友，传出去也不大好吧？”

洪韧韬算了一下，觉得不对：“你几点看见的？没去上班？”

“西溪金座”在城西，“腾龙双子星”在城东南，中间隔了整个杭州城，上下班高峰时开车两个小时都是少的。万全天盛早上九点就上班，于天奇下午怎么可能看见卓伊和赵成斌去了西溪金座？

洪韧韬知道于天奇经常早退，严格来说也不叫早退，晚上六点是正常下班时间，只不过大家都加班加到九点以后，于天奇的准点离开就显得很突兀。洪韧韬看在两人是老同事的份上，加上于天奇的儿子又很小，正是闹腾的时候，他老婆一个人确实带得很辛苦，这才睁一只眼闭一只眼。但这下午了都不去上班，未免太过分了吧？

于天奇眼珠滴溜溜转，没好意思说，平常他知道洪韧韬什么地方能惹，什么地方不能惹，才坚持每天早上九点到公司，晚上六点下班。一看见洪韧韬生病，于天奇就立刻撒了欢，以去探望洪韧韬的名义，索性在家吃过了午饭才出门。

谁料车子刚开出去没多久，就看见了熟悉的白色特斯拉。出于环保考虑，郭天宇在卓伊的建议下，两人的座驾买的都是特斯拉，郭天宇选了蓝色，卓伊选了白色，经常一起开进开出，在杭州城也算是一道风景了。没想到卓伊下车后，竟然是与等在西溪金座楼下的赵成斌碰面，这让于天奇有一种偷窥到秘密般的兴奋。

“哎呀，我这不是也去医院体检了嘛！”于天奇很快就想到借口，“最近加班次数太多，我总觉得胸闷，喘不过气来，就想去医院检查一下。毕竟去年就因为太累，胃穿孔过一次，实在把我吓怕了。”

他这么一讲，洪韧韬心有戚戚，对他下午不去上班的事没再追究。

只听于天奇继续说：“韧韬，你可要警惕了，我觉得，郭天宇如果挖赵成斌，肯定就是要对付你！”

洪韧韬心中一惊：“怎么可能？郭总为什么要对付我？”

“或许是觉得我们小团体意识太重吧？”于天奇一提到郭天宇，就连连摇头，不断叹气,“不瞒你说,我觉得郭总一向不大喜欢我们。你看之前在天盛科技的时候,我们才是一路陪着他打拼,最老的员工啊!其他人哪有我们对他这么好,大半年发不出工资,依旧没跑?结果等公司稍微大了一点,他就看重张晓冬胜过我们了,这也没办法,张晓冬是他挖来的嘛!”

说到最后,于天奇煞有介事地总结道:“我就是觉得,郭总把‘派系’分得太清楚了,心里一直认为我们这些孙总留下来的老人是小团体,不怎么服他的管束。对我们经常鼻子不是鼻子,眼睛不是眼睛的。”

这话说得就有些失真了,郭天宇天天忙得不可开交,“十一金刚”们又大多是洪韧韬下属的员工,和郭天宇隔了一层,郭天宇见他们的次数也不多,哪有工夫去排挤他们?再说了,郭天宇对“十一金刚”中两位“恒达系”的副总裁——洪韧韬和黄皓薇都很信任,赋予了很大权力,完全不存在于天奇的这种说法。

这些胡言乱语,换作别人都不会相信,偏偏触及了洪韧韬内心深处最敏感的一个点——恒达搜索老员工的归属问题。

恒达搜索出身的“十一金刚”们,在技术上的水准有些参差不齐。这洪韧韬是很清楚的,他甚至连谁的水准有多少都了如指掌:

研发部总监陈锐和 UI 设计部总监高翔宇还好,后端开发部总监杨晟也勉强,前端开发部总监于天奇、服务端开发总监吴浩以及测试部总监许荇的水准一直跟不上,做个项目经理还能够胜任,做总监就有点难以服众了。

尤其是吴浩,不是科班出身,虽然也写了这么多年程序,但关键时刻经常掉链子;许荇就更不用说,女孩子当程序员,比男孩子辛苦很多。

即便如此,洪韧韬也没有换人的意思。

他一直有种江湖大哥的情节,有点护犊子,在他看来,他是孙总的弟子、学生、门徒,孙总不在了,那么他就要把孙总留下来的团队给护好。业务上差一点有什么关系,大家一起努力弥补,或者洪韧韬自己默不作声地就把这些问题给解决了,这也是他为什么经常加班到这么晚的原因之一。

洪韧韬这样默默为大家付出,部下们也不是傻的,心里都有数,对洪韧韬非常感激，也很信服。以至于整个万全天盛总部的员工都知道，论氛围，技术部是最和谐的，甚至已经有点像一个小团体了。

这就成了问题。

哪怕洪韧韬自己想一下，也觉得这种情况不好——哪个领导愿意下头有个凝聚力这么强的小团体存在，还是技术这么关键的部门？任谁心里都要犯嘀咕，一旦郭天宇和洪韧韬发生了冲突，到底哪个说了算？

一看洪韧韬的神色，于天奇知道自己的话起作用了，于是索性又添油加醋道："我觉得吧，你可要早早做好准备，郭天宇招募赵成斌肯定是不安好心啊！你想想，赵成斌已经是'51 旅游网'的 CTO 了，万全天盛要给什么位置，他才愿意回来？"

"这……不大可能吧？"洪韧韬还是有些不相信。

赵成斌做的'我要玩乐'，外行人不明白，业内哪个不清楚，就是借用'游乐宝'的核心，在外面套了一层'我要玩乐'的皮而已？哪怕这事是李建波让做的，赵成斌就算有一万个不得已，到底还是做了。这样"做错事"的赵成斌，怎么好意思来抢洪韧韬 CTO 的位置呢？

于天奇忙道："别的不说，赵成斌有个最大的好处——他听话啊！要是换你去了'51 旅游网'，李建波让你做'我要玩乐'，你会怎么办？"

那还用说，当然是辞职不干啊！

洪韧韬虽然没说出口，表情却很明显。于天奇察言观色，继续攻心："你肯定不会做这种不道义的事，可赵成斌不就干了么？换句话说，郭天宇让你做不愿做的事情，你可能会不做，让赵成斌去做，他会不干么？"

这话看上去很有道理，却是实打实的偷换概念。

洪韧韬是什么家境？他家在北京，父母都是知识分子，五险一金齐全，福利待遇良好，家里还有两套房子，仅靠房租也能过无忧无虑的日子，当然有能力任性选择。

赵成斌却不同，父母没有医保没有社保，只能靠儿子养老，他赚的每一分工资都要掰成两半来用。为生计所苦的人，哪有什么资格去挑拣，去任性？

对于天奇来说，他现在最担心的是郭天宇哪一天会拿他开刀。前段时间郭老板已经找他谈过几次话了，再下去只怕就要被免去职务，再也不能过混吃等死的优渥生活了。

这时，恐怕护犊子的洪韧韬也帮不了他了。出于自己的私心，于天奇这才一逮到机会就在洪韧韬面前说郭天宇的坏话，说郭天宇怎么针对技术部，怎么针对洪韧韬，怎么针对孙秋飞留下来的老部下。希望洪韧韬形成条件反射，等到郭天宇真的针对自己时，习惯性地认为郭天宇是在找茬，从而尽量帮他顶着。

洪韧韬不知道于天奇的阴暗心思，他的内心正翻江倒海，久久难以平静。

第十四章
内忧外患

万全天盛总部内，卢俊杰抱着一叠文件，站在高管专属的电梯间前，心情极为沉重。

伴随着“叮”的一声，电梯门打开，站在里面的彭欣对他打了个招呼，见他眉头紧锁，不由得问道：“怎么了，一副苦大仇深的样子？”

卢俊杰回过神来，深深叹了口气：“唉，能有什么？还不是为了最近国外机构做空公司的事！明明我们这边抢占了先机，也出了重大利好，但在这些国外做空机构的攻击下，股价还是不断下跌。”

美国通远公司的战绩一向辉煌，他们强势进驻中国市场，万全天盛和“51旅游网”的股价自然会应声下跌。但按理说，不可能有那么大的跌幅，偏偏美国清水研究继上次发布万全天盛的看空报告后，最近又出台了一篇更具杀伤力的数据分析！

这一分析看似材料翔实，逻辑缜密，有理有据地分析了中国在线旅游市场的情况，最终得出了万全天盛的业绩将入不敷出，盈利会大幅下跌的结论！

彭欣听了，心情也变得很差：“这家公司表面上是做商业研究，实际上就是冲着万全天盛的股价来的！”

像清水这样的“研究公司”在美国有很多，明面上是曝光上市公司的虚假财报和欺诈行为，靠研究报告盈利，但更多的会与律师事务所、投资人协同作战，以谋取更大的利益。

这种关联合作往往不签署协议，但却形成了一个牢固的利益共同体。

在共同密谋敲定“猎物”后，各种基金和机构投资者事先卖空该股，然后由‘清水’这样的第三方研究机构出具看空报告，配合媒体的新闻轰炸，让该股票下跌，从而使基金和机构投资者先赚到做空的钱。

之后就轮到律师们出场了，通过一场集体诉讼，在让普通投资者获得赔偿的同时，他们也获得了相应的收益。

也就是说，这是一个三方共赢的游戏，已经成为一条产业链了。

中国是世界上增长最快的经济体，但中国企业却未能得到应有的尊重，不断在美国资本市场上遭遇无情的猎杀，不得不说是一种悲哀。

其实在从业多年的卢俊杰看来，万全天盛被做空机构盯上并不奇怪，上市之后，他们也被做空了不少次，不过都没有掀起太大的波澜。但这次做空所调动的资源和持续时间却远超以往，让万全天盛损失不轻，这令卢俊杰感到蹊跷。

美国著名的财经杂志《凯伦周刊》，一向不大关注中国的企业，近日也忽然发表了一篇题为《万全天盛股价未来还要跌50%》的重头文章来大肆唱空万全天盛。报道中直截了当地指出万全天盛根本无法赢得和通远的竞争，股价未来还将持续下跌。不仅如此，报道还将美国和中国的旅游市场做了对比，影射万全天盛数据造假。

哪怕万全天盛的高层清楚，自己公司的财务报表绝对没有任何问题。但在外人看来，政府的税务稽查小组在完成稽查一个多月后，依然没能公告结论，就已经说明了问题的严重性。

这才最为致命！

由于清水公司给出的“翔实证据”以及《凯伦周刊》的巨大影响力，西方一些著名的财经网站上，已经出现大量关于万全天盛遭到税务稽查的帖子——全都是用一连串看似客观，实则似是而非的证据，推断出万全天盛的税务肯定存在问题的结论！

随后，有不少主流媒体援引了这一报道，导致资本市场对万全天盛丧失了信心，股价在短短几天之内就狂跌了 30%！

"我现在觉得，自己就像是个走在夜路里的瞎子，不知道周围有什么，也不知道以后会面对什么。"

就在卢俊杰与彭欣为公司遇到的麻烦头痛时，郭天宇也正在刘帅的办公室里，忧心忡忡地谈论着同一件事。

其实，郭天宇和刘帅已经隐约想到，这背后或许就是蒂姆所说的那股神秘势力，但这到底是一股怎么样的力量，居然可以调动国内外的媒体，甚至连中国的税务稽查小组也能操控？他们究竟来自何方，目的又是什么？

"这些所谓的知名媒体，实在太无良了，怎么可以胡乱引用根本没有证实过的数据？看来在西方社会，媒体也是可以被当枪使的，根本没有什么新闻公平可言！"

刘帅一直眉头紧锁，不知该如何回答。其实在他心里，还有一件更担心的事情。

万全天盛的账目肯定是没有问题的，但腾龙地产这样的房地产企业却未必！两家公司的税务稽查结论，目前都没有公布。如果这股神秘势力真的有能力让税务稽查小组折腰，腾龙集团该怎么办？

光是想到这种可能性，刘帅就心惊肉跳，觉得自己正走在横跨悬崖的钢索上，稍不留神就会坠入深渊。

万全天盛的前两大股东愁眉不展，而第三大股东孙秋萍最近的日子也不大好过。

本来从米兰回来，她的衣着品位提高了一截，一副贵妇的新形象震惊了邻里，正是春风得意的时候。却偶然间发现丈夫在外头有了狐狸精，还让对方怀了孕。这下可把她给气炸了，直接带人堵上门，狠狠教训了那小三一顿。

黄脸婆如此骄横跋扈，心上人楚楚可怜，她丈夫的心立刻偏了，嚷嚷着离婚，小算盘拨得噼里啪啦响——孙秋萍以前脾气就不好，但大家都是小老百姓，忍了也就忍了。现在不一样了，孙秋萍的钱，可都是夫妻共同财产。哪怕离婚，他也能分到不少，从此可以逍遥自在，总比天天问孙秋萍讨钱用好。

离婚，坚决要离婚！

孙秋萍也不知道事情怎么稀里糊涂就到了这一步，她又急又慌，六神无主，本能地就向丽丽——她觉得最信赖，最有能力，也最亲密的女人请教。

丽丽呢，确实厉害，给她一步步支招，在法律上明确孙秋萍只是替父母代持弟弟孙秋飞的股权，不属于夫妻共有财产。

最终，那个男人只拿到了一笔小钱就被扫地出门，看到对方如意算盘落空的狼狈样，孙秋萍觉得畅快了许多！

正好这时，朱建军跑到成都来签万全天盛股票的委托管理协议。孙秋萍就拉上一直指点她处理家事的丽丽，在成都的云门锦翠餐厅请两位贵人一起吃了顿饭。

“丽丽，朱总，感谢二位光临！我们边吃边聊哈，这家餐厅是成都新派川菜的代表，希望合你们胃口！”豪华大包厢里，一张十五人的大桌，只摆了三副碗筷，一支上品红酒，却上了满满一桌菜。

根据孙秋萍父母的要求，为了纪念儿子，他们将保留万全天盛1%的股份，直至两老去世前都不可抛售。但另外的9%，均可由山盟投资根据利益最大化的原则全权操作。

朱建军永远那么敬业的样子，在签掉委托协议后，又给孙秋萍介绍了一个新的投资项目。

孙秋萍见丽丽对她悄悄点头，没等朱建军说完，就确认了投资该项目五千万。

被如此信任，朱建军深受感动：“唉，孙姐啊，万全天盛的股票要是早点交给我操作就好了，这段时间跌掉的价值，可以投好多个五千万了！”

“是啊，在米兰我就跟姐说过了！专业的人做专业的事嘛！”今天话少的丽丽似乎也忍不住提醒。

最近一直被家事分心的孙秋萍这才反应过来，原来自己的身价又大缩水了！

有些事情就是这样，不想到还好，一想到就如百爪挠心："朱总，万全天盛的股票现在是什么情况？怎么还一直跌，不见涨啊！"

"这……"朱建军的表情有些为难。

孙秋萍见状忙说："朱总，我们都这么熟了，你不用顾虑什么，有话尽管讲！"

朱建军欲言又止，只见丽丽端起酒杯抿了一口，用不急不慢的语速说道："朱总，孙姐信得过你，你也应该信得过孙姐。是不是我在不方便说？"

"这……"

"哎呀，急死人了！朱总，如果不是丽丽建议，我今天怎么敢把万全天盛的股票交给你去打理？都是自己人，不要吞吞吐吐，有什么事尽管放开来说吧！"

朱建军斟酌了一下，这才缓缓道："最近通远进驻中国市场，那可是世界排名第一的在线旅游公司，国际巨头。老外本来就是偏帮老外的，万全天盛的股价跌得这么厉害，其实很正常。至于什么时候涨回来，那我可就说不准了，如果真能预测到反弹时的起涨点，我肯定和你一起买，等高了的时候再卖出，不就轻轻松松可以赚几个亿了吗？"

孙秋萍压根没留意到他小小的幽默感，一听到"说不准了"心里就咯噔一下，忙问："涨不回来了？那怎么办呀？"

"孙姐，您别急，这几句话可说不明白，我得深入研究后才能给出操作建议。只是……"朱建军犹豫了一下，见丽丽专心拨弄着手机，似乎没听他们在讲什么，这才靠近孙秋萍，压低声音，"其实，这种时候光凭自己可不行，得靠朋友拉一把。有些话我还是得说透，像您平时为人好，大家自然都会来帮。可是像郭天宇这样的人吧，就不一定了！"

孙秋萍吓了一跳，怎么扯到郭天宇的为人了？只听朱建军接着说："我呢，本来也不是会说这些的人，但孙姐对我这么信任，我必须得提醒你啊，郭天宇第一次创业成立的趣游网，就是我们山盟公司投资的，我对他可了解得很！"

看孙秋萍一脸疑惑，他解释道："我们当年给郭天宇投了两千万，后来他为了讨好业内巨头蓝石投资，硬是逼我们以低价出让了一部分股份。不光如此，他还挪用了六十万公款！你说有这样前科的人，谁还敢相信？”

孙秋萍听了，忍不住为郭天宇鸣不平：“秋飞可一直说郭天宇很好，他这几年对我们家也算非常尽心。再说了，如果没点本事，郭天宇怎么能在这么短的时间内，就做得这么大？”

“唉，您有所不知。孙秋飞先生才是真的被郭天宇给害惨了！要是恒达搜索没有和趣游网合并，又怎么会被黑客攻击殃及池鱼，说不定现在也在美国上市了！郭天宇被自己的好兄弟陈冠平从背后捅了一刀，可以说是自作自受，那孙秋飞做错了什么？”朱建军语气有些激动。

“您再想想，当年天盛科技初创，愿意跟随郭天宇的趣游员工有几个？除了他的夫人卓伊外，其他人都是您弟弟的老班底！郭天宇如果为人真的不错，为什么连他的员工都不愿跟他？这次创业的结果呢？历经千辛万苦，好不容易快要成功的时候，您弟弟却出了意外，郭天宇顺理成章地接管了一切。我老朱性子直，这话不吐不快。郭天宇老说孙秋飞是自己兄弟，但据我所知，孙秋飞死前最后一个电话就是打给郭天宇的，可是他却没接！后来当殡仪馆的人打电话过来才想到去查，他这到底算哪门子兄弟？”

朱建军见孙秋萍的脸色越来越难看，明白自己的攻心之术已经起效，于是连忙装作意识到自己说过头了的样子，“补救”道：“我这人就是口无遮拦，想到什么说什么，您千万别介意。我还是说股票的事吧，客观地讲，万全天盛只要还是郭天宇掌控，股票跌了就不会有人去拉，所以还会往下跌！”

孙秋萍心烦意乱地点了点头，绝品的竹叶青茶喝到嘴里，味同泔水。她并不清楚朱建军之前那番听起来言之凿凿的话，其实是以偏概全，偷换了概念的。

秋飞生前最后一个电话……是打给郭天宇的？

孙秋萍本来最在乎的是股票的涨跌，但此刻迫切地想要弄清楚这回事，一个名字突然跃入她的脑海。

“BOSS，我刚才说的那些话到位吗？”等孙秋萍离开之后，朱建军马上换上了一张毕恭毕敬的面孔,连身子都矮了三分。

丽丽微微一笑,气定神闲地说,“啰嗦了点,但对孙秋萍这种没脑子的女人,够有用了!”

朱建军听了眉开眼笑,连连哈腰:“恭喜 BOSS,我想孙秋萍应该已经完全在我们的掌控之中了。”

“是啊,也不枉费了你我这一番苦心。”丽丽遥望远方,意味深长地说,“接下来,就剩刘帅了!”

“刘帅这等毛头小子,哪里是您的对手!”朱建军忙不迭地恭维。

丽丽嫣然一笑,没有言语。

第十五章
出师不利

夜色已深，万全天盛 CTO 的办公室里依旧灯火通明，刚出院没多久的洪韧韬又在带队猛赶免费 Wi-Fi 项目的进度，秋萍姐的电话来了！

孙秋萍对洪韧韬一向很信赖，毕竟洪韧韬是自己弟弟手把手带出来的，算孙秋飞的得意门生了。洪韧韬对孙秋飞也一直很钦佩，把对方当师父和兄长看待，因此也爱屋及乌地很尊重孙秋萍。

所以孙秋萍也不拿他当外人，开门见山地问道："韧韬，我刚才听人说，秋飞死前最后一个电话是打给郭天宇的，郭天宇却没接，根本不像好兄弟的样子，这到底是怎么回事啊，你知不知道？"

洪韧韬脑中"嗡"的一声，压根没听清孙秋萍接下来说了什么，等到孙秋萍连声喊他，才回过神来，沉声道："秋萍姐，这事我也是听你说才知道的，你别着急，我会去问清楚的。"

挂断电话，站起来缓缓走了几步，洪韧韬忽然把孙秋萍讲的事和前几天于天奇的担忧联系在了一起，难道郭总从来没把孙总当自己兄弟，才会处处为难我们这些恒达搜索的老员工？他感觉心中似乎有一头猛兽，咆哮着想要冲出牢笼，焦躁感遍布全身，却又无从发泄。他几乎想直接跑去总裁办公室，问一问郭天宇，却又知道郭天宇今晚因为有个重要宴请，早就离开了公司。但是，就算问了，又能得到自己想要的答案吗？

洪韧韬再也没心思干活，焦躁地在办公室走来走去，最后“嚯”地打开门，决定去洗把脸冷静一下，刚好看见张晓冬夹着公文包，准备坐电梯下去。

最近万全天盛与“51 旅游网”、通远之间的三国大战，市场部压力最大，公司的高管属张晓冬回家最晚。

当然，洪韧韬没把自己算进去，因为他几乎是住在公司，不怎么回家的。就算现在回去，公寓估计也堆了一层灰，不知道还能不能住人。

想到张晓冬当年跟着郭天宇一起跑业务，比较熟悉郭天宇的行程，洪韧韬忙喊道：“晓冬啊，都这么晚了，咱们一起去吃点消夜怎么样？”

“好啊！公司斜对面隔两条街的地方新开了个 24 小时烧烤店，听说不错，不过两个人吃不热闹，索性喊多点人吧！”张晓冬确实有点饿了，也来了兴致。

“行！我们技术部的主管都没下班，我把杨晟、天奇、翔宇他们都叫上。这样程序员们十二点前就可以回家，最近这段时间他们实在太拼，是该稍微放松一下了。”

张晓冬也喊了几个还在加班的市场部高层，一行人杀到据说马云吃了也连连叫好的“道味烧烤店”，点了一大堆美食，要了两箱啤酒，敞开肚皮狂吃起来。

高翔宇看到杨晟手上的手表，拍了拍他的肩膀调笑道：“老杨，土豪啊！才一个礼拜不到，又换新表了啊？”

杨晟笑着摇了摇头：“高哥你就别笑我了！换块表有什么土豪的啊！”

“什么换块手表？你小子不老实啊！”高翔宇嘿嘿一笑，“你这块手表怕是能买辆我的车了。”

洪韧韬听他们说的好玩，也去瞄了一眼，看着杨晟手表上的英文念道：“Vacheron Constantin……这是什么手表？看起来就很高端啊。”

张晓冬笑着插话道：“就是江诗丹顿，一块也得几十万吧，算是手表里的奢侈品！”

洪韧韬一听心里也有些吃惊，特别是高翔宇所说的，杨晟上个星期才刚买过一块名贵手表。

虽然在万全天盛上市之后,行使了不少期权的中高层干部,都不折不扣地成了千万富翁。但由于大部分的股票并没能套现,所以他们手上的现金并不多。

不过洪韧韬并没有去多想,毕竟这是人家的事情。

众人吃着烤串,喝着啤酒,彻底地放下了工作,享受着难得的轻松时刻。

酒过三巡, 于天奇就开始大吐苦水:“还是你们市场部的人好啊! 有机会全国各地跑,你看看我们技术部,就困在方格子里,成天对着电脑,感觉眼睛都快瞎了,身体虚得哦! 现在上下办公室都只能坐电梯,走几步楼梯就受不了了。”

市场部的人听了,也大声叫苦:“我们也不容易啊,现在市场竞争这么残酷,我们都被任务指标压得喘不过气来了,哪有你们说的那么潇洒?! ”

双方你羡慕我,我羡慕你,洪韧韬不动声色地看着,与众人推杯换盏,忽道:“唉,忙完了这段时间,我也要给自己休个假。我一直就想去藏区看看,在高楼大厦里待久了,时常向往那种一望无际的高原风光。晓冬,我特别羡慕你,记得你好像去过藏区好几次? ”

张晓冬一听,不由笑了:“哪有好几次,就去过一次,还是上次和郭总一起出差的时候去的啊! ”

由于对那次旅行印象深刻, 张晓冬一下子打开了话匣子:“不过藏区的确不错,风景真是太美了,简直是人间仙境啊! 你们知道吗? 高原藏区他们烧的可不是木头,都是羊粪! 晚上躺在炕上,噼里啪啦地响个不停! ”

洪韧韬有一瞬的恍惚,记忆的水闸开启,回忆汹涌地漫上心头,一切都清晰得像是昨天发生的故事一样,他装作不经意地问:“那时公司知名度不高,项目都很难谈,你们怎么还会有时间去玩? ”

“是的, 当时好不容易才把合作谈下来, 不过由于比原计划提早了一天签约,正好有时间去玩。”张晓冬没意识到洪韧韬的不对劲,顺口说道,“当时大家都很累,特别是郭总,一直在愁商标官司的事情。后来,旅游公司就安排请我们去玩,拉卜楞寺、桑科草原,最过瘾的还是在溪谷里跑马。”

张晓冬在回忆中一脸沉醉，洪韧韬握着瓶子的手却慢慢攥紧了，不动声色地接过话茬：“这么爽！还在溪谷里跑马！好不容易去一趟藏区，也没见你们在朋友圈里晒过照片？”

“那地方太安静，记得郭总当时电话一响，差点把马给吓着了。导游赶上去制止了他通话，还硬让大家把手机都关了，所以没拍成照片。之前就有人骑马的时候手机响了，惊了马被活活拖死。”

“原来是这样啊！”洪韧韬把这几个字咬得很重，眼眶已有些发红，但大家都喝得有点醉，没人发现他的不对劲。

原来，真的是这样。

洪韧韬的牙齿咬得咯咯作响，神色阴郁得有些吓人——他们竟然在旅游！您在生死边缘挣扎的那一天，郭天宇竟然在玩！

孙总，那天您是给郭总打过电话的，是郭天宇没接到吗？我本以为他们在开会，不能接电话，也没有多想，谁料他们竟是在旅游！

如果电话里有重要的事情交代，那天您可能就不会去骑山地车了，当然就不会有意外！

如果最后一个是孙总的求救电话，而郭天宇却为了更好地游乐，竟然将手机给关了……

孙秋飞的死，你郭天宇肯定脱不了干系！难道真没有你的过失吗？虽然知道这样的想法有些牵强，而且只是没有依据的猜测，但洪韧韬的内心如被火烧，怎么也没办法平静下来。

不行，洪韧韬，你不能这样想！不应这么去猜测！不该这么去责怪！他们有共同的创业磨难，他们有艾尔斯巨岩之约，郭天宇怎么可能愿意孙秋飞去死呢？郭天宇是你洪韧韬应该尊敬的人，把万全天盛做到现在这么大，这也是孙总的梦想啊，孙总若泉下有知，也一定会很欣慰的。

但，究竟该怎么去回答秋萍姐呢？

洪韧韬仰头猛地灌了一口酒，从来没有喝醉过的他，此时却生出几分醉意。

“Wi-Fi项目之前已经做了预评估，三亚的试点费用不是说只需12万吗？海滨浴场又不是什么山区，不存在信号接收问题，怎么会要1200万这么离谱的数字？你们市场部是怎么做的调研！问题究竟出在哪里？！”

郭天宇将文件往桌上一摔，破天荒地对得力干将张晓冬大发雷霆。

室外虽春光明媚，万全天盛总裁办公室里却冷得像三九寒冬。

张晓冬感觉脸上火辣辣的，可他知道问题的严重性，不敢辩解，只能将事情的经过说出来：“我们硬件成本的估算是没有错的，问题主要出在带宽上。因为以前其他公司为宾馆提供Wi-Fi设备，带宽都是由宾馆自己解决。没想到，这次在景点却出了大问题。”

郭天宇隐隐约约想到了答案，但还是有些难以置信：“酒店和景点的Wi-Fi带宽需求相差有这么大？”

张晓冬点了点头，苦笑道：“室外需要的带宽太惊人，像一家200个客房左右的中型酒店，全部覆盖Wi-Fi只需要100MB带宽，这用不了多少钱。三亚海滨浴场，足足有八平方公里，完全覆盖Wi-Fi至少需要100GB带宽，仅这个费用一年就接近一千万了！”

郭天宇听完这段话，恍然大悟，心里隐隐一沉。

免费Wi-Fi项目，按照酒店的做法，基本都是服务商提供相关设备和技术支持，而带宽这一块，则由酒店自己向网络运营商申请。原来以为，万全天盛也是只需提供设备和技术，上网的带宽则由景区负责。

可是当景区发现自己需要支付的网络费用竟然如此高昂后，对这个项目的态度立刻发生了转变，坚称既然是万全天盛主动到景区设置免费Wi-Fi，那么带宽的钱也应由万全天盛承担。

郭天宇抱着残存的一丝希望，问道：“带宽的成本就没办法降低了吗？”

张晓冬刚刚也做了最后确认，无奈地摇了摇头：“如果带宽的多少能按人流的淡旺季来调节，倒是能省不少钱。可是运营商是按照包年来收费的，景区又只能按旺季的峰值来购买带宽的容量，比如三亚海滨浴场的情况就很说明问题。”

三亚在网上被网友戏称为“东三省三亚市”“东北唯一一个冬天温度在零度以上的城市”。虽然是调侃，可一定程度上的确反映了三亚的旅游状况——有着大量来自北方的过冬人群，即所谓的“候鸟族”。

现在海南全省年接待游客超过五千万人次，主要集中在每年11月至来年3月的旅游旺季。而这正是目前海滨浴场项目所遇到的最大困惑——网络带宽包年必须以旺季的峰值计算，否则在巨量游客涌入的时候，如果免费Wi-Fi无法承载这么大用户量的访问压力，项目就变成了“聋子的耳朵”，彻底失去了意义。而淡季游客稀少，大量带宽却又被白白浪费了。

“11月到3月，只有5个月不到的时间……”郭天宇喃喃自语，又低下头，重新看了一眼报告。

一个海滨浴场就算亏了，也不过一千多万，但可怕的是全国有大量景点都和三亚海滨浴场一样，是有季节性的！或许一年也只运营了几个月时间，而Wi-Fi项目却要求带宽必须要能承载峰值所需，而且是按年度结算。

全国227个5A景区，1284个4A景区，不需要详细的调研报告，郭天宇心中大概估算了一下立刻明白，带宽绝对是一笔巨额支出，现在的万全天盛根本无法承担！

想到这里，郭天宇开始为自己过于匆忙地推进这一项目感到自责。

张晓冬静静地站在一旁，不敢多说一句话。在万全天盛内部，有一套严格的项目费用测算流程，这次由于郭总逼得太急，市场部直接跳过了与合作景区的财务对接流程，而是按照酒店使用免费Wi-Fi的过往经验，单纯只计算了硬件投入成本，在两天内就匆匆把测算数据报了上去，结果造成了这么大的失误。

总裁办公室里的气氛仿佛窒息了。

为了迎战通远，万全天盛已经早早亮出了“免费Wi-Fi”这张牌，如今骑虎难下，又该怎么收场？

何况万全天盛最近面对通远的高额补贴攻势，已经有些疲惫。如果再失去免费Wi-Fi这一招，仗更不知该如何打下去了！

郭天宇回想之前对市场的布局，再结合现在的情况，忽然灵光一闪：“晓冬，我们合计一下,这样可不可行……"

张晓冬在郭天宇的办公室整整待了五个小时,市场部的中高层们,心也就悬了一个下午——大家都知道,关于免费 Wi-Fi项目费用的最新报告交上去,郭天宇肯定会大发雷霆,市场部也要跟着遭殃。

等到张晓冬灰头土脸、无精打采地回来后,大家的一颗心更是吊到了嗓子眼,只是碍于张晓冬难看至极的脸色,谁都不敢上前去问。

"刚刚看到洪总也去总裁办公室了!"

"技术部好像为免费 Wi-Fi加了好几个月的班吧?现在出了这么大篓子,我们大概会被他们骂死了!"

"唉!"

……

在市场部议论纷纷的同时,郭天宇正殚精竭虑,思考着如何让免费 Wi-Fi项目能够顺利地进行下去。

"韧韬,如果带宽成本问题一时无法解决,那么正式启用'免费 Wi-Fi'的计划,可能就得延期了"

"会延期多久?"

"暂时还没有明确的时间表,得等这个问题完全解决。"

"这不等于是把项目无限期搁置了吗?"洪韧韬眼中露出极度失望的神情,"郭总,有没有搞错啊!技术部的兄弟们都快累残了,刚刚才完成上线的全部准备工作,就等庆功呢,这样一来我可怎么向兄弟们交代啊!"

郭天宇满脸都是无奈:"韧韬,我们也没有办法——光是一个海滨浴场,就需要一千两百万人民币的投入。这还只是区区一个海滨浴场,要是九寨沟,或者黄山呢?免费景点 Wi-Fi这个项目,不把它在全国铺开的话,根本产生不了预想中的效果。但要在全国铺开,这部分的支出有多大,你算算就知道了。"

"郭总!"洪韧韬虽然听得明白,但还是忍不住,"我依旧认为不能延迟!很多人都没有意识到 Wi-Fi入口的重要性，我们必须要抢占先机，才能提前一步抢占这个高点！”

“我当然认同！而且非常认同！否则我也不会这么急迫地启动免费 Wi-Fi项目。韧韬，有时候慢就是快，可以让我们更好地完善项目的方方面面。我现在最关心的是，有没有其他技术方案，可以解决免费 Wi-Fi的带宽问题，来控制成本？”

洪韧韬犹豫了一下，肯定地说道：“我们目前的技术方案已经是最佳的了，很难在短期内再突破，而且我认为带宽成本就应该是景点解决的呀！”

郭天宇苦笑：“可是市场部反复谈判，确定这在商务上是不可能实现的，因此我们必须另辟蹊径。对了，卓伊前几天与赵成斌叙旧，成斌还专门提到了我们的方案会存在带宽成本过高的问题，需要以最新的光通信技术来解决，我当时没放在心上，现在看来他说的也不无道理。”

洪韧韬心里一紧，想起于天奇在医院时对自己说的那些话，不禁相信郭天宇真有拿赵成斌替换自己的想法，于是冲口而出：“赵成斌在天盛科技做了没多久就走了，对免费 Wi-Fi技术他只是懂了点皮毛而已，何况他又背叛过我们，他的话怎么可以当真！而且孙秋飞孙总对光通信技术也不看好，认为在未来很长时间内都不可能实现产业化的！”

“可是，听说现在硅谷在这方面有很大的突破，或许我们可以借鉴研究一下？”

“没这个必要！明知道不行的事，根本不应该去浪费时间！现在我们的技术就是成熟的，应该立即上线！”

洪韧韬的固执，让郭天宇心中暗暗叹气。他其实理解洪韧韬的情绪，技术团队在免费 Wi-Fi项目上付出了巨大心血，并不希望自己的努力被轻易否定，因此这样的心结一时是难以解开的。但作为公司的 CEO，他必须要做正确的决断。

“我已经决定了，项目暂时搁置！”郭天宇说得不容置喙。

洪韧韬望着天花板，脸上满是绝望的神情，心中忍着莫名的愤怒。

“韧韬，你们的付出都不会白费！这个产品以后有一天肯定用得着！现在我们不能在一棵树上吊死，我觉得应该立刻把重点转到‘旅游圈’的开发，你抓紧去布置吧！”

郭天宇心里琢磨，洪韧韬抵触的光通信解决方案，或许真的将关系到免费Wi-Fi项目的成败。但确实需要给洪韧韬一个平复情绪的时间,而在这个一过程中，可能自己得承担起光通信技术可行性研讨的担子了。

最后,他勉励地拍了拍洪韧韬的肩膀。

第十六章
明修栈道

万全天盛市场部总监张晓冬被贬，郭天宇亲自主抓市场业务的消息，在业界引起了巨大轰动。

正在开高管会议的李建波闻讯，多日阴霾的脸上终于露出了难得的笑容。

自从万全天盛宣布免费 Wi-Fi 项目以来，李建波就一直等着对手栽这个跟头："郭天宇刚愎自用，自己不承担责任，却让张晓冬背了黑锅，估计他们内部有好戏看喽！"

会场上笑声一片，高管们七嘴八舌，少不了幸灾乐祸。

"万全天盛还指望靠免费 Wi-Fi 项目翻盘呢！发现这个纰漏，估计心都在滴血吧？"

"赵成斌啊，好在没有听你的，要不然今天被看笑话的就是我们'51 旅游网'了。"

"免费 Wi-Fi 项目的命门，李总早就看透了！还是我们李总高啊！"

"这样搞下去，我们就等着看郭天宇和刘帅在乌镇'裸奔'了！"

……

看大家扯得有点远了，李建波摆了摆手:“感谢万全天盛给我们带来的欢乐！如今他们元气大伤,一时不足为惧,我们要更多地考虑和通远的战争。”

“在线旅游业拼的还是机票和酒店,而这一块优势最大的是我们,所以通远也没那么可怕。”市场部总监充满自信。

李建波赞许地点点头:“通远的优势,在于他们的定制服务,但在我看来,国内还没有到普及定制服务的阶段。我们要不惜代价,想尽办法守住一二线城市。在我看来,得一二线城市者得天下,只要我们在一二线城市占据足够的优势,我们就拥有了中国在线旅游市场的未来,那么无论通远还是万全天盛,就都不足为患了！”

北京,通远中国区总部,总裁办公室。

靠着两个月前的“红包雨”,通远成功地打了万全天盛和“51 旅游网”一个猝不及防,扭转了之前对手接连召开新闻发布会时的颓势。随后,通远开始大举进攻一二线城市,取得了不俗的战绩。

Jason 林握着一支高尔夫推杆，站在落地窗前，俯瞰笼罩在朦胧雾气下的北京城,若有所思。

但不同于李建波的判断,对于万全天盛所面临的局面,Jason 林有不一样的想法。

在他看来,作为市场部总监,一个攸关公司生死的重要决定,居然不详细调查,分析种种可能,推演一系列的变化,结果坑了整个公司,张晓冬不担责任,谁担?

万全天盛就是发展得太快了,根基不牢,管理的水平也跟不上去。Jason 林不无嘲讽地想,谁让中国是个人情社会,一起同甘共苦的老员工,不管有没有能力,先当个高管再说?

他是从华尔街一路拼杀上来的,那里聚集了全世界的“经济怪物”,将丛林法则体现得淋漓尽致,每个人都必须百分之两百地体现自己的能力,将每一件事都做到最好,否则就会被淘汰。

Jason 林记得很清楚,自己最开始在华尔街工作的几年,就没有早于午夜下班的时候。就算下了班，累到恨不得倒头就睡，他也不能回家——因为需要和同事交际，参加各种各样的party，闹到两三点钟回去，只能休息三个小时，又要开始新的一天。

不知道从什么时候开始，他已经习惯了这样的生活，飞机上打个瞌睡就精神抖擞，工作十几个小时还能神采奕奕参加party，而且还游刃有余地不忘每天抽出一个小时去健身。这时候再回过头一看，才发现，他已经领先普通人那么远了。

华尔街对他的影响深入骨髓，所以他非常不屑张晓冬在犯了这么大错误后仅仅只是"下放"，还能被保留职位。更让Jason林不解的是，他得到消息，万全天盛最新的人力资源计划，因为要大规模扩招市场人员，竟然缩减了技术人员的指标。

只看重眼前市场，不注重长远发展的企业，会有什么前途？通远作为国际巨头，自然不会走这种路子，所以Jason林望着楼下长安街上拥堵的车流，脸上露出了带点嘲讽、又带着一丝自得的笑容。

若是万全天盛的管理层都是这个水准，这场三大公司之间的战争，通远已经赢了一半！

想到这里，Jason林摆好姿势，对准模拟果岭上的小白球轻轻一推。

"李建波和Jason林现在估计已经听到风声，只可惜他们怕是要空欢喜一场了。"郭天宇哈哈大笑。

刘帅听完了郭天宇对张晓冬"下放"的一系列精心安排后，兴奋地锤了郭天宇一下："天宇，你这小子太鬼了，一开始我都差点被你骗了！真是兵不厌诈！刚刚公开喊停免费WAFI项目，马上又准备请回赵成斌重整旗鼓，秘密开展新方向的突破。一会儿示弱，选择在这个时候适度减少一二线城市的投入，一会儿假借免费Wi-Fi项目追责把张晓冬下放，实际上是让他去挖掘三四线城市这个在线旅游的蓝海市场，我认为会起到奇效，好一招'明修栈道，暗度陈仓'！记得我们大学时代做'天下趣游网'时，曾为搞定一百个旅行社，实施了一次'百团大战'吗？这次我们的计划是在一年内攻下一百个三四线城市，不妨就称之为'百城大战'吧，也算是当年'百团大战'的升级版！接下来就看赵成斌这步棋能否‘瞒天过海’了。”

郭天宇也开心地反锤了刘帅一下：“免费 Wi-Fi项目上我确实太急了。但将错就错，倒可以借机迷惑敌人。这两条妙计一定都能成！‘明修栈道’这一招在取得一定成效后，我们可以向公司高层公布；‘瞒天过海’保密的时间可能就得长一些了。”

当然，除了妙招迭出，他们已有了清晰的共识，打败‘51’赢得“裸奔赌约”的颜面固然重要，但战胜通远这个国际巨无霸才更为关键！为了对付通远，必要的时候只怕是还要和“宿敌”李建波联手，重现“孙刘联盟，共御曹操”的战局。

四十分钟之后，郭天宇和刘帅出现在杭州城北拱宸桥运河边的一家咖啡馆里，见到了赵成斌。

这是一家非常别致的咖啡馆，名叫远近咖啡，江南古建筑内融汇了精致的现代风格，杭州城的文人雅士经常在这里雅集。

“成斌，我向你介绍一下，这是我的好兄弟，万全天盛的董事长刘帅。刘总，这位就是我和你提起过的天盛科技的老部下赵成斌。”

郭天宇为他们两人做了相互介绍。

刘帅优雅地伸出右手，礼貌一笑：“赵先生，你好。”

“刘总，久仰大名。”赵成斌双手用力地握住刘帅的右手，很恭敬地回复道，甚至还有点激动——他知道腾龙集团正面临大麻烦，这种时候刘帅还抽出时间过来，可见对自己真的很重视。

当然，赵成斌这话也不是客套。他先后在郭天宇创办的“趣游网”和天盛科技这两家公司工作过，并且是当时的“趣游网”技术总监陈冠平手下的得力干将，从郭天宇和陈冠平的嘴里，早已知晓刘帅的家世、风度、能力，以及他们杭大 F4 的各种趣事。

“趣游网”崩溃之后，他又跟着郭天宇一起创办天盛科技。只是在家里非常需要钱，而天盛科技又迟迟发不出工资的时候，他才万般无奈地辞职，并拒绝了郭天宇的挽留。

当时已从“趣游网”转投万全信息的陈冠平，多次询问过他是否需要帮助，并邀请他去万全信息工作。他是一个有骨气的人，只想通过自己的工作取得一份受尊重的待遇，并不想平白受人恩惠。所以也就没有接受陈冠平的好意，而是应聘去了“51旅游网”。

陈冠平入狱前后的事情，以及天盛科技联合创始人孙秋飞意外身亡的情况，他也清清楚楚。那些事啊，说起来真是让人唏嘘。

“如果陈总也在……”赵成斌或许是感慨命运弄人，忍不住提到了陈冠平，但话一出口，就知道不妥，连忙补救道：“不好意思，我说错话了！”

刘帅下意识地看了一眼郭天宇，见自己的亲密搭档眉头一皱，心中不免一声叹息。

在冠平入狱之后，他安排了人每月给冠平的母亲汇五千元生活费，他本想把这个情况告诉郭天宇，但感觉郭天宇对陈冠平仍然颇有芥蒂，犹豫了一下还是把话咽了回去。

香味浓郁的卡布奇诺端上桌，三人寒暄了几句，郭天宇单刀直入：“成斌，回万全天盛的事，你考虑得怎么样了？”

“贵公司的HR总监彭欣小姐，还有卓伊，都已表达了希望我回归的诚意。”赵成斌显然还是有些为难，“但‘51旅游网’这几年待我不薄，如今我临危受命成为CTO，很难就这样一走了之。”

郭天宇攻心为上：“按李建波的做事风格，恐怕你很难开展工作。否则，为什么杨明要带队离开呢？而免费Wi-Fi计划，‘51’根本没采纳你的想法；我们万全天盛虽然在老路上吃了亏，受了教训，但深知这个项目的战略价值，绝对不会真的放弃。难道你梦寐以求的项目新解决方案，就这样让它胎死腹中？”

这句话点到了赵成斌的痛处，事实上，这正是他愿意见郭天宇和刘帅的原因。

他才上任几个月，就有泥潭深陷，举步维艰之感——自己布置下去的任务，下面的人拖拖拉拉，不照着他的吩咐做。态度稍微严厉一点，就怨声载道一片。表扬了个别几个人，李建波就把他喊过去，温声细语地“提点”他不要拉帮结派，建立自己的小圈子。

赵成斌很清楚，李建波压根儿就没想让他在CTO的位置上坐太久，加上“我要玩乐”已经成型，他的利用价值也已经下降了。问题是他在“51旅游网”根基不深，根本没办法与李建波抗衡，因此只能窝着火，做着徒有虚名的CTO。

“但是万全天盛已经有了洪韧韬，我来又能做什么呢？”

“卓伊告诉我，你一直在跟踪硅谷的最新科技，对免费Wi-Fi项目有一个非常好的全新突破思路，能够大大缩短项目成功的时间。所以，我和刘总无论如何要把你请回公司，继续推进Wi-Fi项目。在职务上你可以先挂万全天盛董事长助理，和洪韧韬并级。”

赵成斌有些惊愕，刘帅笑着说：“成斌，不用犹豫了。免费Wi-Fi项目对未来的重要性不言而喻，虽然洪韧韬暂时还不接受通过光通信来实现带宽成本降低的技术方案，但我和天宇都坚信你的新思路完全有可能打开一片新的天地。难道主导一次革命性的技术创新，不是你最想干的事吗？”

郭天宇看到赵成斌有些动心，赶紧趁热打铁：“之所以给你董事长助理的职位，我们是深思熟虑过的。无论如何，我们要促成免费Wi-Fi项目的成功。洪韧韬当然是技术大牛，如果能够双剑合璧，对你不是如虎添翼吗？就算不能携手推进，我们也有另辟蹊径的安排。反正，我们会全力支持你实现梦想，也相信你一定能给我们带来惊喜！”

这番话打消了赵成斌心中最大的疑虑，也深深地打动了他。

自从彭欣和卓伊接连诚意邀请，加上当年自己从天盛科技辞职时郭天宇的感人挽留，其实在情感上，他已经动摇了。今天，万全天盛两位老板亲自见面并给出他最希望得到的承诺，使这种诚意的表达已经达到了顶点，让他感到无法拒绝。

但是，似乎有什么难言之隐，让他无法干脆地做出决定，犹豫着说：“两位老总，真的非常感谢……我一定会认真考虑这个机会。”

这时就见刘帅放下咖啡，冲着郭天宇微微一笑，气定神闲地对赵成斌说：“成斌，不妨随我们去个地方，再做决定吧！”

与此同时，位于城南的“腾龙双子星”B座万全天盛内部，却因为人事的原因引发了轩然大波。

“这到底是怎么回事？”洪韧韬怒气冲冲地闯进彭欣办公室。

“之前通远挖走了华北地区整个团队，市场部这边还要抽调人手重新组建新的华北大区团队……”彭欣当然清楚洪韧韬为何而来，不等他发难，就试图解释。

洪韧韬却将手上的一叠文件摔在了桌上，点点头恨恨地说：“这我明白！可问题是市场部大规模扩招，不能减少我们技术部的用人指标啊！你看看我们技术部，伤兵满营啊！竟然还要缩水原定的招聘计划，将名额让给市场部？”

无奈之下，彭欣只能实话实说：“招聘计划是郭总要求的，我也没有办法。”

“岂有此理！凭什么啊？”

“你跟我吼什么吼？我也一肚子委屈，我的整个HR招聘计划全部被打乱了！我甚至搬刘董去跟郭总说，没想到，刘董反过来劝我听郭总的。”

“那技术部轮休的方案，为什么你这里还卡着？”

“郭总说一次性休假的人太多，会影响研发进度。”

“荒唐！我的人都要累垮了，你们不让他们休息；我要增加人手保证产品开发进度，你们又砍我的用人指标！这是哪门子道理？！”

“韧韬，我其实特别理解你。我真的向郭总争取了好多次，但也许只有你自己去和郭总沟通，才能解决这个问题。”

洪韧韬听出了彭欣的憋屈，知道再为难她也没用，只能狠狠地摔门而出。

当门在身后“砰”的一声关上的时候，孙秋飞的身影又浮现在他的脑海中。

如果孙总还在，公司肯定不会是这个样子！至少给员工休假的事情，肯定不用自己来提醒。孙总是个宁可累自己，也不会累别人的好老板。

他还记得，那些没日没夜的加班，孙总永远是最后一个离开。

那时，洪韧韬刚加盟孙秋飞的创业团队，哪里敢老板还留在公司辛苦的时候，自己就先走了？孙总看他这么敬业，最终不得不下命令，逼他先回去。第二天到公司，却见孙总眼睛里布满血丝，还在电脑前敲代码，把他们要做的事情大大地推进了一步。

从那以后，不管孙总怎么轰，他死都不肯走。在孙总的指点下，他逐渐从菜鸟成长为一个顶尖高手，也成为孙总最得力的部下和最信任的兄弟。

可以说没有孙秋飞，就没有洪韧韬的今天！

现在呢？

技术部为免费 Wi-Fi的事情，加班了整整两个多月，很多人一个月都没回过家。有个程序员忘了摘隐形眼镜，几天之后，隐形眼镜都已经拿不下来了，不得不去医院！

这么多人的努力和付出，你郭天宇问都不问一句，项目说停就停！

真太令人心寒了！

这一刻，他多么希望孙秋飞还活着，依然掌管着这家公司。

郭天宇和赵成斌坐着刘帅的车，来到了市中心，在建国中路拐进了一个临河而建、环抱着一个大花园的居住社区。

郭天宇环视一圈，笑道："这好像是市中心豪宅，安福城市花园？尊敬的刘总，你还没跟我们说来这里干吗呀？"

"哈哈，尊敬的郭总不要急，谜题马上就揭晓了。"刘帅会意地笑着回答。

刘帅显然熟门熟路，带着他们坐电梯来到三号楼的 16 层，并从口袋里拿出钥匙，打开了 1601 号的房门，边往里走边介绍："也是托房子建得早的福，现在想拿这边的地，可是天价了。"

这是一套三室两厅的房子，约 150 平方米，简约的中式装修风格，虽然有些旧了，但依然显出精致和考究。家具齐全，古朴素雅，看上去非常舒适、清爽。

赵成斌不明所以，就见刘帅拉开客厅的窗帘。

杭州市顶尖的医院——浙江大学附属第一医院就在河对岸不远处。

"这，这是……"赵成斌猜到什么，难以置信地看着刘帅。

刘帅回过身来，微笑道："听说你爸妈的身体不大好，你一直想把他们接到身边来住。但现在上海和杭州的房价，确实有点让人高不可攀。我也知道你还没有买房，这地方医疗条件不错,如果不嫌弃的话,就带着你家人安心地住在这里吧!”

“什么?这个房子给我和父母住?”赵成斌一下子懵了。

“这可是刘帅以前的房子哦!”郭天宇笑着补了一句。

“对,别看这套房子建得早,但因为地段和环境好,生活配套方便,特别适合二老居住。如果你想买这套房子,我可以按当年原价四千块一平转给你。如果暂时不想买,我可以借给你长久使用。这是钥匙!”

赵成斌握着刘帅递过来的钥匙,热泪盈眶。

郭天宇抓住时机,拍了拍赵成斌的肩膀:“刘总告诉我,能请到你一起来完成我们的计划,任何代价都是值得的!”

这套房子按现价至少要四万块一平方米,这就是刘帅的气度!

不能亲自照顾父母,一直是赵成斌的心病。他没想到刘帅和郭天宇这么有心,悄悄帮他解决了最大的后顾之忧。于是,感动地用发颤的声音说:“刘总,郭总,我赵成斌心服口服,免费 Wi-Fi项目我一定会全力以赴!”

郭天宇紧紧地拥住赵成斌,激动地说:“好,万全天盛的‘向日葵计划’马上可以正式启动了。我们尽快与洪韧韬交流,希望得到他的支持。但如果他还是坚持不看好光通信解决方案,那么这就将是一个秘密计划,独立预算,独立团队,由成斌你全权负责,目前暂时仅限我们三个人知道。”

刘帅又加重语气补了一句:“你加紧来报到,一天都不要耽搁!”

三双男人的手,有力地握在了一起!

第十七章
动静酒吧

动静 Club 位于杭州著名的酒吧一条街南山路上，临近西湖，一开张就成为杭城最为高端的夜店之一。

这个酒吧拥有六千平方米的营业面积，名为动静，是因为它提供了两种截然不同的消费体验。

整个动静 Club 分为两个部分，分别是“动吧”和“静吧”，动吧占据了整个六分之五的空间，有国内外驻场歌手和表演艺人，注重的是 High，是一般年轻人的娱乐天堂；静吧藏在动吧的一角，只有超级 VIP 客户才能进入，并且需要提前预约消费，是一个神秘的超高端休闲俱乐部。

它的超级 VIP 卡是限量发售的，入门级的预存费用就是一百万人民币。在杭州，现在拥有动静酒吧的超级 VIP 卡，甚至比持有某家著名的高尔夫球会的会员卡更能显示身份。

按照两人之前的约定，应该是刘帅请 Jane 来这儿泡吧才对。但这次还是被 Jane 抢了先，并说有一个关于通远的重要消息要告诉他。

凑巧的是，这家夜店主人的父亲与刘怀远是商业伙伴，刚开业时就专门给著名的超跑迷刘帅送上了一张超级 VIP 卡。刘帅在超跑圈早已玩出了“名堂”，不仅车技一流，酷爱超跑的他还拥有当今各大超跑制造商的旗舰产品，购买过的超跑不少于二十辆。

他特地开着第一次和 Jane 在高速公路上追逐的黑色兰博基尼到达酒吧门口，远远地隔着入口就能够感受到光影和人影的剧烈晃动，再近一点，已经听到动吧里面撼天动地的音乐声和各种尖叫声。打扮入时，穿着考究的男男女女，络绎不绝地在这里进进出出。酒吧门口法拉利、玛莎拉蒂、限量版的世爵、科尼塞克、布加迪威龙等等超级跑车一字排开，在巨型霓虹灯的映照下，一辆比一辆耀眼，俨然是一场超跑秀。玩家们都知道，在动静酒吧，只有超跑才能享受在酒吧门前泊车的特殊待遇。其他车辆，哪怕是奔驰 600，也只能被酒吧的专职泊车员代泊到附近的停车场。

在酒吧门口忙碌的迎宾，都是清一色的帅哥美女，个个统一穿着的金色马甲，黑色长袖衬衫，酷酷地打着白色小领结。

刘帅刚降下车窗，一张热情美丽的脸庞已凑到了他的面前。

“先生，欢迎来到动静酒吧，我帮您泊车吧！”

刘帅推门下车，把车钥匙举起落在这位泊车小妹的手里，换回一块停车牌。

他要去那个神秘静吧，首先要穿过人气沸腾的动吧。

昏暗的灯光下，动吧塞满了形形色色的牛鬼蛇神，有的在豪饮，有的随着音乐摆动着自己的身体。震耳欲聋的低音炮像是在隧道里的轰鸣，让每一颗疯狂的心脏都变得歇斯底里；而光怪陆离得让人产生幻觉的灯光，则像瀑布一样泄落到那些随着音乐摆动的人头上。

一个性感美艳、酷相十足的金发女 DJ 戴着耳麦，正在舞台最醒目的地方打碟，领着全场有节奏地摇摆。来自世界各地的英俊男模特们身材健美，在台上展示肌肉，引来阵阵尖叫。紧跟着又是一群衣着暴露、高挑性感的比基尼女郎，上台与男模性感互动，让台下的人群瞬间癫狂！

这就是年轻人痴迷的夜店，充斥着性感、挑逗和宣泄！

刘帅面无表情地在两位男迎宾和两位女迎宾的簇拥下，穿过声浪，穿过两边投来的目光,安静地站在了静吧的入口。

这是一扇巨大的自动玻璃门,整面镂刻着马蒂斯的名作《舞蹈》,在离动吧舞台中心最远的角落。

刘帅把他的 VIP 卡交给身旁的迎宾,随着那位漂亮女郎的挥手一刷,玻璃门缓缓滑开,一个悠然、闲适的别有洞天展现在他的面前。就像是走进了一个复古的欧式皇家宫殿,到处是意大利定制的名贵家具,墙上挂着各式价值不菲的欧洲真品油画,酒柜里则摆满世界各地的名酒。

静吧的一号包厢,台子上摆着一个硕大的长方形玻璃桶,里面插满了二十多支不同的洋酒,有路易十三、皇家礼炮、轩尼诗等。Jane 风情万种地斜睥着一个莫西干发型,裸着上半身的肌肉男帅哥,她夹着香烟的兰花指对着一大杯洋酒,柔声命令道:“喝了吧!”

那个臣服在她面前的帅哥看来已经喝了不少,婉转地哀求道:“姐,喝掉可以,但喝下去我又得去吐掉。这一大杯白兰地至少值两万块,您还不如直接赏我两万块吧?”

“让你喝你就喝!那是姐给你面子,废什么话啊?”说话的是一个倒戴着鸭舌帽的小胖子,看上去也就二十多岁,一身潮牌,却挺着一个四十岁的人才有的啤酒肚,脸上堆了一圈横肉。脖子上,手上挂着满满的贵金属挂件,左手腕上一只镶满了钻石的手表,中指上一个闪闪发光的大钻戒,一个活脱脱的美式 Rap 歌手加暴发户形象。

刘帅轻轻地走过去,心里有些诧异,Jane 身边怎么会冒出这么一个活宝?

莫西干头帅哥被小胖一番话呛着了, 正在犹豫到底要不要喝了这一大杯酒。这时,一只文着蝎子的手将他推开,只见一个金发碧眼的年轻老外抢先端起那杯酒一饮而尽。放下酒杯时,他盯着 Jane 的眼睛,带着腔调,用流利的汉语说:“不是每个人都懂姐的心。”

“刘公子,你来啦。”Jane 完全不把“见义勇为”的小胖子和争相谄媚的一众靓仔猛男放在眼里,她慵懒地一侧身,声音柔媚得蚀骨,一双清澈漆黑的双眸带着似有似无的挑逗迎向刘帅。

此刻的 Jane，就像是花丛中漫不经心翩翩起舞的花蝴蝶，吸引了那么多花枝招展的公蝴蝶前赴后继，绕着她翩翩起舞。但似乎有一股无形的气场，让他们又不能近她的身。这个女人真的太魅惑了！

围着 Jane 的帅哥们闻声纷纷侧过脸，或好奇或敌意地打量着刘帅。刘帅仿佛有种被女王召见的荣耀感，他微微一笑，在离她一步之遥的地方站定："Jane，我们又见面了。"

音乐缓缓流淌，Jane 微眯着眼看着面前这个男人，刘帅并没有刻意着装，一身随意的深色西装，麦色的肌肤从没有扣领扣的白色衬衫中露出，深邃的五官在并不明亮的灯光下显得更加帅气。

Jane 的眼神迎着刘帅的眼神，陡然间也从倦怠变得闪闪发光，只见她微微点头，转过脸对坐在旁边的小胖子说："Jacky，你可以坐到对面那个沙发上去吗？谢谢。"

"好吧。"这个叫作 Jacky 的小胖子耸耸肩，悻悻地让出了座位。

刘帅迎着 Jane 的手势，坐在瞬间空出来的位置上，与 Jane 两人侧身相对。

空气中仿佛有两股电流在吱吱作响，刘帅感觉到自己的心跳竟然加快了。

旁边的那些帅哥们没想到刘帅会被 Jane 如此"宠幸"，看他的眼神顿时充满了羡慕嫉妒恨。

"都先退下吧，我一会给你们每人送三千块的花，有事再叫你们。"Jane 对如工蜂一般簇拥在她身边的男人们挥了挥手。

按这里的规矩，三千块的花，他们能拿到高达百分之八十的提成，相当于是对他们精彩表演的打赏，这里有十个人，Jane 这一开口就送出了三万块。

就像是奴才听到了主子的命令，帅哥们完全没有任何矜持，他们不同的告别姿态都充满着阿谀。原来，这十来个帅哥都是隔壁动吧 T 台上颇受欢迎的走秀男模，被特地招来敬酒。

这时包厢里一下子变清静了，只坐着 Jane、刘帅和那个叫 Jacky 小胖子。看着刘帅，Jane 的目光有些迷离，又有些随性："亲爱的刘大帅哥，今晚喝点什么？"

小胖子往前探了探身，做出想接话的样子，被 Jane 一个噤声的手势打住。

“Jacky，你可以随处去逛逛。我和刘董事长谈点正事，你最好不要听。”

小胖子听完就站起来了：“那我到隔壁玩一会儿再过来。”说完酸溜溜地转过身，狠狠地瞪了刘帅一眼，然后才抖着一身肉晃出了包厢。

看到小胖子 Jacky 一脸仇恨的表情，刘帅心里暗自发笑。他定定神，盯着 Jane 美丽的脸庞，潇洒地说：“既然来了，悉听尊便吧！”

Jane 似乎有些微醉，刘帅感觉到她的呼吸凑近自己的耳畔：“今晚，我们不醉不归。”

刘帅心里微微荡漾，心想，不是说要谈正事吗？

Jane 似乎看透了他的疑虑：“刘董事长，我们还是酒后吐真言吧！”

只见 Jane 打了个响指，侧脸对着走过来的侍者说：“你们这儿最好的酒是什么？”

侍者立刻回答道：“姐，就是你刚才喝的路易十三至尊装白兰地，八万一支。”

“这就是最好的了？”Jane 似乎有些不满，反问道。

听她这么说，侍者有些为难，只得带了些歉意，又有些央求地说：“姐，真的不好意思，但这真的已经够好了。”

“算了，先来两支吧！”Jane 轻描淡写地丢了句话。

一支是八万，开一瓶对一般人来说已经算得上奢侈，一次两支那就意味着十六万块钱，何况还是“先来两支”。

听到她这么叫酒，刘帅心里有些捉摸不透，但面对一个女人，尤其是这样一个对他来说充满了诱惑的女人的挑战，他内心里的那股豪情骤然迸发，于是落落大方地说：“Jane，我不喜欢白兰地，还是上红酒吧！”

Jane 嫣然一笑：“到夜场不喝洋酒喝红酒？真有个性！”随后对侍者打了个响指，“这儿什么红酒最好？”

“02 年的拉菲，两万一支。”侍者回应。

“那就来两支！”刘帅准备今晚舍命陪美女了。

“不，先来四支！”Jane 毫不相让。

侍者很快把台子上的玻璃洋酒桶搬开，上来四支02年的拉菲。

这个女人的行为，让刘帅更感神秘，不知道Jane心里在想什么，只好耸了耸肩，试探地问道："你请我过来，难道只是让我陪你喝酒？不是说有关于通远的消息要谈吗？"

"陪我喝酒？刘大帅哥，你刚才的表现像是要陪我尽兴喝酒的样子吗？一个只有喝两瓶红酒勇气的男人，哪个漂亮的女人敢和他有亲密的交往呢？有些消息，是只有在亲密之后才可以说的！"Jane面若桃花，对着他嫣然一笑。

刘帅不知道她葫芦里卖得是什么药，但被她这么一激，心想，不就是四支葡萄酒吗？不管你Jane说的是醉话，还是真话，我倒要看看你究竟想干什么："行，那今晚我们就喝个畅快！"

Jane若有所思地端着酒杯，目光有些迷离："这才是我等的刘大帅哥应有的样子！我可以叫你的英文名字，还是你的小名？亲爱的Neo？亲爱的小帅？"

刘帅吃了一惊，Neo这个英文名只有很少人知道，他平时基本不用。至于小帅，只是他最亲近的人才这么叫他，她怎么什么都知道？

"随你吧，只要你开心。"

"这可是你自己说的哦？那今晚我们好好喝一场。Neo，也许你才是我的王子，我的救世主。"Jane慵懒地举杯，一双黑眸瞬时漫上雾气，愈是浓雾愈是像个无底洞一样，看一眼就让人万劫不复。

刘帅感到自己的心跳骤然加速，不知道是酒精的缘故，还是因为话语中的挑逗："Jane，你真会开玩笑。"

"好吧，那我就先和你谈正经事。"Jane放下酒杯，神情变得严肃起来，"以我在三家世界级投行的工作阅历，我和我的机构非常看好中国在线旅游市场的前景。我们的团队在研究的时候，有这么一个结论，得中国者得世界，欲得世界，先得中国。"

刚刚还在心旌摇荡的刘帅，酒意一下退了大半，他想象不出眼前这个已经半醉的美丽女人竟然有如此见地："Jane，你真是让我吃惊，我敬你一杯，请继续讲！"

Jane晃了晃杯中的红酒，一饮而尽。

觥筹交错中，两个人开始了一段充满智力激荡的碰撞，对当前中国在线旅游市场的三国大战进行了推演。刘帅发现 Jane 对各方的优势、劣势，此消彼长以及未来发展的格局，居然了如指掌，完全不逊色于他们这样的业内人士。

Jane 还口若悬河地谈起了她在投行的得意之作，这些项目确实都是业内公认的经典案例。其中中国最大的新能源项目，居然就是在她手上成功的！

刘帅听了大喊“佩服佩服”。

不知不觉，四支酒就喝完了，Jane 比刚才看起来醉了许多，但思路却依然清晰。

“目前，天路一直在中国寻找最好的移动互联的投资项目，我认定万全天盛的发展前景远远强于所有的中国同行，包括‘51 旅游网’，一个老迈的传统互联网企业是无法抗衡你们这种充满朝气的新公司的。虽然，公司内部也有不少反对意见，认为通远进入中国之后，万全天盛的市场份额将被挤压。

“但是，我的态度很坚决，相信在合适的时候，我会说服公司里的不同意见，大举买入万全天盛的股票。如果将来天路的资本和资源，能够支持到万全天盛，你知道我最看重什么吗？”

“是什么？”刘帅饶有兴致地看着面前的这个女子已经醺红的脸。

“你猜啊。猜错一次罚一满杯，猜对了，我喝三个满杯，怎么样？”Jane 突然开始挑衅刘帅。

刘帅假装有些醉意地说：“今天聊得很开心，可是我喝不动了，再喝就喝醉了。”

Jane 没有接话，过了好一会儿，端着酒杯说了一句：“酒都不敢赌的人，怎么可能知道答案？”

刘帅顿时无语。

“一个没有真正醉过的男人，永远都不知道女人为什么那么好。”Jane 冷不丁又冒了一句。

刘帅感到真的难以招架，应了一句：“是么？”

“Neo，如果我告诉你，我们今晚的喝酒事关万全天盛的未来，你敢不敢继续喝下去？”Jane 盯着刘帅得意地问道。

刘帅被逼到了墙角，退无可退："如果真这样，那我只能豁出去了。"

"帅，真帅，不愧是刘怀远的儿子！"Jane字斟句酌地说，"那我们就再喝四支。"

没等刘帅反应，Jane又叫了四支02年的拉菲，仿佛叫的不是酒，而是水。

就连Club的工作人员，也都忍不住往包厢内探望，想看看今晚来的，到底是什么样的豪客。

"如果我们投资万全天盛，你认为我最看重什么？"Jane重新发问，并为刘帅倒了一满杯酒。

刘帅自信满满地说："商业模式，这是我们在国内市场目前最领先的。"

"错！"Jane哈哈一笑，把一满杯酒推到刘帅面前，"喝吧，刘董事长！你们的同行中，至少有五家和你的商业模式是一样的！"

刘帅皱了皱眉头，觉得对方说得有理，一仰头灌下了杯中酒。

看到Jane笑意盈盈地又倒满酒杯，刘帅思索片刻，再一次说出了答案："技术。我们的'游乐宝''差旅宝''推送宝'三合一，独步天下。"

Jane又用一个"错"字迅捷地回应了刘帅："难道'51旅游网'不是正在完善这三个方面吗？"

刘帅苦涩地摇摇头，无奈地又一口把第二杯红酒喝掉了。

"刘董事长，第三次请回答！"Jane的声音里面充满了阴谋得逞的快感。

刘帅站了起来，往自己杯子里倒了满满一杯，虽然酒劲一直沿着食道往口腔里窜出来，但他的第三次回答掷地有声："团队。万全天盛拥有全行业最好的团队！"

Jane借着醉意，用手指轻轻点了点刘帅的脑袋："像你这样帅气又绝顶聪明的男人，有的时候真的是很笨很笨。"

她把嘴巴凑过去，贴着刘帅的耳朵，悄声说道："……我的小笨蛋。"

刘帅顿时觉得自己的荷尔蒙指数飙升，囚禁在血液里的野兽就要冲破牢笼。他甚至能够清晰体会到Jane的鼻息轻抚他耳根的那种撩人感觉，以及她身上散发的令人心旌摇荡的体香。

他感觉自己不像是喝醉了，而像喝了什么迷幻剂："Jane，你还没告诉我，我到底答对了没有。”

“也对，也不对。这一大杯你还是要喝掉，我也陪你喝，喝完再说。”Jane 一句话堵死了刘帅的追问，并一口干掉了自己手中的一大杯红酒。

刘帅感觉自己实在喝不下去了，晃着手中的酒杯，人也有些站立不住。

Jane 托着下巴，满脸笑容，用眼神不断提醒刘帅，赶快喝掉。

“咕咚咕咚”，刘帅一咬牙艰难地喝掉了这杯酒，一屁股坐到沙发上，眼睛发着光：“你是高人，请告诉我答案……我去洗手间吐一下，回来你要告诉我。”

Jane 听完这句话，点了点头，笑得花枝招展。

走出包厢时，刘帅明白自己需要一次释放。自从上次纽约华尔道夫酒店的那个夜晚，知道赵敏已经心有所属之后，他终于在心中彻底把赵敏放下了。但在他阳光明媚的外表下面，却藏着一颗寂寞而空虚的心。现在他努力想弄明白一件事——自己是不是已经对这个女人动了心。美丽的事物通常藏着莫测的危险，而这个神秘的女人身后，究竟藏着什么，他现在不得而知。只是在这一刻，这个性感魅惑的尤物，让他的内心变得非常的柔软。他看了一下时间，已经接近午夜零点。所以，他决定打破一直以来不熬夜喝酒的习惯，今夜要舍命陪佳人。

一个人坐在包厢里的 Jane，此刻也是思绪汹涌。这个回合，虽然一阵劝酒，灌得刘帅有些难以招架。但刘帅的气度、见识、胸怀以及不同于一般男子见到美色后的难得的冷静，在同龄人中是极少见的，让她赞赏之余更生出了些许想要着力控制的欲罢不能。

第十八章
温柔陷阱

五分钟后，刘帅再次坐在Jane的面前，头发凌乱，有些摇晃。

“团队当然是各个要素中最关键的。”Jane接着刚才的话题继续说道，“万全天盛是由两家公司合并而来。据我了解，你们的核心团队主要是由你万全信息的老部下和孙秋飞先生的老团队组成，对不对？”

“是的，我们的团队非常团结，也非常敬业。”已有七分醉意的刘帅，没有意识到这句话中的问题——竟然没有提到郭天宇。

“No，No。刘董事长你先别得意。”Jane高举右手的食指，在空中摇了摇，“万全信息和天盛科技的企业文化会不会因为创始人风格的不同而不同？两家公司合并完了之后，会不会存在一个比较难的融合过程？”

刘帅立刻回答道：“没有问题，我们融合得非常好。”

“No，No。”Jane再次高举右手的食指，在空中晃了晃，“你们的CEO郭天宇先生，有带多少追随者进入万全天盛？你的旧部和孙先生的旧部真的都那么心甘情愿地听郭总的指挥吗？”

刘帅想要插话，被Jane打住。

“我当你是最好的朋友，最可亲近的人，那我就直说了。”

刘帅认真地点点头。

“好。”Jane侃侃而谈，“据我了解，你的老同学郭天宇就是一个工作狂。只看工作绩效，不管人情世故。所以啊，你们的敬业是真的，你们的团结却要打个大问号。”

刘帅本来真的有点醉了，但Jane话里所蕴藏的分量，让酒一下醒了一半。他隐隐感觉到，这确实是一个十分厉害的女人。

只听Jane继续说道：“能让万全天盛的核心骨干们安心为公司拼命，其领导者恐怕不能是一个工作狂，而得是一个淡泊儒雅、宅心仁厚，能够把员工当成家人来照顾的人。那么这个人应该是谁？”

刘帅一下子明白过来了：“Jane，错了错了。你不了解天宇，他不是一个单纯的工作狂，他是一个商界奇才！他的眼光、个人魅力足以担当起万全天盛CEO的职责。”

“我知道你不会同意我的看法，但我还是要说，撇开个人感情，郭天宇可以把万全天盛玩活，也可以把万全天盛玩死。你刘帅这样的人，才是万全天盛最重要的，因为只有你才能把这两系人马融合成一个真正有战斗力的核心团队。如果有一天，我们有机会成为万全天盛的股东，我第一个支持你！”

“感谢感谢。”刘帅虽然不会说郭天宇的一句不是，但他觉得Jane的话确实道出了万全天盛团队的真实状况，这一次，他还真的被这个女人折服了。

Jane深深地凝视着刘帅，又道：“还有最后一件事，你知道Jason林这个人吗？”

“当然，他是通远中国大区的总裁，我们的竞争对手，我怎么可能不知？”

“No，No，No。”Jane轻轻地摇晃着晶莹剔透的酒杯，似醉未醉，“我说的‘知道’，不只是了解他的存在那么简单，而是与他打过交道，了解他的为人。”

“Jason林过往的案例，你们可以了解一下。他是一个非常高明的战术家，又是一个非常狡猾的欺诈者。他所推崇的资本为王，就注定了他不可能那么高尚。”

Jane眼波流转，凝望着刘帅，她的眸子仿佛有透析功能似的，却又带了些意味深长：“他喜欢快速地进攻，一鼓作气地打倒对手，你说，都到这时候了，他需要什么？”

不等刘帅想明白，Jane已经自己回答了这个问题：“一张不光漂亮的，对比还非常鲜明的财务报表。”

刘帅立刻就明白了:“你是说,他想在财报上,完全压过我们万全天盛和‘51 旅游网’?这怎么可能!就算通远气势如虹,已经抢占了一部分市场份额,但在我看来这场竞争才刚刚开始,鹿死谁手还未可知,怎么会达到‘对比鲜明’的程度?虽然我知道,通远在其他国家都势如破竹,独霸市场。但这是中国,他们想要做到一家独大,却也不那么容易。”

Jane 似笑非笑地说:“通远进入中国市场才短短三个月,销售额就逼近了万全天盛和‘51 旅游网’,使得其市值从五百亿美元变成了六百亿美元。这当然是中国市场的魔力,也是资本的魅力。但它的业绩真能在如此短的时间内,有这么大的增长吗?”

“你的意思是,他们的业绩作假?”

“对,听说靠的是刷单。据我所知,不光欧美许多著名投资机构,沙特与阿联酋的投资人也非常看好通远。他们定下过协议,只要通远能在中国市场上做到 NO.1,并且在半年之内达到七百亿美元的市值,他们就会对通远公司进行又一轮投资。这轮融资,基数就有二十亿美元,只会多,不会少。”

说到这里,Jane 话锋一转:“Neo,在你和我之间,在我们和万全天盛之间,将来会有说不完的话题。今晚我只想和你喝酒,不想再谈你们男人的伟大事业了。你说说看,一个女人想把这个世界上的酒都喝完,这是为什么呀?”

刘帅不知道该怎么回答,举起酒杯默默地和她干了一杯,心里却为刚刚得到的消息担忧不已。

酒过三巡,看着 Jane 醉眼朦胧地拨弄着她有些凌乱的头发,刘帅感觉到一种说不出的令人怜惜的美,他已经完全无法拒绝对方的敬酒,只能凭着一股豪气,陪着她一杯一杯地喝下去。

酒精在一点点地侵蚀他的理智,而他的荷尔蒙却仿佛越喝越多,不知从何时开始,两人间越来越近的距离,让刘帅渐渐地迷失了自己。

这时,刘帅忽然觉得肩膀一沉,竟是 Jane 在不知不觉间,已把头斜依在他的肩膀上。

仿佛有一种无形的吸引力，促使刘帅大着胆子更进一步，他轻轻低下头，亲吻着Jane修长而白皙的左颈，Jane似乎被电流触到一般，身子轻颤，下意识地从他身侧挣脱。

触手可及的温暖消失的那一刻，仿佛一直握于掌心的鸟儿轻灵地飞走，刘帅有些怅然若失，忍不住捧起Jane的面颊，想要继续亲吻她。

Jane用一只手迅速挡住了刘帅的嘴唇，满脸绯红，不知是酒精的作用还是略有些羞怯，她嗔怪道："刘大帅哥，这里这么多人呢！"

刘帅这才意识到自己的唐突，尴尬地掩饰道："我似乎喝多了……先失陪一下。"

前往洗手间的路上，刘帅的心还怦怦直跳。

难道，自己真的已经爱上这个女人了？从乌镇一路追到杭州，从爱心高尔夫到帮忙解决颜晓凯事件，一步步地靠近，一步步被这个美丽而神秘的女人吸引。今天，竟控制不住自己！

刘帅走到洗手间外男女共享的洗手池，一个服务员帮他拧开了水龙头，并端着一盘热毛巾，站在他的旁边。

刘帅猛地用冷水洗了把脸，仿佛想用冷水冲淡心中的那股躁动。

等他洗完后，旁边的服务员恭敬地将热毛巾递上，刘帅顺手接过时，发现他胸前的工作牌上写着"值厕员李元根"。

这个服务员虽然衣着整洁，但看上去年纪已经很大了，脸上沟壑纵横，都是岁月刻下的痕迹，佝偻着腰，显得很恭顺。虽然端着托盘，却不知有意还是无意地将左手往里缩，似乎有些不便。

刘帅整理好仪容，照了照镜子，打开皮夹，抽了一张百元大钞，连同毛巾一同轻轻地放了回去，对他客气地笑了笑。

值厕员李元根看见刘帅给了这么大的小费，诚惶诚恐，点头哈腰："谢谢老板！祝老板开心！"

刘帅礼貌地点头回应，转身离开。刚走不到五步，就听见身后有人怒喝："你看什么看？"

刘帅一回头，就见刚才那个小胖子 Jacky，不知道什么时候回到了静吧，正好从洗手间出来。他将盛着毛巾的托盘一掀，指着值厕员李元根凶巴巴地吼道：“你还敢看我？有人给你一百块钱，你就不知道自己是谁了？”说着，他故意向刘帅挑衅地瞟了一眼。

刘帅见对方是冲着自己发飙，干脆就侧转过来站稳，与 Jacky 怒目相向。

值厕员李元根见托盘里的钱掉到了地上，一边对 Jacky 点头哈腰，一边低头捡钱，害怕地反复道歉：“老板，对不起，对不起！”

Jacky 上前一步，踩住了刘帅给的那一百块钱，就势站了一个马步，并从口袋里掏出一叠钱，随便抽出两张扔在地上，指着自己的胯下说：“你这个贱骨头！你捡啊！从这里钻过去，钱都是你的！”

刘帅看见老人的身形已经几乎变成了下跪，就再也忍不住，快步向前，一把把他拉到自己的身后，并与 Jacky 面对面对峙，冷冷地厉声道：“你不要太过分啊！”

“关你鸟事？他不是喜欢捡钱吗？你要不要帮他捡啊？”Jacky 毫不示弱地挺着那堆肉，挤上来和刘帅对视。刘帅强压怒火，用前臂顶住了对方的胸口。

李元根却扑通一声在刘帅身后跪下了，央求道：“两位老板，我跪着捡就是了，你们不要伤了和气！”

“我踹死你！你再说说看？”小胖子 Jacky 高嚷着伸出左脚，向刘帅身后的李元根踢了过去。但被刘帅眼明手快地一把推开，没能踢着。

“Jacky！有什么事就冲着我来呀！欺负一个服务员算什么本事？”刘帅逼视着小胖子，并冲着跪在地上的人大喊，“李元根，有骨气点，给我站起来！”

“我知道你是刘怀远的儿子！你牛逼！”小胖子 Jacky 咬牙切齿地吼道，“你那么牛逼，你为 Jane 做了什么，那么讨她的欢心？为了她我什么都做了，你刘公子一冒泡，我就变得一文不值，凭什么呀？你以为我不知道？我刚刚都看到了！”

看到了？难道他看到自己亲吻 Jane 了？

刘帅心里觉得又好气又好笑，原来小胖子 Jacky 是在为 Jane 吃醋，正准备回应过去，这时候身后飘来了一句话：“什么都做了？Jacky，那再为姐做一件事吧，一起喝酒去。”

Jane 不知道什么时候也来到了他们旁边，小胖子 Jacky 仿佛就像听到魔咒般立即乖乖地低下了头。只见 Jane 弯身捡起地上的钱，放在了李元根手中的盘子里，并拉起了跪在地上的李元根。

“好啦，你们俩跟我走吧。”Jane 向两个正在顶牛的男人微微一笑，刘帅的善良、正直和仗义，让她有了格外的好感。

静吧一号包厢，Jane 把从洗手间领回来的刘帅和小胖子 Jacky 按坐在沙发上，丢了一句话给旁边的人：“Manager，再来五支酒，帮姐到隔壁叫三位男模、六位美女过来。”

“两位帅哥，都是自己人，你俩一人一句话，就不吵了吧。谁先喝？”Jane 轻描淡写地安抚了一下。

刘帅抢先恳切地对小胖子说：“Jacky，一个人无论多牛逼，也不能不把人当人。今天是我们有好日子过，万一有天我们也只能过李元根那样的日子，该怎么办？值厕员可能是这个世界上最没有尊严的工作了，你想想，一个人得多为难，才会来干这份活？”

小胖子 Jacky 已失了气焰，见 Jane 狠狠瞪着他示意道歉，磨磨蹭蹭了一会儿，然后嘟嘟囔囔地说：“Jane，我也是一时不爽，气没地方出，犯糊涂，你不要怪我哈！刘公子，今儿算我错了，你大人大量。”说完还抱了抱拳，刘帅也回应地抱了抱拳。

“Jacky，你对姐很好，姐心里有数。姐真没把你当外人，你不要不开心。刘公子，接下来我们一起好好开心吧。”

刘帅此刻对 Jane 刮目相看，气场强大啊。值厕员李元根这个插曲，更增加了他对 Jane 的好感。

Jane 叫来了值班经理，通过询问才得知，这个值厕员李元根确实家境困难。他原先在工厂工作，结果左手两根指头不小心被机器碾断了，工厂赔了几万，这件事就算了了。他的妻子在绍兴的一家印染厂打工，夫妻两人用微薄的工资勉强支撑着全家的生活，供儿子读大学。

两口子好不容易熬到大前年，儿子大学毕业应聘去一家互联网公司做程序员，今年元旦与相恋多年的女友领了结婚证，一家人三拼四凑买了婚房并简单装修，但每月除付按揭外，向亲朋好友借的钱还得还，压力非常大。

李元根的儿子挺孝顺，与新婚妻子商议后，就将他们接到杭州生活。李元根夫妇虽然来了，但看见小两口身上的负担那么重，便也出去找工作，为家里减轻负担。最后，托了老乡的关系，李元根做了值厕员，李元根的妻子做了保洁阿姨，还小心翼翼地藏着掖着，只说去做保安，不敢让儿子和儿媳知道，免得让他们觉得丢面子。

听经理说完，大家都沉默了，Jane 拿出了一千块现金，托值班经理转给李元根。这时，刘帅看到小胖子 Jacky 再次低下了头，神情很是自责。

很快，动吧那边过来了三个又高又帅的男模和六个丰乳肥臀的美女，像九朵妩媚而扎眼的塑料花，开放在他们身边。三个帅哥都围在了 Jane 的那侧，而六个美女则堵到了刘帅和 Jacky 这侧。小胖子 Jacky 脸上乐开了花。

Jane 忽然亢奋起来："各位帅哥美女，姐和两位哥请你们喝葡萄酒。"

小胖子 Jacky 潇洒地地摊开了双手，愉快地表示没有问题。

Jane 的一双美目直直地盯着刘帅，问道："你呢？刘大公子？"

刘帅笑着点点头，指着桌上排开的酒瓶，豪情万丈地说道："好，哥跟姐请大家喝葡萄酒，最好的葡萄酒。今天晚上 Jane 请客，我买单！"

Jane 仿佛忽然感觉到了刘帅的可爱，笑靥如花，但巾帼不让须眉："OK，那就谢谢刘大帅哥，再来 12 支 02 年拉菲，你们酒吧最好的酒，一人一支。每人再送三千块的花，姐负责！"

吧台上 12 支葡萄酒一字排开，12 个崭新的葡萄酒杯一字排开，12 支酒被全部打开，分别倒进了 12 个醒酒器中，场面煞是壮观！

12 个人，12 个葡萄酒杯，12 支 02 年的拉菲酒，12 个醒酒器，Jane 的 12 分的开心。

刘帅率先往自己的酒杯倒了酒，并高举酒杯，朗声说道："大家一起敬美丽的

Jane。”然后温文尔雅地看着 Jane，他看到了 Jane 第一次露出了吃惊的神色，以及抑制不住的喜悦。

“一起敬美丽的 Jane！”小胖子 Jacky 也举高了酒杯，赶紧附和道。

刘帅向小胖子 Jacky 竖了一个大拇指，继续提高了音量：“我们一起敬美丽的 Jane！大家说，Jane 是不是我们见过最美丽的女人？”

也许在此刻之前，刘帅从没想过自己会在一个公众场合如此‘肉麻’地恭维一个女子，就连他深爱赵敏的时候也从来没有过，难道是因为酒精的缘故吗？

那九位帅哥美女心领神会，自然有问必答，举起了酒杯说：“是！”

只见 Jane 举起右手食指晃了晃，说：“敬 Neo！Neo 是不是我们这里最帅最性感的男人？”

那九位帅哥美女赶紧再次举起酒杯说：“是！”

“还有啊，Jacky 是不是我们这里最可爱的男人？”Jane 最后干脆站了起来，含笑举杯对着小胖子 Jacky。

“是！”这次，刘帅也心领神会地加入了九位帅哥美女的行列。

随着一声“Cheers！”，12 个人举起酒杯，一饮而尽！Jane 在刘帅的眼睛中，似乎看见了他刹那间掩饰不住的心动。

第十九章
致命一击

深夜，万籁俱寂。

郭天宇完成了当天的工作，还提前搞定了第二天需批复的几份重要文件，见时间还早，便拿起了书桌上的《艾尔斯巨岩之约》，准备再看几章。不得不说，作者对人心的把握十分精准，每个章节都结束在关键时刻，令人心痒难耐，忍不住就想看下一章，不知不觉间，几个小时就过去了。

正在郭天宇翻书的时候，桌上的手机忽然一震。

唯恐吵醒熟睡的卓伊，郭天宇立刻接通电话，蹑手蹑脚走到阳台上，将阳台的门拉上，这才看清电话是刘帅打来的："兄弟，怎么了？"

"大半夜吵到你，真是不好意思，但我这里收到了一个重要的消息。"刘帅遂将 Jane 对通远的判断，以及沙特、阿联酋等投资人与通远的约定，通通讲了一遍。

这个情报够让郭天宇震惊了，但刘帅最后又扔出了一颗"炸弹"："天宇，我的朋友还特别提醒，问我们知不知道通远公司针对中国市场在大量刷单，以谋求二十亿美元的下一轮融资？"

“难怪！我一直觉得他们的业绩有些问题，怎么可能增长得那么快？原来是这么回事！”

郭天宇简直被这一连串的消息炸懵了，如果按蒂姆所说的那样，通远为了进驻中国市场，已经筹备了五十亿美元之多。万一他们走偏门，再靠刷单拉升业绩，然后做高市值，投资人再给他们二十亿美元，通远光拿钱就可以把人砸死，这场仗还怎么打？

愣了片刻，郭天宇终于反应过来：“我们必须想办法阻止通远继续大规模刷单，不能让他们再顺利融资！”

挂断电话后郭天宇睡意全无，他思索了一下，又拨出一串号码，这时一个甜蜜的声音在身后传来：“天宇，这么晚了，和谁通电话呀？”

卓伊披着衣服，睡眼朦胧地靠在阳台门框上，显然是被吵醒了。

“没什么，和刘帅聊些公司的事。”郭天宇声音温柔，“你去睡吧，我再打个电话，一会就好了。”

卓伊看了一眼挂在客厅的摆钟，嗔道：“这都凌晨三点多了，别人也要休息啊，有什么事情白天说不行吗？”

“没关系，他们习惯我的工作方式，半夜接电话是常有的事。”郭天宇一边看手机，一边体贴地说，“你先到床上去，我马上就来陪你！”

就在这时电话通了，郭天宇无奈只能用手势和眼神硬“逼”着卓伊回房间休息，然后才对着话筒说：“皓薇，趣好公司现在是什么情况？”

黄皓薇睡眼惺忪，有些奇怪，她知道郭天宇对趣好公司很排斥，怎么会忽然在深更半夜问起这事？但还是认认真真地回答道：“业绩发展良好，却不适合我们收购了。”

郭天宇大吃一惊：“我记得前段时间，你对这家公司还很看好，一直劝我全资收购，怎么现在却改口了？”

“趣好公司的估值一涨再涨，短时间内已经从最开始的一千万美元涨到了如今的三千万美元。这种涨幅极其不合理，很有可能是有人借着通远进驻中国市场的东风，趁机在背后操纵、炒作，想要大赚一笔。”

郭天宇眉头一紧，问道：“那么其他三家公司可以考虑吗？”

“这三家公司主要针对电商行业，在线旅游业务的刷单能力不强，不匹配我们。而趣好不仅业务对口，股东结构也特别适合整体收购。大股东 Jacky 和其他股东都是富二代，很愿意通过溢价出售公司这样的方式证明自己，获得成就感。因此只要我们的出价达到他们的心里预期，就很容易达成整体收购。”

郭天宇心里清楚，像刷单这种见不得光的业务，如果非做不可，只能全资收购，才能确保刷单的秘密不被暴露。但他仍然感到疑惑：“趣好公司的估值涨得离谱，主要原因是什么？”

“关键还是有人看准了中国在线旅游业的战局，借机抬价。”黄皓薇很肯定地说，“趣好公司就是近期被原创团队转手出售给 Jacky 等不差钱的富二代，而通远进驻之后，他们的刷单业务量暴增，价格自然就水涨船高了。”

郭天宇沉思半晌，还是下定了决心：“皓薇，以最快的速度把趣好公司买下来！”

“什么？”黄皓薇极为震惊，以为自己听错了，“可现在趣好公司实在太贵了，根本不值这么多钱！”

郭天宇很坚决：“只有尽快买下趣好，我们才能在刷单这件事上实现弯道超车，才能压制通远的业绩，提升万全天盛的财报！”

黄皓薇显然很不甘心：“现在趣好的估值是最高点，我建议等价格回落再收购。”

郭天宇一声长叹，语气中满是无奈：“皓薇，不喜欢的事有时候也要去做。你的报告中说得很清楚——趣好占据在线旅游业刷单市场的 50%，所以我们得尽快把趣好公司买下来，三千两百万美元以下，你可以自主决定，越快越好。董事会那边我和刘总会搞定。”

说到这里，他犹豫片刻，还是透了一些信息出来：“这家公司关系到我们、‘51 旅游网’和通远的财报，而我们三家的财报，又关系到通远一笔至少在二十亿美元以上的融资。对万全天盛来说，只要能够阻止通远拿到新的投资，哪怕花上三四千万美元，也是值得的！”

杭州，安缦法云酒店，刚从动静 Club 回到房间的简丽丽，斜躺在美人榻上，正在复盘刚才的完美“棋局”。

这时铃声响起。

“BOSS，刘怀远这个老狐狸，已经被我们围堵到弹尽粮绝，居然还有本事弄到钱，还在苟延残喘。再这样下去，刘帅在万全天盛的股份就逼不出来了。”这是一个低沉沙哑的声音。

丽丽脸色陡变，猛地坐了起来：“‘二爷’定下的时间表，谁敢耽搁？”

这短短一句话，让电话那头吓得噤若寒蝉。

“当然，我知道你们都尽力了，事情总体上办得不错。”

丽丽站起身来，赤脚在房间里来回踱了几步，随后又恢复到那种不紧不慢的语调：“棋下到这一步，也许该是出狠招的时候了。放心，‘二爷’早有布置。还有交给你们办的事情，一件都不能放松。”

挂断电话，她把目光转向窗外，夜色如水，一轮新月高高悬挂在天空。

一切仿佛都在她的掌控之中。

“徐行长！你说昨天就放款的，怎么到今天还没下来？……没有额度？不要再说这种废话了！你知道过桥资金借一两个月可以，长期下去谁受得了？”

腾龙集团董事长办公室，刘怀远正对着电话咆哮，一反平日里温文尔雅的儒商形象。

“徐利明，我们打了那么多年交道，能不能给我说一句痛快话，到底是谁不让你放款？你告诉我，我自己去想办法解决！”

握着电话的右手因为太过用力，指关节都有些发白。

但电话那头声音依然是不紧不慢：“老刘，不要激动！我也有难处，正在开会，下次再聊！”

不等刘怀远再嚷嚷，对方直接把电话挂了。

刘怀远气得眼珠子都快蹦出来，一把将电话摔在了桌上，就像是一头被激怒的狮子。

凤凰山项目这一停就是两个月啊。

项目被迫完全停摆,没有抢救性挖掘,也没有开工的通知。

更可恶的是,在不同银行的多笔贷款,有些只是转贷,银行却都在已经办好了相关手续的情况下,找出各种理由迟迟不肯放款。

地王项目本来就已让腾龙集团的资金链极为绷紧,没想到又出了文物事件,银行更加不肯放款。现在这笔三十五亿元的转贷,如果还是拿不到,麻烦就大了!

刘怀远当初是按他与徐行长商量的步骤,以公司信用在民间筹集高利贷过桥资金三十亿,加上预留的销售回笼资金五亿,先还了银行的到期贷款,并早早就办完了全套土地质押贷款手续,只等这三十五亿到银行转一圈后马上回来。

谁知,一个月过去了,银行贷款没有下来,两个月过去了,银行贷款还没有下来,徐行长用各种理由拖延放款,导致腾龙地产的资金链变得十分脆弱。

这段时间以来,他一直悄悄以个人资产担保,以高达十分的月息在地下钱庄借高利贷,支撑公司的运营。如果不是刘怀远这三个字足够响亮,而且他之前还曾帮过这家地下钱庄的老板大忙,否则就连这种钱都很难借到。但由于借的额度越来越大,地下钱庄也感觉到了风险,昨天已经决定不再放款,并要求刘怀远尽快连本带利把债还清。在其他地方,刘怀远早就借不到钱了,如果这里一断流,资金链就真的要彻底断了!

多年来一直关系良好的徐行长变得让他如此失望。可是,无论于公于私,徐是不可能害他的呀!他猜想一定事出有因,可锤痛了脑袋也想不明白其中的缘由。

不过,更令刘怀远感到惊讶和迷惑的,是凤凰山项目。他通过私人关系了解到,杭州文物管理部门已经将工地挖出文物的事上报到浙江省文物局,省里又接着上报到国家文物局,问题好像越来越大,很有可能会作为重点文物案件来进行查处。

如果地王项目再不解决,拖上几个月,银行贷款又全面受阻,光是债务就会将腾龙地产压垮。

资金链断裂已经是悬在腾龙地产头上的利剑!刚才办公室内的暴怒,门外的秘书也听到了，足足过了十分钟他才敢轻手轻脚地开门，提醒董事长已经到开会时间了。

刘怀远忧心忡忡，但依然强打起精神，在商讨腾龙集团资金解决方案的财务会议上，与公司高层一起大伤脑筋。

会议才开了半小时，有人望着窗外失声尖叫："怎么来了这么多警察？出什么事了？"

四辆警车径直开到腾龙集团总部所在的"腾龙双子星"A 座大楼的门口，一群警察快速下车，冲进大楼。

刘怀远也觉得奇怪，吩咐秘书赶紧去了解一下情况，然后要求大家集中注意力，继续开会。

只过了三分钟，会议室门外突然传来一阵急促的脚步声，随后大门被一把推开，六个身穿黑衣的男子冲了进来！他们身后紧跟着一群全副武装的警察。

"纪委办案。"

一句话，四个字，字字如千斤压顶，就像是一颗重磅炸弹，在诸位高管心头爆炸！

刹那间，整个会议室气氛一片凝重，似乎连空气都停止了流动。

刘怀远久经商海，这阵势他有所耳闻，可是自己一直谨慎经商，从未想过有朝一日这种事会出现在自己面前。

刘怀远的心中隐隐觉得情况有些不对劲，但是现在根本没有多余的时间容他思考。他咧了咧嘴，却发现自己发不出声。

直到黑衣男子来到他的面前，他才终于镇定下来，开口道："纪委的同志，这是……"

还是一如既往的沉稳语气，只有双手微微一颤。

六名黑衣男子两人一组，自然地呈三角状将刘怀远围在当中，那位国字脸男子没有回答他的问题，只是亮出一份文件："刘怀远同志，你现在涉及一起严重违法违纪案件，希望你端正态度，好好配合调查。"

黑衣男子的语气中透露着一股不容否认的威严。

同时也不容刘怀远辩驳，六位纪委人员包围着刘怀远，和十二名警察一起离开了会议室。

一直到被带出大楼，刘怀远都还是无法理解。如果只是纪委办案，为什么还要出动这么多警察？

等到他们走后，呆若木鸡的高管们才如梦初醒。

这个意外的变故，让腾龙集团上上下下被巨大的恐慌所笼罩。

一接到刘怀远被抓的消息，刘怀恩立刻让司机驾车飞快地把自己送到腾龙集团总部。

纪委在带走刘怀远之后，还留下了四人对他的办公室进行查抄。他们在刘怀远的办公室里翻箱倒柜，搜查相关的文件，装了满满两个大箱。离开之前，还给办公室贴上了封条，禁止任何人员入内。

刘怀恩心急如焚地走进公司的时候，看到的正是这幅场景。他当即两腿一软，瘫倒在了沙发上。

难道是那件事……被发现了？

刘怀恩心中无比恐惧！如果真的是那件事被发现了，那么自己也随时有可能被带走“喝茶”，不知道何年何月才能出来。现在腾龙集团资金链已经无比窘迫，任何一点风吹草动都会引起剧烈的连锁反应，更何况是董事长被带走这样堪称地震级的事件！如果连自己都进去了，那腾龙集团该怎么办？

腾龙集团一定要有人守住！

对了，刘帅之前从未参与腾龙集团的决策，是绝对不可能出事的！

想到侄儿赤手空拳打拼出一家纳斯达克上市公司，管理企业的能力毋庸置疑。刘怀恩就像是溺水的人抓住了最后一根救命稻草，将手上抽了几口的烟扔到地上，狠狠地踩了几脚，冷静一下后就拨通了刘帅的电话。

“什么？我爸被纪委带走了？”

正在家里休息的刘帅简直不敢相信自己的耳朵。

刘怀恩语气沉重地说：“小帅，这事是真的，公司的高管都看到了！我正在公司，刚才还有四个人在大哥的办公室里翻箱倒柜找东西！”

虽然一时想不明白究竟是怎么回事，但刘帅已经意识到了问题的严重性。

“小帅你马上赶来公司，我已经在召集董事会成员了，腾龙集团需要立刻召开董事会，暂时由你来代行董事长的职务。”

刘帅深吸了一口气，强迫自己冷静下来：“小叔，我现在就过去。对了，你认识的人多，门路广，能不能去打听一下，我爸到底惹上什么麻烦了？”

“嗯，好。你快过来吧。”说着刘怀恩就挂断了电话。

听得出电话另一头声音中的慌乱，但刘帅已经来不及去理会刘怀恩的情绪，因为“知名企业家刘怀远被抓”的消息瞬间已在网络上传开，就连自己的母亲都已知道了！

“小帅，这是真的吗？”

蒋明慧一边焦虑地问着，一边飞快地跑到刘帅身边，把一条微信朋友圈上的照片指给他看——刘怀远在戒备森严的车队前，低头钻进警车的那一瞬间！

唐婉仪也接踵赶到，有些担心地说：“哥，到底发生了什么事？网上都在传关于爸爸被带走的事。”

看着母亲眼中不知所措的神色，刘帅宽慰道：“妈，我爸的为人你还不清楚吗？这么多年来，他什么时候做过违法的事情了？我现在就去腾龙集团找小叔问问清楚，看怎么解决这件事。您先别担心，我爸大风大浪都闯过来了，这次也不会有事的。”

听到儿子这么说，蒋明慧的神色放松了一些，但那张照片还是触动了她心中最敏感的神经：“不过，这可是纪委啊！要是怀远有个三长两短的话……”

刘帅又安抚了母亲一番，并叮嘱唐婉仪照顾好蒋明慧后，便离开了家。

自己的父亲被纪委莫名其妙地带走，这让刘帅的心中有了一丝不祥的预感。

看来，一场风暴即将来袭。

正在这时，一个陌生电话打断了他的思绪：“刘帅！再给我五百万人民币，我保证永远从你面前消失。否则，就不要怪我把事情捅出去！”

颜晓凯的声音不合时宜地从手机里传了出来。

第二十章
丑闻曝光

刘怀远被抓的消息，就像一场狂风，不仅席卷了整个腾龙集团，还带来一系列多米诺骨牌般的负面影响。腾龙电气的股票当天跌停，就是最直接的一个反应。

在这危急关头，刘帅以刘怀远的独子、腾龙地产的大股东这双重身份站了出来。他在集团董事会上表示，自己将全力以赴处理腾龙的危机。

同时他还以《致腾龙员工》为标题写下了一封情真意切的内部公开信，呼吁大家互相扶持，共渡难关，才勉强将公司的人心安定了下来。

因为刘怀远的董事长办公室已经被查封，无法使用，刘帅就在刘怀恩的办公室旁边，选了一个房间作为临时的董事长办公室。

一波未平一波又起，公司内部还没完全平静，刘怀恩就又带来了坏消息——很多债权人担心腾龙渡不过这一劫，陆陆续续都开始逼债了。

刘帅明白了，腾龙集团，尤其是腾龙地产的资金链应该基本已处于断裂状态。于是，索性抓住重点直接问：“现在资金缺口究竟有多大？”

刘怀恩长叹了一口气：“眼前最紧急的就有三十亿。”

刘帅掂量着这个数字，心中暗暗盘算。

父亲被抓，常规的融资途径都不可能有机会了。自己腾龙集团的股份已经被父亲质押了，现在唯一能够动脑筋的，就是自己在万全天盛的30.5%股权，只要质押掉一半，借到的钱应该就可以救急了。

心里有底之后，刘帅还是不忘追问：“小叔，纪委抓人一般都是和贪污腐败有关吧？我爸究竟犯了什么事？”

刘怀远在处置政企关系上一直以来都颇为得当，若即若离，不远不近，是圈里出了名的“太极高手”，可以说比他身边的老板们高明多了——但现在偏偏就是他，居然出事了，熟悉的人都觉得不可思议，唏嘘感慨。

“这……可能和凤凰山的项目有关吧。”刘怀恩吞吞吐吐，半晌才说。

就在上个星期，杭州市分管土地、规划和城市建设的副市长林永迈刚刚被双规。他是出了名的钱多、房子多、女人多，被人戏称为“林三多”，一出事就牵连不少人，尤其是房地产行业的企业家。

“难道凤凰山地块也和林三多有关联？”

听到这句话，刘怀恩一言不发地低下头，不敢正视刘帅，也不敢作声。

刘帅的疑问无意中戳到了刘怀恩心中隐藏的最大秘密。

文物事件发生后，他曾自作主张地送了两千万打点“林三多”，希望能借助林的势力尽快摆平这件事，以便项目早日回到开发的正轨上。

没想到刘怀远获悉后大发雷霆，捶胸顿足，连叹了三声“糊涂”。

虽然他知道刘怀恩是为了挽救家族产业，万般无奈才这么去铤而走险的！但在刘怀远眼里，小他十五岁的刘怀恩是自己一手从小带大，可谓亦兄亦父。就算天塌下来，永远都该是他这个兄长先顶着。于是苦口婆心交代他此事就此烂在肚子里，绝不能泄露出去，更不可以再做“行贿”这类蠢事。如果真有一天东窗事发，无论发生多大的意外，包括腾龙企业以前那些扯得清扯不清的破事，都由他刘怀远一个人去扛，怀恩务必要三缄其口,帮助刘帅撑起家业。

刘怀恩一心想帮兄长分担压力，不料反而徒添混乱。虽然当时想象不出会有这么严重的隐患,但大哥千叮咛万嘱咐时那副忧虑重重的表情,就像当晚的夜色一样凝重,让人不可拒绝,他只能眼含热泪拼命点头。

想到这里，心里知道隐瞒不过去，刘怀恩于是咬了咬牙，决定只跟刘帅讲一件事:“凤凰山地块应该没有什么！倒是以前,我们根据‘林三多’的要求,曾帮他控制的一家公司代为出资五千万,后来他把公司加价卖掉后,钱就还我们了。”

听到刘怀远这么说,刘帅大大地松了一口气。

这件事虽然违规,但似乎不是那么严重。

但他转念一想又觉得有些不对。

既然如此,那为什么父亲被带走的时候,不仅仅有纪委,还出动了警察?

这可不像就因为这么一件小事出动的人力!

难道“林三多”牵扯到更高层的贪腐案,而我们刘家只是殃及池鱼?

刘帅越想脑子越乱,不知道什么时候才能知晓事实的真相。

就在刘帅焦头烂额的时候,郭天宇的日子也不好过。

助理甄杰拿上来的盒饭,放在办公桌上一口没动,早就冷了。郭天宇斜靠在椅背上,看着最新一期的《新网界》。这本被称为中国第一互联网财经周刊的杂志,封面上是一个触目惊心的标题——《在线旅游行业进入“三国杀”时代:国际巨头通远来势汹汹》。

通篇报道都让郭天宇非常不爽，看完之后，他把杂志随手扔进了垃圾桶，嘀咕道:“这杂志估计拿了通远的公关费吧?”

虽说讲的是三国大战，但立场却完全是站在通远那一边的。重点是介绍通远利用海外资源,借帮助《中国好梦想》电视节目解决了版权纠纷问题的机会,获得独家冠名,结果押宝成功,节目极其火爆,使“人民能行”APP不仅名声大震,还通过节目互动派发红包的方式,新增了五千万用户。为此,通远中国总裁 Jason 口出狂言,表示通远有信心,在一年内结束中国在线旅游市场的战争。报道中塑造的万全天盛和

“51 旅游网”的形象,却都是“用户流失”“节节败退”这样的字眼。

更糟糕的是,两周前万全天盛第三大股东孙秋萍,突然发布公告,将在未来一年内减持超过 5%的股票。这个消息一出,公司的股价就加快了下跌,已经跌破了 15 美元,令郭天宇十分恼火,但无论怎么联系,孙秋萍就是不回应。

七天前,万全天盛发布公告,以 3180 万美元的价格收购大数据服务公司趣好,但市场反应平淡,对股价没有起到提振作用。其中,让郭天宇感到疑惑的是,他让卢俊杰查遍了趣好公司的合同和账目,却没有发现任何通远公司利用趣好进行业绩刷单的蛛丝马迹。

两天前,万全天盛又发布公告,宣布将在未来一年内,回购不低于 5%的公司股票,股价总算暂时稳住了。

相比郭天宇的郁闷,刘帅更加痛苦,因为股票的意外下跌,他的质押计划也受挫了。想要堵上腾龙集团的资金窟窿,又变得遥遥无期。

正当刘帅一筹莫展,唐婉仪的电话忽然打了进来。

一阵不祥的预感涌上了刘帅的心头,他深吸了一口气,定了定神按下了接听键,电话那头却传来了唐婉仪焦急的声音:“哥,妈妈看了一会儿网上的新闻后急得晕倒了!我们在浙一医院,你快点过来啊!”

“啪”的一声,刘帅的手机掉在地上。

“不、不要再打了!”

澳门某赌场旁的一条小巷里,颜晓凯发出凄厉的惨叫声。

他靠着刘帅给的那三千万还清了欠款,但没过多久就又开始频频出没于澳门的赌场之中。颜筱诗苦劝无果,又在无意中得知自己的哥哥竟然是靠勒索刘怀远才还清的债务,大怒之下带着儿子离开了香港,一时杳无音讯。

妹妹的愤怒和绝交不仅没有让颜晓凯醒悟,反而放开了他最后的束缚。他索性住在了澳门,每天就出没在宾馆和赌场之间。就连他自己都不知道是怎么回事,似乎从大陆回来之后,幸运之神就一直眷顾自己。当初拿着十几万想要试一试,没想到运气爆棚，短短半个月，就赢了八百多万。

然而这看似幸福的生活，在几天前戛然而止。清醒过来的颜晓凯这才发现，自己再一次一无所有，还欠下了赌场五百万的赌债。

狗急跳墙的颜晓凯首先想到的就是给刘帅打电话，却没想到被一口拒绝。绝望之下，他想都没想就接受了赌场黑社会头目提出的要求——将刘怀远私生子的所有资料爆料给一家八卦媒体。对方承诺，事成之后不仅债务一笔勾销，还会给他五十万作为安家费，前提是他要永远离开香港，永远不能回到中国。

然而当他按照约定来拿安家费的时候，等待着自己的却是一顿爆揍。

"安……安家费，我不要了！求求你们了，放了我吧！"

似乎是颜晓凯的求饶起了效果，三位壮汉停下了手，旁边一个穿着黑色西装，满脸横肉，嘴里叼着香烟的男子皮笑肉不笑地问道："怎么能不要呢？人最重要的就是信用，说了给你安家费，我们就一定会给你的。"

黑西装说着朝一旁的壮汉们使了个眼色，三人微微点了点头，还没等颜晓凯反应过来，两人已经一左一右夹住了他的胳膊，将他整个人提了起来。

"你们想干什么？"颜晓凯满脸惊恐地大喊道。

"当然是给你安家费了！"另一个壮汉说着从身后掏出一把马刀，一脸狰狞地说。

一阵尿骚味从颜晓凯的身上传来——他已经吓得尿裤子了，只听他语无伦次地讨饶道："我不要了，我什么都不要了！求求你们放了我吧，求求你们……啊！"

没有等他说完，壮汉已经狠狠一刀砍在了他的左手腕上！

鲜血喷涌而出，颜晓凯翻了个白眼，痛得直接晕了过去。

"真是个废物。"壮汉踢了颜晓凯几脚，确认他不是装晕，对着身边的小弟说道，"救护车叫好了？"

"五分钟前已经打过电话了，应该已经快到了。"

"走吧。"

壮汉啐了一口唾沫，掏出手机："老大，事情办好了。对，按照行规要了他一个手。"

“BOSS,颜晓凯已经处理好了,以后他都不会再出现了。”

小胖 Jacky 一脸讨好地对着 Jane 说道。

“水军那边呢?”

Jane 坐在沙发上,望着手中端着的葡萄酒出了神。

“网上已经铺天盖地都是刘怀远私生子的事情了。我们发力一小时,就上了微博热搜的排行榜头条,其他各大媒体的财经版,甚至娱乐版块也已经纷纷转载。”

Jane 称赞道:“这件事你干得不错,Jacky。”

Jacky 受宠若惊:“哪里!这一切都是按照 BOSS您的计划,我只是做了自己应该做的!”

“我差不多也该出场了。”Jane 摇晃了一下手中的酒杯,轻轻啜了一口,“确认刘帅已经到医院去看蒋明慧了吗?”

“是的,刚才已经收到确切消息了。”

Jane 露出了一丝难以名状的笑容。

Jakcy 心里一颤,那个笑容就像有魔力一样,将他整个人都迷得七荤八素,东南西北不分了。

医院病房墙壁上挂钟的指针指向了 7。

刘帅红着眼睛,望着躺在病床上昏迷不醒的母亲,心中恨不得将颜晓凯拖出来千刀万剐!这个畜生,不仅违背承诺偷藏了证据,还把父亲有私生子的事爆料给了媒体!

蒋明慧之前已经因为刘怀远被抓受到了非常大的刺激,这次又受到丈夫丑事被曝光的重击,实在支撑不住,整个人都垮了。

幸好这段时间有唐婉仪一直陪伴在母亲身边,万般呵护和照顾,让刘帅稍感安慰。

一阵敲门声唤回了刘帅的思绪。

“婉仪,不是让你回去休息吗?怎么又回来,今天你太累了!”刘帅起身打开门,发现外面站着的竟是 Jane,这让他既吃惊,又感动。

“你怎么来了?!”

“不欢迎我吗?”Jane 的脸上满是诚恳,抬起了手中的果篮,“我当然是来探望伯母的。不过,我现在有点好奇婉仪是谁了!”

“唐婉仪是我的妹妹,上次爱心高尔夫活动的时候你应该见过。”刘帅边介绍,边说出了自己的疑问“对了,你怎么知道我在这儿?”

Jane 叹了口气,有些埋怨地说:“我在网上看到那件事的消息,就急得一直给你发微信,可是你一条也没回,电话也一直打不通!为此我特地去了一趟万全天盛,才知道你来了医院。”

刘帅这才想起,下午自己的手机掉到地上摔坏了,于是露出一个歉意的笑容:“对不起,让你担心了。”

“你没事就好,不过伯母……”Jane 很自然地在刘帅身边坐到下,关切地问道,“伯母的情况怎么样?”

“医生说我妈是因为气急攻心而昏厥的,加上之前很长一段时间都处于焦虑之中,因此对身体影响很大,需要住院多观察一段时间。”

刘帅语气有些愤怒,又充满了自责,连双手都不由自主地握紧了,很想当即就狠揍颜晓凯一顿。

Jane 乘势用一双温暖如玉的美手,紧紧握住刘帅的右手,安慰道:“你就不要怪自己了。颜晓凯这个人实在是太无耻,太没有底线了,我从来没有见过像他这样的无赖!”

刘帅心中涌过一阵暖流,但随即又深深叹了一口气,把之前自己接到颜晓凯勒索电话的事告诉了 Jane。

“你做的没错。谁能想到颜晓凯竟然会狗急跳墙做出这种事呢?”Jane 温柔的声音让刘帅的心中稍微好过了一些,“对了,你手机坏了,应该还没看我发给你的东西吧。”

Jane 有些神秘地朝刘帅眨了眨眼睛,轻轻点击了几下手机,然后交给刘帅。

刘帅奇怪 Jane 为什么给自己看微博，但随意浏览了几个页面，发现之前闹得沸沸扬扬的“著名企业家刘怀远婚内出轨”“腾龙集团董事长香港藏娇，私生子已经上高中”之类的文章，此时大部分已经显示链接被删除！

刘帅立刻明白了，有些激动地说道：“Jane，这是你帮的忙吧……”

“这件事我也要负一定的责任。而且我最痛恨的就是颜晓凯这种不遵守规则的人！”Jane 望着刘帅的眼睛，用前所未有真诚的语气说道，“颜晓凯我已经找人封了他的口，让他受到了教训！我向你保证，他永远不可能再回到国内找你们麻烦。媒体那边我也已经派人去做工作，要求删除已经刊发的文章，并且不再报道此事！”

“这是我唯一能为你做的了！”Jane 的表情和语调真诚到任何一个人都会被感动，尤其是男人。

刘帅的眼眶有些湿润，他突然发现，自己心中最柔软的部分被触动了。

“Jane，你怎么会有责任？你一直都在帮我，实际上是我欠你不少人情。”

刘帅的语气有些郑重。

Jane 却忽然伸出手指，按在了刘帅的嘴唇上，轻声说道：“不准再说这样的话。我帮你，是因为我愿意帮你。就像现在，你愿意和我去一个地方吗？”

“去哪里？”刘帅下意识地问道。

Jane 优雅地从自己的包里拿出一张机票，交到他手里。

“我知道腾龙集团的资金链出了些问题，走，马上和我一起飞往迪拜，我认识一个朋友，可以帮你解决资金问题！”

第二十一章
邮轮赛马

直到坐在阿联酋航空飞往迪拜的公务舱里，刘帅还觉得有些不真实。

自己真的在这么重要的时间里，抛下焦头烂额的工作，跟着 Jane 一起去了迪拜？

“刘大帅哥，想什么呢？”公务舱一排只有四个座位，他们选择的是中间相邻的两个。Jane 看着出神的刘帅，微笑着问。

她的声音一下子将刘帅从游离状态拉了回来：“没什么特别的，只是觉得人与人之间的缘分真是奇妙。”

Jane 笑意盈盈地说：“你这样痛快地答应和我一起出发，真让我觉得有些不可思议呢！”

刘帅礼貌地笑了笑，不知该如何作答，Jane 也不再打趣，转而说起了正经事：“我之所以这么急匆匆地拉你过来，是因为迪拜的哈扎维王子明晚会在行宫开 party，社会各界的名流与世界顶尖的投资人将会齐聚一堂。”

看见刘帅有些惊讶的表情，Jane 俏皮地扬起下巴，语调颇有些得意地说：“大帅哥一定正为钱愁得焦头烂额吧！我帮你掐指一算，现在也只有中东的土豪才能解你的燃眉之急了。”

这番话当然搭准了刘帅的脉搏。由于刘怀远被抓，使原本仍然可以勉强维持的腾龙集团资金链彻底难以为继了。

投资人都有一双鹰隼般锐利的眼睛，一颗钢铁般无情的心脏，哪怕是原本与刘怀远称兄道弟的人，也不敢打包票说腾龙集团能度过这一次的难关。就算一两个人看在昔日情分上，同意借钱给刘帅，但也只勉为其难地给出了股权质押一点五折的低价，而且还只愿接一小部分，压根填不满腾龙集团的资金窟窿。

此刻听 Jane 这么说，他下意识地问道：“如果我没记错的话，不管是沙特还是阿联酋，他们的投资人都更看好通远？”

“这是自然的，他们与通远的联系非常紧密，其中有不少人还是通远的股东。”Jane 嫣然一笑，“但凡事总有例外，你这次只需要放松心情，融资的事情包在我身上。”

刘帅看 Jane 一副胸有成竹的样子，不由得心中一暖，脱口而出：“Jane，你为什么对我这么好？”

可是他的这个问题，几乎让 Jane 生气了，她娇嗔道：“Neo，我就不可以对你这么好吗？”

刘帅一怔，一时不知该如何回答。

Jane 莞尔一笑，欣赏着面前这个男人的窘相，追着说道：“你要记得哦，以后也要对我这么好！”

说罢，也不等刘帅做出任何承诺，这个让人捉摸不定的女人就主动将话题转移了：“Neo，我们既然来了，你就一定要拿出最好的状态，把事情搞定！当然，也要放松身心，我知道你这段时间很累，可千万别把自己逼得太紧了。”

看着 Jane 诚恳认真的神情，刘帅感觉到了前所未有的关怀，两个人的目光交汇，缠绵交织，怎么也分不开了。

不知过了多久，Jane 似乎有些害羞，面色绯红地别过脸。刘帅微微一笑，也将视线挪开，越过窗户，机舱外无边无际的云海，正变化翻腾。

这时,一只轻柔的手,轻轻握了一下他的左手。

刘帅不自觉露出喜悦的神情,右手覆上佳人的素手,Jane 似乎吃了一惊,想要抽回,却抵抗不过他的力气。

意识到对方的决心,Jane 柔顺地让刘帅握住了手。

这一刻,刘帅感觉,自己的迪拜之行,不仅是去解决财务危机,他的恋爱之旅,也展开了。

“叮”的一声,航空广播响起:“本次航班即将降落在迪拜国际机场。”

九个小时的飞行,终于要结束了。

迪拜,被称为沙漠中的奇迹之城,是阿拉伯联合酋长国人口最多的城市,中东最富裕的城市,也是地区的经济和金融中心。

刘帅和 Jane 通过海关,已是当地时间晚上八点了。两人上了酒店安排好的劳斯莱斯,一路直奔阿拉伯塔酒店——因其外形酷似船帆,所以世人都称之为帆船酒店。

它是全世界第一家七星级酒店,建在波斯湾的一个人工岛上,以金碧辉煌、奢华无比著称。

车子沿着连接人工岛的长桥,笔直地通往帆船酒店。来到酒店门口,英俊帅气的门童恭敬地打开车门,一位母语为中文的美女迎宾迎上前来,陪他们办好了入住手续。原来由于中国客人越来越多,帆船酒店专门配置了多名中文服务员。

随后,一位礼服笔挺的中年男管家,面容和善,边介绍帆船酒店的情况,边带着两人登上扶手电梯,前往房间。

电梯扶手的中间是一个扇形立体上升的跳跃的喷泉，配合着红橙黄绿各色光线的颜色,煞是好看。

而整个建筑就像是一个中间镂空的橄榄球，只在大楼靠外面的那一圈设置了客房。刘帅不禁感叹道:“这么大一层楼竟然只有 8 到 10 间房,这帆船酒店真是够奢侈的！”

“这你可说错了,刘总。”进房间后,Jane 指着楼梯笑道,“这里所有的房间都是上下两层的大套房,等于说两层楼的高度只有我们这一排的 8 个客房。”

“看来，上次到迪拜没住这里，真是我的损失。”

“今天不是来了吗？”Jane 的眼神中闪烁着令人迷醉的光，“希望我能够帮刘大帅哥弥补这小小的遗憾。”

管家无疑很为自己工作的这个酒店感到骄傲，他专业而又充满热情地为两人一一介绍了房间的整体格局和一些特别的设施。

比如房间里的落地大玻璃，可以看到远处著名的棕榈岛和无敌海景，但如果有蜘蛛人在清洗玻璃的话，请不必担心，因为这个玻璃只有从里往外看是透明的，从外往里则看不到任何东西，具有极强的私密性。再比如卫生间的所有用品都是爱马仕的，而仅仅这些爱马仕的洗浴用品，价值可能就够一个普通五星级酒店的住宿费了。再比如床头留的两盒眼霜，同样也是爱马仕品牌，而且还是为帆船酒店量身定制的，市场上根本买不到。

当然管家还重点介绍了主卧的床，在他绘声绘色的描述中，刘帅了解到这个床价值三十六万元人民币，特别有利于放松身体和深度睡眠。想到自己最近因为家里家外的事情烦心，确实睡眠受到影响，倒也乐于尝试一下，是否真有管家吹嘘的那么神奇。

Jane 为自己和刘帅各订了一个大套房。刘帅刚在房间洗漱调整好，就接到了 Jane 的电话：“我在门外，快出来陪我去吃点东西吧！”

这时的 Jane，已经换上了一身杜嘉班纳的新款夏装连衣裙，无袖及膝，扑面是一片热情的红，上面绣着几株妖娆的植物，特别风情万种，也特别登对迪拜明媚的热带天气。

帆船酒店内的 AI-Mahara 海鲜餐厅，因为深入海洋，氛围上也营造出了身处海水中的味道，所以被客人们形象地称为海底餐厅。而进入这家餐厅的方式也很独特既有专用直达电梯，还可潜水艇接送。刘帅和 Jane 选择乘坐潜水艇，虽然只是短短三分钟，但舱外绚烂迷幻的海底风情，带给他们无比新奇的体验。

当刘帅安适地坐在餐厅椅子上，看着中间巨大水族箱里珊瑚和热带鱼所构成的流动景象，突然感觉整个身心都轻松了下来。

是的，Jane 似乎总有一种魔力能够释放自己心里的压力！早上他还如此焦虑于家族企业的困境和股权的质押，但晚上却已在八千多公里外的迪拜帆船酒店海底餐厅用餐，这真是一种奇妙的体验。

第二天醒来，刘帅和 Jane 选择到帆船酒店顶层的天空餐厅用餐，透过落地玻璃窗，整片金光粼粼的大海一览无余。

“那边就是棕榈岛，那个古巴比伦样式的建筑，就是亚特兰蒂斯酒店……”服务生尽职地为两人介绍。

刘帅望着这座像宫殿般恢宏的酒店，完全没有欣赏的心情，满脑子又都是质押融资的事。

Jane 柔声道：“昨晚休息得还好吗？”

“挺好的，尤其那个办公桌的椅子真不错，坐起来很舒服，我回去就把万全天盛的椅子都给换了。”刘帅打起精神，尽量想找一些调节气氛的话。

Jane 打趣道：“看来我们的刘董是走到哪，工作到哪。这么绝美的风景，我才没空去坐那劳什子办公椅呢！”

刘帅苦笑一声：“Jane，资金搞定了，我才敢有你这样的好心情啊！”

“懂了，现在在你眼里钱最重要。就算有人美美地打扮好自己坐在你面前，你也看不见！”

刘帅长叹一声：“英雄汉也有被一文钱难倒的时候啊！”

但他不想让自己的情绪影响眼下的气氛，于是转换话题，开起了玩笑：“你每次都能把杜嘉班纳穿出特别的味道，干脆做杜嘉班纳的形象代言人算了！”

说这话的时候，刘帅不经意地将身体朝向 Jane。一绺棕发因为前倾的缘故，搭落在眼前这个女子的眉间，浓黑的眉毛，性感的薄唇，一双深邃的眸子探寻宝物似的望过来：今天的 Jane 一袭有袖过膝的连衣裙，明亮的大片黄色上，点缀着一丛张扬开放的玫瑰花，正式、典雅之中，平添了几分杜嘉班纳的华丽美感也难以呈现的专属亚洲女性的温婉与娇媚。

特意静静地让刘帅欣赏片刻，Jane 眼波流动，显得特别开心：“谢谢夸奖！你要是杜嘉班纳的老板就好了！那广告代言就没名模们什么事了。”说话间，嘴角轻扬，露出一个几乎令所有男人都无法抵挡的笑容。

刘帅微微一笑，豪气地戏言：“冲你这句话，看来哪天我真得把杜嘉班纳这个品牌给买了，然后送给你！”

发现平日有些严肃的刘帅变得这么油嘴滑舌，Jane 噗嗤一下笑出声来，轻声道：“我还喜欢路易威登、香奈儿、古驰、迪奥、普拉达……”

刘帅故作认真状：“那我可得算一算，把我在万全天盛的所有股票全部抛掉，换来的现金，买不买得起这些品牌了。”

Jane 笑得更开心了。

看见她笑靥如花，刘帅不由在心中感慨：本以为“烽火戏诸侯”只是古人把亡国之罪归到女子身上的卑劣做法，但这一刻，他才明白，原来真有这样的人，一笑可倾人城，更可倾人国。

这时刘帅忽然想到一件事，忍不住问：“Jane，王子是世界上最帅最有魅力的男人之一，世上有无数的名媛对他趋之若鹜。你和他说这件事，他却欣然答应，可见王子对你，应当是非同一般吧？”

Jane 听出了刘帅的潜台词，嫣然道：“Neo，这个世界最帅最有魅力的男人，此刻就在我旁边，请你不要多想，我们一起去把这件事办好吧！”

夕阳渐渐落下，夜幕即将降临。

“奥罗拉号”停泊在波斯湾的码头，这艘以“曙光女神”之名命名的豪华游轮，全长接近 300 米，宽 45 米，排水量 24 万吨。光是露出水面的高度足足有五十多米，总共十二层甲板，两千多个客舱，可以搭载五千多名游客、两千多个船员。

这样一座巍峨雄奇的“海上城市”，与真正的都市也没什么区别，不光有酒吧、餐厅、剧院、音乐厅、游泳池，甚至还有整整一条高端商业街，出售琳琅满目的奢侈品，令人目不暇接。

游轮上的贵客，大都衣冠楚楚。这些穿着定制服装的男男女女，透着上流社会特有的味道。当然还有不少性感、狂野、热辣，身穿比基尼的模特，肆无忌惮地与男伴热吻。刘帅甚至看到了不少荧屏上经常出现的熟面孔，其中就有唐婉仪特别喜欢的某个外国明星，寻思着要不要上前去拿个合影签名什么的。但毕竟正事要紧，也就按下了这个想法。

奈何事情进展得并不顺利。

虽然看起来 Jane 与阿拉伯的许多投资人关系很不错，但私交归私交，公事归公事。

她可以凭借良好的私人关系，向朋友们引荐刘帅，可那些人只要一听到“万全天盛”，就纷纷摇头，不外乎都是“我们对通远非常看好”“通远拿下某个区域市场，从来用不了多久”“万全天盛最近的市场表现很糟糕”之类的态度。

被人一而再，再而三地拒绝，刘帅虽然维持着表面上的风度翩翩，心里却有些沮丧。

“王子来了！”突然有人惊呼一声。

霎时间，甲板上的人群犹如摩西分海一般，向左右散开。

一个穿着阿拉伯长袍，高鼻深目，眼神深邃，英俊到简直让人嫉妒的年轻男子快步走来。他就是这艘船的拥有者，也是这场 party 的举办者，哈扎维王子。

“Jane，原来你在这里。”

哈扎维王子热情地张开双手，迎向 Jane，要给她一个大大的拥抱。

这也许是世界上所有社交名媛都渴望得到的一抱，此刻却在众目睽睽之下，只给 Jane 一个人。

Jane 看了刘帅一眼，旋即同样张开了双手，热烈地回应了哈扎维王子。

只见王子用右手扶住 Jane 的左肩，左手搂抱 Jane 腰部，按照左—右—左的顺序，与她行了三次贴面礼，嘴里也发出犹如亲吻般的声音，然后非常礼貌地亲吻了 Jane 的鼻子和额头，表达他对 Jane 的尊重，期望 Jane 吉祥如意。

刘帅这两天恶补了伊斯兰教的礼仪，明白只有非常亲近的朋友见面，才会用这种方式打招呼。

这让他忽然意识到，一个女人把一个男人带到另外一个关系亲密的男人面前去寻求帮助，这并不是一件容易的事情。

行完见面礼后，哈扎维王子毫不犹豫地让 Jane 站在自己右边，顺势揽住了她的腰，非常大声地向所有人说："欢迎 Jane，来自中国，美丽、智慧的女人！"

全场的人都举杯致意，表达对 Jane 的欢迎。

看到 Jane 和哈扎维王子如此熟络和亲热，以及旁人心照不宣的暧昧眼神，再想到王子的风流之名，刘帅心里涌起一股莫名的醋意。

只见 Jane 在哈扎维王子耳边轻声呢喃了几句，指了指刘帅。

哈扎维王子把目光转了过来："Jane，这就是你要介绍给我的新朋友？Neo？一个大帅哥？你的男朋友吗？"

Jane 耸了耸肩："是的，也将是你的男朋友！"

哈扎维王子被简丽丽逗乐了："噢，好吧！要做我的男朋友，我们之间得较量一场。"

在受到对方优雅欢迎的同时，刘帅也嗅到了一种特别的味道。

那是情敌的味道。

Jane 当然也意识到了这一点，略带歉意地看了刘帅一眼，才开口道："我听说，王子最近又花高价买了一匹纯种马？好巧，Neo 也从小练习马术，还曾得过中国青少年马术冠军，平时也没有落下练习，或许你们能聊得来？"

哈扎维王子点了点头，毫不犹豫地说："既然这样，Neo，我们就比马术！如果你赢了，你的事情我马上就答应你；如果你输了，那还得看 Jane 小姐的面子够不够大。"

刘帅当然不会拒绝："好，请王子定个时间！"

"就现在！"

看见刘帅有些吃惊，哈扎维王子略带得意地说："你可不要以为，我们在游轮上就比不成马术了！"

刘帅跟随王子来到甲板的第七层，才发现，这里整层竟是一个巨大的马场！

完全模拟自然的人工生态系统，温度、湿度和风向都合适到无与伦比，马儿悠闲地在马厩中吃草，似乎没有意识到，自己正随着游轮，在波斯湾漫步。

哈扎维王子拍了拍手，便有侍者送上了合适的骑马装："Neo，我马厩中有数十匹好马，你可以随意选择。"

刘帅当仁不让，换上骑马装后，进入马场。

制作精良的双排扣黑色休闲西装搭配白色紧身长裤，一双黑色的长靴勾勒出小腿紧实的肌肉线条，这套由英国皇家极致绅士品牌 Gieves&Hawkes 定制的场地障碍骑士服，完美展现了刘帅一米八六的挺拔身姿，以及黑色头盔下的那张棱角分明的俊美脸庞。

如果说平时的刘帅是帅气中带着桀骜，此刻站在马场上的他，则浑身上下散发出绅士的优雅气质。

在侍者的引导下，刘帅走进马厩，正如王子所说，数十匹马儿正悠闲地吃着饲料，每一匹都神骏非凡。换作旁人，只怕要挑花了眼，刘帅却没有一丝一毫的犹豫，径直向一匹黑马走去！

那匹黑马足足有一人多高，长长的马鬃和马尾在微风的吹拂下披散翻飞，十分飘逸；它高昂着头颅，眼神透着十足的野性，即便在如此多的骏马之中，也是那样的卓尔不群，让人一见便心醉神迷。

看见有人来了，它重重地打了个响鼻，大有你敢来我就一蹄踢死你的气度。

侍者平日里是肯定是不敢多嘴的，但看见刘帅真要选这匹马，还是忍不住说了一句："Mr.Liu，'阿萨辛'性子很烈，已经踢伤过好几个马术教练了……"

刘帅笑了笑，示意侍从不要说话。他站在这匹名叫'阿萨辛'的烈马面前，平静地和它对视。

阿萨辛本来懒得理会这些愚蠢的凡人，始终骄傲地站在那里，看见刘帅一直盯着他，有些不耐烦地扬了扬蹄子。

侍者看到这一幕，紧张得汗都要出来了。

是啊，Mr.Liu，这里很多马都是专业训练过的，高大健壮还很听话，您干嘛非要挑最烈的一匹呢？

第二十二章 致命诱惑

马场的观众席上，已是座无虚席。

哈扎维王子与万全天盛董事长的马术比赛，自然能引起名流们的好奇心。

发现刘帅迟迟没到，哈扎维王子不免有些兴致缺缺，轻抚一旁爱马的鬃毛，顺便问 Jane：“他该不会是害怕了吧？”

Jane 莞尔一笑：“他可不是那种临阵退缩的男人。”

“在你最热烈的追求者面前称赞另一个男人，实在是太令人伤心了。”哈扎维王子发出了宣誓般的话语，“答应帮你办的事情，我肯定照办！但我也要在所有人面前狠狠打败他，告诉你，谁才是真正的男人！”

王子话音未落，就见刘帅牵着一匹高大神骏的黑马，缓缓走了过来。

他们比的是马术场地障碍赛，需要在规定时间 96 秒内骑马跳跃 13 道障碍，罚分少者获胜，若是相同罚分，则用时较短的胜出。

刘帅参加过大小数十场比赛，规则早了然于胸，各色场地也见过不少，但当他踏上这铺满金色纤维砂的独特赛场时，那松软而富有弹性的感觉,还是穿透靴子惊艳到了他的脚掌。

王子没等刘帅走近,就善意地提醒:"'阿萨辛'是战马的后代,性子桀骜不驯,已经伤了好几个骑手,甚至有人差点被踩死,你还是换一匹马吧!"

出于情敌之间的嫉妒,他想给刘帅难看没错,却也不愿害人,所以又补充了一句:"我才买回来不久,还没有训好呢!"

"谢谢王子的好意,可我看见'阿萨辛'之后,眼里就没有其他了。"刘帅微笑着婉拒道,"它还是个孩子呢,调皮一些也是正常的。"

哈扎维王子当然知道"阿萨辛"的神骏,否则他为什么明知道"阿萨辛"性子暴烈,还要巴巴地花上亿欧元将它买来?又不是成心自虐!实在是入了眼,进了心,就再也放不下,总要得到才好。

他本来是一片好意,却被刘帅拒绝,心想你被这个"孩子"调皮几下,直接摔下来,就不会这么嘴硬了!因此就不再多说,潇洒地挥了挥手:"那好,我倒要看看,你与'阿萨辛'的配合,能不能胜过我和'拿破仑'。"

"拿破仑"便是他身旁棕色的纯血阿拉伯马,由于个头比兄弟姐妹都要小上一号而得名。

邮轮马场赛道的障碍设置难度极大,最高的垂直障碍达到 1.6 米,伸展障碍宽度达到 3 米,按照"国际马联"对场地障碍赛 5 个等级的划分,这是一场"CSI 五星级"——也就是最高等级的比赛。

这对马匹的爆发力有非常高的要求,很显然,"拿破仑"虽然个头不高,却是一匹具有极致爆发力的马。会在游船上兴建一个马场的王子,无疑是酷爱马术的,或许更是刘帅有生以来遇到的最强对手。

想到这里,刘帅深吸一口气,慢慢让心态放平。

Jane 在一旁,似乎有些担心:"这匹马……"

"没事的!"刘帅露出充满自信的笑容,"拿破仑、阿萨辛,这可是个再好不过的兆头呢!"

可能其他人不明白刘帅话里有话,Jane 却一清二楚。

“阿萨辛”即 Hashshashin，是公元十二世纪中叶阿拉伯世界的一个教派，以暗杀组织而闻名，英文单词中的“暗杀”assassin 也由此而来。从某种角度来说，它就是“刺客”的代名词，与“拿破仑”相比，似乎格调低了很多。

但自古以来，能够克制皇帝的，也只有“刺客”！否则不会有“天子一怒，伏尸百万，流血千里；士之怒，伏尸二人，流血五步，天下缟素”的说法。

见刘帅这么有信心，Jane 也放下了悬着的心，回到 VIP 专座，认真看起了比赛。

两人的出场顺序由抽签决定，哈扎维王子抽到了 1 号。

随着裁判的示铃，王子骑着“拿破仑”冲出了起点标志杆。

他行进得非常流畅，在完成了 1.6 米高的单横木跨越后，哈扎维牵引缰绳一个回转，四大步行进到 3 米宽的三横木障碍前，但见“拿破仑”整个身体飞扬而起，腾跃伸展间尽显优雅，倏忽又完美着地。这一系列漂亮的动作后，哈扎维王子回头挑衅地看了一眼在等候区的刘帅。

只有参加过马术比赛的人才知道，能够连续跳跃这两个障碍，骑手的水平基本上已经可以达到奥运会的门槛。

0 罚分，91.68 秒！霎时间，场下爆发出热烈的欢呼声和掌声。

就连哈扎维自己也没有想到，他竟然能在这样一场非正式的比赛中，发挥出练习马术以来最好的水准，刷新了自己的最好成绩！

哈扎维完美的表现，无疑给刘帅带来了巨大压力。对他来说，他不仅要做到 0 罚分，而且用时还要比对手少才能赢得比赛。

难！太难！

许久没有练习的刘帅此刻只能孤注一掷，“阿萨辛”，一切全靠你了！

刘帅拍了拍“阿萨辛”的头部，“阿萨辛”似乎体察到了他的些许紧张，还给他一声不耐又骄傲的长嘶。

看见“阿萨辛”的表现，刘帅不由笑了起来。

是了，你都不将这份压力放在心底，我就更不会在意！

这一刻，他感受到了“阿萨辛”的内心，仿佛与“阿萨辛”融为了一体。

当出发的铃声响起，只见“阿萨辛”撒开四蹄，如陡然掠过的一道黑色闪电，凌厉地冲了出去，马背上的刘帅气宇轩昂地驰骋在跑马场内，将优雅与动感演绎得淋漓尽致。

哈扎维发现，平日里性子极烈的“阿萨辛”在刘帅的胯下，竟然似乎变得听话了！

前半程，“阿萨辛”在刘帅的指示下，行进速度并不很快，所有的障碍间，一律用五小步完成。

是的，刘帅需要与“阿萨辛”磨合，相较于后半程两个难度系数最高的障碍，得仰仗“阿萨辛”发挥极强的爆发力。那么在前半程，刘帅就必须先做到让“阿萨辛”极度信任自己。

这是一个 1.45 米高的双横木障碍，“阿萨辛”腾空而起，刘帅身子向前一倾，手上的缰绳轻轻向左一拉，哈扎维没想到，刘帅竟然在空中完成了一个细微的转向。

当“阿萨辛”高高甩起的后腿着地后，刘帅顺势一个漂亮的弧度回旋，四大步径直奔向垂直高度 1.6 米的单横木障碍，腾空，落地，完美！

赛马的爆发力，只有在懂它的人手下才能极致展现。刘帅做到了！他与一匹完全陌生的赛马竟然做到了人马合一！而刘帅对线路的深刻理解和巧妙利用，也让扎哈维发现，自己的成绩还有提升的空间。

扎哈维王子暗自佩服刘帅精湛的骑技，这不仅是一场比赛，更宛如一场精彩的艺术表演。

0 罚分，91.68 秒！

令人难以置信，刘帅的成绩竟然和扎哈维的成绩一模一样！

整个赛场霎时间掌声雷动，第一排护栏后的 Jane 激动地站起来，对哈扎维王子和刘帅各竖起了一个大拇指！

这时哈扎维走上前去，有些郁闷地说道：“算我输了。”

“没有呀，你们俩平了，都赢了。”Jane 急中生智把话接过去，虽然并不明白王子说输了的意思。

Jane 万万没有想到，刘帅竟能与以马术超群著称的王子打成平手！

“不，是我输了！Jane，你给我介绍的新男朋友，我现在认了！”哈扎维王子非常坦诚，“我与‘拿破仑’的配合已经非常默契，而他与‘阿萨辛’却是第一次配合，难度比我大。所以，哪怕是平局，也是我输了。更何况，我并不能完全驾驭‘阿萨辛’，Neo却做到了！”

说到这里，他突然很想豪爽地把“阿萨辛”送给刘帅，却又恋恋不舍地看着这匹神骏的马儿，迟迟开不了口。

要是换作马厩里别的赛马，他肯定早就割爱了，可为什么是“阿萨辛”呢？

察觉到哈扎维王子复杂的心情，刘帅将“阿萨辛”的缰绳交给王子，微笑道：“‘阿萨辛’只是个孩子，王子可不能因为它的调皮，就生它的气啊！”

“阿萨辛”配合地打了个响鼻，不屑地看着王子，把王子气得牙痒痒，险些给它一个暴栗。

“不管怎么说，你给了我一个surprise。”哈扎维王子回过神来，大大方方地说，“为了这个惊喜，之前答应Jane的事情，我马上安排人去办。”

刘帅如释重负：“感谢王子的大度和慷慨！”

哈扎维王子摇了摇头：“那你也得答应我一件事！”

刘帅干干脆脆地回复：“王子尽管吩咐！”

“你有空的话，就来迪拜！我们还有更多的项目可以比赛呢！”哈扎维王子有些得意地说，“我不光养了很多马，还养了狮子、老虎、豹子、蟒蛇……”

其实，他的性格也像个孩子，一个对欣赏的人就毫无保留地好，还喜欢炫耀自己众多收藏品的孩子。

刘帅感慨之余，忍不住笑道：“我猜，肯定有一匹狮子叫‘凯撒’！”

“你猜得真准，‘凯撒’是我最爱的一匹雄狮，你要看么？我也带来了，就在第九层的生态园，我带你去……”

看到两个英俊的男人双手紧紧地握在一起，Jane知道股权质押的事终于成了。真是老天有眼，一切都配合得天衣无缝！

只是刘帅并不知道，这都是Jane蓄谋已久的安排，哈扎维王子只是代为出面而已，真正的幕后出资人，当然就是 Jane 和她背后的“二爷”。

赛马这个插曲结束了，万众期待的派对正式开始。

挥洒的香槟，劲爆的舞曲，热辣的美女……浓郁的香气弥漫整个会场，哈扎维王子被无数性感的美女簇拥着，就如同被群星环绕的月亮一样，无比耀眼。

分不清是谁敬的酒，一杯杯灌下肚，狂欢的气氛感染着每一个人，刘帅却还是惦记着自己的父亲，原本香醇无比的香槟，竟有了几分苦涩。

Jane 靠近他，温柔地说：“Neo，既然来了，为什么不开开心心的呢？”

她穿着一袭黑色的晚礼服，犹如一朵黑色的玫瑰，在波斯湾欢乐的海洋上空璀璨地开放，吸引着所有人的注意力。而这位天生就属于人群焦点的女子，眼中唯有他一人。

刘帅已经有了几分醉意，忍不住说：“Jane，融资的事总算有了眉目，本来我应该很开心的，可是却怎么也开心不起来。”

Jane 的食指轻轻抵住他的唇，低声道：“Neo 你不要说了，我都知道，但今晚能为我抛开所有不开心的一切吗？来，干一杯！”

刘帅轻轻点头，将杯中的香槟一饮而尽。

Jane 甜甜地笑了，拉着几个金发碧眼的白人男女：“这些都是我朋友！Jim，Rose……这也是我朋友，Neo，大家一起喝酒！”

刘帅从不知道，Jane 竟有这么多朋友，每当他喝完一杯，又有新的人向他敬酒。或许，Jane 的朋友已经离开，那些向他敬酒的人，只是被这份欢乐的气氛所打动，对每一个周围的人敬酒，与大家一同享受。

慢慢地，刘帅感觉到自己的矜持被融化，融入这片狂欢的海洋中，一杯接着一杯。

这是很长时间以来，他第一次感觉到放松。

这当然要感谢 Jane。

不知不觉间，靠在沙发上的刘帅竟然睡着了，仿佛欠了一个世纪的睡眠。

“Excuse me!”

半醉的刘帅,忽然被人磕到脚,顿时清醒过来。探头一看,两对男女正端着酒杯走过去,其中一个粉红色的比基尼女郎向他回头一笑,带着歉意。

Jane 呢?

他心里突然一惊！焦急地环顾四周，寻觅着那道美丽的身影。随即他惊讶地发现,不光是 Jane,就连众星捧月的王子也不见了。

刘帅下意识地问周围的人:“王子呢？”

很多人都已喝得醉醺醺的,压根没听见他的问题,偶尔有几个听到了,含糊地回答道:“王子？王子应该带着他的美女们,去他的总统套房了吧？”

“那 Jane 呢？”

这一次,没有人理他。

刘帅忽然非常害怕,他怕王子和 Jane 在一起,在王子的总统套房!

几乎是下意识的,刘帅焦急地从人群中退出,踉踉跄跄地找到 Jane 的房间,拼命拍着房门,心跳得越来越快,不断祈祷着,Jane 千万要在房间里!

门,打开了。

刘帅刚要松一口气,忽然愣在原地。

刚才还是非常欢乐的 Jane,这一刻,脸上居然挂着泪珠。

“Jane？”刘帅有些疑惑,“发生什么事情了？”

Jane 努力让自己的声音平静,哭腔却没办法掩饰:“不要问我,我现在什么都不想说！”

说罢,她就用力推门,想把刘帅关在门外。

刘帅死死抵住门,把自己塞在门与框之间,急急地问:“Jane,到底怎么了？”

“你说怎么了？还不是为了你！不要你管！”

感觉到 Jane 似乎用尽了全力想把他推开,刘帅更加不肯放手,恳切道:“Jane,你帮了我这么多,现在你不开心,为什么不让我帮你？我们不是朋友吗？”

Jane 擦了擦眼泪,哽咽道:“我想好好喝一场酒,你能陪我吗？”

刘帅的心被这楚楚可怜的声音揪紧了,心痛、怜惜与爱慕夹杂在一起:“行,喝多少我都陪你！”

Jane 终于放刘帅进门，然后打开一瓶威士忌，倒了满满两大杯。

她拿起其中一杯，幽怨地看着刘帅，轻轻道：“for you，for me.”

随即，她就把这一大杯都倒进了自己胃里，甚至因为太快太急，猛地咳了几声，刘帅想要拍拍背，她却下意识地瑟缩了一下。

这一刻，刘帅心里忽然升起了一个念头。

Jane 会不会为了他，做出了很大的牺牲。

就如 Jane 说的那样，短短一句“为你”的背后，也许藏着多少无奈与心酸。

“Neo，你借款的事不用担心了，既然王子已经答应，就一定会帮你办好。刚才，他有些失控……”

Jane 欲言又止，眼睑低垂，楚楚可怜。

听见这句话，刘帅心中一痛，知道她或许为他的事受了莫大的委屈，他有无数的话想要说，却一句都说不出来，目光也下意识地落到了 Jane 凌乱的裙摆上。

Jane 那修长的大腿，白皙的皮肤，曼妙的身段，在迷离灯光的照耀下，是那样的美丽，美到妙不可言。王子也是男人，哪怕阅人无数，遇上这样惊心动魄的美，或许也难以自控。

一瞬间，他好像明白了什么。

就在这时，Jane 幽幽的声音传来：“Neo，还得借你的肩膀靠一靠。”

刘帅什么都没有说，只是靠近了 Jane，把肩膀凑过去。

Jane 轻轻地依偎在他怀里。

不知过了多久，Jane 又坐了起来，将晶莹剔透的空酒杯重新倒满，端到嘴边想要一饮而尽，眼眶却红了。

刘帅感觉自己的眼睛也有些湿润，他扬起手中的酒杯，千言万语盘桓在喉间，却只剩一句：“永远希望你好，Jane。”

然后，他一仰脖，将手上的一整杯酒喝得干干净净。

Jane 的手微微发抖，眼中全是泪水，嘴唇微微发颤。

“好，好，好。”她一连说了三个好，喝掉杯中晶莹剔透的美酒，然后放下酒杯，忧伤地说，“Neo，抱抱我！”

刘帅像一个非常听话的孩子，轻轻搂住了她。

柔软的胸脯挤压着刘帅的胸膛，光洁的背部触感犹如丝缎，刘帅只觉一股微小的电流袭遍全身，却又舍不得抽离。

他轻轻捧起了 Jane 的面颊，嘴唇划过如玉般微凉剔透的肌肤，想要亲吻对方，Jane 轻轻地偏过了脸，仿佛有一股力量让她做最后的挣扎：“Neo，就这样抱着就好。”

刘帅体贴地轻轻拍了拍她光洁的后背，温柔地抱着她。两人相依相偎，似是取暖，又仿佛半梦半醒，意识迷离。

不知过了多久，Jane 忽然从刘帅的怀中挣脱，缓缓起身：“酒没有了，我再去拿一瓶。”

失去佳人的那一瞬间，刘帅怅然若失，听见 Jane 这么说，忙道：“我去拿吧！”

“不用了，你就坐在这里吧！”Jane 端起空杯，转身往酒柜走去。

她的步子有些摇晃，刘帅站起来想要扶她，被她嗔怪地看了一眼，只能坐下，却担心地盯着她的背影，就见 Jane 缓缓走到酒柜前，又开了一瓶酒，将两个杯子倒满。

又一杯白兰地端到了刘帅手里，他想与 Jane 碰杯，却被对方轻轻按住右手。只见她温柔地在刘帅身边坐下，绕过了刘帅的手臂，靠在他怀里，做出喝交杯酒的架势：“为了我俩。”

然后，她毫不犹豫地，将杯里酒喝得干干净净。

刘帅心中涌起一股莫名的情绪，也将这杯酒一饮而尽。

他或许永远都不会知道，在最后这杯酒里，装着一个秘密。

烈酒下肚，刘帅只觉得身体越来越热，仿佛有一股火焰要从身体里迸发出来。他搂抱着 Jane，顺势躺在沙发上。

一时间，房间里非常安静，他们就像一对很久没见面的沧桑情侣，静静地依偎在一起。哪怕什么都不说，什么都不做，也无比甜蜜。

刘帅觉得自己完全醉了，他开始恍惚起来。

那股不知道哪里来的火焰在身体里不断升腾，刘帅忽然觉得，他非常需要得到怀里的女人。

而此刻的 Jane，像一条柔软的蛇，轻轻在他怀中扭动着，似乎回应着他欲望升腾的召唤。

刘帅的手指紧紧地掐住简丽丽充满弹性的双臂，他感觉到冲动越来越强烈，强烈到甚至不可遏止，身体也出现了非常明显的反应。

一句话打破了他们之间的僵持，也彻底摧毁了刘帅最后的一点防备。

"Neo，我想做你的女人，而不是任何别人的女人！"

这个表白彻底点燃了刘帅，仿佛冲锋的士兵听到了召唤，他猛地把身边的简丽丽翻转过来，暴风骤雨般的吻，落向了她美丽的身体，她的每一寸土地——世界上最美的花园已经为他打开，所有的花正向他绽放。

刘帅也不明白自己哪里来的勇气，他变得像一只猛兽，撕裂了她的衣服，白皙美丽的身体露在他面前，他毫不犹豫地冲了上去……

当火山的熔岩，淋漓尽致地喷涌，当那个渴慕已久的女人终于成了他的女人，仿佛置身梦境的刘帅，还依稀记得最后一句话。

像一个誓言，像一个咒语。

"记住！你要对我好！"

伴随着这刻骨铭心的声音，刘帅升入了欢乐的天堂，如同腾云驾雾，畅快淋漓。但在极度的快乐之后，接踵而来的却是巨大的空虚，仿佛坠入了一个黑暗的深渊，无边无际。

第二十三章 一波三折

刘帅与 Jane 回到杭州的时候已经是傍晚了，刘帅没有回家，把 Jane 送到她在安缦法云酒店的长包房后，便直接奔向医院去探望母亲。

搞定了股权质押，刘帅终于放下了心中的大石。他没有按照预定的航班直接回上海，而是和 Jane 先从迪拜转道香港，再回杭州——他想去找一下颜筱诗和那个同父异母的弟弟。

然而结果却让刘帅大失所望，地址所在的房子已经人去楼空，邻居都不知道这对母子去了哪儿，刘帅聘请的私家侦探，也查不到任何线索。

对于颜筱诗和她的孩子，刘帅并没有仇恨的情绪，毕竟他们也算是整件事的受害者。当年颜筱诗虽然瞒着刘怀远生下了孩子，可是在这之后的十六年，她的确遵守了承诺。刘帅的心中有些后悔，如果能早一点来香港的话，或许就不会和他们错过了吧。

让刘帅震惊的是，当他走进病房第一眼见到母亲的时候，简直不敢相信自己的眼睛。这哪里是自己记忆中的那个温和典雅的母亲？蒋明慧虽然已经从昏迷中苏醒过来，却憔悴得完全像是另一个人。哪怕刘帅站在她的面前，蒋明慧依然没有任何反应，就像不认识自己的亲生儿子一样。

“妈怎么会变成这样？”

“医生已经检查过了，妈妈这次受到的打击太大，已经患上了严重的抑郁症。现在……妈妈都快认不出我了！”

唐婉仪看到刘帅回来，当场就僵住了，眼泪情不自禁地流了下来。

刘帅心里一酸，眼眶也红了：“妈，你真的不认识我了？”

然而不管刘帅和母亲说什么，蒋明慧翻来覆去念叨的都是那几句话：

“怀远回家了吗？”

“怀远去了哪里？”

“怀远为什么不来看我？”

……

整整一晚上，她斜躺在病床上，只是空洞地望着前方，心里记挂的唯有刘怀远的安危。

刘帅在病床前默默地坐了很久，直至母亲沉沉睡去。

“婉仪，你回家去休息吧。这边有我在就行了，这段时间辛苦你了。”

刘帅边说用手替唐婉仪抹去脸上的泪痕。

刘帅的话一下子击垮了唐婉仪，她“哇”的一声痛哭起来，万般的委屈都化成了眼泪。

刘帅忍了半天的眼泪也哗地流了下来，他轻轻扶住唐婉仪的双肩，怜惜地说：“别哭，一切都会好起来。”

然后，刘帅紧紧抱住唐婉仪，手轻轻拍她的后背，安慰着她。

不知道过了多久，唐婉仪才渐渐停止抽泣，她仰起头，看着刘帅哽咽道：“哥，以后是不是只有我们两个相依为命了？”

一听这话，刘帅脑海中就闪现出 Jane 的面容，本能地松开了抱着唐婉仪的双手。

刹那间，唐婉仪诧异地抬起头看着刘帅，哥哥难道已经有喜欢的女人了？

“是的，我们是一家人，当然要相依为命。你是我妹妹，我会永远照顾你。”

刘帅的这一席话，幻灭了唐婉仪心中的希望，她仿佛听到自己心碎的声音，强忍泪水，头也不回地跑出了病房。

赵成斌到万全天盛正式上班的第一天，郭天宇就亲自带着他去找洪韧韬，商讨公司今后的技术发展路径。

当终于讲到免费 Wi-Fi话题的时候，赵成斌尝试着去谈了自己的思考：“宽带费用太过高昂，是免费 Wi-Fi项目中最难过去的一个坎，之前‘游乐宝’的思路是在技术上加以革新，尽量压缩内容的大小，减少流量的消耗。但我认为，我们可以在硬件上下功夫，拓宽信号的强度，放大流量。”

“设备上的革新？你的意思是，采用光通信技术？”洪韧韬冷冷地打断了他的话。

“没错，我是这样想的。”

“对不起，我不同意。”洪韧韬毫不犹豫地否定，“目前国内的光通信技术根本就不成熟，就算是国外，想要达到普及的程度，也需要五年以上。从长远角度看，这是一个不错的主意，但短期内对我们没有任何帮助。”

洪韧韬如此故步自封的态度，让赵成斌倍感意外。

但他还是据理力争：“不过，回万全天盛前，我带领团队已经对此进行了研究。国外也有公司，在一些关键技术上有了大的突破。”

“那又怎么样？一百个难点有九十九个攻克了，最后一个卡十年八年，又不是没有过。”洪韧韬毫不掩饰对赵成斌的反感，话说得非常难听，“免费 Wi-Fi项目是孙总提出来的，孙总与我探讨了非常久，最后才放弃了光通信这个方向，决定采用现在的模式。难道你认为，你比孙总还厉害么？你有今天的成就，不就是靠照抄了孙总的‘游乐宝’吗？”

赵成斌满脸尴尬，没想到洪韧韬竟然会这么不给面子。

话说到这个地步，使得在一旁想要打圆场的郭天宇也觉得无计可施。看来，让赵成斌与洪韧韬双剑合璧的美好愿望是无法实现了。

此时，郭天宇默默在心中做了一个决定，“向日葵计划”将作为公司的最高机密，就连技术部甚至洪韧韬都不用知道。

谈话不欢而散，郭天宇刚回到办公室，惊讶地发现刘帅竟然在等他。自从腾龙集团出事之后，除了商量质押自己万全天盛股权的事情外，刘帅已经很久没有找过他了。

今天的刘帅，脸上难得有一丝轻松。在迪拜期间和王子谈定的融资，不到一个星期就到账了，暂时缓解了腾龙集团的资金压力。而同时，万全天盛也终于在通远的步步紧逼下开始连连反击——“游乐宝 4.2”正式推出，加入的“旅游圈”新功能大受好评。

好事接踵而至，万全天盛与甘泉集团的“R&V 非竞争性战略联盟”，也产生了巨大效益。由于“沸腾”饮品口感清甜舒适，又带着提振精神的作用，因此在全国热销。而易拉罐上“游乐宝”APP的形象，也被更多的消费者所熟知。更重要的是，还帮助了张晓冬在三四线城市的拓展，短短两个月不到，就新增了两千三百多万的下载用户。

刘帅来找郭天宇，是担心自己作为第一大股东质押股票的行为，会给万全天盛的股价造成压力。两人在探讨了如何应对的各种预案后，郭天宇就把话题转到了赵成斌：

“兄弟，你的判断是正确的。这个项目还是需要按照我们最初的决定，完全独立进行操作。不过为了加快速度，我计划派成斌去美国摸底相关的技术公司，最好是能够收购一家比较成熟的创业企业。同时，组建我们万全天盛美国分公司的研发团队。我的想法是，招揽美国的科学家们，最好是华裔科学家加入这个团队。既然免费Wi-Fi项目在国内找不到突破口，说不定在国外能有机会。”

“这倒的确是个好办法。”刘帅赞赏郭天宇的雷厉风行。

“是啊，像阿里巴巴等不少大公司已经在海外设立了实验室，这或许会成为我们在业内跑赢竞争对手的杀手锏。

“天下武功，唯快不破，互联网江湖拼的就是速度，这些都是你说的，我非常认可。不过你也要交代成斌，海外并购和自主研发这两块必须齐头并进，缺一不可！”

刘帅的态度让郭天宇感觉欣慰，搭档如此信任和默契，真是莫大的幸运啊！

“崔叔叔，我爸爸那边还是没有任何消息吗？”

回到腾龙集团临时董事长办公室的刘帅，首先打了一个电话给崔扬。

“我已经找了不少老朋友去问了，不过暂时还没有任何反馈。小帅，你不要太担心，现在没有消息对我们来说是最好的消息。怀远吉人自有天相，肯定能渡过这一劫的。”

但这件事确实太古怪了，刘怀远被抓后就一直杳无音讯，刘帅动用了一切可以动用的关系四处打探，却没有丝毫进展，父亲就像一滴水融入大海般凭空消失了。

“你现在要做的，就是为你爸好好守住腾龙的基业！可惜，我崔扬家小业小，实力不济，帮不上你什么忙！”

“崔叔叔，您可别这么说！您已经帮我们够多了！”刘帅真心地感谢道。之前腾龙集团资金短缺，还陷入了讨薪危机，最后还是崔扬仗义出手，凑了 10 亿，以 10 个月为期限接手了腾龙双子星的质押。

刘帅叹了口气，拿起桌上刘怀恩给他列示的集团资金账单，看了之后又陷入愁绪之中。

刘帅从来没想过公司的资金漏洞会有那么大。除了刚刚解决的 30 亿过桥资金外，腾龙集团加腾龙地产仅在未来三个月中将要到期的银行贷款就高达 97 亿。

这已经够可怕了，但更让人崩溃的是，为了维持腾龙脆弱的资金链，刘怀远在近期竟然还借了 21 亿的民间资金。这些可都是吃人不吐骨头的高利贷，最低的月利息要 3%，而最后两笔借款的月利息则高达 10%，每个月需要支付的利息就超过 1 个亿。

“怎么会有这么多银行贷款？”刘帅无法理解。

“这你就别怪大哥了，房地产行业短贷长投是很正常的事情。本来房地产销售火爆，资金回笼容易，短贷长投问题不大。现在面临严厉的调控，房子根本卖不动，资金收不回来，贷款当然还不了了。”刘怀恩苦着脸解释。

“那这么多高利息的民间借贷又是怎么回事？”

“还不是为了盘活资金链、维持银行信用的权宜之计？谁能想到凤凰山地王出了文物事件？而且事情越闹越大，还被捅到国家文物局，导致我们在正规渠道借钱的途径全都被堵死！”说到这儿，刘怀恩几乎要哭出来了，“当务之急，是民间高息借来的钱。之前我们按银行的要求，借了钱偿还了到期的贷款，银行答应的续贷却死活不放出来。所以大哥万般无奈，只能继续借高利贷，饮鸩止渴了！”

“腾龙电气这边有没有潜力可以挖？”刘帅还不死心。

“从腾龙集团、腾龙电气的股权到腾龙地产的所有项目都抵押了，上次民工讨薪连最后的‘腾龙双子星’都抵押给崔扬集团了！”

“那我们到底该怎么办？”刘帅开始有些沮丧，后悔自己一直是一个房地产外行。就算近期跑了那么多地方，看了那么多项目，还是只了解了皮毛啊！

“小帅，你别泄气，我们还是有机会的。”

刘帅眼睛一亮，看着刘怀恩。

“去年我们的销售额两百三十亿，今年原计划是三百亿，按理我们还有近两百亿的销售额可以做，如果按照40%的平均首付，再加上有些客户是一次性全额付款，估计我们会有九十到一百亿的资金可以回笼，盘得过来。如果银行不卡我们，按揭贷款能及时下来，那整个资金链就没问题了。”

“我明白了，关键就是销售。但问题是我们已经连续降价了，可销售还是不畅啊。”

“那就加大降价力度。如果还是不行，我们可以考虑卖项目。”

“但你刚才不是说所有的项目都已经抵押了吗？”

“这个可以和买家谈，让他们先付高一点的订金，然后我们拿这笔钱去解除抵押，这样就可以把项目过户给他们了。”但刘怀恩犹豫了一下，还是说出了实情，“不过，在具体操作上不会那么顺利，大哥之前早就把安徽的一个项目转给了当地一个企业，可对方只愿出10%的订金，不够解除抵押，所以至今都没有办好。”

刘帅苦苦思索了很久，还拿出计算器算了半天，一直到夜幕降临，才终于下定决心:“小叔,民间借贷这 21 个亿,我去抵押剩下的万全天盛股权来解决。我们所有在售房产项目,一次性再降价 15%,全力促销,希望能尽快回笼资金。对于有希望一次性转让的项目,可以原有估价上再让利 15%,至少转让十个项目。如果这些都能做到,我们就能喘口气了。”

刘帅的解决方案让刘怀恩心里有了底,一直苦着的脸也终于松弛下来:“这个可行,也只能这么做了。银行那边我去努力,对于可以争取的转贷,一旦有资金,我们就迅速把它办下来。”

“叮”,清脆的微信提醒声,打断了刘帅纷乱的思绪。

看到熟悉的微信头像,原来是她。

Jane:亲爱的,在干嘛[\可爱]

Neo:刚谈完事[\歉意]

无论他多么狼狈,多么痛苦,他也不愿在自己喜欢的女人面前,表露一丝一毫的软弱。

Jane:老是工作,你都不想我[\心碎][\心碎][\心碎]

Neo:[\尴尬][\尴尬][\尴尬]现在开始想

回忆起迪拜那一夜,刘帅心神一荡。

Jane:可从来都是我主动联系你[\委屈],这个表现可不行哦[\愤怒]

Neo:[\歉意][\拥抱]一回来,家里的事搞得我焦头烂额,正发愁呢

Jane:资金不是解决了吗?还有什么愁的?[\疑问]

Neo:又发现了很多新漏洞,看来剩下的万全天盛股票都得质押出去了[\可怜][\可怜]

Jane:漏洞有多大?

Neo:急需21亿[\吐血][\吐血][\吐血]

Jane:[\抓狂][\抓狂]这么严重?

Neo:[\大哭][\大哭][\大哭]

Jane:[\亲亲]我来救你!

Neo:[\感动]怎么救?

电话铃声响起,还是 Jane。

“Neo,你不要急,我考虑了一下,希望能最快帮到你。这轮股票质押的金额小些,要不就交给我们天路来操作吧?”Jane 的声音特别能打动人。

刘帅心里一阵温暖,但还是有所顾忌:“你好像说过,你们的股东对万全天盛看法有分歧。”

“Neo,这个你放心,我会搞定!”Jane 胸有成竹的声音从电话那头传来,“万全天盛推出的‘旅游圈’大受好评,市场反应很好,我相信可以说服合作伙伴信任万全天盛!”

“Jane,有你真好,谢谢!”

“不要对我说谢谢。”Jane 俏皮道,“记住你答应我的,要对我好哦。”

刘帅心中一暖,再次重复了自己的承诺:“亲爱的,我当然会对你好的!”

和 Jane 聊完之后,虽然时间已经有点迟了,但刘帅觉得还是有必要给自己的搭档打个电话:“天宇,有件事得告诉你,这两天我考虑把剩下的 15%公司股票全部质押出去,腾龙的资金问题还是很严重!”

郭天宇犹豫了一下:“非得这么做了吗?”

“没有任何办法了,总窟窿有近 120 亿,其中 21 亿很急。”

“天哪!这么大的漏洞,我能帮上什么忙吗?”

“质押的事已经找好下家,所以应该没问题了。”

“上次你好不容易才找到哈扎维王子,这次怎么这么快?”

“Jane 的天路投资。”光是提到这个名字,刘帅嘴边就不自觉地露出一丝温柔,“她已经联系了几家关系不错的机构一起帮忙。”

听刘帅说要把全部股权都质押出去,郭天宇本能地有些担心,总感觉哪儿不太对劲。又是这个“热心”的 Jane，又是这个神秘的女人？

“什么时候敲定？”

“争取下周能够在上海签约，股市发公告的事情还需要你帮忙。”

说到这里，刘帅的语气低沉了下去：“天宇，真的非常非常抱歉。”

郭天宇也知道，这个公司最大股东质押全部股票的公告一发，对万全天盛的股价意味着什么。这段时间在市场上的心血，将很有可能因此白费。

见郭天宇沉默不语，刘帅忙问：“天宇？怎么了？你不会是生气了吧？”

郭天宇考虑片刻，然后斩钉截铁地说：“你的股份，最好不要全部质押给 Jane。我想办法去融资，接下你的部分股权质押。”

刘帅不由愣了。

郭天宇当然不会说自己在怀疑 Jane，连忙解释道：“兄弟，你应该还记得蒂姆的提醒，一旦你的股票被质押，如果遇到恶意做空，万一爆仓怎么办？多留一些股票在我们自己人手上，至少主动一些吧。”

“不至于会这么严重吧？”刘帅觉得郭天宇多虑了。

“我一直担心蒂姆·霍顿所说的那股神秘势力会有进一步动作，所以一定要提高警惕。”

刘帅迟疑了一下，说道：“只要你能搞定资金的问题，那你就拿一半去吧。”

“行，就这样定了！”

随后，郭天宇还报了个喜讯：拖了很久之后，税务稽查的事终于有结论了，万全天盛偷税漏税的报道完全是子虚乌有！并已让郑峰准备向公众澄清的新闻发布会，公司的股票应该能迎来一个反弹，可以对冲这次质押带来的不利影响。

税务稽查？

刘帅苦笑了，税务稽查的事情，万全天盛算是折腾完了，但腾龙地产到今天为止，还没有一个结论。当时十几个稽查人员忙了一个多月，但到现在报告一直没有出来，这就像一个定时炸弹，随时都会爆炸。

第二十四章
股权激战

晚上九点四十分，结束了一天工作的郭天宇拿起床头的《艾尔斯巨岩之约》翻看了起来，他想借此调整一下心情。

然而当他看着书里的故事，心里却又不由自主地想到了刘帅质押股份的事。为了腾龙集团，刘帅将剩下的万全天盛股份都质押了。郭天宇说服郭海峰、项海潮等人组成了资本同盟，共同接下了刘帅手中7.5%的股份，也算是帮到了自己这个好兄弟。

然而从那以后，这个亲密搭档就再也没有在公司出现过。虽然作为董事长，刘帅只需掌控战略大局即可，平时也并不关注业务细节和具体执行。但在这“三国大战”的关键时刻，刘帅不在，还是给了郭天宇一种独木难撑的无力感。

“天宇。”卓伊挪了挪身子，靠着郭天宇，搂着他的胳膊，轻声说道，“今天我参加爱心高尔夫活动时，挺多人都向我问起万全天盛的情况。”

郭天宇不想对妻子说公司里烦心的事情，便放下书，戏谑道：“你没和她们说，赶快买我们的股票，过了这个村就没这个店了？”

卓伊听了，不由嗔道：“哪有你这样自夸的？”

“这可不是自夸，是信心！”

“好好好，信心！”卓伊揶揄道，拿起手机，“那我就在我们‘女人会’的微信群里这样说哦！我对我老公有百分之百的信心，你们也要给点力！”

郭天宇笑了笑，随口问：“这个微信群，就是你们上次爱心高尔夫联盟慈善募捐时组建的那个？”

“对呀，当时为方便统计捐款数额，就建了群。后来‘女人会’的金会长觉得这个微信群有利于大家交流，是个很好的平台，就索性升格成为我们女人会的互动微信群了。”卓伊扬了扬手机，眨了眨眼，俏皮道，“厉害吧？”

“厉害厉害，当然厉害！”

两人正笑闹着，手机铃声忽然响起，在这夜深人静的环境中，特别突兀、刺耳，又莫名令人心慌。

卓伊下意识地看了一眼时间，不由道：“这都快十点了，公司又有什么要紧事？”

果然，话筒里卢俊杰的声音异常急切：“郭总！刘总质押股权的事情被人大做文章，胡说刘总因为家族涉及大案，这是在转移资产，打算逃往国外了。一些媒体乘机开始借机唱空，好像还有机构在大肆抛盘，现在公司的股价又开始暴跌了！”

郭天宇打开电脑，调出万全天盛的K线图，发现公司股票由于下跌过快，已经因触发熔断机制而被暂停交易。

卢俊杰在电话另一头焦虑万分：“郭总，根据当时董事会通过的回购股份公告，一年内我们有权动用五亿美元以下的资金来进行回购，现在我该怎么做？”

郭天宇知道事态紧急，只略做思考就做出了决定：“只要在董事会允许的资金范围内，你可放手去买，尽量稳定股价！”

今天股市开盘，万全天盛的股价还是8.11美元，熔断时已经跌到了6.59美元，形势实在不容乐观。按照纳斯达克的交易规则，五分钟之内涨跌幅超过10%的股票，需要暂停交易。倘若在15秒内仍未回到规定的价格区间，则将会暂停交易五分钟。而万全天盛的股价，恰恰在不到三分钟的时间里如瀑布一般狂跌了10%，并且没有半点好转的趋势，这才触发了熔断机制，为他们争取到了宝贵的五分钟。

郭天宇第一时间电话告知了刘帅:“兄弟，我有一种不好的预感，也许我们得做好最坏的打算。”

之前刘帅共有 30.5%的股份，其中质押给哈扎维王子的 15.5%，平仓线是 4.33 美元。质押给 Jane 的 7.5%股权,平仓线是 3.23 美元。质押给郭天宇等人的 7.5%,由于郭天宇筹资晚了几天,万全天盛的股价略有下跌,因此平仓线最低,是 3.07 美元。

也就是说,一旦万全天盛的股价跌破 4.33 美元,刘帅就将失去 15.5%的股权;而一旦股价跌破 3.07 美元,刘帅就会失去所有的股权!

那可是整整 30.5%的股权,万全天盛的董事长,第一大股东爆仓,绝对会令散户们恐慌,疯狂抛售手中的股票!

事已至此,郭天宇反而冷静下来:“兄弟,今天我们随时可能面临爆仓的危险,只有五分钟,我们全力以赴! 我先去联系蒂姆,你最好能联系到李人杰,他对这块非常熟悉。不管别人怎么看,我们始终相信万全天盛是潜力无限的,现在买进万全天盛的股票,绝对不会亏! ”

与此同时,上海,东方一品。

本来十分宽敞的书房,却由于墙上、桌上那密密麻麻的液晶显示屏,显得十分拥挤,也让这里更加冰冷、不近人情。

站在房间中心的 Jane,穿着蓝色的长裙,美丽的面庞被坚硬的机械映衬,呈现出一种掌控一切的杀气。

“BOSS,按你的指示,我已经开始大幅抛售孙秋萍的股票了,现在股价已砸到 7 美元以下! ”电话中,朱建军兴奋的语气中掺杂着一丝得意,还不忘大拍 Jane 的马屁,“BOSS,你的连环计太厉害了!先是请君入瓮,孙秋萍居然真的会把 9%股票都交给我们打理;再借刀杀人,拿她的股票反过来打压万全天盛的股价;最后您进场收拾残局,一举拿下刘帅质押的那些股份! 孙秋萍这个蠢女人,被我们卖了还帮我们数钱,哈哈哈! ”

“不要太嘚瑟,刘帅还没爆仓呢。”Jane 的语气阴沉,“继续砸盘,把孙秋萍的 9%

股份都抛出去，狠狠地往下砸！”

“明白了！”感觉到Jane语气不善，朱建军小心翼翼地不敢再多嘴。

Jane看了一眼显示器，因熔断机制而触发的暂停交易时间即将结束。她面无表情地下达一个又一个指令：“三个小时，我要你们在三个小时之内结束战斗，将万全天盛的第一大股东打爆仓！我们要打一场教科书式的资本奇袭。”

趁着熔断的间隙，卢俊杰也终于查到，原来抛盘的主力竟然是万全天盛的大股东孙秋萍！

一直以为是海外神秘资本力量在做空的郭天宇来不及吃惊，迅速拨通了孙秋萍的电话，忍不住厉声质问：“秋萍姐，你为什么这么做？你知道这样会给公司带来多大的损害吗？”

“我为什么不能这么做？难道要跌到几块钱才卖啊？我不想让秋飞留下的股票都变成一堆废纸。说句实话，要不是我爸妈死脑筋，我连这最后的1%都不想留下。”孙秋萍理直气壮，不以为然。

“我们是大股东，我们有共同维护公司股价的责任，不是小散户，不是这样子抛短线、去赚短差的！”这么些年，郭天宇还是第一次对孙秋萍咆哮。

“不想听大道理！”孙秋萍也恼火了，“老早我就想卖一些，你老是反对！朱建军帮我算过，如果早点交给他卖，我会少亏20亿！你郭天宇摸摸良心想想，你真的为我们孙家用过心吗？”

然后不等郭天宇再说，直接把电话挂断。

郭天宇气得差点把手机摔了，但是听到那个熟悉的名字，心里忍不住起了一丝疑惑。

朱建军？

这时卓伊也披着衣服，轻轻走到在书房忙碌的郭天宇身边，目光中透露着一丝忧虑。

见到妻子关切的神情，郭天宇勉强挤出一丝笑容，安慰道：“你不用担心，刚才蒂姆·霍顿已经告诉我,他会最大限度地调动资金,买进万全天盛的股票,希望能稳定在 4.5 美元以上。”

在这个关键时刻,卓伊非常希望能为郭天宇分担压力,轻声道:“天宇,要不我请‘女人会’的姐妹们也来帮忙?”

郭天宇清楚,这个时刻每一分力量对万全天盛都至关重要。不用郭天宇点头,卓伊已经从丈夫的眼神中读懂了他的赞许。这种默契,让这对小夫妻一瞬间暖流涌动。

卓伊走到阳台上,第一个电话就打给她的导师——“浙商才智女人会”会长金月华女士。

交易重新开始。

“蒂姆·霍顿已经进场!”

“协同黑岩、量化、猛狮,让大基金继续做空,砸到敌人没钱为止。”Jane 的语气十分强硬,嘴角还隐隐带着一丝笑容,“看看是蒂姆·霍顿厉害,还是我们高明。”

“按既定计划行动!继续往下砸,一举拿到股权。砸到 3 块以下,我们再进场扫货做多!”

……

这一刻，虽然身处不同的地方，尽管中国已经是深夜，但仍有太多的人无法入睡,死死盯着万全天盛的股票。

处于漩涡中心的刘帅,一颗心已经高高地悬了起来,眼神根本不能从 K 线图上挪开。

他的右手紧紧攥着鼠标,手指已经发红,却毫无感觉。

他的左手死死地按着太阳穴,太阳穴却始终“突突突突”地跳,仿佛有什么东西在里面不断地往外撞,很快就要跳出来!

原本他和郭天宇、孙秋萍手中加起来共有 54%的股权,这是维系他们在公司地位的根本。

只可惜,孙秋萍自私、无知和短视的清盘行为,给了他们重重一击,让万全天盛在资本市场的控制权面临失控的危险。

创始人被资本踢出去的故事,难道还少么?

“蒂姆·霍顿已经举牌了!”

蓝石投资办公室内灯火通明,李人杰站在大屏幕前,紧张地看着股价波动,眉头拧成一个结:“奇怪,这么明确的一个市场利好,为什么股价还是5美元,非但没有涨上去,还在往下跌?”

光是这一句话的功夫,股价又落到了4.85美元,蒂姆·霍顿的买入立刻被套。

他一直没有接刘帅不断拨入的电话,知道肯定是借钱那破事,这时候他需要专注、耐心地等待出手机会。而耳朵里满是手下催促的声音:“李总,我们该下手了吗?”

蓝石投资海外的资金已经调动完毕,此刻的蓝石,就像蓄势待发的狼群,只等头狼一声令下,就会凶狠地扑向猎物。

4.73美元。

“再等等。”李人杰保持着他的冷静和淡定,“等股价跌破4.33美元的时候,再做决定。”

蒂姆·霍顿举牌后,曲线有一小段的上浮,刘帅还没来得及开心,曲线就又一路往下,在4.4美元的区域跳动,一点一点逼近4.33美元的平仓线,刘帅感觉自己的心脏都停止了跳动。

见鬼的是,哈扎维王子的电话打不通,Jane的电话打不通,好歹打通的李人杰的电话却没人接。

这确实是一个不同寻常的夜晚,刘帅心里涌起了不祥的预感。

4.27美元!

在北京时间晚上十点整,即美国东部时间上午十点整的那一刻,刘帅仅存的那一丝希望,彻底坠入深渊。

他重重地摔在了靠背椅上,脸色灰败至极。

就算做了最大的努力,那15.5%股权还是没能保住!

这一刻,他整个人都被巨大的痛苦所笼罩,明明是那样高大的身躯,却蜷成一团，才能抵御住内心的冷意。

不知过了多久，刘帅才从恍惚之间回过神来。

不，还有希望。

哪怕质押给哈扎维王子的股权没保住，但还有另外15%，一定可以保住的！

想到这里，刘帅拿起衣服，霍地向外头走去。

得吹吹凉风，冷静一下。

这时，手机铃声忽然响起，是郭天宇。

"兄弟，无论如何我们得保住剩下的15%股权！"

刘帅长叹一声："可是我们没有足够多的钱稳住股价啊！"

郭天宇哑然，不知该怎么回答。他心里也盘算过所有可以帮忙的人，但是这深更半夜还能找谁？

对他们来说，也许唯一的利好消息，是刘帅终于接到了李人杰的回电，告诉他蓝石投资正在全力吃进万全天盛的股票。

北京时间22:17。

万全天盛的股价，已到了3.85美元。

短短十几分钟，股价又从4.27美元跌到了3.85美元，这样的跌幅，除了"惊心动魄"外，已没有其他词汇可以形容。

"跌幅还远远不够！"

"股指期货上的空单全部出清，锁定利润。可以继续狠狠砸！"

"许翔，牛！果然是资本高手！"

位于冰冷机器中心的女人，毫不留情地下达了更残酷的指令，伴随着她的话语，屏幕上的数字不断滚动。

那是以"billion"为单位的财富流入和流出。

这是一场以"十亿美元"为基数的资本之战。

胜者为王。

败者将坠入深渊。

“郭总，恐慌性抛售，散户拼命割肉，看这成交量，估计更多机构也加入砸盘了。”

郭天宇猜到会是这种情况，眉头紧缩，问卢俊杰：“账上的钱还有多少？我私人这边，已经没多少钱能够追加了！”

“郭总，公司账上只剩下两亿美元了！”卢俊杰回答道，“根据公司未来六个月的运营支出测算，我们起码得预留 1.2 亿美元，因此现在最多只能再买入八千万美元，坚持不了多久。”

郭天宇没说话。

短短几句话的工夫，股价又是一跳。

3.77 美元。

郭天宇看了一眼屏幕右下方的时间。

22:22。

刘帅会在干什么呢？郭天宇真为自己的好兄弟担心。

但就这么一分神，股价已经跌到了每股 3.63 美元！

这时候他不自觉地双手合十，请求佛祖保佑。

或许上天真的听见了他的心声，下一刻，数字往上跳动！

3.64 美元！

3.66 美元！

3.69 美元！

不知何时，郭天宇的身边多了卓伊和一杯热咖啡。

看着股价终于小幅回升，郭天宇稍稍松了一口。没想到就在下一刻，股价又调头向下。

3.59 美元！

卓伊心疼地望着郭天宇，就见他面沉似水，看不出情绪，唯有双手紧绷的青筋泄露了他的紧张。

北京时间 22:30,万全天盛的股价落到 3.57 美元!

这个数字已经低于刘帅质押出去的另外 15%股权的平仓警戒线 3.69 美元,距离平仓线 3.23 美元只有一步之遥!

郭天宇感觉自己快窒息了。

“真可惜,郭天宇没有蠢到质押自己的股权去接刘帅的股权,否则……”

Jane 嫣然一笑,红到炫目的唇色,甜如蜜糖的声音,却带着地狱的味道。

“继续往下砸!”

“BOSS,股价已经很低了。”

“听命令,继续抛!”

22:45,3.48 美元!

22:50,3.35 美元!

23:00,3.27 美元!

正逼近刘帅的平仓线 3.23 美元!

刘帅死死盯着屏幕,大气都不敢出,听到时钟正一秒一秒地把股价推向那个会让他万劫不复的时刻。

3.22 美元!

北京时间 24 点 03 分,也就是美国东部时间中午 12 点 03 分,刘帅又一次爆仓了!

刹那间,世界一片寂静。

只要再跌 15 美分,一切就都将失去。

不知为何,突然间刘帅反而松弛了下来,感觉今晚的经历无比荒谬,就像一场梦一样。

“哈哈哈。”他嘴里竟然发出了笑声,嘶哑、苦涩。

郭天宇犹如一尊雕像，静静地坐在电脑前。

卓伊看着他这副呆呆的模样，心中异常难受，从身后紧紧搂住他。

郭天宇的声音也有些沙哑："我们能调动的钱不够了，真怕刘帅最后的7.5%也保不住。"

卓伊柔声道："我感觉已经有抄底的资金进场，现在的跌势降缓了，也许还有机会。"

接下来的一个小时，股价一直在3.17到3.25美元之间小幅震荡。

也就是说，只差0.1美元，也就是10美分，刘帅将全部爆仓，而郭天宇他们光是今天投下去的钱，就已经亏了三分之二了。

三分之二有多少？一亿？两亿？还是五亿？十亿？

郭天宇的大脑一片空白，稍稍回过神来，给蒂姆·霍顿打了电话："蒂姆，股价已经逼近3.12美元了。"

"看到了，我还在调动资金。"

"对不起，害你也套住了。"

"还好，就5亿美元。"蒂姆·霍顿似乎完全不当回事，很幽默地说，"当然，现在应该是1.5亿，或者更少？"

郭天宇听了，哭笑不得。

蒂姆·霍顿察觉到郭天宇的难受，朗声笑道："亲爱的郭，你该不会想劝我收手吧？对资本市场，我从来坚持的是价值投资，这点涨跌算不了什么。要知道，我对万全天盛充满信心。"

蒂姆·霍顿的这句话，仿佛一束阳光，照进他混沌的脑海，减轻了郭天宇的愧疚感，也让他渐渐平静下来，禁不止赞美道："蒂姆，你就是我心目中的巴菲特。"

巴菲特出手的风格就是这样，对于看中的行业和公司，从来不惧股票涨跌，越跌越买，再跌再买。就是这种常人不及的自信，才缔造了他的传奇。

蒂姆·霍顿耸了耸肩："前几天，他还请我一起喝了个下午茶，我没收他的喝茶费。"

郭天宇被他的幽默逗得哈哈大笑，不过蒂姆·霍顿的下一句话又让他愁眉不展。

“亲爱的郭，由于事发突然，我能够投入的资金大概只有一亿多美元了，只怕再买不了几笔。”

这时，万全天盛的股价已经滑落到 3.10 美元，距离刘帅最终的爆仓线，只差 0.03 美元。

正当郭天宇盯着屏幕，无计可施的时候，卓伊带来了一个好消息：“天宇，我这里筹到了一亿美元，你说现在要不要杀进去？”

郭天宇感到很惊讶，卓伊的神情则有点小小的得意。

“我说服了‘女人会’和爱心高尔夫联盟的姐妹们，大家凑了一亿美元，全部汇入我的海外账户，由我全权打理！”

“那就赶快入市，再晚就来不及了！”郁闷了一个晚上，郭天宇终于兴奋起来。

卓伊用最快的速度登录账户，仅仅两分钟，5000 万美元就被消耗掉了，这时股价已经跌到了 3.09 美元，距离最终的平仓线只有 0.02 美元。

又两分钟，3000 万美元又被消耗掉了，股价来到了 3.08，但还是没能止住跌势，距平仓线只有 0.01 美元。

最后的 2000 万美元也迅速买入，股价在 3.07 美元静止了。

时间一分一秒过去。

对他们来说，手上的弹药都完全用尽，剩下的，只能是祈祷了。

已经紧张地闭着眼的郭天宇，突然听到卓伊惊喜的尖叫：

“3.08 美元了！股价开始涨了！”

东方一品。

Jane 突然下达了新的指令：“开始买入，把剩下的所有筹码都投进去，拉升股价！”

“BOSS，可还没跌到我们计划中的价格呢？”

“立刻去做，不用怀疑我的决定！”

守住刘帅最后的爆仓线，也算是帮了他一把。同时，把投票权留在刘帅手上，总比转到很难沟通的郭天宇手上好。再说，现在就开始“收割”，也确保了巨额利益入袋为安。

Jane 的脸上露出了掌控一切的笑容。

“天路投资举牌！”

“蓝石投资举牌！”

北京时间 1:25，万全天盛的股价涨回 3.21 美元。

这时，卢俊杰的电话又进来了，他的声音听上去有些激动：“郭总！很多机构开始转做多了！可惜我们已经没钱再买了！”

“没关系，只要涨回去就好。”郭天宇安慰道。

卓伊心惊胆战地盯着股价，就见万全天盛的股价仿佛坐了火箭一般，开始飙升！

2:00，4.52 美元！

2:30，6.11 美元！

3:00，7.38 美元！

看着第一个数字从“3”一路跳到“7”，刘帅深深地吐出一口气，向后一仰，带着无尽的心酸与疲惫。

短短五个小时，股价就重新回升到 8 美元，但刘帅抵押的 23%的股份，已经拿不回来了。

郭天宇的心情同样复杂。

手机几次拿到手上，明明一按就能拨通那个熟悉的号码，郭天宇却不知该对刘帅说什么好。

拿起，放下，再拿起，再放下。

最后，郭天宇往椅背上一靠，没有说话。

“天宇，股价……”卓伊轻轻道，“快到 9 美元了。”

郭天宇看着一路疯涨的曲线，苦笑了一下。可惜，所有能筹到的资金，在回攻上涨到 6 块前，都已经消耗完了，手头已经没有弹药可以再追涨。本来，是还可以再多挽回一些损失的。

忽然之间，郭天宇失去了看尾盘的兴趣，哪怕他知道，尾盘才是最精彩的，目光却忍不住投向了窗外。

家家户户的灯火都已熄灭，唯有路灯照亮来去的路。

不知这一夜，有多少人无法安眠？

第二十五章
初露端倪

北京时间凌晨四点。美国东部时间下午四点。美国股市收市。

数字定格。

10.8 美元。

最后的价格。

郭天宇看着这个数字，又望着那条完美的“V”型曲线，想要笑，却发现自己的表情十分僵硬，与其说在笑，还不如说像哭。

他的目光扫过桌面，一本《福布斯》杂志进入了他的视野。随手一翻，首先映入眼帘的，就是自己和刘帅两人各自抱臂，笑容灿烂地站在“腾龙双子星”大楼面前的照片。

那时，通远还没有正式宣布进军中国，万全天盛在与“51 旅游网”的竞争中也占据着优势，万全天盛的股价正是高点。郭天宇和刘帅因此双双入选“全球 30 岁以下白手起家富翁排行榜”，刘帅更是独占鳌头，被评为白手起家富翁 No.1。

然而才几个月的时间，万全天盛的市值和自己的身价缩水超过三分之二，刘帅更是失去了公司大部分的股权，要不是有蒂姆·霍顿、李人杰和女人会这些资本同盟的鼎力相助，最后的 7.5%也未必能保得住。

一时间,郭天宇的心中感慨万千。但他知道,这次的短暂胜利,未必是终点。

万全天盛上市时,考虑到郭天宇、刘帅、孙秋萍三人手上的股权加起来超过50%,实现绝对控股,任何人都无法动摇他们在公司的地位,因此就没有采用AB股等较为复杂的股权结构,而是采取了最基本的做法,即按股份比例来决定投票权。

现如今,孙秋萍9%股权的砸盘,刘帅23%股份的爆仓,万全天盛创始人曾经稳固的联盟已经悄然倒塌。为应对可能到来的危机,郭天宇决定做好最坏的打算,在公司实施“毒丸计划”。

“毒丸计划”是盛行于美国投资界的一种反收购手段,其中有一个对董事们极有利的条款——董事会成员每年不得更换超过三分之一。这在股权大幅变动的情况下,可以避免一次性更换过多的董事,从而保证董事会和公司决策的基本稳定。

这次股权大变动,郭天宇总觉得背后就像是有人在操控一样。联想到之前蒂姆·霍顿所说的神秘势力,让他不得不谨慎行事。万一收购方的目的就是为了万全天盛的控制权呢?虽然现在自己这边依然占据优势,可还是不得不防啊。

“希望是我多心了。”郭天宇自言自语,“现在启动‘毒丸计划’是偏晚了些,没能阻止之前的那些收购。但这样的事情绝对不可以再一次发生!”

即便已失去了绝对控股的地位,但他仍有信心说服现在的董事会。

与此同时,东方一品。

心情愉悦的Jane,正对着手机在恭敬地报喜:“二爷,这次资本奇袭十分成功!刘帅质押的23%股份已经顺利落到我们手中,同时,我们还在二级市场上收购了7%的股份,加上我们用最低价截留了孙秋萍股份中的4%,一共是34%,已经拥有一票否决权了。”

“丽丽,你的能力,我从来都是信得过的。”二爷浑厚的声音从电话那头传来,忽然话锋一转,“只是为什么没有按照预定计划吸筹,而是提前做多反而拉升了股价?”

Jane 脸色微变,当即解释道:“二爷! 事发突然,那时已有不少机构进场做多,再砸下去怕踏空,丢失筹码的风险太大,权衡之下,我们只能提早空翻多抢筹。”

二爷“嗯”了一声,不再说话。

“二爷,第一步目标已经完成,那我们……会如何处理刘怀远呢?”

电话那头沉默了,然后反问道:“你有什么想法?”

Jane 小心翼翼地说:“二爷,抓刘怀远的目的,只是想借助腾龙集团打击刘帅,好拿到刘帅手中的股份。而且,与林永迈一案有关的不少商人已经放出来了,如果还扣着刘怀远,我怕会生出其他事端。毕竟他在浙商中有几分名望,在政界也有一些朋友……”

“不要说了!”对方打断了她,厉声呵斥,“怎么回事,对刘家心软了?你跟刘家公子是不是走得太近了?”

“没……”Jane 心中一惊,一时语无伦次。“二爷”还是第一次用这样的口吻跟她这么说话。男人的占有欲真是不可思议!

“真是妇人之仁!这还做什么大事?!”“二爷”语气里有些失望,“丽丽,你要记住,无毒不丈夫!我们原定的目标是拿下万全天盛,但既然腾龙集团自己送上门来了,这就是天意,哪有不要的道理?”

电话另一头的声音突然变得异常严厉阴沉,“何况腾龙电气虽然规模不大,但利益也不小。腾龙地产更是有不少优质资产,那就趁这个机会,都一起拿下吧。”

本想顺水推舟给刘家留一条生路,没想到却引发二爷吃起了老陈醋,反而突然发狠。Jane 显然知道,这一席话意味着什么,将给刘家父子带来怎样可怕的命运——腾龙地产的项目再优质,在二爷介入后,一般人怎么敢接?或者说,就算有人接盘了,在转让程序上也可以卡你一年半载啊。总之,无论刘帅怎样努力,失去万全天盛的大部分股权不说,恐怕他连挽救家族产业的希望也已变得十分渺茫。

真是不该多嘴啊!

Jane 的眼中闪过一丝后悔,内心挣扎着,最终还是低下了头,对电话那头的二爷毕恭毕敬地说:

“明白,都听您的!”

万全天盛股权结构的巨大变动,引来了各方关注。

听到一些风声的市场部总监张晓冬专门风尘仆仆地“杀”回杭州,连口水都来不及喝,就冲进总裁办公室报喜:“郭总!我们在三四线城市的推广取得了巨大进展!”

“好消息啊!你别着急,慢慢说!”郭天宇把气喘吁吁的张晓冬迎到沙发上坐下。

“郭总,是这样的——甘泉集团新推出的‘沸腾’饮料,在三四线城市非常受欢迎。‘喝沸腾,能提神’的广告语深入人心,也成为三四线城市潮流的标志。”

“您当时让‘沸腾’在外包装印上万全天盛‘游乐宝’二维码的合作模式,特别有效。我们也因地制宜,做了许多推广活动,取得了很好的效果。‘百城大战’的目标是一百个三四线城市,现在我们已经‘攻占’了三十五个!而这个数字会像滚雪球一样越滚越大,市场占有率也会节节提升。”

郭天宇面露喜色:“晓冬,你做得很好!万全天盛在一二线城市外的开疆拓土,你可是第一功臣!”

张晓冬连连摇手:“这都是市场部团队的功劳,很多敢打敢拼的同事聚在一起,才会有这么高的效率。比如之前被‘发配’到马尔代夫的王则团队,表现就非常亮眼。”

“哈哈,敌人以为我们败走麦城,却不知道我们是战略转移,以退为进!”

年轻的郭天宇如此老谋深算,令张晓冬深感钦佩,但他心底还是有个担忧:“郭总,这次公司股权变动,现在网上小道消息很多,说天路、蓝石等机构都对董事的位置志在必得……”

张晓冬只问了前半句,还有更残酷的后半句没敢开口。

以前公司的创始人团队绝对控股,不管什么事情,按郭天宇说的去做就行,反正董事会不过是个摆设。但现在,公司的股权发生了重大变更,董事会显而易见也要改选。万一新组建的董事会认为他正全力主导的“百城大战”必须叫停,那该怎么办?

万全天盛的“百城大战”计划,不仅对内保密,只有个别高管们心里有数;对外也瞒得很好，主要竞争对手通远和“51”都不知道万全天盛在三四线城市的成绩如此亮眼。

“得一二线城市者得天下”，早就是在线旅游业的一句名言了。“51旅游网”也是为了在一二线城市与通远决一死战，才把三四线城市的力量都抽回。张晓冬非常担心，万一针对三四线城市的“百城大战”不被新董事会认可，那么他们之前的辛苦很有可能就白费了！

郭天宇早就想到这一点，正色道：“我会与董事们商谈这件事，为你们争取足够的时间。当然市场部也要加快步伐，推进覆盖三四线城市的速度，做出更漂亮的成绩。一旦这一战略取得良好成效，为公司业绩带来帮助，就算有新的董事进入，应该也不会反对的。

郭天宇胸有成竹的一席话，给张晓冬吃下了一颗定心丸。

关心这场股权之争的，自然不止张晓冬。万全天盛两个最大的竞争对手，“51旅游网”的老板李建波和通远中国大区的总裁 Jason 林，相隔千里，却都在默默地计算着万全天盛如今的股权结构。

“郭天宇 13.5%，刘帅 7.5%，蒂姆·霍顿手上 8%的股份，已经委托了郭天宇为一致行动人，这就有 29%。”

“除此之外，还有卓伊手上的 1.8%，虽然这些都是帮女人会代持的。但短时期内，她们的一致行动人还是卓伊。”

想到这里，李建波轻轻摇了摇头：“还是超过 30%的，应该相对控股了，如果再算上蓝石、天路两家公司手上的股权，那就更多了。”

但这两家公司，真的会和他们一条心吗？

如果万全天盛的股东结构发生重大变化，那么必将影响其未来的战略决策，中国在线旅游市场的竞争态势也将会有新的变局。

当然，万一哈扎维王子很看好万全天盛，动用国际资本来支持，那对万全天盛来说，可真是塞翁失马，焉知非福了。

想必,Jason 林此刻一定内心复杂,通远该虎视眈眈呢？还是忧心忡忡？

李建波猜的没错,Jason 林正为此愁眉不展。

万全天盛的股权发生剧烈变动,对通远来说,本来是一桩好事,能令这家公司因为内部意见分散,而无暇顾及外部。

但现在,万全天盛的第一大股东偏偏是握有 15.5%股权的哈扎维王子。

Jason 林很清楚哈扎维王子的能量，如果王子真的看好万全天盛，愿意投资的话,资金根本不是问题。而国际上的许多大公司,谁不买王子几分面子？一旦王子开口,许多本来只有通远能得到的国际资源,也会一一对万全天盛开放。

刘帅失去了股权,却意外地引进了哈扎维王子这个资本大鳄。

那么,哈扎维王子如何对万全天盛行使自己的权益,将成为问题的核心。

看样子,还是要等到万全天盛召开股东大会,确定王子的态度之后,自己才能进一步为通远中国的未来战略做决定啊!

尽管出于不同的角度,有不同的考虑,但在这一刻,所有人的目光都聚焦到了万全天盛即将召开的临时股东大会上。

每个人的心里都很清楚,中国在线旅游业的格局是否会再度风云变幻,这一场股东大会将是关键!

第二十六章 股东大会

三周之后，万全天盛临时股东大会召开。

这是由新股东提议发起的会议，采取线下讨论加线上直播、投票的形式。部分股东代表参加线下的会议，而董事会成员的推选，则由万全天盛的全体股东一起在线上投票，整个会议的过程均在线上直播，刘帅和郭天宇刚跨入会场，就见 Jane 已经到了。

在刘帅爆仓后的第二天一早，Jane 就打来电话，很遗憾地说前一晚她已经入睡，没能接听他的手机。幸好她之前考虑到万全天盛最近的股价一直走低，曾在公司布下了紧急预案——一旦万全天盛的股价低到 6 美元以下，天路投资就立刻介入，必要的时候可以举牌。

正因为她的这句话，天路投资才会在股价大战中发挥了重要的作用。若不是因为天路投资、蓝石投资和“女人会”资金的及时注入，刘帅就连最后 7.5%的股权都保不住。

刘帅当然对 Jane 充满感激，只觉自己又更爱她几分。今日一见，发现 Jane 的打扮不同往常，竟是异样的简洁利落：

白色的衬衫，黑色的西装，秀发盘成高髻，简洁的珍珠耳环和珍珠项链衬得她肌肤异常白皙，款式大方的腕表显得极为大气素雅。

刘帅与 Jane 目光交汇时，只觉一股无形的电流传导到他的心脏，酥酥麻麻，令他的眼中满是柔情。

Jane 的视线里也流淌着脉脉情愫，却很快就别开头去。

意识到这是在公共场合，刘帅也回过神来，果不其然就迎上了郭天宇意味深长的目光。

刘帅右手握拳，放到嘴边，有些不好意思地咳了一下。然后用最郑重的态度，向郭天宇介绍道："虽然大家之前都见过面，但我还是要正式介绍你们认识。"

"天宇，这是 Jane，天路投资的董事长，之前我们一起同组打过高尔夫的霸道女总裁，我刘帅的贵人，现在是我们万全天盛新的大股东了。"

"Jane，这是郭天宇，万全天盛的 CEO，也是我最好的兄弟。"

"不只是贵人吧？你好，Jane。"郭天宇对刘帅不无揶揄，对 Jane 倒是彬彬有礼。

Jane 抿唇一笑，俏皮道："郭总目光犀利，果然厉害！"

郭天宇见 Jane 落落大方地承认了与刘帅的关系，想到天路投资在这场股价大战中的关键作用，对她本颇具好感，却突然听见旁边爆出一个惊喜的女声："丽丽！你怎么在这里？"

孙秋萍丝毫没发现自己忘乎所以的大嗓门让整个会场都是一震，人人侧目，怎么会有这么没素质的人。

有时候，吸引别人的目光，未必需要足够完美优秀，或许可以反其道而行之，孙秋萍这会儿做到了。

看见孙秋萍又惊又喜地朝 Jane 走来，郭天宇心中咯噔一下，刘帅非常惊讶："Jane？你和孙秋萍女士认识？"

"是呀，我在米兰见到秋萍姐后，与她非常投缘，一直保持联系呢！"Jane 知道这个场面是早晚的事情，回答得异常从容。

孙秋萍径直冲到了简丽丽面前。她不懂英语，搞不明白刘帅刚才说了什么，傻乎乎地问道："简？什么简？丽丽原来你和刘帅也认识啊！"

“我和刘董事长在互联网大会上偶然见了一面，是吧？”Jane 眼波流转，对刘帅俏皮地眨了眨眼睛，“秋萍姐，Jane 是我的英文名字，你还是和以前一样，叫我丽丽就可以啦！”

刘帅礼貌地点头回应，虽然他的心中有几分疑惑，怎么也没办法把高贵优雅的 Jane 和粗俗无知的孙秋萍联系起来。

不过孙秋萍无心的一番话，却让郭天宇心中翻起了波澜。

孙秋萍手中原本有万全天盛 13.5%的股份，一年的解禁期结束后，她套现了 3.5%，开始大兴土木，修建庄园。又在万全天盛非常困难的时候，将手中的 9%砸向二级市场，给万全天盛带来巨大的损失。

郭天宇知道，是因为她父母念叨孙秋飞的缘故，才留下 1%的股权，毕竟万全天盛也有孙秋飞的一份心血。但对郭天宇来说，孙秋萍还不如把股份全砸了，至少这样，他就不用看见她那张讨厌的脸，忍受她种种令人作呕的行为了。

但现在，关键不是孙秋萍。

郭天宇疑惑的目光注视着 Jane，没想到她既认识刘帅，又认识孙秋萍，更让人介怀的是，这两个人一前一后，都失去了自己的股权，而她却在这个时候成了万全天盛的大股东……

这一切，真的只是偶然吗？

孙秋萍这时已经亲热地挽住简丽丽的手，语气中掩不住的惊讶：“丽丽，你怎么也来参加股东大会啊？”

她现在的妆画得不错，有点国际范，显得与真实年纪相符了。衣服也不像以前那样，恨不得把 Logo 印在脸上，而是低调又得体，看上去倒有那么一分贵妇的模样。但她一说话，一举手投足，还是不免会暴露出自己的文化素养和底气。

简丽丽含笑道：“姐，天路投资也是万全天盛的大股东了。”

孙秋萍惊讶道：“什么？万全天盛的股价跌这么厉害，你们居然还买他们的股票？不怕赔本啊！”

她这话实在不中听，刘帅哭笑不得，知道自己插不进去，只得往后退出了这个谈话圈。

一旁的郭天宇趁机对他耳语道:“真没想到,Jane 居然会与孙秋萍这么熟悉。”

“毕竟 Jane 是天路投资的董事长,和孙秋萍因为某些交情认识也是正常的。”刘帅给郭天宇解释了一句,但心里也闪过一丝不解,因为之前从来没有听 Jane 提起过。

此时的郭天宇心中,却已经满腹狐疑,对简丽丽升起了几许戒备。

简丽丽认识刘帅,这不奇怪,哪怕她与刘帅恋爱,也很好理解;但她与孙秋萍这么亲热,就很有问题了。

郭天宇可没忘记,孙秋萍的砸盘给万全天盛带来了怎样的灾难。现在想来,简丽丽从出现的时机,到往后的种种,实在都太巧了。自从她出现之后,万全天盛和刘帅,哪个不是灾难连连?

如果,她真的对万全天盛另有所图,那……郭天宇被心里冒出来的这个“如果”吓了一跳。

只是——

一旁的刘帅正笑意盈盈地看着简丽丽,郭天宇轻轻皱眉,只好将这个想法给压了下去。

现在说出自己的怀疑,刘帅一定会笑他疯了。

简丽丽毕竟帮了刘帅那么多忙,光是带刘帅引荐哈扎维王子,便已经是天大的人情,更何况,天路投资还对万全天盛举牌,起了拉升股价的关键作用。

不光如此,看刘帅的样子,对简丽丽正热乎着。这时让刘帅去质疑自己的恋人,非但起不到什么正面的效果,还可能被这个女人离间兄弟感情。

但简丽丽这个女人背后,到底有多深的水?事关公司命运,我郭天宇一定得调查清楚!

本次临时股东大会中,最关键的一项便是董事会的改组。

原来万全天盛的董事会由九人组成,分别是董事长刘帅,董事郭天宇、孙秋萍,伯乐投资、达迅创投、格林基金、JYD 资本这四家持有万全天盛股份最多的机构派出的代表们，以及两位独立董事——常鸿和著名律师曾志强。这两位独立董事大有来头，常鸿曾是杭州大学生创业联盟秘书长，在郭天宇创业的时候给予过很多帮助。现在他是浙江传媒大学创业学院的院长，专门致力于大学生创业教育。这个曾志强更是富有传奇色彩，江湖人称"曾铁锤"，曾协助郭天宇打赢了一场事关初创的天盛科技生死的商标侵权官司。

由于这次股价波动剧烈，有很多股东出逃，也有很多机构吃进，加上刘帅的爆仓，使得公司的股权变动相对较大。

作为万全天盛新的大股东，天路投资、蓝石投资和哈扎维王子自然而然地提出要求，希望能进驻董事会。

哈扎维王子拥有万全天盛 15.5%的股权，天路投资及其一致行动人有 18.5%的股权，加起来已经是公司股权的三分之一。董事会总共只有九个席位，他们两家拿掉三个不过分，而蓝石投资也明确表示希望获得一个。

原本有资格进入董事会的还有蒂姆，郭天宇也很希望他能来帮助自己。但克莱尔提前和他打了招呼，还发表声明表示蒂姆先生在云游世界，自愿退出竞选，并支持李人杰先生成为董事。

郭天宇和刘帅就是怕失去平衡，才早早发起毒丸计划，最多只肯出让董事会三分之一的席位，做好了与新股东针锋相对，为了公司控制权绝不妥协的准备。

谁能想到，他们的新股东竟然出乎意料地好说话——哈扎维王子就派了个金发碧眼、叫吉姆的代理人过来；简丽丽也接受了只在董事会占据一个席位的条件，由她本人入驻董事会。

新进入的最大股东都同意了这一条件，其他人也就没有什么话好说了。

除了吉姆和简丽丽外，蓝石投资的李人杰也顺利成为董事，这也是郭天宇和刘帅可以接受的人选。

至此，万全天盛的董事会选举顺利完成，孙秋萍以及达迅创投、JYD 资本由于这轮股价大战中有抛售，使得在万全天盛持股排名中靠后，因此退出了董事会。

正当主持人想让新一届董事们移步隔壁房间召开董事会的时候，刘帅却突然站

起来,抢过了话头:

“各位尊贵的先生、女士、各位股东,感谢大家一直以来对我的信任。在这里,我先向大家表示诚挚的歉意。一则我的固执造成最近公司的一些决策失误,二则因为一些私人原因,我确实力不从心,需要一段时间的休整。此前,我已向董事会提出辞呈,决定辞去万全天盛董事长一职,并提名郭天宇先生出任万全天盛董事长兼CEO,希望新成立的董事会等会儿能支持我的这个决定。”

刘帅竟然一个人背下了此前公司的一些失策,保全了整个管理团队的颜面,其所谓的私人原因,大家都清楚,刘怀远被抓这么大的事,谁不知道啊?不过对于刘帅的决定,除了知情的董事外,在场的大部分股东还是觉得有些惊讶。

只听孙秋萍忍不住问简丽丽:“我还是想不通,刘帅为什么铁了心一定要辞职啊!”

简丽丽笑了笑,没有回答。她完全明白,这是刘帅在面对全世界直播的临时股东大会上,用自己的信誉给郭天宇背书。

刘帅的良苦用心,郭天宇、简丽丽等人稍微想一想就明白了,孙秋萍却完全没办法理解,万全天盛为什么忽然要换董事长,而且换上的是她很不待见的郭天宇。

孙秋萍虽然与刘帅接触不多,但这个名门公子风度翩翩,高大帅气,身上光环无数,外界的评论也一向很高,所以印象一直不错。加上这次刘帅为救家族企业而质押股权的事,孙秋萍是知道缘故的,觉得他实在是个有孝心的人,只是运气不好而已。不过对郭天宇,就没有那么好颜色了。

孙秋萍既然认定了郭天宇与孙秋飞之死有关,又听了郭天宇一堆破事,什么挪用公款啊,横刀夺爱啊,抛弃女友啊,和女助理在一起啊,等等,对郭天宇的印象那是一天差过一天。加上昨晚,刘帅通过助理提前与几个主要股东通气,提出自己希望辞职的想法时,朱建军刚好与她在一起,听她牢骚不断,就提醒她可以在股东大会上“放炮”。想到这儿,她霍地站了起来:

“等等,董事长的事,我有异议!大家不要把票投给郭天宇!”

孙秋萍这么一嗓子,把全场的目光都吸引过来,简丽丽连忙拉住孙秋萍,柔声道:“姐——”

“丽丽，你别拦着我，有些话，我一定要说！”

孙秋萍拿手指着郭天宇，恨不得戳到郭天宇的脸上去：“万全天盛的股价跌成那个样子，凭什么董事会改选，他反而能提名当董事长？”

这样无理取闹，胡搅蛮缠，众人都有些无奈。

不管是董事长还是CEO，都只需要对企业的运营负责，从来没有谁说要对股价负责的道理。

当然，郭天宇作为CEO，公司最近半年的盈利被压缩得厉害，他是要负一定责任的。但通远疯狂烧钱了，万全天盛不烧能行么？公司业绩下滑，也是没有办法的事情。明白人都清楚，这不能都怪到郭天宇身上！

郭天宇对孙秋萍的泼妇骂街很不屑一顾，反倒不着痕迹地瞄了简丽丽一眼，发现她很真诚地在劝着孙秋萍，心里也犯了嘀咕，难道孙秋萍这么干真不是她故意挑拨的？

孙秋萍见郭天宇不回答，还当他怕了自己，当下更来劲了：“郭天宇，我还不知道你？说的比唱的好听，做的却完全不是那一套！你想想自己到底是怎么一个人？第一次创业的时候，就有挪用公款的劣迹。后来还抛弃了拿家里钱给你投资，一起受苦的女朋友，转身就和自己的助理搞上了。你的朋友进了监狱，你去见看过他一次么？你这个人的人品这么低劣，怎么配当万全天盛的董事长？反正我不同意！”

就在此时，一个高大魁梧的人从人群中站起来，掷地有声地说：“孙女士，这里是全球直播的股东会，每个人都要为自己的言行负责。你的发言已经涉嫌诽谤，请自重。”

原来是万全天盛的独立董事，人称“曾铁锤”的大律师曾志强忍不住发话了。

“曾铁锤”声音洪亮，一下子把孙秋萍给镇住了。

见现场恢复了平静，“曾铁锤”又接着说：“请各位董事们移步隔壁会议室，其他股东可以散会了。”

“请孙秋萍女士克制一下！也请各位股东安静，大家散了吧！”刘帅打了个圆场。

孙秋萍见众人陆陆续续要离开，心有不甘，继续大声喊道：“郭天宇不是个好东西，大家不要把票投给他！”

洪韧韬见孙秋萍胡搅蛮缠，立刻从位置上蹦起，三步并作两步来到孙秋萍身边，小声解释道：“秋萍姐，你对郭总有什么意见，可以私下说。这是公开场合，还有这么多股东在，又是全球直播，对公司的影响实在太坏了！”

简丽丽也拉住孙秋萍：“姐，有什么话，私下里说就罢了。万全天盛毕竟有孙秋飞孙总的一份心血在，总不能被别人看了笑话！再说郭总是郭总，万全天盛是万全天盛，对不对？”

她这一番话落在洪韧韬心里，真是说不出的熨帖。

洪韧韬对郭天宇的某些做法也是看不惯的，却又一直为了万全天盛忍着，直到今天听了简丽丽的话，只觉醍醐灌顶——对啊，他之前都走入误区了，凭什么为了万全天盛，他就要对郭天宇委曲求全？没有了郭天宇，万全天盛还是那个万全天盛，说不定还会有更好的未来呢！

但被孙秋萍这么一搅乎，现场就有些混乱。有人看她在这个场合如泼妇一般吵架，忍不住噗嗤一声笑出声来。

听到被嘲笑，孙秋萍更是气得满脸通红，一屁股坐了下来，忍不住对简丽丽抱怨道：“丽丽，你不懂，我就是不服气！凭什么秋飞那样好的人，偏偏命这样不好，郭天宇这样的阴险小人却越做越大。要我看啊，刘帅比他好多了。”

此时的她，就像吵架的市井妇人一样，以为只要声音够大，足够泼辣，道理就会在自己这一边。于是她压根没停下嘴巴的意思，愤愤道：“说不定这次刘帅质押股权的事，就是他捅出去的，否则为什么媒体会知道？会写那么多报道？结果让刘帅丢了股权。”

简丽丽见孙秋萍这样无理取闹，有些无奈地压低声音说：“姐，大股东质押股权，都是要提前公告的，不存在有人捅出去的说法。这次万全天盛股价下跌，明显是有做空机构操纵，怎么可能与郭总有关系？”

“哼，要是没有人泄露消息，怎么可能闹成这样！”孙秋萍可不懂那些复杂的金融操作，所以她啐了一口，不屑道，“哼，我就不信，他郭天宇运气这么好！天盛科技要大获成功的时候，秋飞死了，公司是他郭天宇一个人的了！本来没毛病的万全天盛，却又发生这么多事，现在，刘帅又下台了，董事长是郭天宇了。”

孙秋萍越想越气，愤愤道：“秋飞的死，我还没和他算账呢！哪怕不是他做的，这事也和他有关。你不知道，我建的那个庄园，不是要算风水么，朱建军帮我找了个道行很高的大师。我和大师聊天后才知道，朱建军当年不投天盛科技，还有个原因，就是他找人算过，郭天宇这个人的八字特别硬，会克秋飞。”

简丽丽见她越说越不像话，只能劝道：“姐，这种事情，听听就算了，不要当真。”

“谁说的？这种事情，从来都是宁可信其有，不可信其无的。”孙秋萍见简丽丽都有不支持自己的意思，顿时急了：“丽丽，郭天宇这个人的人品如何，你不也是清楚的么？朱建军可是当着我们两个的面说的，郭天宇挪用过投资人的钱，只是他好心才没追究，否则郭天宇早就进监狱了！”

孙秋萍不知道洪韧韬心中的惊涛骇浪，继续咬牙切齿地说：“要我讲，像郭天宇这样的败类，万全天盛就该把他踢出去。他不是天天觉得自己很能干，做了很多事么，要我说，他能做总裁完全是凭运气，韧韬能比他差？我可不信！”

洪韧韬没想到还有这一茬，更没想到话题会落到自己身上，一时间心乱如麻，刚要说什么，就见简丽丽微笑道：“洪韧韬先生是孙秋飞先生的得意弟子，当然能胜任万全天盛的总裁一职。但秋萍姐，你可不能说这么大声。万一被郭天宇听见，洪韧韬先生的日子就未必好过了。”

明明只是一句恭维之词，洪韧韬的心却怦怦跳了起来。

他之前从没想过这个可能，但孙秋萍这么不经意地一提，却好像一扇崭新的大门在洪韧韬面前缓缓打开一般。

“如果我做了万全天盛的总裁，让公司按照我的想法发展，我就能纠正很多问题，把公司领导到合适的轨道上——”

简丽丽最后的那句话，更让他心中一暖的同时，又透着难言的愤怒。

用不着等郭天宇听到，他的现在日子，已经不好过了，否则为什么郭天宇要弄赵成斌回来呢？

简丽丽不着痕迹地打量着洪韧韬的神情，然后起身，意味深长地笑了笑：“好了，去隔壁开会了。”

她确实没有想到，孙秋萍会这样捧场，将她原本想找机会透露给洪韧韬的消息全部说了出来，简直就是她的完美捧哏，也不枉她们这一场“爱心联盟”了。

一场闹剧暂告结束。

终于进入了董事会表决环节。

一只美丽的手臂率先高高举起——是简丽丽。

在场九位董事举手表决时，简丽丽毫不犹豫第一个举手赞成。这让刘帅十分宽慰，不过郭天宇心中的疑虑却更浓了，不明白这个女人葫芦里究竟卖的是什么药。

吉姆似乎不怎么熟悉万全天盛的情况，但他与简丽丽认识，见状便自然而然地询问道：“Jane，你认为 Mr.Guo 能胜任？”

简丽丽礼貌地笑了笑，凝视着吉姆的眼睛，缓缓说道：“郭总是万全天盛的创始人之一，对万全天盛的商业模式和公司文化，以及中国在线旅游市场的形势都非常了解。我认为，郭总完全能够胜任万全天盛董事长一职，将万全天盛带向更好的未来，当然，我也更相信刘董的选择。”

说罢，她环视四周，对所有人露出一丝浅笑，微微提高了声音：“董事长的压力可很大哦，所以还希望郭天宇先生加油，不负众望！”

简丽丽的声音不轻不重，桌上的人都听清楚了，尤其是刘帅，对她更是无比感激。

对万全天盛这么大的公司来说，更换董事会成员以及重新任命董事长，在这个非常时期都是非常敏感的。如果新董事与原有董事不合，董事会内部有重大分歧，而且还摆到了台面上，那无疑会降低外界对公司的信心，从而对股价也产生影响。

现在，简丽丽以新任大股东的身份，为刘帅和郭天宇站台，还帮忙说服了哈扎维王子的代言人，稳定了整个公司的形势，实在是太好了！

而原董事会留下的成员，包括独立董事常鸿、曾志强、伯乐投资的代表孙董事和格林基金的代表爱德华等当然也不会反对刘帅的提议。结果这个董事会开得一派和谐，郭天宇全票当选为万全天盛董事长。

第二十七章 秘密审讯

会议结束后，郭天宇把刘帅拉到一边，悄声关心道："伯父的事情怎么样了？"

刘帅摇了摇头，叹息一声："还是没有消息……"

他本想多说几句，却都咽了下去。

郭天宇没经历过这种事，不懂他的苦——刘怀远进去得越是久，越是打听不到消息，就越让人容易想歪，觉得刘怀远牵扯进了什么大案。这种时候，别人撇清干系都来不及，怎么会帮忙呢？

就算有那么一两个仗义的，帮着打听了一两次情报，也就仁至义尽了，刘帅也不好老麻烦别人。

简丽丽在一旁，对一直粘着她的孙秋萍说："姐，我要去和刘总、郭总打个招呼，要不你和我一起去？"

孙秋萍对郭天宇没有好情绪，与刘帅又不怎么熟，下意识道："我想找韧韬了，待会再去公司转转，见见秋飞的老员工们！等你办好事，电话或微信我都行，我们一起吃饭！"

简丽丽对孙秋萍摆了个 OK 的手势，然后走向刘帅和郭天宇，只听刘帅正在说："……天宇，这段时间我基本上都不能在公司。我爸的事情你也知道，我现在要是不顶上去，腾龙集团真的就不行了……”眼神之中，含着深深的疲惫。

简丽丽的出现，让刘帅刹住了话头，精神也为之一振，“天宇，这次真得感谢Jane，她一直非常看好万全天盛，也支持我的选择。在资本界她有很多资源，以后一定会为我们带来意想不到的惊喜！”

刘帅一直担心郭天宇对简丽丽有意见，尤其在丽丽“闺蜜”孙秋萍的无理取闹之后。而郭天宇则看得出来，刘帅是真心欢迎简丽丽进入董事会的——在公司风雨飘摇之时，新董事的能力极强，又与他关系亲密，这当然是好的不能再好的结果了。

虽然吃不透简丽丽这个人，但为了不拂刘帅的面子和兴致，郭天宇还是客套却又不失礼貌地说：“以后，万全天盛就仰赖简小姐了。”

简丽丽微笑着回应道：“不敢，郭总客气了。万全天盛是一家充满朝气和活力的公司，虽然现在遇到了一些挑战，但我相信，只要大家齐心，一定会大有前景。”

郭天宇心里想的却是尽快脱身，于是故意看了一下手机，对刘帅说：“兄弟，我有事先回办公室了，你们慢聊。”临走时，只是对简丽丽礼貌地点了点头。

这种纯粹公事公办的态度，让刘帅有些无奈。简丽丽却嫣然一笑：“说起来，Neo，我还没看过你的办公室是什么样子呢！”

她轻描淡写地将尴尬化解于无形，刘帅也松了一口气，微笑道：“我就做个东道主，带你去看看？”

在“腾龙双子星”B座顶层的万全天盛董事长办公室，刘帅沏好茶，随后道：“Jane，现在只有我们两个人了，你有什么话都可以直说。”

“什么都瞒不过你。”简丽丽微微一笑，看上去有些担心，“我并没有别的意思，只是……郭总的性格，你比我更清楚。做事干脆，雷厉风行，并不会对旁人多做解释，甚至连应酬都不怎么喜欢。我虽然投票给他，支持他成为董事长，却还是和之前一样的想法，担心没有你从中斡旋的话，万全天盛的工作氛围可能会受到影响。”

刘帅想起昨天中午与简丽丽交流自己辞任董事长一事时，对方在电话中表达的态度，忍不住问：“Jane，你之前不是说，对天宇做董事长持保留意见，希望我继续坐这个位置吗，怎么今天又把票投给天宇了呢？”

“Neo，你说这话就太见外了。郭天宇是你最好的拍档，既然你希望他当董事长，呼吁所有董事将票投给郭天宇，我怎么会拆你的台？”简丽丽又意味深长地补了一句。

杭州远郊一家戒备森严的宾馆。

一个空空荡荡的房间，拉得严严实实的窗帘不透入一丝光线，刘怀远拘谨地坐在一张方凳上，双手压着膝盖，正在接受审讯。

一束刺眼的白光打在他的脸上，也在他身后的墙面打出了一道黑影。

对面坐着两个中年男人，一个穿着黑色夹克，一个穿着灰色卫衣。写字桌上摆着翻开的卷宗以及一个正在转动的录音机。

只进来了小半年，刘怀远却瘦了整整三十斤，头发都变得花白。从前的意气风发完全不见踪影，仿佛老了十岁。

黑衣男子目露凶光，厉声呵斥：“刘怀远！你还是好好交代吧！坦白从宽，抗拒从严！不要不见棺材不掉泪。”

见刘怀远沉默不语，他猛拍桌子：“你与林永迈，究竟还有什么交易？好好想想！情况我们已经掌握，你自己说，还是要我们把证据摔在你面前！”

……

一连串的质问，没完没了。相同的话语，相同的语气，日复一日，夜复一夜，反复盘问无数遍，不断在他耳边徘徊，不断在脑海中萦绕。就像一把把匕首，狠狠地，一次又一次地刺在他的心脏上。

失去自由快一百天了，他现在只会重复说一句话：“我不知道你们还想知道什么？我真的没有什么可说的了！”

此时灰衣男子站了起来，踱步到他身边，柔声问道：“刘总，你也是明白人，进来那么久了，不为自己考虑，也得为家人考虑吧？你早点说明白，不就可以出去了吗？”

刘怀远心里清楚，他们两个这一红一白，只是在唱双簧而已。他只要多说一句话，就会问出更多的问题，惹出更多的麻烦。

见刘怀远只是深深叹了口气，还是没有说话，黑衣人腾地站了起来，右手食指点着刘怀远："我把话给你挑明了，除了你帮林永迈成立拓达公司出资过五千万外，你还跟他有什么勾结？"

刘怀远心里隐隐一震，难道怀恩打点林永迈送的两千万，他们已经掌握了？

代林永迈出资的事情，在他看来并不是一件大事，不应该这么严重。但为凤凰山地块的文物问题去行贿两千万却是大问题，怀恩当时真是糊涂了！

灰衣人见他脸上显露出痛苦的神情，就继续攻心："我说过了，你越早把事情交代清楚，你的事情就越早了结。再说，你的事情我们哪一样不知道啊！现在只是等你的态度。"

刘怀远知道已经瞒不过去了，内心十分纠结。

怀恩比他小整整十五岁，出生就没了母亲，三岁又没了父亲。这么多年，自己一手将他拉扯大，兄弟情深，亦兄亦父。就是天大的事情，我这个做兄长的都得扛下来。

也许，是该由我把这个事情认下来的时候了。但刘怀远嘴唇颤抖着，几次话到嘴边，还是咽了下去，没有说出一个字来，咬紧牙关，摇了摇头。

"说吧。"

黑衣男子暴怒，冲了过来，一把抓住刘怀远的衣领："你这个老顽固，再不开口的话，永远别想走出这个房间！"

灰衣男子拍了拍黑衣男子的肩膀："消消气，消消气。我相信刘总是识时务的，他一定会想通的。我们明天再来。"

"啪"的一声，黑衣人摔门而出，狠狠地丢了一句话："你这个老东西，真是想死在这里了！"

死？这一次难道是得罪了什么人吗？难道真的有人想置我于死地吗？

刘怀远越来越感到绝望。

身兼董事长和CEO两职的郭天宇，依旧待在自己的办公室，董事长办公室仍为刘帅保留。

这间办公室正如郭天宇其人，线条简洁利落，整体冰冷凝肃，充满着现代感和未来感，却也给人一种过于冷峻，甚至有点不近人情的味道。

但郭天宇喜欢，这样的环境让他能更容易地投入工作状态。

一早刚进办公室，郭天宇第一次接到了老对手李建波的电话，这个电话既在意料外，也在意料中："郭总，我们乌镇对赌的事只怕要稍微搁一搁了。最新消息，通远又拿到了阿联酋主权基金投资的 30 亿美元，准备全部用在中国市场！"

郭天宇浑身一震，用了那么多努力，依然没能阻止这个强大对手拿到这笔投资，甚至还比原本预估的 20 亿美元多了足足 10 亿美元！

之前为顶住通远的金钱攻势，万全天盛和"51 旅游网"已经非常吃力。现在如果通远有能力在中国市场再砸 30 亿美元，那么他们两家迟早都会被拖垮！

果然，只听李建波也叹息道："万全天盛财力雄厚，不怕烧钱，我们却是瘆得慌啊！"

郭天宇心里有数，已然明白了李建波的用意，只能打哈哈假装示弱："哪里，万全天盛最近可是元气大伤，哪比得上'51 旅游网'根基雄厚，人脉广阔！说不好乌镇裸奔的人就是我和刘帅啊！击败通远更要看李总怎么出招了！"

万全天盛最近的种种遭遇，李建波当然知道。但他明白仅凭自己一家，根本不可能战胜通远，必须把万全天盛拉进来一同抗敌，就像三国时吴蜀联盟对抗曹操，才有逆转的机会。至于谁主攻，谁辅助，那就各凭本事了。而刘帅、郭天宇也早就算准了这样的棋局，一直在耐心等待这个老狐狸主动开口。

果然，李建波抛出了一个提议："郭总，乌镇对赌的事顺其自然吧！我们当务之急是必须建立竞争同盟，共御通远。第一件事就是建立 24 小时开通的总裁专线，不管收到什么消息都与对方共享，随时商讨应对通远的策略，如何？"

郭天宇心道，我要先跟你提这个事，你李建波必然翘尾巴。现在是你主动放下架子来讲，可谓英雄所见略同，对双方确实都是好事。只是以你的为人，重要的消息都会告诉我？怎么可能？

但不管怎样，两家如果能联手，即便只是一定程度上的合作，总比之前打得不可开交好。所以他满口答应下来："好的，我一直是 24 小时开机的，只要是建波兄的电话，任何情况下，我都会第一时间接通！"

李建波哈哈大笑道："不愧是郭总，够爽快！那我们就随时保持联系了！"

通远再度融资成功，接下去势必会在中国市场发动更猛烈的进攻，这让郭天宇倍感压力。

他先联系了远在美国的赵成斌，了解免费 Wi-Fi项目在技术研发和公司收购方面的进度。然后，又喊来了卢俊杰和黄皓薇，第一句话就是："我们虽然收购了趣好公司，把我们这个季度的业绩也刷了上去，但通远还是成功融到了 30 亿美元。对此，你们怎么看？"

"30 亿美元？怎么会这么多？"黄皓薇大吃一惊，"这可比郭总您上次说的还多了 10 亿美元啊！"

郭天宇之所以下定决心收购趣好公司，就是为了杜绝通远通过刷单虚增业绩，拿下阿联酋主权基金主导的 20 亿美元投资。然而当他们真的收购了趣好之后，通过内部调查，才发现并没有通远刷单的记录。

郭天宇当时就问了刘帅，到底是谁告诉他这个消息，结果没有丝毫意外，就是简丽丽。

黄皓薇看着郭天宇的脸色阴晴不定，她倒是没有郭天宇想得那么多，实事求是地说道："郭总，据我所知，即便我们收购了趣好，通远中国的业绩并没有受到太大的影响，依然增长迅猛。恐怕，通远通过趣好刷单这件事是假消息。"

听到她的话，郭天宇的眉头锁得更紧了。

虚假的消息，收购趣好，通远得到的融资多了 10 亿……

把这一切串联起来，让郭天宇嗅到了一丝阴谋的气息，只听他喃喃自语道："如果是她故意放出的假消息，那么收购趣好对她有什么好处？"

卢俊杰和黄皓薇面面相觑，不知道郭天宇口中的"她"是谁。卢俊杰考虑了片刻，表情严肃地说："郭总，我们账上的现金已经不多了，按现在的烧钱速度，顶多再支持半年。如果通远把这 30 亿美元再全部砸在中国市场,那我们也必须及时融资,才能把战争打下去。”

他更多考虑的还是万全天盛接下来的资金状况。

黄皓薇也表示赞同,补充了一句:“郭总,为了完成我们公司平台多元化的战略,我这里还有三家合适的公司要收购,需要追加 1.2 亿美元左右。”

郭天宇听完两人的意见后，心中颇为焦虑。虽然不知道简丽丽葫芦里卖的是什么药,但收购趣好的事后悔也已来不及了,与通远的竞争也到了关键时刻,当务之急还是要解决公司的资金问题。

根据赵成斌刚才电话里的汇报，如果展开针对性并购以完成“向日葵计划”,美国那边至少需要两亿美元的投入,真是屋漏偏逢连夜雨。

“阿联酋给通远巨额融资,明显非常看好通远,甚至认为中国在线旅游业的大局已定。我们现在处于弱势,在这种情况下,能融到多少钱?”郭天宇问卢俊杰。

“我们第一、第二季度的财务报表都不好看,如果按照现在的趋势,第三季度的财务报表也不会好到哪里去。确实,在没有利好消息的情况下,非但股价上不去,投资人也会望而却步。如果是现在进行融资,按照我的判断,或许只能融到 5 亿美元左右,甚至更少。”

30 亿对 5 亿,差距实在太大了!

郭天宇站起身来。

窗外的天色昏暗,大风骤起,钱塘江中翻起巨浪。

一场暴风雨即将来临。

第二十八章
进退两难

郭天宇满脑子想的都是通远获得的巨额融资，以及自己决定收购趣好公司的前前后后，突然在心底升腾起一股不祥的预感。回到家里也是思绪不定，捧着本书看了半个小时，一页都没翻过去。

卓伊轻轻走过来，抽走他手上的书："天宇，有心事？"

郭天宇这才回过神来，对卓伊说："我感觉自己好像落入了一张无形的网，却怎么也找不出问题的症结所在。"

说罢，他就将公司这段时间发生的蹊跷事情，以及自己对简丽丽的怀疑告诉卓伊。

卓伊听了，也倍感疑惑。

没错，简丽丽认识刘帅，又认识孙秋萍，两人还都对她信赖有加，这一点确实很可疑。但天路投资在那场惊心动魄的股权激战里，不管万全天盛的股价跌得多厉害，他们始终在不惜代价地收购万全天盛的股份，拼命抬升万全天盛的股票价格，并在关键时候举牌，最终让这场灾难得以过去。

这才是刘帅信任简丽丽的关键所在。

是啊，这种一不留神就可能血本无归的帮法，如果不是很亲密的人，谁能做到？哪怕是与郭天宇、刘帅私交颇好的李人杰，也是犹豫了一下才出手的吧？

如果只是为了取信于人，简丽丽花的代价未免也太大了——不管是将刘帅引荐给王子，还是拼命拉升股价，都是动辄数亿甚至数十亿美元的事情，更不要说动用的资源和人情，只有“爱”和“利益”的掺杂，才能做到这一点。

这也恰恰就是郭天宇百思不得其解的地方。

简丽丽要是有阴谋，他揭露了，固然是皆大欢喜；可要是人家没阴谋，他这样怀疑对方，闹到最后，别说公司要分裂，他和刘帅连朋友都未必能继续做下去，这可不是郭天宇所希望看到的。

卓伊对此也难下论断，不由头疼道：“如果秋飞在就好了，你们三个绝对控股，不会有任何问题！”

提起孙秋飞，郭天宇也很感慨：“是啊，倘若秋飞还在，肯定不会是现在这个样子。”

说到这里，他心中一动，想到了一个人。

天盛科技初创时期，曾卷入一场严重的商标侵权案。当时局势十分危急，外界普遍认为万全天盛将输掉官司，从而关门大吉。幸好孙秋飞生前布局，暗中请曾是公安部门刑侦高手，后来转行做私家侦探的魏华生秘密调查，搜集到了有力证据，在关键时刻扭转乾坤，挽救了公司。

当年凭借刑侦方法打赢了商标官司，现在面对复杂的局面，或许只有再用上“刑侦思维”，才能解决问题。

这一天，郭天宇作为评委，正在参加“i 创中国”创业大赛的决赛，助理甄杰忽然在边上连连比画手势让他出去。

郭天宇心知必有要事，于是向身边的主办方领导、《浙商》杂志总编朱任华颔首致歉后，起身走到场外。只听甄杰有些焦急地说道：“郑峰刚打来电话，说媒体这段时间对刷单现象的集中报道，把咱们也牵扯进去了。”

评审期间，郭天宇把手机调到了静音，他知道一定错过了不少电话和信息。来不及看手机，就急着问甄杰："怎么回事？"

"郭总您知道的，就这几天，上门洗车O2O行业的疯狂'刷单'行为被媒体曝光，接着就渐渐牵扯到了整个中国互联网行业的数据造假上了，今天，没想到就有文章把矛头对准了我们公司！您看看这篇报道——《起底趣好公司：万全天盛靠刷单跻身行业三强？》"

引起轩然大波的上门洗车O2O行业"刷单门"事情，郭天宇是知道的，只是没想到战火竟然会直接烧到了万全天盛身上？

不知为何，对于这一情况，郭天宇竟没有觉得很意外。

这些天他一直在琢磨，简丽丽为什么要把通远刷单的假情报透露给刘帅？加快万全天盛下决心高价买下趣好公司的目的何在？为了从中获利？难道她在趣好埋伏了投资？如果只是为赚点钱倒也罢了！但这个女人到底要干什么？还有没有别的意图？

他就算想破了脑袋，一时也无法猜透这其中的奥妙。

眼前最棘手的是，收购完趣好不久，媒体揭露的互联网行业的数据造假现象，主角陡然就变成了万全天盛，这一切都是巧合吗？如果这是简丽丽别有用心的计谋，她又想通过这场风波，得到什么呢？

千头万绪萦绕着郭天宇，却无法洞悉这件事的全貌。好在他保持了冷静的心态，沉吟片刻，就发出应变的指示："告诉郑峰，不能让更多媒体介入，尤其避免有后续的跟踪报道，至于海外——也得密切关注，税务稽查的风波才平息不久，绝对不可以再有负面消息了！"

俗话说，祸不单行，怕什么就来什么。

等到第二天，在郑峰的斡旋下，国内的主流媒体都没再继续闹出什么动静。但国外媒体却突然像打了鸡血一样，将关注点全都集中到了万全天盛的刷单问题上。

一时间，各式各样的报道充斥着众人的眼球——"刷单——中国在线旅游公司绕不过去的'潜规则'""刷单的秘密：一天刷出一辆玛莎拉蒂""40%虚假订单？万全天盛深陷刷单门""压垮万全天盛的最后稻草：刷单事件""刷单，谁能让这场疯狂的游戏停下来？”

……

更吊诡的是，在这些报道中，万全天盛简直成了中国互联网行业数据造假的典型代表，而之前中国媒体连续报道的上门洗车 O2O 行业的刷单行为根本没再被提及。

伴随这些报道的，则是股价再次如断崖般下跌！在短短三天内，万全天盛的市值就缩水了近一半。

郭天宇站在窗边，一动不动，凝望着远处的钱塘江，潮水正在汹涌。

对于刷单，他一开始就是抗拒的——他本人极讨厌这种弄虚作假的行为，哪怕反复安慰自己，这是业内潜规则，是不得已而为之的。但郭天宇骗得过所有人，却骗不了自己。

不喜欢就是不喜欢，不赞成就是不赞成，哪怕为了利益，无奈做了妥协，但他内心里对收购趣好公司还是忐忑不安的。

现在万全天盛利用趣好公司刷单的事被曝光，固然让郭天宇头疼，却也如一记棒喝把他惊醒了——他终于意识到，这段时间，自己走得太急了。

真的假不了，假的也真不了。没能好好调整市场战略，却将希望寄托于刷单上，这本来就是他的过失，为此付出代价也是迟早的事。

就连蒂姆也打来电话告诉郭天宇，这件事情已经惊动了纳斯达克组委会，如果情况严重涉及财务造假的话，甚至有可能惊动美国司法部。

郭天宇立刻通知财务总监卢俊杰，推迟了这个季度财报的发布日期，重新修改财报。

“万不得已的时候，就向纳斯达克申请延迟一个月发布财报，宁可带来负面影响，也不能让别人抓住我们财报中有业绩造假的证据！”

郭天宇交代完卢俊杰之后，想起三天后的临时董事会，眉头紧锁。

由于郭天宇对趣好公司轻率的收购行为，董事会对郭天宇施加了大量的压力。各家机构代表把矛头都对准了郭天宇，要他妥善处理这件事，并给所有人一个合理的交代。

他总觉得,这些董事的背后,有一个人的影子若隐若现。

连这次“刷单门”事件,也处处透露着古怪。郭天宇觉得,自己怕是在不知不觉之间,已经落入了别人的陷阱之中。

那么,她的目的又会是什么呢?

郭天宇无意识地用手指敲打着桌面,回想起了那天夜晚刘帅的电话。自己之所以会决定收购趣好公司,不得不说,刘帅所提到的通远融资消息是一个相当重要的原因。

然而后来呢,通远照样拿到了那笔投资,而且按照现有的证据来看,并没有通过趣好刷单。

如果这一切都不是偶然,而是故意放出消息想要混淆自己的视线,让万全天盛去收购趣好呢?

这件事的来源很值得琢磨。

接下来,一系列意想不到的事件集中爆发:孙秋萍抛售股票,刘帅质押股权之后无奈爆仓,简丽丽成为董事会成员,以及现在董事会成员的逼宫。

难道,她就是蒂姆所提到的神秘资本的操纵者?

郭天宇心里悚然一惊,头皮发麻。

如果这个猜想属实的话,那么毫无疑问,在这次董事会上,对方就会露出自己狰狞的獠牙——他们从一开始的目的就是万全天盛的控制权!

此刻,郭天宇突然意识到,之前所发生的种种不正常,应该都是拜简丽丽精心布局所赐!自己梦境中反复出现的“暗黑之门”背后那充满强大能量的“引力场”,其实早已在现实的商业世界中张开血盆大口,一点一点地把万全天盛整个“吸”进去。如果应对不慎,不仅是刘帅、自己还有万全天盛,都将陷入万劫不复的困境之中!

想到这里,郭天宇再也忍耐不住了,猛地站了起来,在房间里踱着步。思考良久,他拿出手机,拨通了魏华生的电话!

“华生,我想委托你帮我查一个人。”

第二十九章 诉讼风云

“皓薇，对不住了。”

郭天宇有些歉疚地看着自己面前的黄皓薇递上辞呈。

因为利用趣好公司刷单被曝光，加上万全天盛推迟发布财报，引发了市场广泛担忧，导致股价又一次下跌。

在万全天盛的临时董事会上，郭天宇向董事们解释了推迟公布财报的决定，并提请董事会投票通过拆分、出售趣好公司。

这一举动引起了轩然大波，董事们吵得不可开交，好几位董事拒绝拆分趣好公司，并当场发难，甚至有激动的董事直接要求郭天宇立刻辞去 CEO 的职位！

幸好当天郭天宇做了充分的准备，严厉拒绝了这一要求，在其余董事的支持下，最终勉强通过了执行拆分的决议。

不过黄皓薇则成了这一次决策失误的主要负责人，将要离开万全天盛。新的人选由天路投资推荐，这也是郭天宇做出的妥协。

只见黄皓薇摇了摇头：“郭总，这件事我本来就有责任，毕竟直接做这个收购案的人是我，要道歉也是我向公司道歉。”

郭天宇摆摆手，说道：“私下里，我们都是朋友，就不用说这些客套话啦。要是我当时听你的劝告,这件事就不会发生了。”

“可是……”

黄皓薇还想说些什么,郭天宇从抽屉里拿出了一个信封,塞到她的手里:“这是我请蒂姆为你写得推荐信,也许你可以圆你想去斯坦福大学读研究生的梦想了。”

看到黄皓薇惊喜的表情,郭天宇心中有些安慰:“好好把握机会,这是我现在唯一能为你做的。”

在媒体添油加醋的报道下,万全天盛的临时董事会,又成了一出“年度财经大戏”。“51 旅游网”和通远中国,则带着幸灾乐祸的心情,乐于见到强大竞争对手露出的破绽。

从万全天盛股权洗牌开始,到现在分管投资的万全天盛副总裁被迫离职,李建波得出了万全天盛董事会已经分裂的判断。

平心而论,他当然愿意万全天盛出岔子,但要是万全天盛新任大股东和新任董事长水火不容,陷入严重内斗而导致过快衰落,却不是现在他希望看到的,这至少也要等到两家联手击败通远之后。

在线旅游行业的三国演义,现状是谁与通远正面对上,谁就要吃大亏。一旦万全天盛真不行了,通远下一个集中火力攻打的对象,必定是“51 旅游网”!这就是所谓唇亡齿寒。而通远刚刚得到了 30 亿美元的现金补充,已从庞然巨兽变成了史前怪物,如果没有万全天盛分担压力,这场仗还怎么打?

必须在万全天盛因内乱而倒下前,尽量压制最大的敌人——通远,转移市场热点,减轻友军的压力,“51 旅游网”才能赢得战略主动。万全天盛一旦赢得喘息和恢复,三雄称霸的战略平衡才得以维持!看样子,是时候动用一些特殊手段了!

李建波的目光落到了办公室中悬挂的中国地图上。

北京、上海、广州、深圳、杭州、厦门、成都……

那么,就从最有把握的上海开始吧!

次日，有关“51 旅游网”的一条新闻，登上了媒体头条！

“51 旅游网”在上海第二中级人民法院，对通远正式提起诉讼，声称对方采用高额补贴和大举收购的恶性竞争方式，进行商业垄断，严重违反了正常的市场竞争原则，给“51 旅游网”带来巨大的经济损失，要求对方赔付三千万元人民币。

瞬间，大家的关注焦点，都从“万全天盛刷单”，转向了“‘51 旅游网’起诉美国通远公司”！

众所周知，中国在线旅游业三大巨头中，通远是彻头彻尾的美国公司，万全天盛也是接受了许多外国资本投资的，唯有“51 旅游网”，虽然在美国纽约证券交易所上市，但控股的大股东几乎全是中国本土机构，是再纯正不过的中国公司。

现如今，通远来势汹汹，后劲很足。虽说“51 旅游网”和万全天盛基本上顶住了通远在一线城市的狂轰滥炸，但看三家公司融资的势头就知道，通远的融资渠道、规模和数量，都远远超过两位竞争对手。再让这三家公司竞争个一年半载，万全天盛和“51 旅游网”未必能够在这种长时间、高强度、疯狂烧钱的密集攻势下幸存，要是这个时候判了通远赢，明年“51 旅游网”倒闭了怎么办？中国在线旅游的江山被通远独霸，哪个人敢担这种责任？又有谁担得起这种责任？

想都不用想就知道，在这种事情上，地方政府肯定是要帮着自家企业的，当年娃哈哈与法国达能的“达娃之争”，最后在双方的诉讼大战中，娃哈哈几乎获得全胜，就是一个经典的例子。

正因为如此，这桩案件不光吸引了中国媒体，甚至还有很多海外媒体的眼光，大家都想知道，法院究竟会怎么判。

郭天宇看见报道之后，犹豫了很久，终于给李建波打了个电话：“这可能是目前最有效的反击手段了，谢谢。”

“不用谢我。”李建波淡淡道，“这是为了我自己。”

有时候，前进，反倒意味着更好地后退；就像后退，有时只是积蓄精力，为了更好地往前走一样。

“51 旅游网”的举动，无疑是将舆论的主战场拉到了自己这里，却给万全天盛争取到了一个喘息的机会。因为李建波知道，这种时候，万全天盛千万不能倒！

唇亡齿寒，不外如是。

同时李建波也是通过这种举动，对通远展现肌肉，让这些外国企业知道，在中国还有“国情”一说，以免通远把“51 旅游网”逼得太急。

李建波就像一匹老狼，呲着锋利的牙齿，在通远这头巨鳄面前耀武扬威。

Jason 林非常讨厌这种商业竞争不行就恶意告状的作风，但他不得不承认，“51 旅游网”的行动，让公司上下都有些人心惶惶。

倘若官司判决下来，裁定通远违法并勒令赔付，那该怎么办？补贴如果降到同一个水平线，通远就丧失了他们最大的优势，而且，不管在哪个国家，沾上“商业垄断”，总是会引起消费者的恐慌，感觉不那么可信的。

即使法院驳回原告的相关请求，漫长的诉讼程序也使“51 旅游网”和万全天盛赢得了宝贵的喘息时间。这是典型的“围魏救赵”！

李建波的做法，令 Jason 林如鲠在喉，一时不知道该如何应对。

助理看到老板踌躇不定的样子，斟酌片刻后，小心翼翼地试探道：“BOSS，我这边有一个万全天盛的内部消息，不知道是否有用——传闻他们公司的高管涉嫌接受商业贿赂！”

Jason 林精神一振：“消息可靠吗？”

一看老板有兴趣，助理马上就来了劲：“绝对可靠。万全天盛的后端开发部乱七八糟，只要收钱就会给入驻商户提高在‘游乐宝’的排名，所以‘游乐宝’压根不是官方所说的按综合指数公平排序，而是属于典型的竞价排名。也许我们可以利用这一点大做文章，把舆论从我们身上引开。”

Jason 林陷入了片刻的沉思。

这确实不是他习惯的方式，但难道还有更好的办法吗？

如果能够让万全天盛万劫不复，使行业热点再度转移，李建波的诡计自然就落空了。

他叹了口气，终于下了决心，对助理说："那就这么干吧。"

朱建军步履匆忙地赶到简丽丽位于安缦法云的酒店长包房，在门口调整了一下气息，整了整衣服，轻轻敲门。

"进来。"

推门而入，朱建军立刻向简丽丽汇报道："BOSS，之前你让我们去查的事情已经弄清楚了。"

简丽丽伸了伸手，示意朱建军继续。

朱建军拿起一份资料，交到简丽丽的手中："BOSS，万全天盛技术部的杨晟是下一步计划中的最佳目标。我们手中已经掌握了大量他贪污的证据，同时也给通远和'51旅游网'放了一些风声。我们要不要借机闹他个满城风雨，让万全天盛的股价再往下跌？"

"你们真是蠢到家了。"简丽丽不屑地哼了一声，"一点变通都不懂，现在这么做对我们有什么好处？"

朱建军愣了一下，不敢接话。

"计划是计划，现在是现在。如今我们已经是万全天盛的大股东，为什么还要让万全天盛的股价下跌？"简丽丽看他还是一副似懂非懂的模样，冷冷一笑，"别忘了我们的最终目的是什么，是为了万全天盛的控制权！我们不只是要掌握董事会，还要控制公司的经营层！这样才能确保万全天盛为我们创造最大的利益，明白吗？"

朱建军恍然大悟，赶紧点头。

之前根据简丽丽的观察，万全天盛的高管们虽然都有些小心思，关系还是很和睦的。到底是一起创业打拼的伙伴，感情就是不一样。反过来说，这也能成为被利用的地方。

以郭天宇的处事方式，一旦知道杨晟贪污，必然使出雷霆重手，这更能让万全天盛内部高管团队分化。到时候，就是他们发力的时机了。

"光一个黄皓薇还不够，我们还得再断郭天宇一条臂膀。"

听到这句话，朱建军有些小心翼翼地说：“BOSS，杨晟只是技术部的中层管理，地位没那么重要，要是能搞掉洪韧韬就好了……”

“你懂什么！”，简丽丽轻蔑地看了朱建军一眼：“你们就等着看好戏吧！”

一切似乎都在她的掌控之中。

接到郑峰的紧急电话时，已经晚上十二点了，郭天宇正准备休息。

“郭总，我这里得到确切消息，后端开发部总监杨晟贪污受贿，向部分上线商家索求贿赂，而且数额不小。”

“什么？这怎么可能？”郭天宇真不敢相信自己的耳朵。

“是啊，杨晟拿了那么多公司期权，少说也值三千多万人民币啊，虽然根据期权协议，大部分还不可以套现。但不管怎么说，这些钱最终是拿得到的，我开始也觉得他完全没必要做这种事。”

“郑峰，此事非同小可，有证据吗？”

“郭总，我刚刚发到您的全天 OA 上了，您看一下。”

打开那些文档，郭天宇脸色铁青，越来越难看。

“从哪里得到的消息？”

“这是一个匿名者发到我邮箱里的，所以一开始我并没有完全相信。可是当我和其中十多个商家做了核实之后，才发现问题的严重性。”

“你和这个匿名举报者联系了吗？”

“发了好多个邮件他都不回，我也搞不明白到底怎么回事。我猜可能是一位知情的后端开发部员工，暂时还不敢透露身份。”

郭天宇思索片刻，立即下了决断：“郑峰，此事要绝对保密。不过，得严肃处理杨晟，绝不姑息。”

语气斩钉截铁，没有半点回旋的余地。

电话那头的郑峰心中一凛，有些犹豫：“郭总，一旦处理了杨晟，事件就有可能被捅出去，说不定会对公司产生恶劣影响。趣好‘刷单门’还没有发酵完，媒体还在关注后续，我们正是需要树立良好正面形象的时候啊！”

“就因为在这样的敏感时期，才要尽快解决掉这件事。我以前就在会议上反复强调，万全天盛对商业贿赂零容忍，无论是谁，一旦触犯，绝不姑息！”郭天宇的态度非常坚决，半点也不让步，“这么大的事，瞒是瞒不住的。发给你证据的人，也有可能会发给媒体，如果我们自己不先处理好，而是被别人利用这件事情大做文章，那麻烦就大了。”

第三十章
杀一儆百

洪韧韬在总裁办公室里听到杨晟贪污的消息时，仿佛晴天霹雳。

郭天宇的声音几乎像从天外传来，落在洪韧韬耳中，是那样的不真切："韧韬，我得到了确切的消息，杨晟私自收了多家公司的商业贿赂，就目前掌握的证据来看，总金额已高达三百万之多。我怀疑，这不仅是他个人的行为，你仔细查一下后台相关的数据，把不正常的变动全部给我找出来。我倒要看看，我们万全天盛究竟有多少员工涉及了这桩丑闻！"

"什么？"洪韧韬险些怀疑自己的耳朵听错了，"杨晟？不可能吧？他贪污受贿？这，这不会吧？他怎么可能会缺钱？"

杨晟和洪韧韬一样，都是跟着郭天宇、孙秋飞一起创业的"十一金刚"之一，手上有万全天盛的期权不说，本身也是万全天盛后端开发部的总监，毋庸置疑的高管。万全天盛上市之后，杨晟更是凭着手中的期权成了千万富翁，开名车，住豪宅，一身名牌，最爱收集限量版，换女友的速度也越来越快。这些支出虽然是一笔不菲的花销，也不可能超过他的收入才对，他怎么会忽然铤而走险、去收受商业贿赂呢?

这时,洪韧韬的脑海中却浮现出了那次大家一起去吃夜宵的时候,高翔宇和杨晟的那一番对话——杨晟对奢侈品,有些过度追求了。

郭天宇冷哼一声:“一开始我也不相信, 但事实就是如此, 他仗着自己是后端开发部的总监,私自修改数据,提升了一些公司在‘游乐宝’上的排名,甚至还威胁那些不给他好处的商家!这就是敲诈,影响极其恶劣,我是绝对不能容忍的!韧韬,你马上把他,不,把整个后端开发部的权限锁死,立刻查一遍都有谁这样干过,尽快把结果报给我。”

看到郭天宇严厉的表情,洪韧韬心里咯噔一下:“郭总,您打算怎么办?”

“这个恶人只能我来做了!我会亲自联系公安部门,让他们来处理。”郭天宇的回答简单而坚决。

洪韧韬迟疑了一会儿,仔细斟酌言辞后,万分恳切地说:“郭总,我们好歹是一起奋斗过来的兄弟,如今公司面临重重危机,这种事情更不适合闹大。要不,我们就不要通知警方了,私下和杨晟谈一谈,让他把这些钱退给商家,再主动辞职。既保住公司的声誉,也给了他一个机会,大家好聚好散,如何?”

郭天宇知道洪韧韬是性情中人,够义气,与公司高管们的感情都很好,尤其是一起跟着秋飞创业的老人们。他也知道,洪韧韬说的这种解决方法,虽然不合法,但合乎人情。

只不过,郭天宇看重的,并不是这区区三百万,而是杨晟在公司内部带来的恶劣影响和藏在后面的舆论危机。

“韧韬,杨晟他做出这种敲诈勒索的事情,一旦被爆出来,别人会怎么看我们万全天盛?还有!他的行为,怎么可能瞒得过同一部门的人?他这样做了,别人难道就不会心理不平衡、干出同样的事情吗?我让你去查整个后端部门,就是这个原因!不但如此,我们需要马上组建一个廉政部,专门盯着公司上上下下的员工!类似事件一经发现,数额小的,辞退!数额大的,直接移交警方!”深知一场风暴将至的郭天宇厉声道。

洪韧韬还想为杨晟求情，被郭天宇不留情面地打断了："韧韬，我知道你重感情，但再怎么重感情，也要分清楚什么事情该做，什么事情不该做，人是要有个底线的。"说到这里，他加重了语气，"杨晟的行为，已经过界了！"

"郭总！"洪韧韬仍尝试做最后的努力，近乎哀求地说，"杨晟和我一样，都是一毕业就跟着孙总的，跟着您一路闯过来的，对万全天盛有着非常深厚的感情。我猜他八成投了很多钱在股市，还动用了杠杆。最近遇到股灾，他肯定是不小心将钱全赔光了，一时糊涂，才铤而走险、铸下这等大错的。你就给他一个机会吧，让他把这些钱给还上，我们再将他辞掉就算了。千万不要联系公安，行不行？一旦把他送进牢里，那真是毁了他一生啊！"

他这一番话说得非常恳切，眼眶都有些红了。

然而洪韧韬的言辞，却激怒了郭天宇："如果秋飞还在的话，他一定会支持我的做法！公司要有公司的样子，我再说一遍，万全天盛对贪污受贿的行为，绝对是零容忍的！"

不会的，孙总如果还活着，他怎么可能不给杨晟一条生路？

洪韧韬在心里拼命否认这一点——他就是知道郭天宇的铁腕，才故意说杨晟在股市亏钱，而不是为了奢侈品挥霍无度。因为他知道，后者会激起郭天宇更大的愤怒。但看见郭天宇的表情，他知道事情已没有挽回的余地，于是只能深深地叹了口气："郭总，你一定要这么公事公办，我也无话可说了。"

郭天宇见洪韧韬不再反对，走到他身边，拍了拍他的肩膀，出言安抚道："我知道你心里不好受，出了这种事，我何尝不难过呢？但对就是对，错就是错，这种大是大非的问题上，没有人情可讲，否则受伤害最大的就会是万全天盛。"

说到这里，他看了一眼手表，说："这件事情宜早不宜迟，你代我去和老兄弟们说一说，把我的想法告诉他们，让大家都谅解一下。"

泪水溢出眼眶，洪韧韬努力维持着语调的平静："郭总，技术部门会正常运转，这件事的影响我会压到最小。至于技术部各大总监那里，我都会去解释的！我能做的就只有这些了。"

郭天宇听完洪韧韬的表态，原本悬着的一颗心落下了一半。

洪韧韬回到技术部的时候，刚好看见杨晟，见他衣着光鲜，浑然不知大难临头，心中五味杂陈，本想避而不见，对方却主动来打招呼："洪总——"

洪韧韬只能勉强挤出一个僵硬的笑，随口寒暄："杨晟，你今天打扮得这么帅，难道是佳人有约？"

杨晟自得地指着身上的衣服说："这是我刚买到的，阿玛尼的限量版，全球只发售一万件。都说人靠衣装，可不就衬得我更帅了么！"

他这副洋洋得意的模样，让洪韧韬又是愤怒又是无奈，还有一丝怜悯。本想提醒几句，却又不知该说什么好，索性敷衍了事，回到办公室，一个人静静坐着。

不知过了多久，门外传来骚动之声，洪韧韬猛地打开办公室的门，看见几个警察正押解着戴上手铐的杨晟在众目睽睽下离开。

"韧韬，这这这……"不知何时，前端开发部总监于天奇已经摸了过来，有些语无伦次，"杨晟怎么了？他犯了什么事？怎么惹上公安了？"

洪韧韬心中一动，默不作声地往偏僻处退了几步，小声说："他接受了商业贿赂，私下修改'游乐宝'里店家的排名，将那些贿赂他的公司排名调高，更容易被'游乐宝'的用户找到。郭总拿到了证据，决定不姑息，就通知了警方。"

于天奇大惊："你说什么？郭天宇？"

洪韧韬点了点头，长叹一声，没有说话，于天奇心中泛起一股兔死狐悲的悲凉，又夹杂着难以言喻的愤怒，音调忍不住高了起来："至于么，至于么？为了这种事，就要把和他一起打天下的老兄弟给送进牢里？"

"嘘，你小声点！"

"什么送进牢里？"

洪韧韬的警告与不远处高翔宇的问话几乎是同一时间响起。

警方都直接进来抓人了，技术部门的主管们听到消息，哪里还坐得住？大家心里都有点惴惴，纷纷来找洪韧韬询问情况。

他们没听到前半段,只听见了于天奇的不满。

意识到发生了不寻常的事情,性子最急的高翔宇忍不住,又重复了一遍刚才的问题:“谁把谁给送进去?”

于天奇平素是一张弥勒佛脸，见谁都带三分笑意，现在却是金刚怒目，没好气道:“不就是我们的郭总,知道杨晟贪污,连改过自新的机会也不给。”说到这里,他才想起来自己没问数额。如果数字很大,自己的说法就站不住脚了。于是望向洪韧韬,急切地问:“韧韬,杨晟他贪了多少?”

洪韧韬摇了摇头,本想照实说,却不知为何心中一动,鬼使神差一般,含糊其词地把数字往小的地方说了:“我不是很清楚,似乎证据虽然有,但不算特别充分。听郭总的意思,百八十万总是有的。”

此言一出,大家神情各异,却或多或少都有些于心不忍。

高翔宇一张脸立刻拉了下来，激动地说:“真的假的?杨晟会为了这么点钱去贪污?有必要吗?他一年光工资和分红收入都不止一百万吧?郭天宇这么做,怕是‘项庄舞剑,意在沛公’,就是要给我们这些孙总的老部下来个下马威啊!”

“好了!”洪韧韬忽然提高声音,表情很严厉,“你们都少说两句,郭总这是为了公司好,大家要理性看待这件事,不要掺杂自己的私人感情!”

高翔宇不服气,刚要反驳,忽见洪韧韬的眼眶红红的,眼中布满血丝,声音也有些颤抖。再想到他与杨晟的关系不错,又是他们这些恒达搜索“老人”中第一个知道这件事的。说不定第一时间已经向郭天宇求过情,于是,高翔宇便将那些更刺人的话给咽了下去。

如果真是那样,洪韧韬才是心里最不好受的那一个,他们何必往伤口上再撒盐呢?

一向沉默寡言的研发部总监陈锐也安慰道:“洪总，你不要太自责，杨晟既然敢做下这种事,就要承担得起相应的后果。”

“陈锐,你有没有点同情心——”

“好了好了,都少说两句,去干活吧!”于天奇见高翔宇怒目圆睁要与陈锐吵架的样子,连忙打圆场。

洪韧韬叹了口气:“大家都撤了吧!脸上千万不要带情绪!杨晟本来就做得不对,大家就不要火上浇油了,免得让人觉得我们这帮老兄弟是非不分。”

高翔宇不屑地哼了一声,拂袖离开,其他人面面相觑,也摇着头陆续散去。

于天奇才走几步又转了回来,小声说:“韧韬,我觉得,老高虽然激动了点,说的还是有几分道理的!”

洪韧韬脸色阴沉地没说话,于天奇见状就继续往下讲。

“别的不说,光说那个赵成斌——剽窃我们‘游乐宝’去讨好新主子的家伙,居然被郭总重金挖了回来,当董事长助理。他要是做出了什么功绩,我老于也没有二话,可他人呢?他都进公司这么长时间了,你见过他几次?”

看见杨晟被抓进去,于天奇害怕啊!他虽然没犯这么大的错,小辫子却也是一抓一大把,要是郭天宇忽然想来个雷霆行动,整顿公司风气,他不就首当其冲了么?所以只能不断游说洪韧韬,希望老大能保住自己。

“一个几乎不在公司的‘隐形人’,凭什么要挖过来,万全天盛又不是什么慈善机构。你说那个赵成斌,有什么地方能胜得过你?技术?威望?还是对公司的上心程度?可人家只要对老板忠心耿耿,言听计从,吩咐什么都照办,就像在‘51 旅游网’那样,就比你在公司通宵加班一百天都好用!”

“先是一个赵成斌,现在又找杨晟的茬,把他送局子吃官司。郭天宇表面上说是为了公司好,实际上是在打你的脸啊!”

于天奇的每一字,每一句,仿佛都说到了洪韧韬的心坎上。

郭天宇确实做得太绝了!在洪韧韬看来,这件事情完全可以内部处理,对公司、对大家都好,为什么一定要把杨晟送进监狱,毁掉别人的一辈子呢?

他不知道,自己的这种想法,恰恰中了简丽丽他们的计。

人就是这么奇怪的存在——倘若杨晟贪污的事情闹得满城风雨,大家都会觉得是杨晟不对并责怪他,在那样的情况下郭天宇把他送进监狱,没有人会说什么;但现在,明明能够掩盖过去的事情,却要公事公办,大家未免就会觉得郭天宇做人太绝,太不近人情。

甚至，恨上郭天宇。

在蓝色钱江顶楼“城市别墅”二层书房，郭天宇终于等到魏华生的电话。

他神情变得严肃，心也跳得很快，深吸一口气后，才按下接听键：“老魏，事情有什么进展？”

“郭总，从简丽丽的履历上看，没有任何破绽，我想办法监听了她的手机，但对方的警惕性非常高。她在通电话的时候，几乎不吐露重要信息，比如要讲到某个计划的具体内容时，她就不再说了，或者用暗语代替。出入一些私密场合的时候，更是连手机都不携带，或者直接关机、拔电源。”

郭天宇眉头紧锁，声音微微拔高：“你查了半个月，只告诉我这种事？”

“郭总，你不要急。事实上，简丽丽这么谨慎的做法，更让我确定，她绝对有问题——这种反侦察能力，绝对不是一般人该有的。”魏华生解释道，“我曾尝试对她进行跟踪，但她身边的保镖非常警觉，我怕打草惊蛇，才停止了这一行动。现在我有了个全新的想法，需要得到郭总的支持！”

“什么想法？”

“希望得到您的资金支持，至少一百万。”魏华生干脆利落地提了要求，“我认为，简丽丽只有在家里才会放松戒备，而她在国内的‘家’就一个，在上海东方一品。我已经查过了，简丽丽家楼上的房子恰好是空的。我决定把那间房子租下来，并购买顶级的窃听设备，对她进行 24 小时的不间断监听。”

24 小时监听？

郭天宇不由沉默了。

这和一两次的跟踪，偶尔的手机窃听可不一样，万一被人知道了……但他必须弄清楚简丽丽的目的，否则简丽丽一直在暗处，他却在明处，这仗没法打！

郭天宇权衡片刻，毅然点头：“好，我会划一百万到你账上，拜托你加快进度，尽快查清这女人的底细。”

卓伊听到动静,疑惑地走了过来。

“是魏华生吗?怎么又要一百万?前段时间不是才预支了二十万给他吗?是不是看你有钱,就狮子大开口?”卓伊很是不解。

“怎么会呢?老魏可不是这样的人!只是出了计划外的变故而已。”郭天宇的神色很凝重,“我们的对手,实在是很可怕。”

“怎么了?”

“因为她是一个完美到没有破绽的女人。”郭天宇唇齿间泛起一丝冷意,“不管怎么试探,不管动用什么手段,不管从哪个渠道查,她都一点问题也没有。”

卓伊欲言又止,好半天才说:“天宇,你有没有想过,既然通过种种手段都没有查出她的问题,或许她真的没有问题,只是我们多想了呢?就像我们前几天一起看的那部侦探小说,主角不是有一句话吗——世界上唯一没有破绽的身份,就是自己真实的身份。”

“我知道你的意思,假的永远真不了,只要是谎言,总会有破绽。”郭天宇晃了晃手机,意味深长道,“在接到今天这个电话之前,我都怀疑着自己的怀疑,但从此刻开始,我终于能肯定,这个女人绝对有问题!”

卓伊心中一紧:“查到了什么?”

“什么都没查到,就算有些许问题,也不是她本人的,顶多是天路投资的某些人想捞外快,很正常,算不上什么疑点。”郭天宇开始推理,说得头头是道,“问题恰恰就在这里!一个正常人,需要保持这么高的警惕性吗?非要防守得滴水不漏吗?就算被人跟了十几天,居然什么消息都探听不出来。反过来,不正好证明了她藏着不可告人的秘密吗?”

卓伊吓了一跳:“天啊,你派人跟踪她!这违不违法啊?我们不是说好只是调查一下,看她的资金有没有问题,打听一下相关的消息吗?”

郭天宇苦笑道:“如果早告诉你要跟踪她,你肯定不会同意,我也不可能发现这么惊人的秘密!”

卓伊这时顾不上犯不犯法的问题了,忙问:“不是说什么都没查到吗?怎么又有惊人的秘密？”

“正因为没有任何收获，才是最大的收获！”郭天宇斩钉截铁地说，“这个人就在独自开车的时候，也不会在电话里透露任何关键内容。而她在家的时候，旁人竟然完全无法窃听，魏华生怀疑是装了反窃听装置，你说为什么呀？这正常吗？”

卓伊一听又吓了一跳：“天哪，你们不仅跟踪她，还窃听？”。

郭天宇与有些无奈：“没办法，不然她永远在暗处，我们却在明处，这仗没法打！”

“可千万别出事啊”卓伊显然有些紧张和担心。

“你放心，我有分寸！”郭天宇说着把卓伊搂进怀里，安慰着她。

在自己男人有力的臂弯里，卓伊感觉到了安全和爱，旋即放松了下来，自言自语道：“一个人哪怕是独处的时候，也能咬紧牙关，重要的事情半点都不说，那真是太可怕了！这样的人确实得用非常手段对付才行，我能帮上忙吗？”

郭天宇知道自己的妻子就像一位侠女，柔中带刚，很有胆识。当年天盛科技遭到新闻讹诈的时候，就曾自告奋勇地单刀赴会，只身给敲诈者送钱，最后配合警方，抓获了坏人。

于是他认真地看着卓伊的眼睛，慎重地点了点头：“等我想好了再说，我相信你一定可以帮上忙！”

第三十一章 祸不单行

在万全天盛内部，许多人——甚至包括刘帅，其实一开始对郭天宇处理杨晟贪污的雷霆方式并不完全认同。在他们看来，人毕竟还是要讲感情的，因此洪韧韬提出的“退还赃款、立即开除”的办法，更容易被接受。

直到两天后，有媒体捅出了杨晟贪污这件事，但由于万全天盛已经做出了令人信服的处置，再加上郑峰的长袖善舞，迅速使报道方向转为正面，还引发了一场“互联网权力如何监管”的大讨论。结果坏事变成了好事，万全天盛还成了“把互联网权力关进制度的笼子”这一倡议的首个倡导者，树立了良好的行业形象。这时，大家才终于明白郭天宇的先见之明。

不过与此同时，通远中国的总裁 Jason 林则倍感遗憾。郭天宇的果断行动，让他来不及展开对万全天盛的舆论围剿。虽然因为这件事，媒体终于将关注的焦点从通远和“51 旅游网”的诉讼大战中移开，但无论万全天盛还是“51 旅游网”都未能受到重创，战斗力依然强悍——“三国大战”仍在血腥的僵持中……

那天刘帅回到家里时，唐婉仪正好把心爱的唐卡拿出来晾晒。

这副唐卡是她亲生父母在她刚出生时就为她准备好的嫁妆，非常贵重。这背后还藏着一个生世的秘密——她的父亲是汉族，母亲是藏族，而这副唐卡代表着她是嘉绒藏族（古老藏族的一个支系，主要分布在四川甘孜、阿坝等地区）土司后裔的身份，所以她特别珍惜。

看到刘帅，她喜出望外，连忙放下唐卡，像只轻盈的鸟儿般跑了过来："哥，你怎么今天就回来了？不是说还得忙几天吗？"

"嗯，事情办完了，我就提早回来了。"刘帅下意识地扶住她，"婉仪，妈妈这几天情况好吗？"

"还是不太好。刚睡下，整天就念叨爸爸的名字，有时候会连我都认不出来。"

刘帅不觉心里一酸，眼泪差点掉下来。

唐婉仪虽然已经站稳了，却没有放开扶着刘帅肩膀的手："哥，你不知道，我不止一次后悔自己为什么要去学音乐，而不是去读 MBA。如果我读了 MBA，至少能帮你一点忙，不会像现在这样，只能干着急。"

"傻瓜，音乐是你自己喜欢的，为什么要委屈自己读根本不爱的专业。"刘帅柔声道，"能做自己喜欢的事多好啊！再说了，你哪里没帮到我？要不是有你在，妈妈生病的时候，都没有一个儿女能陪在她旁边，她该多难过呀！再说，爸爸也不知道怎么样了。"

听见"儿女"二字，唐婉仪心中只觉得一痛，却还是鼓起勇气，一把将刘帅抱住，声音有些颤抖："哥，你真的只把我当成妹妹吗？"

刘帅任由她抱住自己，沉默着，轻轻摸了摸她的头："你就是我的好妹妹呀！"

唐婉仪想起上一次在医院病房里两人相拥时，刘帅也只是把自己当作妹妹，眼泪顿时哗哗地往下流。她从刘帅怀里挣脱出来："哥，我之前没有勇气，怕一说出口，我们就连兄妹也做不成了。但你知道吗，在我十二岁的时候，第一次看到你，我就明白你是我这一辈子都会深深爱着的人！"

刘帅轻叹一声："婉仪，当时你还小，你分不清什么是喜欢，什么是依赖。也不明白什么是妹妹对哥哥的喜欢，什么是女人对男人的……"

“不，我明白的！”唐婉仪破天荒地打断了刘帅说的话，她的眼睛红通通的，却非常执着，“读书的时候，我们班长追过我，学生会主席追过我；工作之后，很多富二代追我，也有很多精英追我，崔超贤更是从小到大，一直对我死缠烂打，但是他们都没有办法从我心中挪走你一点点的影子。每当看见你为了赵敏伤神，我的心也像被刀割了一样。我渴望走进你的感情世界。谁知道赵敏离开了，却又来了一个 Jane。”

说到这里，她的语气低下去，声音也有点颤抖：“你不知道，你去迪拜的那几天，我有多么难过。”

刘帅见她眼眶都湿润了，心中不忍，解释道：“婉仪，我……是去办事啊。”

唐婉仪定定地看着刘帅，倔强道：“哥，我知道外面有很多优秀的女人喜欢你。你可以不喜欢我。只要你找到自己喜欢的人，她也喜欢你、对你好，我就是高兴的。但我觉得这个 Jane 有些怪怪的，我甚至做梦梦见她害你！你不要和她在一起好不好？”

刘帅听了，打趣道：“你都多大了，还这样孩子气。Jane 是很好的人，你和她多接触就知道了。”

“真的，我不是故意针对她！”唐婉仪急急道，“她不是那么表里如一的人，感觉城府好深，你真的要提防她哦！”

“好了好了，真是怕了你了。”刘帅显然有些不高兴。

唐婉仪不由地撅起了嘴，泪水模糊了眼帘，失望地低下头，默不作声，知道他根本没把自己的话听到心里去。

“婉仪，我想拜托你一件事。”刘帅忽然一副严肃而认真的样子。

唐婉仪吃惊地抬起头，擦拭着眼角的泪水，不解地看着刘帅。

“过些日子，你能不能抽空多陪妈妈出去散散心，或者带她去旅游，就算代我尽份孝心吧。”刘帅低沉的声音里有着自责，“这段时间我忙于公司的事情，可能都不会在家……答应我，好吗？”

而且，如果真到了万不得已的时候，这个家或许……刘帅摇了摇头，没敢再往下想！

“好，我会的！”这次，唐婉仪没有犹豫，坚定地点了点头。

当晚，一片忙碌的万全天盛技术部。

洪韧韬现在的工作目标，就是继续强化“旅游圈”，开发衍生的各项功能，确保通远、“51”等竞争对手即便推出了同类型产品，万全天盛也能在使用体验上保持领先。

这是一项非常消耗体力和脑力的工作，洪韧韬沉浸在电脑前，时光不知不觉悄然流逝。

一个重要程序的最后一个代码敲完，已经是晚上八点四十五分了。他站起来活动了一下筋骨，随后决定去技术部下属的各部门转一圈，再去食堂吃饭。

时间虽然不早了，办公室里却灯火通明，没有一个人下班。

宽敞的办公区域十分静谧，数百台电脑的屏幕泛着亮光，程序员们紧张地编写着代码，没有一个人发出键盘敲击之外的声音。洪韧韬也不由放轻了脚步，以免惊扰到这些敬业到拼命的员工。

杨晟被抓后，公司内部对后端开发部进行了调查，开除了多位渎职的员工，导致这个部门人手比较紧张，压力非常大。洪韧韬担心后端开发部的人员对高强度的加班和繁重的任务会比较抗拒，所以特意先去那儿转了一圈。发现情况还不错，这才放下一颗心，准备再去楼下的前端开发部转转。

谁料他刚走到电梯间，还没来得及按下楼层键，就听见一声巨响从身后传来。

怎么这么大的动静？好像是一个人坠落在地板上的声音！洪韧韬下意识地转过身，想看看是什么情况，就听见有人高喊：“李智！你怎么了？李智！”

洪韧韬三步并作两步地赶了过去，看见整个办公区域大部分的人都站了起来，一个戴着眼镜的男子满脸痛苦，被身边的人扶着，旁边是翻掉的椅子。

屋子里的人都很着急，不知所措地喊着对方的名字，还有人伸出手去掐他的人中，想让他醒过来。

“快，快打120！”洪韧韬还算看过一些急救的常识，急急道，“你们别乱动他！把他身体放平，头枕一下！”

众人赶紧照办，在地上铺了几件衣服，让李智平躺了下去。

“他平常有没有什么病？会不会随身带药？”洪韧韬争分夺秒地问坐在李智一旁

的程序员。

对方连忙摇头:“洪总,李智的身体很好,上次例行体检也没查出问题,更没有随身带药。”

洪韧韬一时不知该怎么办,但李智奄奄一息的样子太吓人。他们都不是医生,看不出来究竟是什么问题,竟连动也不敢动一下。

时间一分一秒地过去,于天奇、吴浩、陈锐等高管听到后端开发部出事了,也纷纷赶了过来。于天奇估计是刚吃完饭,满嘴油光都没擦一擦,一看李智的样子,忍不住“啊”了一声,似乎想到了什么,幸好没人注意。

他看了看四周,已经里三层、外三层围满了人,就拉着洪韧韬离开人群,到僻静地方:“韧韬,我看这情形不妙。”

“怎么了?”

“李智这样子……”于天奇的脸色很不好看,“你记得我上次生病住院吧?隔壁就是心血管科,闲的时候,我也去串串门,顺便看了一下墙上贴的疾病知识。我怎么感觉,李智这样子,有点像心肌梗死啊!”

洪韧韬本想多问两句,但救护人员已经赶到,他俩立刻跑过去帮着指挥将李智抬上了担架。闻讯赶来的人力资源部员工陪同昏迷不醒的李智一起下楼,上了救护车。

彭欣也匆匆从外面赶回公司,在了解了一下大概的情况后,就对周围的员工们说道:“请同事们先回到自己的岗位上去吧!我明白大家都很担心,不过在这里着急也于事无补,请大家放心,公司一定会全力跟进的!”

众人三三两两地回到电脑前,但相互之间还不断在讨论这件事,有担心李智安危的,也有吐槽加班制度的。

彭欣看在眼里,忧在心中。这时,神情焦虑的洪韧韬走了过来:“彭欣,医生确诊之后,能不能第一时间给我信息?毕竟是技术部的员工……”他已经说不下去了。

彭欣能理解他心中的复杂,点了点头,就转身往 CEO 办公室赶去。

洪韧韬则一直怔怔地呆立在原地,看着李智的电脑屏幕——最后一行代码还没有写完。

毫无疑问，倒下去的那一刻，李智还在工作。

心中五味杂陈，洪韧韬皱着眉头来回踱步。部门的几个总监都聚集在他的办公室里，大家一声不吭，气氛异常压抑。

也不知过了多久，洪韧韬手机“嘟”地一声响起了提示音。

众人看见洪韧韬的手在发抖，急急地点开那条来自“全天 OA”的信息。

所有目光都不约而同地投向他，吴浩甚至站了起来，就听见洪韧韬有些颤抖地说：“真是心肌梗死。”

于天奇又“啊”了一下，过了好半晌，才有些艰难地说：“据我所知，突发心梗，将近三分之一的人连第一次都熬不过去，万一李智有个三长两短……”

高翔宇脾气暴躁，有些不耐烦道：“行了行了！别乌鸦嘴了！人家说不定好好的，咱们别咒他行不行！”

于天奇闭上了嘴，可高翔宇又忍不住问：“那，那如果真是心肌梗死，以后可怎么办啊？”

陈锐也在一旁搭腔：“心肌梗死这种病，一般老年人才会有啊，李智才二十六岁，会不会是弄错了？”

洪韧韬实在不想说出实情，医院那边已经确诊了——彭欣在得到跟去医院的HR的汇报后，第一时间告诉了他。

只听于天奇叹了口气：“我一开始也是这样想的，住院的时候却见多了年轻的冠心病人，很多都是不到三十岁的，就突发心肌梗死。好不容易熬过来，心脏里头就要塞支架了，下半辈子就得像个七老八十的人那样，这个不能吃，那个不能吃，这个不能做，那个不能做。”

看众人深有同感的样子，于天奇接着说：“你们不知道，心肌梗死就代表心脏中的某一块已经坏死了，那是不可逆的。也就是说这部分没办法再生，一辈子就这样，以后心脏也会比别人脆弱很多。”

这一下大家都毛骨悚然，下意识地捂住自己心口，生怕自己也得这种病。

高翔宇听了，不免愤愤：“说来说去，都是加班闹的，生活不规律，天天熬夜，能不病吗？血汗工厂变了种形式而已！”

测试部总监许荇这时也附和道：“我也是被去年生的那场病吓坏了，才不敢像年轻时一样拼了。好不容易赚了钱，转眼全送给医院又有什么意思？”

于天奇见大家态度一致，更来了劲：“郭总还好几次找我麻烦，说我身为主管，每次都比别人来得晚、走得早，正常时间点上下班，对公司影响不好！凭什么？我事情做完了，为什么不能走？公司哪一条规定六点下班后人还不能走？干嘛非要到十点以后？他郭天宇学马云学疯了，想把‘996’当成企业文化不算，还要再后延。他要真有胆子，就把这一条写进劳动合同里啊！既然没这个胆子，就别想拿这个来管我，我可不愿拿命为他赚钱！”

“唉，天奇，你这样想也有些……”

“我这可都是真心话，韧韬，你也老大不小了。万全天盛的CTO，传出去是响当当的，业界名气很大！没必要搞得这么累，多分一点工作让下面的人去做不行吗？你说，不加班就是工作不尽心、效率不高吗？这是什么鬼道理？要我看来，加班反而是效率不高的表现。能八个小时做完的事情，偏偏要弄到十二个小时才做完，说说看谁效率高？”

于天奇反过来劝洪韧韬：“听我的，咱们现在有钱了，保重身体更重要。你再这样下去，连谈女朋友的时间都没有，伯父伯母也该急了吧？你忙到没时间谈恋爱，不能弄得整个技术部的年轻人都变成你这个样子吧？”

他这一番话，不光让洪韧韬心里难受，大家也都心有戚戚。

不知过了多久，高翔宇霍地站起来：“不行，我受不了了，我先回去。这都九点了，我回去洗个澡就睡，谁爱加班谁加去！”

这句话就像推倒了第一块多米诺骨牌，大家纷纷表示要早点下班回家。

于天奇走的时候还不忘劝洪韧韬也回去，但洪韧韬固执地摇了摇头。

一回到办公室，迎面而来的就是墙上贴的“沸腾”宣传海报。

那是万全天盛确定和甘泉集团合作之后，洪韧韬顺手拿来的宣传物料，用来装饰自己的办公室。

海报上郭天宇意气风发地微笑着，右手举着一罐“沸腾”饮料，在他的身旁是让人血脉偾张的口号——沸腾，让你的事业沸腾起来！

然而，平时常见的画面，此刻却让洪韧韬有一种异常恶心和反胃的感觉。他冲上去粗暴地将海报撕下，揉成一团扔进垃圾桶，扯着自己的头发，重重把自己摔在沙发里。

第三十二章
雪上加霜

接下来的时间，对洪韧韬来说，漫长得犹如一个世纪。

直到手机一阵抖动，他才猛地回过神来。

彭欣在全天OA上发送的私信，让他险些握不住手机："令人悲伤的坏消息：经医院证实，李智突发心肌梗死，抢救无效，已经死亡。"

不会的，怎么会……

虽然与李智不是很熟，却知道对方的名字，记得对方的面容，一起加过班，一起熬过夜，甚至，李智就是经过他面试后录用的。

攻克难关后，洪韧韬有拍一拍团队成员肩膀予以鼓励的习惯。他不记得自己有没有拍过李智，似乎有，又好像没有。

他记不清了，真的记不清了，包括李智的面孔，似乎有些熟悉，似乎又很陌生。

死——怎么会？

无数画面在洪韧韬脑海里打转，最后定格在一张沉肃的黑白遗像上。

他仿佛回到了得知孙秋飞死讯的那一天。他的恩师，他的兄长，他的引路人，就这样决然地离他而去，没有半分预兆。

生离死别，明明听起来这么遥远的事情，为什么一次又一次地光顾他的生命？

洪韧韬一个人呆坐着流泪。

不知过了多久，他终于慢慢地从痛苦的漩涡中爬了出来。冲进厕所，用冷水浇头，强迫自己变得清醒和冷静。他想了一下，找到全天 OA 中“后端开发——李智”的员工个人介绍，用颤抖的手点击了照片下面“查看个人简历”的链接。

26 岁，独生子，入职一年……洪韧韬顿时觉得被一股巨大的寒意和悲哀所笼罩，整个人都像掉到了冰窟窿里。

按照李智的入职时间和批次，洪韧韬一下就算出来，这位年轻人正是万全天盛刚刚合并成立、飞速扩张时招进来的应届毕业生之一。

洪韧韬仿佛能回忆起这些大学生刚进公司时朝气蓬勃、青春洋溢的面孔。

“十一金刚”的“元老们”都需要参与新员工的面试，杨晟曾开玩笑说，明明自己也还很年轻，比这些来应聘的年轻人大不了几岁，但看着他们热切的眼，总感觉自己已经老了。

曾经神采飞扬的杨晟，已经被关在铁窗之中；曾经对未来充满期待和憧憬的李智，留下的只有冰冷的遗体。

他再查了一下员工互相交流的“生活圈”，发现李智最后发的几条信息，还是半年前和妻子婚礼的场景……

“咚咚咚！”

敲门声把洪韧韬从悲伤中唤起，原来是郭天宇的助理甄杰让他尽快去总裁办公室。

洪韧韬仍有些魂不守舍，浑浑噩噩地就到了总裁办公室门口，忽听郭天宇的声音传了出来：“李智之前有心脏病史吗？”

明明很正常的一句话，洪韧韬在抢救李智的时候也这样问过，但落在此时的洪韧韬耳中，却是说不出的刺耳。

他不由地停住脚步，就听见彭欣回答道：“我查询了他入职时提供的体检报告，以及公司这几次例行体检的报告，他的身体非常健康，没有任何遗传性的疾病，或是传染病，以及家族病史。”

“这样啊，他最近三个月的考勤给我看一下。”

这时，屋内传来了郑峰的声音：“郭总，我建议暂时关闭公司的内外网，发布公告让公司员工都克制一下。有些员工已经在微博或者朋友圈上刷这件事，都说李智的意外是因为过度加班而导致的。一旦被大量转发，事态就控制不住了。媒体最喜欢捕风捉影，如果任由员工胡乱发言，而不是由公关部统一回应，对公司的影响太坏。还有李智的家人，人力资源部的黄副总监已经赶去安抚他们了，我和彭欣也会尽快过去，希望他们不要对记者乱说什么……趣好刷单、大股东抛售股票和杨晟贪污这几个麻烦还没完全平息，这件事如果又闹大，后果不堪设想啊！”

洪韧韬忍不住握紧了双拳，听见郭天宇平静的声音，似乎不带一点情绪：“郑峰说的没错。必须想办法避免事态的发展。彭欣，你叫人先将李智的考勤记录删除……”

洪韧韬再也控制不住自己的情绪，不等郭天宇说完，就推开门大步走进去：“郭总，为什么要删考勤记录？”

洪韧韬突然带着怒气冲进来大声质问，正在交谈的郭天宇三人都一下子惊住了，屋内的气氛变得格外沉闷和尴尬。

片刻，郭天宇有些无奈地解释：“韧韬，我明白你的心情，但是……李智没有心脏病史，媒体肯定会大做文章，将他的猝死推到公司的加班制度上，我只能以公司为重……”

“公司为重？这叫以公司为重？”洪韧韬毫无顾忌地出声打断道，“郭老板，你一个员工死了，死了！就倒在他写程序的电脑前！最后一刻都在为公司写程序！他这是不是以他的公司为重？但他的公司呢？却根本没有以他为重！”

“郭老板”三个字深深刺痛了郭天宇，他震惊地望着洪韧韬，发现眼前这个熟悉的男人像变了一个人，正瞪着一双布满红色血丝的眼睛，失控地冲着他咆哮：

“这一长段时间，技术部的员工们非常辛苦，简直是在为你的命令拼命啊。有些已经在公司待了半个月没回过家,累了就趴在桌子上睡一会。公司仓库的行军床,堆得比小山还高,每一张都代表着一个住在公司,顾不上回家的员工！你的员工！”

站在一旁的彭欣和郑峰不知该如何劝解,只能侧着头微微叹气。

洪韧韬越说越激动:“郭老板,您去过技术部吗?您听过技术部的咳嗽声吗?那是从来就没断过的！李智才刚结婚半年,却没多少时间陪新婚妻子,成天和大家一起赶进度,忙得就像个陀螺,直至倒在了他平生第一个工作岗位上！然后呢?他拼命效力的公司却在他猝然离世后为他做了什么?第一件事就是要抹掉他的考勤记录！否认他死去的真相！还振振有辞说公司的利益为重！他可是独生子,上有两个老人要照顾啊！”

“韧韬,你误会了,公司绝对不会推卸责任。”郭天宇很克制,没介意洪韧韬的一再失礼,语气十分温和:“我们会补偿李智家人一个十分优渥的数字,使他们后半生的生活没有太大压力。但无论如何不能让李智的亲属失去冷静,在媒体的煽动下被当枪使,反过来严重伤害公司。李智如果还在,也不想看到这种结果吧?”

“公司！公司！你口口声声都是公司！那生命呢?人呢?公司把人放在什么位置去了?”洪韧韬再次怒吼,“李智的考勤记录可以告诉所有人,他是一个多么兢兢业业的员工,他每天都在为公司加班,为生活努力！他对得起公司,也对得起家人。”

其实理智告诉他,郭天宇说的不无道理。万全天盛之前被媒体曝光的一系列“丑闻”,已经给公司的声誉和估价造成了眼中损害。这时候,程序员因为过度加班而猝死的消息再捅出去,万全天盛或许会陷入千夫所指的不利境遇之中。

可是这一刻,“感情”的冲动击溃了“理性”的大堤,他激动到极致,冷笑着说:“郭总,我不傻,抹掉考勤记录之后,公关部会怎么做我心里有数。他们一定会说李智的死和加班没有关系,甚至会矢口否认李智加过班！”

“不管他们说什么,都是为了公司好！这是讲人情的时候吗?”

郭天宇显然有些火了。

那种不耐烦的神情,此刻犹如一根钢针,狠狠扎进了洪韧韬的心里。

这算什么事啊?洪韧韬两眼发直,怔怔地看着郭天宇,眼前这位互联网新贵、这个朝夕相处的老板竟然如此冷酷！

此前不理解于天奇、孙秋萍等人曾对郭天宇恶语相向，现在他明白了。

当年防火墙事件，自己为了天盛科技赤胆忠心，却反被郭天宇怀疑……

孙秋飞死前最后一个电话打给了郭天宇，他不仅没接，还对此事闭口不谈……

免费 Wi-Fi 项目被迫取消，资金却用来收购趣好公司，郭天宇无视自己的苦苦劝说……

森寒之感又漫上心头，令洪韧韬浑身发凉。

或许，他从来就没有看清过郭天宇，从来就没有。之前他对郭天宇简直就是愚忠！

这样不行，绝对不行！

虽然生活比以前富裕了不知多少，洪韧韬最怀念的却是刚毕业时，加入恒达搜索，做孙秋飞助手的那段艰苦日子。

办公空间不大、却非常温馨的恒达搜索，孙总没有半点架子，对他们每个人都很好。见他们灰心，会给他们打气；他们对业务不熟悉，手忙脚乱，耽误进度的时候，孙总一定会默默加班，将那些工作做完，或者喊他们过来，让他们看自己怎么做。尤其是他，说是被孙总手把手带出来的也不为过。

恒达搜索的老员工们对孙秋飞都很尊敬和亲近，就算在最艰难的时候，他们这帮人中的核心骨干始终不离不弃。因为追随孙秋飞与郭天宇的联合创业，他们甚至没有一个人离开最初只是个草台班子的天盛科技，即便后来孙秋飞意外身亡、按其遗愿天盛科技与刘帅的万全信息合并成万全天盛，他们也一直坚守至今。如今的万全天盛，名震江湖，人声鼎沸，员工众多，洪韧韬此时却发现自己的心是那么的凉。

“我……”

洪韧韬双拳紧握，青筋毕现，有种痛楚在眉宇间忽隐忽现。那种积久的压抑，此刻就要变成千万句愤怒的话语从喉咙口呼啸而出。彭欣和郑峰不约而同倒吸一口冷气，他们预感到这座沉默的火山马上就要爆发了。

没想到洪韧韬虽然紧闭双眼，咬紧双唇，内心却在拼命挣扎，最后只是深深吸了一口气，表情慢慢放松，抬起头与眼前这位冷血的创业狂人平静地对视，把郭天宇说过的话一字一句重复着吐出来："公司为重。我懂。"

这里是万全天盛，有孙秋飞孙总一生的心血，也有我和兄弟们从头至今彻彻底底的付出。所以，我不会做一丝一毫伤害万全天盛的事情，但，你——

郭天宇，我绝对不会继续让你领导万全天盛，让这里成为一座华丽却没有半点温度的坟墓！

心情焦虑的郭天宇对洪韧韬内心的波涛汹涌浑然不觉，见他不再吭声，于是温言安慰道："韧韬，你也累了，早点休息吧！"

洪韧韬机械地点了点头，正要离开，郭天宇的手机铃声响起。

"老婆，什么事？"一接这个电话，郭天宇的声音立刻变得温柔。

"我看到朋友圈了，万全天盛有个程序员猝死，这是真的么？"卓伊急急地问，"听说他的妻子已经怀孕了？"

郭天宇不由一怔："李智的妻子已经怀孕了？你听谁说的？"

洪韧韬和彭欣顿时面面相觑，郑峰则脸色陡变，拿出手机快速浏览，随即大叫起来："郭总，不好了，已经有记者去了医院，李智的家属也赶到了。我得马上过去，看看能不能控制事态，不行的话再向您请示。"

郭天宇边接电话边摆出 OK 的手势表示同意，卓伊隔着话筒没听清郑峰在说什么，见郭天宇一直不说话，心里着急，忙喊："天宇？天宇？"

"哦，你不要担心，继续参加你的活动吧！"郭天宇柔声道，"这些事情，我会处理好。"

本是安慰卓伊的话，落在洪韧韬耳中，却格外刺耳。

郭天宇，你做得到顾惜自己妻子的心情，不让她担心，怎么对李智的家人就做不到呢？失去了独生子的父母，失去了新婚丈夫的妻子，还未出生就没了父亲的孩子，他们的伤痛又有谁能抚平？

这间总裁办公室寒意袭人，洪韧韬一分钟都不想再多待，敷衍着招呼一下就头也不回地快步离开了。

刚出门,口袋里的手机忽然响了。

他看了一眼来电提示,有些惊讶:“简董?”

“我听说,万全天盛有个程序员死在了岗位上,有需要我帮忙的地方吗?”简丽丽温柔的声音,似乎能让人放下一切戒备,特别让人信任。

“公道!”洪韧韬脱口而出:“您是董事会大人物,能还他家人一个公道吗?”

“公道?”简丽丽一副很诧异的样子,“到底发生了什么情况,能告诉我吗?”

本来心中就堵得难受的洪韧韬这下像遇到了知音,不复平时的冷静,竹筒倒豆子一般把刚才的事情说了个清清楚楚,表达了对郭天宇的严重不满。

简丽丽倒是格外冷静,思考片刻后问道:“考勤记录没法恢复?”

洪韧韬不无讽刺地说:“铁石心肠的郭天宇决定的事情,谁能改变呢?”

“那真是遗憾了,本来可以凭这份记录,为李智讨回公道的,但现在——”简丽丽暗示洪韧韬考勤记录最为关键,话语中满是惋惜,“却没别的办法了。”

心情无比沉重的洪韧韬并不知道自己已然中招,而在电话另一头的简丽丽,脸上则露出了得意的微笑。

删掉考勤记录?郭天宇,这回你终于出了昏招,这是在搬起石头砸自己的脚啊!

虽然郭天宇已经尽快派万全天盛的两位副总裁——郑峰和彭欣去见李智的家属,商谈补偿等善后事宜,希望能尽快控制住事态的发展。但是当天晚上,还是有一篇关于这件事的长微博悄无声息地发了出来,题目叫《生如蜉蝣》。

文章写得颇为文艺,是作者在看到身边朝夕相处的同事忽然倒下之后,引发的一些人生感慨和思考,而“世界这么大,我想去看看”“眼前的苟且令人痛苦,我向往诗和远方”……这类文字运用得恰到好处,忧伤中含着无奈,同时还带着点矫情。

由于这个博主一贯都是这种淡雅的文风,加上粉丝数量很少,一开始并没引起什么关注度,就像一颗石子投到海洋里,连片浪花都掀不起。

但到了第二天,博主又发了一个微博,只有短短几行字,充斥的却是满满的愤怒:公司不妥善处理这件事,还第一时间就删掉了李智的考勤记录,甚至在内部开洗脑大会,要求员工不得“胡说八道”,更不准发朋友圈或者微博,否则扣除当月的绩效奖励。

大家当然非常不满，私下里议论纷纷，没想到公司不但对内部沟通的“全天OA”,甚至连QQ、微信都监视了起来,凡被发现还在传播这一事件的,全被HR请去谈心。有几个同事由于情绪过于激烈,已经被停职反省了。据说,检讨书如果写得不够好,态度不够诚恳的话,甚至有可能被开除。

万全天盛的这种做法让他觉得非常心寒，所以她明知道公司会查到她的账号IP,也要将这件事揭露出来。反正最差就是开除,这种没有人情味的冷血企业,她也不想继续待下去了。

这一下可捅了马蜂窝。微博上也不知道是谁第一个转载，短短一个小时,“万全天盛员工之死”迅速在网上引发巨大的关注,带来无数跟帖并被数千万次点击,飞快地上了热搜榜首。

大V的转载,第一时间更新的相关长微博、微信公众号的各式文章……就像在滚烫的油锅里浇了一碗水,霎时激起了全民的轰动和热议。

这时,一家非常权威的媒体,忽然爆出了李智的考勤记录！触目惊心的加班,看得所有人都头皮发麻!

最近三个月,平均每周100个小时以上的工作时间,甚至有好几周,工作时间直接超过120个小时!

一周白天黑夜全算上,总共才168个小时,居然有将近四分之三时间在上班,这是何等恐怖的数字!

其实知情的人清楚,由于睡在公司,实际工作时间并没有那么久,但这种时候,谁管那么多?

人们控诉着万全天盛，认为这是新时代的血汗工厂，并抽丝剥茧，化身福尔摩斯,还原所谓的“真相”。

第三十三章
心生嫌隙

“郭总大驾光临，不胜荣幸！”简丽丽嫣然道，“不知您特意来安缦法云找我，有什么重要的事情呢？”

郭天宇面无表情，甩出一叠资料：“简董不妨看看！”

简丽丽从容拿起资料，一边看，一边评论：“《新时代》与天路投资关系匪浅，没错！‘青年新闻网’有天路投资的股份，也没错！《每日一刊》《北方周报》……这几家媒体的主编，我也认识，确实。”

她放下手中的资料，佯作不解地问：“然后呢？”

“《新时代》，现在传统媒体中报道李智事件的主力；‘青年新闻网’，则是网络媒体中，对李智事件穷追猛打的罪魁祸首；《每日一刊》，首先爆料出那张虚假的考勤表；《北方周刊》，对我郭某人的私生活无中生有，大肆造谣。”

郭天宇一条一条地点出问题的所在，眉宇间极为冷厉：“简董想说，这一切都与你毫无关系吗？”

简丽丽失笑道：“郭总的联想力真是丰富，请问我有什么理由去这样做呢？我可是万全天盛的大股东，公司的股价因为李智事件大幅下跌，我损失惨重。天路投资内部对我议论纷纷，认为我这次的投资失败,应当承担责任。难道我会冒着失去一切的危险,做这种根本得不到好处的事情吗？作为万全天盛的董事,难道我不希望万全天盛好吗？”

不待郭天宇反驳,她又说:“再说了,我才刚进公司,与公司的管理层都只是点头之交。我连技术部的门朝哪里开都不知道,更没有接触过人力资源部门。这些事情,你问一问自己的心腹爱将洪韧韬先生和彭欣小姐就知道,就算你信不过我,难道还信不过他们吗？”

郭天宇被她堵得哑口无言,心道这个女人真厉害,她就是抓住了自己没有证据这一条,从容推卸装无辜。

不行,绝对不能让她得逞!

哪怕是诈,自己也要诈出来。

“你不要狡辩了！”郭天宇咄咄逼人,“为什么事情就那么巧？刘帅和孙秋萍认识你之后,一个霉运连连,一个抛售股票！你敢说,你不是为了万全天盛的所有权而来的吗？”

简丽丽脸色一冷，也不高兴起来:“郭总，我理解你的心情。万全天盛出了这种事,谁心里都不好受,但你也不能随便拿我撒气。我是能给刘家的地王里头埋几件文物,还是能堵住他们所有融资的渠道？要是我有那样通天的本事,今天还会坐在这里赚这些辛苦钱吗？”

“你——”

“郭总,你也别太在意。”简丽丽似乎意识到自己的态度不大好,神情软化,反倒劝起了郭天宇,“互联网行业加班多,人尽皆知。就连 BAT 这样的巨头,哪个没被抨击过是血汗工厂呢？等风头过去就好,没事的！”

“你不要偷换概念！”

郭天宇正要进一步威逼简丽丽，却听见刘帅略带愠怒地声音响起:“天宇，你这是在做什么？”

只见刘帅快步走进来,站到了简丽丽身边。简丽丽柔情似水地凝视着他:“Neo，你来了。”

刘帅怎么会出现在这里？

郭天宇心中“咯噔”一下，知道自己被简丽丽暗算了——简丽丽就是要让刘帅看到这一幕，看到她的可怜无助，自己的咄咄逼人！

果然，刘帅下一句话就是：“天宇，我知道你为了公司的事情，心情不好，但请你不要胡乱指责他人。删除考勤的命令是你下达的，与 Jane 毫无关系，她刚进公司没两天，又只是股东，怎么可能指挥得动技术部的人？还有，加班的问题，我早就与你说过，你却一意孤行，现在出了这样的惨事，你难道不想想自己的责任有多大？”

说到这里，刘帅大概也觉得自己的话说得太重，顿了一顿，才让语气软化一些：“事实上，我们今天就是打算一起去探望李家人，天宇——”

“你要一起去吗？”

简丽丽补上的这句话，表面上是邀约和关心，但在郭天宇听来，却满是这个女人藏不住的得意。

他知道自己完全落入了简丽丽的陷阱，却又无法向刘帅解释。于是只能深深地叹了一口气，拒绝道：“不了，我还有事，先走了！”

这天晚上七点，郭天宇、刘帅、卓伊、郭海峰、项海潮和常鸿齐聚北斗庄，召开紧急碰头会，商量如何应对“李智事件”。郭海峰和项海潮都是杭州创投圈大名鼎鼎的人物，在郭天宇创办天盛科技时给予过很多的帮助，郭天宇在工作中遇到解决不了的难题，第一时间想到的就是他们。

郭海峰第一句话就是：“天宇啊！你这次可真是出了个昏招！”

项海潮和刘帅虽然没说一句话，心中其实也是这样想的。

只见常鸿连连摇头：“海峰兄，现在不是说这些的时候。这次危机可不同于之前的做空，一旦处理不好，对内对外都是要命的啊！”

众人见他异常凝重地望向郭天宇，话里有千钧之重。

“外界的态度，你看到了，众口铄金啊！三鹿奶粉之前是多大的企业？就因为没有应对好三聚氰胺事件的舆论危机，现在哪里还能看到一点影子？”

郭天宇有些不服气，心想李智之死是偶然，三鹿是真正的黑心企业，两者怎么可以相比呢？但他心知这件事自己处理欠妥，就没敢开口。

常鸿接着道："但民众的关注度是很容易转移的，只要我们处理得当，过几天再出一两个大新闻，他们就不会老盯着这件事了。而公司内部的影响，才是问题的关键啊！"

"杨晟前不久才因贪污受贿被抓走，整个后端开发部也被开掉不少人，而项目任务却一样要赶。李智猝死，就连公司内部的很多员工都觉得是加班太多了，生怕自己是下一个李智。你这时候把他的考勤记录删了，难道不就是变相承认这件事是由加班引起的吗？这样一来，公司内部会人心不稳，你郭天宇的威信也会下降啊！"

卓伊听常鸿的语调毫不客气，踌躇之下还是忍不住为郭天宇打抱不平："万全天盛的员工加班是多，但这是互联网公司的常态呀！天宇自己也经常工作到凌晨三四点，第二天早上七点又准时出发去上班，论工作时间，只会比员工多！。"

卓伊越说越委屈："天宇永远都是连轴转，几乎没有停下来的时候，还要时常各地奔波，昼夜颠倒。要是他有个三长两短，怕是没有人同情，只会觉得老板累死活该，恶有恶报吧？"

郭海峰见状，忙接过话题，叹道："可这个社会只会同情弱势群体，这没有办法，一时也不可能改变！我们还是想想怎么化解这场危机吧！天宇的委屈就不要说了！当务之急是要展现公司的诚意，天宇不管对内还是对外，都要公开、诚恳地道歉，以挽回人心，这才是最根本的啊。"

"这是危机处理，不光态度要端正，员工的福利措施，以及后续保障，也一定要做好！"项海潮忍不住插话道，"要稳定军心，就得给员工足够的机制保证，让他们觉得在这家公司待下去有奔头，而不是只为了点工资混日子！"

常鸿、郭海峰、项海潮等人你一言我一语，交代郭天宇如何应对这一突发件事。

"我知道了，未来我一定会重视这一块的内容，让万全天盛的每一个员工都没有后顾之忧。不过，当务之急是李智家人的赔偿问题，无论是花五十万还是一百万，这都是公司必须承担的责任。"郭天宇确实意识到自己的失误和可能产生的严重后果，但他随后的一句话却又让在场的一个人心寒了:“可是，如果李智的家人狮子大开口,想要抓着这件事不放讹钱的话,我是不会同意的。毕竟这是投资人、是公司的钱,不是我郭天宇的。”

那个人就是刘帅，他一言不发，只是静静地听着他们的讨论，内心里却在难受着。他想到的不是公关危机,也不是赔偿方案,而是动静 Club 中那一个瘦弱的可怜背影。

之前他和简丽丽一起去李智家慰问,震惊地发现,李智的父亲竟然就是那晚酒吧的值厕员李元根!

李智的父母为了孩子能在杭州扎根结婚,耗尽全家所有积蓄,才在偏僻地段买了一套只有 45 平方米的小房子,还为此背负了几十万的房贷。为帮儿子减轻负担,又怕给儿子媳妇丢人,李元根只能偷偷地去做一个频频向人点头哈腰的值厕员!

刘帅在万全信息创业的过程中，也遇到过几次舆论危机，但是从没有像今天这样,让他感到如此不安,如此无所适从。恍惚间,他似乎又回到了动静 Club,看到李智的父亲李元根正站在跟前,朝自己递上一块温热的毛巾。那卑微的笑容,此刻却犹如一把利刃,刺入了刘帅心中最柔软的部分。手中的那块毛巾也变得有千钧之重,压得他喘不过气来。

刘帅差一点就想要大声说出李元根的故事，告诉大家李智的死对他们一家来说是一件多么残忍、多么难以接受的事!

然而,他最终还是选择了沉默。

他甚至怕一旦开口,就会难以控制自己的情绪,将愤怒对着郭天宇倾泻而出!

理智上他明白,郭天宇所做一切都不是为了自己,而是为了万全天盛,为了公司的所有员工,但是在处理上怎么就让人有一种缺乏对生命的尊重、缺少对别人感恩的感觉呢?

就在他思绪起伏之时，却听见郭天宇说:“虽然我也有错，但这件事绝对是简丽丽在背后搞鬼!”

“简丽丽?”郭海峰、项海潮面面相觑,“就是万全天盛新的大股东?”

常鸿在董事会上见过简丽丽,对她印象挺好,闻言便道:“不会吧?天宇,人家也是万全天盛的大股东,董事会的时候毫不犹豫地支持了你,你没证据,可不要乱讲。”

郭天宇心里那个憋屈啊!

“我虽然拿不出证据,但这件事一定与她有关。”郭天宇告诉在场每一个他信任的人,“简丽丽这个女人,绝对不怀好意!”

“你凭什么这样说!”刘帅终于忍不住,爆发了出来,“你知不知道,我和 Jane 刚才去探望了李家人,Jane 还在他们抱怨你让员工过度加班、不近人情的时候,一直为你说好话呢!”

郭天宇也怒了:“她说什么你都信?我说的话,你就不信了吗?”

“我只信自己看到的!”

“你已经鬼迷心窍了!”

看见一向要好的两兄弟竟然吵了起来,郭海峰等人连忙劝架,好不容易才将两人拉开。郭海峰为化解僵硬的气氛,便道:“天宇呀!你这样说人家简小姐,有什么证据吗?”

常鸿也劝道:“就是,对方可是公司新任大股东,不能随便乱说,传出去对公司的形象也不好。”

郭天宇什么都不想讲了。

对,他没有证据,所以大家都不相信!

证据!他一定要找到证据,把简丽丽的狐狸尾巴揪出来!

“事情有什么进展吗?”

郭天宇周末难得在家里享受休闲时光,一看到魏华生的来电,就立刻接了起来。

北斗庄会议后,他一直在等魏华生的消息,等了足足五天,魏华生才给他打了这通电话,却也不是什么好消息。

魏华生很干脆地说:“遇到了一点麻烦——简丽丽家中真的有反窃听装置,哪怕我用的是最先进的军用窃听器,也没法听到任何声音。因此,我需要您更多的配合。”

郭天宇心中一沉,回答却很利落:“你先说条件,我才能决定是否支持。”

“我希望您能想办法,将她调开一段时间。我得趁机潜入她家,在她那套反窃听设备上做点手脚才行。”

“调开？多久？”

“至少一个小时。”

一个小时？好办!

郭天宇盘算着，哪天开个董事会什么的，别说一个小时，就是三个小时也能做到,却听见魏华生的下一句话是:“但还得屏蔽她的手机至少一小时。”

“什么？这个难度太大了吧?!”郭天宇飞快地转动着脑子,一时却不知道怎么才能做到这个“非分”的要求。

魏华生苦笑一声,认真地解释道:“没办法,必须这样,因为简丽丽家里还有全套的顶尖智能监控系统,只要监测到外人入侵,就会立刻自动报警。不仅如此,她还随时可以通过与这套系统相连的手机监控家里的一切。也就是说我们一旦动手,她的手机就会不停地报警。所以您必须想办法,不仅要让她在这一个小时内接触不到手机,而且还得是在一个完全屏蔽手机信号的地方,无法接收任何信息。这样,我们才能在破解系统后,换一段监控录像,瞒天过海。当然,如果时间允许,我也可以顺便看看能否找到有价值的东西。”

听完魏华生的要求,郭天宇终于明白了“调开一点时间”的真正难度,脸色陡然变得异常严峻:“这怎么可能？你在痴人说梦吗？”

“我知道很难,但只有做到这一点,才能突破。”

郭天宇犹豫片刻,深吸了一口气:“好,虽然不容易,但我会尽量做到。”

放下电话,郭天宇苦思冥想了很久,终于想出一个绝妙的办法,于是给刘帅去了一个电话。

“兄弟,下个月就是一年一度的‘高管历险日’,人事部门推荐去美军基地关岛,有很多独特的冒险项目可以体验。现在公司有些动荡,我想破例邀请新来的董事也一起去,和高管们可以熟悉了解。最主要的是我想借这个机会‘收复’人心,稳定团队！你可一定得参加啊！”

自打他们两个在北斗庄吵过一架后，心中都憋着气，这几天都不搭理对方，直到郭天宇主动打了这通电话，代表他先主动服软了。

正因为如此，刘帅也就没那么抵触，迟疑了一下，就道：“天宇，我马上要去镇江处理腾龙地产一个楼盘转让的事，接下去的工作也排得很满，只怕没时间啊。”

郭天宇不好直说“高管历险日”另有重要图谋，便道：“可新董事们都只卖你的面子啊，你不来，我怕气氛融洽不起来。不仅你得去，简丽丽等几位新董事的邀请工作你也要负责啊！”

刘帅难得见到郭天宇这么郑重地叮嘱，又听他提到简丽丽时态度和善，于是也就忘记了前几天的不愉快：“好的，公司董事长兼 CEO 既然这么说了，那我一定照办。只是，我也有件事情要拜托你。”

“我们兄弟谁跟谁，还用得着说‘拜托’这个词？只要我能做得到！”郭天宇回答得很干脆。

刘帅只觉心里一暖，说道：“我确实有三天时间不用各地飞，但这是为了与咪咕阅读的人洽谈预留的，如果要我去参加‘高管历险日’的话，你就得代我去和咪咕阅读的人交涉了。”“咪咕阅读？”郭天宇一头雾水，不明所以。

“赵敏不是写了本小说《艾尔斯巨岩之约》在海外很受欢迎吗？这本书的繁体版已经出了，现在终于要在国内出简体版，很多出版社都在抢。中国移动旗下的咪咕阅读则希望将这本书的数字版能够先在国内上线发布，并承诺会拿出他们最好的广告资源来大力推广。”

郭天宇突然有些伤感。

赵敏写书、出书、得奖，包括现在的简体版，这一切的一切，她都告诉了刘帅，却一个字都没和自己说。

如果不是刘帅不得不将这件事托付给他，自己更是不知何时才能知道。想到这里，郭天宇心情更为苦涩。

无疑，刘帅把这事看得很重，否则没必要亲自出马去谈，直接在微信上聊也一样啊。正因为不希望赵敏的新书发布留下任何遗憾，才需要事必躬亲，甚至麻烦到郭天宇。

不过是一瞬的失落后，郭天宇就收拾好了情绪，问："与咪咕阅读那边谈，有具体要求吗？"

"主要是我想给她举办一个新书发布会，为了这件事正和出版社、咪咕阅读协商。"刘帅坦然道，"如果不是为了这场发布会，时间上也不会这么赶。"

郭天宇当即想到了刘帅正忙着的事："我记得没错的话，腾龙地产还有好几个项目在出售？"

"是的，总共有十二个楼盘要转给别人。所以发布会的筹办，我可能都没办法亲自督促，只能让下面的人帮我盯着。"他回答的语气中满是遗憾。

赵敏第一本书的新书发布会，刘帅很想从头到尾全程参与，唯恐别人做这件事不够尽力。这是他的一片心意，但自己最近确实忙得不可开交，分身乏术。

郭天宇沉吟片刻，试探性地问："要不，我来做？"

刘帅忍不住嘿嘿一笑："我就等你这句话呢！"

"保证完成任务！"郭天宇也调皮地开了个玩笑。

刘帅心里的大石头也随之落了下来："对了，千万别把这件事告诉赵敏！我们一起给她一个惊喜吧！"

郭天宇心中也是暗暗高兴，追问道："除了新书发布会，还有什么要注意的吗？"

"我原本个人打算拿出一千万，给她成立一个慈善基金会。但现在确实资金比较紧张，只能拿出三百万了。"刘帅知道赵敏一向热爱公益和慈善事业，就连帮助她一起照顾特丽莎的"钢铁侠"也是她做慈善的时候遇到的，所以才有了这个想法。为此，他只能低价卖掉了几辆喜爱的豪车，才勉强凑足了钱。

郭天宇觉得有些惭愧，没想到刘帅会在腾龙集团资金链如此紧张的情况下，还有这么一份心意，自己好歹是赵敏的前男友，当然也不能落后了，于是爽快地说："那我也捐三百万，你看怎么样？"

"行啊！"刘帅兴奋地边说边将咪咕阅读、各大出版社的联系人微信都推送给了他。

卓伊见郭天宇在电话里与刘帅嘀嘀咕咕个没完,就走了过来:“你们两兄弟在聊什么?”

也不知道是不是鬼使神差,郭天宇下意识地掩饰道:“随便聊聊,没什么呢!”

话一说完,他就恨不得把自己的舌头给咬了。

帮赵敏办新书发布会,又不是什么见不得人的事情,他干嘛这样遮遮掩掩?帮帮自己的前女友而已,太太会拿什么脸色出来?本来没事,被他这样一支支吾吾,说不定还更有事呢!

只不过话说出去了,哪里还收得回?

刘帅在电话那头都明白了,不由轻轻一笑,小声说:“找个时间交代了吧!”

“唉,先把事情办好再说。”郭天宇有些沮丧。

“嗯。天宇,我不在公司的这段时间,真是辛苦你了。不要把自己逼得太紧,公司会好起来的!等我把腾龙这边的事处理妥了,就能腾出手来帮你。”刘帅语调中满是诚恳。

郭天宇暗暗感动,好兄弟啊!在自己的家族面临极大困境下,居然还不忘给他打气!

不过他非常清楚,刘帅只是在安慰自己——刘怀远一天没出来,刘帅就一天不能丢下腾龙集团,回到万全天盛。否则他们两父子都不在,本就人心惶惶的腾龙集团能指望谁?难道指望小叔刘怀恩吗?

所谓“患难见真情”,应该就是这样的感受吧!

第三十四章 不速之客

李智死后的第七天，万全天盛召开新闻发布会，宣布：

一、李智的突然离去是万全天盛的损失，公司董事长郭天宇兼CEO、CTO洪韧韬、人力资源部总监彭欣等高层领导，亲自前往李智家慰问并向其家属致歉；

二、万全天盛补偿李智家属八十万元人民币，表彰其生前为公司所做的贡献；

三、万全天盛专门成立员工保障基金会，命名为"李智基金"，每年拨一千万款项，以应对员工家庭突发的急事。若员工发生工伤，公司将会承担其家庭部分生活费用；员工遇到重大突发性疾病等紧急情况需要借贷，可向基金会提出申请，基金会酌情贷款，不收利息。

"李智基金"的第一个受益人就是李智未出生的孩子，基金会每个月会拨一千五百元作为这个孩子的生活费，直到18岁成年；孩子成年之前的所有学费、书本费等等，也全部由基金会负担。

这个解决方案不仅诚意十足，还在制度上保障了以后发生类似情况的处理措施，公关部则开动马力借机造势，基本扭转了舆论导向。

而在万全天盛内部，则盛传洪韧韬私下给了李智的家属二十万人民币。有人觉得洪韧韬仗义，也有人认为这样做不恰当。毕竟，公司已经把这件事处理好了，你私人再送钱，很容易被人错误解读的。

洪韧韬可不管别人怎么想，他目睹了李智倒下的场景，夜里做梦也不安宁。李智的身影仿佛与孙秋飞重叠，心中有一个声音迫切地告诉他，要做些什么，一定要做些什么！

正因为如此，他才补了二十万，与公司的补偿加一起，凑了一百万，也算心里得到了一个安慰。

要不是因为这件事，他也不会知道，原来刘帅私底下也给了李家六十万，简丽丽则给了四十万。这些钱原本对刘帅来说当然算不了什么。但现在他正东挪西凑地想办法填补腾龙公司的漏洞，资金极度紧张，也是好不容易才凑齐的。

这让洪韧韬的心里好受了不少，因为心怀怜悯的人，这世上不止他一个。

李智事件后，他终于不再以公司为家，哪怕只是回去一个人面对冷冰冰的房间。但这样，至少其他员工不会因为他还在办公室而不敢按时下班。

一天，他正在家中百无聊赖地看球赛转播，千里马猎头公司的魏总又打来电话，恳切地表示，一位特殊的“贵客”很想见他。

千里马猎头公司在业界战绩彪炳，通远中国公司能一夜之间铺开，“千里马”可谓功不可没。魏总从半年前就开始盯上他，隔三岔五地就会电话或短信联系。这一次不知为何，洪韧韬破天荒地决定接受对方的邀请，出去见一面。

走进西溪湿地的希尔顿酒店总统套房，等候他的不是别人，正是美国通远公司创始人兼首席执行官，威名远扬的安迪·奥布莱恩。

通过魏总的介绍，洪韧韬了解到通远公司对杨明团队并不满意。

通远当时找杨明，一是因为万全天盛的核心骨干都拥有价值不菲的期权，很难被说动。二是挖杨明能顺带撬走更多的技术人员，让“51 旅游网”伤筋动骨。

可杨明却不是个甘于人下的技术狂人，否则也不至于在“51 旅游网”和李建波掐了那么多年。要知道李建波是公司创始人、董事长兼CEO，而Jason林不过是个职业经理人，杨明就更加不服他了，两个人时不时就会对上。

这种无谓的内耗无疑对公司很不利，因此通远才盯上了洪韧韬，希望由他来取代杨明。

安迪·奥布莱恩是一位金发碧眼、西装革履的大块头，有着一副NBA巨星的身材，看上去非常亲切，让坐在沙发上手足无措的逐渐洪韧韬放松下来。

这位慈眉善目的老者一点也不像传说中"鲨鱼"的样子，笑眯眯地说："你是业界精英，很荣幸认识你。我们今天放松地聊聊。MR.Hong，作为旅游行业从业者，你本人喜欢旅游吗？"

"事实上，我不喜欢旅游。"感受到了对方的善意，洪韧韬也实话实说，"我们做技术的，天天对着电脑才是常态。所以公司的事务，我一般只是听，不发表什么看法，闷头做事就行。"

他摸不准对方的真实想法，只能尽量打太极拳。

"哇哦，那真有些可惜。"安迪·奥布莱恩耸了耸肩，表示遗憾，"我还以为，Mr.洪也像贵公司的创始人Mr.Liu和Mr.Guo一样，非常热爱旅游。"

洪韧韬有些尴尬地说："这个……我一开始只是为了找份工作而已。"

说到这里，他忽然顿住了。

是啊，一开始自己其实是个没什么梦想的人。他家境虽然谈不上好，但至少不愁吃喝，没有太大的生存压力。他头脑也聪明，一路顺利考进名校，哪怕天天打游戏看比赛，成绩也一直稳稳排在前列。对未来其实没什么规划，只是不愿当啃老族，才随便去找一份工作而已。

直到有一天，他遇见了孙秋飞。

在孙秋飞身上，洪韧韬看见了前所未有的光芒——瑰丽万千的梦想，孜孜不倦的奋斗，以及永无止境的追求。

这样的孙秋飞，让洪韧韬自惭形秽，为自己曾经的不努力和得过且过而后悔。他开始向孙秋飞学习，将无限的热情投入到工作中去，慢慢地将事业变成了爱好。

和孙秋飞一起为公司的未来打拼，不管是辉煌的时候，还是低落的时候，都咬紧牙关往前走。

如果没有孙秋飞，今天的洪韧韬，还只是一个无比平凡的人，不可能拥有与世界级巨头通远公司首席执行官对话的资格，可孙秋飞……

想到过去，洪韧韬的眼睛湿润了，但很快，他就意识到现在场合不对，收起了心中那些复杂的情绪，努力笑着转移话题："其实，像我们这种待在家里不出去的人，也有很大的旅游市场。"

安迪·奥布莱恩颇为感兴趣，身子前倾了一点："我能听一听么？"

"当然可以。"洪韧韬并不认为这是什么值得保密的事情，"比如我，是个球迷，喜欢看NBA，也喜欢看英超、意甲等。以前读大学的时候没钱，最大的愿望就是攒够钱去看一场骑士队的比赛。可惜，现在有钱了，在中国却不知道怎么能提前买到票，您知道有勒布朗·詹姆斯的比赛，门票从来都很紧俏。"

安迪·奥布莱恩的商业嗅觉何等敏锐，他已经敏感地察觉到一个巨大的商机，眼中闪烁着睿智的光芒，仪态仍旧是那样的优雅，不疾不徐地说："哦，没错，通远有这样的渠道，可以拿到这些门票，不是么？"

"是的，不管是万全天盛，还是'51旅游网'，都没有足够匹配的国际资源，但通远有。"这也是洪韧韬为什么一点都不顾忌说这件事的关键。

想到这里，他又补上一句："不光是球赛，还有音乐。我有一个长辈，一辈子最大的愿望就是去百老汇听一场音乐剧。当他辛辛苦苦攒够钱，第一次出国，到达百老汇的时候才发现，百老汇的门票是要预定的，他根本买不到票，因为那段时间所有演出的门票都早已卖完了。"

"那可真是遗憾，然后呢？"安迪·奥布莱恩感兴趣地问。

"但他再也攒不到第二张往返的机票了。"想起自己那个谋面不多的表舅，洪韧韬有些伤感，"那是他辛苦大半辈子，一个子一个子省出来的私房钱。他只是一个勤勤恳恳拿普通工资的老师，收入全都填到了家里，一个人把女儿养大。能攒到这么些盘缠，为自己的梦想奢侈一把，已经很不容易了。"

说到这里，洪韧韬叹道："其实，他根本不知道，通过二手票网站，他是可以买到门票的。但他不了解这些，就算知道，也不懂得怎么去绑定信用卡，完成这一操作。所以，这成了他永远的遗憾。"

安迪·奥布莱恩沉默片刻，试探着问道："如果他愿意的话，我想冒昧地送他一张百老汇的门票。最好的时间，最好的位置，最好的歌剧。他想看什么？《歌剧魅影》《芝加哥》《悲惨世界》或者《猫》？"

"不用了，谢谢。"洪韧韬心里有些难受，半晌才说，"他已经去世好几年了。"

"这真是太令人遗憾了。"安迪·奥布莱恩有些惋惜，他也喜爱听歌剧，最爱《芝加哥》，每次去欣赏都有新的体悟。一个歌剧爱好者却带着那么一个遗憾离去，这令安迪颇为难受。

洪韧韬摇了摇头，将回忆抛开："这些都过去了，但我身边的这么多人，包括我自己都可以证明，这是一项很有'钱途'的生意，不是么？体育竞技、音乐舞蹈，甚至电子竞技，您说呢？"

"和 Mr.Hong 聊天，真是非常愉快，也让我有了一些新的想法。"安迪·奥布莱恩毫不掩饰自己的想法，"我特别期待有机会能与 Mr.Hong 的合作。"

洪韧韬很高兴对方欣赏自己，却还是再一次重申了自己的想法："谢谢您的好意，可我是不会离开万全天盛的。"

"喔，这真是让人遗憾。"安迪·奥布莱恩心中转了千万个念头，最后却只眨了眨眼睛，"我们已经是朋友了，不是么？"

洪韧韬笑了起来，与对方握手："是的！"

第三十五章
黯然神伤

与此同时，梦想小镇。会议厅。

今天将要在这儿举行的是浙商财智女人会所举办的《美丽人生——女性创业论坛》，在这个与其说是论坛，倒不如说是沙龙的活动中，主要是女人会的女企业家们把自己的创业经验分享给女性创业者们，指导她们如何少走弯路。

不仅如此，论坛每次还都会请几位知名的男性企业家坐镇，由他们从男性的角度，讲述女性创业应当注意的种种。

这是女人会主办的第四次论坛了，卓伊作为活动的发起人，自然少不了人前人后忙碌着。

前三次的论坛都办得很顺利，但这一次却有些磕磕绊绊。

“吴总怎么还没到？”卓伊有些急躁，隔几分钟就问负责联系的工作人员。

“他的秘书说因为一个突发事情，会议延长，恐怕不能过来了。”

卓伊看了一眼台下听众席，满满的全是盛装出席的女人会会员，嘴里唠叨起来：“明明都说好了，怎么忽然……”

“卓伊，你别急。”李红艳宽慰道，“谁都可能临时有急事，不能强求。”

卓伊觉得有些委屈:“今天太不走运了，请了两位男性企业家做嘉宾。结果王总的飞机晚点三个小时,赶不上这次的活动;吴总的会议又延长,来不了。只要能来一位,咱们万红之中有一点绿就好了！偏偏……”

之前三次男性企业家的分享都很精彩，深受会员们的欢迎。这次如果少了这个环节,确实令人遗憾。李红艳提出了应急的人选:“郭总和刘总呢?他们有没有时间?”

“刘帅不在杭州,天宇……”卓伊回忆了一下郭天宇的大概行程,依稀记得他今天没有特别重要的安排,便道,“对,我喊天宇来！”

听她这样说,女人会的几位正副会长都松了一口气。

“天宇,我负责的讲座,今天两位男嘉宾都临时有事,没法到场,你能不能来救个急？”卓伊自信满满,觉得郭天宇来不来就是她一句话的事情,所以电话接通后,就急急地说。

郭天宇那边有一瞬没有声音,略停了一会儿才回话道:“老婆啊,我正在开会,现在实在走不开啊……”

“怎么回事？”卓伊很奇怪,她还特意倒回记事簿,浏览了一下郭天宇的行程安排,质问道,“搞什么？怎么突然冒出个会议啊？”

“这……本来是没有的。”郭天宇吞吞吐吐地说,“我也没办法,这个会议很重要,是临时加的！”

女人对老公,第六感一向是很敏感的,风吹草动都会有所警觉。

郭天宇的含糊其辞,让卓伊本能地就觉得有些不对劲,刚要追问,话筒那边有些慌张地说:“我还要讲话,先挂了啊！”

说罢,就急匆匆按掉了电话。

卓伊和他结婚一年多,从没享受过这待遇,一时竟愣住了。

李红艳一看这状况，微笑着安慰道:“郭总刚兼任董事长没几个月，又要管公司战略又要管具体事务,肯定忙得不可开交,来不了也是正常的。”

陶春等人也连忙安慰卓伊,并打着圆场:“对啊,万全天盛这么大的公司,你老公忙才是正常的。”

卓伊勉强地笑了笑:“嗯,是的,天宇最近很忙。”

后来还是陶春找了自己熟悉的一个男性企业家好友，会议才得以顺利进行。但是卓伊的心中却始终有个疑惑,郭天宇最近到底在忙什么事情?

活动结束后,卓伊心里始终不能释怀,给甄杰打了电话,旁敲侧击,也没打听出什么——郭天宇没认识新的女人,也没什么奇怪举动,还是平常的作息,每天就是工作、开会、工作、开会,出差一定报备卓伊。

面对这种情形,卓伊不免心里嘀咕,难道真是她多心了?

卓伊紧张了几天,“暗中”盯了郭天宇好一阵,甚至“审问”了他一下,没发现异常,也就觉得自己实在太多疑,居然冤枉郭天宇,于是对老公更是殷勤备至,弄得郭天宇还有些奇怪,到底发生什么事了?

本来这件事也就过去了,偏偏几天后,又一次浙商女人会聚会,有个出版集团的总编辑装作不高兴的样子对卓伊说:“你说我们认识这么久,又这么熟了,是不是好姐妹?”

卓伊立刻做出委屈的样子,可怜兮兮地说:“难道你不把我当姐妹了么?”

对方知道她在开玩笑,也故意板着张脸,与她打趣道:“既然这样的话,你老公要出版书,为什么不直接找我,反倒去找别家出版社?肥水不流外人田,难道我办事,你还不放心吗?”

出书?卓伊顿觉奇怪,自己怎么不知道天宇要出书?再说了,他这一长段时间忙得焦头烂额,哪有时间写书?

当然,这可不能在姐妹面前露出来,否则多丢人啊!所以卓伊假装满不在乎的样子:“他和我提过一句,说是要帮朋友出本书。不是什么大事,我也就没想到来麻烦你。”

“你们呀,眼界实在太高了。”对方嗔道,“如果只是自费出版的书,也谈不上麻烦,就是一句话的事情。但郭总负责联系的这本《艾尔斯巨岩之约》,可是国际上获得了大奖的,也是难得叫好又叫座的作品。不管在欧美、日韩、东南亚还是港澳台,不管是英文版还是繁体版都卖得非常火，一度上了各国的畅销书排行榜。你也知道，国内实体书的销量本来就一年不如一年，各大出版社都在绞尽脑汁想办法提高业绩。只要《艾尔斯巨岩之约》的招牌打出去，那就是稳当当的赚钱，我欢迎都来不及，哪里会嫌麻烦呢？”

卓伊听见《艾尔斯巨岩之约》的名字，如遭雷击，后头一连串话明明在耳畔响起，却一个字也没听清。

艾尔斯巨岩之约，呵呵，艾尔斯巨岩之约！

这一刻，所有的事情都有了解释！

早在郭天宇经常捧着这本书看的时候，卓伊就发现了不对，问过后才知道，居然是赵敏写的！

她不想读，却又忍不住偷偷去看了，结果很受伤，因为他们曾经有那么多的过往。

没错，郭天宇确实没有认识别的女人，因为他的心思都放在了赵敏身上；他也没有和别的女人卿卿我我，因为他忙着为赵敏的新书奔波！

对郭天宇来说，赵敏的一切事情，无关大小，肯定都是放在心尖上，比什么都重要吧？

卓伊只觉心中被无边的痛苦、愤怒、悲伤和失望所填满，又忍不住对郭天宇有所期待。她找了个理由，提前离席，一路开车到“腾龙双子星”B座，大步流星地前往总裁办公室，看见郭天宇不在，便直接拨了手机：“天宇，你在做什么？”

由于郭天宇习惯了老婆随时随地的电话爱心问候，没想到卓伊已经杀到办公室，就随口应道：“我在上班啊！”

卓伊怒火中烧，却强忍着愤怒，尽量用平和的语气问：“工作还是那么忙么？”

郭天宇没多想：“是啊！”

见他还没意识到自己的错误，卓伊怒不可遏，声音拔高了至少八度，也尖锐了不少：“郭、天、宇！你还敢骗我！你说你在忙公司的事情，我信了！结果你这么忙，居然是为了赵敏！果然旧情未断！”

卓伊的怒火来得是这样的意外，却又是理所当然。

郭天宇大惊，意识到瞒不住，赶紧放低声音解释道："冤枉啊！我就是怕你多心，才没有和你说。"

卓伊鼻子一酸，除了愤怒之外，更多的还是委屈："你既然怕我多心，为什么还要这样做！"

"这件事情，赵敏本来是委托刘帅去做的，没告诉我。"郭天宇一心想解释清楚，避免卓伊胡思乱想，"刘帅最近为了腾龙地产，天南海北地飞，在杭州的时间少，我就将事情接了过来。本来以为一会儿就忙完了，也不是什么大事情，就怕你多想，才没和你说。"

卓伊一听，肺都要气炸了："既然是交给刘帅的事情，让刘帅去做不就行了！他没有时间，他自己会向赵敏解释，你偷偷摸摸地接过来算什么？你对赵敏这么好，赵敏知道么？你、你对我们爸妈都没这么好！之前说好了一起去看他们，结果为了工作，才待了两天就回来了！一遇到赵敏的事情，你就有空了！"

卓伊越说越觉得委屈，心乱如麻，压根不能理智思考，语无伦次地说："现在知道对她这么好，早点干什么去了？你是不是后悔，又想追回赵敏了？"

到最后她声音哽咽，已是泪流满面。

郭天宇本被她这一通胡搅蛮缠气得半死，可听见她的哭腔，怒气不知怎么地就灰飞烟灭了，只剩下满腔的疲惫和叹息。

他不明白卓伊这样翻旧账，除了火上浇油，让两个人吵得更厉害之外，还有什么意思。

赵敏早已是过去式了，就像一面镜子，摔碎了就是摔碎了，裂痕永远在那里。哪怕勉强破镜重圆，也不能回到往昔。更不要说，赵敏也已有了恋人。卓伊明明知道自己不可能做背叛家庭事，何必斤斤计较呢？

"老婆——"郭天宇字斟句酌地说，"我和赵敏虽不再是恋人，却仍旧是朋友。这是赵敏的第一本书，又是首次在国内发行简体版，不管是刘帅还是我都很重视。我和赵敏现在没有什么，以后也不会有什么，这只是基于一个朋友的身份，能帮的就帮一把。希望你能理解我，好吗？”

卓伊不愿再听，挂断了通话，关了手机，颓然地倒在一旁的沙发上，心里空落落的，泪水不自觉地落下。

女人心，似海深！郭天宇不明白，根本就不明白。

或许在男人看来，关系断了就是断了，再见前女友时，坦坦荡荡，聊一聊往昔，这些都是很正常的。只要身体没出轨，那就不算背叛。但女人，却是完全不一样的。

女人，恨不得深爱的人眼中只有一个自己！不要说是前女友，哪怕只是一个对爱人略有好感的女人，都能让她全副武装，严阵以待；一点外人看起来微不足道、完全不值一提的小事，都能让她大发雷霆。更不要说，郭天宇和赵敏曾经那么地相爱，只是因为变故而分开，卓伊怎么能不格外敏感和警惕？

倘若赵敏新书发布会的事情，郭天宇告诉了卓伊，再埋头去处理，卓伊虽然会不高兴，会吃醋，却也会识大体，放手让郭天宇去做。而不会像今天这样，非但怒火中烧，还倍感受伤。

卓伊期盼着郭天宇的电话，结果等了半天也等不来。

以郭天宇的性格，甜言蜜语是说不出来的，最有可能是等她冷静下来后，两个人再慢慢谈。

可她不想冷静，她就是矫情，就是作死，就是无理取闹。

卓伊也知道这样不对，可她爱郭天宇，很爱很爱。平常吃个小醋那是情趣，这时候却不能冷静对待了！

但……

卓伊几次拿起手机，不知道自己在期待什么，最后又默默地放下。

算了，就这样吧，卓伊心里想。

天宇他就是个工作狂，已经算做得很好了，自己又怎能再强求？难道要因为自己这点小心思，将他越推越远吗？

可为什么，心里总是难以平静呢？

郭天宇和卓伊之间的事情，刘帅自然是不知道的。

此时的他，已经下定"壮士断臂，再造腾龙"的决心，正与他的小叔刘怀恩兵分两路，一个个处理腾龙地产诸多地方上的项目——不再执着于未来的发展或者回报，将那些项目或转让或抵押，尽快获得资金偿债，降低负债率，堵上资金缺口。

做减法，这是刘帅为腾龙地产制定的策略，也是他们不得不完成的目标。

然而即使在这种情况下，当刘帅与刘怀恩将几十个项目跑了一遍回到杭州的时候，才发现情况依然非常不乐观。

"真是邪了门了！"刘怀恩控制不住自己，火冒三丈，"小帅，镇江这个项目，只要是个人都能看出来，绝对稳赚不赔。当初二十六家房产公司争破头，我为了抢到这个项目，陪那帮领导喝酒喝到胃出血才谈下来的。就是两折算也得六亿，我们现在四亿转让都没人愿意接？狗眼都瞎了不成？"

刘帅疲惫地按着太阳穴："不是没人接，是没人能一次性出这么多钱。很多公司的负责人都对我说，如果能分期付的话，六亿完全没有问题，可现在我们要求他们必须一次全部付清……不止镇江的项目，还有好几个项目都遇到了同样的问题。"

"不光是这样，我们很多已经出售的楼盘，按揭买房的占了九成多，本来房子出售之后，银行应该直接将按揭款全部打给我们，但我连续跑了好几家银行，都说暂时没钱，要过段时间才能办好。"

一听刘帅这么说，刘怀恩心里"咯噔"一下沉了下去："原来你也遇到了！我这边所有想来接盘的企业，最后都得不到银行支持，结果一个项目都没谈成。这怎么看都是有人想要对付我们刘家，想把我们赶尽杀绝啊！"

刘怀恩脾气本来就不好，现在的情况更让他暴跳如雷："他妈的，真把我搞火了，我就找这些银行行长拼了！看他们还敢不放款？老虎不发威，当我是病猫，大不了大家同归于尽，一拍两散！"

"小叔，犯法的事可千万不能干啊！"刘帅忙出言制止，但也不禁叹道，"徐行长那笔三十五亿的贷款都卡了好几个月了，要是能放下来，好歹可以解公司的燃眉之急。"

一提这事，刘怀恩就来气："徐利明那龟孙子，平常和我们称兄道弟，关键时刻却把头一缩，不见踪影。我堵他也不是一天两天了，这家伙还真能跑，次次都不见踪影。"

喋喋不休抱怨一通后，刘怀恩忽然想到一件事："对了，小帅，你不是认识哈扎维王子吗？西亚那帮土豪一向有钱，你向哈扎维王子借个十亿八亿，有没有可能性？"

"这……"刘帅对这个提议本能地很抗拒，"王子已经用三折的价格，接了我的股权，我欠下他这么大的人情，又怎么好意思再伸手去借钱呢？"

刘怀恩也不过就这么一说，看见刘帅的态度不积极，便有些讪讪的。

不知为何，在这个侄子面前，他总觉得自己矮了一头，不敢摆叔叔的谱。所以，他也就将下一句"你不是要和那位 Jane 小姐一起去关岛，向她借钱也可以嘛"给咽了下去。

刘怀恩虽然不说，可刘帅却从他的表情猜到他在想什么，只觉得更加头疼。

Jane……

难道我刘帅是吃软饭的吗？他当然希望以意气风发的姿态展现在自己的女人面前，而不是现在这样一副霉运当头的样子！

第三十六章
调虎离山

“砰——”

刺耳的枪声，却没有带来恐惧与哀号，而是伴着欢呼与赞叹：

“9.8 环！”

“好厉害呀！”

“这已经是第三枪了，每一枪都在 9.5 环以上，真是神枪手！”

简丽丽把枪交给射击场的工作人员之后，露出从容而优雅的微笑：“我在美国待过很长一段时间，你们知道的，那是一个合法持有枪支的国家。不管是外出打猎，还是为了自己的安全着想，苦练枪法都是必须的，否则——”

她做了一个对准自己胸口“砰”的动作，大家都忍不住笑了起来。

“简董真是女中豪杰啊！我在美国留过学，却从没打过枪。唯一的记忆就是每天写作业到晚上两三点。枪都没摸过，更别说练枪法了。”彭欣的语气里充满由衷的钦佩。

“赞美完简董事的高明枪法，就该轮到你们上场了。这可是我们一年一度的‘高管历险日’，谁都不许偷懒，包括女孩子！”郭天宇不失时机地对大家提出了要求。

“万全天盛高管历险日” 来源于郭天宇、刘帅等四人穿越澳洲无人区的经历，后来成为公司文化的一部分。每年八月，郭天宇都要挑选一个“极限试炼”的项目，让所有高管都参与，历练大家的勇气。

本来，“万全天盛高管历险日”是不会带除公司高管之外的任何人的，包括家属。但这大半年来，万全天盛遇到了太多事情，公司内外都遭受了极大压力，连董事也发生较大的更替。

好不容易等到风波过去，郭天宇便决定重启“高管历险日”，并破例邀请了董事会全体成员，还让大家都带上家属，地点则定在了关岛。

当然了，董事们和家属是可以尽情玩耍的，但高管嘛，该有的试炼还是要有。

媒体曾经也对“高管历险日”做过报道，认为“万全天盛通过这一活动，有利于凝聚团队，增强战斗力”。

外人尚且如此评价，公司内部怎么会不重视？除了一位实在有事请假外，万全天盛的董事、高管几乎全勤，就连最近忙得见不着人影的刘帅也如约到场。

虽然大家在去年的“高管历险日”中已经体会过郭天宇的“心狠手辣”，都有面对更难挑战的心理准备，但这次郭天宇把项目一提，很多人还是叫苦不迭。

要知道，关岛曾是美国太平洋舰队司令部的所在地，至今仍保留着美军的军事基地，除了传统的打靶项目外，还给游客提供了两个非常新奇的服务：

上天，下海。

游客得亲自开着小型喷气式飞机，翱翔天际；只身前往潜水艇，畅游海底。

除此之外，还有各式各样的活动，比如浮潜深潜、滑板冲浪，快艇海钓，更有十分刺激的项目，比如从三千米高空跃下跳伞。只要你想得到的花样，这里都能给你找出来。

郭天宇规定大家一定要参加的项目，正是“上天”“下海”“打靶”和“浮潜”。特别是“浮潜”这一项，因为难度不大，所以郭天宇要求所有人必须潜足一小时，而不是一般游客的三十分钟。

听到不可以逃避的命令，彭欣一个劲怂恿卓伊："要不我们偷偷躲到最后面去，你觉得怎样？说不定就混过去了呢？"

郭天宇何等眼尖，一眼就看到彭欣的小动作，立刻绷起脸大声点名："彭欣！你别站那么远，过来打靶！"

卓伊见状，立刻摆出一副为了护住彭欣，对郭天宇"抗命"的架势。

郭天宇无奈，只好放低音量，装着十分温柔地"请示"道："夫人要不要也试一试？"

卓伊白了他一眼，语气带点酸："这时候想起我了？"

郭天宇只得苦笑——他不过是瞒着卓伊，为赵敏筹备了一场新书发布会，又没做什么对不起卓伊的事情，谁知卓伊知道后，大发雷霆。要不是此次关岛之行干系重大，卓伊顾全大局，郭天宇真不知道，自己的闭门羹还要吃到什么时候。

虽然觉得卓伊反应有点大，但男人嘛，该服软的时候还是要服软，不该争的道理千万不要去争，所以，郭天宇立刻"表忠心"："我什么时候不记着你？"

卓伊见他姿态放得这么低，当真是哭笑不得，心道算了，看在他认错态度还算诚恳的份上，就原谅他吧！

想到这里，卓伊很给面子地点了点头，唇角也不自觉向上扬。

彭欣被逗得嘿嘿笑着，露出一口雪白的牙齿，随即望向不远处注视着自己的丈夫——一位斯文的医学博士——俏皮地努了努嘴。

卓伊忍俊不禁，挑衅地对郭天宇说："我先来吧！给某人做个'表率'！"

刘帅虽然一直想着腾龙集团的困境，无暇玩乐，却时时关注着简丽丽。发现彭欣、卓伊比较聊得来，不知不觉就把简丽丽给冷落了，刘帅心中升起一股怜惜之情，走过去柔声问："Jane，你不和她们一起吗？"

"看她们玩得开心，就觉得自己真是老了，与她们像是两个世界的人。"简丽丽俏皮地对刘帅眨眨眼睛。

是啊，简丽丽骨子里其实不是一个平易近人的女强人，一路上也没能和公司的高管们打成一片。不过，她却与那么LOW的孙秋萍好得就像亲姐妹，这确实令人费解——至少,在不远处不时盯着她的郭天宇会这么想!

“怎么会呢?在我心中,你是女神,永远年轻,美丽。”刘帅怕简丽丽误认为自己介意她的年龄,赶紧来了句经典对白。

简丽丽明显被这句“露骨”的情话打动了,眼中隐隐约约有水光在闪动:“可我比你大了六岁……”

“这一点,我确实很介意……”刘帅故意一脸庄重,稍稍停顿后又是一句情真意切的表白,“我介意自己为什么没有早六年出生,早十年与你相遇。”

哪个女人听到这样的话不心花怒放?即便是简丽丽这样的霸道女总裁,刹那间,脸上绽放出幸福的微笑。

但表面上谈笑自如的简丽丽,心里却藏着心事,她敏锐地感觉到郭天宇似乎对她有所怀疑,总想着要借机试探,这次的关岛之行,也许没那么简单,自己得时时留个心眼了。

在众目睽睽之下,刘帅明白不宜表现得过于亲密。见已经有人关注他们,于是话锋一转:“简董,我刚才看你开飞机的动作很纯熟,以前就练过?”

“我有私人飞行执照呀。”简丽丽知道刘帅在避嫌,典型的没话找话,所以也很“配合”地把对话的“甜蜜度”降了下来,“你不信吗?”

刘帅自己就有私人飞行执照,这在国外不算什么,只要肯花钱去参加培训并通过考核就行了。但他还是露出了惊讶的表情:“哇,确实没想到,很少有女生会去学这个!”

“哦,瞧不起咱们女人?”简丽丽耸了耸肩,故意摆出挑战的口吻。

“不敢,但飞行确实更多是充满冒险的男人事业!对吧?这是一项很棒的爱好,我猜,你应该是CCAR141部(注:《民用航空器驾驶员学校合格审定规则》,侧重的是飞行学校,需连续进行训练指导完成训练课程)航校拿到的执照?”

“为什么?万一我图简单方便,在CCAR61部(注:《民用航空器驾驶员和飞行教员合格审定规则》,侧重的是驾驶员,主要只需积累飞行经历时间即可)航校参加培训呢？"他们的谈话越来越专业，简丽丽迅速进入角色，以便让旁人看来，这是多么正常的工作关系。

"因为你是 Jane 啊，一个对自己要求严苛的投资家，注定了不会去做平凡的女性，绝不会屈从于普通标准！"刘帅正儿八经地表达了由衷的敬佩，"所以啊，选择基础设施更完善、考核更标准和培训计划更严格的 CCAR141 部航校，不是更符合你的高要求吗？"

本来这是带有表演性质的对话，但刘帅还是打动了简丽丽。旁人不知道，两个人交往后，发现对方都属于全能型，很匹配，高尔夫、赛车、射击、飞行驾驶、深潜……

她收过无数情书，听过无数情话，却没有一句比得上刘帅的这一句恳切的话更能打动她。

不知有多少人在羡慕她这类女性的成功时，背后总酸溜溜的，八卦她们是"一路睡上来"的。这些人仿佛永远看不到女性成功背后的真正原因！无数个日夜的努力，像男人一样不眠不休地工作，常年每天极少睡足六个小时，病重还要坚持在岗的艰辛……

没有人理解她为什么这么拼。就连那个"贵人"，那个改变了她一生的"二爷"，也屡次劝她知足，可以安心享受生活了；还承诺一辈子让她锦衣玉食，尽享荣华富贵。

靠男人养的话，女人就只是男人的附属品，跟"二爷"养的其他的女人没有什么两样——豪宅、名车、珠宝、首饰唾手可得，家用按时打到银行卡上……但是男人易变，一旦不再受宠，甚至见他一面都难，真遇到什么难处了还得去哀求他！

那些女人显然都已经失去了自我，她们安于饭来张口、衣来伸手的优越生活，心甘情愿地就这么一直虚荣地傍着男人的权势与财富——她们只有一个称谓："二爷的女人"。

而简丽丽却不想成为一个符号，一个标记，只想成为"自己"。

你给我的东西，都是你给的，你随时可以收回去；只有我亲手争取到的，才是真正属于我自己的东西。

短暂的恍惚之后，简丽丽就回过神来，明知故问："对了，Neo，下一个挑战是什么？下海还是浮潜？”

“先浮潜，然后大家一起去吃饭，明天再坐潜艇下海。”刘帅回答得很干脆。

郭天宇这时正好晃了过来，笑着“挑衅”道：“我没打扰二位吧？浮潜之后，我们来比比深潜，如何？”

简丽丽微笑不语，刘帅也收起了对腾龙集团的担忧，不甘示弱地伸出右臂展示了一下肌肉，朗声道：“比谁潜得深？没问题，虽然我这段时间身体状态不够好，但还是有信心赢你哦！”

如果真要问大家，“上天”“下海”“打靶”“浮潜”四个项目中，最期待哪个，或许百分之八十的人会投“浮潜”。

戴上炫酷的面镜，伸出水面的呼吸管和蛙蹼，体验与游泳完全不同的感觉，领略海底的世界，光是想想就觉得有意思极了。

带着期许，大家兴高采烈地换好了泳衣，大部分人手上都拿着手机，顺便捏着一个防水袋，包括简丽丽。郭天宇心中暗喜，悬着的心终于放了下来。

他从简丽丽谨慎到滴水不漏的行为中，早就判断出她应当是一个非常多疑的人。哪怕酒店的安保措施再怎么严密，都不会忘记把最重要的东西随身携带。不出所料，简丽丽还真把手机随身带出来了，握着手机的手指上，一颗硕大的钻戒闪着耀眼的光芒。

郭天宇清了清嗓子，大声交代道：“我知道大家都很想领略水底的美景，顺便拍个照，留念一下。为此我们已经准备了最好的GoPro水下相机，供想要拍照的人第二轮浮潜时拍照，第一轮浮潜是勇气的试炼，大家请把手机放好，不许分心。”

说罢他打了个响指，就见两个侍者抬出了一个黑色的保险柜。郑峰夸张地嚷起来：“哇，保险柜？郭总，你还真的叫人运来了?！”

早在出发前就有人开玩笑地问，浮潜时手表、首饰等贵重物品怎么保存，放在储物柜可放心不下啊！大家你一言我一句讨论了半天，也没想出什么好办法。最后，郑峰开玩笑地说应该带个保险柜过去，没想到竟然被说中了！

郭天宇得意地笑道：“这也是为了让大家没有后顾之忧嘛！请把贵重物品都放

到保险柜里，有专人保管。大家放一百二十个心，尽情地去玩吧！”当然，这个保险柜郭天宇是特别“加工”过的，里面贴了一层魏华生给的专门用来屏蔽手机信号的金属膜。

众人欢呼雀跃。只有简丽丽一声不吭，目光落在保险柜上，若有所思。

“我就不下水了，我来看着这个保险柜吧！”说话的是卓伊，见大家看着她，脸微微一红：“我身体不方便，不能下水。”

她虽然没说得太细，但在场的诸位女士却秒懂，也很能体谅——特殊期的时候，为了身体健康着想，确实不要下水的好。

简丽丽不动声色地跟吉姆眨巴了一下眼睛，这位代表哈扎维王子的新任董事立刻心领神会地打哈哈：“郭总啊！我支气管有些不好，医生交代最好不要下水。”

被他们这样一带动，又有几位高管的家属决定放弃，就在海滩享受阳光浴。

“除非确有身体方面的原因，任何公司高管是绝对不能放弃浮潜项目的。刘帅和简董事要带头支持哦。”郭天宇咳咳两声，一脸严肃。

刘帅握着拳头在空中挥了挥，表示力挺。郭天宇把目光转向简丽丽，见对方耸耸肩表示无异议，仍然一副波澜不惊的样子。”

最后有五个人留守，其他人一一把手机和贵重物品放进保险柜。简丽丽最后一个把手机放进去，但戒指却未摘下。当着大家的面，关好保险柜，一位英俊的酒店服务生将它放在海滩边的桌子上，然后站在一旁看管着。

看见大家戴上了“浮潜三件套”，在潜水长和安全员的带领下，慢慢下了水，一直装作玩手机的卓伊立刻给一个陌生的号码，发了一条短信：

“妥了，开始吧！”

第三十七章
极限深潜

心里怦怦直跳，但卓伊却让自己表现得没事一样，十分镇定。

郭天宇反复对她交代过，简丽丽的眼线到处都有，稍有不慎就会引起对方的疑心。

沙滩上，留下来的人都在各玩各的，她也一样。只有吉姆有意无意往她这边看着。

卓伊深吸一口气，慢慢走回放着包的地方。这一路仿佛走得特别漫长，她觉得每时每刻都有人在注视着自己，心里又自嘲说这可能是太过紧张出现的幻觉。

她一直提心吊胆，干脆走回储物柜所在的房间，取出 iPad，再装作若无其事地走回了沙滩，躺在太阳椅上。

太阳伞遮住了炽热的阳光，带来丝丝阴凉，卓伊随手打开一集正在追的电视连续剧，想让自己沉浸在剧集中。

只可惜，平时明明能吸引她全部注意力的剧情，今天却干巴巴的，一点味道都没有。她几乎每一秒钟都想去看一眼手机，看看有没有短信，却又忍住了。最后干脆将手机调了铃声加震动。

铃声调最大，震动调最强，并直接把手机放在身上。

对，就这样，保持冷静，卓伊，你行的。

那天晚上与郭天宇谈起请魏华生暗中调查的事，开始她是反对的，但交流得越多，越觉得对方来者不善，她觉得在这个时候必须站在丈夫这一边。所以，当郭天宇告诉她去关岛的“调虎离山计”时，她放下了与郭天宇为赵敏开新书发布会而产生的嫌隙，甚至也放下了“才智女人会”的一个重要工作，担负着“重任”来到了关岛。

这一个小时是那么的漫长，她内心越来越焦虑，几乎是数着时间一分一秒地过去，时不时地就要去看手机，却迟迟没能等到短信回复。

最后，卓伊也意识到自己看手机的频率有些高，干脆将 iPad 往旁边一放，打开了一个手机游戏。

但她一点玩的心情都没有，只是手指胡乱在屏幕上点点点。

还差十分钟。

卓伊恨不得再发个短信过去催，却怕打扰对方，点手机屏幕的力度之大，简直要把手机给弄碎。

还差五分钟。

卓伊一口气将服务员递来的冰饮灌下去，肚子顿时疼得厉害，她才意识到自己干了什么蠢事，捂着肚子，不住懊悔。

服务员客气地询问：“您好，女士，请问需要什么帮助么？”

“给我拿点止痛药，谢谢。”卓伊咬了咬牙，还是决定不去休息，汗珠从她额头沁下，她看了一眼时间。

还差三分钟。

服务员将药端给了卓伊，并配上了一杯温水，卓伊一口将药吞了下去，又喝了一大杯水，却看见浮潜的人群已开始陆续上岸了。

她立刻紧张地低头看了一下时间。

还差一分钟。

就在大家兴奋地交流着浮潜心得的时候，郭天宇和简丽丽却不约而同地望向“自己人”。

郭天宇望向保险柜旁的卓伊，简丽丽则看向二十多米外的吉姆。

卓伊和吉姆不约而同地轻轻摇头，简丽丽心中一松，郭天宇的心头却沉了一块大石，几乎是电光火石之间，他就想到一招，笑道：“接下去我要和刘董比深潜，谁一起参与？”

刚才负责带他们浮潜的教练一听，立刻制止道：“各位，深潜和浮潜完全不一样，危险性很大。如果没有国际潜水教练协会颁发的PADI证书，必须先在水池里至少进行半天的练习，课程足够之后，才能进行深潜。”

郭天宇一副完全没想到这一茬的样子，顿时一愣：“大家有PADI证书吗？我有，不过只是第一级OW的。”

大部分人都摇了头，只有刘帅和简丽丽有PADI证书，可以不受训练直接下水。

此前，郭天宇从魏华生的调查报告中了解到，简丽丽曾练习过深潜，还拿到了PADI，所以才心生此计。

“尊敬的刘董、简董，我来比一比，看谁潜得更深？”郭天宇发出了战书。

“没问题，我还能怕了你！”刘帅兴致勃勃。

见简丽丽一时没回应，卓伊在一旁起哄道：“简董，咱们巾帼不让须眉，你就给他们两个大男人一点颜色看看！”

简丽丽暗想，巾帼不让须眉？这个激将计也太LOW了吧？我倒要看看，你们葫芦里究竟卖的是什么药！反正岸上有吉姆盯着，料也出不了什么大事，今天姐就陪你玩玩，杀杀你的气焰！

“好啊，郭总一片苦心，那就恭敬不如从命！”简丽丽爽快地回复，不失优雅。

三人穿上特殊的潜水设备，戴上最先进的防水蓝牙无线耳机，做好减压之后，一起下了水，每个人身边都有一个高级教练陪护。

下水的那一刻，郭天宇就减慢了呼吸。

他不知道魏华生那边出了什么事情，导致说好的“一个小时”过了，还没有如期完成。但对方一向是个说到做到的人，既然失约，必定出了什么变故。他所能做的，就是尽最大可能地拖时间。

为了做到这一点，他索性带了两个气瓶下水——这也是能带的极限了。深潜的气瓶里装的并非都是氧气，一般是约 79%的氮、21%的氧和不到 1%的其他气体，实际上就是平时呼吸的空气。

慢点呼吸，再慢点呼吸……

对，不能急，不能让气瓶里的气消耗得太快，要拖时间。

郭天宇慢慢地往下，往下，再往下——

不知不觉，他、刘帅和简丽丽，都已经潜到了水下 30 米。按理，OW 级别的深潜不允许超过 18 米，不过这是一次比谁潜得深的比赛，又事先与负责安全的教练打了招呼，所以不知不觉间他们已远远突破了规定的深度。

这是一个分水岭。

郭天宇虽然深潜过好几次，但他从来没试过 30 米以下的海域，那又是一片新的天地，而且对他这样算是新手的人来说，代表会碰到更多的问题。

呼吸、体内气压、空气消耗……但他不能退。

水下 30 米的海洋世界，细碎的声音仿佛从很远的地方传来，在这广袤的空间，人是那样的自由，自由到连烦心的事情都能忘得一干二净。

忽然，有什么撞了郭天宇一下。

是一条鱼儿。

它并不怕人，甚至没有意识到郭天宇是“人”，只把他当作了无害的海洋生物——小动物对天敌总是敏锐的，谁是猎食者，谁是食物链底层，早已铭刻在了它们的基因中。人类不属于任何一种，也让这些鱼儿感到好奇。

郭天宇露出了会心的微笑，继续往下潜。

水下 35 米了！世界变得如此轻盈，又如此沉重；如此平静，又如此生动；如此安静，又如此喧嚣……这世间一切的矛盾，在这里都不是矛盾，而是完美的组合。

这时，教练通过手势告诉郭天宇，他的免减压时间快要到了，空气也消耗了一大半，再往下会非常危险。

郭天宇摇了摇头，不顾教练的提示，继续往下潜。而这时刘帅却坚持不住了，通过蓝牙耳机说道："不行了，我今天实在扛不住了，天宇，Jane，我先上去，你们呢？"看来刘帅最近真的太累了，对身体的影响很大。

"我还能继续潜。"简丽丽的回答很干脆。

"我能行！"郭天宇死撑着，毫不犹豫地回复。

"好，你们注意安全。"刘帅犹豫了一下，又小心翼翼地叮嘱了一句，"Jane，千万不要逞强！"

Jane 自信地摆出一个 OK 的手势。

郭天宇却不免心中一沉——刘帅和简丽丽的感情越深，对他来说这件事就越不好处理。

但此刻，郭天宇努力压下心中的焦躁，让自己沉静下来，继续在"外层空间"遨游。

他仿佛忘记了这是比赛，开始享受久违的自由，并一点一点地为难自己，往更深的地方潜去。

教练真的急了，挨着他不断比划。

郭天宇明白教练的好意，此时的他已经感受到了海底巨大的压力，伴随着减压时间的慢慢到来，每往下一点点，对他的身体都有不轻的影响，空气也渐渐用得差不多了。

但他不能退！

好不容易有这个机会拖住简丽丽，成败在此一举！

这个死磕命运的家伙，拼命往下潜，竟达到他从未到达的深度——40 米了！

坚持，坚持，再坚持！

郭天宇已经耳鸣得厉害，眼前也有点发黑，教练怕他缺氧，甚至游过来拉着他，让他往上浮，郭天宇却坚持不肯。

他要再拖一点时间，再拖久一点！

教练急得要命，不知道他为什么这么顽固——教练知道很多缺氧至死的例子，快的话,只要缺氧半分钟,人就会没命!

郭天宇的气瓶都快见底,不能再拖了!

再不上去,命都可能没了!

就在郭天宇觉得呼吸都有些困难的时候,简丽丽遗憾的声音终于响起:“郭总,你赢了。”

浮上水面的那一刻,郭天宇的心仍揪得紧紧的,不知那个艰难的任务是否完成。

这是比刚才“濒临死亡”的境地,更让他无法呼吸的局面,他甚至有些不敢看卓伊,好在卓伊主动对他扬起大大的笑脸,兴奋地比了一个“V”字,高兴地说:“天宇,你赢了!”

所有人都以为,她说的是这次比赛,只有郭天宇和卓伊才明白,这是指同一时间在不同地点的另一次比拼。

赢了!

我赢了!

郭天宇克制不住内心的欢喜,上岸兴奋地与卓伊拥抱。

简丽丽一头秀发湿漉漉,水沿着发际流下来。她低着头,喘着气,不时往郭天宇这边疑惑地瞟两眼——这只是一个公司的表演性活动,连比赛都算不上,她实在不明白这个小子为什么竟然会拿命去拼。刘帅走到她旁边,竖着大拇指赞扬了她,安慰着她。

这时,看管保险柜的服务员走了过来——之前虽然也有高管要求开保险柜拿东西,但他接受的命令,是必须得到郭天宇的当众确认——也就是说,从头至尾,柜子一直没打开过。

保险柜打开之后,大家纷纷把寄存的东西都拿出来了。

简丽丽仔细一看,手机还摆在放进去时的位置,没有解锁的痕迹,也没有收到任何报警信息。她不动声色地将手机收起来,心里早下了决断,决定回去后让高手检测一下,手机里有没有装黑客软件或是窃听装置。

但她怎么会想得到,这次郭天宇拼了命深潜拖延时间,并不是为了在她的手机上做什么手脚,而是为了给千里之外的魏华生创造机会。在这段时间里,魏华生躲过了简丽丽家中的智能监控系统，顺利地潜了进去！

接下来就看魏华生的了，即便一时不能找到有用的证据，至少在接下去的日子里有机会监听到些什么吧！

郭天宇轻轻吐出一口气，看着简丽丽的背影，露出了一个灿烂的微笑。

这天晚上，在喜来登酒店的宴会厅，万全天盛的董事和高管们齐聚一堂。

董事长兼 CEO 郭天宇发表了餐前感言，这也是他召集大家来关岛的目的之一——凝聚人心，共同修炼，迎接未知的挑战。

“非常高兴大家能够一起来参加这场历险。相信很多人心中有疑问，为什么万全天盛每年要安排这样的活动？工作这么忙，还要抽出几天时间来进行极限试炼，究竟是为了什么？”

“在此之前，我想先问一个问题，大家有没有听从史密斯教练的建议，在高空体验了零重力的感觉？”

听见他提起那个“变态”的项目，很多人回忆起来都是一脸菜色，悻悻点头。

刘帅笑着说道：“我飞到六千米的高空，然后猛地往下拉杆，任飞机垂直向下坠落。整个过程中身体完全处于失重状态，虽然明知不会有事，但是在恐惧感的包围下，到了三千米我就忍不住拉杆上升了。”

“是的，刘董告诉我们的这种感觉，其实万全天盛最近也深刻体验到了：股票从高点跌落，各种危机时刻伴随。但只要我们能保持冷静的心态，面对它，挑战它，最终是可以将它控制在自己的手中的！只有这样，我们才会品尝到胜利的滋味，正如最后大家操作飞机降落在机场的那一刻心中的自豪与骄傲！”

看到诸位高管若有所思的样子，郭天宇略做停顿，让大家消化一下之前的心得后，才继续说道：“而深潜，越往下水中的压力越大，感受最深的就是耳朵。我下潜到八米左右的时候，耳朵非常痛，即使按照教练耳压平衡方法做，也没有太大效果。直到无意中做了一次吞咽动作，发现耳膜处的压迫感缓解了大半！我就靠着这个方法一直下潜到三十米以下的，看到了更多漂亮的水下珊瑚和热带鱼！

“所以,我想告诉各位,只有努力去尝试,才可以知道自己的极限。对公司来说,只有敢想敢做,努力拼搏,才能打出一片天地。”

说到这儿,郭天宇话锋一转:“我知道,因为杨晟和李智的事情,公司内部对我郭天宇有些不满。但杨晟贪污腐败,破坏了公司的风气,动摇了外界对公司的信任,罪不可赦,只能当机立断;而李智的离世,令人惋惜,他是万全天盛的好员工,我们尽了最大的努力来安顿他的家属,公司也因此成立了李智基金,以照顾有困难的员工,代价是惨痛的,但公司在人性化治理上无疑是迈出了一大步。”

此刻,郭天宇和刘帅相视一笑,一起举起了酒杯,只见郭天宇慷慨激昂地说:“虽然我们现在的市值不到50亿美元,但我们有信心在三年之内,让公司市值重新回到300亿美元。在未来五年,达到500亿美元!事实上万全天盛应该是千亿美元市值的公司,也应该成为是全球在线旅游行业的领导者!‘改变世界、创造未来’,这就是我们万全天盛的愿景!”

“改变世界,创造未来!”在刘帅的带领下,与会者一起喊出这句铿锵有力的誓言,将晚宴的气氛推向了高潮!

在火热的情绪中,大家一起碰杯,将杯中酒一饮而尽!

没有谁发现,同样举起了酒杯的洪韧韬,却是面无表情。

不,至少有一个人注意到了他的不为所动。

简丽丽优雅地举起酒杯,轻抿了一口红酒,却怎么也掩不住她那意味深长的笑容。

当刘怀远再一次被带到那个黑暗的房间,一个人无助地坐下时,他知道又将面对心力交瘁的一天。

那两个中年男子像往常一样坐在桌子的后面。

令他意外的是,两个审讯者却一反常态的轻松,甚至还互相说了一些打趣的话,直至正式审讯开始才停下来。

“刘怀远,这么多天过去了,你想清楚了吗?”黑衣男子还是那么气势汹汹。

刘怀远已经一头白发，形容枯槁，双目无神，低头一言不发。

一张报纸递到他的面前，一个柔和的声音在他耳畔响起：“你自己好好看看吧。”

《互联网新贵刘帅跌落神坛，质押股权接连爆仓》，白底黑字的标题异常醒目。

一看标题，刘怀远捧着报纸的手剧烈颤抖，顿时泪眼迷蒙。

“你不止害了儿子，还害了你的太太！如果你的事情再不了，她就要被送疯人院了。”

“你们对明慧做了什么！”刘怀远猛地站了起来，撕心裂肺地怒吼，瘦弱的身躯迸发出惊人的力量。

“你吼什么？给我坐下！现在你老婆只不过是重度抑郁，你再这样拖下去，她真的就要疯了！”黑衣人一拍桌子站起来，手指着刘怀远的脸，一声暴喝。

灰衣人摆摆手，示意他的同伴不要这么激动，走过去把刘怀远轻轻按回到凳子上。靠近他的耳朵，轻声说：“本来我们也不想去为难你身边的人。但是你这么硬撑着，下一步我们真的没办法，就只能去找你公司的人，找你的弟弟，找你的儿子，还会去找你的太太。”

突然间，刘怀远刚刚积聚起来的力量像被抽走了似的，整个人都瘫了。

“我最后问你一次，你和林永迈之间还有什么事没有交代？”这个轻柔的声音，听在刘怀远耳朵里，就像是炸雷一样，他已经无法再承受这种压力。

其实一个多月前，他就已经想明白要独自扛下这个罪责，这一刻他终于下定了决心，就算牺牲自己也要保全整个家族和公司。

“我坦白，我给林永迈送过两千万，托他帮忙解决凤凰山地块的文物事件。”

说完这句话，他眼睛紧闭，两行浊泪滚滚而下。

半个小时后，刘怀远在口供笔录上签字、按手印。

灰衣人认真再看了一遍口供，满意地塞进文件夹。就在刘怀远以为一切都已经过去，案子可以了掉的时候，没想到黑衣人又突然开口：“你这个态度才对嘛！尽快把这些小问题交代了，我们就可以早点进入核心问题了！”

“核心问题？”刘怀远一脸茫然。

“对啊，腾龙电气改制时，国有资产大量流失，你贿赂过哪些领导？你该不会想不起来吧？”灰衣人问话的时候，表情还是那么平和。

但黑衣人则没给什么好脸色：“还有，腾龙地产拿到不少低价划拨地，这里面有很多帮你的贵人，你不会不记得是如何回报他们的吧？也不用我们来说几个名字提醒了吧？”

……

被押回自己的房间时，刘怀远已经彻底崩溃了，空洞的双眼中满是绝望。

他一个人无力地看着天花板呆呆地想：改革开放三十几年，中国的民营企业家有几个是没有原罪的？我刘怀远有今天的事业怎么可能没有贵人相助？商人们都不得不去做的事，我刘怀远岂能次次免俗？帮过我的领导，怎么可能没有？权势来寻租，我不可能每一次都拒绝；权势帮过我，我也不可能每一次都不去“感谢”！我刘怀远还是命好，遇到的终归是好人多，帮我的也是好人多，我怎么可能信口开河把他们一个一个供出来？然后让他们一个一个跟我同样倒霉，锒铛入狱。

他心里清楚，再这样审讯下去，这些名字随时可能都会从他的嘴里说出来。突然，一个念头冒了出来，顽固地占据了他的脑海，让他的身体也变得像这个房间一样空空荡荡。如果自己的死能让正在发生的一切都戛然停止，能让弟弟刘怀恩得以保全，能让那些秘密被永远带走，能让整他的这股神秘势力不再纠缠下去，那么这就是最好的选择！只是，苦了明慧、小帅，突然就成了孤儿寡母，婉仪孤苦伶仃，他也照顾不了了。

想到这里，刘怀远老泪纵横，盯着窗外的一棵老树，心中有千万个不舍。

不知道过了多长时间，天色暗了下来，路灯无精打采地溢出余晖。一个人失去了自由，人生的光景就如这街景，不过如此。

是的，也许死，只有死，才是了结这一切的唯一出路了。想明白的刘怀远开始轻松起来，甚至哼起了一首歌词都记不全的老歌，心中唯有坦然。

这个曾在商界呼风唤雨的男人，已经不再考虑是非得失，不再顾及身前身后，他已经给自己的命运做出了抉择。

第三十八章
四美争艳

接下来的日子，除了公司的日常事务外，最让郭天宇和刘帅操心的，便是赵敏的新书发布会。

刘帅确认了这次赵敏不能带女儿特蕾莎回来，也不能带上她的恋人——那位特蕾莎口中的“钢铁侠”一起来中国参加活动后，颇感遗憾。而后来在面对赵敏电话里提及的“听说你有艳遇，现在总是有神秘女郎相伴”这一话题时，竟有些手足无措了。

他确实邀请了简丽丽一起参加，不过她以工作繁忙为由，不保证一定能到，暂时婉拒了。

为此，刘帅只能让唐婉仪陪同，心中却有些惴惴的——这一举动，不会让婉仪误会吧？

要是从前，不知有多少名媛会渴求这一荣誉。但现在腾龙集团风雨飘摇，谁都不知道未来会怎样。清楚内情的势利女孩们避开他都来不及，又哪里会愿意一起出席活动呢？

哪怕早就明白这世界的人情冷暖，刘帅还是有些心寒。

赵敏的新书发布会场地选在西溪湿地中的喜来登酒店，这里外面是优雅精巧的小桥流水、江南园林，内部是富丽堂皇、端庄大气的宴会厅,尽显格调和气派。一袭白色露肩的晚礼服,将赵敏玲珑有致的完美身材显现无遗,搭配精致的妆容以及优雅的珍珠项链、耳环,此时的赵敏美得知性,美得让人无法挪开视线。

她的《艾尔斯巨岩之约》已经连续半年占据美国畅销书排名第一的宝座,在欧洲也是好评如潮,引起巨大反响,这是一件非常值得骄傲的事情。当然,赵敏谦虚地认为,这些成绩的取得,是与西方世界对中国互联网企业在近些年快速崛起和成功所产生的浓厚兴趣有关。这次,她拒绝了北京、上海等多家知名出版社的邀请,将《艾尔斯巨岩之约》简体中文版的出版和首发式都选在家乡杭州,这也令浙江人十分自豪。

美丽的赵敏是今天绝对的主角,她第一个上台发表了简短的致辞,表达了对故乡的挚爱、写书的初衷以及心愿达成的欣喜。

接着,本次新书首发式的重量级嘉宾、浙商财智女人会会长金月华在众人的掌声中上台了。只见她一身黑色礼服,披着丝巾,笑意盈盈地说:"赵敏女士,您刚才说,这本书是纪念大学时代的友谊,也就是向我们透露了书中主要人物的原型都是您大学时的好友,对吗?"

"没错。"赵敏优雅地点了点头,微笑道。

"那么今天,我们要送上一份惊喜!有请女人会中最年轻、也是最上进的会员——卓伊女士。"

伴随着音乐的响起,卓伊走上台来,她今天略施粉黛,一张粉嫩精致的小脸上,一双眸子清澈见底,她落落大方地与赵敏紧紧握手:"敏姐,您好。"

赵敏微微一笑,与她握手,优雅得体:"卓伊妹妹,您好。"

刘帅看见郭天宇的脸上表情复杂,但知道他此刻心里一定是开心的。

"谢谢金会长!"卓伊接过话筒,转身面向所有人,"在这里,我要宣布一个消息,我们决定为赵敏女士设立'江南忆基金会',创办'江南忆华人国际文学大奖'!为此,郭天宇先生和刘帅先生已经各先行认捐三百万,我也认捐两百万,作为基金会的启动资金!"

的确是个惊喜!赵敏有些吃惊,却表现得从容淡定。

就听卓伊继续说道："大奖分诗歌、散文、小说三大类别，用来奖励每年用中、英文，还有其他各国语言写作的优秀人才，以推动中西方文化的交流，营造更加开放、更加国际化的文学氛围！希望得到大家的支持！"

话音一落，现场掌声如雷。

金月华拿起话筒，笑着说："我也以个人名义，认捐三百万！"

她这么一带动，在场的浙商们纷纷慷慨解囊，一眨眼的工夫，基金就有了四千五百万的启动资金。

赵敏心中涌起一股暖流，反复表达感谢之后，说出了早就定下的打算："在这里，我也要宣布一件事情——我会将《艾尔斯巨岩之约》的全部版税，捐给浙江高尔夫爱心联盟！"

作为刘帅"女伴"前来的唐婉仪，望了一眼身边的刘帅，咬了咬嘴唇。她多么想自然地过去搂住他的手臂啊！

可是她的身体却不听使唤，僵在了原地——难怪哥哥曾经那么喜欢赵敏，就连自己见到她，都没办法生出敌意，她真的是太优秀了！

接下去是记者提问时间，赵敏聪慧和幽默的回答博得了场内一阵又一阵掌声。突然观众席里一个男子冷不丁地发问："赵敏女士，我来自'非常娱乐'公众号，只有一个问题：听说你与郭天宇先生、刘帅先生有一段凄美的爱情故事，最后却被第三者插足，不得不带着女儿远走他乡？"

现场陡然陷入一片尴尬之中。

赵敏十分淡定，用眼神和轻轻摇头的方式示意刘帅和郭天宇不要动怒。她不理会提问者的动因，即使对方正戳着自己的伤口，含笑道："初恋之所以是美好的，就在于很多时候都不能修成正果，才值得怀念。年少的时候，大家都不够成熟，不能彼此谅解，才产生了一些误会，就像我书里写的那样，经历过爱，才会成长。也只有成长了，才能找到更适合自己的爱人。所以你的问题，其实在《艾尔斯巨岩之约》这本书里，可以找到答案。"

她这一番话，无疑洗刷了别人强加在郭天宇和卓伊身上的罪名——在这种时候，还有谁的话语，能比“郭天宇前女友”的话更可信、更有力度呢？

赵敏的从容和睿智，再次折服了全场与会嘉宾。

仪式结束后，赵敏和卓伊手挽着手走下来，迎向郭天宇和刘帅。

她的眼中有掩不住的开心，话语却有些无奈：“你们真是的，这么大的惊喜，怎么都不告诉我呢？”

“如果告诉你了，还能叫惊喜吗？”郭天宇笑道，顺手将卓伊带了过来。

卓伊心花怒放，又有些不好意思，赵敏的眼神却很柔和，没有半点芥蒂。看得出，这么些年，她是真的放下了。

“赵小姐，久仰了，我可是你的忠实粉丝，《艾尔斯巨岩之约》的精彩情节，全都细看了好几遍。”这声音轻柔和缓，悦耳动听，众人回头，一位女郎正款款走来。

她轻颦浅笑，却好似将厅堂照得更加明亮。

赵敏只觉这位女郎异常美貌，再仔细看，更发现此女子品味和财富的不同凡响——一身剪裁利落又高雅的黑色复古晚礼服，让她在人群中也是那样的耀眼，堪称全场焦点。天鹅般纤长雪白的脖颈间，碧绿的项链流淌着瑰丽的光，与耳环交相辉映。

那是社交名媛们争相追逐的极品帝王绿！

传说中刘帅心仪的那位神秘女郎？赵敏凭直觉就做出了这样的判断。

这么雍容华贵、光芒四射的女性，其魅力男人们很难抵挡，包括著名的钻石王老五刘帅也一样。

除了右手中指的一枚钻戒以外，她的项链、耳环和手镯全是极品帝王绿的翡翠，报价至少是千万以上，色泽还非常纯正，再加上那雕工，精致绝伦。

这种东西，有钱也买不来。

光是这几件首饰，至少也要五六千万，甚至上亿了吧？一般人别说戴着出门了，就算碰也不敢碰啊！

区区一个新书发布会，以如此盛装亮相，真不知意欲何为？

正当赵敏揣摩来人底细时，刘帅惊讶道：“Jane，你怎么来了？”

简丽丽走过去亲热地挽住刘帅的胳膊，微微一笑："提前做完事情，就赶过来了——不向我正式介绍一下吗？"

略感尴尬的刘帅自然得担当起这个使命，便一一介绍赵敏、卓伊和唐婉仪。

看着郭天宇收敛了笑容，卓伊隐隐带着防备，而唐婉仪的眼神中满是紧张和敌意，赵敏心中已经有了底，浅浅一笑，与简丽丽打了个招呼。

简丽丽就书中的内容，与赵敏聊了起来："……我读硕士的时候，也曾去过澳洲，自驾穿越了澳洲无人区。那种惊心动魄的刺激感，以及天地之间只有自己一人的孤独感，我以为包括我在内，没有人可以用语言来描述。直到看了你的作品，完完全全地落到了我的心坎里，才发现那种感觉并不是无法描述，只是自己的笔力不够而已……"

她的态度热情又不失分寸，谈吐不凡，落落大方。

赵敏发现，对这个女人，郭天宇一直表现得很冷淡，甚至带了点戒备和审视。

亲如兄弟的两人，在对待一个女人的时候，竟然持截然相反的态度，彼此之间也隐隐有些说不上来的不对劲的感觉。

赵敏心知，眼前这个女人不好对付。

略加思索，赵敏已经知道该用什么样的态度去面对简丽丽。只见她笑了笑，用最温柔而平和的语气回答道："岁月的力量实在太过强大，现在的美好将回忆一页页翻去，堆积在角落里。为了铭记，我才要将那些往日的故事记录下来；为了忘却，对这些故事，我加了非常多的艺术处理。甚至在写的时候都有种感觉，当年的事情是不是就如我笔下所写的那样，一分一毫都不差？但我知道，其实不是这样的，那已经是一个新的故事。从我落笔的那一刻开始，他们就拥有了自己的灵魂。而那些过往，对我来说，已经渐渐模糊、忘记，我也需要面对新的人生了。"

听着她的回答，简丽丽仍旧保持着优雅淡然的微笑，心情却不是很好。

短暂的交锋之后，她已经发现赵敏在某些方面和自己非常相似，比如感情细腻、观察力惊人、情商极高；但在另一方面，赵敏又与她完全不同。

赵敏的心胸远比简丽丽豁达，更没有简丽丽那么强的占有欲和攻击性。

要知道，简丽丽这一番话可是针对卓伊和唐婉仪去的——赵敏曾经是郭天宇和刘帅最爱的女人，现在郭天宇身边有卓伊，刘帅旁边也粘着一个唐婉仪，而刘帅对她简丽丽还非常好，一看就是深陷热恋之中，难道赵敏不失落，不难过，不愤恨？

正因为如此，简丽丽才提起了艾尔斯巨岩。不仅因为这是书中的内容，也因为这是郭天宇、刘帅和赵敏共同的回忆。卓伊会不多心？就更不要说唐婉仪了，卓伊好歹还去过艾尔斯巨岩，唐婉仪却压根没踏足过那片土地。

没错，简丽丽的话看上去是粉丝对偶像的热情，实则一石多鸟，既给郭天宇和卓伊找了不痛快，更狠狠地打击了唐婉仪。

哪怕她故意拒绝了刘帅，不做他的女伴，也不容许有人胆敢乘虚而入，占据她的位置！

简丽丽本以为，对于自己递出的橄榄枝，赵敏会全力配合。这样一来，就有办法顺便把赵敏在刘帅心中的形象也贬低一番，谁料赵敏非但不接自己的话，反而连消带打，帮卓伊和唐婉仪圆了场。

看看赵敏说得多好，过去的事情已经被翻过去，被今日的美好代替。那些过往，她已经模糊遗忘，甚至分不清笔下故事的真假……这种话，也只有赵敏有资格说出来，或者说，也只有她说出来，才有一锤定音的分量！

女人就是这样奇怪的存在，虽然怕男人对前女友旧情难忘，却也会暗暗赞美，觉得对方长情。怕就怕两人旧情复燃，天雷地火，不可收拾。尤其是郭天宇和刘帅对赵敏的感情，深到那份上，谁不担心？

只可惜，这么好的一个打击对手的机会，却被赵敏放弃了。

这种棋逢对手的感觉，简丽丽已经很久没遇到过了。她的斗志也被激起，仿佛宣示主权一般，将刘帅的胳膊挽得更紧，对着赵敏微笑道："每个人都有自己的回忆，但能将回忆著书，还畅销全球的人实在太少了。现在是 IP 的时代，肯定会有很多人向赵小姐伸出橄榄枝，想要将这本书拍成电视剧和电影，甚至会追溯书中每个角色的原型。能在大银幕上看到自己的故事，实在很有纪念意义，不是么？"

她这句话语带双关，既可以说是赵敏写的故事，也可以说是赵敏自己的故事，却见赵敏嫣然道:“我定居加拿大,不会经常回国,就算《艾尔斯巨岩之约》改编成为影视,我也不会当编剧的。一千个读者心中就有一千个哈姆雷特,每个人心中的《艾尔斯巨岩之约》都是不一样的,再加上角色的选择……真要到电视剧和电影出来后,说不定就是一个完全不一样的故事了呢!”

看见简丽丽与刘帅之间的亲昵,唐婉仪轻咬下唇,心中非常不甘,又有些隐隐的酸涩——明明她才是帅哥哥的女伴,可是这个女人却一直搂住帅哥哥的手不放!

这时,一直沉住气没怎么说话的卓伊走过去挽着唐婉仪的手,笑吟吟地说:“赵敏,你不当编剧真可惜,我和婉仪本来想走后门,向你讨两个角色的。”

唐婉仪明白,这时大家都是站在一条战线,共同抗击简丽丽的,立刻点头:“对呀,我很喜欢书中那几个女性角色呢!”

赵敏一只手拉着卓伊,一只手拉着唐婉仪,抿唇笑道:“好啊!你们想要什么角色,直接和我说,我动用‘作者的权力’去指定!”

卓伊俏皮地说:“这样一来,大家看我的眼神就会很奇怪了——看,这就是那个靠潜规则作者才进剧组的女人!满满的敌意啊!”

赵敏含笑道:“只要事前说好就行,又不是半途插入,抢了人家的角色,对吧?”

唐婉仪冰雪聪明,听懂了赵敏和卓伊的潜台词,她终于鼓起了勇气,想要去挽刘帅的手,明确自己身为刘帅女伴的地位,不被简丽丽抢走。谁知简丽丽却把刘帅拖开一步,手臂还挽得更紧了,并与他十指相扣,姿态高傲无比,简直就像一个尊贵的女王。

看见唐婉仪略带哀愁的眼神,刘帅下意识地想抽开手,可简丽丽却死死缠着他,半分也不肯松开。

刘帅见状,只得僵立不动,落在唐婉仪眼里,便是维护简丽丽的铁证。这令唐婉仪非常难过,投向简丽丽的目光更是带着一股敌意。

四个大美女站在这里,言笑晏晏,美丽如画,却硬是让大家感觉到了刀光剑影,尤其是“战场”中的刘帅与郭天宇,简直被杀气扫荡了一遍又一遍,尴尬到都快绷不住了,也难为她们一个比一个笑得甜美。

简丽丽笑靥如花，只觉有趣。

女人的战场，不过是她闲暇时的一点调剂罢了！在女人之中，哪怕赢得再漂亮，也只是得到了一个男人而已，她想要的却不仅仅如此。

只要她看上的男人，一定会成为她的裙下之臣，为她神魂颠倒，被她握在掌心，无一例外。

罢了，就在最后的盛宴之前，让他们进行最后的狂欢，留一点美好的记忆吧！

怀着这样居高临下的施舍心情，简丽丽又与赵敏寒暄了几句，这才放开了一直挽住刘帅的手，深情地对刘帅说："Neo，我先失陪一下。"

说罢，她还给了刘帅一个拥抱，亲热地贴了贴他的面颊，顺便用眼角的余光，不留痕迹地打量唐婉仪，见唐婉仪眼睛都红了，心中更是得意，迈着优雅的步子，款款离去。

赵敏目送简丽丽迷人的背影消失，用眼神示意刘帅去安慰唐婉仪。

刘帅表情有些尴尬，不知该说什么，赵敏无奈地摇了摇头，这才对卓伊和唐婉仪做了个"拜托"的表情："我能拉他们两个去说一会儿悄悄话吗？就一会儿！"

卓伊大方道："借给你了，多久都没关系，记得还就行！"

说罢，她拉着唐婉仪："走，婉仪妹妹，我们聊天去！"

郭天宇、刘帅和赵敏找了个僻静地方，就听赵敏说："鉴于刚才的情形，我先'拷问'一下刘大帅哥，天宇，你去旁边'望风'！"

郭天宇笑着做举手投降状，乖乖去远一点的地方"站岗"，留给赵敏和刘帅足够的私人空间，赵敏才问："那就是你和我说的 Jane？"

刘帅点头："是的，就是她。"

"她是个很高明的女人。"赵敏若有所思，"只凭刚才的接触，我无法对她做一个全面的、客观的评价。但我能看出来，她一定是脂粉堆中的英雄，习惯了把男人迷得神魂颠倒，让他们呈上自己的真心，却很吝啬给予。"

刘帅非常惊讶："你怎么看出来的？"

“直觉！”赵敏毫不犹豫地说。

刘帅无言以对。

赵敏把话题拉回到正事上，“那位简小姐，大概是生意场上历练惯了的，一句话百转千回，绝对不止一个目的，找准机会就要打击情敌。”

“你的性格，我是清楚的，看你与这位简小姐两情缱绻的样子。你现在情况特殊，如果不是她拒绝，你肯定不会邀请婉仪妹妹。她还要用我来给婉仪妹妹添堵，这就有点得理不让人了。”

因为刚才的事情，刘帅对唐婉仪也有点愧疚，但他知道女人嫉妒起来是不讲道理的，简丽丽这样做，应该是在乎他吧？

他心中默默地为简丽丽辩护，赵敏察言观色，就知道自己不能说简丽丽坏话。刘帅已经先入为主，对简丽丽印象极佳，自己要是出言不逊，刘帅嘴上不说，心里肯定有抵触。郭天宇和刘帅的关系，大概就是这样弄僵的。

正因为如此，赵敏只是轻描淡写地点了一句：“我也不是说这样不好，女人想在职场站稳脚跟，本来就很艰难，厉害一点也不是坏事。但我还是觉得，你不要急，再看看吧！那位简小姐可不像婉仪妹妹，一眼就看得到底，清澈纯洁得就像天使。如果你想与简小姐在一起，还有很长一段路要走。”

她虽然没公然说谁好谁坏，字里行间却将态度表露无遗——出于对刘帅的尊重，赵敏没说简丽丽的是非，只是客观评价了一下。但对她本人来说，她不大喜欢简丽丽，反倒很喜欢唐婉仪。

“我明白的。”刘帅最怕赵敏也不看好简丽丽，他可不想谈次恋爱，最重要的朋友和最好的兄弟都疏远了，听见赵敏这么说，刘帅心里就舒服多了，转而问，“特蕾莎呢？”

“我这次回国行程太满，所以没带特蕾莎回来。我爸妈在带她，有时间的话，罗伯特也会陪她出去玩。或许你们更喜欢称罗伯特为‘钢铁侠’。”见刘帅故意避开话题，赵敏知道他自有主张，于是不再多问，只是笑吟吟地说着。

刘帅配合地说：“特蕾莎会不会问，既然他是‘钢铁侠’的话，贾维斯在哪里呢？”

赵敏点了点头,乐不可支:“特蕾莎还真问过这个问题,罗伯特正在考虑,是不是聘请一个叫作贾维斯的管家。毕竟他不是真的钢铁侠,不会黑科技,更不可能做出贾维斯那种等级的人工智能啊!”

短短的几段对话,丝毫没有提及摇摇欲坠的腾龙集团。

刘帅知道,这是赵敏特有的关心。

赵敏太清楚,刘帅温和外表下,藏着一颗怎样骄傲的内心。大家对他的关心,虽然是好意,对他来说却不啻于刀子一样。因此刘帅也不会告诉她,自己是悄悄拍卖了好几辆名车,才凑出了这笔捐款的。

这样的男人,一旦成长起来,就如同山岳一般,既稳重,又可靠。而他真实的情绪,无论喜怒哀乐,都会深深埋藏在心里,再多的苦难也是一个人咬了牙,默默承受,绝对不会吐露半分。

“我可以结束自己‘望风’的生涯了么?”郭天宇站在不远处,有点“哀怨”地说,“看你们笑得那么开心,我却在这里默默地吹冷风,感觉有点受伤。”

刘帅和赵敏相视一笑,赵敏向郭天宇招手:“好吧,我批准你过来!”

此时他们仿佛又回到了亲密无间的少年时代,嬉笑怒骂,百无禁忌。那些伤痛和过往,就像陈旧的照片,已经被翻了过去。

但也就在这一刻,刘帅的手机响起。

是一个陌生的电话。

这段时间为解决腾龙集团的资金问题认识了太多人,来几个陌生号码很正常,所以刘帅想也不想就接了电话,一声“您好”还没说出口,就听见电话那头冷冰冰的公事公办的声音传来:

“刘帅吗?你的父亲刘怀远畏罪自杀了,你过来一趟,料理后事吧!”

第三十九章
怀远之死

刘怀远是用自己的眼镜碎片割断了左手动脉，躺在床上静静地走的。

“畏罪自杀”“料理后事”，刘帅永远无法想象这样刺耳的字眼，竟然跟自己的家族会联系在一起。平地惊雷，他被深深震慑了，双目圆睁，泪水刹那挂满脸庞。

父亲就躺在停尸间的角落里，被一张白布盖得严严实实。一掀开遗体脸上的白布，刘帅顿觉万箭穿心，寒意透出。他不停地颤抖，站立不住，“啪”的一声跪倒在地上，放声大哭。

一向气宇轩昂、高大健壮的父亲，此刻变得异常干瘦，胡子拉碴，面容无比憔悴，一头乌黑的头发，已变成死灰一片。

刘帅在恍惚中，记起最后一次见到父亲的那个早上，似乎跟过往所有的早上没什么不同，可——谁能想到，那一面竟是父亲生前的最后一面？

“这不可能！”刘怀恩撕心裂肺的叫喊响在耳边，“大哥怎么可能会自杀？你们究竟是谁？为什么要逼死他？你们这些凶手！”

“刘怀恩先生，请自重，注意你的言辞。”一旁西装革履的黑衣男子冷冷道，“刘怀远畏罪自杀，但对腾龙集团违法问题的调查并没有结束，你希望一直调查下去？”

“你……你们！”刘怀恩浑身战栗，双眼冒火地盯着黑衣男子，愤怒得说不出话来了。

“你想干什么！”伴随着黑衣男子的话语，荷枪实弹的警察表现出了自己的警惕，呵斥道。看着黑洞洞的枪口，赤红着眼睛的刘怀恩不敢再说什么，却依旧怨恨地盯着眼前的黑衣人。

“他为什么会自杀？我想，你们比我更清楚！”黑衣男子的声调依然威严而冰冷，在转身离开前，还把一张字条递给了刘帅，“这是他写的东西，你拿去。”

“我没有什么可说了。如果有什么过失，跟旁人无关，一切都是我的错，唯以死谢罪。请不要为难我的家人。刘怀远。”这字条上的文字，是父亲全部的遗言！

刘帅似乎体会到父亲临走前的心思，他以死明志，要以自己生命的终结来了断这场匪夷所思的调查风暴，避免那些扯不清理不完的过往，避免更多人陷入困境。

“爸爸……”刘帅泪如雨下，长跪不起。

“是为了我……”瘫倒在旁的刘怀恩眼神空洞，心里在反复自责，“是我害了大哥！”

刘怀远这一辈子没做过什么要命的错事，就算有人来查他，又怎么会畏罪自杀？唯一的可能，就是怕他刘怀恩做的那些违法乱纪的事情被捅出来，并牵连到整个腾龙集团。

是啊，如果不是我刘怀恩，怎么会牵扯到林三多，又怎么会把大哥抓进去？为了保护他这个弟弟，也为了保护腾龙集团，大哥选择了死亡。

这个沉重的事实，终于将刘怀恩彻底击垮。

“大哥——啊啊啊啊啊啊——”

刘帅沉浸于失去父亲的痛苦中之时，在中国的另一端，则发生了一件看上去微不足道的事情。

重达四吨的大货车在结实的高速公路上奔跑，那笨重的身姿，让每个靠近它的人都不寒而栗，只觉像头上笼罩一片巨大的阴云。细细一看，才发现是这个“大家伙”挡住了阳光，留下的全是阴霾。

驾驶大货车的司机是个四十来岁的中年人，大家都喊他老宋。

老宋二十岁不到就在这条高速上跑，闭着眼睛都清楚每一个收费站的位置，靠着运货挣的钱养活了一家老小。

这几年货车司机越来越不好做，赚的钱越来越少，老宋也总觉得自己老了，精力没有年轻时充沛。但又有什么办法呢，一家人都指望着他，老人要看病，孩子要读书，他只能多接点活，再累也要熬下去。

生活早已将他折腾得麻木，再多的苦也只是咽下而已，看到副驾驶座上的侄子睡得正香，再看一下手表，还没到换班的时间。老宋虽然也有点倦意，却还是要坚持，便拿起一旁放着的饮料喝了一口。

精美的包装，火红的笔锋勾勒出“沸腾”二字，旁边是代言人——中国互联网新贵、万全天盛董事长兼 CEO 郭天宇英俊的面庞。

这款名叫“沸腾”的饮料，推出的时间不长，却深受货车司机、出租车司机的喜爱，物美价廉，又特别提神，喝几口就来劲。味道也不差，所以一下成了司机们的最爱。老宋还嫌不足，为了提神，又特意往里头加了点“料”。

几口喝下后，老宋就觉得有了精神。这时前方似乎出了什么事，车辆开始拥堵，于是他在老远的地方就开始踩刹车。没办法，这么大的车子，不提前减速压根没办法停下来。

稍微刹了一段路，老宋却发现，前面又开始动了。

不是出了什么事？那就好，他轻轻点了油门，又开始往前跑。才开动没几秒钟，却惊诧地发现不对——前面的车根本没有动，是他看错了！

怎么会看错？他怎么会看错？

这么短的距离，临时刹车……老宋大脑一片空白，多年司机的本能，让他慢慢地加重了脚上踩刹车的力气，一点一点地增加力道。盼望着货车能停下来，停下来，快点停下来，不要撞到前面的车子。

"砰——"

亚马逊丛林里的蝴蝶轻轻扇动了翅膀，将带来一场前所未有的风暴。

腾龙集团董事长刘怀远之死，引起了轩然大波，所有人心中都有同一个问题——刘怀远为什么会死？他真的是畏罪自杀吗？那他究竟做错了什么？

伴随而来的，便是更进一步的划清界限。

如果说腾龙地产的很多项目，本来还有转让出手，回笼资金的可能。但就在一夜之间，那些尚存一丝合作意向的公司都不见了踪影。倒是各大银行，纷纷上门来逼债，催促腾龙集团快点还款。

银行的态度十分强硬，如果仍然还不上贷款，就将采取法律行动，到法院提起诉讼。这样腾龙集团的资产，包括股权，都将面临被公开拍卖的命运。

在一个月内要还的贷款就有五十多亿，但刘帅已经没有任何可以抵押的东西，还不上这笔钱了。

地产行业的负债率本来就高，为了维持公司的运转，所有的房产项目都早早地被抵押出去。为了得到更多的贷款，腾龙集团也为腾龙地产做了担保，一旦还不上钱，就连腾龙集团的股份都要全部转手给别人。

想要挽救现在的腾龙集团，只有一个办法，就是注入新的资金，但钱从哪里来呢？除非有人愿意给腾龙担保，可又有谁会在这种时候，踏入这个深不见底的大坑呢？

天宇？

几乎是第一时间，刘帅就想到了自己的好兄弟，但他摇了摇头，把这个念头从自己脑海里抛出去。

只要他开口，郭天宇十有八九会答应。但就连刘帅自己都没信心保住腾龙集团，又何苦拉上最好的兄弟？

要知道，因为刘帅的爆仓，万全天盛创始人在公司牢不可破的地位，已经出现了动摇。如果郭天宇的股权再出现什么变动，后果不堪设想。

“还有一个办法！”正当刘帅心灰意冷的时候，坐在一旁的刘怀恩狠狠一捶桌子，咬牙切齿地说，“徐利明那里，还有三十五亿的转贷没有批下来！这孙子当时说得天花乱坠，让我们先把贷款还上，免得留下不良记录，然后一周内就会把款放下来。可这都快小半年了，别说三十五亿，一分钱的影子都没有！要不是你抵押万全天盛股权还了过桥民间借贷，现在光利息就已把我们压死了！”

刘怀恩越想越来气，刘帅也皱紧了眉头。

现在看来，唯一可能给腾龙集团续命的，只有寄希望于这三十五亿贷款了！

这时一阵喧闹声让刘帅回过神来，就见一个女人越过秘书的阻拦，闯了进来。

秘书在门口连连抱歉：“对不起，刘总，那个……我……我拦不住她……”

刘怀恩刚想骂人，就明白秘书为什么拦不住对方了——因为她是一个大腹便便的孕妇，胸口还挂着腾龙地产的员工牌，上面写着企划部李艳。

“发生什么事了？”刘帅尽量收敛自己的怒火，用和缓的语气问道。

“刘总你好，想见到你可真不容易！”孕妇怒气冲冲地说。

看到她这种态度，刘怀恩又想发作，却被刘帅按了下来。

刘帅示意秘书给她搬一张椅子，然后客气地道：“你先别急，对身体不好，坐下慢慢说吧。”

俗话说伸手不打笑脸，刘帅的态度让一脸愤怒，本想大闹一场的李艳顿时软化了许多：“刘总，我性子比较急，请不要见怪。冲办公室是我不对，可我已经找你好几次了，每次你都没在，我也是实在没办法啊……”

刘帅知道自己这段时间四处奔波筹钱，很少回公司，点点头说：“有什么要紧事吗？你尽管说。”

李艳咬了咬牙，面露难色：“刘总，我知道公司资金有困难，但我们上个月的工资还没发，社保也已经停缴两个月了……”

“公司暂时遇到些困难，等资金到了我会让财务部门一分不少地补给你们的。”刘帅的语音平和，却有一种让人信服的感觉。

“但是，来不及了啊！”李艳不由自主地提高了声调，还带着点哭腔，“我下个月 17

号就是预产期,如果生孩子不能用医保,可怎么办啊!”

刘帅一下子全明白了。

按照医保规定,如果停交月份不超过三个月,只要能尽快补齐,从补交后的下一个月就又可以享受医保了。也就是说,如果这个月为她补齐医保,那她至少下个月是可以享受医保的。一旦用不了医保,意味着生孩子都需要自费,这可是一笔不小的开支。

望着眼前这位焦急的准妈妈,刘帅心中暗暗叹气。

腾龙集团的员工并没有做错什么,自己没有任何理由去拖欠他们的工资和社保,这些后果本不应由他们承担。

唯有这时候,刘帅才真正理解了父亲当时举债的良苦用心。

刘怀远宁可去借利息高到令人咋舌的民间资金,也要按时发工资和缴社保!

这是父亲的愿望,哪怕已经山穷水尽,哪怕腾龙集团明天就不属于刘家了,但至少这个月,无论如何,他也不能亏欠员工的钱啊!

刘帅忽然站起身来,对李艳微微一鞠躬:“对不起,我保证会尽快补发上个月的所有工资,补齐社保。关于你的手术费用,如果受到影响,我向你承诺,所有费用由我私人承担。”

刘帅的这个举动和这一番情深意切的话,让李艳整个人都惊呆了!

她之前可是抱着丢工作也要争一争的心态,才强冲董事长办公室的。她立刻站起身来,连连摆手:“哎……刘总,这个也不是您的错啊!我知道您也是一直在为公司想办法……”

刘帅摆手制止李艳继续往下说,诚恳道:“只要腾龙集团在一天,就一定会照顾好自己的员工,这是我父亲一直在做的。现在他不在了,我理应替他做到。你可以安心地去生宝宝,不要担心,好吗?”

等李艳走后,刘怀恩欲言又止,半晌才讷讷道:“小帅,你哪里还有钱呢?”

刘帅苦笑道:“没办法,只能将父亲和我私人名下的所有房子、车子,以及贵重物品,全部抵押变现了。”

看见叔叔震惊的眼神，刘帅强忍着心中的不舍，平静道："我已经决定了，全部质押，一件不留！"

"这……"刘怀恩踟蹰半晌，才重重地叹了口气，"唉，你既然要质押这些，不如去找崔扬吧！腾龙好几个项目都是找他质押的，看在大哥的面子上，说不定能给个更优惠的价。"

刘帅点了点头，拨通了崔扬的电话，向父亲的这位老朋友讲明整件事的前因后果。

崔扬听了，唏嘘不已，毫不犹豫地答应了刘帅，说帮他联系相关的公司，保证让刘帅拿到最实惠的质押价格，一句多余的话都没有。

"看见没，这才是兄弟，这才够仗义！"刘帅电话一挂，刘怀恩就嘟哝了起来，"不像其他人，就像我们身上有瘟疫一样，避得远远的！"

刘帅叹道："崔伯伯对我们也算仁至义尽了，但我们也不好老求他帮忙。想保住腾龙集团，归根到底，还是得落到那三十五亿贷款上。"

第四十章
沸腾事件

“云南高速公路上发生连环车祸，十几辆车相撞，现场照片——”

封闭的房间里，十几个小年轻围着一堆资料，满脸疑惑：“老板？这不是一起很普通的车祸吗？有什么好写的？”

“就是！这个司机血检后发现他吸过毒，当时唯一喝的只有‘沸腾’饮料，但这也不能证明‘沸腾’饮料就有毒啊！”

“你们做水军的怎么这么多废话？”昵称“小胖子”的 Jacky 李没好气地说，“拿了钱就给我老老实实办事！”

他这蛮横的态度自然使人不高兴，但谁让有钱的就是大爷呢？何况这一位出的报酬可丰厚了，是他们平常工作的三倍！

为了钱，节操算什么？咱又没亲戚在甘泉集团工作，也没人享受甘泉集团什么好处，就算黑这款饮料有毒又怎么了？人不为己，天诛地灭！

水军们运笔如飞，埋头苦干。

小胖子趾高气扬地离开，开着新买的玛莎拉蒂跑车来到一家夜店，刚进包厢，狐朋狗友们就嘻嘻哈哈地凑了上来：“小胖子，怎么样？”

“我出马，还有什么搞不定的？”

另外一个人笑着问：“这些人不会你一离开就偷懒吧？”

小胖子哼了一声：“有人看着呢！这几天他们都得给我‘关’在那里，事情办得好，我高兴了，多给他们一个大红包也不是不可能；事情办得不好，看我不找人打死他们！”

众人一听，顿时笑开了。

“那是，咱们胖爷有钱！”

“胖爷最近赚了不少，用钱都可以砸死他们！”

“对对对，我们跟着胖爷发财。”

几个纨绔子弟一边喝酒，一边问：“小胖子，你消息灵通，能不能和哥几个透露了一下。这甘泉集团到底是得罪了哪路神仙，被这样往死里整？”

小胖也有些醉意上头，就挥了挥手，含糊不清地说：“和甘泉集团没关系，真要说有的话，也是他们自己找死，请郭天宇做代言人。刚好那个货车司机吸了毒，旁边又有一瓶‘沸腾’，这么好的机会，不黑他黑谁？”

“不是甘泉集团？是万全天盛，郭天宇？”

众人一听，顿时面面相觑，半晌才有人不确定地问：“小胖子，哥几个先是跟着你投了趣好，狠狠地坑了万全天盛一把；现在又看你请水军黑他们，这万全天盛到底哪里得罪你们了？也太惨了吧？”

“对呀，还有，郭天宇顶多是代言人，哪怕‘沸腾’里真有毒，也没他什么事吧？”

小胖子见竟然有人质疑简丽丽的完美计划，马上提高了声量：“哼，这些水军算什么？我们只是让他们推波助澜，造点声势而已！这次的事情，全球各大媒体都会转发，保证闹他个天翻地覆，让郭天宇的名声臭大街！”

说完这句，小胖子也有点后悔——自己太飘飘然，居然“泄密”了，于是立刻威胁道：“你们嘴巴都给我严实点！这事，咱们哥几个说说就算了，要是传了出去，我背后的人发了火，大家都没好日子过！”

这些富二代也不是傻的，跟着小胖发点财就好了，上头神仙打架，和他们有什么关系呢？当然是纷纷点头，表示自己嘴巴最严，谁都撕不开，然后又嘻嘻哈哈地喝了起来。

"'沸腾'有毒——深度调查饮料市场的配方乱象"；

"一起连环车祸引发的'沸腾'饮料涉毒事件"；

"'沸腾'，到底是司机的福音，还是司机的克星？"；

……

几乎是一夜之间，"沸腾"有毒，会喝死人的事情，就传遍了大江南北——新闻报道说得煞有介事，一起连环车祸中，肇事的货车司机老宋之所以开车出事，很可能在于他产生了幻觉，以为前方的车子已经开动，才酿成惨剧。检查结果也表明，老宋的体内检查出了苯丙胺。

苯丙胺类兴奋剂，已经逐渐取代了鸦片、大麻、可卡因等常用毒品，成为 21 世纪最为广泛的应用毒品。

这种兴奋剂类毒品，长期服用，会有一定的致幻效果。

老宋身边没有任何毒品，那他体内的苯丙胺成分是哪里来的呢？据说，这些苯丙胺来自他喝的"沸腾"饮品。这种饮料正因为少量添加了苯丙胺，所以才有那么显著的提神醒脑效果。

按照所谓的"官方说法"，"沸腾"中苯丙胺的用量实在非常轻微，喝几瓶是没有事的，只有老宋这种长期拿它当水喝，又因为长期疲劳驾驶，精神很差的人，才会产生幻觉。

说句实在话，中国老百姓对食品中的各种添加剂，早就见怪不怪了。反正不干不净，吃了没病，钢铁肠胃就是这样锻炼出来的。但这次的"沸腾"事件，还是炸了锅——只听过往火锅底料里加罂粟的，没想到还有在饮料里放毒品的！这就和往奶粉里添加三聚氰胺一样，都是拿老百姓的性命开玩笑啊！

短短五个小时，甘泉集团的官方微博上贴满了三百多万条骂他们的评论。大力推广"沸腾"的万全天盛也遭受了池鱼之灾，到他们官方微博、官方微信公众号下留言呛声的也有一百万之多。

不仅如此，作为“沸腾”饮料的代言人，郭天宇受到了极大影响。他为“沸腾”拍摄的广告被顶上来“示众”，骂他的评论一个劲往上涨。

“这是怎么回事！”郭天宇非常生气，桌子拍得震天响，“‘沸腾’里面到底有没有添加这东西？”

“沸腾事件”爆发的第一时间，郑峰就立刻联系了甘泉集团，还让手下拿着“沸腾”饮料，分别去了七家国内外权威机构化验，不过结果还没出来，他只能说：“甘泉那边向我保证，绝对没有在饮料里添加苯丙胺，倒是添加了一些咖啡因。”

“咖啡因不也是兴奋剂么？”郭天宇气得七窍生烟，“他们添加这玩意儿，也没在成分里标明吧？要不是这次出事，谁知道？”

郑峰现在更担心的是另一件事：“郭总，您是‘沸腾’的代言人，我们又是甘泉集团的战略合作伙伴，他们对我们都没透露这款饮料中添加了咖啡因，那会不会真的加了苯丙胺？只是不敢和我们说？”

老实说，甘泉集团这种态度，让他都将信将疑起来。在检测结果出来之前，他压根不敢相信对方说的任何一个字。

郭天宇沉默良久，叹气道：“只希望他们能保持作为人的最后良知，不要真做出这种丧心病狂的事情。”

“可是，就算我们拿到了权威检验结果，证明‘沸腾’里面没有加苯丙胺，网民会信吗？”记者出身的郑峰，总能从信息传播的角度，抓住问题的关键。

当然不会！

几乎是下意识的，郭天宇在心中回答。

中国的网络江湖，网民最抵触的就是所谓的“官方申明”，汹涌的民意永远站在弱势一方，从不细究事实的真相。网友凭借键盘，帮助过不少需要帮助的人，但也错杀过许多无辜躺枪的企业。当年有个叫“三株口服液”的保健品，曾风靡大江南北，结果一篇主题是“三株口服液吃死一个老汉”的报道，引发舆论危机。“三株”企业应对不力，想通过法律诉讼讨回公道，最后虽然法院认定媒体报道中的那个老汉之死与“三株口服液”无关，但企业却已经倒闭，这个好不容易得到的判决结果也已无人关心。

万全天盛会面对同样的命运吗?

郭天宇的脸色,已变得铁青。

刘怀远的葬礼,在一个雨天举行。

黑色的礼服,黑色的伞。

白色的头发,白色的花。

披麻戴孝的刘帅看着父亲的遗像,木然地站在墓碑前。身旁的唐婉仪已泣不成声,却还是和卓伊一起,一左一右地扶着两鬓斑白的蒋明慧。后面,则是无比哀伤的刘怀恩一家。

郭天宇默默地看着这一切,眼泪喷涌而出。

蒋明慧显得异常苍老,就在半年前,她还是那样高贵优雅,看上去只有三四十岁的样子;而不是现在这个唯有养女扶着才能站稳,眼神空茫,仿佛失去了灵魂的躯壳。

葬礼过程中,刘怀恩几次想找刘帅说话,却又忍住了。

他不知道自己该说什么,大哥……是为了他死的……

这一点,刘怀恩比谁都确信。

他抬起头,泪流满面地望着兄长的遗像,黑白照片中的刘怀远,沉稳肃穆,依稀是最意气风发的模样。

"这块墓地,是怀远给我们两个人买的。他请大师看过,说是风水宝地,能旺子孙后代。我们生前要在一起,死后也要葬在一起。永远在一起……"

这时,蒋明慧喃喃自语般的声音传来,干涩、嘶哑,仿佛哽在喉咙里。

"妈!"憋了半天的刘帅终于没能忍住,跪倒在地上,哭出声来。

眼泪合着雨水,模糊了他的视线。他发疯似的,重重地用双拳猛砸墓地的草坪,歇斯底里地仰天长叹:"爸爸!你这样一个好人,为什么会是这样的结局?!"

郭天宇看刘帅的双手砸出了鲜血,也立刻跪了下去,轻轻拍着他的肩膀劝道:

“兄弟，节哀。你不要再折磨自己了，你要是倒下了，伯母和婉仪以后该怎么办？”

郭天宇的话音不高，却像一颗炸弹在刘帅的脑海中爆炸！

是啊，父亲不在了，但还有母亲和婉仪，她们还需要照顾！

刘帅有些艰难地想要从地上爬起来，脚下却突然一滑，差点滑倒，幸好郭天宇眼疾手快，将他一把扶住。

站稳后，刘帅推开郭天宇扶住自己的手，迎着风雨向母亲走去，步伐前所未有的坚定。

父亲，我向您发誓，一定会照顾好母亲和婉仪！

蒋明慧一直死死抱着刘怀远的墓碑放声大哭，唐婉仪怎么劝也没用，卓伊则在一旁默默地为她们两人撑着伞。

靠近父亲的墓碑，刘帅又一次跪了下去，双手扶住蒋明慧的肩膀，轻声说：“妈，我们回去吧！”

“我不去！我哪里都不去！”蒋明慧瘦弱的身躯爆发出巨大的力量，抱着墓碑纹丝不动。

刘帅红着眼睛，心中悲怆，又不敢硬拉，只能装作平静地说道：“妈，爸没死，这是在演戏，他在家里等我们呢。”

这个善意的谎言，却像无数把刀子一样，捅在自己胸口。

好在这句话终于起到了效果，蒋明慧转过头来：“真的吗？怀远在家里等我？”

唐婉仪马上会意地帮腔：“是的，爸爸在家里等我们呢，妈，我们这就回去吧！”

蒋明慧终于松开了抱住墓碑的双手，在刘帅和唐婉仪的搀扶下，颤颤巍巍地站了起来，慢慢向停车场走去。

就在这时，一个纤细的身影，一瘸一拐、跌跌撞撞地进入了他的视线。

“Jane！”

听到刘帅的呼唤，简丽丽猛地抬起头，与他目光交汇。

她没有撑伞，身上昂贵的白色外套已经被雨水打得湿透，精致的妆容也全花了。

这一刻的简丽丽前所未有的狼狈，却像从天而降的天使一般，狠狠地触动了刘帅的心脏。

刘帅立即交代唐婉仪和卓伊送妈妈回家，然后就迎向了简丽丽。

“对不起。”简丽丽似乎有些手足无措，“我来晚了，没来得及去买花。”

刘帅望着简丽丽，满脸都是泪水：“你怎么来了？今天不是应该去成都路演吗？”

简丽丽悲伤地摇了摇头，凝视着他：“Neo，别的都不重要，我只想来送送你父亲！”

刘帅侧身让出一条道来，简丽丽艰难地走到刘怀远墓前，双手合十，非常虔诚地鞠了一躬。

真的，我根本就没有想过要害死你，可是——

温热的泪水，混杂着冰冷的雨水，划过她的面庞。

对不起。

雨越下越大，让这片墓地变得更加冰冷。

刘帅走到简丽丽身边，弯下腰，示意她趴在自己背上。

简丽丽把他轻轻推开，坚持要自己走。

“脚伤成这样，还逞什么强？”刘帅低沉地吼了一句。

简丽丽听到他这么说，心里一暖，顺从地贴了上去，搂住刘帅的脖子。

刘帅背着简丽丽，在凄风苦雨中走向停车场。

简丽丽感受着刘帅的体温，恨不得这一段路能走到天荒地老。

只可惜，再长的路，也有尽头。

刘帅把简丽丽送进副驾驶座，帮她系好安全带，才关切地问道：“你不在，引导基金的答辩怎么办？”

简丽丽苦笑一声：“Neo，这件事不要再提了，好吗？”

刘帅相信眼前这个女人，一定是为了他才放弃了获得管理中国最大规模地方政府引导基金的重要机会：“Jane，谢谢你能来！”

简丽丽眼中闪烁的泪光是那么真实：“你失去了父亲，我怎么可以不来陪你？”

说着，她从口袋里掏出一个物件，交到刘帅手里：“这个护身符，是我从江西萍乡的王霖大师那儿专门为你求来的，希望能为你带来好运。”

刘帅感动地看着 Jane，他听说过王霖大师的许多传奇故事，中国有不少著名企业家和影视明星都会找上门去，请他指点迷津。虽然他之前并不相信这些神神道道的东西，但此刻紧紧握住护身符，他感觉到了无比的安慰。

“Jane，你真的太有心了。”

“Neo，你不嫌我多事就行了。过一阵，我带你去见见王大师，说不定他会对你有帮助。”

目送司机送简丽丽走后，郭天宇开着刘帅的车送他回家。

他们并没有发现，等所有人都离开了，一个瘦弱的女子牵着一个少年，来到刘怀远的墓前。

少年直愣愣地盯着刘怀远的遗像，神色木然，却听见母亲哽咽道：“阿俊，给你爸爸磕个头吧！”

话未说完，满脸是泪。

第四十一章 铤而走险

到达青山湖玫瑰园，刘帅下了车，语气疲惫地说：“天宇，你也早点回去吧，今天辛苦了。”

在车上的时候，郭天宇心里斗争了很久，一直没能把憋着的话说出口。这时候眼看刘帅就要进屋，郭天宇不再迟疑，喊住刘帅：“兄弟，有句话我一定得和你说。”

刘帅满面憔悴地转过身来。

郭天宇咬了咬嘴唇，说道：“我总觉得简丽丽是在做戏。”

话一出口，气氛顿时像凝固了一般。

刘帅呆了片刻，露出不可思议的神情：“天宇，你疯了！你在说什么呀？”

“我知道你不会相信。但你仔细想一想，最近发生了这么多事情，其实都和简丽丽有千丝万缕的关系。”

“够了！”刘帅暴喝一声，“为什么你们所有人都针对 Jane？婉仪是这样，赵敏是这样，就连你也是这样！”

郭天宇忍不住也抬高了声音：“当你身边最可信的人都在质疑 Jane 的时候，你是不是也该仔细想想，这个人是不是真的有什么问题？”

“她有什么问题？今天她为了来参加我父亲的葬礼，你知道她放弃什么了吗？”

“她能为你放弃什么？难道你从来没有怀疑过，她在你面前做的一切都是计划好的？”

“郭天宇，你疑心病太重了！Jane今天为了赶到葬礼现场，连中国最大的地方政府引导基金的招标都放弃了！这可是一个五十亿规模的引导基金啊！换个人，谁做得到？”刘帅的声音简直是在嘶吼。

“刘帅，你被她灌太多迷魂汤了，能不能清醒一点？”郭天宇也终于忍不住了。

“我清醒得很，我知道谁真心对我好。”

“你知道？我觉得你根本不知道！这么多真心对你好的人，他们的话你一个都不信。我这个兄弟的话，你竟然也不信！”郭天宇开始咆哮。

“你怎么可以指责一个为我什么都肯付出的女人？这还是兄弟的话吗！”

“唉，你能不能冷静地想一想，她同时接近了孙秋萍和你，结果孙秋萍砸盘，你的股权爆仓，她却成了公司的大股东。你敢说这一切都是巧合吗？”

“你闭嘴！郭天宇，你这一辈子都改不掉的就是疑心病太重！”

“刘帅，我不和你吵，你再冷静地想一想。万全天盛和腾龙集团同时被税务稽查，清水公司又立刻抓住破绽做空我们，难道不是很蹊跷吗？好好的腾龙地产，居然正常的贷款都下不来，想要卖的项目，一个都转让不出去，你不觉得这很不正常吗？包括像你父亲这么有影响力的企业家，竟然莫名其妙地被抓进去，难道这些都是无妄之灾？”

这些话触到了刘帅的痛处，他突然失控地爆发了：“按你的这种说法，李智的死，杨晟的贪污，还有沸腾饮料的事件，也都是Jane的阴谋？她真的三头六臂？神通广大？能够左右我们所有人的命运？”

“刘帅，你变了。你真是糊涂透顶！”苦苦相劝的郭天宇，顿时觉得特别疲惫。

刘帅整个人被一种莫名的愤怒彻底占据了，冷笑着讽刺道：“我变了？我觉得你才变了！冷酷！无情！自私自利！李智死了，你是怎么处理的？又是谁把杨晟送去坐牢？之前你还把冠平送进了监狱，问题是你去看过他几次？他可是我们最好的兄弟啊！”

郭天宇气得发抖：“我们兄弟一场，刘帅，原来你就是这样看我的？”

他用力地把手上的车钥匙砸在刘帅脚下，狠狠地瞪着刘帅。

“你什么意思？”生平第一次，刘帅用手指指着郭天宇的脸。

“我迟早会证明你是错的。”

郭天宇冷静了下来，一字一句地说。然后，他头也不回地转身离去。

“徐行长现在有事，您没有预约，不能进去。”

“滚开！”

刘怀恩粗暴地推开了阻挡他的工作人员，一脚踢开虚掩的大门。

徐利明刚放下手中的电话，就见刘怀恩闯了进来，顿时脸色变得很难看。略迟疑了一下后，他还是挥挥手，示意紧跟进来的工作人员下去。

“刘兄，我不巧刚好要去开会，现在得走了，改天我们约时间喝一杯？”

刘怀恩毫不理会，双手往办公桌上一撑，整张脸因愤怒而变得有些狰狞和扭曲：“徐利明，你知道我刘某人可不是那么轻易好打发的！”

他的声音带着异样的沉闷，一股恶气憋在胸腔里：“该说的话，我之前都已经说过无数遍了，今天来只问一件事——腾龙集团那三十五亿的贷款，到底什么时候放下来！”

徐行长平时被人恭敬惯了，很少有这样被问到脸上的时候，不由皱了皱眉。但他为人向来八面玲珑，此时还不想撕破脸皮，于是露出一副为难的样子：“这件事真不是我不讲情面，实在是没办法啊！”

“你今天可别再拿什么没额度的借口来敷衍我！”急火攻心的刘怀恩声音高了八度。

其实，徐行长内心对刘家还是同情的，但又怕刘怀恩情绪失控，就压低声音吐了几句真话：“我干嘛要故意卡腾龙的贷款？这对我有好处吗？你也清楚，地产业这两年低迷，腾龙原本抵押的资产缩水不少，你们现在又拿不出更多的抵押物，对吧？我就是考虑大家这么多年的交情，相信腾龙的项目确实不错，才想办法把手续给办了。但上头就一句话——腾龙的贷款一律不准批，谁批了谁就滚回老家种田去，你说，我还能怎么做？”

“上头？”刘怀恩身子慢慢站直，撑在桌子上的双手放了下来，满脸狐疑。

“是啊，总行下的指令，我哪敢不照办？刘兄，你也体谅体谅，我是真的没办法！”徐行长边说边看手表，“哎呀，我赶时间，下次再聊。”

“等等！”

见徐行长想溜，情绪刚刚有些平复的刘怀恩被深深刺激到，猛地一个箭步冲上去，死死揪住徐行长的衣领：“到现在你还想要滑头！你给我听着，今天不把这事解决，你别想出这个门！”

他双眼通红，布满血丝，神情如恶鬼般恐怖，说话的唾液都喷到了对方脸上。

“你这个疯子！”徐行长脸色大变，用力将刘怀恩推开，然后高喊，“保安，快来人，把我办公室里的疯子赶走——”

话还没说完，他感觉颈间一痛，原来刘怀恩从后面扑了上来，左臂狠狠地勒住了他的咽喉，右手竟握着一把尖刀！

冲进来的四个保安看到这一幕，脸色大变，不敢造次。

只见领头的保安拿出手机，边报警边大吼：“……放开行长！你这是犯罪！等警察来了，你就死定了！”

“死？”刘怀恩放声大笑，声音尖利，犹如夜枭。

他的身体在不自然地颤抖，不是因为恐惧，而是极致的疯狂。

他压根没理会那些保安，拿着刀不断在徐行长的脖子上来回比划，声音带着哭腔：“姓徐的，我哥帮你做了多少事，我又帮了你多少忙？没有我们腾龙集团，你能爬到今天的位置？结果呢？我哥死了，你这个畜生不仅连一句慰问都没有，贷款还是不肯放下来，非要逼腾龙破产，逼我们刘家家破人亡吗？”

“刘兄，你要冷静啊！我已经给你透底了，不是我不想放款，是没这个权力啊！”徐行长惊恐万状地解释。

刘怀恩见徐行长还是不肯松口，实在气极了，胸口像风箱一样剧烈起伏，右手一个没拿稳，锋利的刀刃在徐行长脖子上划开一道口子，鲜血直流。

见鲜红的血液流到自己掐着徐行长脖子的左手上，刘怀恩神经质地大笑起来："徐利明，你的小命就在我的手上，你告诉我，你今天到底放不放款？"

徐行长吓得屁滚尿流，浑身哆嗦："刘、刘怀恩，杀、杀人可、可是要偿、偿命的！"

"我呸！我早就不在乎这条烂命了！"刘怀恩双目赤红地咆哮道，"我哥死了，他难道不是你们逼死的？如果腾龙再保不下来，我有什么脸活着，还不如死了干净！"

此刻的刘怀恩简直就像真的疯了，完全丧失了理智。

"要死，也要你陪我一起上路！黄泉路上见到我哥，我一定要让你给他跪下，磕头赔罪！"

刘帅赶到商业银行的时候，发现整条街都戒严了。

在警察的"护送"下，他来到徐行长的办公室前——这里已经布满了全副武装的特警，纷纷端着枪瞄准着刘怀恩，形势严峻，一触即发。

谈判专家正在与刘怀恩"交涉"，已经耗了整整一个多小时，刘怀恩还是无动于衷，依旧嚷嚷着要和徐行长同归于尽。

看到刘帅，刘怀恩的眼泪哗哗地往下流："小帅，别怪我这么做，实在没办法，大哥不在了，我不能让腾龙倒闭啊！"

"小叔，你千万别做傻事！就算腾龙没有了，我们还可以东山再起。可如果你不在了，我就又要失去一个最亲的亲人啊！求你放手吧！"刘帅的眼泪夺眶而出，不由自主地跪了下去。

刘怀恩见一向骄傲的刘帅竟然跪倒在地，心如刀绞，惨笑道："小帅，现在说什么都晚了，大哥对我那么好，我一定要为大哥保住腾龙！他们今天必须要把款放给我们！"

"不好！目标情绪崩溃，人质有危险！"

现场临时指挥部接到汇报后，武警首长立即下令："狙击手，准备！"

来的路上刘帅就被告知，如果亲人的劝阻仍然不能起效，那么警方就将采取非常行动。他心急如焚，声嘶力竭地喊道："小叔，你不为自己考虑，也得为婶婶和婷婷想想啊！婶婶身体不好，婷婷明年就要高考，她们都需要您啊！"

一提到妻子和女儿，刘怀恩脚一软，差点站立不住。他努力用手撑在徐行长的肩膀上，才没倒下去。但紧握在右手上的尖刀，却因这一个意料之外的动作，在徐行长右肩靠近颈部处划了一道深深的口子，鲜血一下子喷了出来。

"呼！"

呼啸的枪声，击碎了刘怀恩还没来得及说出口的后半句话。

绽放的血花，模糊了刘帅的视线。

天地之间响起了他的哀号："不——"

第四十二章
指点迷津

一部黑色兰博基尼沿着干净的沥青路盘旋而上，漫山遍野的竹林，清风送爽。

“舒服吧？”简丽丽不禁将手伸出了窗外，感受山风拂过指间。

“嗯。”一脸木然的刘帅开着车，有气无力地应道。

“非凡人自在非凡之处啊。”戴着墨镜的简丽丽语调中充满赞叹。

“停下来，停下来！私人领地！”一道栏杆挡住了去路，一个大腹便便的胖保安从岗亭里冒了出来，臃肿的身材几乎要将制服上的纽扣撑崩了。

副驾驶座上的简丽丽摇开车窗：“我是天路投资的简丽丽，与王霖大师约好的，麻烦通报一下。”

“请稍候。”胖保安侧身对着左肩的对讲机，反复呼叫以确认访客的身份。

“把保安都养这么肥，足见王霖大师的功力了，对吧？”简丽丽低声的打趣。

“哈，真是哦..。”刘帅被逗乐，脸上闪过一丝微笑。

栏杆缓缓升起,车继续前行,拐过最后一个弯,眼前是一大片开阔之地。

一个庞大的城市半山徽派建筑院落豁然地展现在两人眼前，依山而建，坐北朝南,白墙青瓦,明朗而雅素。院后是漫山的茂密竹林,院前的一大块平地则由青石板铺就,一棵百年老松傲然矗立。

高大的门楣古朴简洁,未做烦复的雕饰,门头上挂着两只大红灯笼,上书两个醒目的大字——“王府”。

“真是一块风水宝地啊！高人住的地方。”一路少言寡语的刘帅忍不住赞道。

“可不,能有机会与王霖大师坐而论道的,非富即贵。当初,铁道部的刘铁军部长如果真听了大师的话,可就不是后来身陷囹圄的结果了,可惜……”简丽丽的话显得意味深长。

两人四下环视,瞥见一个保安正向他们招手,示意将车停到大松树下。

这棵松树少见的高大,树冠如华盖般张开,阴影遮住了院前的一大片地方,好一个清凉的停车场。劳斯莱斯、宾利、路虎、奔驰、宝马,京字头、浙字头、闽字头、沪字头……据说这些挂着全国各地车牌的豪车,大多是富豪们送给王霖大师的礼物。

车门一打开,一个系着丝巾,穿着裁剪得体的套裙,精致妆容的年轻女子将他们迎下车来:“我是王霖大师的助理小张,请跟我来。”

一路上,小张介绍了王霖大师为王府选址、征地、设计和兴建的过程,刘帅心里暗暗称奇。能在一个城市中心的半山上拥有一套别墅已经非常奢侈,何况是拥有这样一个占地二十亩的院落,更让人印象深刻的是,建筑的所有部件都是从安徽、江西等地斥巨资收来的明清建筑的构件,然后巧妙拼建而成,看来这个王霖大师真不是一般人。

刘帅、简丽丽刚跨进“王府”大门,一套安检设备挡住了去路,四个人高马大的保安像门神一样站在两边,请两人把随身携带的物品都放到一个筐里,然后才让通过安检门,并用探测仪在他们身上来回比划,整个架势堪比防恐安检。

“两位请见谅,常有重要人物拜访王霖大师,所以才不得不实施航站楼级别的安检。得罪之处,还请多多包涵。”善于察言观色的小张,赔着笑脸解释。

院落里大有乾坤。石栏、小桥、水亭，款款用心，步步是景，整个建筑布局紧凑，构思精巧，居室与园林交融，木雕、砖雕、石雕、灰塑彩绘，工艺高超，可谓无品不精。

“这个‘王府’真是藏而不露！”刘帅边走边向简丽丽感叹。

“深情不寿，强极则辱，我倒觉得颇有胡雪岩故居的风范。”简丽丽一语道破“王府”的精髓。

趁着等王霖大师的间隙，小张带着他们参观了整个院落，一路上看到了各种奇珍异宝，大开眼界。清一色的金丝楠木家具，价值连城的来自世界各地的收藏品……

经过一个穿堂，刘帅见到了两侧的墙上挂满了照片，都是省部级领导、知名企业家、大牌明星跟王霖大师的合影。

刘帅不得不惊叹，大师的人脉真是太广了，层次之高，影响力之大，远远超出了他的想象。最出乎意料的是，这里居然还有一个小小的高尔夫推杆练习果岭。

“王霖大师竟然也打高尔夫？”刘帅疑惑道。

“想不到吧？王霖大师的最佳成绩可是78杆哦。”小张笑道，“千万不要认为大师不食人间烟火。”

最后，他们被带进一间题着“问道”字样的宽敞书房，位于整个院落的东北角。

进门正面的墙上，悬挂着一幅张大千的名画《黄山文笔峰》，气质淳化、苍深浑穆；还有一幅欧阳中石的书法“江山有信草木无私”，甚是雅致。

书房北墙的书架上满满地陈列着各种线装的古书，书架前是一张宽大的书桌，配着一把太师椅，书桌上整齐地摆放着笔墨纸砚。

“大师请你们先品尝今年新出的武夷山金骏眉，他一会儿就到。”

小张请他们在靠南边的明清风格罗汉床上落座，中间的案几上放着一套考究的紫砂茶具，身后是一个精美的博古架，上面摆满了各种古玩。

一会儿工夫，茶香满屋。酒红色的茶汤唇齿留香，让人心旷神怡。

这时候，简丽丽突然站起来，走到北墙书架前，原来她发现书架的最中间一格，摆放着一块硕大的田黄石。

“简小姐真是眼尖，这是大师的宝贝，也是‘王府’的镇宅宝物之一。”

刘帅不太懂金石收藏之类,不知该怎么接话。

只见简丽丽一边把玩着,一边念念有词:“田黄石,红黄相接,皮、筋、丝清晰可见,这种品相、这个分量,世间稀有,价值连城啊!”

“是啊,准确重量是1725克,号称‘最大田黄’的白田黄,有专家估值十亿!”小张骄傲地应和道。

玩过无数豪车名马的刘帅,想想也是醉了,难道这个王霖大师不只学识渊博,还富甲天下?真是深不可测!

“抱歉,让两位久等了。”正在围观奇石的刘帅和简丽丽回头一看,一个面部清瘦、蓄着长须,双目闪着精光的中年男子正迈进书房。他一身青衫长袍、布鞋白袜,仿佛一位民国时期的人物穿越而来,此人正是传说中的王霖大师。

“大师,您客气了。能拨冗相见,我和刘帅已是三生有幸。”简丽丽从容应对,刘帅也紧跟着点头致意。

“刘帅先生名不虚传,果然气宇轩昂,少年得志。过来我们继续饮茶吧。”寒暄过后,王霖大师径直坐到罗汉桌的左边空位上,示意刘帅坐在他的旁边,小张帮着替换了一套新茶具,然后和简丽丽心领神会地退出了书房。

当房间里只剩下两个人的时候,刘帅竟然有一种说不出的紧张,心脏莫名地怦怦直跳,也许自己的命运即将由面前的这位大师来揭晓谜底。

书房里一片寂静。王霖大师焚香沐手,正襟危坐。烫杯温壶、马龙入宫、凤凰三点头……王霖大师的泡茶功夫行云流水,不一会儿一杯茶递到了刘帅手中。

刘帅毕恭毕敬地接过,闻香品茗。

这时,王霖大师含笑着,上上下下仔细地把刘帅打量了一番,像是已经把他看透似的,忽然问道:“刘先生,简小姐为你求的护身符,你可有随身携带?”

“有的,有的。”刘帅赶忙回应。

“千万要时刻带着,此符虽不能解你目前的困厄,但能保你一时平安。”

“大师能否明示?”刘帅之前从不信命理相学这一套,但此刻却期待王霖大师真能够给他一些点拨。

“这是你命中一劫，只是这一劫本不会这么大，但因你不信命，未加化解，才有今天这等恶果。”王霖大师缓缓道来。

刘帅将信将疑，听大师继续往下说。

“你十三岁开始爱上一个女孩，她本来对你非常好，后来却莫名其妙地跟了别人，有没有这件事情？”

刘帅一时颇为惊讶，但想到当年自己追赵敏并不算什么秘密，所以也没太往心里去。

“你十五岁的时候是不是失去过一个家庭成员，这个家庭成员跟你非常亲密。”

“没有啊！”刘帅有点摸不着头脑，难道这个王霖大师在瞎蒙？

“我所讲的这个家庭成员不一定指人。”王霖大师露出一个神秘莫测的笑容。

刘帅心中一痛，想到十五岁时，他曾失去了他最心爱的赛马“黑珍珠”。

大师连这都能算出来？刘帅不禁开始心生佩服。

“我再说一件事情，这是除了你父母之外，不可能有人知道的秘密——你的大腿内侧有两颗痣，一红一黑，有没有？”

刘帅感到非常震惊，这确实是除了父母外，绝对不可能有第三个人知道的秘密。一开始，如果不是简丽丽拖着他来，自己还真不想花这个时间。现在则不得不心悦诚服：“大师，您真是高人，请直截了当为刘帅指点迷津吧。”

王霖大师捋了捋自己灰白的胡子，摇晃着脑袋：“根据简小姐提供的生辰八字，今天再看了你的面相，你本应是大富大贵的命，而且家庭美满，三代同堂。可惜，可惜啊。”

“可惜什么？”刘帅问得有些急切。

“可惜你错信一个人，却不能留住生命中的贵人。你说你的命怎么可能变得好？”王霖大师的语调不疾不徐。

“大师我不明白。”刘帅身子往大师的方向倾斜了过去。

“你注定在十五岁时会有一劫，最终是你的心爱之物用它的生命帮你挡了这一劫。本来你生命中还有一位贵人，可以为你化解今年这个大劫，但是你错信了一个人，最终逼走了你的贵人。她不仅没有陪你一直到功成名就，没有跟你成就一段美好姻缘，而且最终劳燕分飞，相隔万里。”

刘帅想到了赵敏，从十三岁开始，渴望天天和她在一起，一直到十年后，在艾尔斯巨岩前，她却告诉他，自己喜欢的是郭天宇……刘帅的眼眶开始红了。

王霖大师喝了口茶，慢条斯理地说："你错信的那个人眉宇锐利，气质像利剑出鞘，平日必定是锋芒毕露，行事风格也如利器一般，伤人又伤己。他的名字中有一个字，镇住了你的运势。"

王霖大师站起来，手指向上指了指。

刘帅感觉有如五雷轰顶，呆坐着，脑子里回响着一个念头：难道他指的是天宇？

"你没事吧？"王霖大师轻抚了一下刘帅的肩膀，"要不，我不说下去了。"

刘帅脸色惨白，深吸了几口气："大师，请您说完，我想知道全部。"

"此人的命太硬，哪个外人与他亲近，都会有无妄之灾，轻则入狱，重则丧命。"

说这句话时，王霖大师的表情变得非常凝重。

刘帅觉得自己快崩溃了，难道郭天宇真的有问题？陈冠平入狱的场景，孙秋飞横死的惨状，像电影一样在他脑海中回放。

"我该怎么办？我该怎么办？"刘帅的语气中充满了茫然和焦灼。

王霖大师拿起茶壶，一边往眼前的两个茶杯中注水，一边说道："此人已是你命中最大的克星。若不尽快分道扬镳，你将万劫不复！"

不待刘帅回应，大师又拿起自己的茶杯，一饮而尽："不过，好在你再逢贵人，她正倾尽全力救你于水火之中。如果你再错过此人，从此将无人帮你，除了自己将遭遇厄运，还会连累至亲。"

"今日我将天机泄露与你，已不便多说。言尽于此，告辞。"

说完此话，王霖大师把茶杯一放，起身离开。

偌大的书房，只留下魂不守舍的刘帅，还呆坐于罗汉床上。

第四十三章
四面楚歌

刘帅从“王府”返回杭州的第二天，刚进腾龙董事长办公室，还没来得及坐下，就接到了秘书的电话：“刘董，有为自称 Jacky 的先生找上门来，坚持要见您！”

Jacky？小胖子？

他来找我干吗？刘帅不及细想，忙道：“请他进来。”

没过几分钟，小胖子气鼓鼓地冲了进来，直接开骂：“刘帅，你这个畜生！Jane 自从遇到你之后，就没碰到什么好事！这次就连天路投资董事长的职位都保不住了！”

刘帅腾地站了起来：“什么情况？莫名其妙！她昨天还好好地和我在一起呢！”

小胖子一听，更是暴跳如雷：“那是她不想让你担心！你知不知道，今天成都市政府公布了引导基金的管理机构，不是之前呼声最高的天路投资，而是名不见经传的九歌基金！他妈的，这都是你害的！”

刘帅立刻想起了父亲葬礼那天简丽丽赶来的情景，一时语塞。

“你没话说了吧？就是为了去给你爸爸磕个头，Jane 连路演都没参加！这可是五十亿人民币规模的引导基金啊！天路投资花下去的巨大心血全泡汤了！现在董事们都在指责 Jane！”

见刘帅不说话，小胖子 Jacky 隔着办公桌，手指都快点到刘帅的脸上了：“你刘帅落到今天这步田地，还有什么脸面去纠缠 Jane？”

说完这句话，小胖子猛地一拍刘帅的办公桌，大声吼道：“我警告你，不准再见 Jane，听清楚了没有！”

不等刘帅回应，小胖子就转身摔门而去。

刘帅内心煎熬的同时，郭天宇的日子也不好过。

“沸腾”这款饮料，就像一把火。

诞生的时候，只有微小的火苗；燃烧的时候，席卷了四境八方；将要燃尽的时候，迸发出生命中最强烈的力量，让所有人都无法遗忘它的同时，也给它的创始人，以及相关的一切企业，都带来了一场浩劫。

只是短短几天时间，甘泉集团就成了过街老鼠，人人喊打。只要是印上“甘泉”LOGO 的产品，就像沾染了瘟疫一样，人人避之不及。

哪怕官方已经给出声明，国内外权威机构也提供了检测报告，证明“沸腾”中只有咖啡因，不含丙苯胺；纵然甘泉集团的老板亲自向消费者鞠躬道歉，市场上的“沸腾”饮料全部回收，集团旗下的其他饮料开启为期三个月的半价优惠……

种种措施都用尽了，却毫无效果。

合作方纷纷终止合同，厂商索要欠款，零售网点不肯继续贩售……

这样一个庞然大物，也没有撑上多少天，就迎来了破产清算的命运。

作为难兄难弟的万全天盛，也在巨大的舆论漩涡中，举步维艰。

部分董事忍无可忍，强烈要求召开董事会，罢免并改选董事长。

“‘沸腾’饮料事件，给我们公司造成了极其恶劣的影响，我认为，郭董需要对此事负责。”董事会上，吉姆单刀直入，直接投了罢免郭天宇董事长职位的赞成票。

“我赞成！”伯乐投资的代表孙董事果断投出了赞成票。

“万全天盛是一家互联网公司，更需要积极健康向上的企业形象。郭董作为我们万全天盛的董事长，却卷入‘沸腾’代言事件，风评极差。这对我们公司的长远发展，无疑是十分不利的。所以，郭天宇必须下台。”格林基金的代表爱德华毫不犹豫，也投了赞成票。

简丽丽见状，心中不免有些得意：真是有心栽花花不开，无心插柳柳成荫啊！

她精心布下了一个局，让郭天宇收购趣好公司，为的就是搞垮郭天宇——她算准在媒体曝光后不仅纳斯达克，就连美国司法部都会调查万全天盛刷单一事，郭天宇或将面临巨额罚款和牢狱之灾；而在国内，二爷告诉她只要再等几个月，国家有关部门会重点打击互联网刷单现象，万全天盛必将首当其冲，简丽丽就能以此为借口，赶郭天宇下台。

谁能想到，趣好公司这么好的一个陷阱，郭天宇钻都钻进去了，却还是想尽办法逃了出来，竟然快刀斩乱麻地放弃了趣好。正当简丽丽为此郁闷之时，“沸腾”饮料事件却意外爆发，重重地给了他致命一击！

看样子，老天爷都不站在你郭天宇那一边啊！

常鸿见气氛不对，为郭天宇仗义执言：“郭董为万全天盛一直尽心尽力，‘沸腾’事件瑕不掩瑜，我反对罢免。”

名律师曾志强也赞同常鸿的观点，投出了反对票。

一直沉默不语的李人杰突然发话：“我已经深思熟虑，支持郭天宇留任。”

接着，郭天宇为自己投出了反对票，而简丽丽则投出了赞成票。

万全天盛的董事会总共有九个席位，根据公司章程，任何事宜只要票数过半，即可通过。

至此，关于“罢免郭天宇万全天盛董事会主席”的提案，简丽丽、吉姆以及其他两家来自国内外机构的代表都投了赞成票；郭天宇、常鸿、曾志强、李人杰则投了反对票。

四票对四票，还差最后一票。

这一刻,所有人的目光都汇聚到了刘帅的身上。

在见到王霖大师之前,刘帅从来没有想过,有一天,他会对是否支持郭天宇产生动摇。这么多年来,郭天宇是他最好的搭档,也是他最信任的兄弟。可是,大师的句句谶语直击他的内心,暗示他必须做出割袍断义的痛苦决定。

“此人已是你命中最大的克星。若不尽快分道扬镳,你将万劫不复!”

“好在你再逢贵人,她正倾尽全力救你于水火之中。如果你再错过此人,从此将无人帮你,除了自己将遭遇厄运,还会连累至亲。”

这些话就像魔咒一样,在他脑海中反复震荡。

此刻的郭天宇,虽然经历了葬礼那天与刘帅的激烈冲突,但他还是一如既往地相信自己的兄弟。他的眼神里充满着热切的期待。

而此时的简丽丽,显然有些疲惫。但她看刘帅的眼神,依然是那么温柔,饱含爱意。

也许她马上将不再是天路投资的董事长了,可是她从来都没有提过一句,更不要说抱怨了。

一边是友情,一边是爱情;

一边是大师所说的克星,一边是大师所说的贵人。

我该如何抉择?这是一个太过艰难的决定。

他紧闭双目,把自己放倒在椅背上,深深地叹了一口气。

然后,毅然拿起笔,刷刷地在纸上写了两个字,接着慢慢把这张纸举起。

薄薄的一张纸,仿佛重逾千钧。

大家看到纸上写的是:“赞成”。

尘埃落定!

刘帅这关键的一票,让郭天宇彻底出局,也让简丽丽后来顺利登上了万全天盛董事长的职位。

郭天宇简直不敢相信,最亲密的战友竟然会在这个时候捅自己一刀。他望向刘帅的眼神充满疑惑、不解和酸楚。

刘帅不敢与郭天宇对视,把头低了下去。沉默片刻,他忽然站了起来:“各位,本次董事会的预定事项已经完成,我因为家里还有一件要紧事情需要处理,就先失陪了。”

说完,他也没有一一和董事们打招呼,就径直匆匆离开了。

郭天宇下意识站了起来,追上去想问个明白,但刚到门口,就听到简丽丽在背后喊道:“郭总请留步,我提请董事会增加一个新的议题,和你有关!”

“你们听说了吗?郭总在一天之内,不仅董事长,连 CEO 都被罢免了!”

“我看郭总是该引咎辞职了,‘沸腾’饮料的事情闹得多大,他不负责任谁负责任?”

“可是郭总为了公司那么拼,也不全是他的错吧?”

“你操哪门子心?我们做好自己的事情就好了,高层的事你管得了吗?”

“我只关心新 CEO 能不能让我们少加点班……”

就在员工们议论纷纷的时候,郭天宇最后看了一眼自己的办公室,把门关上。七天之内,他就将和洪韧韬进行 CEO 工作的交接,而这个办公室也将迎来新的主人。

迈着沉重的步子,郭天宇走进电梯。

电梯快速地往下掉,正如郭天宇的心,往深不见底的深渊坠去。

这时,电梯忽然停了下来,门缓缓打开,技术部的几个高管正好准备下楼。猝不及防地见到郭天宇,陈锐、吴浩、高翔宇三人不免有些尴尬,不知道在这个时候该如何去面对这位昔日的董事长兼 CEO。

于天奇却毫不犹豫,一步踏进了电梯,故意站在郭天宇的身旁,一边示意大家都进来,一边还装模作样地感慨道:“郭董,董事会投票的结果实在太出人意料了,刘董竟然没站在您这一边!这可真是没想到啊!”

郭天宇淡淡地瞥了于天奇一眼,什么话都没说,神色异常平静。

“天奇……”高翔宇皱了皱眉,让于天奇别说了。

高翔宇平常虽然比较尖锐,对郭天宇也很有意见,但这种时候他觉得不该落井下石。

“好好好，我不说了。”于天奇耸了耸肩，“郭董您放心，我们一定会好好配合韧韬，万全天盛肯定会越来越好。”

吴浩眉头紧锁，小声喝道：“少说两句！”

电梯门在一楼打开了。

陈锐低着头，仿佛做错了什么，逃也似地离开了。吴浩看了一眼郭天宇，叹了口气，也跟了上去。

于天奇有意再奚落几句，高翔宇狠狠地把他拉出了电梯。

电梯门缓缓合上，只留下郭天宇一个人孤零零地站在那里。

郭天宇几乎是机械地在地下停车场找到自己的特斯拉，坐上驾驶座，发动车子。听见智能系统不厌其烦地提示，才发现自己忘记系安全带。

特斯拉缓缓驶出灰暗的地下停车场，暴烈的阳光像万千的利剑迎面而来，他觉得双目快睁不开了，有泪花在闪。

“腾龙双子星”依然在刺目的光芒中坚立着，巍峨雄壮，位于B座楼顶的“万全天盛”LOGO还是那么熟悉，气派而又稳重。

郭天宇一个人静静地把车子停在隐蔽的角落，近乎贪婪地凝视着汇聚自己梦想与心血的万全天盛，神色复杂至极。今天开始，它仿佛从他的心中被人挖走。

天色逐渐变暗，皎月悄然升起，万全天盛办公楼内开始灯火通明。

技术部应该正在加班，赶最新版“游乐宝”的进度；

市场部应该在准备下个月的大型推广活动；

人力资源部应该在为今年最大的一次校园招聘做方案；

……

一个又一个片段在郭天宇的脑海中不断闪过，然而这一切已经与他无关，再也不需要他去操心了。他只能一个人躲在角落里，感受着时间一点一点地流逝。

郭天宇熟读《乔布斯传》，但他从未像现在这样，真真切切地体会到——乔布斯当年被董事会驱逐出自己创办的公司时的心情。

蓝色的特斯拉再次发动，带着他离开，缓缓驶入夜色深处。

卓伊坐在沙发上，焦躁不安地握着手机，心急如焚。

早在下午的时候，她就已经从朋友圈、新闻上看到万全天盛董事长换人的消息，没多久又听说CEO也变成了洪韧韬，于是立刻打电话给郭天宇。

郭天宇反倒安慰卓伊，让她别担心。可是却一直没有回家，也没有任何消息，到后来甚至连手机也打不通了。

是没有电了？还是发生了什么意外？卓伊简直急疯了，还是执着地一遍又一遍拨打郭天宇的手机，希望能听到电话拨通的声音。可是整整七个多小时，依然没有任何音讯。她几次都想拨打报警电话，但最后还是忍住了。

手上握着汽车钥匙，卓伊从屋里走到地下停车库，又从地下停车库跑回到屋内，她很想开车去郭天宇常到的地方找，但又怕就在这个时候郭天宇回了家。这样来回跑了三次之后，她终于忍不住哭了起来。

天宇，你怎么了？你不会有事吧？如果没有你，我该怎么办啊？

这一刻，卓伊觉得自己特别孤独，越是孤独越是想念自己心爱的男人。

看着墙上的挂钟，指针一格一格地在转动，更是把她的心绞得焦虑万分。

晚上九点五十五分的时候，她下了决心，再等五分钟，她只有勇气再等五分钟。如果十点郭天宇还不回来，她就出门去找。

就在卓伊觉得自己快崩溃的时候，门把手转动的声音突然响起。

霎时间，泪水夺眶而出，卓伊飞也似地扑过去，紧紧勒住了刚刚打开门的郭天宇。

郭天宇搂住妻子，轻抚卓伊的秀发，沉默了很久才声音干涩地说："对不起，让你担心了。"

"我知道你不会有事！不会有事的！"

卓伊把头深深埋进丈夫的胸口，眼泪打湿了郭天宇的白衬衣。她还伸出右手在郭天宇的肩膀上狠狠地锤了几下,恨恨地说:“你为什么关机?真把我急死了!”

“太多电话打过来,没电了。”郭天宇小声解释着,轻轻地拍了拍卓伊。

等爱妻终于从惊魂未定中回过神来,他才随意地把鞋一踢,走进客厅,外套也没脱,就重重地瘫倒在沙发上,手机掉在地毯上也懒得去捡。

卓伊怔怔地看着郭天宇,意识到他内心的状况一定糟透了。

郭天宇是个极其自律的人,进门后,鞋子会整整齐齐摆到鞋柜里,外套会有条有理地挂起来,手机一定会放在随处可见的地方,而不是像现在这样。似乎,原本凝聚在“郭天宇”这个人身上的全部精气神,都在他被踢出自己一手创办的万全天盛的那一刻,通通离去了。

“天宇,董事会上到底发生了什么事?”卓伊坐到郭天宇身旁,柔声道。

卓伊的问话,让郭天宇仿佛回到了董事会现场。

那一刻,郭天宇根本没有想到简丽丽说出的竟是这样一个提议:“之前,郭天宇一意孤行,高价收购刷单公司,不仅三千两百万美元打了水漂,而且还由于恶意造假,让公司的声誉一落千丈。近来,郭天宇代言的‘沸腾’饮料,酿成巨大舆论危机,直接造成公司各主打产品的平均市场占有率下滑了超过5%!问题十分严重!郭天宇必须承担责任!因此我提议罢免郭天宇的CEO职位,同时提名洪韧韬作为CEO人选。”

简丽丽的话就像扔出了一颗炸弹,会场顿时一片议论声。

“简董说得有理有据,客观来说,的确是郭天宇决策失误,理应承担责任。”吉姆第一个表示赞成。

随后另外两家机构的代表也纷纷附和。

李人杰沉吟片刻,分析道:“郭董是万全天盛的创始人之一,也一直担任万全天盛CEO的职位,面对中国在线旅游业复杂的形势,没有人比他更了解。洪韧韬只是万全天盛的CTO,一直负责技术方面的事情,对公司的运营是否不熟悉?能否胜任CEO一职?”

吉姆当即反驳说:“郭董目前的形象太过负面,只要他在万全天盛的管理层待一天,对万全天盛的损害就多一天。为了公司的正面形象着想,我们有必要换一个全新的、可信的CEO。”

简丽丽特意强调了一句:“洪韧韬是万全天盛最老的员工之一,熟悉万全天盛的整套机制,对中国在线旅游业的竞争有着清晰的判断。作为CTO,他工作一直兢兢业业,声望也很高。我相信,洪韧韬能做好万全天盛的CEO。”

常鸿插话道:“现在刘董不在,我们应该联系刘董,请他回来参与投票。”说完,常鸿就开始拨刘帅的电话,但是一直打不通。

郭天宇不死心,也尝试打了几次,仍然无人接听。

这时,大家都把目光投向了曾志强,希望听听这名知名律师的意见。只见“曾铁锤”叹了口气:“根据公司章程,超过三分之二的董事与会,董事会的决议即可成立。因此如果刘总不能回来参加会议,那只能算是弃权。”

曾志强的话一锤定音,投票正式开始。

公司的两位独立董事常鸿、曾志强都是郭天宇的盟友,自然同仇敌忾,三人一起投了反对票。吉姆和两位机构代表对简丽丽的提议十分支持,投了赞成票。

三比三。

简丽丽投出了自己的一票,四比三。

这时,所有人都望着李人杰。他权衡了很久,最终还是投出了反对票。四比四!

会场一时间陷入僵局。

郭天宇看了大家一眼,一字一句地缓缓说道:“既然没能投出结果,我建议这个提案暂时搁置。”

“不行!”简丽丽态度强硬,“公司现在到了这么危急的时刻,如果没有一个合适的CEO来肩负未来的重担,对公司发展是极不利的。”

众人面面相觑,都察觉到了简丽丽的决然。

“这个提案不解决,我们就不散会!哪怕开到明天早上,也要出一个结果!”

简丽丽接着说出的这句话,无疑是铁了心要把郭天宇赶下台,没有半点回旋的余地。

现场气氛凝固了，董事会再次陷入僵局。

不知过了多久，李人杰突然深深叹了一口气，说道：“我收回反对票，弃权！”

“为什么？”卓伊不可置信，“李人杰怎么会弃权？”

郭天宇疲惫地苦笑一声：“李人杰事后解释，如果董事长和CEO针锋相对，公司是做不成事的，只会消耗在无尽的内斗中。他只希望万全天盛能够良好发展，自己的投资能够利益最大化。因此他觉得，尽快选择一个能和董事长配合的CEO，也不是一件坏事。”

卓伊心中难过，轻轻握住郭天宇的手，鼓励道：“天宇，你不要灰心。这一次的失去，难道会比‘趣游网’和恒大搜索合并失败那一次更惨吗？当时你已经一无所有，依然能够东山再起；现在你还是万全天盛的董事，有足够的股份和资金，完全有机会做更大的事情。”

“这不一样。”郭天宇痛苦万分，“完全不一样！”

万全天盛的成长太过艰难，汇聚了他太多的心血和梦想，就像是亲手养大的孩子。现在，这个‘孩子’竟然被别人夺走了，他的心仿佛撕裂了一般！

看着郭天宇备受煎熬的样子，卓伊一时不知该如何安慰。

忽然她看到郭天宇掉在地上的iPhone，灵机一动，拿起来指着手机背后的图案说道：“你不是最崇拜乔布斯吗？他也曾被人赶出自己一手创办的公司，但最后他还不是王者归来？并带领苹果公司改变了这个世界！”

“要不，我们也向乔布斯学习，去创立一家新的在线旅游公司？”卓伊越想越兴奋，觉得这是一条非常可行的思路，“我们不缺钱，又有多年的行业经验，万全天盛的高管中，张晓冬、甄杰他们都是你一手培养的，我们可以把他们挖过来，我也来帮你，完全可以另起炉灶，从头再来！”

郭天宇内心挣扎了很久，最后还是艰难地摇了摇头：“不行，首先我还是万全天盛的大股东，受制于同业规避的约定；其次如果我把他们都挖走，万全天盛伤筋动骨，只会便宜了‘51 旅游网’和通远。即便我现在已经不是万全天盛的董事长和CEO，但这种破坏自己公司的事情，我做不到。”

说完，又是深深的一声叹息。

郭天宇的态度让卓伊极为沮丧，也极为心疼。她把身体靠到郭天宇的肩膀上，双臂圈住了他的脖子。

两个人就这样，心事重重地默默坐在沙发上。

“天宇，那你下一步有什么打算？”也不知过了多久，卓伊终于打破了沉默。

“我一时倒真没有想好。”郭天宇有些茫然，真的不知道接下来的路该怎么走。

“要不，我陪你出去散散心吧！”

“散心？”最近这段时间，一心都在工作上的郭天宇还真没有外出旅行的计划。

“是啊，可以再去一次艾尔斯巨岩呀！上次度蜜月，因为你做的那个噩梦，我们临时改变计划去土耳其看了‘暗黑之门’，想去探索什么充满邪恶能量的‘引力场’，结果你都没有陪我完成澳洲无人区的穿越，这让我一直心存遗憾！”

郭天宇愣了半晌，亲了卓伊一下：“好吧，那我们就去澳洲！陪你穿越无人区，再去看一遍艾尔斯巨岩！”

第四十四章
山穷水尽

穿着囚衣，理着平头的刘怀恩，出现在监狱探望室厚玻璃的另一头。

他的右肩裹着厚厚的纱布，透肩而过的子弹不光给他留下了永久的伤痛，也让他的右手终生无法恢复昔日的灵活。

刘帅拿起用于通话的听筒，心中酸楚，刘怀恩却强颜欢笑："小帅，我没什么，你别难过。在外面，你可是我们刘家唯一的男人了，一定要撑住！"

"小叔，你放心，公司和家里我都会照顾好的。"

刘帅的表态并没有打消刘怀恩的忧虑："那么资金问题呢？项目的出让情况怎么样？"

"还在努力中，应该会有转机的。"刘帅尽量想表现得轻松一些。

"不过你后来把房子、车子抵押给那些放高利贷的，可要小心啊！他们什么事都做得出来！"刘怀恩忧心忡忡地提醒。

"知道，我能够处理好的。"虽然最近自己天天接到催债的电话，刘帅也不希望让刘怀恩担心。

那天，当看见小叔中枪并在痛苦的喊叫声中被抬上 120 救护车时，刘帅当场失声大哭，在关心着小叔安危的同时，他清楚现在只能靠自己一个人去拯救这个七零八落的家业了。

从监狱回来，夜已深，但家里客厅的灯还亮着。

门一开，已经靠在沙发上睡着的蒋明慧立刻醒了过来，困得不行的唐婉仪也打起了精神。

见到儿子，蒋明慧立刻焦虑地问道："小帅啊！怀远怎么还不回来？"

最近这段时间，蒋明慧的状况稍微好了一点，但是在内心深处还是不能接受刘怀远已经离世的事实，类似这样追问的场景每天都在上演。刘帅喉咙像梗着什么似的，唐婉仪眼眶也红了，两人异口同声地说："您忘了，爸爸去外地出差啦，等过几天才能回来。"

"这样啊！"蒋明慧似乎这才反应过来，唐婉仪便哄她去休息，正在这时，敲门声忽然响起。

三个人下意识地望向门外，蒋明慧急急地问："谁在敲门？会是怀远吗？"

"妈，爸要是回来了，自己会开门进来，怎么会敲门呢？我去看看情况，你和婉仪先去休息，我来处理。"刘帅知道一定有麻烦，但无论如何不能让母亲再受刺激。

好说歹说，蒋明慧才被刘帅和唐婉仪哄着上了楼，刘帅直到母亲卧室的门被轻轻关上，这才去开大门。

只见崔超贤带着几十个膀大腰圆，满面横肉的汉子，站在门外，见大门打开，目光先瞟到二楼，看见灯已经黑了，还要小声问一句："婉仪睡了吧？"

"睡了。"

"那就行。"崔超贤清了清嗓子，才说，"我今天带人来，不为别的，只为盘点一下你家的财产。"

刘帅眉头一皱，心中说不出是什么滋味，只道："我记得离最后的期限还有三天。"

崔超贤露出一副"你怎么不懂行"的样子，装模作样地叹道："没错，确实还剩三天，但你们刘家质押的腾龙集团股份，明天就到期，将要归我们崔家所有。早在半个月前就已经贴了接收公告，这你该清楚吧？现在你手上仅剩的万全天盛股份也已经质押出去，根本不可能有钱来赎回腾龙集团，也同样还不了房子和车子的抵押款。甚至连利息，你都已经没办法结清了。”

说到这里，崔超贤挑了挑眉，强压的得意之情就这样流露出来：“本金还不上，就拿房子、车子抵，钥匙可以三天后收。但你们家抵押的房子、车子，光是利滚利，就已经上千万了！我也不想损伤两家的情分，但交情归交情，生意归生意。所以呢，我今天带人上门盘点一下你家剩下的财产，看看够不够抵这些利息。”

崔超贤落井下石的举动，深深刺痛了刘帅的心。但他很清楚，这就是现实，所以他平静地说：“房门钥匙和车钥匙，我现在就可以给你们，能不能宽限我一天时间，等我把母亲送去了疗养院，你们明天这个时间再来盘点家产好吗？”

说出这句话的时候，刘帅的心都在滴血。

崔超贤见状，一股强烈的成就感从心底窜了出来，直冲脑门。

刘帅啊刘帅，你也有今天！

他心中乐呵，表面上还要露出一副为难样：“这——不是我不领情，一天时间，能转移不少财产出去……”

“崔超贤，你不要欺人太甚！”柔弱而坚定的女声，忽然响起，只见唐婉仪抱着一个红色的首饰盒，快步从楼梯上走下来，急急赶到门边，毫不犹豫地打开首饰盒，珠光宝气晃花了众人的眼，“这些珠宝，仅仅买来的价格加起来就超过一千万了，还没算上后来的增值，够不够还利息？”

刘帅知道这应该是唐婉仪全部的首饰，失声道：“婉仪？”

崔超贤脸色一变，明白自己刚才的所作所为已经全部入了唐婉仪的眼，但要他这个时候改口，放过打击刘帅的好机会，却怎么都不甘心，便道：“婉仪，不是我不给你面子，你这些首饰就算值一千万，还债也不是按照这个价格来，顶多值两百万，压根还不上利息。”

说到这里，他宣誓一般地说：“我保证，我只是清点刘家的家产，绝对不惊扰你，更不进你的房间，怎么样？”看见唐婉仪脸色不对，他又加了一句：“好好好，也不惊扰伯母的休息。”

刘帅轻叹一声，对妹妹说：“婉仪，把你的首饰拿回去吧！”

唐婉仪满脸的坚决，说道：“哥，这些都是爸妈这些年来买给我的，现在家里需要用钱，我当然得拿出来啊。”

刘帅怜惜地看着唐婉仪，感觉兄妹两人的心是相通的，紧紧贴在一起，这让他无比温暖。但旋即，现实却只能让他叹了口气，说道：“婉仪，爸妈留给你的东西，你更应该珍藏呀。再说，别人不是嫌价值不够嘛！”

说罢，他取出了房门钥匙与一大串车钥匙，全部交给了崔超贤。

唐婉仪看着这一幕，眼眶微红，紧紧地抿了抿唇，忽然飞也似的奔回屋子，没等崔超贤让人进门，她又快步跑了过来，将唐卡一展！

五色锦缎织成的佛帘摇曳生姿，栩栩如生的药师琉璃光如来面容慈悲，唐卡背面则是完整的药佛手印。

“这副唐卡绘制于明宣德年间，据说是明宣宗朱瞻基赐给葛玛巴活佛的御赐物件之一，在我外祖家供奉了几个世纪。”唐婉仪忍着心中的酸楚，一字一句，对崔超贤说，“七年前，国内一位非常著名的私人收藏家就给我开出了三千万的价格，我都没卖。如果现在拿到拍卖行去拍卖，应该可以卖出九位数的高价。”

众人闻言，不由倒抽一口冷气。

这才是真正的价值连城！

这副唐卡代表着唐婉仪身上来自藏族土司的血统，不仅是她父母留给她最贵重的遗物，也是她的嫁妆。

唐婉仪将这副唐卡看得极重，几乎与她的生命等同，但刘帅的重要程度，已经胜过了她的生命。

这一瞬，崔超贤的脸色变得灰败无比。

明明他才是强势讨债的那一个，此刻却仿佛失去了所有的力气，自嘲地笑了起来：“行，行，婉仪，你真的行！”

他身体抖得厉害，却还要强撑着风度：“这副唐卡，我先替你保管，免得你为了还刘家的债，卖给其他人。但我劝你，不要与刘帅走得太近，他已经害死了他爸，害惨了他叔，指不定下一个害的就是你！”

他这句话意有所指，刘帅立刻要揪住他，询问内情，却被打手们压制住。

崔超贤却冷冷一笑，示意手下开着刘帅车库里的几十辆豪车，绝尘而去。

在冰冷的夜色中，唐婉仪坚强地对刘帅说：“帅哥哥，刚才的事情，你别放在心上。家里有困难，我要和你一起扛！”

刘帅忽然紧紧地抱着唐婉仪，泪如雨下。

对不起，是我没有保护好你！

“我去找崔扬。”刘帅仿佛许诺一般地说，“我一定会把你的唐卡拿回来！”

次日，腾龙双子星，A 座。

董事长办公室门前的封条已不见踪影，尘封多日的房间迎来了全新的主人。

崔扬站在落地窗前，心潮澎湃。

从这个角度望去，不管是蛰伏的钱塘江，还是层层叠叠的高楼大厦，都显得那样渺小。小到让他居高临下，一览无余。

这就是站在顶峰上的感觉么？

曾经那份对刘怀远深深的羡慕、嫉妒与畏惧，就在这一刻，烟消云散。

崔扬沉溺在终于得到腾龙的快意中，久久没有任何动作，直到随从小声说：“董事长，刘帅来了。”

“刘帅？”崔扬挑了挑眉，摆出一副温和慈爱的面孔，“让他进来吧。”

推开腾龙的董事长办公室大门的那一刻，刘帅恍惚以为，父亲依旧坐在那张厚重的椅子上，办公桌上摆满要处理的文件，还有一盏清茶泛着袅袅的香气，看见他，脸上会不自觉地露出一丝笑意：“小帅，你来了？”

过去与现在，仿佛重叠到了一起，刘帅定睛一看，才发现坐在父亲位置上的人，已经换成了崔扬。

刘帅轻轻摇了摇头，将自己对父亲的思念压下，对崔扬说："崔伯伯，昨天崔超贤带人来——"

话还没说完，崔扬立刻打断道："小帅啊，伯伯知道，这件事是超贤太急了。这样吧，我再给你宽限五天，五天后再搬出去，怎么样？"

刘帅原本想说的话，就这样堵在了喉间。

崔扬的面庞仍旧是那样的慈祥、和蔼，却让他有种说不出的恶心。

昨晚从崔超贤的话语中，刘帅已经隐约猜到，崔扬的"仗义"，实际上是精心布置的陷阱。但他不敢相信，刘家和崔家可有这么多年的交情，刘怀远和崔扬更是从小一起长大的朋友啊！

今天他来找崔扬，就是想问个清楚，没料到崔扬一得到腾龙集团就这样翻脸不认人，还假惺惺地说"宽限几天"！

要是爸爸、叔叔看到崔扬这副嘴脸，还会把他当做好兄弟？

"崔扬，你这样做，对得起我爸吗？"刘帅气得发抖，"十二年前，你的钢贸公司快要倒闭，是我爸借了你五亿，让你渡过难关；七年前你的担保公司出了问题，是我爸出面，帮你抹平；五年前……"

"够了！"

崔扬拉下脸，冷冰冰地喝道："你们姓刘的帮过我，难道我姓崔的没帮过你们吗？不识好歹的东西！"

"你所谓的帮，就是连同外人一起来害腾龙？"

害？

这怎么能说害呢？

这么多年来，刘怀远一直压在他头上，无论做什么都比他好，生个儿子都比他强！凭什么？

他可不要刘怀远假惺惺的施舍，只要有足够的机会，他也能比刘怀远强！

现在的腾龙集团，是他崔扬的！

刘帅看见崔扬不言不语，心中更气，怒喝道："我父亲对你那么好，你却伙同外人把他害死，你难道不会良心不安吗？”

崔扬脸色一沉，指挥随从：“还等着干嘛？把这个人给我轰出去！”

随从听命，一左一右拖着刘帅，强行把他拉出董事长办公室。

当刘帅被推出“腾龙双子星”A 座的那一刻，他忽然觉得自己的愤怒是那么的可笑。

良心不安？怎么会呢？

只有好人才会良心不安，崔扬这样的人，只会踩着父亲的尸骨，洋洋自得。

刘帅将牙齿咬得咯咯作响，痛苦、屈辱、仇恨交织在一起，他望着腾龙集团的 LOGO，暗暗发誓——总有一天，他会将腾龙集团全部夺回来！

郭天宇的离开，并没有给万全天盛带来多大的震动。

新任 CEO 洪韧韬作为有威信的公司“老臣”，很能服众。接替洪韧韬担任 CTO 的高翔宇也不负众望，在洪韧韬的帮助下迅速担当起了技术总监的重任。

简丽丽更是展现了巨大的能量——万全天盛上市时便已经在谋划获取的支付牌照，之前折腾了快一年都没有下文。而简丽丽上台不到一周，支付牌照立刻办了下来。

不光是支付牌照，还有很多曾经困扰万全天盛的难题，在简丽丽上台后也都迎刃而解。董事长和 CEO 配合默契，万全天盛一扫之前低迷的气氛，员工士气高昂，大家都对未来充满信心。

“腾龙双子星”B 座的万全天盛气势如虹，A 座的腾龙集团也一扫昔日颓势，开始扭转局面——在被崔扬集团接管后，原本批不下来的银行贷款，陆续放款；各地的项目、楼盘也逐步正常运转，腾龙集团很快就恢复了往日的生机与活力。

但谁也不知道，接管腾龙的崔扬集团董事长正毕恭毕敬地站在简丽丽面前。

“BOSS，多亏您给银行施加了压力，又给我融到巨额资金，我才能够在这么短的时间内，以最低的价格把腾龙集团拿下……”崔扬的语气中有着压抑不住的兴奋。

腾龙集团的结局，让简丽丽的内心五味杂陈，她想到一件事，眉目犹如刀锋一般地凌厉:“谁允许你不经我的同意,去刘家闹事？胆子不小啊！”

崔扬冷汗直流,毫无在刘帅面前的盛气凌人,不住哈腰:“BOSS,也是刘帅太不识趣,我只是给他个教训……”

简丽丽不爱听这些,皱了皱眉,崔扬立刻闭嘴。

“‘二爷’让我带话给你，之前你表现不错，现在开始要全力配合许翔做资本运作,争取尽快把腾龙地产做上市,明白吗？”到底是“有功之臣”,也不好寒了他的心,简丽丽略过这个话题,说道,“明天晚上,我要在家办个宴会,你也过来吧！”

第四十五章 东方夜宴

上海浦东，陆家嘴。

夕阳西下，在黄浦江和高楼林立的都市上空，火烧云正在一点一点地黯淡下去，夜晚不可阻挡地就要来了。

简丽丽站在观景阳台上，环顾四周，享受着微风的吹拂。

每次只有回到“东方一品”——这个被誉为中国第一豪宅社区的家里，她的心情才可能松弛下来。

东方一品采用超大户型设计，简丽丽所在的 A 栋是一层一户，360 度全览上海美景。

这套房子面积接近 600 平方米，专门请了欧洲著名设计师，按照现代欧式风格进行设计和装修，120 平方米的客厅采用全通透落地玻璃窗的设计，光弧形面宽就达 11 米。别的不说，简丽丽脚下踩着的观景阳台就有 40 平方米之大，并可 270 度享受上海黄浦江两岸最繁华的景色。

不远处的黄浦江的对岸，就是赫赫有名的上海外滩，宛若一幅永不褪色的油画；江上船只来来往往，偶尔发出汽笛的长鸣；她的房子与东方明珠塔、金茂大厦、上海中心等闻名世界的现代建筑毗邻，近在咫尺，触手可及。

这种君临天下的气势，一直被她所喜爱着，而东方一品的严密安保措施，也是简丽丽选择这里的原因。

东方一品的每一户都拥有独立的私家门厅，两部主人电梯和一部保姆电梯，结合三道掌纹门禁系统，非常私密，由国际著名物业管理公司提供英式管家服务。

不仅如此，简丽丽还在家中安装了全套智能系统，可以远程监控屋内和屋外的一切。一旦家门口有外人出现，手机就会发出刺耳的警报，提示她有人入侵。

简丽丽享受着难得的好心情，过了好一会儿，等晚宴的时间快到了，她才踱回房间，进了换衣间。

这是一间足以让世界上所有女人疯狂的换衣间。

60 平方米的超大面积，陈列着无数高端定制的衣服、包包、鞋子；化妆台前摆满了各式各样世界顶级品牌的护肤品、化妆品；首饰盒中陈列的珠宝，件件价值不菲，却那样随意地放在桌上，完全没有严密储存的想法，仿佛只是不值一提的东西。

那些以炫富著称的豪门媳妇、富二代、女星，若是见到这些，多半会自惭形秽，从此再也不敢大声提“有钱”两个字。

曾经有一个女人，自以为很得二爷宠爱，不敢去挑衅正房夫人，就想压过她来赢得存在感。她什么都没做，只是轻描淡写地定了一款稀世珠宝，就彻底摧垮了那个女人全部的信心和勇气。

事后，二爷还对她感慨，说人心不足，欲壑难填。本来只是送几十、几百万的礼物就能满足的女人，却动不动就索要上千万的东西。二爷应付一两次之后，也就觉得烦了，再也懒得关注对方。

那个女人肯定心里非常不平衡吧？同样都在二爷身边，为何简丽丽就可以随意挥洒成千上亿的钞票，她却只能一次次地问二爷要？

因为你们要的东西，都是二爷给的，而我的东西都是配合二爷自己挣的！

简丽丽的手缓缓掠过一件件高档定制衣服，一款款璀璨夺目的珠宝……就像女王巡视着她的臣民，她的战利品。最后，她坐在化妆台前，露出了心满意足的微笑。

我的东西，都是我自己挣来的。

这一次“围猎”，当然也不例外。

但不知为何，就在这本该享受胜利果实的一刻，简丽丽的心却“怦怦”跳个不停，那些被她压抑在心底，不愿回想起来的过往，猝不及防地浮现在脑海：

她出身于一个普通的家庭，成绩一直很好，凭本事考上了顶级名校。但到了大学，才发现这个社会那么复杂，她本来能拿到国际大公司在中国的实习名额，却被有关系的人挤掉。爸妈知道后，整夜睡不着觉，一个劲掉泪，埋怨自己没用，不能给女儿一个美好的未来。她一边要安慰父母，告诉他们自己没事，一边要默默忍受这种不公平。

最后，二爷帮她解决了这件事。

二爷……

她第一次见到那个成熟、英俊、低调又充满着魅力和霸气的男人，是在一次全国大学生财经主题辩论大赛上。她带领的团队拿了金奖，她也荣获最佳辩手……

他对她很好，逢年过节都不忘给她带礼物，也将她引入了这个圈子……

不是没有谴责过自己，也不是不知道这是一条不归路，却无法克制自己的心。那个男人就这样慢慢地走进了她的心底，她挣扎过，犹豫过，痛苦过，后悔过，最后，二十岁的她，还是勇敢地将自己的一切都毫无保留地交给了最爱的男人。

哪怕她知道，那个男人的年纪比她大一倍还多，有妻有子，也有很多女人。他不可能离婚，更不可能娶她，她一辈子都将这样没名没分，她也义无反顾。

后来，她考上了沃顿商学院，去美国读书。

二爷不让她出去打工，说她的才华和时间不应该浪费在这上面。他给她买了车子，买了房子，只要她一个电话，随时有专业人士给她量身定制礼服、鞋子，任她挑选珠宝、名包。他每个月都会来美国与她相见，带她打高尔夫、潜水、练习射击等等，对她的事情，无论大小都非常关心。

还没毕业，她就以优异的成绩获得了各大顶级投行的青睐，“二爷”也帮她牵了线，让她进了摩根实习。在那个竞争激烈的地方，她的业绩每次都遥遥领先，有个称呼叫“奇迹的 Jane”。

再后来，她毕业了，并发现自己怀孕了。二爷非常高兴，特意飞到美国，陪了她整整一个礼拜，让她把孩子生下来，说会给这个孩子一生的，最好的照顾。

那时她觉得，自己是世界上最幸福的人，可是……

发现自己怀孕的时候，她正在竞争摩根一个部门主管的位置，如果能担任这一职位，两到三年的时间就能被派回中国，也不用二爷成天飞来飞去。

她的计划，二爷本来是十分支持的，可一听说她怀孕了，就让她放弃工作，全力保胎。可她知道这个机会一旦错过就没有了，坚持要上班——自己与爱的人所在的世界有太大的距离，她一直想凭着自己努力，靠他近一点，哪怕只是一点点。

所以，她和二爷吵了一架，那是他们认识以来吵得最凶的一次。她说，别的同事怀孕八九个月都在忙碌，我才怀孕两个多月，又算得了什么呢？

二爷拗不过她，只能让她继续上班，但只要有时间，他就会来美国与她相聚。哪怕不能来，每天也有关心的电话。

简丽丽清楚地记得，那是一个雨天。

暴雨让整个世界都变得阴沉灰暗，她下了班后，小心翼翼地在高速公路上开车回家。二爷的电话打了过来，千叮咛，万嘱咐，说纽约下雨，路况不好，新闻上报道发生了多起车祸，她一定要小心，自己过几天就来看她。

天很黑，路很滑，她在接电话。

真是奇怪，简丽丽记得那天的一切，哪怕是一个微不足道的细节，唯独记不得那场车祸究竟是怎样发生的，只知道醒来的时候，医生沉痛地告诉她——她小产了。

与她血肉相连，在她肚子里整整二十五个星期的小生命，就这样永远离开了她。她无意中听见了旁人的怜悯，泪如雨下。

是个女儿，刚出生的时候还是活的，抢救了一个多小时，还是离开了这个世界。

这场车祸不光带走了她的女儿，也拿走了她的生育能力。她不可能有孩子，一辈子都不可能了。

她不可能与他名正言顺在一起，也不能孕育一个孩子，那个男人补偿她的方式，就只剩下了金钱、地位和事业。

不知从何时开始，她成了他的得力属下，为他打理庞大的资产帝国。在资本市场上如鱼得水，借助他的权势、力量和情报，狙击他们锁定的目标，获取了旁人想都无法想象的巨额财富。

那个男人身边有那么多女人，来来去去。只有她，一直留在他的身边，带着他们共同的悔恨，还有对那个远在天堂的孩子的怀念。

夕阳沉了下去，夜幕降临，客人们陆续到来。

朱建军第一次受邀参加简丽丽的家宴，算是对他做事得力的褒奖，这让他有些诚惶诚恐，足足提前一个小时就到了。跟简丽丽报了到，管家带他在沙发坐下，刚喝了没几口茶，又来了一个相貌堂堂的中年男子，看上去很和气，穿着一身考究服帖的西装。

此人大有来头，正是国家文物局的副局长陈卫东。

朱建军赶紧起身毕恭毕敬地打了个招呼，东哥冲他微微一笑。

“卫东，你过来一下。”简丽丽这一招呼，陈卫东一刻没停留，应声贴了过去，两人在客厅一角低声交流起来。

朱建军被冷落在一边，颇有些尴尬，好在崔扬及时进门了。

两人这段时间打过不少交道，已经很熟悉了，一碰面就坐在沙发上聊了起来：

“能来参加东方夜宴，朱总在 BOSS心目中的地位可是今非昔比啊！”崔扬的恭维恰到好处。

“怎么比得上崔兄您啊？真是好福气！腾龙集团这么优质的企业，居然能以这么快的速度，用这么低的价格拿到手……”在这样一场高端聚会里，毕竟只是个新人，朱建军不失时机地拍上了马屁，“简老板将这件事交给崔兄，足见对崔兄的信赖了。”

崔扬也很得意，虽说他只是出面代理，真正的利益大头压根分不着，但被简丽丽信任这种事，本来就值得吹嘘一番——谁不知道，取信了简丽丽，就能在二爷面前露脸？若是得了二爷信任，那就是走上了通往青云之路的终南捷径啊！

两人正互相吹捧，徐卫东一声“翔哥”，让屋子里的人都把头转向了大门。

第四位客人到了。

只见这位男士戴着一副阿玛尼的眼镜，一袭同品牌的白色西装，有些微胖，少言寡语——正是资本市场赫赫有名，能呼风唤雨的大鳄——许翔！

朱建军跟着陈卫东、崔扬一起迎上前去，围着他寒暄。许翔微微点头，目光越过三人头顶，与站在原地一动不动的简丽丽相视而笑。

在证券业界没有人不知道许翔，他早年是著名的“涨停板敢死队”队长，现在主掌几百亿的泽西投资，其投资回报惊人，领跑基金界，即使是股灾严重时也能先知先觉，全身而退。消息稍微灵通一点的人都知道，泽西投资募集的投资基金，一般人想参与都没机会。

在许翔之后，客人的来头一个比一个更大。

“姚大哥！张兄！”只见简丽丽突然口中亲热地唤着来人并亲自移步上前，伸手迎接。

众人见状，纷纷跟着起身致礼！

最后两位客人来了——国家税务总局副局长“姚大哥”和中国银监会副主席“张兄”。

这两人都是实权派，就连陈卫东、许翔、崔扬这种平时颐指气使的人物，在他们面前都不敢造次，不敢有怠慢。

但即便是“姚大哥”和“张兄”这么高的地位，在二爷这个圈子里也算不上是最顶尖的。

这一刻，朱建军心里一阵狂喜，他比任何时候都要庆幸，自己投靠简丽丽的决定是多么的明智！

随着简丽丽热情的招呼和指引，众人纷纷落座。

这是一张欧式风格的顶级橡木长餐桌，一套十六世纪的欧洲宫廷古典银碟整整齐齐地摆放着，被当作寻常餐具使用。简丽丽大大方方地在正中的主人位落座，“姚大哥”、许翔和崔总依次坐在她的左侧，“张兄”、陈卫东、朱建军坐在她的右侧。

简丽丽特地换上了一身宝蓝色的礼服，颈项上的钻石项链熠熠生辉：“今天的家宴，大家都是自己人，我特地准备了上海最近很火的‘阿七鲍鱼’感谢大家，再品品我收藏的1784年迪琴酒庄的白葡萄酒。”

“1784年迪琴酒庄的白葡萄酒？这一支起码得五万美元吧？丽丽从来都是大手笔啊！”从进门开始就话少的许翔率先开口赞道。

“翔哥果然识货，也算是这支酒的知音了。等一下可得多喝点，反正你回家也不过是下一层楼的工夫。”丽丽的声音悦耳动听。

许翔微笑着点头回应道：“丽丽的话，我怎么敢不听呢？”

“丽丽，你这是成心害我们！‘八项规定’在头顶高悬啊！”“张兄”插了一句，调侃道。

“呃，自己家里喝支好酒用不着上纲上线吧？张兄，各位都是丽丽的尊贵客人，又帮过我这么多。这点粗茶淡饭，大家不见笑就是了。再说，二爷特地交代我，感谢大家，一定要招呼好大家，丽丽也是领命而为啊。”简丽丽双目流光，说得清风细语，“姚大哥，要不您给个指示？”

“哈哈，怎么敢？不过，大家不要辜负二爷的良苦用心，也不要扰了丽丽的一番美意，好好享用这顿‘家宴’吧！”“姚大哥”开了金口，直接定了调。

“是啊，得开心庆祝一下！有‘二爷’的关怀和BOSS的指导，这次大家可都赚发了。”崔扬最近被天降的腾龙集团大礼包砸得头昏脑涨，天天笑得合不拢嘴，声音有点大。

一旁的“姚大哥”白了崔扬一眼，崔扬赶紧收声。朱建军更是只敢低着头，不敢插嘴。

“东方夜宴开局！”丽丽宣布完，拍了拍手。

只见一位头顶白色厨师高帽的大厨应声而出，缓缓地推着鲍鱼车，从厨房来到餐桌旁：“打扰一下，我是阿七。大家看，这是三头的日本原产青森县鲍鱼。请问，现在可以让我为大家现场烹制吗？”

众人纷纷点头。

大厨阿七开始向大家展示网鲍——它的外形呈椭圆状，深咖啡色，肉质大而肥厚,用刀切后,其截面有网状纹路,故名网鲍,正是鲍鱼中的极品。原本网鲍的最佳出产地是日本的千叶县,但近年来由于海水污染的原因,现在以日本青森县所产的质量最佳。

大厨在介绍的时候,菲佣在管家引导下依次为客人们放好刀叉——左叉右刀,刀口朝内,呈内八字摆放在台面上,随后又倒上清口的柠檬水,一一轻声说道:“您好,这是吃鲍鱼前用于清口的柠檬水,这样可以更好地品出原汁原味。”

“现在要弄到这三头鲍可不容易啊!”“姚大哥”看着车上的鲍鱼,满意地点了点头。

“能用钱解决的问题,都不是问题,对吧?”丽丽笑着说道。

鲍鱼的“头数”是鉴别鲍鱼等级的一个重要标准,所谓“头”指的是一司马斤(约0.6千克)里有大小均匀的鲍鱼多少只,比如2头、3头、5头、10头、20头等,“头数”越少意味着鲍鱼的个头越大,价格也就越贵。如今一头、两头的鲍鱼已属极品,很难见到,因此也就有“有钱难买两头鲍”之说。

美味的鲍鱼让诸位客人食指大动,赞不绝口。席上气氛正酣,觥筹交错,客人们礼貌而斯文地叙着旧,举止优雅得体。

席间,丽丽端起面前的葡萄酒杯,眼波流转,唇角含笑:“各位,我们踩在上海,踩在陆家嘴,就是踩在整个中国的心脏地带。对岸的百年外滩,早已是中国繁华的象征,但是大家知道吗?最早的外滩,并不是在上海。”

众人露出了惊讶的神情，只有许翔微笑不语，就听着简丽丽侃侃而谈:“中国最早的‘外滩’,其实是在宁波,也就是翔哥的家乡。南京条约规定了《五口通商》,但宁波这个通商口岸,却是比上海开放得更早的。

“当时宁波城内已经没有地方再建造大片房屋了,外商们选中了甬江、姚江和奉化江三江汇流处的一个滩涂,觉得地理位置不错,尤其是水路交通便捷,于是纷纷把商行设在那里。由于地处城外,所以当地百姓管那里叫‘外滩’。十几年的外贸通商,让‘外滩’变得相当繁华。谁知道好景不长,太平天国的部队打进了浙江,宁波的贸易受到很大影响,无奈之下,老外就把商行都迁移到了上海。因为他们在外滩待了十几年,已经习惯了外滩的名字,就把上海这个地方也取名叫外滩。后来叫着叫着,上海的外滩人尽皆知,宁波的那个,却只能改名叫‘老外滩’了!”

说到这里,简丽丽有些感慨:“不管是‘外滩’还是‘老外滩’,都是时势造就,繁华如过眼云烟,我们也不过是随波逐流。”

“姚大哥”顿时笑了:“丽丽,你这可就太过自谦了,有谁随波逐流的时候,能顺便把两家中国五百强的集团收入囊中?”

简丽丽微笑道:“甘泉集团名声烂了,但他们的内核还是不错的,找个壳包装一下,重新上市,又是一颗摇钱树;至于腾龙集团,大局已定,就连税务稽查这把已经磨好的宝剑,都没派上用场。”

她嫣然一笑,眼波流转,妩媚非常:“腾龙电气的股价不景气,但不要紧,有翔哥在,很快就能起来。腾龙地产也是非常优质的企业,既然公司已经到了我们手上,卫东,那个‘地王’的‘文物事件’就到此为止,项目需要重新启动。至于二爷提议的腾龙地产上市的事情,具体也由翔哥负责。当然,上不上市,就是二爷一句话的事情。我们这次,不赚五十倍不算赢哦!”

许翔不由失笑:“又是甘泉集团,又是腾龙电气,又是腾龙地产,丽丽,你当我有三头六臂呀!”

“你许翔可不只三头六臂,应该叫千手观音才对。”“张兄”调侃道,众人都大笑了起来。

酒过三巡,眼看气氛差不多了,简丽丽不动声色地说:“这次,我请大家来,是为了二爷最新的吩咐。”

听到“二爷”两个字,本来有三分醉意的“姚大哥”和“张兄”眼神都变得犀利,神态则非常恭敬,仿佛这个名字本身就有着某种魔力;陈卫东、许翔、崔扬、朱建军更是正襟危坐,不敢有丝毫怠慢。

“关于万全天盛,有了新的计划。二爷是这么布置的……”

当简丽丽一五一十地把二爷的安排详细讲了一遍之后，还不忘补上一句："在座的各位是我们圈子的核心成员，都能分享到这个计划的巨额红利，希望大家全力配合。"

简丽丽话音刚落，许翔就拍案叫绝："二爷真太牛逼了！按原来的计划，不知什么时候才能把万全天盛的市值做到设想的两千亿美元，那时再把钱套出来，更是难上加难！而现在这个办法，我们不仅每年都可以拿到钱，用不了三五年，大家都可以赚得盆满钵满！实在佩服！"

"张兄"也喜笑颜开："这个模式如果做成了，以后我们可以如法炮制，再去找新的潜力公司，继续干下一票，想想都让人激动啊！"

"姚大哥"沉吟片刻："记得二爷说过，我们已吃尽传统行业的红利，之前是因为错过了 BAT，所以才下决心拿下万全天盛，希望它成为下一个阿里巴巴，让我们可以享受资本利益的最大化。不过，这样的过程确实太过漫长。"

简丽丽笑着解释道："是啊，二爷早就想在我们的前面。正是考虑到郭天宇这个人绝不会配合我们任何计划，所以才给郭天宇设了好几个局，让他入套。不过甘泉集团'沸腾'饮品的事件，倒是天赐的意外，加速了我们赶走郭天宇的步伐。"

朱建军大着胆子，插了一句："是啊，BOSS 策划的让万全天盛收购趣好公司这步妙棋，不仅使郭天宇吃尽了苦头，我们还赚了不少钱。一石二鸟，太绝了。"

在一片欢声笑语中，许翔提出了自己的担忧："现在万全天盛的市值才两百亿美元，而'二爷'的计划要想顺利推进，最好能把市值抬高到五百亿美元，才能顺利增发融资，可这也不是件容易的事啊！"

"翔哥，这你就放心吧！"简丽丽含笑道，"郭天宇这个人确实很有脑子，之前他把市场部总监张晓冬'下放'，表面上是权力斗争，实际上是避实就虚，所谓明修栈道、暗度陈仓，让张晓冬破釜沉舟地去开拓三四线城市的市场。现如今成果已经显现出来了，整个在线旅游业的市场都被他们做大，万全天盛在一二线城市的收入虽然有所下降，但三四线的业务量却大幅攀升，占比第一次突破了 40%的大关。只要过几天，万全天盛适时公布这一季的财报，其他方面再做一些推动，股价立刻就会有一个质的飞跃。”

说罢简丽丽站起来举起酒杯，所有人跟着站了起来。

“干杯！”

七个水晶杯碰在一起，发出清脆而热烈的声音，仿佛万全天盛巨大的财富，就是酒杯中的红酒，正被他们在谈笑间轻松分享。

第四十六章 同仇敌忾

“‘暗黑飞车’倒计时，5、4、3、2、1，开始！”在喊出这句话的瞬间，郭天宇启动了手机上的计时秒表，同时又把手机屏幕按黑。

黑色四驱越野车的时速达到了 180 码，在这个月隐云厚的夜晚，完全陷入到了黑暗之中。坐在副驾驶座上的郭天宇，再次回到前两次穿越澳洲无人区玩‘暗黑飞车’游戏时的恐惧之中。一切都是未知，你不可能知道下一秒会发生什么，再撞上一只袋鼠？被一块凸起的石头别了轮胎？甚至万一真有一个土著人突然出现了怎么办？

被越野车撞碎的空气，划出凄厉而尖锐的嘶叫声，更增添了令人不安的气氛。在不由自主间，郭天宇还是没能忍住，把整个背紧紧地靠在座椅上，紧闭双眼，握紧拳头，用尽全身力气发出了长长的“啊”的喊叫声，似乎只有这样才能舒缓心中极度的紧张。

但开车的卓伊却表现出了异常的冷静，她死死盯住前方的黑暗，好像要看透黑暗之后的一切。她紧咬牙关，把冲到喉咙口的呐喊声压了回去。这一刻，掌握方向盘的她强迫自己必须保持冷静，否则一定是车毁人亡的后果。

这次卓伊陪郭天宇再次穿越澳洲无人区，没有选择之前的线路——先从墨尔本沿一号公路纵贯澳大利亚繁华的东部，而是直接飞抵东北部的旅游胜地凯恩斯，然后租车往西进入北领地，马上就面对广袤的澳洲荒漠了。

穿越澳洲无人区，简直成了郭天宇特有的精神磨砺之旅，之前的两次穿越，都起到了提振信心和创造新辉煌的“奇效”。卓伊甚至有些迷信，两人一年多前的澳洲蜜月之旅，是坐航班飞到艾尔斯巨岩的，没有辛苦地开车穿越，而且因为天宇梦到了恐怖的“暗黑之门”背后的“引力场”，他们就改变行程去了土耳其，所以没能在这儿好好体验。正因为如此，她才愿意来吃这个苦，希望澳洲无人区这块“福地”，能再次给郭天宇带来正能量。

两个人轮流开车，整整三天时间都没能看到一个人，孤独感扑面而来。在郭天宇之前的经历和体验中，考验胆量和冒险精神的“暗黑飞车”游戏最让卓伊跃跃欲试，她也想来一次汽车在黑暗中熄灭灯光的自由飘行。

“你知道这个游戏有多可怕吗？第一次玩的时候，是刘帅开的车，可是就连他都只坚持了最多三秒，就把灯光打开了，你的话估计一秒都挺不过去吧！”郭天宇笑着想要阻止。

没想到这反倒激起了卓伊的斗志，硬邦邦地甩出一句话：“别看不起你老婆，我要和你打个赌，要是我能熄灯超过三秒，下一步怎么对付简丽丽，你全得听我的！”

这一刻的卓伊，就像当年孤身一人配合警方去面对新闻敲诈者江洋时一样，坚毅而勇敢。郭天宇内心异常感动，这一路，卓伊都在激励他不要气馁，而是应该更加地积极主动，包括摒弃前嫌联手刘帅，夺回公司！

“好，我来帮你计时，不过一旦感觉不对，还是要尽快刹车和亮灯！”郭天宇同意让卓伊尝试，但也不忘叮嘱。

现在时间应该已经远远超过三秒了，未知依然如此令人恐惧，但卓伊还是没有结束游戏的打算。

忽然，秋飞意外死亡，赵敏远赴加拿大，冠平身陷囹圄，刘帅股票爆仓，兄弟两人反目……几年来所有不顺心的经历，就像走马灯似的，在他脑海里迅速地闪现。令人唏嘘的是，现在自己失去了对一手创办的公司的控制权，而捅上这最后一刀的，竟然是自己最好的兄弟刘帅。

这让他不禁心里一痛。刘帅啊刘帅，你究竟什么时候才能看清简丽丽的真面目？

“啪”的一声，车灯终于亮了，车速也慢了下来。卓伊并没有踩刹车，应该只是右脚松开了油门。

透过车厢内暗淡的光线，郭天宇发现卓伊额头上全是汗珠，脸上的肌肉也许是因为过于紧张，变得有些僵硬。方向盘上的双手，则是青筋隐现，可知握得有多紧！

“21 秒！太厉害了！你坚持的时间远远超过了刘帅和我！”看了手机上的秒表，郭天宇由衷地赞叹道。

“嘘——”这时卓伊才长长地舒了一口气，缓缓把车停稳，侧扑过来，和郭天宇紧紧抱在一起。她胸口剧烈起伏，背上的衣服已被汗水湿透。

两个人就这么依偎着，也不知过了多久，卓伊终于平静了下来，仰起头看着郭天宇，非常认真地说道：“老公，你要听我的，尽快让赵成斌团队脱离万全天盛，独立去完成光通信技术与无线 Wi-Fi的对接！”

“好，我不会再患得患失了，立即行动，由我们来独立操作‘向日葵计划’！”

卓伊幸福地把头埋进郭天宇的怀里，憧憬道：“当年乔布斯被赶出苹果公司后，马上创办了一家新的电脑公司 NEXT，然后通过让苹果公司收购 NEXT 的方式，重新杀了回去，最终再次控制公司，并让苹果成为世界上市值最大的企业！我相信你也一定可以的！”

就在郭天宇与卓伊在澳洲“逍遥”的同时，一场人事地震在万全天盛内部爆发了。

“你听说了吗？公司的高管基本都调整了啊，我们部门老大刚被降职了，心情很不好。”

“嘘！这种事情还是少说为好。”

“唉，我听说，只要是郭总的人，这次都没好下场。”

“不会吧？洪总难道不是郭总的人？”

“你懂个屁，其实洪总的日子也不好过！”

张晓冬刚出差回到“腾龙双子星”B 座，就听到了员工们的悄悄议论，不免心中苦涩。

他早就得到消息，新任董事长简丽丽一上台，就开始对万全天盛管理层大换血，董事会秘书兼公关部总监郑峰最先被撤职，改由朱建军担任董秘，天路投资的 Jacky 李则担任公关部经理；并特地在财务部新增了一名常务副总监，明摆着是要架空卢俊杰；CTO 高翔宇才上任没几天，就被“荣升”为技术顾问，实际上丧失了权力；至于董事长助理甄杰等郭天宇昔日的“亲信”，更是直接被裁员扫地出门。

中午到食堂吃饭的时候，他看到荣升 CEO 不久的洪韧韬脸色铁青，闷闷不乐地一个人低头发呆，谁都不理。

这次简丽丽从美国旧金山湾区共挖了七位华人技术高手，占据了从 CTO 到部门总监的多个职位，一下堵死了“十一金刚”中多个技术部老兄弟的晋升之路。这个大举措在媒体和资本市场引来一片叫好声，却让洪韧韬倍感痛苦。现在看来，简丽丽的做事方式比郭天宇更霸道，董事长直接做了 CEO 该做的事，而且自己几次据理力争都没起到作用。

今天他从简丽丽办公室出来的时候，内心极度失望。原来简丽丽和郭天宇其实是同一类人，只想着独霸公司，自己说了算，却不愿为老员工的利益多考虑。

不过对张晓冬来说，也许是三四线城市的市场拓展正处于关键时候，简丽丽一时又找不到合适的人选来代替，所以自己市场部总监的位置暂时还没被动摇。可简丽丽着力培植亲信势力，无情剪除万全天盛众多老臣的做法，却让张晓冬感到心寒。

要不是昨天郭天宇从澳洲无人区专门用卫星电话打给他，和盘托出了重返公司的整个计划，恐怕此时他早就已经提交辞呈了。

“酒呢？酒呢！”

刘帅一个接一个地摇晃着身边的酒瓶，发现是空的就随手一扔。“啪”的一声，酒瓶摔碎在地上，刘帅则跌跌撞撞地扑倒在沙发上，放声大哭。

搬出青山湖玫瑰园别墅后，刘帅在市区租了一套两居室，暂且安身。

唐婉仪从疗养院看望蒋明慧回来时，刘帅已经趴在沙发上睡着了。看到满屋的狼藉，红了红眼眶，什么话都没有说，只是默默地拿起扫帚，把酒瓶的碎片清理干净。

腾龙集团被崔扬正式接收后，刘帅就像是变了一个人似的，天天把自己关在房子里酗酒，永远是一副醉醺醺的样子。有时候喝多了，又哭又笑，像疯了一样去砸墙、摔东西。

谁都以为刘帅的消沉是因为失去了家族企业，但只有他内心深处知道，真正打败自己的是那天晚上陈冠平发到他邮箱里的一段音频，那是简丽丽和'二爷'的通话录音。

这让他终于知道了简丽丽的真面目。

原来，她和她背后的势力就是造成腾龙集团和家族厄运的幕后黑手！

唐婉仪费力地把刘帅扶到卧室的床上躺下，替他脱掉那件已经脏兮兮的白衬衫，正要给刘帅盖上被子的时候，却发现他已经醒了，眼光发直，正死盯着天花板。

"婉仪，你怎么又回来了？"刘帅看到唐婉仪，叹了口气，缓过神来。

"我看妈睡下了，就赶紧抽空回家来看看你。哥，你不要再天天这么醉酒了，好吗？"婉仪心疼地回答，用手背擦了擦眼睛，拿起脏衬衫就准备离开，"快晚饭了，我这就再过去给妈喂饭。"

"先别走。"刘帅强撑着坐起来一把拉住她，那是多么温软与顺从的小手，"我有话和你说。"

这几天，虽然刘帅看上去浑浑噩噩，每日酗酒，但他的心中无时无刻不在想着怎么去复仇！而简丽丽的身影就像恶魔一般在他脑海中挥之不去——乌镇相遇，飙车追逐，酒吧深谈，迪拜之夜，股权质押，大师算命……每想到一件与她有关的事，刘帅的心里就会多一份厌恶，同时又多了一份自责。

"我怎么这么糊涂？怎么这么晚才知道真相?！"

灌酒，摔东西，扯头发，歇斯底里地捶打自己……关手机，关上门，与世界彻底隔绝，整整折腾了自己七天——

直到这一刻,复仇计划终于初步成型。

见唐婉仪诧异地看着自己,刘帅沉默片刻,温柔地摸了摸她的头:“这段时间让你受苦了,既要照顾妈妈,又要关心我。”

唐婉仪眼泪唰地下来了:“这不是我应该做的吗?”

他慢慢站起来,帮唐婉仪擦去了脸颊上的泪珠,突然眼神变得无比坚定:“你放心,我不会再喝酒了,接下去我会很忙,妈妈就托付给你了!”

“哥,你放心吧!我会照顾好妈妈的。”唐婉仪对着刘帅拼命点头。

等唐婉仪的背影在房门后消失,刘帅对自己说:我要保护好妈妈和妹妹,是时候开始行动了!

刘帅咬着牙在心中默默发誓。

他打开已经关了好几天的手机,回拨了一个电话:“冠平,我想参与你的那项国家行动,相信会对你们有帮助,同时我也有机会为我爸讨回公道。”

“兄弟,等的就是你这句话!你的情况,我早就向上级汇报过了。如果你愿意配合,我们可以利用简丽丽对你的信任,从她身上找到案件的突破点!”

刘帅脸上露出了久违的笑容:“我一定会尽力的!不过,希望在行动时间,你们能够确保我妈妈和妹妹的安全。”

“这个你放心,都帮你想好了。”陈冠平回答得很爽快。

“只是,如果要夺回万全天盛的控制权,我还需要和天宇联手,希望你能认可。”

“好吧,就这么办。”

电话那头沉默了一会,终于低沉地说出了这六个字。

下一步的规划明晰了,效法乔布斯上演“王者归来”!先创办一家独立发展“向日葵计划”的新公司,然后凭借全新的“免费 Wi-Fi项目”重回万全天盛……郭天宇和卓伊归心似箭,他们决定抄近路抵达艾尔斯巨岩,以尽快完成这次穿越澳洲无人区的旅程,好早日回去展开工作。

“你看,从这里贯穿过去,我们可以省下不少路,还可以到‘雅帕’部落去看我的老朋友‘奥特曼’。”郭天宇把地图摊在汽车引擎盖上，指着线路告诉卓伊。

郭天宇之前两次澳洲无人区穿越的故事，卓伊听了很多遍，不少细节都是清清楚楚的。她知道“奥特曼”其实是当地土著“雅帕”部落的首领，曾帮过前去求助的郭天宇他们。

“可这样走的话就得穿越沙漠，上次你们不就是在沙漠里迷路的吗？差点走不出去！”卓伊看着地图，还是有些担忧。

“当时我们‘杭大 F4’没钱买卫星电话，也没办法通过卫星电话导航。现在这些高科技产品都备齐了，有什么好怕的。何况车后备厢里还专门放着一把铁锹呢！”

郭天宇的话，让卓伊会心地笑了。

那一次“杭大 F4”在沙漠中汽油耗尽，幸好当时陈冠平提早准备了铁锹。按照沙漠求生手册教的做法，他们在车下挖了一个坑，一起躲进去，才抗过了沙漠白天五十多度的高温。最后，他们在凉爽的夜晚徒步行走四十多公里，到达了土著部落的居住点。

“想起来，如果没有冠平准备的那把铁锹，说不定我就没命走出沙漠，也就没命和你在一起了。”郭天宇忽然有些感慨，对于亲手把自己的兄弟送进监狱这件事，他还一直无法释怀。

晚上，“奥特曼” 热情招待了意外出现的郭天宇和卓伊，也让卓伊有机会品味了郭天宇曾无数次提起过的袋鼠肉、蜥蜴肉、鸸鹋肉等澳洲土著特色美味。

最让两人意外的，是“奥特曼”时不时地掏出手机打电话——现在就连沙漠深处的土著人聚居地，都有了移动数据信号。看来，移动互联网的时代确实已经不可阻挡的到来了，这让郭天宇和卓伊更坚信自己的事业选择是正确的，而且认为“游乐宝”的服务应该尽快覆盖到海外。

蓦地，郭天宇的手机铃声响起！由于在无人区里一路没有信号，他的手机虽然一直都开着，时不时要听会儿音乐，但却不可能接到任何电话。这是五天来的第一个，看来电提醒，是魏华生。

“郭总，非常抱歉！您委托的事，我不想再干了！”

“为什么？到底什么情况？”郭天宇当场听懵了，一时回不过神来。

“您的对手太厉害了！这些人我们真的惹不起，我建议您也收手吧！”

魏华生的这些话落到郭天宇耳朵里，显得那么遥远和不真实。挂了电话后，郭天宇机上收到了魏华生发来了一段录音和一条短信：郭总，希望这段录音可以说服你收手。

简丽丽顺手点开微信里刘帅的头像，发了一条消息：你在哪？最近还好吗？

刘帅的上一条回复还是七天以前，这意味着自从腾龙集团被崔扬集团接管之后，刘帅再也没有回过她一条消息。

难道是刘帅发现了什么？还是因郭天宇和腾龙集团的事一时消沉而选择了逃避？

她接管董事长之位，一直忙于理顺公司的各项事务，尤其是为了配合二爷的大计，对万全天盛的后续计划需要全面变更，更是牵扯了她大部分的精力。她明白刘帅对郭天宇的态度，自己虽然一时间影响了他的决定，但是要说刘帅的心中没有对郭天宇的愧疚，也是不可能的。

简丽丽皱了皱眉，心中有了主意。

这时，朱建军的电话打断了她的思考：“BOSS，我们对通远的行政介入反击计划已经全面展开，在未来几天内，至少会有三十六个主要城市的工商部门会一齐发力，通远不死也得脱层皮！”

“很好，下面就只需等着看好戏了。”简丽丽忍不住得意地夸了一句。

“是啊，要不是您出手，我们和‘51旅游网’还真要被通远的高额补贴战术拖死了。这是BOSS送给万全天盛的一份大礼，接下来还有谁不服气？你看，李建波亏他是地头蛇，笨到只想着去法院告状，这种纯粹市场竞争的事，要想法院完全按照他的想法去判，实在是太难了。这一比，李建波的能量跟BOSS您可就差太远了！”

虽然知道朱建军是在拍马屁，简丽丽还是非常受用。不过她微微一笑，把话题岔了开去：“郭天宇那边的情况如何？”

“BOSS，我们查到他和卓伊，确实没有去美国见赵成斌，也没有去见任何投资人，而是在澳大利亚租了一辆吉普车开进无人区散心去了。”

“你的意思是郭天宇现在已经寄情山水，不足为虑了？”

“是的，至少目前我就是这么认为的！”

不知为何，虽然得到的都是好消息，但简丽丽并不那么乐观——如果郭天宇这么容易放弃，就不是郭天宇了！

挂断朱建军的电话后，简丽丽又尝试拨了刘帅的电话，仍然还是关机的提示音。

简丽丽的秀眉皱了起来。

她思忖着，发了一条微信：“这几天都联系不上你，电话关机，微信不回，究竟发生了什么事？速联系我，有要事相商。”

第四十七章 反击计划

在穿越澳洲无人区的第七天，郭天宇和卓伊终于又一次来到了艾尔斯巨岩的面前。

巨岩依然雄伟壮丽地矗立在澳洲中部平坦广袤的荒漠之上，当然没有像郭天宇梦境中那样已经炸裂为一扇通往地狱的“暗黑之门”，更没有出现一个充满邪恶欲念和能量的“引力场”。

度蜜月那一次，郭天宇已经陪卓伊细细观察了巨岩的每一个角度，拍摄到不少绝美的照片。所以这一次，两个人并不想在巨岩景区过多停留。加上两天前魏华生选择退出的电话，更让郭天宇没有了欣赏风景的心情。

“郭总，作为朋友，我再劝你一句——对方的势力太大，我们惹不起。”

这是魏华生挂断电话前的最后一句话，而随后发来的那段录音，是简丽丽在家中宴请时说的关于掏空万全天盛的计划，更是让郭天宇不寒而栗。

看了一下手表，他们决定抓紧时间尽快往南赶路，争取早点到距离最近的大城市阿德莱德，然后飞往美国，去督战赵成斌负责的

“向日葵计划”项目。

郭天宇刚上车扣好安全带，手机铃声突然响了起来。这是一个从未见过的陌生号码，他有些诧异，但还是接了电话。

“是我，刘帅。”

“刘帅？”郭天宇有些惊讶，“你怎么换了号码？”

电话那头沉默了半晌，然后是歉疚的语气：“兄弟，对不起，是我错了。”

“刘帅，你这是怎么了，突然说这些？”郭天宇知道刘帅是为了董事会上投票给简丽丽这件事在抱歉，其实他早就在心里原谅了自己的兄弟，因为对手实在太厉害太狡猾，也难怪刘帅会上当。

“用这个新手机是为了安全，怕原来的号码被监听，之前是我没看清楚简丽丽的真面目。”刘帅的声音有些沙哑，“你可能不知道，她背后的势力很大。我父亲被抓和腾龙集团被别人霸占，这些事都是她在背后布的局，直接目的是我手上的股份。”

郭天宇通过录音虽然已经知道了简丽丽对万全天盛的布局，但当刘帅亲口说出刘怀远的死也和简丽丽有关时，他还是极为震惊：“你是怎么知道的？”

“你绝对想不到，这都是冠平告诉我的。他已经被假释，离开监狱在帮政府的一个特别部门做事，这个过程中他偶然发现简丽丽在对付我和腾龙集团，就多留了个心眼。说实话，如果不是他让我听了简丽丽的一段电话录音，我现在还会被蒙在鼓里！”

“冠平？”郭天宇确实感到意外，但他对这个害过自己的兄弟情感复杂，一时不知该如何接过话茬。

“是的，全靠冠平帮忙！但由于他参与的是个秘密行动，具体情况我也不太清楚，好像与海外洗黑钱有关。但幸运的是，简丽丽牵扯其中，露出了马脚。”刘帅的语气中，有一种劫后余生的疲惫感。

“不瞒你说，我之前私下请魏华生去调查过简丽丽，他应该已经掌握到重要证据，但他只给我听了一段录音，劝我收手。如果政府部门正在调查简丽丽这帮人的犯罪事实，那我想应该可以说服魏华生参与进来，把他知道的情况也贡献出来！”郭天宇意识到，陈冠平服务的国家部门应该能打消魏华生的顾虑，一个击败简丽丽的最佳时机已经来临。

“那太好了！其实我今天就是想与你商量，希望你能参与到我和冠平制定的计划中来，如果魏华生可以加入的话，我们的胜算就更大了。”刘帅的语调亢奋起来，“时间紧迫，我们得加紧行动！现在公司完全落入到简丽丽手中，她已经决定拿常鸿、曾铁锤他们开刀，清理董事会！幸好暂时还有‘毒丸计划’的约束，她对我也仍然信任，所以我还能稳住她拖延一段时间。”

郭天宇瞬间感受到了压力，如果简丽丽全控了董事会，他们再想要反击就非常困难了。沉思片刻，他冷静地说：“兄弟，有冠平帮忙，我对打败简丽丽充满信心。魏华生这边可能还需要冠平出面去说服，同时我们得在确保安全的情况下，每天开一次视频或电话会议，随时通报进展，即时优化计划，以确保行动成功！”

两个小时的超长电话，让一个精妙的反击计划初步成型。郭天宇发动了汽车，他决定改变行程，先回中国。

越野车快速向南疾驰，郭天宇最后望了一眼渐渐远去的艾尔斯巨岩。这时候，黄昏的余晖刚好铺洒在艾尔斯巨岩上，整块巨岩呈现出一种动人心魄的深红色。

这样的艾尔斯巨岩，是郭天宇最喜爱的。

就是在这里，“暗黑之门”背后的那个可以吞噬一切的“引力场”在他的梦境中开启；也是在这里，他发誓要回去打败那股暗黑势力！

这一刻，他心中再次涌现出无限的希望和力量。

在郭海峰的北斗庄，虽然进入了最隐秘的一间贵宾客房，郭天宇还是四处警惕地观察了好一阵子，才长吁了一口气：“这里应该不会有人窃听。”

卓伊见他这副草木皆兵的样子，小声问郭天宇：“你太紧张了吧？”

“一朝被蛇咬，十年怕井绳啊，冠平不是说，北斗庄都不算安全，只肯与我们视频通话吗？”郭天宇敷衍地回了一句，心中却很苦涩。

他知道，陈冠平这样做，固然有安全方面的考虑，更多的却是不想与他面对面。

郭天宇摇了摇头，压下这些无用的思绪，打开笔记本电脑，点击视频通讯。

没多久，视频里中出现了刘帅的面孔，他旁边坐着一个人，身子却刻意倾斜，让大家看不到他的脸。

卓伊好奇，看到对方所处的环境，不由疑惑："车里？"

"这辆车经过军方改制，隔绝大部分干扰设备和窃听工具；从车身到玻璃都是特制的，可以承受住炸弹的冲击，实际上就是一个堡垒。就算有人想制造车祸，拿大卡车来撞它，也是自讨苦吃。"一个冷冰冰的声音从视频那头传来。

听见熟悉的声音，郭天宇不免有些激动："冠平，真的是你吗？"

陈冠平不说话了。

刘帅当然力挺他："大家完全可以相信冠平，能配备这样的车足见他使命重大，其实他一直都在帮我们。"

"有人自以为雇佣的私家侦探技术无敌，冒冒失失地闯进简丽丽的家。不知道她家的智能系统还有最后一道应急锁，只要被触动，立刻会回馈消息给他们内部的黑客。要不是我把这道警报给拦下来，你们早就打草惊蛇了，性命都未必保得住。"

陈冠平的话语充满了火药味，在北斗庄密室里的郭天宇和卓伊却被惊出一身冷汗。他们本以为关岛之行，调虎离山，借机潜入，进行得无比顺利。谁能想到其实危机重重，还差点误了大事。

正因如此，就算陈冠平话说得很不客气，郭天宇也真心实意地说："冠平，谢谢你。"

陈冠平冷哼一声，说道："我怎么会帮你？我帮的是刘帅。在我最落魄的时候，他一直帮着照顾我妈。"

这一刹那，郭天宇感觉有些内疚，觉得自己在很多方面确实没有刘帅考虑得周全。刘帅不想让郭天宇尴尬，连忙打圆场："冠平，你帮我，帮万全天盛，不也等于帮了天宇吗？大家都是兄弟，我们以前的事情就不计较了好吗？今天你才是会议的主角，要不要我把摄像头对准你，大家都听你的！"

没想到陈冠平依然是冷冰冰的态度："算了，我露不露脸并不重要，今天这个会议,要紧的是讨论出如何拿到可以让对方认罪的最关键证据!”

然后不等大家表态,接着说了下去:“我讲一下我这边的情况——我受命调查一桩金额巨大的洗钱案件,这桩洗钱案牵涉到北京一位高官的贪腐问题,已经被列入国家重点案件,但是对方经验老到,手法高明,做事谨慎,我们调查了大半年,好容易追查到最关键的部分,线索却都断了。”

“迄今为止,所有的疑点都指向了一个人,那就是天路投资的董事长简丽丽。只要能攻下她这个突破口,整个案件就能有重大进展。但我查过她所有的邮件内容、银行交易记录、公司资料、投资项目,等等,发现他们将他们的诸多卑劣行为都包装在正常的商业交易中,光凭现有的证据,还没有办法将她定罪。我们认为在她身上一定有这个利益集团记录黑账的账本,如果可以找到这本黑账,那就可以把他们连根拔起了。”

“就在调查她的时候,我意外发现了她对万全天盛的计划,帮你们只是顺手。”

说到这里,陈冠平顿了一顿,才问:“魏华生潜入简丽丽家时,发现了什么吗?”

“没什么重要的收获,而且她特别谨慎,就算在家里说话也滴水不漏。要不是那场庆功宴,其他人得意忘形,她也有重要事情要宣布,也不会被魏华生录下那段揭穿她真面目的录音了。”郭天宇摇了摇头,苦笑道,“不过,我不排除他找到了证据不敢拿出来,还是得赶快找到他。”

北京,东方广场。

Jason 林站在窗边,看着灰蒙蒙的天空,又是一个雾霾的日子。

对他这样的外来者,这里的气候和商业环境都充满了挑战。

“嘀嘀”,邮件的提示音响起。

“亲爱的 Jason,最近中国各地工商部门纷纷行政处罚通远,导致市场份额下滑、连连失手,已经引起了董事会的不满,不利于你的声音越来越多。现在的董事会,流传着一种论调——中国市场最好还是请了解中国国情的人来做 CEO。在这个全球最大、最吸引人又非常特殊的广袤市场,仅有高学历和其他市场的成功经验是不够的。”

这是 Jason 林在全球董事会里的友军给他的提醒。

“可恶！”看到这里，Jason 林再也忍不住，一拉脖子上的领带，重重一脚把椅子踢得老远。

最近中国在线旅游市场的“三国大战”愈演愈烈，通远从最早的气势如虹到现在的腹背受敌，已经陷入战略性的被动。

一方面，“51 旅游网”通过法院起诉在纠缠通远，让 Jason 林非常头痛；另一方面，万全天盛更狠，同时在三十六个城市的工商部门举报通远涉嫌恶意竞争，让他们更加被动。

在他办公桌的一角，堆放着十三份来自各地工商局的行政处罚单，而且每天都在增加。

谁都没想到，工商部门的效率如此之高！

万全天盛举报通远仅仅两周后，重庆的工商部门就签发了处罚通知单，认定通远采取的高额补贴，严重扰乱了中国在线旅游业的市场秩序，并开出了一百万人民币的罚款，还划下一道红线，勒令重庆在线旅游业的补贴不得超过每人六十元！

其他城市纷纷效仿。

这个处罚对通远来说，等于打在了七寸上！

通远能够在短期内势如破竹地抢占中国市场，靠的就是远超正常水平的高额补贴，一旦失去了这个优势，万全天盛和“51 旅游网”就可以对通远发起强有力的反击，夺回他们失去的市场。

本来已被工商处罚搞得焦头烂额的 Jason 林，今天还意外地得到了一个让他倍感耻辱的消息。那就是，通远中国大区目前最成功的业务——针对 NBA、英超、百老汇等旅游线路推出的“特色定制境外游”，居然是来自于安迪·奥布莱恩为了挖万全天盛的洪韧韬来担任通远 CTO 时的一次闲谈。

自己的竞争对手不经意间提出的一个想法，他却去做了执行人。

一阵狂风吹过，长安街上扬起阵阵沙尘，近处还能看见行人、车辆和建筑，而远处已笼罩在一片混沌之中。

上海，黄浦江畔，51 大厦。

江上一声汽笛长鸣，把李建波吸引到了窗前。

魔都今天天气极佳，阳光灿烂，天空蔚蓝。

“终于不用再陷入高额补贴大战的泥潭中了。” 李建波的心情也如天气一般明媚，口中念念有词，“万全天盛简老板这一手，真是又狠又毒，远胜于我。”

“51 旅游网”和万全天盛一直都是老冤家，也恰恰就是在应对通远杀入中国市场的残酷竞争中，双方才有了这种互为犄角和支撑的战略性防御，戏剧性地成了友军。

要论搅局，能够对通远发起诉讼大战，以让“51”和万全天盛赢得喘息的机会，他李建波也算是江湖上一等一的高手了。没想到的是，万全天盛在发生了那么大的人事变动的情况下，来了一个比郭天宇、刘帅要狠得多的角色，短短的一段时间，就让“三国大战”的市场格局发生戏剧性的改变。通远这只猛虎陡然被捆住了手脚，“51 旅游网”的压力也同样大大减轻了。

“工商部门这样的办事效率，真的是有些惊人。”李建波伸了个懒腰，琢磨着新闻报道里的细节。

他自认为还算有些能量，许多人也买他的面子，可“51 旅游网”的诉讼大战迟迟没有结果，万全天盛的举报手段却轻松得手。

正因为如此，李建波更能深刻地感觉到万全天盛这位新董事长能量惊人。

与 Jason 林的愤怒相比，李建波可谓亦喜亦忧。

就在这时，秘书兴奋地拨进内线：“董事长，通远全球首席执行官安迪·奥布莱恩的助理打来电话，说安迪先生正在中国，想邀请您一起喝个茶！”

第四十八章
痛彻心扉

温柔的江风，徐徐吹进驾驶座，带来缕缕清凉；

黑色的兰博基尼，沿着钱塘江，慢悠悠地滑行着。

简丽丽的左手和刘帅的右手，十指紧紧相扣，握在一起。她的声音极轻极柔，让人的心都要化了："Neo，如果不是我拍下这辆车送还给你，你是不是还不愿见我？就因为我在你离开后，在董事会上提议罢免了郭天宇的总裁职位？"

见简丽丽探询地看着自己，刘帅苦笑道："父亲走了，叔叔入狱，我又被人从家里赶出来，几乎失去了一切，连个住的地方都没有。这些日子一直忙着租房子搬家，还要安顿生病的妈妈，哪有心思和时间谈情说爱？"

"那你没怪我？"简丽丽的声音十分恳切，让人无法抗拒。

"你指天宇不当总裁这件事？"刘帅认真地看了简丽丽一眼，一脸诚恳，"怎么会？我既然选择了投票让你当董事长，经营层的事当然你说了算，怎么会去反对你？！"

简丽丽一听笑靥如花："那我就放心了。谢谢亲爱的Neo！我知道你不会对我有意见的！其实让那个郭天宇离你远一点不是坏事，王霖大师帮你算出来的那个克星,肯定就是他。”

刘帅苦笑了一下,没有作声。心里却在暗暗咒骂,我命里最大的克星,不就是你这个女魔头吗!

简丽丽以为身旁的这个男人认同了自己的说法，正在感慨自己命苦呢。于是挥了挥手,好像要把霉运都驱散似的:“好了,不提这些烦心事。这辆兰博基尼回来了,开心吧！”

刘帅握着方向盘的左手不自觉地握紧，略带感慨地说:“万万没想到，我还有这个荣幸再开这辆车。”

简丽丽抬起头,表情有些疑惑。

刘帅微微一笑:“Jane,这辆车对我意义非凡,是它把我带到你的身边,改变了我的命运！谢谢你为我做的这一切！”

当然,简丽丽并没有听出刘帅话中有话,也没有看出他的笑里含着多少苦涩。因为这辆车,正是他噩梦般经历的开始。

刘帅清楚,简丽丽在拍卖行拍下这辆兰博基尼送还他,只是想进一步巩固两个人之间的关系,搞得像雪中送炭似的,好收他的心,以便在董事会里得到他无条件的支持。

“我都被你害成这样了,你竟然还在下迷魂药？”刘帅心里直骂,这辆车只会让他想到自己的真情是怎样被这个女人利用的,进而激起了他更大的复仇之火。

简丽丽相信在刘帅最落魄的时候,用送车这招打“感情牌”的好棋,一定可以完全拴住他的心,现在应该可以直接进入主题了:“我在微信上向你提过,想改组董事会,主要是怕我后面将要推出的一系列措施,不被现在的一些董事理解,会不利于公司的顺利发展。”

刘帅心里一紧，知道这个话题必须应付得当，于是勉强挤出一丝笑容说道:“现在你的决定都能在董事会通过,其实只要做的事对公司有利,根本不用担心董事会反对。”

“俗话说隔行如隔山,我是做投资出身,从资本的角度考虑得多些,但像常鸿和曾志强这样的独立董事,就不是每次都能理解我的想法,对不对?所以这个事情你一定得支持我啊!"简丽丽的话柔中带刚,步步紧逼。

"难度在于郭天宇之前搞了个'毒丸计划',按规定一年更换董事不能超过三分之一,至少今年是没办法调整董事会了。"刘帅也防守得滴水不漏。

"是啊,这是最大的问题,实在不行就得先取消'毒丸计划'了。"简丽丽皱了皱眉,把今天最想说的话抛了出来。

你这狐狸终于露出尾巴了!刘帅心中鄙视,可嘴上却看似不在意地回应道:"如果真担心常鸿和曾志强,到下一年度不又可以替换三分之一董事了?你也知道,这次大范围更换高管,公司内部有一些不同看法,所以我担心现在又急着取消'毒丸计划',真会引来一些反弹。这事还得三思,至少应该先缓缓,等合适的时机再提,你说对吗?"

简丽丽心里一阵冷笑,如果一年后再换董事,二爷几个最大的套现计划不都泡汤了?但知道此时不合适逼得太急,所以假装认同地点点头:"你是为我着想,当然听你的!不过如果真有董事不支持我,你得同意我取消'毒丸计划'哦!"

刘帅见"缓兵之计"的目的已经达到,就顺水推舟,意味深长地说道:"好啊,我会如你所愿的。"

简丽丽没听出这话中有话,笑逐颜开,探过身子在刘帅脸上亲了一口,贴心地问道:"对了,亲爱的!你刚才说搬家了,现在住哪儿啊?"

刘帅苦叹一声:"现在我一无所有,只能租了个两居室暂时安家。"

简丽丽有些诧异:"两居室,全家能住得下吗?"

"妈妈去了疗养院,所以住得下。"一提到母亲,刘帅心中不免一痛。

导致父亲死亡,母亲重度抑郁的罪魁祸首就在自己身边,他却不得不与这条毒蛇虚与委蛇,这令他极度痛苦、恶心,却不得不忍耐,一丝端倪都不敢让简丽丽发现。

简丽丽似乎也感同身受,关切地问道:"这样啊!那伯母平常谁照顾?"

"护工还算尽心,婉仪也经常去。"

听见刘帅的回答,简丽丽不知为何,竟在心里泛起一丝酸楚。虽然她不认为唐婉仪这种小女孩是自己的对手，但唐婉仪就像一根刺，平常根本不觉得有什么，关键时候扎一下，也怪让人不舒服的。

正因为如此，简丽丽不依不饶地问："这位唐小姐，平常住在哪儿？不是和你住吧？"

她的口吻带着一丝淡淡的醋意，听上去就像恋人之间的撒娇吃醋，却硬是让刘帅浑身打了个激灵。

简丽丽的蛇蝎心肠，刘帅早就领教过，怎敢让她盯上唐婉仪？所以他用最平静的态度，轻描淡写地说："我们一人一个房间。"

说罢，他笑着望向简丽丽，戏谑道："怎么？吃醋了？我只把婉仪当妹妹，可没动别的念头。"

"是不是啊？那你带我去家里看看，别被我查到你们是住一个房间的！"简丽丽娇嗔道，依然是一副小女人的样子，但她的每一个要求，都让人难以拒绝。

刘帅本就在寻找机会，听见简丽丽这么说，心中一动，觉得这是个好机会，不由笑道："那你想不想和我住一个房间呢？"

这句话俨然是同居的邀约，简丽丽下意识地推脱："我……"

刘帅见状，流露出些许的失望之色，黯然道："难道你觉得我已经一无所有，配不上你了吗？"

"Neo，你怎么能这样贬低自己？"简丽丽心中有些酸楚，还有些隐隐的害怕——万一刘帅知道，这一切都是她在幕后操纵，那该怎么办？

虽然简丽丽很清楚，就算刘帅了解了事实真相也无济于事，二爷的势力是他难以想象，更难以匹敌的，刘帅撼动不了自己分毫。但她内心却不希望刘帅与她反目成仇，将她当作一个恶人，甚至，敌人。

怀着这样复杂难言的心情，简丽丽犹豫片刻，才点了点头，"好吧，你就搬到安缦法云和我一起住吧。"

看见刘帅顿了一下，似乎有些许犹豫。简丽丽忽然想起唐婉仪的存在，一股浓浓的醋意浮上心头——她和刘帅的未来怎样，那应该是由她来决定的事；一个乳臭未干的小丫头,怎么可以在中间横插一杠子?对,不能让他们住在一起,非得拆了不可!

我喜欢的男人,就算我最后得不到,也不会让任何人得到!

“刘帅,我觉得择日不如撞日,你今天就搬出来吧!”

简丽丽跟着刘帅走进那个略显简陋、租住的“家”,不由秀眉微蹙:“你怎么能住这么破的地方?”

“过渡一下嘛,等转运了就好了!”刘帅装出一副随遇而安的泰然,心里道,还不是拜你所赐?

简丽丽见惯了富丽堂皇的大场面,自然容忍不了这狭小的“鸽子笼”,觉得无处落脚。尤其是看到玄关处摆放的女士拖鞋,茶几、电视柜、阳台等地方处处点缀的花草,随意散落在沙发上的那几个舒适又可爱的抱枕,顿觉刺眼极了。

她想都不用想就知道,这么富有艺术情趣,又带着浓厚居家气息的房子,肯定是唐婉仪负责打理的,于是扬声问:“Neo,你妹妹怎么不在?”

“她每天都要去疗养院照顾妈妈呀,可能那边的事还没做完吧。”刘帅一字一句,用心斟酌,唯恐暴露了对唐婉仪的关切。

简丽丽忽然调皮地眨了眨眼,凑到刘帅身边:“你说,她看到我们在一起,会不会伤心呀!”

“Jane。”刘帅放下手中的东西,搂住简丽丽,“哪跟哪呀?你不要胡思乱想,好不好?”

简丽丽心中得意,竟有些期待遇上唐婉仪了。

刘帅则截然相反,他几乎在哀求上天,此时千万不要让唐婉仪回来。他甚至想给唐婉仪发个暂时别回家的短信,可简丽丽一直都在身旁,他根本找不到机会。

偏偏老天就爱作弄人,就在这一刻门外响起了钥匙转动的声音,随即门打开了,是唐婉仪回来了!一看到刘帅,不禁喜上眉梢:“哥,你怎么回——”

但话未说完,声音戛然而止。

简丽丽如蛇一般,亲密地缠上了刘帅——就见她轻轻挽住了刘帅的右臂,微笑着，一双眸子却隐含着挑衅地望着唐婉仪。

笑意霎时从唐婉仪的脸上褪去，她的脸色变得惨白如纸。

“Neo，其实你们之间没有血缘关系，这么住在一起真的不合适。”简丽丽说出的每一句话，都像一把尖锥扎在唐婉仪的心上。

“帅哥哥，她是个坏女人，你千万不要被她迷惑啊！”唐婉仪的声音带着哭腔，这是她唯一想到的反击的话。

“Neo，你怎么有这么不懂事的‘干妹妹’？她怎么可以这么说我？”简丽丽貌似生气了，故意酸溜溜的，语气却非常严厉，双眼盯着刘帅，手却恶狠狠地指着唐婉仪。

“这……”刘帅无奈地苦笑着，左右为难的样子。

唐婉仪这时却不知从哪儿来的勇气，一步一步走到简丽丽面前，一字一句地说道：“自从你出现后，我们家就一直遭灾，直到今天！请你离开我哥！”

简丽丽哼的一声，轻蔑地笑了，并不作答，只是冷冰冰地逼视着唐婉仪。两人就这么对峙着，女人之间的战争眼看就要打响！

简丽丽却突然挑衅地掰过刘帅的脸，在他嘴唇上深深吻了一下，然后眼睛发亮地盯着刘帅：“Neo，告诉她，谁是你的女人？”

“当然是你，Jane！”刘帅这一次回答得十分干脆，他知道自己别无选择，只能这样演戏。

唐婉仪气得胸口剧烈起伏，强忍着，眼泪在眼眶里直打转。

简丽丽更得意了，再次轻蔑地看了唐婉仪一眼，拉着刘帅就往外走：“Neo，别待在这个破房子里了，有我的地方才是天堂！走，我们回安缦法云。”

刘帅其实一直在等待这么一个机会，一个能更接近简丽丽的机会——离她越近，就离拿到陈冠平所说的那个证据越近！

但眼巴巴地看着婉仪难过，他心如刀绞。

无奈他必须装得若无其事，面不改色。

小不忍则乱大谋，这是最好的“表忠心”的机会，为了取得简丽丽的信任，还是得顺着这个女魔头的意思去做，也只能暂时委屈婉仪了。

“好的，Jane，我陪你。”刘帅跟简丽丽说话的声音是那么温柔平静，让蒙在鼓里的唐婉仪心里阵阵发凉，她本能地上去拉刘帅的胳膊：“哥，你不要走！”

“走开！他不属于你！”简丽丽傲慢地宣誓了“主权”，故意狠狠地推了唐婉仪一把。

“啪——”清脆的巴掌，让屋子里一下子安静了。

唐婉仪果然被激怒了！只见她杏目圆睁，竟出手扇了简丽丽！

简丽丽捂着挨打的脸，一愣神之下，立刻装出整个人都在发蒙的样子——她万万没想到这个貌似柔弱的姑娘竟然如此刚烈——当然，激将计的效果超出了预期——刘帅，接下来看你怎么收拾这个局面了。

“你疯了？怎么可以打人？赶紧跟Jane道歉！”刘帅知道自己这一刻的表现绝不可以让简丽丽产生怀疑，于是急吼吼地对唐婉仪喊道，还伸出手，小心翼翼地帮简丽丽揉脸。见她眉宇间有股恶气隐隐在动，仿佛火山将要爆发，赶紧哄道：“还好，没有红印子，你大人大量，别动气啊。”

他太清楚简丽丽的手段，就连父亲都被她和她身后的势力害死，他真的担心简丽丽一旦报复必然会做出伤害唐婉仪的事。他更知道，这个女魔头此刻正在借唐婉仪测试自己。

“我不！我没错！”唐婉仪哪能明白背后的奥妙，倔劲上来了，抬高声音，不服输地望着刘帅，“她先推我！我打的就是她……”

只听“啪”的一声，唐婉仪话音未落，已经挨了刘帅重重一记耳光。

踉跄了几步，几乎摔倒在地，唐婉仪觉得左脸火辣辣的痛。好容易才站稳了，却看见刘帅投向她的目光很冷，就像看待陌生人那样，冷得让她浑身冰凉：“在这个家里，什么时候轮得到你来撒野！太不像话了！”

凶完唐婉仪，刘帅亲热地搂紧简丽丽，低声细语：“Jane，别跟她一般见识，我们走！”

简丽丽以胜利者的目光回望了唐婉仪一眼——虽然脸上被唐婉仪扇的地方还隐隐作痛，但心里却无比开心，她相信刘帅的愤怒是装不出来的。毫无疑问，这个男人已经彻底成为她的玩物，再也逃不出自己的手掌心了。

她得意地顺势依偎在刘帅的怀里，两个人就这样头也不回地走了。

唐婉仪伤心极了，她不明白怎么会这样？自小到大，从来都对她疼爱有加的哥哥不只生平第一次打她，而且这么狠，仿佛用尽了全身的力气，还当着另一个女人的面。

她彻底崩溃了，整个人跪在地上，声嘶力竭地大喊："哥，别走！你回来呀！"

一句话没说完，已是泪流满面。

刘帅的心都在滴血，恨不得立刻回头，把唐婉仪搂在怀里，用全部的柔情安慰她，呵护她，可他不能。

他甚至不能告诉唐婉仪他要做什么，让唐婉仪配合演戏。因为他知道，唐婉仪藏不住事，一旦她知道真相，根本无法瞒过简丽丽。

这是一场万劫不复的漩涡，他已经沦入地狱，不能让唐婉仪再卷进来了。

对不起，婉仪。

刘帅心中，反反复复地重复着这一句话。

对不起，总有一天你会理解的！

第四十九章 分道扬镳

一周后，杭州市中心黄龙体育场。

简丽丽掌控万全天盛之后的第一场全员表彰大会，在这里隆重举行，还重金邀请了当下最火的超级摇滚乐团助阵，引起了整个行业的关注。

随着公司的不断发展，万全天盛的员工数已接近两万人，一般的场所根本无法容纳这么大规模的活动。因此，简丽丽就大手笔地租下了黄龙体育中心的主体育场，如开巨星演唱会般精心布置了会场，要把这次表彰变成一次正式树立自己权威的大会，也把这次活动，做成一次向外界展示实力的公关大宣传。

“今夜星光灿烂，是我们万全天盛的大日子！”

担任司仪的是新上任的公关部总监 Jacky 李，别看他长得像颗圆球，但喜气的主持风格还真带动了现场的气氛。

“大家都知道，在简董上任后，进一步重视三四线城市的推广，加大了政策倾斜力度，使得我们的‘百城大战’计划大获成功，为公司的业绩增长提供了极大的支持。有请本季度万全天盛最佳销售团队上台！他们就是来自奋斗于市场最前线的地推精兵——‘王则铁军’团队,有请上台! ”

伴随着全场的欢呼声,王则带领着组员们依次走上台去——吨位感人的胖哥,比电线杆还高还瘦的板哥,经常会害羞的小爱,只是少了活泼热情的倩倩。

小爱虽然已经熟悉了地推和开拓市场的业务, 但是面对这么大黑压压的一片人群,心里还是怯场了,正下意识地往王则的背后躲,却被 Jacky 李一把拉到了前面,然后指着他们说:“王则团队在短短半年的时间里,开拓了三个城市的网点,为万全天盛的‘百城大战’战略做出了重要贡献……”

主持人一一历数王则团队开疆拓土的 “丰功伟绩”, 小爱站在一旁心思飘忽,想到的却是倩倩——是她最初带着自己进入万全天盛,现在却已经去了通远。

小爱至今还清楚记得,倩倩来告别时,两人之间的对话。

“通远? 你为什么要去通远? 你不是一直喜欢万全天盛吗? ”听说倩倩要离开,小爱在宿舍里惊讶地追问。

倩倩则理所当然地说:“我是喜欢万全天盛,可谁让万全天盛这段时间一直出事呢? 通远才是真正的国际大公司,底薪比万全天盛还高,既然是找工作,肯定要找个更稳的嘛! ”

倩倩的态度让小爱一时不知该如何回应。

“你之前家境好,不把钱当回事,现在自己打过工,也应该知道赚钱不容易了吧? 而且如今你家里多了你父亲这个病人要照顾,能多赚一点是一点啊,对不对? 我劝你还是和我一起去通远算了。”倩倩看小爱有些死心眼,劝说道。

小爱心中的倩倩,是一个每次谈起梦想,眼睛都会闪闪发亮的女孩。但是现在的倩倩却冷静得可怕,说着以前完全不会说的话,目光中没有了光芒。

“梦想? 与现实相比,梦想算得了什么啊! ‘梦想还是要有的,万一实现了呢’,这句话是没错,那得看这是谁说的? 马云! 天底下难道还会有第二个马云吗? ”

“有请万全天盛董事长简丽丽为王则团队颁奖! ”Jacky 李激昂的话语把小爱重新拉回了黄龙体育中心现场。

身穿盛装礼服的简丽丽上台,微笑着从 Jacky 李手上接过奖品,一一握手并颁发给团队的成员们:“感谢各位的付出,希望大家再接再厉,让万全天盛成为国内乃至全球在线旅游业的No.1!”

按照郭天宇之前制定的政策,每个季度销售第一的团队,每人将获得一个三万元的现金红包。现在,掌控万全天盛的是简丽丽,她当然不会沿袭以前的传统,而是大幅提升了奖励额度,除了每人发五万元外,还各增加了一部最新款的iPhone手机。

握着手上的iPhone,望着身边的王则、胖哥和板哥,小爱激动地流下了泪水,她对未来有了更大的憧憬。

小爱摆弄着崭新的iPhone手机,爱不释手,兴奋不已。

这时,手机屏幕亮起,接到了开机之后的第一个电话。

号码显示是倩倩。

小爱怔了一下,这才接通电话,就听话筒另一边传来了充满羡慕的声音:“小爱,我在网上看了你们的表彰大会,真的好隆重,你拿到好多奖金啊!”

“嗯,是的,不过主要还是靠王哥他们带,所以得感谢他们!”小爱心地善良,脱口而出的是她内心真实的感动。

她本来想说,如果你依然和我们在一起,那么今天的表彰大会也有你的一份,奖金也是。但她说不出口,怕倩倩误认为她在炫耀。

“真好啊!”倩倩不知道小爱复杂的心情,赞叹道,“你都受表彰了,不像我,连个正式员工都没混到。”

“啊?”小爱很吃惊,“怎么会呢?”

倩倩自嘲道:“国际大公司嘛,不多淘汰点人,怎么能显示出他们的高标准,严要求呢?我也是到了通远才知道,像王哥他们那么好的人实在不多,通远的员工都担心自己的业绩不好,只会自顾自,不会去帮别人。新人只能靠自己,行就上,不行就滚。”

她的话语间充斥着满腔的不如意,让小爱一时不知道该如何开口,只能当个安静的倾听者。

好在倩倩也不想多说,让好友看到自己的狼狈,就将话锋一转:“对了,像你们这种被表彰过的员工,还要做地推吗?还是留在总部当领导?”

小爱闻言,不由失笑:“什么当领导,没这回事。王哥他们不乐意坐办公室,我们还是继续去三线城市做地推,地点已经敲定了——湖南的岳阳、株洲。”

“呀,是《岳阳楼记》中的岳阳么?我们中学的时候背过课文的!”

“对啊!王哥也是瞄准了这点,岳阳有岳阳楼、洞庭湖、屈原庙等旅游景观,每年都有不少游客,我们万全天盛的地推当然也不能落下。株洲的炎帝陵、神农谷等,也有很多可以开发的地方。”说起自己的工作,小爱也打开了话匣子。

倩倩担忧地问:“真能拿下吗?我听说那些地方都是有利益链条的,你可要留心。”

“放心,没事。”对于朋友的关心,小爱无比受用,拍胸脯保证,“比如神农谷,我们早就与附近的农家乐谈好了,给了很优惠的价格。一个星期之后,就去与他们正式签订合约。”

“一个星期后啊!”倩倩若有所思。

表彰大会后的第二天,王则就带着胖哥、板哥、小爱等人,匆匆赶往湖南岳阳。

这是他们开拓的第四站,也是最费心的一站。

在“百城大战”的成绩为众人所知之前,三四线城市简直可以说是未开垦的“蛮荒地”。但万全天盛的最新财报一发布,三四线城市的漂亮成绩单一亮相,“51 旅游网”和通远公司也都开始把重兵投放到了这块市场,进行激烈竞争,令他们的压力大大增加。

更令人意想不到的,是“51 旅游网”竟然与通远缔结了攻守同盟,有商有量地划分了各自在三四线城市的势力范围,一方涉足的,另一方就绝不进入。

据说,是李建波与通远全球首席执行官安迪·奥布莱恩私下见面时达成的协议,两个老对手放下了成见,一致针对万全天盛!

王则已经高升为湖南地推团队的总负责人,铆足了劲要做出一番事业,带他们跑遍了岳阳、株洲,制定了“攻坚计划”,花了不少的心血,总算与许多主要的景区和商家都已经谈妥，一个星期后签订协议。

事实上，如果不是因为需要回杭州开表彰大会，他们早就把这些合约签下来了，哪用得着再等？

本以为十拿九稳的事情，偏偏却出了岔子。

仿佛运气到了顶点，由盛转衰一般，王则他们这次回到岳阳，却是处处不顺——早就谈好的商家纷纷表示，他们已经在两天前与通远签约——因为通远给出了更加优惠的条件，而且简化了签约流程，吸引力自然就超过了万全天盛。

如果是一两家商户倒也罢了，可接连碰了七八个钉子，王则本能地觉得，这件事有哪里不对劲了。

通远已经被工商部门罚了，不能高额补贴，从前那套行不通。也就是说，大家能开出的优惠条件，不过伯仲之间。为什么通远能恰到好处地踩到他们的痛点，刚好比他们给出的价格高一点点呢？

甚至连目标商户都把握得这么精准，准到近乎雷同的地步。

想到这里，王则的目光逐一扫过他的几个“部下”，也是他最好的同事、朋友。

他做了这几年销售，什么样的事情没见过？争抢客户、业绩打压、踩人上位、尔虞我诈，多少明枪暗箭，他都躲了过去，才有今天的成绩，怎么可能嗅不到这件事的蹊跷？

但他不愿意相信。

胖哥、板哥是他多年的好兄弟，三人一起打拼，从来都是同进同退。小爱是他一手带起来的，也是个温柔善良的姑娘。

王则对自己的眼光很自信，不认为自己会看错人，但眼前的处境，却让他必须多个心眼。

想到这里，王则点了一支烟，深深地吸了几口，吞吐出白色的烟圈，才不动声色地问：“小爱，那五万块钱奖金，你打算怎么花？”

板哥和胖哥交换了一个眼神，目光落在小爱身上，牢牢盯着她的表情变化。

小爱没听明白王则的深层用意，不好意思地说：“我给爸请了个护工，付了一年工钱，这样我妈就没那么累了。”

她的家境，大家还是清楚的——小爱的父亲本是一名注册会计师，在一家叫“永安”的理财公司上班，薪水优厚，足以养得起做家庭主妇的妻子，以及读大学的女儿。

谁知去年年底爆出大案，永安理财是披着P2P外衣的非法集资公司。老板卷钱跑了，公司天天被人逼债，小爱的父亲作为当事会计，承受不住巨大的压力，在一个晚上悄悄服用了过量的安眠药自杀。虽说抢救回一条命，却成了植物人。

打那之后，这个家庭就陷入了深渊之中。

父亲的医疗费是一个深不见底的黑洞，使得母亲在与社会脱节多年后，被迫重新找工作赚钱，同时还要每天去照顾躺在病房里生活无法自理的丈夫，辛苦可想而知。

这也是王则怀疑小爱的原因——她缺钱，非常缺钱。

但他看到小爱纯净的眼神，又打消了自己的念头，所以只是没话找话地随口问了一句：“倩倩最近与你联系过吗？”

“有啊，我们表彰大会开完的那天，她打了电话给我，说恭喜我们，然后是讲她在通远混得不如意……”小爱的声音，渐渐变小，脸色也越来越白。她怔怔地望着王则，眼神彷徨，就像个受惊的小动物，语无伦次地求证，“不会是倩倩，对吧？虽然她去了通远，可……可我们是最好的朋友啊！”

王则将烟狠狠地摁灭：“是人是鬼，去看看就知道了——我们包车，最快的速度去株洲神农谷！”

就在神农谷外的酒店，王则团队将通远的销售人员堵了个正着。

倩倩虽然一个劲地往人群后缩，但总共就那么点人，她能躲到哪里去？

“为什么？倩倩，为什么！”小爱红着眼眶，大声问，“我们不是最好的朋友吗？你为什么要这样对我！”

她做梦也没想到，好友打来电话，不是出于对她的关心与祝福，而是别有用心地来套王则团队的地推计划。

不，她早该想明白的。

倩倩的那一通电话里，只有对自身处境的抱怨，对小爱接下来工作的探究，以及为数不多的假装出来的温情。

她是那样的迫切，几乎没怎么掩饰自己的贪婪与目的，一个劲地索取，只是小爱被蒙蔽了双眼，没有发现而已。

面对小爱悲怆的目光，倩倩有些躲闪，不自在地说："我，我只是为了转正——"

说到这里，她竟有些理直气壮："你都受表彰了，犯点错误也不会有大事，干嘛这么斤斤计较！"

小爱不可置信地望着倩倩，第一次觉得那张熟悉的面孔竟是那样的陌生。

究竟是倩倩变了，还是她从来就没有认清过自己这个最好朋友的真面目？

胖哥被气笑了："我第一次听说，偷了人家的东西，还要怪人家不讲情面的！"

"那也是她自己蠢。"倩倩似乎说服了自己，声调也提高了，"我只是随便问问，她就竹筒倒豆子全部说了出来，不是她蠢是什么？"

小爱只觉天旋地转，几乎站立不住，好在被身旁的王则一把扶住。

见周围有人在指指点点，通远的领队脸上挂不住了："我说吧，倩倩讲得没错，销售本来就是各凭本事。你们自己保不住客户，和我们有什么关系！"

"无耻！"沉默寡言的板哥狠狠吐出两个字。

"怎么，又想打人？"对方挺起胸，一副有恃无恐的样子，"打啊，有本事朝着脸来！哼，谅你们也不敢！"

他话音未落，一记铁拳便狠狠向他砸来！

第五十章
偷梁换柱

杭州，安缦法云酒店。

这家西湖边的顶级酒店位于天竺古村，青瓦白墙的传统建筑错落于延绵的群山之中，仿佛一座 18 世纪的江南古镇。

萧萧竹林，明山秀水，昏黄的灯光若隐若现。

简丽丽站在阳台上，与天路投资的董事们开电话会议，目光却时不时望向屋内的刘帅；刘帅看似在刷手机，眼角的余光却一直飘向简丽丽随手放在茶几上的挎包，若有所思。

自打从临时租住的屋子里搬出来，简丽丽就在安缦法云给他订了一间房，两人毗邻而居，每天一起开车上下班，俨然一对热恋的情侣。若不是简丽丽担心"二爷"的态度，他们说不定就真的同居了。

经过这几天的观察与揣测，刘帅已经发现，简丽丽随身必定带着两个 U 盘，一个黑色，一个银色。黑色的比较常用，银色的用得少，只见她拿出来用了一次。

刘帅断定，银色的 U 盘嫌疑比较大，却犯了难——怎样才能既把银色 U 盘取出来，又不被简丽丽发现？

调包？

虽然麻烦一点，却是最好的办法了。

但在调包之前，他必须记下银色U盘的全部细节——长宽多少，上面有没有什么花纹等。好找个一模一样的，这样才能保证万无一失。

想到这里，刘帅心中一动。

只见他把手机放下，站了起来，装作要去倒水喝，却不着痕迹地勾了一下挎包的带子。就听见“哗啦”一声，挎包被他“不小心”绊到了地上，里头的东西落了一地。

刘帅连忙蹲下来，往挎包里塞了两件散落的东西，然后把银色的U盘捡了起来，右手大拇指飞快地在U盘光滑的表面摩挲了一遍。简丽丽见状，赶紧挂断电话，快步走过来说：“我自己来理吧。”

话音未落，已经从刘帅手上迅速地把那个银色U盘接了过去。

简丽丽的反应让刘帅心中一喜，确定银色U盘内一定藏着不可告人的秘密，于是装作满脸疑惑：“Jane，我帮你捡东西，你干吗那么紧张？”

“没什么！”简丽丽意识到自己的反应有些过度，忙不着痕迹地解释道：“女人包里的东西可复杂了，怕你不知道每样东西放回到哪个夹层。”

刘帅见好就收，笑着开玩笑道：“这倒是，我看你口红就有好几支，你能分得清什么时候用哪一支吗？”心里却在默默回忆——U盘长度约有他大拇指一个指节那么长、宽度是他大拇指的三分之二，色泽为银——准确说应该是亮灰色——底部还有一个刻得极小的“K&R”字样。

这是哪家公司的LOGO吗？

刘帅对这方面缺乏研究，只能将情况立即发给陈冠平，很快就得到了回复：“‘K&R’是一家专门做加密U盘的公司，只要储存在这个U盘里的内容，全部会被自动加密！”

刘帅不由紧张起来：“你能破解吗？”

“这要看它用的是哪种加密技术，如果是主控芯片加密，需要一定时间来破解；假如是通过内置软件，那就很简单。”

随后，陈冠平又认真叮嘱：“只要你能把U盘拿到手，插到联网的电脑上，我就可以远程进行破解。”

“行，但我需要个一模一样的U盘来替换，不能让她发现这个U盘已经丢了。”

“放心，我会搞定！”

陈冠平的效率很高，第二天傍晚就派人送来了U盘。

这一夜，刘帅心情忐忑无比，翻来覆去地一直无法入睡，几乎是睁着眼睛等到了天亮。他用冷水狠狠洗了把脸，让自己保持冷静，深吸一口气后，去找简丽丽。

简丽丽正坐在卧室的梳妆台前，精心上妆，刘帅笑着调侃道：“这么多瓶瓶罐罐，我看得眼睛都花了。难怪说化妆堪比PS，多涂几层，绝对能变成另一个人。”

“我可不光是化妆，也在做皮肤护养。”简丽丽嗔道，“这就是女人美丽的秘诀。”

刘帅举双手投降：“对这些东西，男人永远弄不明白，我在外面等你。”

简丽丽莞尔一笑，专心化妆，没发现刘帅离开的时候，将房门半掩，恰好挡住她望向客厅的视线。

刘帅蹑手蹑脚地悄悄拉开挎包，在底层翻到银色U盘，接着飞快地将备用U盘换了进去。

做完这一切，刘帅不由松了一口气，却发现衬衫紧紧贴着自己的后背，竟被冷汗浸湿了。

“Jane，我忘带手机了，回去拿一下。”

刘帅对卧室的简丽丽喊了一声，简丽丽果然没放在心里，随口应了。刘帅于是快步走回自己的房间，将银色U盘插到早已打开的笔记本电脑上，等候已久的陈冠平立刻远程操纵，进行数据破译。

“怎么样？”刘帅迫不及待地问。

“主控芯片加密，级别很高，算法复杂。”陈冠平回答，“大概需要一两个小时才能破解。”

刘帅一听，脸都绿了：“那么久？”

“我亲自参与，整个破译团队有十二人！如果一个人做，可能一周时间都不够。”陈冠平的语调不容置疑。

刘帅心知,只能尽量拖延时间了,于是拿上手机,又一次来到简丽丽的房间。才一进门,整个人就僵住了——简丽丽正把挎包里的东西一样样往外掏,逐一摆在桌上!

露馅了吗?

这一刻,刘帅大脑已是一片空白,清晰听见了自己"怦、怦、怦"猛烈的心跳声,好在随即看见简丽丽从一旁的衣帽架上拿起一个小巧玲珑的女士包,把唇膏、钥匙、U盘等往里装。

这个动作,让刘帅从地狱回到了天堂。

原来,简丽丽只是为了搭配衣服,换了个包而已。

与简丽丽一起去万全天盛的路上,刘帅一直心神不定。

如果U盘藏着重要的秘密,简丽丽肯定不会在有人的时候拿出来使用。所以今天无论如何不能让她一人独处,否则一旦她用了U盘,自己做的小动作就会露馅。

刘帅绞尽脑汁,也想不出一直待在简丽丽身边的借口。就在这时,他们两人的手机同时响起,是"全天OA"推送的信息:

王则团队与通远的地推团队在株洲打了起来!又一次进了派出所!

简丽丽脸色一沉,刘帅的眼睛却亮了。

真是天赐良机!

"岂有此理!"

简丽丽柳眉倒竖,大发雷霆,把面前的洪韧韬和张晓冬训得抬不起头来:"公司刚在大会上隆重表彰了他们,才几天就闹出这种事,让外人笑话——万全天盛的优秀员工,只知道像街头的地痞流氓一样,遇到事情就打架!"

刘帅坐在一旁,本想为王则团队说两句话,手机突然震动起来,是收到了信息。

就这一停顿间,张晓冬已抢着为部下说话:"简董,王则他们也不是故意的,实在是通远太过分。"

"什么叫太过分?难道是通远派了商业间谍,把他们的机密偷出去?分明是自己蠢，嘴上不把门！”简丽丽非常生气，王则团队的所作所为，简直就是在往她的脸上扇巴掌，“都是郭天宇开的坏头，上次他们团队打架，居然让他们去夏威夷度假，才让王则等人有恃无恐，以为什么都能凭拳头解决！”

“重罚！必须重罚！”

洪韧韬也觉得王则团队做得太过分，解决问题的方式有无数种，干嘛一而再，再而三地进派出所？所以他想了想，说：“王则三人是市场部的业务骨干，对公司的业绩贡献不小，也不能让他们寒心。至于那个小女孩，开掉就行了。”

张晓冬不免有些犹豫。

他对王则印象很深，真正想保住的也就是王则和他的两个死党。何况洪韧韬说得没错，就算小爱是无心之失，但给公司造成了重大损失却是不争的事实，开掉她无可厚非。

看完那条信息，刘帅不动声色地将手机收起来，打圆场道：“他们几个刚被表彰过，不管现在开掉哪个，影响都不好，反倒容易被媒体大做文章。不妨冷处理这件事，等到风头过去了，再做安排。如果他们这段时间能‘将功赎罪’，也相当于给自己机会了。”

他说得在情在理，简丽丽的火气也渐渐消弭，便道：“罚他们半年的绩效，今年的年终奖也没了，让他们看着办！要是再出这种事情，直接给我卷铺盖走人！”

简丽丽的态度十分坚决，不留余地，张晓冬也知道这是自己能争取到的最好结果，不敢多言，心里却有些难受。

要是郭天宇在，这件事绝对不是这么个处理方法，唉！

由于忙着处理王则团队闹出的麻烦，简丽丽一天的心情都不怎么好，刘帅便以“陪伴她”为由，始终留在简丽丽身边，直到两人一同回了安缦法云酒店，简丽丽都没有拿出银色的U盘。

刘帅趁着她去洗手间的功夫，再将两个U盘换回来，这才松了一口气，方有心思追问陈冠平：“资料全都破译出来了吗？”

事实上，刚才在办公室的时候，陈冠平就微信通知，U盘已经破解完毕，并传输给了他一部分。

那时刘帅才知道，原来导致颜晓凯一无所有的永安理财，就是简丽丽的马仔所开设的，无疑颜晓凯是掉进了简丽丽早就挖好的陷阱之中。而永安理财出事时，这些手下也是因为简丽丽的周密安排，才能偷偷溜掉，置身事外。

因为表彰团队的缘故，刘帅看过王则团队的资料，知道小爱的父亲就是因为曾担任永安理财的会计，受到案件牵连才自杀身亡的。那一刻他心生感慨，觉得自己与小爱都是被简丽丽害苦的人，这才出言帮了小爱一把。

但这些资料，并不是陈冠平要的决定性的证据，所以他迫不及待想知道还破译出了什么。

陈冠平的话，却让刘帅的心坠入谷底："这份 U 盘中，储存了他们对万全天盛的全部计划，却没有最关键的黑账。"

"什么？"刘帅反反复复，只有一句话，"不可能啊！她随身携带的东西，我都确认过，最可疑的就是这个 U 盘，没有别的东西了啊！"

陈冠平当然相信刘帅："所以，那本黑账，一定在她自己家里。"

"她家里？东方一品？"刘帅本有些犯难，忽然想到一件事，顿时激动起来，"魏华生潜进去过，或许能回想起什么线索！"

临安，一处蜗居。

瞧见郭天宇和卓伊联袂拜访，魏华生不由苦笑："郭总，我都躲到这种地方了，您怎么还是阴魂不散啊！"

卓伊心中不满，抗议道："什么叫阴魂不散！哪有这样说话的！"

郭天宇示意卓伊别纠缠这些细节，只见他非常诚恳地向魏华生鞠躬："魏大侦探，要想把简丽丽绳之以法，现在全靠你了！"

"郭总，我都说了，简丽丽背后的势力太大，我们得罪不起，你怎么这么倔呢？"魏华生非常无奈，"我给你的录音，你也听见了吧？刘怀远先生就是前车之鉴啊！那么知名的企业家，说没了就没了，我怎么能不害怕！"

郭天宇来之前，知道魏华生会推脱，也早就想好了说辞：“这些人的势力再怎么庞大，也不能一手遮天。事实上，国家已经盯上他们了，我们今天之所以来找你，就是希望你也配合参与国家行动啊！”

谁知魏华生的头摇得像拨浪鼓一般：“国家行动又怎么样？你们能保证，国家一定会动二爷吗？只要二爷没事，就算把简丽丽他们弄进去了又怎么样，我可不愿意有二爷这样的敌人。”

接着他还反过来劝道：“郭总，就算你不为自己着想，也该为夫人考虑啊！你可以在他们把万全天盛的市值做到顶点的时候，抛出股票。两千亿美元的市值，你有13.5%的股份，这可是一辈子花不完的钱。没必要为了争一口气，赌上身家性命，与二爷作对啊！”

郭天宇无奈地摇头苦笑，不知该如何回应。这时，一个机械合成的电子音突然响起：“魏华生，我告诉你！国家行动追查到谁就是谁，别说是‘二爷’，就算是‘大爷’‘老爷’‘老太爷’，我们也不会放过！”

魏华生大惊失色，猛地跳起来，无比恐慌地四周张望：“谁！”

“你以为自己的安全措施很牛逼吗？在我们看来，就像三岁小孩一样幼稚！”只听见那个声音继续说，“你父母被你换了身份，安排到海南去居住；你妻子带着你的小儿子，在深圳生活；你的大女儿去了美国留学，哟，伯克利大学物理系，不错嘛！”

魏华生顿时呆若木鸡，额头上冷汗直冒，这时就听见话筒里传来刘帅的声音：“冠平，用不着这样吧？”

陈冠平没有理会，继续吓唬道：“魏华生，你这些年行走在灰色地带，屡屡触碰法律的边界，我手上还有你潜入简丽丽家的监控，所有证据加起来，足够判你二十年。你要不要试试，能不能逃过我的追踪？”

郭天宇敏锐地感觉到魏华生心理的变化，借机劝道：“老魏，你仔细想想，那些人如果知道你掌握了他们这么重要的录音，会放过你吗？所以你只有帮着我们一起找到关键证据，把这些家伙都送进监狱，你才能彻底安全！对不对？”

魏华生瘫坐在椅子上，脸色无比凝重。刘帅和陈冠平不再说话，郭天宇和卓伊也只是在一旁静静等候,眼神中充满期待。

沉思良久,魏华生终于下定决心,开口说道:“我潜入简丽丽家的时候,感觉她家结构不对,与我租的东方一品同户型房子对比后,发现书房旁边多了一间暗室。”魏华生表情严肃,“只要转动书房博古架上的一个花瓶,暗室就会显露出来,但需要虹膜识别加密码卡双重方式开锁,我根本进不去。”

虹膜识别技术,指的是通过扫描眼睛视网膜来确认身份,从而开启房间或者保险箱的方式。由于虹膜具有唯一性,高度稳定,不可更改,导致虹膜识别也成为迄今为止,最安全也最可靠的安防方式之一。

这个信息让郭天宇、刘帅和卓伊忧心忡忡,但陈冠平却轻描淡写地道,“只要简丽丽在其他地方也用过虹膜识别,我就可以弄到储存在安全库里的实际虹膜信息。所以虹膜识别的问题不大,重点是密码卡在哪?你找到了吗?”

魏华生摇了摇头:“我翻过所有可能的地方,一无所获。我认为,像简丽丽这么谨慎的人,密码卡应该是随身携带的。”

刘帅听了,非常诧异:“但除了那个银色 U 盘外,简丽丽没有随身携带的隐秘东西了,U 盘已经证明不是啊!”

“密码卡未必是一张卡,也未必是 U 盘。”魏华生怕刘帅误会,忙道,“可能是一个极小的芯片,能够藏在任何地方!”

刘帅一听,顿时头疼。芯片……会放在那儿呢?

卓伊犹豫了一下,才问:“你们确定那间暗室里放的是证据?万一是珠宝首饰呢?岂不会打草惊蛇?”

魏华生摇了摇头,十分笃定地说:“我上次在你们配合下潜入简丽丽东方一品的家,对反窃听设备做了手脚后,大部分时间都能监听到她在房间里的动静。但一旦谈到特别关键的问题时,她还总是会说‘等一下’,然后就无法再听到任何说话声了。因此我判断她应该是进了那间暗室,而暗室里或许有更高级的反窃听系统,或者是另一套完全不同机制的智能安保设备,是一种反窃听的双保险措施。要不是那天家宴,他们几个得意忘形时百密一疏,在饭桌上说了一大堆曾经的‘丰功伟绩’,我也没办法获取到什么重要信息。”

“我同意魏华生的判断,关键是我们现在别无选择,必须进那间暗室去试一下运气,我认为里面藏着重要文件的可能性很大。”陈冠平干脆利落地说,“有些证据,他们可以销毁,但有些证据,是没办法销毁,只能储存的。简丽丽是洗钱大案的核心人物,重要的打款凭证,十有八九在她那里。如果我没猜错,里面估计有一台物理断网的电脑,储存相关信息。”

大家都觉得陈冠平的分析有理——如果不是为了死守这么重要的证据，简丽丽何至于把家打造成铜墙铁壁?

郭天宇深知这个证据一天没找到,简丽丽背后的暗黑势力就一天不会倒;而这个犯罪集团一天不倒,他们就永远别想复仇,所以他急切地提示刘帅:“兄弟,你再仔细想想,除了那个银色 U 盘外,简丽丽有没有什么特别看重,从来不离身的东西?”

卓伊附和道:“对啊,发散思维,哪怕是一支钢笔、一串项链,只要能放得下芯片,都有可能!”

听她这么一说,刘帅的脑海像被闪电击中一般,灵光一闪:对呀,简丽丽确实有一样东西随身不离,那就是她右手中指一直戴着的戒指,哪怕她去洗澡的时候,这枚戒指都未曾摘下!

“应该就是这个戒指了!”虽然陈冠平用的还是机械合成的电子音,但所有人都听出了他话语中的兴奋。

刘帅也激动起来:“那我一定想办法进入‘东方一品’简丽丽的家，争取拿到戒指,打开暗室!”

第五十一章
各怀心思

一段视频在网络上疯传，不只是轰动了整个在线旅游行业，也吸引了无数网民围观。视频上，一位美艳绝伦的霸道女总裁正在侃侃而谈，身后是一块巨大的LED屏幕。

疯狂的弹幕瞬间淹没了整个屏幕——女总裁的发型、眼影、口红、鼻梁、嘴唇、项链、爆乳、长腿、蛮腰、蓝色杜嘉班纳套装……网民们仿佛要把这个美女像拆分机器人一样，解析到每一个零件，狂欢、热议！

万全天盛近来因为他们的女董事长，再度成为关注的焦点。简丽丽不仅以惊艳的性感，更以犀利的思想，震撼了公司所有的员工。

一场变革的风暴正在来临。

这是一年一度的“世界在线旅游发展高峰论坛”，在北京鸟巢盛大举行，来自美国通远的全球CEO奥布莱恩、“51旅游网”董事长李建波都做了非常精彩的演讲，但他们的风头都被压轴登场的万全天盛新晋董事长简丽丽彻底盖过。

“世界经济形态的发展正趋向于共生、共赢、共享的生态经济模式，‘生态战略’的竞争将是互联网行业的全新趋势。万全天盛将创建七大子生态系统，致力于打造一个良性循环、共生共赢的大生态，引领行业发展。得生态者得天下！”

简丽丽欣赏完自己的表演，起身在杭州安缦法云的房间里来回踱步。已经是晚上九点，窗外树影婆娑，月色宜人。

毕竟在两家世界级投行做过CEO，所以这样的TED演讲，对她来说其实是一件轻而易举的事情。七大子生态系统的计划已经抛出来了，虽然遭到了郭天宇、曾志强和常鸿三位董事的反对，但还是在董事会上顺利通过。但是，一旦围绕这个计划的一系列并购展开，掏空万全天盛的意图就会逐步暴露。按照目前董事会的格局，郭天宇必然会发动其他的董事，强行阻止这些并购的顺利实施。

经营层已经完全掌控，但董事会并不完全可控。要消除这个隐患，必须把董事会里的异己分子尽快地踢出去。只有绝对控制了董事会，二爷的计划才能确保万无一失。

取消“毒丸计划”，已经迫在眉睫。

简丽丽非常清楚接下来她应该做什么。

“只能收购这家公司？就没有别的选择吗？”

一路风尘仆仆，从中国飞抵美国硅谷，这是郭天宇一出机场所说的第一句话。

赵成斌笑了笑，并没有马上回答，而是帮着把郭天宇和卓伊的行李放进了克莱斯勒大捷龙商务车的后备厢。

在去酒店的路上，赵成斌做了解释：“目前至少有五家公司在光通信技术有了突破，但是SOSO公司的技术最能够和我们的免费Wi-Fi项目结合。”

商务车顺便变成了郭天宇在美国的移动办公室。

“明白。时间非常紧迫。要夺回万全天盛，我们必须尽快完成‘向日葵计划’，收购SOSO公司，掌握这项未来科技是关键。”郭天宇用最简洁的语言说清了来意。

“我们现在遇到最大的困难，是对方拒绝我们的收购。”赵成斌也直截了当。

坐了十一个小时飞机的郭天宇虽然满面倦容，但思路却十分清晰：“那他们为什么不接受收购？我们给出的价格，已经是他们公司现有估值的两倍了！”

赵成斌耐心地解释道：“SOSO 团队说，硅谷有太多像他们这样的优秀创业公司，可是有些公司为了一点蝇头小利，就将自己卖出去。结果，这些本来有机会做大的公司，因为急功近利，最后都夭折了。所以出价不是打动他们的最关键因素。”

郭天宇有些纳闷：“那你有没有告诉他们，我们虽然是以个人的名义来寻求并购，但实质上是为一家非常有前途的中国公司实施全球战略在做准备。”

“有啊，对方甚至告诉我说，美国某家著名的大型互联网公司开出了比我们还高的价格来收购，他们都没有动心。”赵成斌苦笑着说。

“为什么会是这样？”郭天宇不能理解。

“因为他们清楚，这类大公司大量并购创业公司，是为了控制新技术的开发节奏，避免冲击他们现有的市场，更多只是为了占有和储备。”

“明白了，对 SOSO 公司来说，他们只是在等待一个适合于他们的买家。而不是简单看出价和来头。成斌你安排一下，明天我亲自出面会会他们。”

商务车上开完紧急会议的时候，卓伊已经疲惫地睡着了，而下榻的酒店就在不远的前方。

硅谷（Silicon Valley），位于美国加利福尼亚州北部、旧金山湾区南部，是高科技企业云集的美国加州圣塔克拉拉谷（Santa Clara Valley）的别称。

SOSO 公司选择了寄身在硅谷著名的 FX 孵化器，它由一个湾区码头的仓库改造而成，极简式大开间现代装修，巨大的落地玻璃窗面朝大海，从这里诞生过很多著名的公司。

在 FX 最漂亮的一间会议室，郭天宇他们见到了 SOSO 公司的创始团队。通过赵成斌的引荐下，双方交换了名片，没有过多寒暄就直入主题。

SOSO 公司的 CEO 麦克代表创始团队，通过 PPT 介绍了他们的创业过程。

最后麦克信心满满地用一句话总结了他的发言：“我相信未来是属于光通信的，我们的技术就代表着未来。”

在座的每个人都听得心潮澎湃，郭天宇第一个站起来鼓掌。

轮到郭天宇讲话了,但他的发言方式却出人意料。

他把赵成斌准备好的PPT关掉,很诚恳地面对SOSO的创业团队说道:“今天我不准备用PPT,也不准备再老调重弹地讲万全天盛的辉煌成功。我就想和你们交流创业者的艰辛。时间关系,我只讲三个故事,希望能引起你们共鸣。”

接下去,郭天宇讲了他在创业过程中,如何遭遇黑客攻击,差点导致公司倒闭;如何被最好的朋友背叛,不得不忍痛把他送进监狱;在创业成功前夜,失去了最好的合伙人,自己又是如何渡过这个难关的。

郭天宇声情并茂的故事,深深地打动了SOSO创始团队的每一个人。即使是熟知这故事的卓伊和赵成斌都感动不已。

“我是一个创业者,过去是,现在是,将来还会是。所以我非常希望你们能把这个项目交给我,因为我会用和你们一样的创业状态去对待这个技术,并且与你们一起把项目做成功,实现大家共同的梦想。再说了,我的出价也不低,希望你们能考虑我的收购提议。”

郭天宇话音刚落,麦克就诚恳地表态:“Mr.Guo,你深深地打动了我们,我们的团队愿意认真考虑你的方案。”

这时,一个爽朗的声音从门外传来:“看来我赶不赶过来,都已经不是那么重要了。”众人循声而去,只见从外面走进来的竟然是硅谷传奇投资人蒂姆·霍顿!

SOSO创始团队大为震惊,这太出乎意料了。

“麦克,其实我也跟踪你们很久了,但我今天来是要说服你们接受MR.Guo的收购。因为我坚信他是The Hero of Internet,是未来的马云。”

没让任何人插上一句话,蒂姆又接着说道:“我之前没有投资光通信,是认为这个技术至少还需要十年才能产业化。但现在MR.Guo的免费Wi-Fi方案,结合你们的技术突破,就可以尽快地创造一个高速免费Wi-Fi在全球分享的美好时代。我真的非常看好你们的合作!”

“兄弟,你怎么看女魔头这场最新的表演?”

约好美国时间晚上九点的视频交流，郭天宇告诉刘帅已成功收购 SOSO 公司的好消息，随后就抛出了关于简丽丽所谓“生态战略”的话题。

“还能怎么看？可以拿奥斯卡影后了。你不能不佩服她这一招瞒天过海，搞这么冠冕堂皇的造势，不就是要实施掏空万全天盛的计划吗？”

“生态战略、七大子生态系统，这个女人真会玩概念，确实牛啊！这个演讲发布后，引发极大轰动！将万全天盛推向风口浪尖的同时，也把股价抬到了新的高点，‘生态’变成了年度最大的热词。这次董事会都没有针对她发表什么激烈的反对意见。”

“是啊，如果她不包藏祸心，这何尝不是一个很好的发展理念。常鸿还是打了个太极，指出收购景点、酒店与旅行社，这样的生态战略勉强还说得过去，但收购一系列动漫、游戏、音乐、影视公司，还是有些莫名其妙。但她以创新经营、跨界互动为理由，别人还真不好反对。”

“借助生态战略，简丽丽他们名正言顺地打开了疯狂并购的大门。借并购的名义掏空公司的结果，必然是搞垮万全天盛。在没有拿到简丽丽他们确切的犯罪证据之前，我们没有选择，只能借助有限的力量，在董事会和股东大会上尽可能去阻止。”

“阻止？恐怕我们还没有来得及去阻止她，这个女魔头已经在想怎么把我们踢出局了。”

“踢出局？难道她要重组董事会？那她一定会铁了心取消“毒丸计划”，我们的缓兵之计恐怕是没用了。”

“没错，这正是她要做的事情。一旦“毒丸计划”被取消，就再也没有办法阻止他们的阴谋了。我们辛辛苦苦创办的万全天盛，将彻底地被他们毁了。”

“那我们该怎么应对？”

两个人一时间都陷入了沉思。

郭天宇突然想起一件事情，皱了皱眉，说道：“对了，另外还有一个古怪的情况要告诉你。冠平查到的资料里，有一份是‘二爷’集团的资产表，其中包含了接受你 15.5%股权质押的那家公司。”

“你是说简丽丽借王子的名义最终得到了我质押的那 15.5%股权？”这个发现让

刘帅心中大骇。

“恐怕是的。”郭天宇目光如电，“不同方面的证据都可以证明，简丽丽就是彻头彻尾设局夺了你的股权并害得你家破人亡的元凶。”

虽然已经知道简丽丽和她身后的暗黑势力所做的种种恶行，但刘帅和郭天宇都绝对无法想到哈扎维王子名下的那15.5%的股权，竟然也一直是简丽丽的。刘帅再次陷入撕心裂肺的痛苦之中，这一切的一切，原来都是别人精心设计的陷阱。

刘帅深吸了一口气，目光变得无比坚定，里面满含着复仇的决心。他拿出手机，发了一条微信：为你庆功，在上海最好的酒吧，去不去？

简丽丽的回复很快：好

刘帅对着简丽丽的头像冷笑了一下，然后望向屏幕另一边的郭天宇：“兄弟，我要去狩猎美女蛇了，祝我好运！”

郭天宇拿起一旁的水杯，遥遥做了个“举杯”的动作：“马到成功！”

震耳欲聋的舞曲，狂野扭动的人群，汇成夜间的旋律。

刘帅与简丽丽坐在隔音良好的包房里，居高临下地欣赏这舞池里的狂欢，却好像与那热闹隔着一个世界的距离。

刘帅轻轻地摇晃着水晶酒杯，神色微醺。

“你要取消‘毒丸计划’？为什么？”

简丽丽神情凝重地望着窗外的夜色，轻轻抿了一口红酒：“‘三国大战’的局势日益胶着，生态战略的布局事关万全天盛的生死存亡，Neo，唯有人和才能成事啊。”

“人和？Jane你是不是醉了？”刘帅当然知道简丽丽的目的，但故意很认真地说道，“‘七大子生态系统’战略的提出，公司员工都跟打了鸡血一样，董事会上也顺利通过了这个提案，现在公司可谓是前所未有的上下一心。”

“Neo，你总是这么善良，那天董事会上的投票，常鸿、曾铁锤、郭天宇三人不就投了反对票么？”简丽丽盯着刘帅，柔声道，“道不同不相为谋，他们曾是你的兄弟、导师，你们有感情也是正常的。”

简丽丽目光如电，话里却貌似不经意地提到了那些让他热血澎湃的名字，刘帅无奈地低头笑了笑，尽量让自己保持着一份淡定，然后一把搂过坐在一旁的她：“Jane，我在乎的是你。这时候去做这个敏感的事情，容易引发股东的分歧，导致一大堆对你的负面评价。反正董事会支持你的至少有五票，你还有什么好担心的？”

“不外乎就是说我简丽丽没有胸襟，不能容纳不同的意见，对吗？Neo，我从来都不在乎这些。只是‘生态战略’是一项革命性的创新，但凡内部有一点质疑的声音，都可能动摇军心，使它的实施大打折扣，甚至寸步难行。”简丽丽一仰头，一口饮尽了杯中的红酒，“‘天下武功，唯快不破’，这是你和郭天宇在万全天盛常说的一句话。所以我需要的不是五比四，是所有的董事都支持我义无反顾地去做。”

“Jane，你的意思是取消‘毒丸计划’后马上重组董事会，换掉与你有不同立场的董事?”刘帅听着简丽丽冠冕堂皇的理由，知道她已经铁了心，就顺水推舟地说道，“无论如何，我站在你这边，我相信王子也一样。但你怎么去说服伯乐投资和格林基金呢？‘毒丸计划’是对他们的保护，他们如果反对，你怎么办？”

“我自有办法，他们会同意的。”简丽丽一幅波澜不惊的样子，“Neo，只要你一如既往支持我，什么难关我都过得了。不要忘了你对我的承诺，不然我会伤透心的。”

刘帅微微一笑，意味深长地答应：“嗯，我会像你对我好那样——对你好。”

“那么，我明天一早就让董秘发通知，两周后召开董事会！”

“要不我先去一趟迪拜，拜访哈扎维王子，为万全天盛争取到更多世界知名酒店的收购权，帮助你落实生态战略，怎么样？”刘帅放下红酒杯，恳切地看着简丽丽说，“你为公司做了那么多，我也应该助你一臂之力。只要有王子的引荐，这个事儿应该不难。”

刘帅骤然提出要去见哈扎维王子，简丽丽始料未及。

当初，她把刘帅带到迪拜引荐给王子，巧施美人计，让刘帅跌入温柔陷阱，最终夺了他的股权；本以为凭哈扎维王子的眼高于顶以及对她的那一丝暧昧，不会对刘帅假以辞色。但她做梦也没有想到，刘帅竟与哈扎维王子一见如故，因赛马结缘。

为了防止刘帅和王子走得太近，暴露刘帅质押的那 15.5%的股份其实是王子代简丽丽持有,她特意制造误会,让刘帅以为王子对她意图不轨,导致刘帅对王子心生芥蒂,这一招离间计让这两位本来一见如故、惺惺相惜的商界英雄又迅速拉开距离、形同陌人。没想到,刘帅为了她,竟甘愿去恳求"情敌"。

这一刻,简丽丽的心中泛起一丝感动,也多了一丝隐忧。她怕两个男人的接触会让自己的谎言穿帮。而"二爷"制定的计划实质上并不需要花费巨资去收购国外的著名酒店,刘帅想做的这一切其实都是无用功。

不过,其实这时候刘帅去见王子,已没什么可担心的了。

王子为她代持股权的事即便最终被刘帅知道,也已无关大局——那部分股权早已经毫无悬念地落入囊中,她只需要以当时的"良苦用心"来解释即可,不由得他不信。不过——让刘帅永远不知道真相,终究是最好的。

接下来,她必须尽快安排与伯乐投资和格林基金的负责人见面,还要去找蓝石投资的李人杰,用最快的速度把取消'毒丸计划'的事情给确定下来,确保对万全天盛的绝对掌控。

盘算了整个棋局之后,她很快就冷静下来,目光中满是柔情:"Neo,你不需要为了我再这么千里迢迢……"

"Jane,让我助你一臂之力,不就牺牲点面子么?多大点事?嗯?"刘帅目光热切,指尖轻轻点在了简丽丽的红唇上,态度坚定。

刘帅的"诚意"和决心显然感染了简丽丽,但她深思片刻后,还是不容置疑地拒绝了:"Neo,你家里的事都忙不过来,收购酒店的事情就不要再去费心了。"

说罢,她妩媚地坐进了刘帅的怀里:"夜色这么美!今夜我要你守着我。"

第五十二章
天赐良机

东方一品大门外的树荫下，两个身影紧紧地搂在一起，如胶似漆，吻得难舍难分。

刘帅揽着简丽丽纤细的腰肢，声音有些喑哑："不请我上去？"

简丽丽意乱情迷，刚要点头，但一想到二爷威严的面孔，犹如被一盆凉水兜头浇下。在杭州让刘帅住到安缦法云酒店，她也是用"为了更好地掌握刘帅""有利于控制董事会"等理由解释了许久，而且还只是把刘帅安排在隔壁房间。现在东方一品这套豪宅，是二爷给她买的，算是二爷的"领地"。要是留另一个男人过夜，还真的不敢。

她的面颊依旧绯红，眼睛中闪烁着水光，却已经恢复了冷静，食指轻点着刘帅的嘴唇，暧昧道："女士可不会这么随便就请男士上楼。"

刘帅露出失望之色，却知道自己不能急，一旦表现得过于迫切，就会招致简丽丽的疑心。所以他显得非常绅士："好吧，注意安全，等你到家了记得马上开灯，让我放心。"

简丽丽心软如棉，恋恋不舍地回望着刘帅，慢慢走进东方一品。

她不知道，房间灯光亮起的时候，刘帅早已收起了那副温和深情的面孔，脸色变得异常冷漠，隐隐带着一丝焦虑。

都到了这一步，居然还是不能进入东方一品！

简丽丽这个女人，防备心真够可以！

眼看着取消“毒丸计划”的日子一天比一天近，他究竟该怎么做，才能进入这个女人的老巢？

天宇还祝他马到成功，根本就……

等等！

马到成功？马？哈扎维王子？

刘帅猛地想起，哈扎维王子不光是一个马术爱好者，也非常喜欢参加世界各地的马术比赛。而最近，上海正好要举行浪琴环球马术冠军赛！

浪琴杯的预选赛，哈扎维王子成功入围，只是不知道王子是否有时间来上海参加最后的冠军争夺。

如果他能促动并确保王子前来上海参加决赛，是否可以想办法通过王子，进入东方一品？

或许，这是一个可以争取的机会！

“冠军的荣誉属于来自阿联酋的哈扎维王子！”

上海市浦东世博园区赛马场的上空回荡着播音员激动的声音。

此时正是下午六点，身穿白色骑马装的哈扎维王子站上了冠军领奖台并高高举起奖杯。全场一片欢呼。

王子这座奖杯是上海浪琴环球马术冠军赛分量最重的，参赛马匹均需要跨越障碍高度是全球最高难度的一米六，比赛进程一波三折，名将丹尼尔·杜威和肯特·惠灵顿的赛马都意外发生拒跳。最终，王子凭借着零失误的完美发挥一举夺冠。

由于杭州到上海高速公路上的一个重大车祸，造成了超级大堵车。等刘帅赶到赛马场时，比赛已经结束，热情的观众也已渐渐散去。他赶紧捧上鲜花，向王子表示热烈祝贺。

王子非常开心地拥抱了他："亲爱的Neo，你竟然没能赶上我的比赛，太遗憾了！知道我是骑哪匹马夺得冠军的吗？"王子一如既往地豪爽热情。

"我猜猜，是不是'海伦'？上次我没能看到的那匹价值连城的纯种马。"刘帅想起了在迪拜时王子曾夸耀耗巨资买入了一匹叫"海伦"的赛马。

王子听罢，哈哈大笑："海伦是我见过的最美的姑娘。为了它，别说一亿欧元，再花一亿都值！但它是个很乖的姑娘，我不会让它参加这么艰难的比赛。"

谈及爱马，哈扎维王子的眼睛都在闪光。

"难道是拿破仑？它可是最有王者气派的，上次你不就骑着它和我比赛吗？"刘帅心里有数，却故意小心翼翼地再次猜错。

"No，No。"王子非常得意地摇了摇手，看见刘帅一脸苦笑表示猜不出来，于是笑容灿烂地宣布了答案，"Neo，是你骑过的那匹，你还记得吗？阿萨辛，桀骜不驯的阿萨辛，我的英雄之马！"

"哇，是它啊！"刘帅也表现得非常兴奋，"阿萨辛，它在哪里？我可以见见它吗？"

"嗯，它已经是冠军了，这也是它的第一个冠军。"

王子示意随从把阿萨辛从马棚牵回到赛场，并让刘帅试骑："冠军会骄傲哦！希望这一次，它还是不会把你踹下去！"

刘帅轻抚它乌黑发亮的鬃毛，既高兴，又惆怅："好久不见了，'阿萨辛'。"

"阿萨辛"嗅了嗅刘帅，随即认出了他，得意地打了个响鼻——好家伙，原来是你！

似乎感知到刘帅内心藏着心事，骄傲的"阿萨辛"破天荒没有给他脸色看，而是轻轻蹭了蹭他的脸。

"阿萨辛"，你是在安慰我吗？刘帅心里问道，翻身上马。

回应他的，又是一个响鼻。

看见阿萨辛傲然的姿态，刘帅忽然笑了起来："谢谢你，你懂我。"

"Neo，你是'阿萨辛'的知音。"哈扎维王子看见这一人一马的默契和互动，耸了耸肩,“只有英雄才会惺惺相惜。你发现了‘阿萨辛’,说不定哪天‘阿萨辛’会帮上你。”

刘帅觉得哈扎维王子是一个非常磊落的人，颇有英雄气概:“王子，你能听懂我和‘阿萨辛’的交流,是我们的知音。”

“你也是我的知音啊,我们第一次见面我就认你这个兄弟了。我一直期待和你再赛一次马,可你却一直没有来。”

“王子……”刘帅被王子诚挚的表达感动了,一时哽咽。

两人双手紧握,心灵相通,再次产生了一种相见恨晚的感觉。

刘帅接受了哈扎维的邀请,坐上专门从阿联酋空运来的纯金版劳斯莱斯,从世博园前往王子下榻的陆家嘴金茂大酒店。

两人一路上依然谈兴甚浓。

“真没想到 Jane 有那么大面子,能够说动王子您来帮我。如果当时不是王子施以援手,接受那 15.5%的股权质押的话,我就没有能力去帮助我的家族了,真的很感谢 Jane 和你。”刘帅非常小心地组织着自己的语言,此时他不能说错半句话。虽然自己和王子互相认了兄弟，但仍然不知道王子和 Jane 之间的关系究竟达到了什么程度,不知道能不能把 Jane 这一帮人害得他家破人亡的恶行讲出来。

“Jane！我们的女神,沃顿商学院的校友,她虽然不像那些金发甜心一样性感热辣。但神秘的东方气质,优异的学业,出色的能力,一直是我们的梦中情人。当年我们那么多人追她,没有一个最终成为她的男朋友。即使是我这个号称地球上最帅的阿拉伯王子,也只能和她做同学和朋友。Jane 让我帮你,我怎么可能推辞?”

“可这不是一般的小忙啊,而且也不是 Jane 的事。你为什么最后还是帮了我?”

“我与 Jane 认识这么多年,她这是第一次来迪拜来求我帮忙,而且是为了一个男人。可见她是多么在乎你,我当时都快吃醋了。”哈扎维王子先是一本正经,然后又大大咧咧地开起了玩笑,“Neo,追求 Jane 的男人里,你可真的不算是最牛的。”

“王子,我已为你的醋剑所伤。”刘帅夸张地做了一个中剑的姿势,心里已经有数了。王子是一个很单纯的人,最多也就是受简丽丽蒙蔽,不至于和她同流合污。跟以前的自己一样，只看到了这个女人身上那些最光芒的地方。

王子哈哈大笑："以前为了 Jane 我可是经常吃醋哦！尤其是一帮同学去她家聚会，我会对那些抢到更多个她亲手做的葡式蛋挞的同学严重吃醋。"

"蛋挞？"刘帅颇为惊讶。

"是的。你知道吗？Jane 最让我们震惊的不是她的商业才华，而是她惊人的烘焙天赋。她做的葡式蛋挞实在是太好吃了！"说到这里，王子竟然还吞了下口水。

刘帅心里有些酸楚，他从没有听简丽丽提过葡式蛋挞，更不要说亲自为他做了。什么情深意切？什么如胶似漆？看来自己在这个女人的心里，只不过是一颗用来牟利的棋子。但此时他脑海中灵光一闪，想到了进入简丽丽东方一品家里的妙招。

"Jane 和我后天会给你践行，本来安排在外面酒店吃饭，看来得改了！因为你最喜欢的就是让 Jane 在家里亲自为你烘焙葡式蛋挞，让你一次吃个够。"

刘帅的这句话一下子打动了哈扎维王子，他兴奋地回应："对啊！我到时一定要在 Facebook 上发一批吃蛋挞的照片，让沃顿的同学们来吃我的醋！"

说着还哈哈大笑起来，仿佛已经闻到了蛋挞的香味。

简丽丽围着围裙，正在东方一品家中的厨房里忙碌着。

她把蛋挞皮一个个在烤盘上放好，再倒入精心调制的蛋挞液，放入烤箱内，然后设定了二十分钟的烘焙时间。

这一刻，她的心情无比轻松，一切似乎都在她的掌控之中。

由于她提出的七大子生态系统受到资本市场的热捧，因此搞定伯乐投资、格林基金和蓝石投资这三家股东机构异乎寻常的简单。她只是告诉大家，为了股东们的利益最大化，她必须引进两家具有极大资源的国际顶尖投资机构，但前提是两家机构都需要获得董事席位。

在巨大的利益诱惑下，这三家机构都支持她的想法。现在，只要能够顺利取消"毒丸计划"，就没有谁可以阻挡她掏空万全天盛的步伐了。

事情办得如此漂亮，就连二爷都对她大加赞赏。

“叮”的一声，蛋挞烤好了。戴上隔热手套，简丽丽从烤箱中捧出了第一批烤的十二个蛋挞。

就在这时，身后传来了哈扎维王子的声音：“哇！真是太香了。”

原来是管家已经把今天的两个客人——哈扎维王子和刘帅，从楼下接了上来。

简丽丽笑意盈盈，边把蛋挞端到餐桌上，边打趣道：“我可伤心着呢！Jane 的魅力竟然还不如一只蛋挞！从昨天起，就不断有沃顿的同学在 Facebook 上告诉我，说王子主要不是来看我的，而只是想吃我做的蛋挞。”

王子顾不得回应，抢过一个蛋挞，塞到嘴里就吃了起来：“嗯，好吃，好吃！”

直到把整个蛋挞吃到肚子里后，才回过神来，故作夸张地说：“冤枉啊！现在 Jane——我们的公主——已经名花有主，我哪敢有什么非分之想！能想的也只有你做的蛋挞了！”说着还特意朝刘帅眨了眨眼。

刘帅内心并不想回应王子的这段话，于是也假装兴奋地拿起一个蛋挞，一边大口吃，一边竖起了大拇指：“确实很棒！”

简丽丽被哄得笑靥如花：“你们两个男人的嘴啊，怎么比女人还甜？”

“哎呀，忘了拍照了！”哈扎维王子像一个孩子似的，从口袋里掏出手机，对着还在烤盘上的蛋挞一阵猛拍，又拿起一个蛋挞咬在嘴里，用各种角度自拍。还招呼简丽丽和刘帅，每人对着蛋挞摆出了大拇指拍照，然后就手忙脚乱地往 Facebook 上传并留言：“这就是 Jane 亲自在家里做的葡式蛋挞！也是你们梦寐以求想吃的美味，现在我可以吃个够，你们就羡慕嫉妒恨吧！”

一盘蛋挞，就让这个超级帅和超级富有的王子，变得如此可爱，让简丽丽和刘帅多少有些忍俊不禁。

“好了，亲爱的王子，请上桌吃饭吧。蛋挞我管够，现在来品尝一下我从上海最有名的清真餐厅伊穆家园为你专门定制的清真大餐。”

“我们中国人讲究的是‘无酒不成宴’。今天为你饯行，特地准备了清真饮料，我和刘帅喝酒陪你助兴。”当三人坐定，简丽丽兴致勃勃，吩咐管家去酒柜取一支红酒——最近诸事顺利，她确实也有喝酒庆祝一下的好心情。

“等一下，Jane。最近公司在你的领导下，局面大好。王子又拿了冠军，我们得好好开心一下。管家，把我刚带来的那坛国窖 1573 拿上来。”刘帅很清楚，今天只有把 Jane 灌醉才有机会拿到密码卡，为此他还特意提前吃了解酒药。但他见识过简丽丽喝红酒的量，也知道她不擅长喝白酒，所以才专门准备了更容易醉的浓香型五斤装大坛白酒。

“没问题，我们就用中国的好酒陪王子尽兴。”或许是因为大好心情，简丽丽今天格外豪爽。把酒打开后，吩咐管家和保姆都离开，以便三个人可以聊个痛快。

在满屋的酒香中，王子和简丽丽不断提起当年在读书时的趣闻轶事，也讲到了他们三个在迪拜的快乐时光，不知不觉间，酒一杯一杯地下了肚，从下午六点半一直喝到了晚上十一点，一坛酒喝掉了大半。到了最后，简丽丽实在抵挡不住酒劲，趴倒在了桌子上，刘帅也是这个样子。

王子推推两个人都没有反应，高高兴兴地一个人走了，走前还不忘拍拍刘帅的肩膀：“Jane 就交给你了，春宵一刻值千金啊！”

房间里一片寂静，再也没有其他人。

刘帅悄悄起身，轻轻地喊了几声“Jane”，见简丽丽完全没有反应，还微微地发出鼾声，于是把她抱起，走进卧室放到床上。

刘帅正准备从简丽丽手上取下戒指，简丽丽突然翻了个身，还发出了几声梦呓，刘帅紧张得大气都不敢喘。好在过了一会儿，简丽丽鼾声变得更响了，这个女人真的已经喝得烂醉。

刘帅轻轻地从简丽丽手上褪下戒指，戴上陈冠平给的微型耳机、耳麦和红外线显示眼镜，把远程监控设备别在胸口，再轻轻关上门，蹑手蹑脚地走了出去。

到了客厅，他才轻声对着耳麦说：“我准备好了。”

陈冠平调笑的声音在耳麦中响起：“有《碟中谍》里阿汤哥的潜质！”

刘帅紧张得满头是汗，可没有开玩笑的心情，压低嗓音：“快告诉我，这玩意该怎么用。”

这时传来魏华生的声音:“这枚戒指本身可能就是密码卡,里面应该有芯片可以直接感应。”

刘帅在魏华生的指引下来到暗门前,用陈冠平给他的生物虹膜信息,放到检测口,又把戒指贴了上去。

只听“咔哒”一声,紧闭的暗门缓缓打开了。

神秘的暗室!刘帅的心怦怦直跳,先是警觉地往回走了几步,侧耳听了一小会儿,透过客厅往简丽丽卧室方向看去,见丝毫没有动静,于是又悄无声息地回到暗室门前。

“我靠,这么高科技,怎么进去啊?”只往里看了一眼,刘帅就忍不住爆了个粗口。由于戴着红外线显示眼镜,他能清楚地看到,暗室里竟然密布着如同蛛网般交错的红外线。

陈冠平了解了情况后,也是眉头一皱:“人如果进去,一定会碰到红外线,并触发报警系统,根本没办法避开。”

“有办法关掉吗?”刘帅急切地问。

魏华生曾经接触过类似的安保系统,示意刘帅在门后的角落找一下,果然发现了隐藏的开关。问题来了,上面布满了数字按钮,需要知道密码才能操作。

刘帅看呆了,一时不知道该如何下手。

只听陈冠平冷静地说:“这个暗室的开关是没有连接网络的,我也拿它没办法。现在唯一能做的,就是把整套房子的报警系统关闭,但如果关闭后一旦无法恢复的话,简丽丽就会发现。可现在只能冒险了,给我一些时间!”

“好,那你加紧!尽快!”

时间一分一秒地过去,在焦急的等待中,刘帅一颗心几乎都要悬到了嗓子眼,他大气都不敢出,隔一会儿就溜去看卧室的动静,唯恐简丽丽突然醒来,功亏一篑。

这时,魏华生在耳麦里告诉刘帅:“我刚查了资料,这套暗门系统,关门是不需要用秘钥的,你加紧把戒指送回去。”

刘帅刚想回答,突然寂静的房间里响起刺耳的手机铃声!

刘帅顿时脸都吓白了。

循着铃声的方向，他一个箭步冲进厨房，发现简丽丽的手机搁在烤箱边，屏幕上正闪着绿光。好在声音只响了两下就消失了，应该只是个打错的电话。他立即把手机关到静音，再放回原处。

刘帅惊魂未定，小心翼翼地挪到主卧门前，把耳朵贴到了门上。听到房间里简丽丽又翻了个身，随之鼾声又起，才终于松了口气。

耳麦那边的魏华生也惊出了一身冷汗："怎么回事？早就定好在行动前就得把她手机弄成静音的！"

"是我的错，刚才一时没找到她的手机，对不起。"刘帅赶紧致歉。

"没事就好，冠平这边进展很快，你得做好准备。"魏华生的沉着，让刘帅的心定了下来。

他悄悄打开房门，边观察边溜到简丽丽床边，确定简丽丽睡得还很沉，就用最轻的动作把戒指轻轻地套回她的手指。

回到暗室门口，在煎熬中又等待了好一阵子，终于听到陈冠平报喜："搞定，可以进去了！"

虽然自动报警系统已被关闭，按理即便碰到红外线也不会触发警报了，但刘帅还是不太放心，小心地用脚尖触碰了最靠近门的一根红外线，并立即缩回脚。果然，报警系统没有发出声音。

刘帅长长地吁了一口气，然后快步闯进密室，径直走到房子最中间唯一摆着的那台电脑前，按下开机键，随后将陈冠平安装好黑客工具的特制 U 盘插进 USB 接口。

霎时间，屏幕上就弹出"资料传输中，0%"的字样。

刘帅时不时就要往门外看一眼，竖着耳朵听动静，然后心急如焚地看着屏幕，等着 U 盘一点一点地拷贝资料。

10%……20%……30%……

60%……70%……80%……

95%……96%……97%……

眼看胜利的曙光就在前方，刘帅忍不住在心中祈求，快点，快点，快点！

“丁零零……丁零零……”突然房间里的座机响了，刘帅惊得魂飞魄散，整个人都僵住了，木然地看着进度条。

99.99%

快读完，快点读完！为什么，最后 0.01 会这么慢！

下一刻，他听到简丽丽在卧室接起了电话：“二爷？”

简丽丽在刚接起电话的时候，就发现自己竟然和衣躺在床上，不由心里一惊，立刻去看手上的戒指，发现一切完好，才稍稍放下心来。

“我一会儿给你打回来，二爷。”

放下电话，简丽丽径直走到客厅，发现刘帅和衣倒在沙发上，睡得正香。她轻轻唤了几声刘帅的名字，见对方呼吸沉重，睡得很死，这才放心地转身去观察暗门。

暗门紧闭，并无异常，简丽丽长长舒了一口气，再走到厨房里拿起手机，翻来覆去观察了一会儿，也没有发现什么蛛丝马迹。

刘帅努力保持着呼吸，克制着心跳，就听见简丽丽轻轻掩上了卧室的门，重新拿起座机拨动了电话。

“喂，二爷吗？……”

第五十三章
法网恢恢

这一日，早上九点整，“腾龙双子星”B座顶楼会议室，万全天盛董事会如期召开，决定公司命运的时刻终于来临了。

简丽丽一开场就阐明本次董事会的议题是取消“毒丸计划”，并要求董事们投票表决。

刘帅和以往开会不同，专门在面前放了一台摊开的笔记本电脑，这时一条信息弹了出来：

行动队在路上！抓捕美女蛇！

刘帅见状微微一笑，望向郭天宇：“郭总还坚持要反对取消‘毒丸计划’吗？”

郭天宇双手抱胸，身子靠在椅背上，傲慢地回答：“刘总以为呢？难道我连反对的权力都没有吗？”

刘帅意味深长地笑着说，“我和你一样，喜欢反对错误的决定。不过，这次胜利女神一定会站在我们这边！”

自打刘帅投票把郭天宇赶下董事长宝座后，大家就知道两个人一见面就必然会有这样的对抗。常鸿、曾志强见状，都只能摇摇头苦笑。

“争来争去有什么意思！别打嘴仗了！投票吧！”董事长简丽丽说罢，先做出表率，投出了赞成的一票；

吉姆见状，立刻跟随，也投了赞成票；

郭天宇、常鸿、曾志强则坚定地投出反对票；

孙董事和爱德华已经被简丽丽做通了思想工作，他们的支持，让局面变成了4:3。

只要剩下的两位董事中，任意一个支持简丽丽，毒丸计划就会被取消！

这时，刘帅轻轻一笑，给出了自己的答案：

反对！

刘帅投出反对票的那一刻，简丽丽只觉“嗡”的一声，脑子里好像有什么炸开了。

这么多年来，她游走于名利场间，费尽心机、步步为营，才有了今天。她也曾天真、轻信、脆弱过；也曾受了伤，一个人在夜里默默地哭泣。却还是被岁月打磨，变得成熟、坚强、冷酷、狠辣。

她曾以为，自己的脸上已经戴上一张永远不会卸下的面具，再不会对任何人敞开心扉，却偏偏遇到了一个差点让她沉沦的男人。

这个男人令她整个人都撕裂成两半——一半沉迷梦境，想迫不及待投入刘帅的怀抱，与他共度余生；另一半却无比清醒，畏惧二爷的冷酷无情，不敢逃离。

但现在，刘帅的“背叛”却狠狠地给了她一刀，让她的一颗心变得千疮百孔，鲜血淋漓。

简丽丽用力将指甲掐进手心，才能借助疼痛保持一贯的优雅和镇定，让自己的脸色不那么难看。

没关系，她告诉自己。

就算“爱情”靠不住，她还有“二爷”，这个世界上，真正可信的，还是权势、地位和财富！

更何况，她还没有输！

简丽丽深吸一口气，投向李人杰的目光已变得无比深沉锐利，似乎要看穿李人杰的五脏六腑，洞穿他的心脏。

为求万无一失，此次董事会发起前，她不仅去拜访了李人杰，还展示了她身后一些小小的能量。

她相信，李人杰是个聪明人，知道该怎么选。

就算李人杰不被她的“诚意”打动，也会为二爷的权势折腰！

只要这一票还是支持自己的，哪怕刘帅临阵倒戈也没用，“毒丸计划”还是会被顺利取消！

简丽丽这样想着，心中却还是有些不安——她发现，郭天宇和刘帅一点都不紧张，反倒十分轻松从容。

为什么？他们还这么自信？

简丽丽说服自己，因为他们不知道她背后是二爷，才这样狂妄，不知天高地厚，敢与她为敌。

这一刻，所有人的目光都集中在了李人杰身上。

4:4

最后的一票，将决定万全天盛何去何从！

李人杰没想到，他手中的一票又是这么重要，能够决定公司的未来，某种程度上还是小小地满足了一下他的虚荣心。

他正准备投出赞成的一票，没想到刘帅突然发声阻止：“请慢！在李人杰先生做出最终决断前，我希望大家先听一段录音。”

只见他轻轻点开笔记本电脑上的一段音频，清晰的话语声在整间会议室回荡：

关于万全天盛，二爷有了新的计划。我会先提出“七大子生态系统”战略，借机炒高万全天盛的市值，然后收购二爷准备好的一系列皮包公司，把钱从公司转出去。

在座的各位是我们圈子的核心成员，都能分享到这个计划的巨额红利，希望大家全力配合。

'二爷'真太牛逼了！按原来的计划，不知什么时候才能把万全天盛的市值做到设想的两千亿美元，要把钱套出来，更是难上加难！而现在这个办法，我们不仅每年都可以拿到钱，用不了三五年，大家都可以赚得盆满钵满！实在佩服！

这个模式如果做成了，以后我们可以如法炮制，再去找新的潜力公司，继续干下一票，想想都让人激动啊！

录音中短短几句话，透露的内容却令人不寒而栗。而且前两段，无疑就是简丽丽的声音！

爱德华精通中文，不需要翻译也能听懂这些对话的具体内容，不由瞠目结舌；孙董事看看简丽丽，又看看刘帅和郭天宇，一颗心惴惴不安；李人杰脸色阴晴不定，没想到在董事会上竟然会有这样的变故。

吉姆垂死挣扎："这段录音，你们应当是非法所得吧？根本不能作为证据！"

曾志强站在郭天宇和刘帅这边，出言提醒："各位，非法手段取得的录音，虽然不一定能够在法庭上作为证据，但如果录音反映的是真相，倒完全可以在董事会上作为我们的决策参考。"

郭天宇和刘帅相视一笑。

"大家可以看看，万全天盛目前已经收购的音乐、影视、动漫、游戏四家公司全都是皮包公司，这些就是证据。"郭天宇从随身携带的公文包中取出一叠资料，摔到桌面上。

资料在董事们手上传阅，爱德华看得尤其仔细，越看眉头皱得越紧，最后狠狠将这些资料往面前一抛："噢，上帝！竟然有人会干出这样的事！"

常鸿一声叹息，指着简丽丽质问道："好好一个万全天盛，你们想把它搞成什么样！"

曾铁锤敲着桌子，用他特有的大嗓门愤怒地吼道："这是犯罪！这是赤裸裸的犯罪！"

向来镇定的简丽丽花容失色，拿着资料的手不由自主地微微颤抖。她万万没有想到,这些绝密的内情竟然也会被郭天宇掌握。

这时,刘帅站起来盯着李人杰:“您这一票还需要再投吗?我相信你已经有了自己的答案。”

“不投了!”李人杰懊恼地拍了下桌子。

取消“毒丸计划”的提案就这样胎死腹中。

“我有个新的提议。”刘帅决定给简丽丽致命一击,看向她的目光变得像刀子一样犀利,闪烁着复仇的光芒,“你是自己辞去董事长职务呢,还是我们投票罢免你?”

“刘帅,我对你很失望。你太高估自己的能量了,我所做的一切都是为了公司利益最大化,也是为了股东利益的最大化。我并没有犯罪,所做的一切都符合商业原则,我凭什么要听你的?”简丽丽负隅顽抗,依然保持着自己的气势。

“够了!你还要狡辩!你以为我们只有这些证据吗?我提醒你,东方一品暗室里那台电脑中藏着的不可告人的秘密,早就不再是秘密了!”

刘帅用波澜不惊的语调说出的这句话,终于击溃了简丽丽的最后一道心理防线。

她不由自主地去摸了一下自己的戒指,想到自己唯一的疏漏,可能就是为王子饯行那天,在家中被刘帅灌醉了。

简丽丽知道大势已去,故作镇静地站了起来:“既然你们这么不欢迎我在这里,那我就告辞了。”

话音刚落,会议室的大门“哗”的一声被推开了,几名公安干警冲到简丽丽面前,向她出示了公安部门签署的批捕证:“简丽丽女士,你涉嫌重大经济犯罪,请跟我们走一趟。”

这个从来都是气度非凡的女人,这一刻彻底被击垮了。她被两个警察架着拖出了会议室,但自始至终,她的眼睛一直死死盯着刘帅,充满着怨毒和不甘。

三个月后,杭州城西未来科技城,万全天盛大楼主体结顶庆典即将举行。

在这段时间里,中国在线旅游业的江湖,发生了太多的故事。

刘帅重新回到万全天盛董事长的位置,郭天宇则再次担任CEO。郑峰、甄杰等在

“简丽丽时代”被迫离开的万全天盛高管,都回到了原来的岗位,而简丽丽硬塞到公司的那些“空降兵”,由于牵扯到了简丽丽的案子,全都被带走调查,万全天盛也顺势将他们清理了出去。

唯一遗憾的是,刘帅和郭天宇未能挽留住洪韧韬。

洪韧韬的离开,对万全天盛并没有产生太大的影响。

刘帅和郭天宇在重新掌控公司后,立即推出了费用低、带宽大、速度快的全新“免费 Wi-Fi”项目,并在全国迅速铺开,占据了中国景区“免费 Wi-Fi”市场的90%,并为万全天盛增加了至少两亿的注册用户。

这得益于郭天宇新创立的万派信息成功收购了拥有光通信最尖端技术的 SOSO 公司。当时郭天宇在硅谷用创业者的激情打动了 SOSO 公司的创业团队,加上蒂姆·霍顿的推波助澜,所以双方只用了几天时间就完成了整个并购工作。在郭天宇回归万全天盛后,就马上把万派信息并入万全天盛。从而使得万全天盛规划已久的“免费 Wi-Fi”计划得以重启,并在极短的时间内就获得了成功。

同时,“免费 Wi-Fi”项目也给万全天盛旗下的主力产品“游乐宝”带来了良性互动。用户只要在手机瑞安装了“游乐宝”,随便去个景点,享受“游乐宝”提供的吃喝玩乐一条龙服务自不必说,要与附近的游客分享就进“旅游圈”,想休息的时候,还可以连上免费 Wi-Fi,爽爽地打几场游戏,看最新的影视剧!一时间,“游乐宝”的下载量和日访问量又再度突破新高。

其他方面,刘帅和郭天宇修正了简丽丽提出的“七大子生态系统”,只保留了与公司业务相关的景区经营、酒店经营和汽车租赁“三大子生态系统”,也给万全天盛的在线旅游主业带来了有益的互补,继续在资本市场赢得好评。

而市场部在总监张晓冬的带领下,成功完成了“百城大战”,使得万全天盛牢牢占据了中国的三四线市场,进一步提升了公司的市场占有率。

万全天盛这一系列的组合拳,彻底改变了中国在线旅游市场的竞争格局。至此万全天盛旗下的“游乐宝”市场份额高达 57.1%,在线酒店交易市场份额达到45.33%,机票预订市场份额则是 47.98%,成为当之无愧的中国在线旅游行业的王者。而通远这三个数据分别只有16.2%、17.83%和15.94%,“51旅游网”则分别是20.5%、28.11%和29.46%,成为万全天盛后面的“跟跑者”。

市场份额的提升,带来了销售额的快速增长。就在一周前,万全天盛整个平台的年销售总额率先突破一千亿美元,赢得了与“51旅游网”对赌的胜利!

一系列的利好消息,让万全天盛的股价也节节攀升,就在万全天盛大楼结顶的同一天,市值突破了一千亿美元。使得中国的互联网江湖,由原先BAT遥遥领先的格局,变为BATW齐头并进的新局面!这个新增添的W,当然就是万全天盛拼音缩写的第一个字母。

与此同时,在国家的反腐风潮中,一只“大老虎”的落网,也激起了不小的波澜。

伴随着一个巨大黑暗势力的连根拔起,曾经参与东方夜宴的“姚大哥”“张兄”和陈卫东等人相继落网;天路投资、崔扬集团等也被查封;简丽丽、许翔、崔扬、朱建军、Jacky李人等被指控涉嫌洗钱、操纵证券市场、内幕交易等经济犯罪,等待他们的必将是法律的严惩;而混迹于权贵圈子里的那个“神通广大”的王霖大师,则不知所踪。

洪韧韬轻轻放下手中的白菊花,迎着纷飞的细雨,站在孙秋飞的墓前。

“时间过得真快啊,一转眼,您就离开这个世界整整两年了。”洪韧韬轻轻道,“这两年里,发生了太多的事情,说上三天三夜也说不完。”

“在这个故事里,我似乎扮演着既不光彩,也不讨人喜欢的角色,所做的事情,全都与想法背道而驰。”

“想守住公司,却信错了人;想坚持您的道路,却背离了时代;想做得更好,却让事情变得一团糟。”

说到这里,洪韧韬自嘲一笑,凝视着孙秋飞的遗像,语气十分复杂:“离开万全天盛后,我去了很多地方旅行,也思考了很久。才发现,自己一直活在过去,活成了您的影子,束缚住了自己。”

“如果我擦亮眼睛,不那么傲慢和固执,就能发现,世界已经不一样了。”

“您永远是我的前辈、我的导师、我的兄长,我始终尊敬着您,但现在的我,开始想尝试不一样的道路，做回真正的自己。”

“这段时间，安迪·奥布莱恩先生又来拜访了我两次，他的态度很诚恳，我同意了。”

“在通远这样一个跨国的公司，担任中国大区的CEO，究竟会让我走向怎样的未来呢？我很期待，您是否也会为我高兴？”

将自己的心声一股脑地倾吐之后，洪韧韬心头的大石终于落下，他向孙秋飞的墓碑鞠了一躬，正要离开，却撞见了捧着鲜花、提着水果的孙秋萍。

孙秋萍看见洪韧韬，也像看见亲人一样，眼眶霎时间就红了：“韧韬，你是来看秋飞的吗？”

“是的，今天是孙总的忌日，我来看他。”

听见他的回答，孙秋萍抹着眼泪：“韧韬，你说，事情怎么会变成这样？丽丽那么好的人，为什么会被抓进监狱？公安还喊我去问话，说我的资产卷了进去，要暂时冻结，等确定没问题才还给我，怎么会这样呢？”

她本来就是个糊涂人，想要求得也不是答案，只是安心而已。

洪韧韬沉默片刻，才说：“秋萍姐，你手上有那么多钱，自然有很多对你别有用心的人靠上来。”

孙秋萍抬起头，还是有些不信：“丽丽……也是？”

洪韧韬叹道：“是的，秋萍姐，你玩不转这些，还是带着老人家和孩子好好在国外生活吧！如果你怕坐吃山空，还想投资，最好去找郭总，他才是唯一不会害你的人。”

“去找郭天宇？”孙秋萍的神色有些茫然，“他还会帮我吗？”

“会的，郭总一定会帮您。”洪韧韬坚定地说，“您应该相信孙总看人的眼光，他信任的兄弟，永远不会害您。”

孙秋萍怔怔地望着弟弟的遗像，想到自己做过的糊涂事，号啕大哭。

第五十四章
尘埃落定

三天后，美国通远公司总部，公布了一条令人难以置信的消息：

解除 Jason 林中国分部总裁的职位，新任的 CEO 是原万全天盛 CEO 洪韧韬！通远总部最初的计划是挖洪韧韬担任通远中国的 CTO，而洪韧韬在海外定制旅游上展现出的战略才能，让董事长奥布莱恩极为欣赏，直接拍板让他接替 Jason 林，成了通远中国的第一号人物。

众所周知，西方的跨国大公司中，虽然也有任用中国人为大区总裁的先例。但那些中国人无一例外，要么在国外留过学，要么是华人华侨，要么干脆就拥有他国国籍。洪韧韬是第一个没有出国留学，却担任跨国公司大区总裁的中国人！

这个消息震惊了整个业界，也让郭天宇和刘帅陷入了长久的沉默，心中五味杂陈。

北京，首都国际机场。

Jason 林拎着自己的箱子，静静坐在机场的经济舱休息区。

他还是通远中国总裁时，从来都是头等舱，现在再想享受这样的待遇，只能自己出钱了。而且，之前走到哪里他都要带两个保镖，以防媒体的围堵。但这一刻，媒体都在关注洪韧韬的辉煌，已经没有谁记得被解除了职位、一无所有的Jason 林。

这个世界就是这样的残酷，人们只关注成功，不会投给失败者哪怕一个眼神。

Jason 林至今还记得，董事会给予他的解释：

“Jason，你很优秀，但你不适应中国的市场，让公司蒙受了巨大的损失，我们必须选择更适合的人接替你。”

这句冷酷无情的话语，至今还在他耳畔回响。

是啊，他不清楚中国的市场，给公司造成了损失；但公司之前的胜利，以及失败之后迅速地稳定，难道没有他的功劳？

迄今为止，通远仍是境外游的 No.1，这难道不是他的贡献？

只可惜，这个主意是洪韧韬出的，而不是他出的。所以董事会认为，比起他 Jason 林，洪韧韬更适合做通远中国分部的 CEO。

与洪韧韬出的点子相比，他那么多个日夜的努力什么都不是。

“由北京飞往纽约的朋友请注意，您所乘坐的 UA88 次航班马上就要起飞了，请携带您的随身物品，出示登机牌，在 E31 号登机口准备登机，祝您旅途愉快！”

悦耳的女声响起，Jason 林站了起来，拎着箱子，往登机口走去。

即将通过安检的那一刻，他回过头，凝望着远方的蓝天白云。

或许，这是他最后一次踏足中国的土地，他将远远离开这片承载了他的喜悦、汗水与心酸的地方，从今往后，他也不会再做职业经理人了。

转而去做投资，或许是一个好的决定。

就在 Jason 林踏上飞机的那一刻，一行人刚好下了飞机，踏足这片土地。

“妈妈，我们要去见 Daddy 刘和 Daddy 郭吗？”

听见特蕾莎清脆的声音，赵敏俯下身，温柔地说：“对呀，你想他们吗？”

“想！”

“不光是这样哦！这次特蕾莎还可以见到一位陈叔叔，他也非常疼你。”

“真的吗？”特蕾莎高兴起来，“我好想快点见到他们呀！”

望着女儿纯真的笑脸，赵敏心中暖洋洋的，抬眼望去，就看见卓伊一个劲向她招手，旁边是微笑的郭天宇。

“特蕾莎小美女，又变漂亮啦！”卓伊弯下腰，一本正经地与特蕾莎握手，“你还记得姐姐吗？”

“为什么是姐姐！”郭天宇立刻抗议。

卓伊白了他一眼：“就是姐姐！我才不要被叫阿姨！”

赵敏抿唇一笑，没问刘帅为什么没来，郭天宇却赶紧帮着解释：“刘帅本来要来的，但……临时出了一些事情。”

见他的神情有些凝重，赵敏不免有些担心：“我上飞机之前，他还和我说，他正准备买回腾龙集团，事情进行得很顺利，难道又出了什么问题？”

“他对腾龙集团的收购确实很顺利，但——”卓伊叹道，“问题出在婉仪的那副唐卡上。”

简丽丽的被捕，连带着崔扬集团也遭了殃。

崔扬集团之所以能接下腾龙集团的质押，靠的全是简丽丽那一方的资金，这些财产被冻结后，崔扬集团立刻濒临倒闭的边缘，重复着腾龙集团的命运——固定资金链断裂，产业被他人收走，甚至不得不将家里的房子、车子、首饰、古董等拿出来，抵押部分欠款。

由于万全天盛的股价蒸蒸日上，刘帅仅凭剩下的那部分股份，身价就翻了不知多少倍，自然有了足够的钱买回家族产业，不出意外的话，腾龙集团很快便将物归原主，连同他曾经的家、爱车，以及唐婉仪的首饰一起，统统买了回来，兑现了他许下的诺言。

但对唐婉仪来说最重要的唐卡，却始终不见踪影。

事实上，刘帅不能来接赵敏，也是因为他刚好得知了崔超贤的下落。只可惜，情况并不乐观。

“老板，崔超贤说要见唐小姐。”助理捧着电话，一脸无奈地请示。

“不可能。”刘帅想都不想就拒绝了，“告诉崔超贤，如果他愿意把唐卡给我，我就帮他还掉部分欠债，甚至想办法送他出国，躲避追债的人！”

不等手下回话，崔超贤疯狂的声音就从话筒里传来：“刘帅，你死心吧！我是绝对不会接受你施舍的！你要不让我见婉仪，我就把唐卡毁了，看你以后还有没有脸面对婉仪！”

刘帅恨得牙根直痒痒，却拿崔超贤没办法。

哪怕他的人都守在崔超贤藏身的地方，只要他一声令下，就能把对方制住。但唐卡在崔超贤手里，若是崔超贤铁了心毁掉唐卡……不行，他不能冒这种险！

“哥，让我去见他吧！”

刘帅猛地转身，才发现唐婉仪静静地站在门口，不知道听了多久。

“婉仪！你不知道，崔超贤现在的精神状态不正常，要是他……”

“其实，他对我挺好的。”唐婉仪打断了刘帅的话，思绪有些缥缈，“那次你和简丽丽一起离开之后，我一个人难过得都快要死掉了，他不知道从哪得到消息，匆匆找上门来。语无伦次地说了一大堆话，还说要派人去打你。”

刘帅心中一痛，竟不知道该说什么好。

简丽丽已经伏法，但她在刘帅与唐婉仪之间制造的伤痕，却没能褪去。

刘帅的那一巴掌伤透了唐婉仪的心，也令唐婉仪对刘帅的态度冷淡了下来。这令刘帅坐立不安，有心想问唐婉仪究竟怎么想的，却又不敢去问，唯恐唐婉仪真的对他做下判决，给予他无法承受的结局。

面对唐婉仪的目光，刘帅无法拒绝，只得咬牙：“好！我陪你一起去！”

昔日香车宝马，美女环绕的豪门公子，如今蜷缩在简陋廉价的出租屋里，胡子拉碴，憔悴不堪。

即便如此，当他见到唐婉仪的那一瞬，眼睛却无比明亮。

可他什么话都说不出来。

明明是他吵着要见唐婉仪，真正见到她的时候，却自惭形秽，讷讷无言。

唐婉仪平静地看着崔超贤，这是她第一次用客观的，不带任何有色眼镜的目光，凝视着这个曾经令她无比厌烦的追求者。

崔超贤，真的很讨厌啊！

明明说了无数次，她根本不喜欢他，却还总是围着她打转，夸夸其谈，炫耀着他做的蠢事。

飙车飙得多快，喝酒喝了几瓶，开了几次 Party……这些事情，唐婉仪都不关心，怎么会有半分兴趣？

唐婉仪有无数追求者，一个比一个彬彬有礼，与那些优秀的人相比，崔超贤这个纨绔子弟就显得那么浮夸讨厌，偏偏刘、崔两家是世交，注定崔超贤有更多见到唐婉仪的机会，像只苍蝇一样，在她旁边嗡嗡叫。

“对不起。”唐婉仪忽然郑重地向崔超贤鞠了一躬，声音竟有几分哽咽，“我从来就没有认真地看待过你，真的对不起！”

她是那么的讨厌他，在他带着人抢走刘帅的一切，不得不逼着唐婉仪拿唐卡换刘帅安危的时候，到达了顶点。

但他也是唯一一个没有对她落井下石，想要占她便宜的人。

昔日的追求者，听见刘家落魄，或变了一副面孔，或消失不见，或者干脆提出赤裸裸的交易，想要玩弄昔日高不可攀的女神，唯独崔超贤没有。

“谢谢您，真的很谢谢你。”

当她最绝望的时候，他拉了她一把——哪怕用的方式不对，口口声声说要打断刘帅的腿，却让她知道，这个世界上还有人在意着她。也让她意识到，就算受到这么大的伤害，她还是爱着刘帅。

崔超贤的神情凝固了。

他沉默了很久、很久，才抬起步子，拿着那一卷唐卡缓缓走上前来。

刘帅与保镖们非常紧张，就差没挡在唐婉仪面前，阻止他靠近了，谁知唐婉仪却主动走上前，与崔超贤面对面。

崔超贤抬起双手，似乎想要拥抱唐婉仪，却还是停住了，只是将唐卡塞给她："我记得你说过，唐卡不宜长期卷起来保存，我也就卷了一下，希望没事。"

唐婉仪怔怔地接过唐卡，就见崔超贤留恋地看了她一眼，毅然地向外走去。

这一刻，唐婉仪忍不住喊："崔超贤——"

看见崔超贤停下脚步，唐婉仪却顿住了，她不知道，自己该说什么好。

"我不会再见你们了，你们也不要记起我，就当世界没有崔超贤这个人。"崔超贤没有回头，"还有，祝你们幸福。"

唐婉仪凝视着他渐行渐远的背影，眼泪终于落了下来。

刘帅伸出手，犹豫了很久，才轻轻搭在唐婉仪的肩膀上："他已经走了。"

"我知道，他再也不会回来了。"

"其实，他也没那么坏。"刘帅叹道，"大家都说崔扬和善，崔超贤纨绔，谁能想到，和善的那个只是伪善，自私又心狠；纨绔的这个，虽然嚣张、霸道、做了很多坏事，却还是有良知的。"

唐婉仪擦干眼泪，望向刘帅："哥，你怎么也会说崔超贤好话？"

刘帅凝视着唐婉仪，愧疚地说："虽然我很讨厌他，可他照顾了你。"

光凭这一点，就可以盖过他赠予刘帅的所有屈辱。

"哥，你知道吗？你与简丽丽离开后，崔超贤曾经问过我，为什么要阻止他打你，我说，我还喜欢你。"

唐婉仪微微一笑，神色无限温柔："哪怕当时根本不知道内情，就算已经心冷成灰，丧失了活下去的勇气，我却发现，自己依然爱着你。"

刘帅冲动地将她拥入怀中，抱得很紧很紧，郑重地许下一生的诺言："我也爱你，用余下的一辈子来爱你。"

彩旗高扬，气球飘飞。

在激昂的锣鼓声中，万全天盛大楼结顶庆典的仪式隆重结束。

望着雄伟气派的大楼，郭天宇和刘帅非常兴奋。一年之后，万全天盛大楼就将正式启用，那将是公司发展历史上的又一个里程碑。

赵敏带着特蕾莎，专程从加拿大飞回来参加盛典。被现场的热烈气氛所鼓舞，她突然想到了一个主意，认真地对郭天宇和刘帅说道：

“我和‘钢铁侠’计划明年结婚，如果我把时间定在万全天盛大楼正式启用的那一天，就在你们的大楼里办婚礼，欢不欢迎？

“那太好了，这是喜上加喜啊！我们一定会为你准备一个令人难忘的婚礼！”郭天宇发自内心地为赵敏高兴。

刘帅则戏谑道：“到时候‘钢铁侠’可得小心哦，我们会用中国式婚礼捉弄他，狠狠地报复一下他把你从我们手里夺走的仇恨！”

赵敏笑得花枝乱颤，看到刘帅的胳膊被唐婉仪紧紧挽着，两个人都是一副甜蜜又幸福的样子，立刻反击道：“婉仪，听说刘帅竟然在简丽丽那个女人面前欺负你，要不要我帮你在他脸上也打一巴掌，为你报仇？”

唐婉仪一听，急着说：“这可不行，我哪舍得啊。当时他是为了找机会揭穿简丽丽的真面目，才用的苦肉计，这叫忍辱负重，不能怪他的！”

见唐婉仪这么护着自己的男友，大家都会心地笑了起来。

卓伊这时想到一个主意，立马提了出来：“要不刘大公子和唐大美女的婚礼，也和赵敏姐的婚礼一起，同在万全天盛大楼落成的那一天，这才是真正的喜上加喜呢！”

这个提议迎来一阵叫好声。

其实大家明白，刘帅虽然揭露了简丽丽的阴谋，成功复仇，同时母亲的病情也大有好转。但他所遭受的刻骨铭心的伤害，却依然没有消失。也许，只有来自唐婉仪的爱，才能让他彻底走出父亲自杀的阴影。

唐婉仪的脸上泛起羞涩的红晕，又有一种掩饰不住的憧憬。在众人的注视下，她语带甜蜜地责备刘帅道：“他现在正忙着处理腾龙集团资产的事，根本没考虑过婚礼该怎么办，就连戒指都还没买呢！”

朋友们当即纷纷嘲笑刘帅，作为亿万富豪怎么可以如此“抠门”，把女孩子追到手了，竟然连个戒指都不愿意买！弄得刘帅万分尴尬，讨饶道：“好，就这么定了，我和婉仪的婚礼，就在万全天盛大楼正式启用那一天，与赵敏和‘钢铁侠’的婚礼一起办。至于求婚戒指，明天就去买！”

刘帅的承诺引发了周围的一片欢呼，祝福声此起彼伏，也把唐婉仪羞得把头埋进了刘帅的怀里。

只见刘帅举手让大家安静：“我还有一个好消息要宣布，天宇就要当爸爸了，我们两对婚礼的时候，可以多一个小伴郎或小伴娘了！”

这时大家才注意到，卓伊的肚子已微微隆起，脸颊上洋溢着母性的光辉。

一时间，对郭天宇和卓伊的祝福声也是此起彼伏。

欢乐，在万全天盛大楼前的广场上弥漫。

这真是无比幸福的一天！

当所有人都离开后，郭天宇和卓伊，刘帅和唐婉仪，加上赵敏，五个人又坐电梯来到万全天盛大楼的楼顶，看四周的风景。

临近未来科技城的是一片面积达 11.5 平方千米，被称为“城市绿肺”的西溪湿地，给整个城区带来了良好的空气和自然景观。从万全天盛大楼的屋顶，可以清晰地俯瞰整片湿地。而在其左前方的不远处，是中国互联网行业的领头羊阿里巴巴集团的总部建筑群，在 2013 年 8 月阿里巴巴将总部搬迁至此后，整个未来科技城的发展驶入了快车道，目前已经汇聚了近千家高科技企业，一片欣欣向荣的景象。

对郭天宇来说，约五百米外的西溪金座算是福地，当年他就在那儿创办了天盛科技并且度过了最初艰难的发展阶段。如今重回未来科技城，但却已拥有了自己的大楼，期间发生了太多的意想不到的事，回想起来，恍若一梦。

这是一个天特别透蓝的日子，在微风的吹拂下，望着楼下为庆典布置的红色充气拱门，赵敏不由得想起了昔日趣游网和恒达搜索合并时的场景，当时在位于钱江新城的洲际大酒店，门口也是这样的布置。可那却不是一次美好的回忆，看看身边的郭天宇和刘帅，赵敏不由感慨道：“其实我这次来，除了祝贺你们夺回公司和大楼结顶外,还有一个很重要的任务呢!”

“赵敏姐,你也像陈冠平一样,肩负着国家重要部门的特殊使命?”唐婉仪好奇地问道。

“我哪有这么厉害,只是很想听他们讲一下这一年多来的经历。从万全天盛上市到现在,时间不长,却发生了这么多跌宕起伏的故事。对我来说,是再好不过的素材了。天宇那个恐怖的梦境让我有了一个灵感,我决定写《艾尔斯巨岩之约》的续集,名字是《引力场》,如果第一部讲的是刻骨铭心的艰难的创业历程,那第二部就是波谲云诡的惊险的商战和复仇,所以你们可得留足时间,接受我的采访啊!”

刘帅当即回应:“那还用说,我和天宇一定全力配合。听说《艾尔斯巨岩之约》的电视连续剧和电影也都将开拍,到时候可得让我们在影视剧里都露个脸,过一把瘾呀!

“这可不行,你这么帅,万一导演看中你了,从此走上了演艺明星之路,我不就少个搭档了?”郭天宇的“抗议”,泄露了他和刘帅之间浓浓的兄弟情义。

见大家气氛和谐,赵敏借机把犹豫了很久的一句话终于说了出来:“天宇,冠平这次帮了你们大忙,你不会再对他还怀有成见吧。”

郭天宇笑着说:“我是早就想对他说声抱歉了,可冠平却一直不肯见我,就连视频会议的时候都不愿面对我。”

刘帅连忙插话,打了圆场:“冠平毕竟在监狱里吃了不少苦,得给他一点去忘记过去。由于在这次破获‘二爷’集团大案中立下大功,他在黑客界的声誉已经和‘铜棒’齐名了。现在又参与到一个金融大案的侦破工作中,不然,他今天是答应来参加我们大楼的结顶庆典的。”

郭天宇闻言颇为欣喜,无疑冠平已经放下芥蒂,愿意重新和老朋友们见面了。这样的话,自己的心结也可以放下了。

赵敏则兴奋地跳了起来:“太好了,我新小说里有好多素材,是需要冠平提供的!那这次我就在杭州多等他几天,我们‘杭大 F4’终于可以重聚了!”

尾 声

这一天的乌镇，比逢年过节还热闹。

无数的摄像机、照相机和手机从路边、高楼和在天空盘旋的直升机里露出来，焦点都对准只穿了一条内裤的李建波，他站在青石板的街道上，准备奔跑。

李建波可是百亿美元级别公司的老总，亿万富豪中的亿万富豪，走到哪里都响当当的人物。这么狼狈的画面，错过今天，以后也未必见得到了！

“这里是 ABC，我们现在直播的是万全天盛和‘51 旅游网’的赌约履行现场，这个著名的赌约就是一年前在乌镇的世界互联网大会上发生的，围绕这个赌约，一年来中国在线旅游业发生了太多的故事！”

“各位观众朋友，大家好，这里是 CCTV，今天这个赌局的结果，表明中国在线旅游行业已经真正进入移动互联时代，代表年轻一代的互联网英雄已经开始‘抢班夺权’了！”

“BBC 为您现场直播，由于万全天盛整个平台率先达到千亿美元的营收规模，因此‘51 旅游网’的董事长 Mr.Li 决定兑现承诺！”

“‘世界财经’为您进行深度分析，就在不久前，万全天盛的市值达到了一千亿美元，加上现在的营收千亿美元，刘帅和郭天宇这两个中国年轻人创办的这家年轻的中国互联网公司，成为世界互联网发展史上最快速度达到‘双千亿美元’的公司！”

“这是NHK放送在中国乌镇现场，天哪，一个意外发生了，万全天盛的董事长刘帅和CEO郭天宇突然脱掉了外衣，全身也只剩下内裤，开始陪着‘51旅游网’董事长李建波一起裸奔！”

……

这一刻，全世界都聚焦乌镇，关注这场啼笑皆非的赌约结局。

次日，在一个戒备森严的监狱内，身穿囚服的简丽丽拿着一张报纸，视线落在头版头条上，再也挪不开目光。

乌镇、对赌、裸奔……

此时的她，面容憔悴，不复昔日的娇艳；而照片上神采飞扬的刘帅，依稀是两人初见时的模样。简丽丽身子微微颤抖，眼中闪着盈盈的泪光。